威廉·福克纳种族观研究及其他

A Study on William Faulkner's Racial Views and Beyond

鲍忠明　辛彩娜　张玉婷　著

北京理工大学出版社
BEIJING INSTITUTE OF TECHNOLOGY PRESS

内 容 简 介

本书旨在对 1949 年诺贝尔文学奖获得者、美国南方作家兼 20 世纪最伟大作家之一的威廉·福克纳的代表性长、短篇进行多维度解读。本书分为两部分：福克纳小说种族主题研究、福克纳小说文化研究及福克纳小说创作与欧洲先锋画派之跨界研究。

第一部分聚焦福克纳小说种族关注，研究大体分为四块。第一块为概述及述评，致力于对福克纳“黑人观”研究进行综合评述及目标话题批评史概览。第二块为背景研究，集中探讨文本中双重种族的南方塑就的充满张力的“种族三角”：作为种族与美学关注中心的黑人，作为动荡不安中心的南方，作为艺术创造中心的作家。第三块为种族主题阐释，从人物塑造、美学功用、陌生化、心理分析、意识形态批评、新历史主义、空间批评等视角对福克纳不同时期作品中五个阶段——希望开端、急剧初升、心理飞跃、达至巅峰、冰期滑坡——的黑人表征进行探讨，勾勒“抛物线”状架构，展现小说家在相关主题上的辉煌成就与不足，以期提炼其“黑人观”。第四块从刻板形象、文本介入、忽视种族内部现实等层面分析福克纳作为一个白人作家塑造黑人角色时不可避免的局限性。本部分小说种族主题阐释板块与作者的博士论文，2009 年北京理工大学出版社出版的专著，英文版《最辉煌的失败：福克纳对黑人群体的探索》(*A Most Splendid Failure：Faulkner's Exploration of the Blacks*)，有一定交叉。

第二部分包括对福克纳小说的文化研究视角阐释和跨界研究。文化研究分别从互文性、空间批评、新历史主义、阐释学等视角对《我弥留之际》《八月之光》《喧哗与骚动》《去吧，摩西》《押沙龙，押沙龙!》等进行文学解读及翻译批评。跨界研究重点探讨福克纳的小说创作与欧洲先锋画派之间穿越时空之跨界姻缘及互文关联，深入考察小说家对印象主义及后印象主义画派技巧的借鉴。

图书在版编目（CIP）数据

威廉·福克纳种族观研究及其他 / 鲍忠明，辛彩娜，张玉婷著. —北京：北京理工大学出版社，2018.4

ISBN 978-7-5682-5567-7

Ⅰ. ①威… Ⅱ. ①鲍… ②辛… ③张… Ⅲ. ①福克纳(Faulkner, William 1897—1962)－小说研究 Ⅳ. ①I712.074

中国版本图书馆 CIP 数据核字（2018）第 076002 号

出版发行 / 北京理工大学出版社有限责任公司
社　　址 / 北京市海淀区中关村南大街 5 号
邮　　编 / 100081
电　　话 / （010）68914775（总编室）
（010）82562903（教材售后服务热线）
（010）68948351（其他图书服务热线）
网　　址 / http://www.bitpress.com.cn
经　　销 / 全国各地新华书店
印　　刷 / 北京地大彩印有限公司
开　　本 / 710 毫米×1000 毫米　1/16
印　　张 / 20.25
字　　数 / 387 千字
版　　次 / 2018 年 4 月第 1 版　2018 年 4 月第 1 次印刷
定　　价 / 72.00 元

责任编辑 / 申玉琴
文案编辑 / 申玉琴
责任校对 / 周瑞红
责任印制 / 王美丽

图书出现印装质量问题，请拨打售后服务热线，本社负责调换

此书献给鲍忠明的

父亲　鲍延龄

母亲　贺开英

此书属国家社科基金资助一般项目
“后/印象画派与美国现代派小说的生成、流变及理论建构研究”（17BWW016）
的阶段性成果

此书受国家留学基金委资助

序言

“看燕八哥的第十四种方式”

2018 年适逢本人在哈佛大学英语系访学，将有幸参加在密西西比大学举行的主题为“福克纳与奴隶制”（“Faulkner and Slavery”）的福克纳与约克纳帕塔法系列年会。以什么样的论文参会（先不论有无展示的机会）？思索再三，我决定将福克纳的黑人观研究与本人在哈佛的研究重点——“后/印象画派与美国现代小说的跨界研究”结合起来，酝酿了这样一个选题：“福克纳的后/印象主义黑人表征”，旨在深抉福克纳黑人形象所负载的印象主义美学特质。该选题有三大利好之处：① 有先前扎实的黑人研究做基础；② 可收入本人 2017 年国家社科基金资助一般项目“后/印象画派与美国现代派小说的生成、流变及理论建构研究”（17BWW016）的阶段性成果；③ 此选题属跨界/交叉研究，是泰勒·哈格德（Taylor Hagood）2017 年新著《追随福克纳：对约克纳帕塔法建筑师的批评反应》[①] 中预言的福克纳研究未来走向之一。

哈格德眼中的“潜力股”是什么？我大致归纳为如下九大走向。

（1）“全球化”语境下的福克纳研究（Global Approach）。

21 世纪以来，“全球化”增加了新的内涵——经济、政治的全球化，部分原因在于不断增强的交际、通信能力，特别是互联网搭建的合作平台。相应地，族群、文化、政治、环境及作家与福克纳之间的交互影响成为研究重点，“福克纳与_____”成为前沿研究范式，空白处可以填入一个、多个作家姓名或概念。类似地，很多著作审视、比较了多个作者对目标作家同一个话题的不同处理。写一本仅仅有关福克纳的书已经时过境迁，因为学者当下着重探讨的是作为文化、社会、政治“导管”（conduit），而非作为艺术家的作家。甚至称福克纳为“美国作家”或“跨大西洋作家”都令人不悦，因为前者有民族主义倾向，后者有殖民之嫌。相较之下，考察福克纳对诸如加布里尔·加西亚·马尔克斯的影响，以及福氏作品如何显示市场资本主义的触角波及全球的意识，倒更加令人兴奋。总而言之，现在有必要看看福克纳研究在全球化所带来的“多元文化”批评气候中，能否“持续走高”。

① Taylor Hagood, *Following Faulkner: The Critical Response to Yoknapatawpha's Architect* Rochester, New York: Camden House. 2017, p. 100, 133-137.

（2）“土著美国人”研究（Native American Studies）。

福氏作品中的一些中心关注点在新语境下经得起重新审视，可以成为“长青”话题。譬如阶级、种族和性别依然是新世纪福克纳研究的热点，其中延续势头较强的是土著美国人，特别是印第安人的研究。鉴于 2016 年福克纳与约克纳帕塔法系列年会的主题是“福克纳与南方本土”，这一余波便很好理解了。

（3）“残疾”与“肥胖”研究（Disability Studies and Fat Studies）。

一些领域的研究正变得强势，很可能与福克纳研究交叉。其中之一便是“残疾”研究。对正常与残疾的建构本质研究刚刚起步，对此感兴趣的学者不妨深入探讨。另一个逐渐进入人们视线的相关领域是“肥胖”研究。正如“残疾”研究拷问残疾人的身心遭遇社会建构控制与压制的方式，“肥胖”研究暴露肥胖的建构本质，揭示发生在美国乃至全球对肥胖者身体的恶性政治、文化惩戒。

（4）“白种性”研究（Whiteness Approach）。

另一个可能会有进一步发展空间的批评方法旨在对“白种性”进行探讨。杰伊·沃森（Jay Watson）2011 年编辑了论文集《福克纳与白种性》，[①] 质询长期以来被视为非种族、看不见的“白种性”的种族主义建构本质，揭示“白种性”只不过是行为表现和能指归类与标签化的结果。该研究将福克纳作品中“白种性”的考察推进了一大步，但此方向可挖掘的空间仍然较大。

（5）“非人类”研究（Non-human Studies）。

一系列齐头并进、强势发展的领域可统称为“非人类”研究。比如旨在质疑人与动物二元建构的动物批评研究；还有“事物研究”，考察非生命体作为行动元对由生命实体构成的环境的影响；再有就是生态批评，审视文学作品中描述以及文学生成过程中的生态环境与人类参与者。所有这些领域都属于“后人类”探讨模式，在文学批评中总体变得越来越突出，因此与福克纳研究的交叉也会日渐增强。

（6）“酷儿理论”研究（Queer Theory）。

“酷儿理论”研究也是必然深入的一个领域。目前已有传记批评涉猎福克纳生平及作品中的同性恋话题，且 21 世纪第二个 10 年间，学者对此话题的普遍兴趣也预示了该理论与福克纳作品的结合会有丰硕产出。随着研究者对相关领域兴趣的日渐加强，我们有理由期待更多的成果。

（7）“电影剧本”研究（Screenplay Research）。

正缪对福克纳电影剧本的两点误识：首先，电影剧本是文学文本，也是文学批评的力场；其次，电影剧本必然是合作的产物，承认福克纳为合作者并非对他能力或成就之不敬，所以要郑重考虑这些剧本在福氏经典中的“定位”。这两点，包括剧本写作与出版的合作本质，显然都大有可书写空间。

---

① Jay Watson, ed. *Faulkner and Whiteness*. Jackson: University Press of Mississippi, 2011.

（8）“不死亡灵”研究（Undeadness Research）。

该研究从属大众文化研究，有时也可成为文学批评的生力军。1988 年福克纳与约克纳帕塔法系列年会的焦点议题就是“福克纳与大众文化”。大众文化近来痴迷“不死亡灵”研究，如活死人、吸血鬼、僵尸等话题在 21 世纪强劲回归。学者试图从理论上解释这一回潮，使得大众文化批评一度雄踞文学批评之首。《不死的南方：南方文学与文化中的哥特式风格及其他》（2014）① 开启了对福克纳作品中“不死亡灵”（不单指不死的人物，如昆丁在《押沙龙，押沙龙！》中提到的鬼魂，更是指隐喻式的实体，如南方邦联、死而不僵的传统等）的探讨。显然，对“不死亡灵”的理论建构感兴趣者在此会大有作为。

（9）“数字人文”研究（Digital Humanities Studies）。

就当下福克纳研究而言，最具革新性的大事是与数字人文研究的交叉，旨在利用数字平台以前所未有的方式处理、分析文本。首先是福克纳网站的建设。如密西西比大学的 William Faulkner on the Web，其主要功能是提供数据库（海量信息的存入、编目，包括人物、文本、批评等）检索。萨斯喀彻温大学研发的 *The Sound and the Fury*：A Hypertext Edition 网站增加了除编目功能外的超链接功能，将网络平台从信息的集散地升级为充分利用数字形式动态潜能的场所。弗吉尼亚大学开发建设的网站 Faulkner at Virginia：An Audio Archive 和 *Absalom，Absalom！* An Electronic，Interactive！Chronology 丰富了信息库，更进一步提升了网络的互动与动态检索功能。如前者提供福克纳作为驻校作家在弗吉尼亚大学时的讲座音频资料、报刊评述、相片等。后者则实现了一定的人机交互功能。到目前为止最大的在建网站 The Digital Yoknapatawpha Project 由网络专家和福克纳研究资深专家合作开发，提供福克纳作品的互动图表、不断扩展的数据库检索、数据信息之间的复杂关系图解等。总之，该项目通过可检索且可资利用的数据库提供学者与以往截然不同的文学批评方法——一种评者对计算机提供的数据分析加以考查，并从中得出结论的批评模式。

以上福克纳研究的几大国际走向，需要同中国国情相结合，才能生成具有中国特色的福克纳研究路径。以福克纳种族主题研究为例。本人通过多年申报国家社科项目的失败经历发现，“福氏黑人观”确为纷争不断的永恒热点，各个时段成果丰富。然而一个不可忽视的现象在于国内研究对国际研究跟进不足。在国外每年都举行福克纳年会就某一专题进行深入探讨的背景下（如短篇小说、小说技艺、宗教、历史、大众文化、生态、物质文化、同代人、意识形态、性、女性、性别、神秘性、后现代主义、南方文艺复兴、形式主义、黑人文学、南方本土、奴隶制等），国内的研究却不太足。权威的研究者因为年龄

① Anderson, Eric Gary, Taylor Hagood, and Daniel Cross Turner, eds. *Undead Souths: The Gothic and Beyond in Southern Literature and Culture*. Baton Rouge: Louisiana State University Press, 2014.

关系、科研任务的转移等原因停止或放弃了对福克纳的研究。继起者（大多为在校研究生）往往由于资料的匮乏、视角的老化（大体徘徊于结构主义与后结构主义视角与逻辑论证之间）以及整体研究范式的陈腐仍进行着常识性的重复。本书作者检索了中国知网新世纪以来有关福克纳种族主题的文章 30 余篇，发现主体仍流连于传统视觉，论述老套。此外，福克纳的创作虽凝缩于其独创的虚构地域，却是对人类集体命运的思考。在双重种族的南方独特政治文化氛围浸润之下，他对种族主题的不同演绎也是为南方摆脱种族困境、为人类摆脱枷锁而开掘的种种想象性出路，这为我们理解与应对当前的民族、种族冲突有极大的启迪意义。然而，国内学界很少有对此进行深入学术思考的。由此可见，国内研究虽然成果数量较多，严格说来，却是不系统、不完整、不前卫的。

借鉴哈格德的预测，以上两方面的不足其实给我们提供了大量可填补的研究空间。比如就研究视角而言，可以引入全球化批评、大众文化研究（“不死亡灵”）、“酷儿理论”、“电影剧本”研究等，聚焦诸如“福克纳与黑人的印象主义塑造”“福克纳作品中的‘不死’黑鬼”“邦恩与亨利兄弟情的同性恋阐释”“福克纳电影剧本中的黑人形象塑造”等话题。福克纳对黑人主题的不同演绎方式对中国当下民族、种族问题的启迪则是大课题，小说家不同版本的文本黑白关系处理都可以引发不同的学术话/议题。

再次借鉴哈格德的预测，本人认为福克纳研究在国内有若干有效结合处与拓展点。首先，就整体而言，国内学者的研究视角可以“追随”福克纳研究的“九大走向”而相应更新。其次，可以从中寻找有效的切入点，如全球化视野中的交互影响研究，福克纳对中国作家——特别是莫言、余华等——的影响堪称一流话题。对评者而言，问题是要搜集足够的相关文献，深入文本挖掘，而不是流于表面泛论。其实美国“福学”专家很早就关注莫言，《福克纳学刊》曾于 1990 年秋季刊载了莫言的短篇《枯河》，[①] 托马斯·英奇（Thomas Inge）专文分析过莫言所受福克纳的影响以及两位作家之间的汇合点。[②] 作为有心

---

① Mo, Yan. “Dry River,” Trans. Jeanne Tai. *The Faulkner Journal*, Matthews, John T. And Dawn Trouard, eds. The University of Akron Press, 1990 (Fall), pp. 3-13.

② Inge, Thomas. “Mo Yan and William Faulkner: Influences and Confluences,” *The Faulkner Journal*, Matthews, John T. And Dawn Trouard, eds. The University of Akron Press, 1990 (Fall), pp. 15-24. 英奇的这篇论文就是在 1992 年北大的福克纳学术研讨会上，当着莫言的面第一次宣读的。通过比较分析莫言的《枯河》《老枪宝刀》《断手》《红高粱》与福克纳的《喧哗与骚动》《未被征服者》《去吧，摩西》等在人物塑造、时间处理、创作手法、主题方面的相似性，英奇得出的结论是：莫言“在叙述技法、结构原则、悲剧性的怀旧人物塑造，以及叙述者对自家家史的强大虚构性阐释方面表现出了福克纳的影响。”但是，莫言是“自己的人”(20)，是一个独立的“原创性”作家（18），“即便没有遇上福克纳，考虑到两人类似的乡村背景，共同经历的 20 世纪政治、工业化侵蚀，他也可能会以同样现有的方式创作”(23)。鉴于 20 年后莫言获得诺贝尔文学奖这一事实，我们不得不赞叹英奇学术探讨中表现出的神奇前瞻性，也得为他的学术人格点赞：他显然不只是说说恭维话而已。

人，莫言先生也很早就开始关注福克纳的著作与批评，曾参加过 1992 年在北大举行的国内第一届福克纳学术研讨会。余华称福克纳是他“真正的师傅”，1999 年拜访过奥克斯福镇并写过游记。同样，“残疾”“肥胖”“生态”“酷儿”理论等也是合法且合理的比较研究话题。此外，“九大走向”中不止一次地提及“交叉”，这同样可以给我们以重要启迪：福克纳研究与另一个领域的跨界关联可以令人意想不到地丰富、刷新研究范式，拓宽研究视野。比如本人在哈佛的研究并构分析以福克纳代表的美国现代作家与欧洲先锋画派（特别是后/印象派），将艺术批评与文学批评结合起来，运用纵横交叉法、风景话语分析法、多模态话语分析法，跨越时空地将艺术鉴赏、文学阐释、历史书写、理论建构融为一体，同时为文学、音乐、雕塑、建筑等艺术形式之间的交叉研究提供参考范式。更有意义的是，它为浸淫书法、国画久远的中国印象主义文学研究提供了宝贵的启蒙。循此逻辑进路，“福克纳小说与音乐”（尤其是美国南方黑人文化与欧洲白人文化相结合的产物爵士乐）的跨学科研究是非常值得一试的。福克纳研究在中国的现实意义如前文所述，是个大话题。民族、生态、历史、性别、地域、人性等皆是创造性批评与中国特色的结合部，皆有可大书特书之处。当然还有“数字人文”研究的跟进。据我所知，国内尚无专设的福克纳网站，但各高校在数字平台建设方面的重视与投入却是令人欣慰的。因此，只要意识跟得上，其他都不是大问题。

福克纳在弗吉尼亚大学访谈中谈到《押沙龙，押沙龙!》的立体结构与开放性意义时，援引华莱士·斯蒂文斯（Wallace Stevens）的诗说，这就相当于“十三种方式看燕八哥”，更重要的是读者如何获得自己的“第十四种方式”。[①] 国内福克纳研究的每一次产出，包括拙著在内，都是不同版本的“第十四种方式”。只有这样不断扩展、更新的读者反应才会实现福克纳所谓的“艺术家的宗旨”，即“用艺术手段把人或物的活动——也即是生活——抓住，使之固定不动，而到一百年以后有陌生人来看时，照样又会活动——既然是生活，就会活动。人活百岁终有一死，要永生只有留下不朽的东西——永远会活动，那就是不朽了。这是艺术家留下名声的方法，不然他总有一天会被世人遗忘，从此永远湮没无闻”。[②] 当然，“看燕八哥的第十四种方式”出现的频率与质量是判断福克纳研究是否“持续走高”的关键指数。

最后，感谢越来越强大的祖国！来波士顿看到最多的“国际公民”是中国学生与学者，感到意外的亲切、温馨与安全。同时也目睹、感受到每一个人都在夙志苦学，渴望回归报效祖国。感谢国家留学基金委给予我来哈佛深造的机

---

① *Faulkner in the University*, Gwynn, Frederick L., and Joseph Blotner, eds., The University of Virginia Press, 1959, p. 274. 转引于肖明翰著《威廉·福克纳研究》，外语教学与研究出版社，1999 年，第 160 页，说法有改变。

② 杰恩·斯泰因. “福克纳谈创作.” 蔡慧译，载李文俊编《福克纳评论集》，中国社会科学出版社，1980 年，第 272 页。将引文第一个“活动”（movement）改译为“人或物的活动”，以避免读者感到突兀。

会，使得我能够徜徉于世界一流大学的图书馆，能够旁听世界顶尖教授的课程，谛听名人、学者的前沿讲座。感谢母校！北京理工大学大力建设“双一流大学”，全面提升学校的“国际化”，一以贯之地鼓励、支持学者、学生跻身世界研究前沿。能成为其中一员实在幸运！感谢外国语学院的领导、同事的支持！感谢中国海洋大学辛彩娜老师和北京外国语大学张玉婷博士的加盟！感谢徐嘉老师帮我审读全书！感谢史晓雅同学和安中委同学帮我编排校正书稿！最后特别感谢妻子宣玉华、儿子宣鲍杨的陪伴、理解与关爱！

最后的最后，此书成书仓促，疏漏差误处难免，望读者海涵，敬请方家指正。唯愿拙著能起到抛砖引玉的效果。至诚至感！

鲍忠明

2018 年 2 月于波士顿，哈佛大学美术图书馆

目录

第一部分　种族主题研究

第二部分　其他研究

第一部分　种族主题研究

一、概述及述评

美国小说家威廉·福克纳（1898—1962）是1949年诺贝尔文学奖获得者，公认的20世纪最伟大作家之一。在历时36年、始于《军饷》（1926）、终于《掠夺者》（1962）的小说创作生涯中，作为美国“南方文艺复兴”的领军人物，福克纳从未停止对黑人问题的探索及黑人形象的塑造，黑人主题相应成为贯穿其作品的核心关注。小说家从社会历史、心理、美学功用、意识形态等层面对黑人角色进行深度挖掘与塑形，取得了杰出成就，也不可避免地暴露了身为一位地方白人作家的相对局限。

对于美国南方作家的创作背景，批评家南希·蒂西勒（Nancy M. Tischler）在专著《黑面具：现代南方小说中的黑人》中这样分析：“南方作家几乎别无选择——写南方就得写黑人。黑人是南方生活逃脱不了的一部分，他们从生到死与白人相伴，共同经历人生的喜怒哀乐”（1969：12）。独特的双重种族生活对于南方作家来说既是机遇，又是挑战。以福克纳为首的南方作家勇敢地直面种族问题，经历了将“一只撕咬尖叫的猫塞进口袋”般的痛苦思索与创作过程（Faulkner，1973：412），催生了“南方文艺复兴”。尤为难能可贵的是，自小说创作生涯之初，福克纳一直坚持对黑人问题进行道德思索和艺术表现。解析小说家36年间不同阶段塑造黑人的不同特点，展现其曲折架构，彰显其成败，有利于透视艺术创作的深层动因，阐释一颗“冲突的心灵”在探索他既爱又恨的家乡分崩离析的诱因群体时无限纠结的心路历程。

Ⅰ.“极辉煌之失败”[①]：黑人群体表征之“抛物线”架构

笔者在细读福克纳作品的过程中发现，正如麦尔维尔（Herman Melville）

---

① 福克纳用此短语 “A Most Splendid Failure”（Gwynn & Blotner，1965：77）指涉他付出心血最多、最钟爱之《喧哗与骚动》，也用此或类似表达如 “the magnificent bust”（144）来指作家注定失败却意义非凡的神圣使命。此处取两者合意，即作家对黑人主题的探索成败无界：失败得愈彻底，成就愈辉煌。

的文学事业曾被类比为一条11年的抛物线一样[①]（Milder，1988：429），在36年的小说家生涯中，福克纳对黑人的艺术表现成就也大致呈“抛物线”状。此架构在《军饷》（*Soldiers' Pay*，1926）中初露端倪，《坟墓里的旗帜》（*Flags in the Dust*，1929）有所上扬，自《喧哗与骚动》（*The Sound and the Fury*，1929）、《圣殿》（*Sanctuary*，1931）、《八月之光》（*Light in August*，1932）开始急剧上升，《押沙龙，押沙龙！》（*Absalom，Absalom！*1936）和《去吧，摩西》（*Go Down，Moses*，1942）到达巅峰，《坟墓的闯入者》（*Intruder in the Dust*，1948）和《修女安魂曲》（*Requiem for a Nun*，1951）有所下降，《未被征服者》（*The Unvanquished*，1938）和斯诺普斯三部曲[《村子》（*The Hamlet*，1940）、《小镇》（*The Town*，1957）、《大宅》（*The Mansion*，1959）]直线下滑，《掠夺者》（*The Reivers*，1962）跌落地面。穿插其间的札记、短篇也不乏精品。虽远非完美，此图式外在地展示了作家处理种族主题时内心的起伏与冲突，较为完整地链接了作家独创的文学王国中围绕黑人主题的稠密文本间性，搭建了文本表现相关指数的框架。

与前文所示“抛物线”架构一致，福克纳“黑人观”及其表征大致可分为五个阶段，依次为：① 希望开端；② 急剧初升；③ 心理飞跃；④ 达至巅峰；⑤ 冰期滑坡。各阶段均可有效勾勒相关文本在关注核心、社会历史背景、心理挖掘、文体风格、意识形态与文本建构等方面的特质，彰显成就该图式的潜在因素。

希望开端

在最初的长、短篇中，福克纳表现出对南方黑人形式及主题意义超乎寻常的依赖与关注。《军饷》广泛涉及黑人生活的诸多方面：黑人的言谈与笑声、音乐、教堂与会众、黑人与骡的频繁组合（Faulkner，1986：119，120，125，126），以及从事不同职业的黑人，如厨师、保姆、女佣、马车夫、士兵、草坪修剪员等。黑人的神秘色彩、近似动物的本能和单纯的个性大大丰富了小说的内涵。担任背景角色的黑人还与白人形成对位结构，拥有白人所没有的情感与精神依托的查尔斯镇的黑人反衬了“迷惘的一代”白人的空虚、错位与死气沉沉。譬如故事中高大的无名厨师被刻画为避风港，为一个迷茫悲伤的白人男孩提供安慰、安全、关爱（244）；手执昏暗灯笼却能照亮教堂的黑人具有朴实坚定的信仰，并且能同周围世界和谐共处（265—266）。最具象征意义的当属黑人乐队演奏乐曲、白人狂舞的场景（158，160，169）。在这里，作为配角的黑

① 一般认为该抛物线自《泰彼》（*Typee*, 1846）开始急剧上升，于《大白鲸》（*Moby Dick*, 1851）达至巅峰，然后便直线下滑，历经《皮埃尔》（*Pierre*, 1852），1853—1856年发表在杂志上的一些文章，至《骗子的化妆表演》（*The Confidence Man*, 1857）为止。随后就是长达三十年的在散文方面的沉默。这种沉默只是最后被《毕利·伯德》（*Billy Budd*, 1924）打破了一下（1988: 429）。

人担负着主导作用，可以说是整篇小说主题建构的缩影。

福克纳在全美发行的杂志《论坛》上发表的第一部短篇小说《献给爱米丽的一朵玫瑰花》（“A Rose for Emily”，1930）中的托比就扮演着类似的角色。在业已衰败的格里尔森家族大宅里，作为配角的托比身兼数职，是真正意义上的管家。他既是花匠，也是厨师、接待者、购物者兼护理员。实际上有很长一段时间“她（爱米丽）居处周围唯一的生命迹象就是那黑人男子拎着一个篮子进进出出，当年他还是个青年”（44）。[①] 像《喧哗与骚动》中的迪尔西，托比“看见了初，也看见了终”（314）；[②] 像《押沙龙，押沙龙！》里的吉姆·邦德，他成了唯一的幸存者；像查尔斯镇的黑人，他是支配主角的配角，是白人过去、现在，很有可能也是将来生活中一个神秘而又永恒的存在。

在通往“约克纳帕塔法”的“门槛”《坟墓里的旗帜》里（李文俊，2003：28），福克纳开始塑造其文学王国里的黑人。作为与历史悠久的沙多里斯家族并构的一个有名姓的家庭，斯特瑟一家的出现表明福克纳开始通过黑人这样一个南方历史与现实的纽带来认真严肃地直面种族问题。在诸如西蒙、卡斯皮、美洛妮等令人难忘的人物身上，我们已可管窥作家初始的摘取黑人面具的努力及不断增强的意识——历史与现实之冲突不仅给白人带来震荡，而且也使黑人思变。如西蒙已是基于现实原型之塑造，美洛妮早已具备“新黑人女性”（Rhodes，1986：93—109）的众多特征，战争也给卡斯皮带来虽然短暂却可喜的“求变欲”（Davis，1983：67）。所以，相对于《军饷》而言，《坟墓里的旗帜》是一个上升。

虽然在《坟墓里的旗帜》中发展严重不足，福克纳长篇中出现的第一个混血儿埃尔诺拉在《曾有过这样一位女王》（“There Was a Queen”，1933）中得到足量补偿。原先只会哼唱圣歌的沙多里斯家庭厨师兼管家俨然成为一个发展充分、双重乱伦的混血女掌门。以沙多里斯家族血统为荣的她成了该家族品质坚定的代言人与最后一位代表，“白人贱民”与其他“黑鬼”她都瞧不上眼。她的座右铭——“算不算沙多里斯家的人，不能看名分，而要看实际行动表现”（188），[③] 几乎同路喀斯的“我是一个黑鬼，不过我也是一个人，”和艾克·麦卡斯林的“可是现在不行！现在不行！”[④] 齐名（44，339）。至此，同这样一位混血儿的初会已足以让我们断言：小说家在“种族杂交”（miscegenation）主题上有无限可发挥的潜质。

总之，出生于南方大庄园家族，作为一个奴隶主的后代且亲历了种族歧视

---

① 杨岂深译，选自威廉·福克纳著，陶洁编《福克纳短篇小说集》，译林出版社，2001。后文只标页码。

② 李文俊译，福克纳著《喧哗与骚动》，上海译文出版社, 2004。后文只标页码。

③ 王立礼译，选自福克纳著，陶洁编《福克纳短篇小说集》. 译林出版社，2001。后文只标页码。

④ 李文俊译，福克纳著《去吧，摩西》，上海译文出版社，2004。后文只标页码。

政策盛行一时的福克纳，在创作生涯之初就表现出对南方黑人现实的广泛关注并偶有对现象之后本质的透析。更有甚者，他在黑白种族的对立中对传统也屡有颠覆。虽然初始阶段作品不乏刻板形象，但是作家挣脱家族、文化、历史传统的力度，使我们完全有理由对他有更多、更高的期待。

急剧初升

在此阶段的创作中，《喧哗与骚动》中的吉卜生一家，《夕阳》（"That Evening Sun"，1931）中的曼尼果夫妇，《落日》（"Sunset"，1925）中的持枪黑人，《殉葬》（"Red Leaves"，1930）里的黑奴被置于文本关注的中心。文本展现了难得一见的黑人种族内部现实，实现了"抛物线"的首次急剧上升。

《喧哗与骚动》相对于《军饷》和《坟墓里的旗帜》不论在形式还是主题上都有明显的发展。作家最初对黑人群体尝试性、略显犹豫的人性化处理被明确的戏剧化表现所取代，集中体现在成为小说中心人物的吉卜生一家身上。充满活力、善于忍耐、有信仰、懂得生存策略的黑人家庭与绝望无助、信仰空白、堕落且没落的康普生家族，形成鲜明反差。实际上，黑、白两家庭共存如此之久，难免不相互沾染对方的习性，所以他们相互映射又相互体现。譬如，通过班吉，我们了解到一个小小年纪就担责沉重的黑人少年勒斯特。白人至上主义者杰生告诉我们"黑人非人"。大学一年级学生昆丁向我们透露，"黑人与其说是人，还不如说是一种行为方式，是他周围的白人的一种对应面"（96）。女孩昆丁的"你这讨厌的黑老婆子"（203）表明，即使像迪尔西这样的"代母亲"角色在等级、种族制度森严的南方社会也要安守本分，做一个"好黑鬼"。布兰特夫人则夸大了死心塌地忠于主人的黑奴形象。黑白长期共存的生活状态使得少年昆丁的"口音和黑人戏班子里那些戏子的差不多"（133），凯蒂母女被家人谴责"像个黑女人"那样"犯贱"（102）。相应地，拉斯特则常常被外祖母斥责，"臭黑小子，你跟他们一模一样，身上也有康普生家的那股疯劲儿"（292）。同样值得注意的是福克纳对作为"心理观念"的黑人难能可贵的探讨。譬如少年昆丁自溺前沉思的焦点之一便是黑人。他对罗斯库司、迪尔西的思念，对同路易斯·赫彻尔、威尔许等人一起逮负鼠的回忆几乎成了他一生中唯一感到平静、温暖、快乐的时刻。此外，令他作呕的黑人执事成了他的异己，骑骡的黑人是他想竭力维持的旧南方黑奴形象，而黑人就整体而言则是"一种行为方式"（96）。

《夕阳》的主人公曼尼果夫妇的遭遇见证了福克纳对遭受经济、性双重剥削的黑人悲惨境遇的关注。白人对南希的性虐待直接导致一个本来完整幸福家庭的无助、恐惧、绝望乃至破裂。故事直指促使早已摇摇欲坠的旧南方迅速崩溃的病根：对人类同伴的性侵犯。南希的数次哀鸣，"我不过是个黑人，那不是我的过错”（70）[①] 与耶苏的“白人能进我的家，可我不能拦他”是他们无助、绝望的辩解与表白（75）。曼尼果夫妇的经历提供了福克纳作品中难得一见的黑人夫妇之间的感情纠葛。各自还都是原型人物。继南希之后有《八月之光》中的“女黑鬼”、《去吧，摩西》中卡罗瑟斯·麦卡斯林的小老婆尤妮丝、托玛西娜、詹姆士·布钱普的孙女。耶苏之前有西蒙，之后有图西德斯、乔·克利斯默斯（与耶苏构成耶稣·基督全名）。尤其引人注目的是路喀斯·布钱普，他也无奈地喊道，“他娘的，请别跟俺的黑老婆睡觉，这话叫一个黑人怎么跟白人开口说呢？就算是他真的说了，那白人又他娘的怎么会答应不这样做呢？”（54）

福克纳对黑人的中心化可追溯到1925年的一篇札记《落日》。其中亲信他人、天真、感觉特别不适应异乡生活的背枪黑人小伙子表现出强烈动人的回归故里的愿望。他不断重复着“俺要回家（非洲），牧师说俺来自那”（Collins，1968：78），彰显了这位环境受害者的身份危机。《殉葬》中惨遭厄运的无助黑奴则毋庸置疑是奴隶制的受害者。值得注意的是，福克纳将奴隶制移植到了颓废、仿效白人的印第安部落里。与白人将一些劣等品质强加于印第安人身上的做法如出一辙，印第安人也如此对待黑人并断然拒绝承认其人性。被追奴隶的求生欲望对追捕者来说是“添麻烦”，只能看作是“不懂得荣誉，不晓得体面”的人种的祖传伎俩，是“当然不懂得尊重风俗习惯”的“野蛮人”可想而知的反应。也就难怪三筐纳闷，“他（被追奴隶）既然不愿意出臭汗干活，那还有什么理由不愿意去死呢？”（89，99，100）[②] 无独有偶，南希的自缢未遂在看守看来是可卡因作用的结果：“他（看守）说那是可卡因，不是威士忌，因为，一个黑人要不是满肚子可卡因，是绝不会上吊的，而黑人要是肚子里满是可卡因，就不再是个黑人了”（《夕阳》69）。尤妮丝的求死欲望同样也让梯奥菲留斯·麦卡斯林惊讶地在账本中写道：“世界上有谁听说过一个黑鬼会自溺而死的呢？”这也让艾克不解地沉思，“为了什么呢？为了什么呢？”（《去吧，摩西》248）这些不解凸显了跨种族奴隶制践踏人性的罪恶，以及由此造成的不同种族文化之间不可逾越的鸿沟。与此同时，作者还通过被追奴隶的意识闪回将贩奴船一幕与当下对黑奴的追捕对照比较；一幕是醉酒船长在甲板上大声朗读《圣经》，而饥肠辘辘的黑奴却像猪猡一样被挤塞在船舱里；另一幕是无动于衷的印第安人对绝望在逃的殉葬品的无情搜捕。历史与现实共同见证了奴隶制的惨无人道，时空的转换立体展示了臭名昭著的奴隶制罪恶瘟疫一样可怕的传染性。

总之，在这一飙升阶段，小说中心人物吉卜生一家被表现为一个象征性

---

① 黄梅译，选自福克纳著，陶洁编《福克纳短篇小说集》，译林出版社，2001。后文只标页码。

② 蔡慧译，选自福克纳著，陶洁编《福克纳短篇小说集》，译林出版社，2001。后文只标页码。

群体，是南方双重种族生活的积极参与者、支配者。曼尼果夫妇是性、经济双重剥削的对象。《落日》中的黑人是环境的受害者。《殉葬》中的黑奴是印第安特色奴隶制的陪葬品。这些黑人形象体现了作者对这一弱势群体的敬仰、同情和对奴隶制的强烈谴责。诚如肖明翰所言，艺术家在“把对南方血淋淋的历史和严峻的现实的艺术表现与道德探索结合起来，探寻旧南方毁灭的真正原因，思考今天南方存在的问题，为南方在现代社会普遍的社会、精神危机中寻找出路”（1999：216）。在同一组作品中，黑人既被塑造为具体的物质存在，又被抽象为观念性的象征，从而向读者展示了珍贵的黑人棚屋内部现状及黑人心理现实。

心理飞跃

福克纳对“种族混杂情结”“作为隐喻的黑人”“白人的女性崇拜”“黑人阴茎威胁”等有关黑人的心理思索及艺术表现在这一阶段逐渐深入并达到高峰，表现在《八月之光》中第一次系统地对“疑似混血儿”乔的戏剧性塑造，在《干旱的九月》（“Dry September”，1931）和《圣殿》中对作为“观念的黑色”和“血统威胁”的两次建设性排演，以及《埃利》（“Elly”，1934）与《山上的胜利》（“Mountain Victory”，1932）对血统之谜的延续。

福克纳将乔的悲剧归结为“他不知道他是谁而且永远不知道”（Gwynn & Blotner，1965：118）。文中心理“性”及“种族”意识的叙述紧紧围绕主人公模糊的“血源”展开。众评家也纷纷以解开乔的身份或无身份之谜为己任，冠之以种种代名，并理所当然地将这一角色的成功塑造归功于血源的不确定性。不同的代名词有“幻象，幽灵”（Howe，1975：185）、“一种抽象”“一种行为方式，社会构念，一种主观臆测”（Davis，1983：29—30）、“一种空想与幻象”“非人”（Jenkins，1981：65）、“一种投射的形象”（Sundquist，1983：67）、“无身份”（Liu Jianhua，2002：57，58，70，77）。这些论者似乎达成了共识，普遍认为乔的血统的模糊性增强了表述的张力，拓宽了心理探索的视界，深化了血统威胁主题，极具讽刺性地揭露了种族制度之荒谬。其他评家如詹姆斯·斯耐德（James A. Snead）极富洞察力地指出，“卢卡斯是乔的异己，还要黑，他看上去更像一个异域人，黑人，杀人犯，而且他嘴边有一小块白疤，只不过乔成了社会的牺牲品”（1986：164）。蒂西勒甚至断言“乔·克里斯默斯，正是由于其血源的神秘而有可能成为‘种族混杂’主题中最杰出的艺术表现”（1969：101）。

鉴于已有立论几乎都强调故事中人物肤色的心理性、社会性而淡化其生物性、物理性，不妨视乔·克里斯默斯为“一种心态”，福氏故事人物则可进一步细分：① 白“黑人”，如查尔斯·邦恩父子；② “白”黑人，如路喀斯及凤茜芭戴空框眼镜苦读的丈夫等；③ “黑”白人，如青年昆丁、凯蒂母女、凸眼、乔·布朗、萨德本父子；④ 黑“白人”，如路喀斯；⑤ 非黑非白人，如乔·克里斯默斯。如此，乔·克里斯默斯的奇特生涯近似两条腿支撑的精神探索历程。换言之，黑、白两个自我一直处于无休止争斗状态，结果必然是自杀性的，因为两者是同体共生之组合。乔的毕生奔波逃遁则如同逃脱自己的影子一样荒唐。本我与超我的激烈冲突使得他总是有“就要出事，我就要肇事了”（83）[①] 的感觉。乔在孤儿院吮吸牙膏类似于婴儿对性感区母乳的吸食，他闯入“年轻，体态丰满，肌肤匀滑，白里透红”的营养师充满女人气味的房间是下意识地觊觎这位“代母亲”（85）的肉体。同海因斯一起，三者形成准三位一体组合（triad）。文中“患分裂症状”（schizophrenic）的叙述不仅像拉康所言构造如无意识，而且就是无意识本身。

《干旱的九月》是《八月之光》中得到充分展现的诸多心理因素的一次有意义的“热身”。除了两者在人物、情景方面的相似之外，该短篇聚焦内核是歇斯底里的“白人女性崇拜”的南方集体心态，而核心之核心是“莫须有”的“黑人阴茎威胁”，因为这直接导致所谓白人血统的污染，玷污南方白人妇女的贞洁。诚如蒂西勒所言，“在对淫荡的准人类黑鬼的描述中，作家们常常对性功能施以浓墨重彩，尤其是男性，通常被表现为色淫狂，具有超常的性功能”（1969：63）。这种集体意识在《八月之光》中被乔·克里斯默斯内化，从而导致他的最终毁灭。一如霍桑在《红字》中关注的不是通奸，而是它对每个人的冲击一样，福克纳在这里关注的是私刑的起因和后果。相应的，通篇更注重性及种族心理的表征，而不是具体事件的阐述。文中活动的与其说是有血有肉的人，不如说是观念化的凶手与替罪羊。的确，文中霍克肖除外，其他所有白人至上主义者称米妮·库珀为“白人妇女”，这种用统称偷换个体称谓的做法是用一种观念替代具体的人，旨在煽动群愤，因为“白人妇女”是贞洁的化身，是神圣不可侵犯的象征（Ho Wenching，1989：12）。麦克莱顿的名言，“出事了，有没有出事，这又有什么关系？难道你打算让这些黑崽子们就此溜掉，让他们有朝一日真这么干起来？”（54，55）[②] 再清楚不过地表明“黑人就是天生的罪犯”这样的误念。《八月之光》中治安官的话——“一个黑鬼，我一直在想，那家伙的确有点儿古怪”（70）以及围观者的共识——“他们个个都相信这是桩黑人干的匿名凶杀案，凶手不是某个黑人，而是所有的黑种人：而且他们知道，深信不疑，还希望她被强奸过，至少两次——割断喉咙之前一次，之后一次”（同上：205），都显示此观念传播之深之广。

《圣殿》将肤色处理为“受沾染的观念”，更接近《八月之光》一步。《干

① 李文俊译，福克纳著《八月之光》，上海译文出版社，2004。后文只标页码。

② 陶洁译，选自福克纳著，陶洁编《福克纳短篇小说集》，译林出版社，2001。后文只标页码。

旱的九月》中威尔·麦尔斯是确信无疑的黑人，凸眼却是通篇小说都与“黑”或“黑色”紧密联系的白人酿私酒者、杀人犯、强奸犯。他常常被刻画成“一个黑色的小玩意儿，有点像个小黑鬼”“小黑人”（187）。[①] 小说的相关叙述围绕谭波儿遭凸眼用玉米椎强暴之前、之时及之后的心理“性”及“种族”意识展开。譬如她在第二十三章向贺拉斯·班波诉说被奸经历时用的是“那种轻松愉快，唠唠叨叨的独白形式”（184），显然是一种释放里比多的旧梦重温。而且她的几次想象中的白人化身：“一个男孩”“一具干尸”“一个 45 岁的教师”“长着长长的白胡子的老头”（185—188）都表明谭波儿遭强暴前夜能掌控形势的唯一办法就是把凸眼设想成一个变得越来越小的小黑东西，对她的任何白人男性化身的威胁也越来越小。正如唐纳（Theresa M Towner）所言，“在谭波儿的意识核心是这样的观念：黑人男性是性侵犯的象征，白人男性是抵制侵犯的化身”（Towner，2000：18）。杨金斯将“玉米椎”代替性器官的做法归因于作家不能容忍白人妇女同黑人性交。他说，“福克纳可以向我们表现谭波儿的‘性’堕落，却不能容忍她同黑人交媾。但从南方白人的种族观念出发，黑人是威胁她的贞操，玷污她肉体的最佳人选。这就说明了福克纳为什么放着现成的，在想象中更具威胁的充血肿胀的黑人阴茎不用，而不得不去塑造更为极端的挥舞玉米椎的凸眼”（Jenkins，1981：86）。埃里克·桑德奎斯特（Eric J. Sundquist）则认为，“从把看上去像黑人的白人凸眼和看上去像白人的黑人乔开始，福克纳已着手探讨南方哥特式经历的中心之谜——血统之谜”（1983：58—59）。血统的神秘及其威胁在《山上的胜利》和《埃利》中得到延续，索绪尔·韦德尔和保罗·德·蒙提歌尼同样由于不确定的种族身份和“莫须有”的血统威胁而沦为种族主义的牺牲品。性和种族意识仍然是叙述的两个中心。

福克纳作品中无一处“释梦”的片段，但他对黑人心理的刻画已极其深刻，对意识流技法的驾驭也可谓炉火纯青。作品中对心理“种族”及“性”意识的高度艺术性展开坐实了作者超强的心理透视能力和高超的叙述技巧。桑德奎斯特说“除了莉莲·史密斯，20 世纪无其他作家像福克纳那样清晰地展示因种族仇视而表现出来的心理性层面”（1986：13）。爱力生（Ralph Ellison）对小说家的褒奖——“可能比其他任何一个白人或黑人作家更成功地探讨了某些黑人人性问题”（1964：47）确是言之有据的。如果说福克纳此前所能做的最多只是将黑人纳入小说中心人物之列，在极具艺术性地探索“黑人心理”的质的飞跃中，“黑人”问题已毫无疑问成为小说的核心主题。

达至巅峰

福克纳对黑人的艺术探索在《押沙龙，押沙龙!》中达至巅峰。故事以无

① 陶洁译，福克纳著《圣殿》，上海译文出版社，2004。后文只标页码。

与伦比的艺术手法将先前小说中对黑人的种种关注融为一体。它仍以作者在《军饷》中就给予关注，《坟墓里的旗帜》里更明确，《喧哗与骚动》中强化的“血统”和“家庭”为中心，只是用最微妙、复杂、强烈的叙事手法将两者的衍生物——重婚、种族混杂、乱伦和弑兄交织在一起。它是《喧哗与骚动》未竟视界的延展，是《八月之光》对“疑似黑人”心理和南方集体心态探索的继续。它以前所未有的规模和精湛的艺术手法表现作为“隐喻式抽象观念”的黑人群体。它首次将黑白两种族并置于广阔的“内战”与“大迁移”的历史背景之下，有效实现了历史与文本的互动。更有甚者，《押沙龙，押沙龙！》增加了戴维斯（Thadious M. Davis）所谓政治、道德层面之外有关种族的另一层面——“作为小说美学设计之关键要素的黑人”（1983：214），成就了小说中占主导地位却一再被悬置的黑人存在。如果说故事的中心线索是“萨德本百里庄园”的兴亡史的话，那么贯穿其始终、成其动因、促其成型、致其衰亡的关键因素是黑人：白人庄园穿号衣的猴样黑奴激发了萨德本为洗清门前之辱而要拥有自己庄园和家奴的野心；海地的混血妻子和黑人革命为萨德本王朝的建立积累了原始资本；包括萨德本在内的二十一位“野蛮人”从蛮荒中开辟出百里庄园；造成庄园衰败的内战由黑奴引发，最后造成庄园分崩离析的也是“弃儿”邦恩的一滴“疑似”黑人血液；萨德本死后，他的混血女儿克莱蒂幸存下来照料奄奄一息的亨利和凋敝的庄园；故事结局处唯有邦恩的孙子吉姆·邦德从大火中逃生。而这一系列有关黑人的故事都是由白人叙述者臆测、转述、编辑而成。最让几位“编辑”困惑的当属围绕邦恩的神秘莫测的谜中谜。正如戴维斯所指出的，“总之，很明显昆丁和施里夫能解开弑兄（在此过程中，整个萨德本神话）之谜，福克纳能走出‘叙述迷宫’而不影响小说张力、模糊性的唯一方法就是求助于‘黑人’，而且要最终体现小说的人文主义内涵，辨明其复杂文体的合理性，黑人必须处于作品美学建构的核心”（216—217）。

《伊凡吉琳》（“Evangeline”，1931）和《山上的胜利》（“Mountain Victory”，1932）是巅峰前的两次预演。前者被普遍认为是《押沙龙，押沙龙！》最重要的来源，是小说的原型。该短篇中“内战的最后一枪”同长篇中邦恩的黑人血液一样产生了巨大的悬念。该短篇已经涉及相当复杂的“重婚”和“种族混杂”主题。记者“唐”和“我”对话构建故事的叙述方式在《押沙龙，押沙龙！》中被继承并进一步发展。值得一提的是其中对邦恩、他的混血情妇和雷比·萨德本的塑造既可看作是长篇人物的原型，也可独立对待。如果说《伊凡吉琳》是萌芽状态中的《押沙龙，押沙龙！》，《山上的胜利》则可看作内战的微型再现。在这部被欧文·豪（Irving Howe）称为可能是“有关内战最好的短篇”（1975：264）中，潜在的“种族混杂”威胁使得三人丧命。除了人物和情境的相似之外，尤其重要的是该短篇演绎了一个在《押沙龙，押沙龙！》中得到充分发展的主题：战争即弑兄，弑兄即自杀。

《去吧，摩西》与《押沙龙，押沙龙!》共有许多特征。两者标志着桑德奎斯特认为的“从种族歧视造成的悲剧向引发悲剧之悲剧——造成兄弟间仇杀的祖先的罪恶的转变”（1983：100）。它将有关黑人的“乱伦”“种族混杂”“弑兄”等主题融入诸如“爱情与婚姻”“图腾大熊老班的牺牲”“对他人和土地的侵犯与占有”等主题之中。更为重要的是，如维恩斯坦（Philip M. Weinstein）所论，它“发展了黑白种族相互主宰对方命运的主题”。小说中七代人共处，从种族杂交始，至种族杂交终。“黑人从白人身上看到他们不能逃脱的生存状态，白人从黑人身上看到他们减轻不了的罪责”（1986：187—188）。总之，《去吧，摩西》记载了被同一个白人家族压迫剥削长达一百五十年的黑人家庭的历史，延展并升华了在黑人心中澎湃的性、政治、经济、情感方面的思想意识。对此戴维斯曾精辟作论：“如果《押沙龙，押沙龙!》可以被视为福克纳最具创造力阶段艺术成就巅峰的话，《去吧，摩西》则是同阶段意识形态探索的极点”（1983：239）。路喀斯是福克纳作品中首位果敢的黑人呐喊者：“我是一个黑鬼……我也是一个人”（46）。洛斯·爱德蒙兹的情妇在林中与艾克遭遇时首先为自己的爷爷正名，“詹姆士·布钱普——你们叫他谭尼的吉姆，虽然他也是有姓的”（344）。而当艾克出于对种族混杂的恐惧而让她忘记洛斯去嫁一个同种族的男人时，她反唇相讥道：“老先生，难道你活在世上太久，忘记的事情太多，竟然对你了解过，甚至是听说过的关于爱情的事儿一点点都记不起来了吗？”（346）黑傻大个赖德深切的丧妻之痛以及伴随而来的举动确实让那个认为“那些臭黑鬼本来就不是人……是一群该死的野牛”的副保安官大伤脑筋（49—50）。赖德、尤妮丝的无声对抗与标题短篇中塞缪尔·布钱普的尸体“光荣还乡”共同谴责了南方无视、践踏黑人人性的暴行，呼吁白人应对黑人承担相应的道德责任。大熊老班和艾克的良师益友，祖辈曾两代为奴的混血儿山姆·法泽斯的相伴而亡则暗示：在福氏创作中，生态同世态密不可分，对人的侵犯就是对自然的侵犯。

总而言之，在达至巅峰之际，福克纳将种族主题同美国文学的许多重大主题有机地结合在一起，最富戏剧性地再现了南方的历史。福克纳本人说，“《押沙龙，押沙龙!》是南方种族制度的浓缩版本”，《去吧，摩西》中的故事是“整片南方土地的缩影，是整个南方发展和变迁的历史”（Gwynn & Blotner，1965：94）。一言以蔽之，就种族关注而言，《押沙龙，押沙龙!》几乎是有关南方黑人的一部百科全书，《去吧，摩西》则近乎黑人呐喊、渴求人权的宣言。

冰期滑坡

从《未被征服者》开始，福氏对黑人问题的艺术探索大体呈滑坡态势。该小说的创作过程表明这是一部为了快速取得酬金的“拼凑之作”（Cowley，1966：

5；Vickery，1981：306，308）。[①] 而且该作品成于黑人民权运动兴起前夕，处于双重压力下的福克纳更是为了某一群体利益在创作。相应的，故事中对黑人形象的塑造既有刻板化的继承，又有浪漫化的曲解。白亚德三世的"童仆"林戈就是这样一位意识到并且甘愿接受自己"奴仆"身份的黑人少年。他对主人忠心耿耿，对沙多里斯家族事业死心塌地，甚至不惜射杀前来解放黑奴的白人士兵和投身于剥夺黑人选举权的活动。小说中唯一值得肯定的斯特瑟家族成员卢希又不幸是《坟墓里的旗帜》中卡斯皮的翻版。他的叛逆求变、向往自由的举止也遭到了周围同族人的误解和嘲讽，不过这次是母亲卢万妮娅一巴掌搧"醒"了他。因此，就整体而言，小说可谓退化至庄园文学中流行的主仆种族关系模式。《坟墓的闯入者》和《修女安魂曲》都是应景之作（Polk，1986：30—31；Zender，1986：273），是针对民主党提出的《反权利法》和《黑人民权法案》的一种强烈反驳。这一次，在黑人人物的刻画方面作者似乎走了另一个极端，过分渲染两主人公的"反黑奴化"形象，结果路喀斯几乎是运筹帷幄之中、决胜千里之外的幕后神祇，南希则成了一种良好主观愿望的抽象化身。斯诺普斯三部曲中，作者关注焦点已转向由贫民演变而来的新兴资产阶级的代名词——贪婪无道的"斯诺普斯主义"。种族主义虽仍为作品关注，却不再是核心主题。作者在五十年代黑人民权运动勃兴之时不能直面此敏感话题，的确有避重就轻之嫌。《掠夺者》则是一落千丈。只乐意接受自己黑奴身份并安分守己的耐德·麦卡斯林只有傻乎乎的"嘿，嘿，嘿！"给我们留下些许印象。沃尔特·泰勒（Walt Taylor）认为该形象大声宣告："种族歧视政策并不太糟糕"（1986：128）。

这几部作品却又同时代表着桑德奎斯特所言"福克纳对这无可作答（种族）问题坚持不懈的探索"（1983：133）。小说家继续通过故事中人物来挑战甚至颠覆主流种族意识形态。如《坟墓的闯入者》中契克经历观念与现实之冲突，克服了自己的南方白人种族意识，趋向成熟。《修女安魂曲》中南希则被赋予神圣的拯救堕落白人的使命。斯诺普斯三部曲中拉特利夫从斯诺普斯家族著名的"观察者"变成实际"行动者"，成功挫败种族主义的积极倡导者参议员克拉伦斯·斯诺普斯的竞选计划。作者对从战场归来已什么都听不见却热心黑人解放事业的琳达·斯诺普斯的描述虽不无讽刺，却也肯定了她反种族主义的一面。即使《掠夺者》中的耐德·麦卡斯林也似乎在向人们倾诉：除了生活在面具之后，美国南方黑人还有什么更好的生存策略呢？

总之，这是上升中的下滑，前进中的后退。但总体的滑坡趋势至少说明以

---

① 考利（Malcolm Cowley）称《未被征服者》为"介于零散的合集与统一的小说之间的杂合体"（a hybrid form between the random collection and the unified novel）；维克利（Olga Vickery）称之为"焊接之作"（a "fused novel"）。

下几点：首先如前文所说，这标志着作者关注重心的转移。南方作家躲不掉、推不开黑人话题，但是避其锋芒还是很容易做到的。其次，这在一定程度上意味着作家创作能力的下降。这一时期黑人刻画的力度和深度与上升阶段、巅峰期都不可同日而语。实际上，此阶段集结了作家在黑人形象塑造方面的诸多局限：刻板化、理想化和浪漫化等。迈克尔·格里姆伍德（Michael Grimwood）在专著《冲突的心灵》中说福克纳一直对自己“识别黑人——透过表面去描述内在现实”的能力心存疑虑。“这种困惑，”格里姆伍德进一步分析，“发展成为作家对自己审视任何事物的能力的焦虑”，并最终“促发了一场福克纳再也没有完全从中恢复过来的信心危机”（1987：246—247）。此危机感在这一阶段最为沉重，导致卡尔·泽德（Karl F. Zender）称之为“福克纳文学生涯中最漫长的艺术冰期”（1986：273）。信心不足往往容易受外因的干扰，创作理念也因此会发生变化。作家常常为名利所驱使，不惜牺牲历史事实去创作。再者，压力的增加也会导致心态的变化，产生格里姆伍德所谓“个人极度疲倦”感——作家遭遇到的“‘精神上的绝经期’，一种生活已经结束，创作是徒劳的折磨人的焦虑”（1987：224）。比如在写《掠夺者》时，作家由于在种族问题上“温和”的中间派立场而遭到南方以及家人的尖锐批评，处于多重压力下的他甚至被要求写一些肯定甚至颂扬南方的东西。此外，泰勒认为福克纳当时也像莎士比亚写完《暴风雨》时那样感叹：“你永远也找不到有关人类生存状态的终极答案，还不如就此封笔”（Blotner，1974：689，691）。结果是“他写出一本最为滑稽的书，而且还奢望我们对这样一个倒退社会的赞扬……耐德代表不了任何美国黑人，他代表的是奴役他们的传统被加工之后的产物”（Taylor，1986：128）。

“抛物线”表征大致的外在图式，旨在彰显一个有较长职业生涯的作家创作过程之跌宕起伏。重要的是，它展示了作家在不同阶段艺术探索的表现指数，以及由此所映射的心路历程。至此，对该图式可小结如下：其一，福克纳黑人表现成就曲线与职业成就曲线大体一致。黑人愈是成为文本核心关注，作品的创新/造性、美学价值、艺术表现、叙事手法和主题挖掘深度及力度愈发显著。福氏创作巅峰期的经典力作《喧哗与骚动》《八月之光》《押沙龙，押沙龙！》《去吧，摩西》无一例外。相应的，黑人主题被边缘化或不被关注的作品则在诸多方面都要稍逊一筹。其二，混血儿或“种族混杂”主题乃重中之重（Warren，1996）。[①] 确如豪所评述，“混血儿常常激发福克纳最强烈、复杂甚至歇斯底里的创作”（1975：129）。此类作品如《押沙龙，押沙龙！》也往往被认为是经典

① 众多评家中，沃伦（Robert Penn Warren）高度评价福氏对重大主题的处理及直面种族问题之大勇。他发现“黑鬼”处于福氏作品之中心（“Negro”centrality），而“种族杂交”（miscegenation）与（对血缘关系的）“摒弃”（repudiation）（1996: 271）更是中心之中心。

中的经典。其三，文本间特别是约克纳帕塔法系列之间意义的暗示、续写、引用和模仿极大促成互文性的彰显，并丰富了中后期黑人人物的阐释内涵。如南希、路喀斯、耐德、卢希就很可以读解为对前期同名人物及西蒙、卡斯皮的戏拟与仿作。[①] 在此意义上，抛物线架构确实处处体现动态可塑性。其四，对于小说家福克纳，该图式代表的是“极辉煌之失败”，因为仅就种族主题而言，它毕竟没有画上一个圆满的句号。再者，如小说家本人经常提及的，作家们苦心孤诣从事的是注定要失败却意义非凡的职业。福克纳在这里探索的是一个敏感且没有终极答案，但却很值得为之“痛苦和烦恼”的话题——“人类的内心冲突”（福克纳，1979：254）问题。所以，“极辉煌之失败”乃文学创作之常态悖论，是伟大作家的区别性标志。极致失败与极致辉煌共生无界。

Ⅱ. 一言难尽：“黑人观”批评史

福克纳毕生坚持对黑人问题的探索，评者对其“黑人观”或曰“种族观”追踪研究，有从社会历史角度切入的，有“传记式”批评，有从心理分析着手的，有作文体分析的，也有以“美学功效”为敲门砖的，不一而足且至今不衰。本书作者追溯、梳理福氏黑人主题近百年批评史发现：欧美白人评者 20 和 30 年代主唱迪尔西的赞歌，50 和 60 年代开始深入心理和美学层面，70 年代“新批评”派通过文本细察得出新结论，80 年代的研究高峰从多重视角阐释并产出丰硕成果，90 年代至世纪之交对小说家后期作品有所关注，新世纪该课题的研究势头持续强劲；黑人评者分褒、贬和持严重保留意见三派，从道德、政治、美学和黑人文化等层面阐发观点；国内研究主要聚焦道德、社会历史层面，研究相对不够系统、深入，可拓展空间较大。

欧美白人批评

20 世纪 20 年代末 30 年代初以伊夫琳·司科特（Evelyn Scott）为代表的白人评者对小说家作品中黑人形象的出现迅速做出反应，一味唱迪尔西的赞歌。司科特在《论威廉·福克纳的〈喧哗与骚动〉》中写道：“迪尔西提供了纷争混杂背景中的协调美。她无须寻找心灵的港湾，她本人就是。”（1929）莫里斯·考因德罗（Maurice Coindreau）在《威廉·福克纳时代》（1933）一书中认

① 如詹姆斯·卡罗瑟斯（James Carothers）认为“每一个文本，由于它在福克纳个人发展不同阶段的特殊位置而具有互文意义”（1985: 25）。再如桑德奎斯特认为《我弥留之际》《喧哗与骚动》《押沙龙，押沙龙！》《去吧，摩西》不仅都围绕家庭展开，力求创作手法之突破，而且“在演绎‘爱’、（生理、精神、历史层面）‘丧失’‘创造性’‘苦痛’等话题方面一脉相承”（1983: 20）。如此看来，托尼·莫里森（Toni Morrison）的独到论断——福克纳后期小说的核心主题才是“阶级与种族”（1992: 14），还是别有深意的。

为迪尔西“对康普生家族动物般真诚”和“健全的原始心智”使得她在这一日趋衰败的家族中维持一定秩序，她代表福克纳心目中“理想黑人女性”（31）。“迪尔西热”一直持续到80年代，仅帕特里夏·斯威尼（Patricia Sweeney）在《威廉·福克纳作品中女性人物》（1985）中就列举了114例。

50和60年代的批评开始深入心理和美学层面。豪在《福克纳评传》（1951）第五章“福克纳与黑人”中归纳出三个论点：第一，福克纳对黑人形象的塑造表现出从“程式化”向深层次心理探索的发展；第二，“混血儿常常引发作家最强烈、复杂、甚至歇斯底里的叙述文体”；第三，不能将作为艺术家的福克纳与其作品中人物等同。豪认为“尽管有《坟墓的闯入者》中的长篇大论，福克纳不是也不该被看作是很有体系的思想家。他对‘黑人问题’没有系统的观点，而且作为小说家也无此义务”（129，133）。

在《福克纳：南方、黑人和时间》（1966）中，罗伯特·沃伦（Robert Penn Warren）发现“黑人”是福克纳关注的一个中心，“种族混杂”“摒弃”更是中心之中心。他还赞扬福克纳直面种族问题的大无畏精神，认为福克纳肩负比乔伊斯笔下的斯蒂芬·代得罗斯更为艰巨的使命，“为了锤炼种族的良知，他留在本土，用心灵，通过对善与恶的描绘戏剧化地再现了种族的历史”（271）。无独有偶，《黑面具：现代南方小说中的黑人》（1969）的作者蒂西勒认为福克纳对黑人的塑造“充满洞察力与同情心”。此外，她还致力于挖掘“刻板式”人物的独特艺术价值和小说家作品中黑人的诸多美学功用（22，192）。

70年代的“新批评”派别提出新的研究方法。克林斯·布罗克斯（Cleanth Brooks）在《福克纳对种族问题的处理：典型范例》（1971）一文中重申了他一贯强调并身体力行的“新批评”原则：“就种族问题而言，如果我们关心作家在作品中说了什么，尤其当这位作家是威廉·福克纳时，‘细读’文本显得尤为有益”。他得出诸如“细读《八月之光》会发现乔不大可能有黑人基因”等新的论断（Cox：447）。在其经典论著《约克纳帕塔法王国》（1963）、《约克纳帕塔法及以外》（1978）和《威廉·福克纳浅介》（1983）中，他对福克纳小说中诸多黑人角色的作用和意义都有所论及。

80年代出现了研究福克纳“黑人观”的高峰，各派别评者竞相解读，新观点纷纷出台，故事中被埋没的众多人物得以重见天日。李·杨金斯（Lee Jenkins）的专著《福克纳与黑白种族关系：心理分析批评》（1981）第一次从全新的精神分析角度解析福克纳作品中黑、白种族关系，提出很多独到的见解：福克纳作品中“色、味被处理为受沾染的观念”；黑人是“一个概念”，是“被压抑的白人冲动的投射”，是“无意识的隐喻”；“混血儿体现了无意识‘性构念’的神秘与复杂”等。他还多次提及“由于种种原因，福克纳不能塑造与白人平等的黑人”（39，54，14，3）。

桑德奎斯特的专著《分裂的家园》(1983)将历史经历与当代文学并构，以创造新的语境来审视《八月之光》《押沙龙，押沙龙!》《去吧，摩西》中的形式及意识形态因素，进而归纳出两大对应：其一，作家对种族歧视的痛恨及南方因种族问题造成的创伤，和整个国家——一个被自己颁布的倡导平等的法令所分裂的家园——之间；其二，主题与形式之间。他认为这三本小说的形式很大程度上取决于福克纳表现种族问题时的叙述策略(ix，x)。

1986 年福克纳年会论文集《福克纳与种族》堪称此论题最优秀评者的思想荟萃。论者一致肯定福克纳对黑人群体探索的深、广度，赞扬他对种族主题大胆、极具艺术性的创新表现。本次会议成果标志着目标课题多方面的重要突破。首先，议题涉及文学传统、作家职业生涯、叙事形式、历史、地域、黑人音乐、意识形态、修辞、心理、创作技巧、想象等，其范围之宽广前所未有。其次，研究方法新颖多元，有叙事策略研究、社会历史批评、传记批评、影响研究、解构、文化批评等。再者就是其涵括的文本对象丰富综合，《军饷》《坟墓里的旗帜》《掠夺者》《修女安魂曲》等成为批评焦点。

桑德奎斯特和克莱格·维尔纳(Craig Werner)号召更多地将福克纳置于种族文学传统中进行研究。帕梅拉·罗兹(Pamela Rhodes)和泰勒等提出审视福克纳作品中黑人形象的新方法。如罗兹认为《坟墓里的旗帜》中的西蒙·斯特瑟体现了作者塑造该人物的两种风格。一方面他被表现为传统的刻板式喜剧人物，另一方面，他又是一个更加复杂、独立，不断寻找机会来自我发展的现实中人(108)。在同一个会议上，诺尔·波尔克(Noel Polk)，菲利浦·维恩斯坦(Philip Weinstein)，罗西·赫尼豪森(Lothar Hönnighausen)，弗雷德里克·卡尔(Frederick Karl)，霍克·铂金斯(Hoke Perkins)和萨金·乔科夫斯基(Sergi Chakovsky)等有力反击了认为福克纳的黑人塑造可能是歪曲黑人现实的说法。如维恩斯坦运用德里达在《论文字学》中对“宾语”和“补语”之间的互补论述来解读福克纳作品中黑、白人物关系(Derrida：144—145)。他说这犹如边缘与中心的关系，“中心不只是‘容许’边缘存在周边，而正是由边缘构成。没有边缘，就失去了中心。因此正是中心外领域使我们得以生成‘中心’概念。从这个意义上讲，福克纳笔下的‘黑鬼’对白人至关重要”(Weinstein：170)。波尔克甚至慷慨激昂地为小说家辩护道：“……又有任何地方，任何时候，任何其他作家的作品能与他在《八月之光》《押沙龙，押沙龙!》《去吧，摩西》中对黑人人性问题的表现深度和关注力度相媲美呢？对于一个艺术家还能有什么更高的期待呢？”(Polk：145—146)

格里姆伍德和泽德等则致力于揭示种族问题与作家职业生涯的内在联系。如前者说福克纳一直对自己“识别黑人——透过表面去描述内在现实”的能力心存疑虑。这种困惑发展成为作家对自己审视任何事物的能力的焦虑，最终促发了一场福克纳再也没有完全从中恢复过来的信心危机”(246—247)。泽德认为作家的信心危机导致了其“文学生涯最漫长的艺术冰期”（273），并揭示了这与《修女安魂曲》中南希的塑造的内在联系。

在维恩斯坦编选的《剑桥文学指南：威廉·福克纳》（1995）中，种族是每篇论文的必谈话题。如契瑞尔·莱斯特（Cheryl Lester）揭示《喧哗与骚动》的成型与小说的种族立场息息相关。朱迪思·威坦伯格（Judith B. Wittenburg）绎解了《八月之光》中种族另一种意义上的不可见性：“它完全是一个编造的观念，黑色素与此毫不相干……特别惹人注目甚至显得自相矛盾的是，在这部核心主题（种族）也是福克纳所有作品普遍关注的话题的小说中居然没有一个可确认的非洲裔美国人，但这一缺场恰恰突显了文本的中心关注点是将种族当作一个语言学和社会构念而非生物性事实来对待的，其焦点在作为观念的种族，而不在实实在在的种族关系”(146)。种族主题也是琳达·瓦格纳-马丁（Linda Wagner-Martin）编选的《〈去吧，摩西〉新论》（1996）收录的六篇论文中三篇的中心关注。

《福克纳与后现代主义》（1999）标志着福克纳研究的后现代主义/结构主义转向。11 篇收录论文涉及令人纠结的现代主义与后现代主义之界分、互文性、身份的社会文化建构、文本的戏仿性与拼凑性、叙事的狂想症候、心理分析、文化研究等。维恩斯坦的论文探讨福克纳《八月之光》、赖特的《土生子》、爱力生的《看不见的人》互文空间中人物的“不可见性”，彰显了主体的破碎性与文本间的戏仿与复写，直接关涉种族关注。

新世纪该课题的研究势头余势未减。据本书作者统计，中国国家图书馆所列新世纪以来福克纳研究英文专著 60 余部，中文专著 10 余部，硕博论文近 260 篇，其中近四分之一与种族主题直接或间接相关。唐纳的论著《福克纳笔下的种族界限：后期小说》（2000）首次探讨了《圣殿》《修女安魂曲》和《斯诺普斯》中的种族问题，其中不乏精彩论述。如她认为福克纳在《圣殿》中创造性地把凸眼描写成小个黑人是为了凸显“种族”的文化生成性。尤其是谭波儿在被奸前夜几次想象中的男性化身都表明“谭波儿其实能掌控形势的唯一办法就是把凸眼设想成一个变得越来越小的小黑东西，对他的任何白人男性化身的威胁也越来越小”，因为“在谭波儿的意识核心，黑人男子是性侵犯的象征，白人男子是‘不容侵犯’的化身”（18)。《二十一世纪的福克纳》（2003）标志着种族关注在新世纪的强力延续。主编罗伯特·汉布林（Robert Hamblin）称“黑白种族关系为福氏最突出最具争议的话题”。泽德展示了路喀斯的种族政治策略——拒绝以截然二元对立的对峙方式，而是通过协商与妥协来达至人性的诉求。迈克尔斯（Michaels）盛赞作家为处理种族主题的“玄学大师”，认为他将种族与阶级、金钱和性属彻底融合，以致其最优秀小说世界一旦缺失了种族，从喻义和本义上都显得苍白。其他与种族主题直接相关的专著有杰伊·沃森（Jay Watson）的《福克纳与白种性》（2011）、兰迪·博雅格达

（Randy Boyagoda）的《拉什迪、爱力生与福克纳小说中的种族、移民与美国身份》（2008）等。

美国黑人批评

斯特林·布朗（Sterling Brown）在《美国小说中的黑人》（1937）中首次将福克纳放在历史语境中进行比较研究，代表早期美国黑人评者对他极为肯定的反应。此书比较福克纳对“密西西比黑人悲惨生活”的精确写照与充斥着“无忧无虑的喜剧人物”的同期流行小说，得出结论：“福克纳不写社会抗议小说……却刻意反映事实真相”（177—179）。查尔斯·耐隆（Charles Nilon）、拉尔夫·爱力生（Ralph Ellison）、托尼·莫里森（Toni Morrison）、萨迪厄斯·戴维斯（Thadious M. Davis）、布莱顿·杰克逊（Blyden Jackson）和詹姆斯·施耐德（James Snead）都不同程度地赞扬了福克纳，认为其观点虽有局限性，其人却是一个敏锐的观察者，且拒绝掩盖南方历史和现实的真相。

在第一部研究福克纳笔下黑人的专著《福克纳与黑人》（1965）中，耐隆认为“福克纳对黑人形象的塑造一如其他人物，是作家对人和自然的整体观念的产物”（1）。爱力生将福克纳描述为“一个有复杂动机的作家，既塑造了‘好黑鬼’和‘坏黑鬼’这样的程式化人物，又可能比其他任何一个白人或黑人作家更成功地探讨了某些黑人人性问题”（1964：47）。莫里森对福克纳极为推崇且深受其影响。她认为“吐温、麦尔维尔、福克纳和霍桑对黑人的反应还没在任何一篇正式研究中得到承认”（Prenshaw，1944：271）。此外，她还独到地指出福克纳后期小说的核心主题才是“阶级与种族”（Morrison，1992：14）。

戴维斯可能是众多评者中最关注福克纳笔下黑人的美学功效、也最具创见者。在《福克纳笔下的“黑鬼”》一书中，她最为关注的是“作为艺术创造的黑人对于小说形式的重要性，以及对福克纳‘黑人角色’的了解如何丰富对小说本身和创作过程的理解”。她敏锐地发现《押沙龙，押沙龙！》增加了除道德和政治层面之外有关种族的另一层面：“作为美学问题的黑人，作为（小说）美学设计之关键要素的黑人”（1983：4—6，214）。

在 1986 年“福克纳与种族”学术研讨会上，戴维斯指出福克纳塑造黑人的两种风格分别与节奏明快的“爵士乐”和哀婉的“蓝调乐”相对应。杰克逊认为“约克纳帕塔法”的发现是福克纳小说中黑人的分水岭，“之前是刻板式人物，之后是可靠、可信的人”（62，63）。施耐德为小说家辩护道：“虽然福克纳并非根本上关注黑人的苦难，他在叙述中却道出了他同代人认为难以启齿的种种冲破社会藩篱的种族融合的真相。”（161）

玛格丽特·沃克（Margaret Walker）和达尔文·特纳（Darwin Turner）在 1977 年福克纳学术研讨会上的发言可就不那么悦耳了。前者说“福克纳虽不认为所有黑人都是令人生厌的窃贼、懒汉、强奸犯，却保留了刻板化角色和传统庄园里死心塌地忠于主人的年迈奴仆，而且对受过教育的黑人要么一无所知，要么嗤之以鼻”（Walker：117）。后者则认为福克纳作品“有严重的缺损，对奴隶制的描写中看不到任何对身体的残酷摧残，没有任何地方提到南方重建时期的黑人政治家”。特纳还说，即使福克纳“为黑人辩护时，其方式也不是一个有知识的黑人会使用的方式”。所以他相信黑人会很难认同“福克纳通过加文·斯蒂文斯所表达的乐观主义”，而且黑人“获得彻底自由而不是确立种族间和睦关系”（Turner：69，74，75，79，80）的强烈倾向同福克纳诸多观点将产生严重分歧。

詹姆斯·鲍德温（James Baldwin）和爱丽丝·沃克（Alice Walker）代表了对福克纳持严重保留意见的一派。前者多次严厉批评福克纳的“慢慢来”以及“南方社会要通过道德改良而不是政治斗争来寻求变化”（Baldwin，1985：472—474）的观点。沃克曾把福克纳的态度同托尔斯泰的非暴力主张进行比较，指出：“同托尔斯泰不同，福克纳不准备用斗争来改变他生活其中的社会结构”（Walker，1983：20）。他们一致认为福克纳埋解南方的过去，却无视它的将来和很大一部分现在。所以尽管他很少曲解观察到的事实，却频频误解美国黑人经历的内在活力。

在与笔者的几次交谈中，《非洲裔美国黑人小说及其传统》（1973）的作者伯纳德·贝尔博士[①]（Bernard W. Bell） 抱怨：“艾克·麦卡斯林和路喀斯·布钱普是福克纳在处理黑人和白人关系时所能做的最好的了……福克纳塑造了太多自我满足的黑人，而有些批评者就几乎相信了他，认为这些形象符合当时的历史事实。”

国内批评

在中国，关注该主题的当属译者兼评者，如李文俊、陶洁、蓝仁哲，以及新生代评者，如肖明翰、刘建华、朱振武、李长磊等。李文俊在译者序中多次提及种族因素与黑人的苦难，康普生、萨德本、麦卡斯林家族及整个南方的衰亡之间的因果关系，与杨金斯所持施行种族歧视政策的白人既是为害者又是受害者的观点不谋而合。陶洁在《成长之艰难：小议福克纳的〈坟墓的闯入者〉》一文中简洁而精辟地探讨了在种族主义根深蒂固的南方一个白人孩子成长、树立正确的人生观和种族观的艰难（2004：10）。蓝仁哲在《八月之光》译者序中认为“（南方）社会必然保守封闭，对外排斥，成为产生社会偏见和种族歧视的温床”（2004：15—16）。台湾学者侯文敬（1989）的博士论文聚焦福克纳作品中的种族混杂主题，是早期难得一见的福氏“黑人观”

---

① 伯纳德·贝尔博士（Bernard W. Bell）2005—2006年在北京外国语大学做富布莱特高级访问学者，笔者曾向他多次请教。

专题研究。

在国内首部系统研究福克纳及其作品的专著《威廉·福克纳研究》中，著者肖明翰写道："福克纳在《八月之光》里首次对他毕生感兴趣、矢志探索的种族问题作了深入的思考和表现……种族问题成了小说深入探索的中心主题，而且在这以后也一直是福克纳在创作中关心的核心问题。在《押沙龙，押沙龙！》和《去吧，摩西》等小说里，种族问题成了萨德本和麦卡斯林家族毁灭的根本原因，其实也是旧南方解体的根本原因。至于《坟墓的闯入者》则更是在探索现代南方社会中的种族问题，并在一定程度上预示了黑人民权运动的兴起。"本书还专章探讨了小说家的"反种族主义立场与黑人形象之间的矛盾"。作者指出，"尽管福克纳不论讲话或作品中都公开地、明确地、有意识地揭露和谴责了奴隶制和种族主义，种族问题上的传统意识和价值观念也被有意无意地带到作品中，特别是带到黑人人物的塑造中，造成了他作品中的矛盾性"（1999：333，221）。

刘建华在博士论文、专著《文本与他者：福克纳解读》中探讨了福克纳对无身份群体——"黑人"的文本化，揭示了作者在"问题化""历史化"黑人问题时的复杂、矛盾的心态。如他对《八月之光》的结论为："大体上，克里斯默斯的故事是一个破灭的故事，是他所在社会基于无身份构建绝对、永恒、纯质身份梦想的破灭"（2002：30）。

批评史及现状简评

批评史回顾显示了不同时段的研究成果。各个时段的批评自然存在不足，总结如下：

（1）聚焦主要作品、主要角色，次要角色、非代表性作品受到"批评歧视"。

《喧哗与骚动》中迪尔西的登场吸引众多眼球，而她在《军饷》中的原型，那无名高大的厨娘则默默无闻。直到20世纪80年代戴维斯才将她挖掘出来并给以评价："她高大的身躯，质言之，是人性的反映，是在现代社会留存人性的内在可能性的反映。"（1983：58）同样，黑人的"呐喊者"路喀斯·布钱普被无数次聚焦，而对该角色的形成起铺垫或陪衬作用的其他黑人男子，尤其是混血儿则要暗淡许多。也是戴维斯打破常规，将《去吧，摩西》中的小角色"托梅的图尔"挖掘出来，在新著《财产游戏：法律，种族，性和福克纳的〈去吧，摩西〉》（2003）中作为中心人物来论述。

再者，就整体而言，《喧哗与骚动》《八月之光》《押沙龙，押沙龙！》《去吧，摩西》仍是主流评论的中心文本，之前尤其是之后的小说则常被忽视。之前如习作《军饷》和《坟墓里的旗帜》中包含作家表现黑人群体的诸多尝试和突破。之后如《修女安魂曲》《斯诺普斯三部曲》《掠夺者》，代表着桑德奎斯特所说的"福克纳对这无可作答（种族）问题坚持不懈的探索"（1983：133），也蕴含着对前期人物不可忽视的戏拟与仿作。

（2）评述有失客观。

任何评者都不可能完全摆脱个人主观性和局限性，评论难免有失偏颇。如蒂西勒评述《押沙龙，押沙龙！》时说："黑人评论家倾向于认为福克纳对'种族混杂'极度恐慌，但他似乎更为关注性虐待，而不是'不纯'血统问题"（1969：95）。另外，桑德奎斯特和戴维斯皆有明显可商榷言论。如前者认为，"福克纳在创作《八月之光》之前没有意识到种族混杂主题"（1983：ix）。后者认为，"福克纳笔下的'黑鬼'不是对其人道精神的考验，而是对其创造性的测试"（1983：17）。相比之下，蒂西勒要客观许多，"在长期以来都有黑人如影随形般相伴的南方作家世界里，这常常是对他的洞察力、想象力、创造力和人道精神的考验"（1969：27）。

（3）概括过简。

戴维斯在《福克纳笔下的"黑鬼"》中主要讨论了《喧哗与骚动》《八月之光》和《押沙龙，押沙龙！》中黑人的作用和意义，《军饷》和《沙多里斯》简洁为之，《去吧，摩西》则一笔带过。理由是：其一，"到 1936 年年底，福克纳作品中主要形式、风格、人物都已得到表现，虽然有些方面尚不成熟"；其二，"1926 至 1936 的 10 年给他提供了南方的主要形象和一个可以'瞻前顾后'的独特视角"（1983：5—6）。她后来认识到不足，在新著中作了补救："我现在可不那么确定了。我开始认为我原先视之为'臃肿的怪物'并拒绝深入探讨的《去吧，摩西》当属福克纳最伟大的小说成就之一……部分原因在于它涉及错综复杂的种族及性别的意识形态问题，在奴隶制被立法和可以合法地视人为私产的文化中，这些问题显露无遗地表现在白人的羞耻感中"（2003：4）。

同样，杰克逊在《福克纳笔下的两种黑人》中以"约克纳帕塔法"的发现为分水岭划分黑人角色的做法显得过于武断，相关言论也有待商榷。如他认为"福克纳拒绝将他在《大理石牧神》《军饷》以及《蚊群》中表现出的对其他艺术家的盲从带入约克纳帕塔法王国。约克纳帕塔法属于他，因而里面的一切，包括黑人都是他本人的创造"（1986：62）。对自我文学王国的发现固然是作家创作独立性的重要标志，但这也不是一蹴而就的。国内外学者如李文俊（2003：27）、布罗克斯（1978：98）和里查德·格雷（1994：144）都认为《军饷》中的查尔斯镇和密西西比州的杰弗生镇并无区别，而且有充分证据证明该王国中的许多黑人继承了刻板形象，并非如杰克逊所言完全属于作者本人。实际上，福克纳对黑人的塑造是一个充满矛盾、不断探索的过程，截然分开显然不客观也不明智。

（4）对黑人主题处理片面，对黑人艺术价值重视不足。

耐隆在《福克纳与"黑鬼"》中以《去吧，摩西》为中心文本，围绕"奴隶制"和"对土地的占有"两大罪恶之源来阐述黑人的象征与主题意义。作者仅在黑人之间进行比较，仅以两大罪恶为中心论点，忽视了黑人诸多其他美学特征和艺术价值。确实，直至戴维斯在《福克纳笔下的“黑鬼”》中强调要将黑人同小说的结构、主题、象征、文本等联系起来综合考虑其美学价值，很少有人做过系统研究。

（5）研究不够全面。

实际上，迄今为止还没有一部以小说家的全部作品为对象的足本研究。种族问题是南方作家无法回避的敏感话题，它如影随形，成了作家作品中必然的存在。存在必有其理由，因此对某些人物、作品的忽视必然有损对黑人群体理解的整体性。

综上所述，我们不难发现，虽然众多评者从社会历史、心理、美学、传记、文体等不同视角对此论题做过大量研究，但待挖掘空间还非常广阔。如在规模上，有前文所提到的尚未出现的足本研究；在阶段上，有常常被忽视的后期小说；在方式上，有前景非常开阔的比较研究；在视角上，有潜力还远未被充分开发的“后结构主义”、文化研究和比较研究等。

二、创作背景：充满张力的种族三角——黑人、南方与艺术家

黑人的存在造就了张力的存在。

—Joel Williamson，*The Crucible of Race*，1984，31.

谈及南方就得触及黑人话题；两者不论就共同的成就抑或共处的绝境而言，都无可挽回地纠缠在一起。

—Thadious M. Davis，*Faulkner's Negro：Art and the Southern Context*，1983，14.

在我看来，就历史与文学的互动关联话题而言，似乎没有任何作家、任何地方比福克纳的约克纳帕塔法县更为切近了。

—Don Doyle，"Faulkner's History：Sources and Interpretation"，1995，3.

伟大的作家惯用且善用地方素材创作普适性经典。托马斯·哈代的威塞克斯罗曼斯系列，罗伯特·弗罗斯特的新英格兰组诗，以及马克·吐温的密西西比河上及沿岸的历险记皆属地方色彩作品，却兼具普世格局。与此类似，威廉·福克纳将取材于"家乡的那块邮票般小小的地方"（李文俊：274）的约克纳帕塔法系列升华至美国文学史前所未有的普世高度（Meriwether & Millgate，1968：251）。显然，克林斯·布罗克斯对《我弥留之际》的品评——"福克纳运用有限的地方素材来表征普适性人类关怀"，同样适用于小说家的所有经典。统摄所有这些作品的正是对人类生存状况，或者更为精确的，用福克纳自己的话说，"人类冲突的心灵"（1950）的深度探索。但极为不同的是，探讨福克纳小说的社会、历史语境必然会引发与"黑人"及"南方"的相关性问题，因为困扰福克纳独创地域种种问题之根源在于对黑人的对待与定位。[①]再者，黑人的在场以及因此产生的双重种族体制使得本属平常的艺术创作背景激荡异乎

① 关于黑人构成福克纳小说想象性核心元素之一的说法得到诸如欧文·豪（1952，132）、罗伯特·潘·沃伦（1966: 257）和萨迪厄斯·戴维斯（1983: 14，18，25）等批评家的呼应。

寻常的张力，也即作家、话题及地域氛围之间的紧张三角关系。在福克纳致力表征的美国南方，话题敏感且具煽动性，社会环境问题重重，艺术家富于洞察力、想象力、创造力和人文关怀。

Ⅰ. 黑人：种族及美学关注的中心

1607 年，英国人在詹姆斯敦建立了第一个殖民地，黑人紧随其后，早在1619 年就到达美国南部。从此，黑人便成为塑就独特的双重种族南方社会不可或缺的群体。他们饱受奴隶制、一滴血原则、三 K 党、种族隔离法的摧残，开启了虽则传奇却不免过于悲怆的种族史。

类似于福克纳在《押沙龙，押沙龙！》中基于萨德本家世提炼的“石子波纹”（1986：210）效应范式，黑人的出现对于根深蒂固的南方白人而言，无异于一石激起千层浪，所有扩展的波纹只不过是石子“水淋淋的回声”（同上）。很快黑人的在场极自然地开始主导白人的行为与想象。

奴隶制就是现成的例子。随着黑人的到来，奴隶制 50 年间在新大陆牢牢确立（Doyle，1995：7）。极具讽刺性的是，黑人对南方劳动密集型经济的巨大贡献未能引起多少关注，而黑人人口的骤增却很快搅动了白人的想象力，引发了他们的焦虑。事实上，黑人人口数如此之巨，独立战争一代的领袖们，尤其是托马斯·杰斐逊和詹姆斯·门罗，早已认真细致地规划起黑人的未来。禁止向部分州引进黑奴的禁令被部分实施，在国外特别是非洲重新安置黑人的倡议也被郑重提出。

但 1831 年纳特·特纳（Nat Turner）领导的南安普顿起义使得形势急转直下，心存恐惧的白人愈加觉得黑人威胁巨大。难怪乎，接下来对付黑人的措施有“同化”“防范”“限制”，甚至“根除”等，不一而足。用乔尔·威廉姆森（Joel Williamson）的话来表述就是，南方其实经历了“软硬兼施的奴隶制时期”（1984：15）。[①]

一方面，联邦及一些州实施了更加严苛的律令。除了专门针对黑人的一般法和奴隶法，还有种种奴隶主的庄园条例来约束奴隶。哪里有压迫，哪里就有反抗。黑人为争取更多权利和更好生活条件的反叛在各地如火如荼地展开。为了平息黑人的暴动，从而确保现存的种族体制，警察、美利坚合众国的武装部队、就地取材的地方巡逻队（每一个白人都可以在黑人面前扮演警察角色以维持治安）以及全民皆兵的南方白人皆随时准备着响应联邦的召唤。面对共同的“黑人威胁”，种族制度和奴隶制很快融为一体。正如威廉姆森所言，“奴隶制

① 2018 年春季学期我旁听了在哈佛的导师 John Stauffer 教授的通识课“The Civil War from Nat Turner to Birth of a Nation”。该课程从纳特·特纳的起义谈起，足见它是促发内战乃至塑就一个国家的重要原动力。

不再仅仅涉及经济问题，也不再是社会某一独立层级内主人掌控奴隶的单个事件。它俨然已成为所有白人控制所有黑人的大事……上升到了种族层面”（1984：18）。

另一方面，南方白人也跨越种族界限，对黑人施行“怀柔政策”。为了运用宗教话语替奴隶制辩护，南方教会鼓励吸收黑人会员，因为在《圣经》的解释中，黑人是低级生物，天生为奴是昭示上帝惩罚的一种手段。与此同时，南方人做出种种努力，试图让黑人在白人主导的经济、宗教、政治、哲学、文学，甚至家庭中都安分守己。为此他们毫不惜力地塑造起黑人单纯、驯顺并易于驾驭的刻板形象，一般称为“桑博”（Sambo），即在家长式白人主子完全掌控下，有着成人的身体却只有孩童心智的黑人形象。不无讽刺意味的是，黑人确实常常扮演“桑博”以求生存，却往往最终撕开面具以努力寻求自我的身份认同。

此外，白人还试图通过“心理学”手段对黑人实施操控。他们否认黑人的人性。达此目的的重要一环是将黑人“概念化”为消极、缺陷及肮脏天性的化身，一如《八月之光》中乔·克里斯默斯内化的诸多负面品质。臭名昭著的密州州长詹姆斯·金伯·瓦德曼裁定：“黑鬼是懒惰、撒谎、淫荡的动物，本性与猪无异”（Kirwan，1951：146）。相应的，不论是解放前还是之后，南方白人“群策群力”加大力度对黑人进行压制，采取“激进民兵”“白人女子崇拜”“白人至上主义”及“农夫反抗武装”等形式，共有极端种族主义和强硬武装的特征，旨在剥夺黑人公民权，对其进行阉割、滥杀、处私刑和严酷的种族隔离。当代黑人的处境似乎也未见明显改善，他们仍然身处准奴隶制体系中，遭受白人的歧视和压迫。[①]

混血儿对南方社会则构成了独特且严重的威胁。奴隶制可以被确立，也可以悬隔，甚至废除，因而是可控的。相比之下，“黑色素”却永远无法把控。白人、黑人和印第安人的共存即刻引发种族间性交与生育，结果便是广泛的种族杂交与混血儿数目的激增。侯文敬研究发现，种族杂交现象始于殖民时期，到 20 世纪仍兴盛不衰。种族杂交行为通常发生在白人男子和黑人女子之间，大部分情况起因于白人主子不能克制对黑人女奴的性欲，而后者是可以合法轻易占有的私产（1989：36—41）。

血统的杂合和肤色的失界，对种族与等级体制以及最终的白人主导地位造成了严重威胁。因此，尽管由来已久，种族混合在进化过程中还是遭遇到了严格的限制和强烈的反对。譬如到 19 世纪中叶，密西西比州就别有用心地法定：奴隶制是合乎常规的，而种族杂交却有悖人伦。亨利·休斯（Henry Hughes）

---

① 美国著名黑人批评家伯纳德·贝尔博士在重庆举办的“2004 年福克纳国际研讨会”大会发言中强烈谴责当下美国社会的种族歧视现象。他说：“在美国，一些公共机构，特别是学校，种族隔离问题比以往任何时候都要严重。”

1854 年在《社会学专论》中宣称："杂交即乱伦"，盖因"种族之不纯有悖自然法则。混血儿乃畸变怪物。自然法则乃上帝律令。血亲通婚的禁令同样适用于种族杂交。两者同属乱伦现象"（31）。

慢慢的，所有围绕种族杂交的论争归结为一个概念，这对理解美国种族问题至关重要，也即对"黑人种族"的界定。最终，1850 年左右，"一滴血原则"被确立为严格的种族界分标准。任何个人只要血液中流淌一滴黑人的血液，不管多么久远，也不管这个人看起来多么白，都被认定为黑人。对于黑人的这一社会界定从此左右了所有关于种族杂交和混血儿在美国双重种族社会中地位的讨论。正如瑞典社会学家古纳尔·缪尔达尔（Gunnar Myrdal）所论，"美国整个黑人问题都取决于对种族的这一界定，随之而来的是两个族群各自一整套的评价、信仰和期待，导致并形成了有色阶层的等级分化"（1994：117）。一直以来行走在色谱边缘的混血儿被最终贬入确凿无疑的"黑人"行列。

既出于社会必然，更凭借自身美学感染力，黑人群体也很快主导作家的想象力。譬如，他们引发了乔尔·威廉姆森所谓"'旧南方'如黑色花朵一般绽放的拥护奴隶制的话语"，虽则"这些向阳花朵朝向的是奴隶制，从那轮灿烂却失真的紫日获取生命能量"（1984：18）。更为重要的是，由于黑人悲剧性的身世背景，比虚构小说还要离奇的南方经历，在现代社会完全占据一个民族意识的迅捷，连同他们常被程式化的个性[①]，对于作家，特别是南方小说家而言，其美学价值无与伦比。蒂西勒就此话题精彩总结道：

> 如果他是推动情节发展的中心人物，他可被处以私刑或面临私刑的威胁，从而为刻画高潮场景做铺垫。如果他是某个关键白人角色的朋友，当该白人面对一群要滥用私刑的暴民或私生混血儿或任何类似状况之时，他会以英雄或坏蛋的面目出场，促成真相大白一刻的到来。他比其他白人还要见多识广，因而常常成为识别/确认场景的关键角色。在更为复杂的小说中，他扮演的形象一定要被摘掉面具才能认识生活的现实性和模糊性。

① 有不同版本。传统的概论坚持黑人族群的低劣从而为奴隶制辩护。如社会评论家詹姆斯·西尔弗（James Silver）所论，"黑人过去及现在都被大部分白人，可能也包括自己，视为惰怠、漠然、任性、不可信、缺乏主动性、反复无常、迟钝，并且总的来说就像完全适应自己糟糕处境、得过且过的动物一样"（See: *Mississippi: The Closed Society*. New York, 1963, p.84）。此处的桑博形象得到了另一批评家查尔斯·西尔贝曼（Charles Silberman）的呼应。通过调查南方人直至近期的主流态度，他发现：大部分南方人认为黑人听话但没责任心，忠诚却懒惰，俯首帖耳但动辄撒谎和偷窃——简言之，没心没肺，听天由命，无道德意识，就像依赖性很强的孩童，但性欲强烈，节奏感强（See: *Crisis in Black and White*. New York, 1964, p.72）。戴维斯总结各类对黑人个性的泛化为："喜好修辞，善讲故事，享受生活，能爱善笑，与生活的自然节奏和谐合拍，有生存本能，信仰上帝，迷信超自然神力"（*Faulkner's "Negro"*, 28）。同样可比较福克纳《去吧，摩西》中艾萨克与表兄麦卡斯林·爱德蒙兹有关种族类型的论争（1990: 381—382）。

> 他也可以作为自怨自艾或找寻自我身份的象征性人物。通过他，总是可以识别区分一个人是凶残还是温柔，是迟钝还是胸无城府。他的神秘形象（由肤色所象征的）恰可表征人类生活和品性的神秘。他的孤立可代表每个个体的孤立。他的悲惨是人类苦难的缩影，而他的坚忍是每个人坚持求胜的力量与希望之源。一言以蔽之，他是南方小说最珍贵的构成要素之一，也是南方文学极高品质的成因之一。（1984：19）

戴维斯很可能借鉴并变通了霍华德·奥德姆（Howard Odum）和蒂西勒的观点，但她的分析显得更加全面。“对于旨在探索‘生活本质’的艺术家而言，”她说道，“黑人具有特殊的魅力，因为他们戏剧化表征了缺失传统习俗与价值观的现代工业世界人类的生存斗争。”非洲传统“赋予他所代表的异域原始人群远离世俗烦恼的独特魅力”。他在南方生活中的传统地位常常“引发与社会各阶层广泛的关联及互动”。再者，“单单黑人的在场便可生发‘黑色’有关邪恶、天谴、神秘的种种神话，也让人回想起《圣经》中黑人是含的后裔及该隐的祖先的说教。黑人可用以暗指概念性架/结构：奴隶制、性欲、原始主义/状态、坚忍与希望。他可以象征历史语境：战前南方、内战、战后重建。或者他也可表征变化：骑士精神与庄园神话的幻灭、棉花王国的破产、忠诚与爱的感化力、现代南方的崛起等”。最后，黑人为南方艺术家提供了“一个连贯的意义中心”，成了“南方的隐喻”（Davis，1983：25—27）。

作为“种族混杂威胁的鲜活例证，受困于严格界分的黑白种族之间，混血儿不可避免地担起受害者的角色”（Howe，1952：108），因而也更具美学魅力。威廉·贝德福德·克拉克（William Bedford Clark）认为混血儿塑就了“南方文学与历史中最悲剧性的主题之一”（Fowler & Abadie，1984：97）。

Ⅱ. 南方：动荡不安的中心

动荡不安是福克纳致力表征的那个时间、地域的南方主导特征。南方的历史一般划分为三阶段：旧南方、内战与重建时期、新南方。这片土地表面风平浪静，骨子里却充斥着由种族关系问题、阶层特权、农业改革、工业化、城市化以及对变革的强烈抵制所导致的种种紧张、痛苦与冲突。

旧南方由白人主子奴役黑人，实行贵族式统治。因体制自身的瑕疵，白人统建有机社会的野心一再受挫。具讽刺意味的是，拒绝被“定位”（或曰“美国化”）的黑人对白人的影响之巨，远非后者所愿意接受与承认。威廉姆森就此发论：“归根结底，这一过程很有可能要比一个种族教化另一个种族复杂得多。美国南方同体共生的两种文化，互相不断吸收对方元素，但对所吸取之物都要实施过滤，并依据自己特殊的视角加以吸收利用。”（1984：39）除了无处不在的阶级冲突，紧张态势也存在于南北双方对待奴隶劳动力的分歧之中，以及最终看待奴隶制、自给自足的农场经济和不断扩大的工业市场、骑士精神传统的崩塌和黑人文化的入侵，连同形形色色有关族群和自然的颠覆性新思想的不同立场等。

内战的爆发堪称美国南方历史上的核心危机。南部联邦家园被入侵，财产遭受重大损失，黑奴被解放。战争带来的压力，大量的人员伤亡、征兵、入侵，以及奴隶暴动使得南方社会富人和穷人、主人和奴隶、男人和女人之间最深层的矛盾全部浮出水面。重建标志着唐·多伊尔（Don Doyle）所谓“第二次内战”（1995：20）的开启，南方成为共和党与民主党争夺政治权利、不同政治与宗教团体寻求白人至上权势与种族压制，以及自由人寻求政治权利、教育、经济独立、宗教自治和对自我生命控制的疯狂角斗场。此外，北方投机者（譬如政客和投机商）和三 K 党[①]则进一步加剧早已危机四伏的局势。

新南方典型体现了战后一代的乐观精神，被视为和解与巨大经济复苏及社会变革期。然而随着精于算计的城市新型企业家阶层的出现，这一时期也见证了阶级冲突的加剧。对于获胜一方——主要是城市里的工业家、银行家、商人和律师——来说，新南方意味着城市的发展、铁路的扩建和工业的勃兴。对于失败一方——特别是黑人和白人佃农——来说，它意味着赤贫、不断下跌的棉花价格和与日俱增的对地主、供货商及远方棉花市场的依赖。阶级和种族的混合仇恨还表现在“农夫的武装反抗”和“种族隔离”等运动中。

福克纳故乡所在的密西西比州可谓集中体现了这种情势。在详尽无遗的统计调查之后，H·L·门肯（H. L. Mencken）戏称之为“美国差州之最”。[②] 该地因滥施“种族隔离”条令、私刑和经济剥削从而对黑人进行残酷压制而臭名昭著，对变革的强烈抵制同样令它闻名遐迩。它也是通过施行“农夫武装”政治进行种族迫害最彻底的州。密西西比州人兼鼓动者詹姆斯·金伯·瓦德曼与西奥多·比尔博几乎成为极端种族主义的代名词。他们耍尽政治手腕，让穷白人与黑人相互争斗。[③] 更有甚者，南方最具农业特色的密西西比州，

---

① 三 K 党（Ku Klux Klan，缩写为 K.K.K.），是美国历史上和现在的一个奉行白人至上和歧视有色族裔主义运动的民间排外团体，也是美国种族主义的代表性组织。三 K 党是美国最悠久、最庞大的种族主义组织。Ku-Klux 二字来源于希腊文 KuKloo，意为集会。Klan 是种族。因三个字头都是 K，故称三 K 党，又称白色联盟和无形帝国。具体言之，该组织最初作为民主党的一个恐怖组织分支成立于内战结束之际，专门针对共和党领袖，不论是白人还是黑人。现代三 K 党由威廉·索姆斯成立于 1915 年。See: John Moffatt Meckin, The *Ku Klux Klan: A Study of the American Mind*. New York: Russell & Russell Inc., 1963, pp. 3—4.

② 参看 Charles Angoff and H. L. Mencken, “The Worst American State,” *American Mercury*, XXIV (1931), pp. 1—16, 175—188, 355—371。

③ 瓦德曼执政密州虽晚，该州在他去世前却已变得非常激进，可能比其他任何地方都有过之而无不及。这位记者出道的政客叫嚣道：“拿起任何一张报纸，你都会发现它已被黑鬼玷污，这样的罪行，我要提醒各位，再明白不过地表明，受现在风行一时的什么自由教育的鼓噪，黑鬼要寻求平等”。9 年后，已为参议员的他则变本加厉：“我毫不迟疑地认定有色人种的政治平等会导致社会平等，社会平等会导致种族杂交，而种族杂交的恶果则是堕落与分裂”。See: Blotner, *Biography,* 1974，p129—132, 145.

因教育的失败和棉花市场的崩溃，文盲率和失业率均高居全国榜首。与此同时，密西西比州却比其他任何各州都要维护颂扬旧南方的神话——优雅、高贵与井然有序。这些神话表面看来也似乎不无道理，因为密西西比州的种植园、乡村民风习俗和价值观保存得比任何地方都完好。小·路易鲁宾（Louis D. Rubin Jr.）这样评价密西西比州的社会氛围："美国南方没有任何地方传统与变革、道德戒律与动物本能、财富与贫穷、秩序与混乱，黑人与白人、贵族与农夫之间的张力被如此尖锐地刻画并具有如此戏剧性的启示意义。"（1963：68）

谈及南方就得涉及黑人话题。南方生活与历史的源头和核心都赫然耸现着黑人群体，是他们塑就并戏剧化南方社会形形色色的张力。他们在每一个阶段都扮演"关键角色"，几乎成了"南方态度的成因与标示指数"（Clark，1968：206—207）。戴维斯认为"这一期间社会张力的大部分可以归因于对黑人的对待和构念"（1983：12）。他们是社会发展每一次转折和变革的要素。就此话题，托马斯·克拉克（Thomas D. Clark）宣称，"现代南方人义愤填膺地声称要保持南方生活方式时，他谈论的不是旧式的经济或地区民俗方式……他脑海中有明确的话题——种族关系"（1968：206—207）。乔尔·威廉姆森对此情势的总结最为简洁："黑人的存在造就了张力的存在"（1984：31）。

自然而然地，南方的迅速更替，特别是向现代社会挺进的运动所引发错综复杂的体验亟需文学表达。这新的体验涉及一个同时弥留与再生的文化表现出的抵制与张力，需要福克纳和他的同代人来"抓住活动"（Gwynn & Blotner，1959：274），用固定的视界和形式定格生活（动荡不安南方的生活），从而努力实现艺术创作的不朽。

Ⅲ. 作家：艺术创造的中心

在艺术、学识和文化方面贫瘠如撒哈拉沙漠的南方，常被误解和孤立的艺术家不得不挥霍创造性能量为艺术辩护。福克纳曾就此评析：

> 然而在南方，艺术要想吸引眼球就不容易，必须大张旗鼓，必须引人注目。就好像吉卜赛人帐篷或教堂集市表演，艺术家如同一群异域哑剧演员那样竭尽全力地表示抗议或积极地自我辩护，直至读者或观者无话可说——整整一周，比方说，疯狂造势只为周五晚上的一场演出，然后拔腿走人，只留下角落里沾满僵硬油漆的工作服，或者一条千疮百孔的打印机色带，还有可能在惊之又惊的店主手里还有张用来支付干酪包布或婴儿睡袋的毛票。（Faulkner，1973：411—412）

为了驳斥门肯，更是致力于将艺术注入南方生活，具有高度文化自觉的文学艺术家们（包括福克纳和他可敬的同代作家们），诸如凯瑟琳·安·波特（Katherine Anne Porter）、卡罗琳·高登（Caroline Gordon）、罗伯特·潘·沃伦（Robert Penn Warren）、安德鲁·莱特尔（Andrew Lytle）等，“视艺术为血肉、呼吸，为生命的一切”（同上），全身心投入南方文化的建构，实现了文学艺术的勃兴——“南方文艺复兴”。

对于美国南方作家的创作背景，批评家蒂西勒在专著《黑面具：现代南方小说中的黑人》中这样分析：“南方作家几乎别无选择——写南方就得写黑人。黑人是南方生活逃脱不了的一部分，他们与白人从生到死相伴，共同经历人生的喜怒哀乐”（1969：12）。身为奴隶主的孙辈，成长于一个自视为贵族的家庭并被塑形为一个极保守的南方人，特别是青年时代还亲历了种族隔离制度的嚣张，兼之日后风起云涌的民权运动和种族暴力，福克纳无法回避黑人问题和南方有关种族无休止的论争。事实上，黑人占据核心的南方种族熔炉充斥着各种张力和动荡，对于崭露头角的文坛天才来说，这既是可贵的挑战，又是难得的机遇。

对福克纳来说，这是从南方的起伏变迁中捕捉生活本质的绝佳机遇。这个时段的这块地域又赋予他机会表达自己的美学和社会观点。譬如说，从小说创作生涯之初，福克纳就认识到黑人是南方生活的关键要素，毫不迟疑地接受他为塑就南方文化的重要力量源，并基于这一先入之见创作了诸多作品。与此同时，虽也承认他的作品“可能会有社会内涵/关联”（Gwynn & Blotner，1959：57），福克纳感兴趣的与其说是黑人个体，毋宁说是美学形象的自我塑造以及对黑人感受的表征。对艺术的忠贞而非社会责任感才是他真正的追求。福克纳本人曾经说过：“作家唯一要负责的就是他的艺术。要想成为一名优秀作家，他得有铁石心肠。他怀揣梦想，实现之前他焦躁不已，不得安宁。家庭、荣耀、得体、安全感、幸福等尽可抛之脑后，只为了写成这本书。如果一个作家不得不抢劫他的母亲，他也不会犹豫；《古希腊翁颂》抵得上任何数量的老太太”（Meriwether & Millgate，1968：251）① 总而言之，这个时期错综复杂的南方社会为福克纳的才华提供了有效的释放途径。

不论就内因还是外因而言，这更是一个挑战。一方面，如前文所述，作为奴隶制的后遗，南方社会对艺术和黑人群体都持敌视态度。阐释南方作家的创作困境时，福克纳形象地将艺术家和社会氛围之间的紧张关系比拟为作家如何把“一只撕咬尖叫的猫”塞进“一只口袋”的难题。至于南方作家发挥创造性时的暴力本质，福克纳进一步阐发道：

---

① Deborah Clarke 甚至以此作为专著 *Robbing the Mother: Women in Faulkner*（UPM, Jackson, 1994.）的标题，足见此语惊人之力。

> 作为个体我们似乎要在奋笔疾书（喘息）之际，试图对当代社会予以强烈抨击，或者出世，遁入礼服佩剑、木兰花簇簇、嘲鸫啁啾的世外桃源。两种态度都植根于情感；或许最狂放决绝地描写泥泞棚屋中乱伦的最富于情感表现。无论如何，哪一种选择都反映了强烈的派性，作家的每一行文字，每一个短语都下意识地书写了他狂暴的绝望、愤怒和挫败感，抑或狂热的预言，甚而至于更为热烈的期望。（Blotner，1973：412）

引文极其煽情的修饰语和对“狂暴/热”（violent）的着力重复凸显了艺术家创作之时与社会环境之间难以调和的冲突。

另一方面，文化的动荡以及伴随南方频频更迭而不断被刷新的潜在价值观需要新的表达。弃置废旧形式、概念和创造与重新发现替补都使得作家的任务极具挑战性，这对于福克纳这样明察社会的风吹草动并孜孜不倦于美学革新的作家来说尤其如此。比方说，虽也内化了传统观点并认为黑人比白人低级，他并未亦步亦趋地追随“铁桶一块的南方”总体种族戒律。因此，他的创作与思想，虽然也是对外部世界的回应，却并没有严格受限于南方形形色色的种族旧观。更具启示性的是，福克纳不仅在作品中对黑人的存在进行了广泛的表征，更把后者视为表达创作观点的艺术构念，而非仅仅作为主题建构的元素或者物理意义上的个人。

总之，在问题多多的南方，需要具有文化自觉的作家才能与话题、社会环境结成紧张的（甚至是狂暴的或绝望的）种族三角，更需要福克纳这般天赋的作家去突破这个三角。确实，身为南方艺术家，福克纳在幻变与升华源自南方文化后遗的种种张力时，表现出鲜明的个性与杰出的艺术性。罗伯特·潘·沃伦曾力赞福克纳“肩负比乔伊斯笔下的斯蒂芬·代得罗斯更为艰巨的使命，为了实现‘从真实向虚构’（Stein：1956）的升华，为了铸就种族的良知，他留守本土，在灵魂深处，用善恶交融的形式戏剧性地再现了种族的历史”（Warren：271）。[①]

---

① 此章尤其得益于戴维斯《福克纳笔下的“黑鬼”》和威廉姆森《种族的熔炉》中相关话题的论述。

三、种族主题阐释

Ⅰ. 希望开端

你得从一个地方开始：然后你开始了解它。什么地方不要紧，只要你记得它且不为之蒙羞。因为任何地方都跟其他地方一样重要。你是个乡村男孩；你所知道的就是密西西比那一小块地儿——你开始的地方。那也行。它也是美国的土地；虽则它不引人注目也不为人知，但一旦撤去，整个东西都会支离破碎，就像从墙体翘起一块砖那样。

—William Faulkner，“Sherwood Anderson：An Appreciation”①

我就这样开始了写作，没有什么目标，直到我意识到，作品要想真正吸引人，就必须基于个人经历。因此我就网罗了一些人物，部分源于想象，其他来自创造出来的，取材于令人昏昏欲睡的漫长午后从黑人厨师和看马棚小子那儿道听途说的各种故事（各种年龄的都有，比如 18 岁独臂乔布，又如生前可以直呼我爷爷和爸爸乳名的老卢万妮娅）。我说创造，因为这些人物部分源于生活中的原型，部分则是对他们本不是、而应如是的一种创造。

—William Faulkner，“William Faulkner’s Essays on the Composition of *Sartoris*”②

在南方奴隶制诸州，差不多每一个社区，至少都有一个女奴的孩子肤色明显泛白，见证了一个或多个白人男子有失优雅的种族杂交行为。

—Joe Williamson，*The Crucible of Race*，1984，40.

福克纳的初期作品如《军饷》《坟墓里的旗帜》《曾有过这样一位女王》代

① In Ray Lewis White (ed.), *The Achievement of Sherwood Anderson: Essays in Criticism* (Chapel Hill: University of North Carolina Press, 1966), pp. 197—198.

② Qtd. in Joseph Blotner, “William Faulkner’s Essays on the Composition of *Sartoris*.” *Yale Literary Gazette*, KLVII (January, 1973, 121—124), pp. 123.

表了他“黑人观”的萌芽。这一萌芽堪称小说家毕生相关主题表征的强势开端。在这些作品中，福克纳表现出对黑人（含混血儿）形式及主题意义的依赖与关注，包括对黑人形象的突破，以及在黑、白种族的对位中对传统的颠覆和个人的超越。国内外学界现有的探讨通常“简化”了福克纳的早期黑人形象，认为其特点仅限于黑皮肤、白牙齿和奴性，是“刻板人物”。本书作者基于文本细读得出的结论是：① 处于学步阶段的福克纳已在着力挖掘南方黑人的艺术价值，他在小说选材、主题发展和技巧运用方面对黑人的依赖及尝试等一系列模式对后期作品产生了不容忽视的影响；② 福克纳出生于南方大庄园主家族，作为奴隶主的后代，他亲历了种族歧视的猖獗之势，因此他在小说创作生涯之初挣脱家族束缚、文化禁锢以及历史传统的力度使我们完全有理由对他有更多、更高的期待。

《军饷》：摸“黑”前进

国内外评论一般聚焦福克纳的代表作如《喧哗与骚动》《八月之光》《押沙龙，押沙龙！》《去吧，摩西》来探讨作家对黑人问题的处理，究其因大致有二：其一，这些作品塑造了一系列令人难忘的黑人或“疑似”黑人形象，如迪尔西、乔·克里斯默斯、查尔斯·邦和路喀斯·布钱普等；其二，这些作品中黑人问题逐渐发展为核心主题，如《喧哗与骚动》大胆赋予黑人中心视角，《八月之光》对黑人心理的挖掘达到前所未有的深度，《押沙龙，押沙龙！》和《去吧，摩西》则将种族与美国文学中的许多重大主题如“血统”“家庭”“爱情与婚姻”“乱伦”“战争”“对他人及土地的占有”和“侵犯”等有机地融合在一起，把对黑人问题的艺术探索演绎至巅峰。然而，细读《军饷》(1926)，笔者发现福氏第一部长篇着力挖掘黑人的艺术价值，表现出对黑人群体非同寻常的广泛关注和依赖，在选材、技法、主题发展和人物塑造方面做了诸多尝试和创新，内含不容忽视的作家表现黑人群体时的艰难思索和弥显珍贵的大胆突破。尤其值得注意的是，《军饷》中探索的诸多模式为后来的作品所继承和发展，标志着福氏后继作品中日趋成熟的“黑人观”的萌芽，是尚处于学步阶段的福克纳整个小说家生涯黑人主题的强势开端。

《军饷》是小说家的处女作，描写一战归来士兵的迷茫与错位。即便是第一部习作，小说通篇也表现出对黑人现实的广泛关注，涉及黑人生活的诸多方面：黑人的言谈与笑声、教堂与会众、音乐与歌声、黑人与骡的频繁组合以及从事不同职业的黑人，如厨师、乐队、保姆、教师、女佣、男仆、马车夫、士兵、司机、草坪修剪员和伐木厂工人等。街道、马路、白人商店、花园、家庭以及黑人棚屋、学校和教堂中都留下了黑人的身影。这表明福克纳已真正接受舍伍德·安德森的建议去描写自己最为熟悉的美国南方小镇生活。作家开篇对地理背景的描写就已十分接近安德森所说的“密西西比州的那一小块土地”

（White：197—198）：

> 查尔斯镇，同南方其他无数小镇一样，是围绕着一群拴在一起的骡、马建构起来的。广场中央是法庭——一处简单实用的砖砌建筑，由十二根爱尔尼亚柱支撑着，柱上是经年累月遗留下的烟草渍痕。法庭四周是榆树，树下木质长凳和椅子已伤痕累累，上面坐着小镇的元老，资深望重的公民……（92—93）[①]

国内外学者如李文俊、克林斯·布罗克斯和理查德·格雷（Richard Gray）都认为左治亚州的查尔斯镇与密西西比州的杰弗生镇并无区别。[②] 格雷甚至说“两者如此近似，在这里（查尔斯镇）我们几乎可以指望看见班杰从左右颠簸的马车中出现”（1994：144）。

另一方面，这又体现了福克纳的高明之处。蒂西勒曾这样分析美国南方作家的创作背景：“南方作家几乎别无选择——写南方就得写黑人。黑人是南方生活逃脱不了的一部分，他们从生到死与白人相伴，共同经历人生的喜怒哀乐”（1969：12）。但是种族问题触及到社会、政治、经济、文化、道德的本质，因而是美国南方最敏感、最煽情的话题。刚出道的福克纳不仅不回避之，还对黑人“兼收并蓄”，很显然是由于他敏锐地观察到了黑人极高的艺术价值。从此，在 36 年的小说生涯中，福克纳从未终止对黑人的艺术探索。再者，这也标志作家“黑人观”的萌芽。“南方文艺复兴”的一个重要特点就是许多作家第一次摆脱南方传统的偏见，不再一味美化旧南方和奴隶制，而是用批评的眼光认真对待、思索南方长期以来竭力回避的南方社会的罪恶，特别是奴隶制和种族主义。作为这一时期的重要代表，福克纳广泛吸纳黑人绝非一时冲动。在一次访谈中，有人问到印第安人和黑人在他作品中所起的重要作用，福克纳回答说：

> 他们代表被剥夺者，这些人在种族方面受到那些比他们幸运的人不公正的待遇，而我在作品中描写他们是出于怜悯，认为人们不应该由于正好是红皮肤或黑皮肤就受到不公正的待遇。（Meriwether and Millgate，1968：136）

所以，从一开始福克纳就是抱着同情心来表现黑人这一弱势群体的。暂且不论他是否成功地将对黑人的表现和作品的核心主题结合在一起，但就小说关

---

① 此后引文皆出自 *Soldiers' Pay* (1981)，中文为本书作者试译。只标注页码。

② 参见 Richard Gray, *The Life of William Faulkner*（1994），p.144；李文俊：《福克纳传记》（2003），第 27 页； Cleanth Brooks, *William Faulkner: Toward Yoknapatawpha and Beyond* (1978), p.98。

注黑人范围之广、数量之多，对于一个尚处于学步阶段的作家已实属不易。黑人批评家布莱顿·杰克逊的相关评论显然值得商榷。他说：“再者，《军饷》《蚊群》（1927）中真正出现的黑人，特别是与福克纳后期小说相比，为数极少。而且与作家在小说中展现的同等历史时期左治亚州和路易斯安那州膨胀的黑人数相比，也是少得可怜。”（Fowler & Abadie，1986：60）首先，如后文所示，《军饷》中黑人的数量并不比后期大部分作品少；其次，作家不可能将同一历史时期的全部黑人搬到作品中以证明其数量之多。再说，数量还是次要的，缺乏对黑人深层次、个性化刻画才是该小说的“软肋”。

《军饷》对黑人艺术价值的依赖和挖掘主要体现在如下方面。首先，黑人的出现帮助营造出了小说的南方文化氛围。如行文不久，作者便引入治安官杀死一重达两百磅的黑鬼的对话（8）以及怀旧的黑人老列车员（10—30），迫不及待地为小说贴上文化标签。其后对小镇背景的描述尤其是“黑人与骡”的搭配（119，120，125，126）更进一步渲染了查尔斯镇的南方特色。其中一处这样描写街景：

> 黑鬼与骡子。午后的街道在甜睡，像是刚刚被爱的女人……黑鬼和骡子。
>
> 长耳牲畜拉着一辆辆马车单调地慢慢爬行。车的前座上黑人弯腰欲睡，形状古怪。后边的其他黑人坐在椅子上，俨然一队在午后行进的灵柩车列，刻板、固执如一万年前的埃及雕刻。慢慢扬起的灰尘像时光模糊了他们的行进，橡皮软管使得骡子的头两边摆动，不时回望，脖子也显得柔韧起来。但骡子也睡着了。（要是我睡着了，它会要了我的命。但我身体里也留着骡子的血：它睡我睡，它醒我醒。）（125—126）

这一颇具济慈遗风的印象主义场景强调的是黑人存在的历史悠久和黑人与骡的亲和性，虽不无种族主义特色，却成功传递了典型南方小镇风情。“黑人和骡”是南方文化不可分割的一部分，福克纳在后来的一部小说《坟墓的闯入者》中称之为南方“活生生的标志”（1948：147），是美国历史与文化在文学上的反映。根据威廉·费里斯（William Ferris）在《南方文化百科全书》的“骡子”一节中的记载，在南方的历史中，“骡子都与黑人联系在一起。黑人在南北战争前是奴隶，以后是佃农，干活都用骡子，二者对南方经济是必不可少的”（1989：511）。[①]

“黑人和骡”的组合在作家的多部作品中重现。福克纳在《坟墓里的旗帜》

---

① 转引自廖綵胜：《福克纳小说中的语言与文化标志》。福建教育出版社，1999，第84—85页。

中甚至高唱其赞歌：

> 靠棉田谋生的辛辛那提人该思考自己命运的卑微，荷马该为骡及其在南方的地位谱写颂歌。是他，而非任何其他世间生物，在一切面临艰窘境遇畏缩不前之际，忠诚于这块土地……将卑躬屈膝的南方从“重建”的铁蹄之下解救出来，是它忍受屈辱，克服艰难再次赋予南方以自尊，是它在无望的情势下完全凭借耐心完成了近乎不可能完成的事……甚至被那人世间秉性和思维方式与之最为接近的生物（驾驭它的黑人）所误解，在异国他乡埋头耕耘；它不仅为一个民族，而是为一种整个的行为方式挣得了面包……丑陋、不知疲倦和执着使得说理、恭维、奖赏的承诺都不能让它心动；它毫无怨言地履行低下、单调的义务，得到的回报却是鞭笞。（313—314）[①]

从这段文字可以看出，在福克纳笔下，他们还是美国南方棉花种植经济的标志，是谦卑耐劳的象征。

最具戏剧性的一幕当属《喧哗与骚动》中昆丁自杀前回忆起一次乘火车回家过圣诞节的经历。当时车停在弗吉尼亚，昆丁看向窗外：

> 在硬硬的车辙印当中，有个黑人骑在骡子背上，等火车开走。我不知道他在那儿等有多久，但他劈开腿儿骑在骡背上，头上裹着一片毯子，仿佛他和骡子，跟栅栏和公路一样，都是生就在这儿的，也和小山一样，仿佛就是从这小山上给雕刻出来的，像是人家在小山上设置的一块欢迎牌：“你又回老家了”。（96）

“黑人骑骡”的景象马上让昆丁想到了家乡杰弗生镇和亲人，是令人感到慰藉的旧南方不容置疑的“招牌”，于是昆丁和黑人大叔玩起了礼仪式的“圣诞游戏”。这里展现的“黑人和骡”与周围环境浑然一体的静态美呼应了前文《军饷》一幕，并且在昆丁离开时再次被强调：

> 我把身子探出窗外，伸到寒冷的空气中，扭过头去看看。他站在那头瘦小得像兔子一样的骡子旁，人和畜生都那么可怜巴巴、一动不动、很有耐心。列车拐弯了，机车喷发出几下短促的重重的爆裂声，他和骡子就那样平稳地离开了视线还是那么可怜巴巴，那么有永恒的耐心，那么死一般的静穆；他们身上既有幼稚而随时可见的笨拙的成分也有与之矛盾的妥稳

---

① 此后文本引文皆出自 *Flags in the Dust* (1974)，中文为本文作者试译。后文只标注页码。

可靠的成分，这两种成分照顾着他们保护着他们不可理喻地爱着他们却又不断地掠夺他们并规避了责任与义务用的手法太露骨，简直不能称之为狡诡他们被掠夺被欺骗被……。(96—97)

近似凝固、熟悉而又永恒的“人、骡”画面让昆丁感到少有的安宁，又让他浮想联翩，因为这正是他所竭力维持的未受现代社会沾染的旧南方的形象。所以在福克纳的作品中，这一不断重复的形象几乎成了南方，尤其是旧南方的代名词，是突显南方地方特色、传统文化氛围的有效手段。

其次，黑人反映小镇生活的节奏与步调。《军饷》中“黑人与骡”的行进通常都被描写为“缓慢”而“睡眼惺忪”。在上文提及的街景中，他们甚至“慢慢爬行”(126)。上学的黑人孩子也是“慢慢腾腾”(96)，“行动迟缓”的伐木工人抛掷木板“发出有规律的回响”(131)。最能反映小镇生活缓慢与单调的当属黑人与割草机组合。该场景重复七次，跨越相当文本篇幅(86—234)，查尔斯镇却只过去一天。修饰“同一个”(129)黑人举止的词有“拖着脚步”(89)，“仰卧的身躯”“懒散”“微睡”(96)。割草机也从开始“震颤的欢歌”(89)变成“单调沉闷的嗡嗡声”(129)。时光似乎停滞不前，“下午如梦幻一般延续，没有尽头”(151)。好像被昏睡的黑人和小镇感染，“割草机缓慢地震颤着，很不情愿地驶入黄昏”(153)。最后百鸟啁啾、蜜蜂嗡鸣的大自然交响曲也被“这个懒散的割草员操纵机器的声响不时打断”(234)，绿草如茵的春天的脚步似乎也因此而放慢。

小说第五章，一场舞会将小说的各种因素和各类人物聚集在一起，可以说是整个小说的缩影。作者别具匠心地将黑、白两种族对立：黑人奏乐，白人狂舞，黑人实实在在地把握着白人的节奏。尤其值得一提的是黑人小号手和他手下“不知疲倦的一帮人”(174)被描写成一位久经沙场的将军带领士兵，向被动防守的白人舞者发起一轮又一轮的攻势：

黑人让他汗流浃背的部下暂停进攻，四壁之内，寂静一片，只剩下未被征服的空谈防御者。(158)

黑人号手在三十年里已谙熟白人一个世纪的欲望，他无动于衷地眨了眨眼睛，带领他的部下发起新一轮的攻击。(160)

黑人号手让他的部下暂时撤离，除了一群人坐在栏杆上，游廊空荡荡的。(167)

黑人号手激励他的部下发起更猛的攻势。(169)

黑人号手让他不知疲倦的一帮手下再次攻击，游廊里一对对马上搂抱着舞起来。(174)

[白人舞者]淹没在音乐中……跟随着切分；其他人搂抱在一起……抬头，滑步，再抬头，感觉着音乐的节拍，赏玩着它，回避着它，再去寻找

它，如在梦游。（182）

这或许是作家小说中第一次黑、白种族的“同场竞技”。在生命力旺盛的黑人面前，空虚、醉生梦死的白人显然处于下风。弹奏背景音乐的黑人是支配主角的配角。

小说家对黑人艺术价值的挖掘最为突出地表现为黑人与白人形成对位结构，这首先体现在小说诗歌一般的设计上。刚刚告别“失败的诗人”经历的福克纳似乎还不甘心，要在新的文学空间展示其诗才。上文提及的黑人与骡、黑人与割草机以及书中多次描写的黑人神秘的笑与歌声都起着诗中副歌的作用，他们的不断重复增强了整个小说抒情诗的效果。这里的黑人更像是一连串的美学符号在起作用，类似爵士乐中的连复段。另外，拥有情感和精神寄托的查尔斯镇黑人还反衬了“迷茫的一代”白人的空虚、错位与死气沉沉。如文中老列车员对旧南方的深切思念和对受伤的马洪的真切关心与一群酗酒的粗俗白人士兵形成鲜明对比。黑人闲散、接受艰苦生活的轻松心态与白人难以适应变化了的战后世界的焦躁、幻灭情绪也是“黑白分明”。尤为可贵的是，在这种情感与信仰对位中，作者向我们揭示了文中难得一见的黑人人性。文中有一处对匿名黑人厨师的描写：

> 他（白人男孩）不由自主地突然穿过大厅向歌声传来的方向奔去。她（厨师）身着兰花布，在餐桌和火炉之间走动，肥硕的双腿像渡船船尾那样幽雅地摆动。
>
> 她止住圆润平和的歌声，叫道：“上帝保佑你，我的小心肝，这是怎么了？”
>
> 但他也不知道。他只是紧紧偎依着她舒适、巨大的衣裙，难以控制一阵阵悲伤。这会儿，她已用毛巾擦掉手上的面粉，抱起他坐到直背椅上不停地来回摇晃。他的头紧挨她气球一样硕大的胸房，直到间息的啜泣声颤栗着消失。（249）

虽然对女厨师不无夸张的外表描写依然沿袭传统庄园的文学形象，但是，诚如黑人女评论家戴维斯所言：“该人物肖像并不完全令人反感，因为她高大的身躯成了内在心灵、同情他人秉性的标尺。她的高大身材，直言之，是她的人性和在现代社会留存人性的内在可能性的反映。”（1983：58）确实，她柔和的歌声、温柔的抚爱慰藉了受到惊吓的白人男孩的悲伤心灵，为他提供了一个充满爱、安全和理解的避风港。再者，她应是作者基于生活中的原型——黑人保姆卡洛琳·巴尔而创作的第一文学形象，是初始却未被过分浪漫化的迪尔西。

另外，小说结尾处还出现了对黑人宗教的描写。刚刚遭受“丧子与离异”

之痛的马洪牧师和乔·吉利根散步时听到远处的音乐声，他们循声走去：

> “他们在举行礼拜仪式，黑人。”牧师解释说。他们经过整齐、黑暗朦胧的房屋继续向前。偶尔有一群黑人经过他们身边，提着点了火的灯笼，微弱、自负的灯光徒劳地溶入了月光。“没人知道他们为何那样做，”牧师回答吉利根道，“可能是用来照亮教堂的。”（255—256）

这段文字对照比较黑人房屋“黑暗朦胧”的外表和他们“微暗”的灯笼。作者似乎在暗示：火光虽微弱，却照亮了黑人教堂，更是黑人内心世界的指明灯——坚定信仰的象征。极具讽刺性的是，身为牧师的老马洪却同吉利根一样对此感到困惑不解。他们正在经历的“茫然、不可知”心态代表的是白人共有的信仰危机。因此，福克纳在他的第一部小说中就敏感地意识到黑人不只是通常文学中所塑造的只会大笑的小丑。这几处对比还让布罗克斯深有感触地评说道：“《军饷》中……最人的不同是福克纳对黑人群体的塑造。黑人被一贯表现为更冷静，更有智慧，有坚定的宗教信仰，因而较白人少受战争的震荡。而后者却已被查尔斯镇以外的世界刮来的变革劲风吹得迷失了方向。”（1970：106）

黑人的存在还有助于深化作品的主题，形成主题对位。战后综合征——“隔离感或异化感”不仅存在于人的外表与内心、白人之间，也存在于黑人与白人之间。黑人在小说中的出现丰满了这一主题。黑人作为“舶来品”对美国南方白人来说是个谜，最令他们头疼的问题是：黑人是否也是人？正如一位评者所言：“同白人朝夕相处的黑人，正是对这同一个与之天天见面并视之为南方生活重要组成部分的白人群体来说是个‘谜’。似乎矛盾的是，同样的社会环境又让黑人对南方白人十分了解。”（Tischler，1984：12）实际上，长期以来对黑人人性的否认进一步加大了两个种族间的距离。距离产生神秘，也就难怪在从白人视角出发的《军饷》中黑人大体上还是被描写成一个无法透视的神秘群体。黑人的神秘性通过他们的言谈举止表现出来，如书中多次提及黑人的言、笑与歌声，修饰成分多为难以定性的抽象词汇：“unemphatic”“careless”“ready”“elemental，sorrowful and unresisting”（120）；“meaningless”“sorrowful”（130—131）；“meaningless”“unemphatic”（260）；“nothing and everything”（266）。

最能体现这种“隔阂（离）”感的当属上文提及的黑人做礼拜，吉利根和老马洪一头雾水地旁观一幕。作为圣公会的主持牧师，老马洪表现出的对黑人宗教的无知不仅说明白人无法拥有黑人的精神依托，也是对黑人不可知性的承认。与此相对照，在黑人破旧不堪的教堂之外，他们听到“从歌声中传出黑人种族低沉、隐匿的情感。它什么都不是，却又什么都是；然后歌声逐渐上扬近乎痴狂，坦然拿来白人的文字就像它变白人遥远陌生的上帝为自己的圣父一样”（266）。黑人在文字、宗教方面极强的适应能力越发让茫然的白人感到该种族的神秘。其实，在此之前，吉利根已坦言黑人让他感到一种莫名的“不成熟”感：“就好像你是个小孩什么的，好像他们（黑人）会伺候好你而你一点都不确定究竟想要什么”（252）。相反，黑人号手却在“三十年中谙熟白人一个世纪的欲望”（160），黑人司机也会冷不丁从沉睡中醒来对舞会中的“肉搏战”做出精彩的评注——“这也是战争”（173），并再睡过去。因种族隔阂而造成“被异化的黑人”主题将被作家几乎所有重要作品所关注，要么成为核心主题，要么与小说的中心关注形成对位，对作品起拓展、深化、丰满的作用。

至此，我们可以对《军饷》中的黑人表现做些小结了。一方面，福克纳还非常“传统”，基本从“南方白人”的视角进行创作，也就难怪作家常常流露出“刻板化”黑人群体的种族主义倾向。书中两次提到老列车员有“他所属种族的本能”（24），对事物“符合其种族习惯的漠然”（28）反应。其人笑时“白色的牙齿像突然打开的钢琴”（14）。文中两处对不同的黑人司机的描述都是“黑人司机的头圆圆的像（上了雷管的）炸弹”（153，175）。作家观点的局限性导致他常常用“动物”形象来塑造黑人。文中除了他一贯强调的“黑人与骡”的亲和性外，时而有对黑人“动物性”的展示，其中一处发生在吉利根给鲍尔斯夫人送行之前：

> 他（吉利根）环顾四周，然后向一个神气地斜靠在与电话杆成一定角度的钢缆上的黑人青年招手道：“喂，小伙子！”
>
> 黑人说：“嗯？”却没动弹。“伙计，站起来。那个白人在同你说话呐。”另一位倚着墙根蹲坐的伙伴说。小伙子这才站起身来，一枚钢崩儿从吉利根的手中弹出。
>
> “帮着照看一下这些包，直到我回来，行吗？”
>
> “好的，上尉。”小伙子懒洋洋地向包走去，一会儿在包旁悄然安静下来，像马一样似乎又要立即睡过去。（252）

黑人少年先是像“鸡”一样斜靠在钢缆上，很快又表现出马科动物惯有的“睡意朦胧”的属性。对黑人“原始性”的关注持续到后来的作品中。《坟墓里的旗帜》中的西蒙对马有特殊的感情，其人在不同的场合分别被比喻为“所有的大猩猩好奇而又干瘪的外祖父”（273），“像一个大猫一样悄然挪向桌旁”（273），“看上去像一个青蛙”（419）。《坟墓的闯入者》中契克·迈里森就很羡慕他的黑人小伙伴艾勒克·山德的超常“动物本能”。在去挖墓的路上读者被告知：“他在黑暗里看东西的本领很大，几乎像动物一样”（81）。[①] 而后契克

① 该小说译文引自陶洁译，福克纳著《坟墓的闯入者》，上海译文出版社，2004。后文只注页码。

又纳闷“（一秒钟都不怀疑过他已经纳闷过）艾勒克·山德怎么会在牲口走到他们这边的两分多钟里居然听出了”(88)。对于福克纳小说中黑人和动物的“亲密联系”，戴维斯解释道：“福克纳认为黑人同自然有内在天然的联系，因此心理显得简单，像小孩一样。他因此而塑造的黑人忠心、谦卑、温顺、单纯，反映不了丰满的现代人的复杂性和多样性。对于福克纳来说，他们代表一种有很强生命力的民俗文化。”（1983：49）

作家对黑人的“程式化”还表现在他倾向于塑造“集体”而非“个人”形象。首先，绝大部分黑人人物都是“无名氏”，仅有的几个也是“有名无实”。有趣的是，老列车员有好几个名字，分别被车上的白人士兵叫做“亨利”“克劳得”“奥塞罗”“查尔斯”“欧耐斯特”和“乔治”，纠缠不清的能指符号暗示了他身份的模糊性和其人的微不足道。桑德斯家的男仆托比只是一个神秘的影子。卢西下士和姥姥卡利大妈（马洪的奶妈）探望几乎成为植物人的马洪时上演了一出黑人戏班子的传统保留剧目，极力表现黑人奴仆的谦卑和对主人的忠心耿耿：卡利大妈称自己的孙子为“贱黑鬼”(141)。卢西也很配合：“向前走两步，利索地立正，行军礼，报告中尉，纳尔逊下士很高兴——纳尔逊下士很高兴看到中尉气色很好”(141)。而且随着卡利的一声令下：“卢西的军人姿态马上消失，他又变成很久以前，这个世界还没变得疯狂的时候，就认识马洪的那个男孩”(141)。全能故事叙述者的介入使得奶、孙二人成为作家南方白人意识形态毋庸置疑的代言人。缺乏“个性化”也使得作家止步黑人外部生理特征。如黑人一出场就有著名的“臭味”相陪（119，260），“骡、马”相伴，被神秘的言、笑、歌声环绕。作家关注更多的是黑人与骡马队列、黑人乐队、黑人求学儿童、黑人伐木工人等集体群像。

种族隔阂造成的神秘感发展到极端，便会导致对黑人群体的“丑化”。福克纳这样描写黑人小孩求学的情景：

> 沿着街道过一阵就有黑人孩子慢慢腾腾地经过，他们似乎没有时间的紧迫感，也没有求学上进的动力。他们日间随时来往于去学校的路上，手中提着装有吃剩的糖浆和猪油的桶和罐。其中有些也带着书。午饭通常在上学的路上吃，学校由胖乎乎的、带草绿色领带、穿羊驼毛外衣的黑人教员授课。一般是从电话簿什么的随便什么书上挑选一句出来，而且很快让大家伙儿跟在后面高声唱读，然后就下课完事。(96)

杨金斯评论说：“黑人孩子和教员被表现为蔑视和嘲讽的对象。孩子们的饥饿好像是他们自己的错，似乎他们更该懂得些克制和遵守礼节。而且他们被说成是对学校和求学都毫无兴趣。”（1981：33）耐隆说这段文字反映了福克纳“对待黑人受正规教育所表现出的毫不同情的态度”（1956：69）。这自然使人想起另一处福克纳讥讽受教育黑人的经典一幕。《熊》中带悲剧色彩却不服输的凤茜芭的丈夫念了不少书，可他所受的教育对实际生活无任何帮助。福克纳描写这位老夫子在冰冷刺骨的房间里戴着空镜框阅读《圣经》，可谓竭尽“丑化”之能事。

黑人士兵所受待遇也不容乐观。文中一处将一群“穿往日值日军装者”描写为“未经洗刷的黑鬼，身上散发出臭味，与驴、骡为伴”（119—120）。马洪的孩提伙伴，纳尔逊·卢希下士，如前文所述，似乎刚从黑人戏班子里卸装下台而不是从战场上归来。有趣的是，黑人老兵在小说中的境遇一直不见好转。《坟墓里的旗帜》中“一战”归来求变的卡斯皮被老白亚德一柴火棍打得连滚带爬，从此还为安守本分的黑奴。《山上的胜利》中尤八继承了“程式化”黑奴的典型特征，成为只会说错字、翻白眼的滑稽人物。确实，直到 1959 年的《大宅》，我们能觉察到小说中黑人老兵的唯一进步是他还算标准的英语，而其人却被杂货店老板任意差遣，为白人垃圾、三等公民、杀人犯敏克·斯诺谱斯所不屑一顾。战争给这些黑人士兵带来的影响（如果说偶尔有影响的话）与白人士兵遭受的种种创伤形成鲜明对比。《军饷》中的马洪与海明威笔下的士兵一样，带着致命的肉体创伤回到故乡，只不过走了一点极端，慢慢成为植物人。但近乎无意识的流动也还是展示了战争给白人士兵造成的心理与生理重创。同样，《坟墓里的旗帜》中“战争综合征”患者，白亚德三世的举动充分体现了“迷茫的一代”的荒唐、疯狂。黑人士兵除了昙花一现的卡斯皮和一位沦为可悲的乞丐外，其余都默默无闻。这让人怀疑未圆自己军人梦的福克纳是否就像《坟墓里的旗帜》中的珍妮婶婶那样，也是南方极端白人种族主义者詹姆斯·金伯·瓦德曼的追随者。该小说中卡斯皮的叛逆求变让这位沙多里斯家的女族长生气地嚷道：“究竟是哪个傻瓜出了这么个馊主意，让黑人也像白人一样套上军装？还是瓦德曼先生有远见，他对华盛顿的那些笨蛋说这不行，可那些个政客！”（68）

值得注意的是，尚处于学徒期的福克纳从未忘记突破与创新。如前文所述，他很清醒地意识到南方黑人的现实，并对黑人的历史境遇很敏感。除了对黑人人性的珍贵展示之外，作家在概述黑人言谈、笑声、歌声的同时，常常觉察到其中夹杂的“悲伤、哀婉和绝望”（120，130，260）。他对南方等级制度的记录也揭示了黑人生活内部现实的某些方面。查尔斯镇的黑人都处于从属地位，在家庭、社会扮演“边缘化”角色。作家也未忽视黑人工人的状况。小说第四章吉利根和鲍尔斯夫人在林中散步时看到“一队黑人扛着木板踏上一个固着梨的像养鸡场一样的斜坡，进入一辆货车，将木板哗啦啦扔到车厢底板上。监工是一个衣着随便的白人，他悠闲地倚靠在一堆木材上，嘴里懒懒地嚼着烟草叶”（130）。该场景虽为短暂的一瞥，却如实地反映了作为被剥削、被压迫对象的黑人劳工现状。

另外，福克纳还利用黑人音乐来塑造、发展黑人人物。在 1986 年“福克纳与种族”学术研讨会上戴维斯就此话题作了发言：“在福克纳的第一部小说《军饷》中，两种不同风格的黑人人物塑造直接根源于新音乐。两类构造范例反映了福克纳在生活和艺术形式之间的加工、创造。两者都以现代黑人音乐为构成要素”（Fowler & Abadie：78）。戴维斯说，一种人物风格的塑造与爵士乐的节奏相对应，例如，文中的黑人乐队、列车员、黑人园丁都是根据爵士乐的切分节奏而发展的人物；另一种风格与哀婉的蓝调音乐相对应，如小说结尾处，到教堂参加礼拜仪式的黑人吟唱像“漂亮的彩车……快来带我回家……”（261）这样深深根植于传统民间文化的“蓝调灵歌”（同上）。该评者接着说，两种风格都未能免除不成熟的种族观的制约，但蓝调音乐“展现了基本不受当下白人世界影响的黑人内心生活的同时，反映白人世界过去对黑人的奴役和现在对黑人的压迫”（Fowler & Abadie：84—85）。

综上，我们发现，福克纳在他的第一部小说中广泛收容“黑人角色”，依赖黑人来营造文化氛围，反映小镇生活节奏。他还将黑人与白人对位以增强小说抒情诗一般的设计效果，反衬白人情感、信仰的方方面面，深化发展小说的“异化”“隔离”等主题。作家对作为配角的黑人人物的塑造表现出“刻板化”“神秘化”的倾向且往往浮于表面，但偶尔对黑人种族面具之后人性的展示和颇具颠覆性的黑、白种族对比显示了对传统的突破和个人的超越。作家挖掘黑人艺术价值的诸多尝试为后来作品指明了方向。小说中列车员、保姆、厨师和士兵等都成了原型人物，黑人的气味、言、笑和音乐在约克纳帕塔法系列中得到延续，诸多场景得到再现，对位结构为几乎每一部作品所继承。这样看来，国内外的一些评论似乎有点唐突。如杰克逊认为约克纳帕塔法的发现是福克纳小说中黑人人物的分水岭，之前是刻板式人物，之后是可靠、可信的人。对自己文学王国的发现固然是作家创作独立性的一个重要标志，但这也不是一蹴而就的。如上所述，查尔斯镇已是可辨认的杰弗生镇，而且有充分的证据证明该王国中的许多黑人继承了“刻板”形象，并非像杰克逊所说的那样完全是“他（作家）本人的创造”（Fowler & Abadie：62）。国内评论一般认为《军饷》中黑人的特点限于黑皮肤、白牙齿和奴性，也当然是有失偏颇的。当桑德奎斯特说“《军饷》是一部优秀的战后小说，同多思·帕索思和海明威的小说相比各有千秋”时（1983：3），我想，《军饷》的优势明显在于黑人的存在。至此，我们不妨得出结论：《军饷》表现黑人时诸多方面的不成熟表明福克纳尚处于摸索阶段，但是他所做的尝试和所取得的成果代表了作家在探索“黑人”主题时一个不容忽视的良好开端。

《坟墓里的旗帜》：约克纳帕塔法世系“门槛”上的黑人

《坟墓里的旗帜》展现了福克纳书写其独立文学王国中人物的强烈欲望。

在约克纳帕塔法世系"门槛"上，黑人元素成为小说家创作灵感及作品升华的珍贵源泉：一个有名姓的黑人家庭被首次植入有着悠长家世的白人家族，黑人作为南方现实生活的参与者与塑造者得到更多个性化刻画。因此就种族主题而言，虽则刻板化黑人形象的倾向依然存在于目标故事中，但《坟墓里的旗帜》更胜《军饷》一筹，并与后者一起代表着作家职业生涯的良好开端。

关于《坟墓里的旗帜》，至少有两件事广为人知。其一，这是一部年轻的艺术家非常想"藉此扬名立万"（Blotner，1978：39）却到处碰壁投之无门的长篇。福克纳于 1927 年 9 月 29 日完成该小说的创作，信心满满地将书稿交给他前两部小说的出版商利弗赖特（Liverright）。在给后者的信中，他写道："这将是你今年读到的再好不过的书。"（Blotner，1978：38）让福克纳吃惊并震惊的是，在两个月后利弗赖特回信拒绝了该小说并劝他不要再投其他任何地方："实言相告，我们对此作品非常失望。它冗赘散乱，情节与人物都没有什么发展。"（qtd. Hamblin：345）百般无奈，在朋友本·沃森（Ben Wasson）的帮助下，原版被删减至 11 万字，并被更名为《沙多里斯》于 1929 年出版。最终，福克纳的女儿吉尔·萨默斯（Jill Summers）完成了作家还原该小说的遗愿。她从弗吉尼亚大学阿德尔曼图书馆取出珍藏版 596 页的混合书稿，交由道格拉斯·戴（Douglas Day）及兰登书屋的一名编辑处理，使得《坟墓里的旗帜》得以于 1973 年重见天日（Day，viii）。其二，作家从此开始写他一辈子也写不完的"故乡那邮票般大小的土地"（Meriwether，1965：255）。

确实，从《坟墓里的旗帜》开始，福克纳特别依附南方生活原型，尤其是通过黑人民间故事来书写自己文学王国的人群，表明了他对南方传统毋庸置疑的接受。青年作家发现创作素材矿藏之喜悦无异于穷困潦倒的流浪汉误撞开了芝麻神门，太多的诱惑使得取舍非常艰难。难怪乎，福氏第一部约克纳帕塔法小说如作家本人所言"无太多目的"（Blotner，1978：123），且其中"六个故事并驾齐驱，千头万绪"（Blotner，1974：560）。然而，约克纳帕塔法的发现确实使他得以浸淫于最为熟悉的氛围之中——双重种族且故步自封的南方世界，创作焦点也及时地从战后老兵及艺术家的迷惘错位转向历史悠久的沙多里斯家族。作家对人物的表现相应地更加坚实、明确。值得注意的是，在跨越约克纳帕塔法世系"门槛"[①] 之际，黑人作为南方生活实实在在的参与者成了福克纳创作灵感及作品升华弥足珍贵的源泉。

故事中，福克纳认真直面黑人群体。这表现在有名姓的黑人家庭被首次植

---

① 引自李文俊《福克纳传》（北京：新世界出版社，2003）。该书作者指出《沙多里斯》写一个家族的几代人，开启了福克纳家系小说的先河，故而被称为一部"在门槛上的书"（28）。

入有着悠长家世的白人家族。斯特瑟一家从西蒙的祖父约比开始，到埃尔诺拉的儿子艾索姆五代侍奉沙多里斯家族。这一内置是对《军饷》（1926）的一种扬弃。一方面，它继承了前者黑白并构的传统。另一方面，它为近距离地观察这个双重种族家庭提供了权威视角。与《军饷》中对黑人的人为概述不同，作为家庭成员的黑人既展示了自我生存状况，又提供了获取白人主子信息的途径。如此塑造的黑人拥有了自己哪怕是边缘化的生活。而且，尽管大部分时间扮演被动的文本角色，他们反衬并参与了患战争综合征的沙多里斯一家主导的生活。

黑白并置同样见证了作家对黑人种族美学及历史价值认识的深化。历史学家伍德沃德（C. Vann Woodward）认为，“作为一大家族成员，福克纳与同时代美国小说家如海明威、菲茨杰拉德及其他‘迷惘一代’作家不一样，他从不抛开家庭、宗族、日渐增长的亲属及群体纽带”（266—267），所以也更擅长通过审视南方大家族来再现地区历史。如果考虑到小说家职业生涯最成功的作品都是围绕诸如康普生、麦卡斯林、萨德本及斯诺普斯家族而展开，这又的确是他的一个重要起点。福克纳本人几乎不读历史，因此，伍德沃德认为“任何企图从福氏（涉及南方历史的）小说中获取通常意义上历史知识的读者都不免会失望，因为这些作品更是对过去及其对现在决定性（有时是灾难性的）影响之间关系的戏剧化表达”（同上）。《坟墓里的旗帜》乍一读来是对整个约克纳帕塔法社会结构的剖析，其焦点实际在于无法对个人及家庭历史说再见的白亚德三世，以及在众多“之乎者也”式诗情感喟中想象理想生活的三角洲地区文人贺拉斯·班波。这些人物成了《喧哗与骚动》中被保罗·萨特精辟譬喻为“一个坐在敞篷车里往后看的人”的前身。对于他们，未来不可知，现在一片混沌，而“过去的轮廓是精确、清晰和不变易的”（李文俊，1980：161）。[①] 在双重种族的南方，黑人从生至死与白人代代相伴，是连接历史与现实之纽带的不二人选。因此，“福学”专家戴维斯认为福克纳将目标故事设定在南方传统大家族背景之下，原因在于福氏发现“黑人是创作可资利用的有效手段，可以将作家的主要关注与过去有机连接，可以为那个特定的‘过去’内涵增设另一个视角，也可以提升过去与现在之间的戏剧性张力”（1983：68）。

与《军饷》相比，《坟墓里的旗帜》中黑人得到更多个性化刻画。沙家马车夫兼管家西蒙被塑造为“黑鬼”的同时又是“一个黑人”。首先，不论是源于庄园文学还是基于福克纳家族留守老仆原型（一般认为该人物与福家资深男仆耐德·巴奈特颇为相似），西蒙的肖像展现了一个乐得接受南方白人家长式统治的黑人形象。他一出场便表现出与马的超常亲密与对主子沙家的

① 俞石文译，载李文俊编选《福克纳评论集》，中国社会科学出版社，1980。

无比爱戴：

> 西蒙高踞马车之上，左手持缰，右手很酷地倒执马鞭，口中叼着永远抽不完的雪茄屁股，一边慢声细语用恋人般的语调同马儿交心。西蒙溺爱马儿。他爱戴沙家，对他们服服帖帖庇护有加。但他宠爱马儿。在他的调教下，再蔫的劣马也会茁壮成长且如被悉心呵护的女子般端庄标致，如舞台演员般容易兴奋。（8）

这样的刻板喜剧黑人造型很快又会通过“展现其种族天性使然的夸张言行”（8）得到加强。理查德·格雷认为“故事中此类笼统程式化言论同《军饷》如出一辙，将黑人简单物化”（1994：132）。西蒙也确实具有此类黑人的共性生理特点：闻起来有“惯常的气味”（324）且常被赋予动物形象，如他的头看上去像“所有的大猩猩好奇而又干瘪的外祖父”（273），在主子面前“像一个大猫一样悄然挪向桌旁”（273）。我们最后见到其人时，他“看上去像一只青蛙”（419）。他以沙家品质为荣，以身为声望家族一员为傲，言必称“马车行头”“绅士”（26，119，120，121），对其他“黑鬼”不屑一顾（262）。他怀旧成性，驾车用的行话、高顶礼帽及老式掸帚都贴着过去的招牌。同老白亚德一起，他极力抵制技术，诋毁机器。他甚至比上校本人还反感变革。文中唯一展现其人内心之处，他向“主人约翰”抱怨时光不再，人心不古，礼仪不存。年轻人好端端的马车放着不用，却要去发疯似的开那鬼玩意儿（121）。

在白人主子面前西蒙尤其显得毕恭毕敬。他与老白亚德之间是典型的“约翰与老主人”式关系。沙家女管家珍妮小姐可以像训斥他外孙艾索姆那样数落他。有趣的是，不论在沙家室内还是室外，西蒙都很少做正常人类之“行走状”，而是“拖着脚”（33），“蹑手蹑脚”“轻声踱步”（220），“掠过”（239），“垫起脚”（273）。他死心塌地忠诚于主人家，直到临末了还在大声庆祝“小主人”的诞生，高呼“过去的好时光又回来了，可不是么”（419）。因此，目标故事中西蒙虽得到足够重视，却也难逃刻板化常规。但是批评家帕梅拉·罗兹（Pamela Rhodes）却指出，“文中多处福氏都试图重塑该人物，赋予他一个演员的智商与自由”（Fowler & Abadie，1987：95）。

诚然，西蒙大部分时间靠表演求生存。泰勒较早发现其人面具特质：“《军饷》中老列车员对南方的怀旧仅代表其人对旧秩序的一厢情愿，而同样感伤的西蒙却在忠诚中藏掖着个人目的。在‘喜剧式黑人’面具之下，福克纳见到了多重面具，旨在隐匿一个表面随和驯顺却很堕落的老头”（1983：32）。在夸张的“赶车上路的戏剧性”（7）和处心积虑地对“沙家品质”的炫耀和维护之下，蛰伏着西蒙的清醒意识：黑人朝不保夕的所谓独立。西蒙所得报酬看起来微不足道：一处泊车之所（26），杰弗生镇沙家油水丰足的厨房里一份凉拌菜和冰激凌（28），在他们子孙五代伺候的白人家族厨房中为家人留存一糊口之所，或许还要算上偶尔替西蒙偿还的债务。然而一处工作之所，也即一种（如果并非唯一的）生存手段，对于生活境遇极其受限的南方黑人弥足珍贵，西蒙不敢贸然失去。他以沙家马车和绅士门第为傲，但更珍惜来之不易的免受饥饿和不保险的有限自由。文中老白亚德就是通过威胁驱逐一战归来叛逆求变的卡斯皮而成功制服了后者："我一周前就给你传了话，要么立马来，要么永远别来"（86），随即抄起根柴火棍将卡斯皮打出门外滚落台阶。

西蒙对黑人处境的清醒认识同样表现在训子情节中。在儿子卡斯皮被老白亚德一柴火棍打落台阶之后，西蒙"扶儿子起来，略带蹒跚地拉他到马棚人听不见的地方"，一边批评他的"那些战争烧的想法"，嘟囔着"我们黑人究竟要自由干什么？"一边提醒他"当下的白人已经够咱们伺候的了"（87）。罗兹认为西蒙"用一谄媚式谑语笑谈黑白人相互依存的状况，从而伪装了他的愤怒"，但同时"严正告诫对方不要不考虑后果就去轻易触动一个体制所能容限的些许自由"（1987：96）。

此外，西蒙还通过"扮演桑博"（Sambo playing）来避免生计短路。对周围每一个人西蒙都备选一副面孔。在老白亚德面前，他感伤怀旧，不断提醒后者过去的好时光和"贵人举止必高尚"（noblesse oblige）的信条。对于珍妮小姐，他"毕恭毕敬，还要大献殷勤，表现豪侠"（33）。在娜西莎和小白亚德面前，"他就像一只悄无声息的大猫，宽厚温顺且细致周到"（33）。有关"桑博"和"扮演桑博"的本质，历史学家威廉姆森曾评论道：

> 从黑人角度来看，扮演桑博其实就是一种生存方式。当地方白人因肤色冲突而陷入一种歇斯底里（白人也常常如此）时，桑博是黑人得以从暴行中生存的保护面具：低头哈腰，蹑手蹑脚，低声下气，以及一整套温顺的行为规范。白人自创了这些表明黑人没有威胁的行为标识。这一角色有时拯救了黑人。间接地，它有时也使得白人免于诉诸狂暴危险的行径。这样的行径确实有损于白人自我标榜的光辉形象，即他们是庇护这些孩童般黑人的严父慈母。（1984：22—23）

个性多重的西蒙展现了霍华德·奥多姆所谓"一个真正的黑人所具有的特征"，也即"每一个黑人实际上是四个人的组合：黑人其人，白人心中的黑人，黑人有可能成为及想成为的黑人"（1953：83）。

西蒙因涉嫌贪污及与女混血儿美洛妮有染而惹祸上身。身为浸礼会出纳，西蒙利用职务之便私自挪用资金（很小的一笔）至美洛妮的美容沙龙，以图交易后者的身体。主流批评认为这一情节不过是一则花边新闻，旨在渲染一出南方“约翰与老主人”式闹剧，从而增添故事的喜剧色彩并强化主导的“黑人即稚愚孩童”的白人观念。罗兹却逆流而上，认为这代表“福氏塑造现实黑人”的企图，“将个人置于社会体制内，展现其自我奋斗历程”（Fowler & Abadie，1987：97）。罗兹说如果读者追踪教堂资金从黑人出纳之手经由西蒙的“银行”转移至美洛妮实业的走向，会发现“交易的每一个阶段，从资金源到投资口，福氏考虑到了每个细节的社会可能性”（97）。

因此，同一个西蒙被赋予了两种塑造模式：刻板式喜剧人物及更加复杂、独立、不断寻求机会发展自我的现实中人。然而，就在读者为新西蒙的诞生喝彩、为他巧妙利用主子的家长风范为他清偿债务感到欢欣，并急于分享其即将开发的“战利品”（261）之际，“一周后的某个早晨，头发斑白的西蒙遭了匿名钝器的致命一击，被发现死于镇上一黑人小屋内”（422）。我认为这部分解释了贺拉斯·利弗赖特“人物发展不充分”（Blotner，1974：560）的抱怨及萨特的读后感：“从技巧角度看，小说中作者出卖了自己，通篇都可以被捉现形”（1968：73）。不论故事中谁是真正的凶手，幕后操纵匿名钝器的黑手必然是伪装拙劣的小说家本人。罗兹因此不无遗憾地感叹道：“福克纳开始把西蒙描述成一个‘现实’中人，却又突然将他扔回到种族文学常见的刻板式黑人行列中去了。”（1987：108）

“一战”归来求变的卡斯皮是另一位稍有起色却被扼杀在萌芽状态的惨遭“黑手”者。战争改变了这位前家奴，欧洲的经历使他产生了与白人平起平坐的要求。他对家人说：“我再也不会买白人的账了……战争改变了一切。如果我们能够把法国人从德国人手里解放出来，那么我们也可以拥有德国人所享有的权利。起码法国人是这样认为的。如果美国人不这样想，我们有办法教训他们。”（63）他同样要求言论自由，理由是“战争打开了黑人的嘴巴……给他说话的权利”（同上）。然而福克纳本就是将他当作喜剧滑稽人物来调侃的。卡斯皮的家庭和军旅履历，我们被告知，都是做“下人（手）”，干上司“推卸到他肩上的事”（62）。当战场上实在无事可干的时候，“卡斯皮带着对劳动、忠诚以及其他东西厌恶透顶的心情和两条‘在赌博中’留下的伤痕回到了他的故乡，但与环境格格不入”（同上）。为了树立“光辉形象”，老兵卡斯皮张开大嘴巴，海吹在海外的业绩，虽然他的光辉形象只成就了艾索姆和埃尔诺拉两位崇拜者。让卡斯皮的“平等和自由”大打折扣的是，福克纳没有忘记加上他对“白人妇女”的坚决要求，而且“如果必要”，他可以“不理会仁慈的上帝”（67）。结果，他“不着边际”的想法只是让家人对他“敬而远之”，更让主人对他不满。卡斯皮可以逃避珍妮小姐的传唤，可以不理会老白亚德的警告，但当他拒绝为“上校”备马的时候，被主人用一根柴火棍打得连滚带爬，从此还为安守本分的黑奴。毋庸讳言，黑人不论战前还是战后都很难逃脱先在命运，但令人感到奇怪的是卡斯皮只需要一柴火棍就乖乖归位。此公从此销声匿迹，只有零星传闻说他“除了周六晚上已大致恢复正常”（224）。其人最后出场时正同白亚德与娜西莎一起打猎，“手提条纹状昏暗灯笼，背负母牛号角”（317），又恢复了下人身份。对此，戴维斯精辟论述道：“尽管只是短暂的展开便又落入俗套，卡斯皮求变的欲望和对成规的背叛不仅预示了福克纳不断增强的‘战争改变白人也改变黑人’的意识，而且从另一方面说明他不能够描述‘现代’黑人的情感。”（1983：67）

卡斯皮的粉丝艾索姆是伺候驴、马和菜园的一个16岁的黑人童仆，智力低下，似乎是作家仅为取得喜剧效果而设置的一个笑柄。在家中，他是珍妮婶婶的一个“出气筒”，被后者说成是左、右手不辨，最善于避活，还是菜园管理不善的罪魁祸首：“有这样一个傻冒，谁都甭想菜园像模像样”（59）。他是舅舅卡斯皮坚定的崇拜者，后者的“海外传奇”让他痴迷。他还穿着后者的军装到处显摆，“脸上的神情狂喜而专注”（57）。在其他场合，他给人留下印象的总是“龇牙咧嘴”（59，92）和“不停转动的眼白”（92，120）。小说结尾处，他伴随珍妮小姐去墓地，当后者不无感伤地琢磨“西蒙（艾索姆的姥爷）也得有一个墓碑”（425）的时候，艾索姆却在忙着上树掏鸟蛋。珍妮小姐愤然断言：“艾索姆过日子全凭生来是黑人”（51）。我们从中明显感觉到作者不无揶揄的戏谑笔调。

此外，故事中被冠以名姓的黑人还有休斯顿、雷切尔、理查德、亨利和马夫托比。黑人名姓的增加意味着人物表现的确定与强化。连同麦克·克莱姆家黑奴、蓓儿·米歇尔家厨娘、乐师及教堂长老，这些黑人成了南方生活鲜活的参与者。有关黑人的情节相应增加。其中两例尤其发人深省，彰显了南方双重种族生活方式的内在悖逆本质。

两处插曲都与事故频发的白亚德相关。其中一处就发生在事故之后。约翰·亨利一家赶驴车回家途中听到河湾方向传来异响，赶到出事地点发现一辆车翻进了山脚下河湾中：“车前轱辘还在打旋，发动机在空转，排放出淡淡的废气”（231）。看到白人司机悬挂在水中，父子俩就是否救溺水的白亚德发生了争执。阅历丰富的父亲规劝儿子不要靠近尚未熄火的汽车，也不要碰白人，因为“白人会认为这是俺们干的”（232），而涉世不深的儿子却一门心思要救人。父子之争反映了黑白种族隔阂之深。因此，“一个在岸上，一个在水中，父子俩较上了劲。而此时白亚德的靴子周围已经开始泛起泡泡”。最终，“虽然咕咕哝哝地埋怨着，做父亲的还是退了鞋子下了水”（232）。救起人后，一家人还护送白亚德回家。这充分反映了在种族隔离的南方黑人的人道天性。

另一处，白亚德强人所难地与一黑人农户共度了圣诞。与《军饷》中孤立、片面地对比黑、白群体生活的做法不同，此处福克纳令人信服地将黑、白人组合在一起，从而洞察真实的黑人家庭生活。这一次白亚德离家出走，一方面源于对祖父死亡的愧疚，另一方面不堪忍受孪生兄弟约翰在战争中丧命带来的创伤煎熬。他在暴风雨中迷了路，寄宿于一户黑人农家。作为不速之客，他的到来恰逢圣诞。黑人一家略显踌躇地与他分享了他们的慷慨。虽然很是敏感黑人的气味、破旧的衣装、少得可怜脏兮兮的食物和东倒西歪的住所，白亚德深深感受到一家人相依为命的温暖："屋内闭塞且有些怪味，暖意慢慢潜入他寒夜受冻后疲惫僵直的身体。黑人一家在一间居所内来往忙碌，女人在炉灶边做饭，孩子们摆弄着廉价的圣诞礼品和脏兮兮的糖果"（393）。在此黑人现实的经典呈现中，我们不仅注意到黑人简朴的生活状况，还了解到他们对待生存的积极态度。白亚德感受到一家人的共同奋斗与安定祥和。黑人破旧的炉灶里用来取暖做饭的星火成了《去吧，摩西》中路喀斯家灶头永恒火种的可贵预期，不仅反映了黑人生活之简朴，也象征着亲情的纽带。黑人再次"愉快虽则有些不自信"（393）地邀他共饮之际，万能的叙述者发论道："两个因种族、血缘、天性及环境因素而互相排斥的对立观念，在此一刻碰撞并在一个矛盾性错觉中融合——人类在这一天忘却了欲求、胆怯和贪婪。"（393）这一刻也标志着年轻作家对这一重大主题珍贵的尝试性挖掘，即超越社会藩篱的种族融合。该主题在《去吧，摩西》，[①] 尤其是《押沙龙，押沙龙！》中得到充分发展。[②] 但在当下文本中，作家只能为文至此，白亚德也只是参照自身处境反思黑人家庭的人性。

《坟墓里的旗帜》中南方世界根本上是隔离的。黑人担任司机、厨师、马车夫、男管家、侍者和农夫等从属角色。不论在公共场合还是家中，黑人与白人一般不同桌吃喝。[③] 等级制在沙家非常严格。埃尔诺拉在厨房专司烹饪，西蒙与艾索姆负责上饭菜。难怪乎卡斯皮在家中或军队里都很难改变既成角色。隔离在死后还会继续。西蒙所属的黑人坟地"在严格意义上规划有序的公墓区之外"（425）。白人对黑人的种种反应也证实了这一点。在珍妮小姐看来，小到艾索姆，大到西蒙，哪一个都是"可恶的黑鬼"，是"沙家用来烦她折磨她的附属品"（68）。即便娴静如娜西莎也认为生病的白亚德身边不能没人照料，光是黑鬼肯定不行（271）。皮保迪医生弄不清他家黑人数量就像搞不清他家有多少头猪一样（327）。甚至镇上最好的厨娘雷切尔也未能幸免。哈利认为"雷切尔跟所有黑鬼一样是话痨"（208）。在老白亚德和珍妮小姐（甚至西蒙）看来，黑人教会董事会成员就是一群傻蛋加蠢货。

---

① 洛斯在"父辈古老的诅咒落到他头上"（101）之前更加喜欢在"童仆兼干哥"亨利家中与他同床共枕。《坟墓的闯入者》中契克·迈里森被迫在路喀斯家留宿促进了其人的成长，因为这次邂逅使得他发现了这个黑人倔老头的人性。

② 《押沙龙，押沙龙！》中罗莎小姐与克莱蒂著名的楼梯遭遇及肉体与肉体的接触导致"阶级也包括种族方面全部蛋壳般薄的禁忌的崩溃"（131）。

③ 这种白主黑仆分桌而食的做法延续至《坟墓的闯入者》。白人让黑人童仆"艾勒克·山德（同小主人契克·迈里森一样聪慧的重要掘墓成员）一个人在厨房吃早餐"（110）。

值得注意的是，“瓦德曼先生”被白人两次提及。詹姆斯·金伯·瓦德曼及其继任者西奥多·比尔博（Theodore Bilbo）系20世纪初期极端种族主义者，因施行严苛的剥夺黑人选举权、处私刑和隔离种族统治而臭名昭著。一方面，这说明珍妮小姐勃然怒斥叛逆的卡斯皮是符合历史事实的：“究竟是哪个傻瓜出了这么个馊主意，让黑人也像白人一样套上军装？还是瓦德曼先生有远见，他对华盛顿的那些笨蛋说这不行，可那些个政客！”（68）另一方面，据沃尔特·泰勒考据，福克纳年轻时，他身为贵族的祖父约翰·韦斯利·汤普森·福克纳觉得有必要在政治上同“白人首领”（瓦德曼的别称）联合。泰勒认为那些年的种族紧张局势在福克纳职业生涯中起了重要作用（1987：114）。这或许可以部分解释福氏作品中戏谑式黑人写照。譬如《军饷》中遭受不公正待遇的黑人士兵就重蹈了不幸。故事中“战争综合征” 患者，白亚德三世的举动充分体现了“迷茫的一代”的荒唐与疯狂，黑人士兵除了昙花一现的卡斯皮和一位沦为“身穿袖口有下士条纹的卡其服”，靠墙蹲坐吹口风琴卖艺盲者外（128），其余都默默无闻。卖艺乞讨老兵的悲惨境遇强有力地说明黑人的命运战前和战后没有发生本质性的变化，但事实是福氏呈现了一幅历史场景却未对之进行任何发挥且选择黑人老兵作为受害者，这不得不让人怀疑未圆自己军人梦的福克纳是否就像该小说中的珍妮婶婶，是瓦德曼的追随者。这一疑问将得到有力佐证，因为纵观福氏作品，其中几乎没有被正面塑造的黑人士兵。

黑人的其他元素在《坟墓里的旗帜》中得以延续。“黑人与驴”的频繁组合（124—129，313—314）与疾驰的汽车形成对比，也凸显了“人与驴”的亲密性。黑人的言谈、笑声、歌唱及伴有神秘哀伤的音乐给小镇生活定下了步调，同时与迷惘的一代白人的病态形成并构。极度失落沮丧的白亚德困惑于黑人的异域特质，“行动迟缓散漫如同黑色平静的梦中人物，身上散发着动物的臭气，时而低声细语，时而放声大笑”（127）。厨房里不断传出来埃尔诺拉的哼唱则反衬了“沙家帮”的焦虑不安。律师兼诗人贺拉斯·班波草率成婚，闲来后悔，家庭氛围极不和谐。去取妻子蓓儿喜食的臭虾途中，他遇到一群黑人在翻修街道。黑人迟缓却有条不紊的工作节奏与他们的哀婉吟唱起落有致，形成一幅近乎凝滞的静态画面（423）。如同《军饷》中众多印象主义刻画一样，此场景彰显了黑人慵懒甚至梦游般的节奏及与环境的有机融入。这让失落、失望、焦虑的新婚丈夫感受到了片刻的宁静与和谐。

因此，《军饷》中黑人更是作为“抽象的观念”出场，作用类似于诗歌中的叠句或音乐中的连复段，重在提升故事的抒情诗品质。《坟墓里的旗帜》中黑人角色无论是作为有名姓家庭成员还是南方真实生活的参与者，不仅反映且参与塑造了南方的历史与现实，所以虽然发展不足，却代表福氏对黑人群体更切近明确的表征。在此意义上，《坟墓里的旗帜》胜《军饷》一筹。

关于目标故事的黑人塑造，国内外学界皆有可商榷言论。如戴维斯认为“斯特瑟一家仍然是沿袭传统的非个性化人物，他们的存在也仅是白人家庭的附属与延伸，而非一群独具特色的群体，因而无法通过他们理解白人主导的社会”（1983：68）。如上文所示，虽则未能善始善终，故事中主要黑人角色已经被赋予相当独立性与发展潜能。最为重要的是，往往在同一个人物身上，我们发现作者游离纠结于传统的程式化塑造与开明、人性化创新之间。如他企图赋予黑人个性的同时却又犹豫再三，不能坚持。可以说，正是在卡斯皮、美洛妮、西蒙、耐德等个人以及整个黑人种族这样一些“半成品”身上我们见证了作家矛盾的心路历程和曲折的探索轨迹。

此外，杰克逊以“约克纳帕塔法”的发现为分水岭划分黑人角色，认为之前的人物塑造是对其他艺术家的盲从，“之后的一切，包括黑人都是他本人的创造”（1987：62）。这种截然界分的做法显然值得商榷，斩断了创作的延续性。譬如国内外学者如李文俊（2003：27）、布罗克斯（1978：98）和理查德·格雷（1994：144）都认为《军饷》中的查尔斯镇和密西西比州的杰弗生镇并无区别，而且有充分证据证明该王国中的许多黑人继承了刻板形象，并非如杰克逊所言完全属于作者本人。本文所示的众多黑人个案就是对《军饷》的继承与发展。

国内学者对福氏早期黑人塑造不乏高见，但将人物的重要性与角色担当机械对应的做法笔者则认为不妥。如有论者认为《喧哗与骚动》之前小说中黑人扮演附属角色，所以不重要。上文对众多边缘化角色的分析恰恰印证了温斯坦所引德里达有关“互补”（supplement）的论述：“中心不只是‘容许’边缘的共存，而恰恰是由边缘的概念构成”（1987：170）。换言之，去掉边缘便失去了中心。温氏认为“福氏黑人正是在此意义上对白人至关重要（没有黑人衬托突出其白，何谈白人？）”（170）。再者，早期黑人大多成了中后期作品中提高版的原型，其互文性意义不言自明。似乎可以这样结论：尚处于学艺阶段的艺术家确实未能将黑人与其核心关注有机结合，但毋庸置疑的是，黑人的存在在相当程度上成就了白人，丰满了文本。

如果考虑福氏生平家世，早期文本中其人对黑人面具后人性的偶尔窥探及优良品性的彰显尤其显得珍贵。身为大奴隶主贵族后裔，祖父同极端种族主义分子结盟，[①]年青时代亲历了种族歧视之嚣张，作家挣脱传统陈规之勇气可嘉。黑人批评家斯特林·布朗就很看好福氏早期作品。比如说，他认为“《沙多里斯》中有众多卑微却颇具个性特色的黑人人物”（1969：177）。在其开拓性专著《美国小说中的黑人》中，他将福克纳与同期作家如乔治·米尔本（George

---

① 除了沃尔特·泰勒的考据，布莱顿·杰克逊也证实了这一点：“福克纳年轻时代家族有成员追随支持极端白人至上主义者詹姆斯·金伯·瓦德曼及其继任者西奥多·比尔博，两人皆因对黑人的恶毒攻击与迫害而臭名昭著”（Fowler & Abadie, 1986: 59）。

Milburn）、詹姆斯·法莱尔（James T. Farrell）、考德维尔（Erskine Caldwell）等进行比较，认为“福克纳不写社会抗议小说……却刻意反映事实真相”（177—179）。如果这代表着美国黑人评者对作家初期作品极为肯定的反应，我们似乎可以安然作论：这些早期作品也代表着作家职业生涯探索种族主题的希望开始。

《曾有过这样一位女王》：初遇混血儿

从词源学的角度看，“混血儿”（mulatto）源自“骡子”（mule）。同骡子类似，混血儿被视为非正常组合——杂交的产物。混血儿曾指纯黑人与白人的第一代子嗣，慢慢地，却被用来泛指任何具有杂交血统的黑人。著名瑞士社会学家古纳尔·缪尔达尔在《美国困境》中写道：“根据美国惯例，‘混血儿’（mulatto）一词意指有杂交血统的所有黑人，不管混杂的程度，也无视时间的远近。”（1944：105）从历史角度看，混血儿随着三个族群——黑人、白人和印第安人在北美洲开始接触之际就已经出现。

黑白杂交的混血儿后代因 1619 年在詹姆斯敦引入 20 名非洲奴隶而扎根于英属殖民地。从那时起，黑白种族的杂交日趋广泛，自然而然的结果便是混血儿人口的骤增。据乔尔·威廉姆森考证，“1850 至 1860 年间被视为混血儿的奴隶数量剧增。在此 10 年间，黑人奴隶的数量只增加了 20%，混血儿却猛增了 67%”（1984：32）。一个可怕的结果是混杂而居的棕色人种、黄色人种和红色人种（印第安人种）之间的血统标志近乎丧失。威廉姆森指出，“施行奴隶制的最后年代里，南方及全美思虑重重的白人开始思考种族混杂现象，并把它作为一个明确而现实的问题来解决。1850 年的全美人口普查中，第一次统计有明显混杂血统者并称之为‘混血儿’（mulatto）。到内战结束前，白人业已发明了内含肮脏、糟糕之义的‘种族混杂’（miscegenation）一词，来涵盖黑白种族杂交现象”（40）。

缘于其悲剧性的进化背景和独特的无身份特征，混血儿对小说家们来说有着不可估量的美学价值。就《坟墓里的旗帜》而言，埃尔诺拉和美洛妮现身之际，种族混杂已经有了相当长的社会史和文学史。值得注意的是，福克纳并没有落入俗套地将混血儿塑造为或悲剧性的或令人怜悯的受害者，他更感兴趣的是挖掘塑就该群体的社会根源。虽属同一个阶级阶层，埃尔诺拉集中体现的是传统，美洛妮则代表着时尚与创新。

《坟墓里的旗帜》中，埃尔诺拉只是沙多里斯家族默默无闻的厨娘兼管家，一个彻头彻尾的背景角色。[①] 其人除了父系血统不明，几乎不值一提。文本透

① 如福氏众多人物一样，埃尔诺拉在多个作品中作为不同角色登场。*William Faulkner A TO Z* (A. Nicholas Fangnil and Michael Golay, 2002, *Facts on File*, Inc., NY) 中注解为：“《沙多里斯》中的人物。她是西蒙·斯特瑟的非美裔生女，老白亚德·沙多里斯家的女仆。福克纳有时称她为‘Elnore’。她还在短篇《所有死去的飞行员》（其中她为约翰·沙多里斯织袜子）和《曾有过这样一位女王》中作为约翰·沙多里斯与一位奴隶的生女形象出现”（54）。

露她是“西蒙高挑的黄皮肤女儿”（39）[①]，还多次提及她“黄色的脸庞”（11，120），也即暗示西蒙并非她的生父。文本中埃尔诺拉的两个习惯性特点倒确实将她与其他故事人物区别开来。其一，很少见她不哼着歌的——一种承接《军饷》的人物塑造手法，旨在与白人形成情感与行为上的对位。比如她的首秀就有吟唱相随：“门厅的尽头，斑驳的阳光透过纱门斜射进来，外面的世界昏沉而单调。在光线之外的某个地方，婉转传来起伏的小调，快速而专注，就像颂歌吟唱一样。”（12）她在安静处所的吟唱被急匆匆赶回家据说是要看从一战归来的孙子的老白亚德打断：

> 吟唱声停了下来。老白亚德转身朝楼梯看去：一个高个混血女子从后门外斜射的日光中悄无声息地走进大厅，她褪色的蓝色衣襟撩至膝盖处，衣服上污渍点点，双腿像鸟儿一样笔直细长，一双脚如同淡色的咖啡洒在乌黑发亮的地板上。（12）

以“鸟”人形象示人的埃尔诺拉难掩她在家庭中的地位：一个粗衣、光脚、勤劳的女佣。紧接着的对话就很好地再现了福克纳擅长的“霸”主“顺”仆形象：

> “你们这些黑鬼就不能讲些实话？”他突然发怒道，“或者干脆就只字不提？”
>
> “天哪，上校，谁会没事跑到这儿来着，除非您或珍妮小姐差唤。”他毫不理会，怒气冲冲地踏上楼梯。高个女人看着他的背影说道：“您是要找艾索姆，还是什么？”他头也不回地走了，或者压根就没有听到。她就那么站着瞧着直到他消失。“上了岁数了。”她喃喃自语，一边悄无声息地光脚回到来的地方。（13）

埃尔诺拉的安静平和与老白亚德的暴躁焦虑形成鲜明对照。老白亚德爆粗口，气势汹汹、嘎嘎作响地走路，摔门走人之际（13，24），“从厨房深处不断传来埃尔诺拉婉转低沉的吟唱”（24）。

言为心声，行为心迹。埃尔诺拉的歌声或“无意义”（42），或“圆润醇厚”（43，424），或“哀婉悲切”（240，424），传达了她淳朴笃定的基督教信仰，就像歌词所预言的：“人人都谈天堂，几人如愿以偿”（43）。在怪虐、冷漠的沙家一片喧哗与骚动中，埃尔诺拉的歌声经常成为难能可贵的安详、平和的催化剂。譬如，在颇类似于《军饷》中高大、无名女厨师一幕中，艾索姆觉得他

① 本书作者试译，此后引文只注页码。

姥爷“干巴巴的歌声全是对年暮的不解与质疑”，便蛰伏到厨房，听他“面色平静的母亲一边劳作一边低声哼唱”（120）。还有一次，小白亚德因无法接受哥哥约翰尼去世的事实，酒后驾车出了车祸，肋骨遭受重创。被送回家后，他试图继续用酒精麻痹自己，一边焚烧哥哥的相片、衣服、《圣经》等以解生理与心理的双重痛楚。与此同时，厨房传来宁静的歌声，“埃尔诺拉边劳作边轻唱，歌声在一片日光中飘来，圆润哀婉”（240）。

如前文所析，福克纳表现黑人歌曲中的悲哀旨在一定程度上暗示黑人生活内在/隐藏的现实，同时也彰显了他们在面对艰难生活时的坚忍。因此，在我们最后一次见到沙家厨师时，丧父不久的她仍然在歌唱，“窗帘微微摆动，夏日百般宁静的清香随暖风传送过来；还有各种声音：鸟的叫声、不远处教堂的钟声、埃尔诺拉准备晚饭时的歌声——虽则因亲人的罹难而有所低缓，却依旧圆润醇厚。她不停地在厨房忙碌着，一边哼唱无尽的悲伤曲调，一言不发”（424）。这种厨房里的吟唱传统也被《喧哗与骚动》中的迪尔西传承。在同样充满喧哗与不安的康家，复活节的早晨，“迪尔西开始做饼干。她一面在和面的案板上来回抖动筛子，一面哼起歌来，先是小声乱哼哼，没有固定的曲调与歌词，是支重复、哀伤、悲切、质朴的歌子，这时候，细细的面粉像雪花似的纷纷扬扬地撒落在案板上”（296—297）。迪尔西的歌声同样与康家肃杀的气氛形成对比，并带来片刻的安宁与美感：“炉子已经使房间有了一些暖意，并且让厨房里充满了火焰的呢喃声。过了一会儿，她的歌声响亮了些，好像她的声音也因温度升高而解冻了”（297）。迪尔西操持着家务还要伺候着无病呻吟的康太太，然而她却保持着内心的平和。料理完杂事，回到案板那儿，“不一会儿，她又唱起歌来了”（300）。在潮湿、寒冷的冬季，在风雨飘摇的康家，特别是杰生即将发现小昆丁卷走了所有他私藏的钱而暴跳如雷的档口，迪尔西安静、祥和、温暖的歌声显得弥足珍贵。

埃尔诺拉的另一个特点是同厨房分不开，总是在不停地干活。她的歌声往往从一个方向传来，那就是厨房。确实，她每次出场都在干家务：“在桶中浸湿拖布，用力墩到地板上”（25），“忙着做饼干”（39），“胳膊上沾满了面粉”（65），“停下手中的拖把”（86），“得把地拖了”（120），“她一天都在洗东西”（240），“张罗晚饭”（424）。她的厨房人生很容易使人想起《献给爱米丽的一朵玫瑰花》中镇长沙多里斯上校 1894 年某日颁布的条令：“黑人妇女不戴围裙不得上街”（41）。换言之，黑人妇女就是帮厨的。

美洛妮却以一个魅力十足、时尚、肤白的混血儿形象出场。在蓓儿·米歇尔家的厨房，西蒙等着驾车送珍妮小姐回家。东道主家女厨师雷切尔吩咐仆人给西蒙一份冰激凌。美洛妮此时惊艳登场：“一个年轻肤白的混血儿走了进来，她围着漂亮的白围裙，戴着帽子，手托一盘各色从女神时尚杂志模仿来的食品……”（28）。尽管身份卑微，美洛妮的俊俏和创新精神让人眼前一亮。下文选段就很好地表现了她对个人现状的不满：

> 女孩（美洛妮）将碟子哗啦倒进水池，开始在水龙头那儿洗碗。西蒙的一双小眼睛紧盯着她不放。她用毛巾擦碗时一脸的不屑与漫不经心，然后在西蒙的密切注视下踏着高跟鞋，昂首阔步，摔门走人。（28）

与埃尔诺拉的驯顺无名形成巨大反差的是美洛妮的优越感。她对好色的西蒙不屑一顾。上文所示“目中无人”的态度也暗示她对这个老色棍的鄙视，以至于她“回来把一碗黏稠状液体放在西蒙面前时仍然昂首斜视”（29）。

同她时尚的女主人一起，俊俏优雅的美洛妮似乎给一个平常的家庭聚会带来了“温室效应”（197）。不仅来访的保守女士们感到不适，蓓儿的追求者贺拉斯也不无自嘲地承认：“我现在意识到我来这儿不是打网球，而是来享用美洛妮每次上茶时的令人不悦的自我优越感。”（199）

美洛妮的新角色——美容店老板，揭示了其人野心的一面。更重要的是，这让她赶上了 20 世纪 20 年代开始的黑人创业大潮。罗兹引用社会学研究成果（哈里斯的《作为资本家的黑人》和麦克多戈德《确立黑人女性身份的使命》[①]）作为佐证，声称这一情节设置符合社会现实。《坟墓里的旗帜》中的故事发生在 1919 年，正处在菲茨杰拉德将要命名为“爵士乐年代”的门槛之上。文本表现的技术与社会革新反映了战后年代南方的社会特色：有开新车的“燃油驱动的贫民”，杰弗生新开张的百货大楼，“扎着马尾辫身着时装”的年轻女孩，还有“贴满彩色油墨海报”的电影院大厅等。此外，如前文所述，福克纳介绍美洛妮时，她正忙着清理“从女士时尚杂志模仿来的花哨的聚会食物残渣”（20）——为她日后成为小镇消费的时尚设计者一角埋下了伏笔。她的女主人，我们也被告知，“花了不少时间才得以消除杰弗生小镇对正餐和晚饭之间的正餐的偏见，还说服了来参加聚会的人群，让他们接受喝茶有本身的意义，而不是赏给疾患者的残羹，也不是正式聚会可有可无的附加物”（197）。

为了确立她的黑人女性身份和美容事业，新女性美洛妮，借用麦克多戈德的话，还得“克服对黑人信用的种种怀疑”（1925：378）。这其实正是蓓儿·米歇尔与访客们的谈话核心内容。对于她的仆人可能有的任何需求，蓓儿的否决态度是很明确的，而镇上的沙家银行是出了名的反现代派，因此文中美洛妮不得不动脑筋另辟蹊径来获得信誉。贺拉斯的发问“她（美洛妮）是不是又嫁给了什么其他人”，用意正在于此。前文所述场景中，好色的西蒙正中美洛妮下怀，她刚好

---

① Abrham L. Harris, *The Negro as Capitalist*, Negro University Press, 1936; Elise Johnson McDonald, “The Task of Negro Womanhood” (1925).

可以借此发挥她俊俏模样的威力。所以，当"西蒙偷偷地伸手摸她的大腿时"（29），她也没有大喊大叫。相反，她伸手给西蒙的后脑勺响亮一巴掌：

> "雷切尔小姐，能不能让他安分些？"
>
> "不要脸，"雷切尔嗔骂道，倒不见气，"你这个老东西，头发都白了，孩子都成人了，一只脚已经踏进棺材喽。"（29）

美洛妮对西蒙下流动作的反应可谓嗔怒夹着挑逗，与其说是拒绝，不如说是色诱。这也意味着，如侯文敬所论，他们接下来的关系就是一种"商品交换"（1989：78）。美洛妮出卖色相换取西蒙的钱来投资自己的事业，西蒙则为了满足自己的色欲。确实，老白亚德问他投资有什么"收益"时，西蒙回答道："是的，先生，有的。""西蒙接着又呵呵一笑，一脸色相，带着满足得意的神情。""是的，先生，有的，只不过从没这样叫过。"（261）。

这样一来，美洛妮就具备了一个新女性从奴仆向美容师转变的条件：机遇的捕捉，资金的积累和在适当行业"创造性才能"的发挥（McDougald，1925：373）。之后西蒙被发现暴死在美洛妮的小屋中也就不足为怪了。榨干了他的钱财，个人又鄙视他，羽翼已丰的美洛妮现在当然有更重要的客户需要伺候。西蒙若是死缠着要他的"收益"，他迟早必须消失。唯一的遗憾就是他死得太突然。罗兹认为要是福克纳能够坚持现实主义创作倾向的话，西蒙与美洛妮的戏还会唱下去。他因此叹惜道：

> 既然小说家对此无明确交代——实际上是随了这个时期白人文化对黑人犯罪缺乏调查兴趣的大流——西蒙就成了因与蛇蝎美女有染而诗意地死于非命的另一个受害者。也因为没有接续，美洛妮，不论从文体角度还是社会角度而言，被归为静态人物范畴——老白亚德口中的"黑傻妞"——不能因时而变。（Fowler & Abadie，1986：107）

总之，故事尽管对埃尔诺拉并不缺乏关注，她总体以一个传统、满足、顺服的家庭厨子的形象出现，只会哼歌和干厨房活儿。因此虽然也拥有自己的名姓，该人物发展明显不足。相形之下，美洛妮倒占了上风。她迷人、时尚、野心勃勃，不择手段地寻求自我界定与阶层攀升。随着她社会流动性的改变——从一个使唤丫头到一个凭借自我技能的创业者，小说文本世界的相应转换有着坚实的社会根基。她的职业生涯，虽则昙花一现，却展现了小说家的社会改良兴致，试图借此探究新式劳动分工的可能性以及混血儿的自我定位。

有时被称为《坟墓里的旗帜》的续集，短篇《曾有过这样一位女王》呈现给读者一个截然不同的埃尔诺拉。作家首先给予了其人近距离关注："她的皮肤为咖啡色，身材高大，一张小巧的脸总是昂得高高的”（184）。她有鞋，却总喜欢光脚走路。不像长篇故事中那个“嘘声”“低语”或“默不作声”的仆人（86，240），她“大声喧哗”，高谈阔论家中的每一件事与每一个人。先前只会哼哼圣歌的厨娘，似乎一下子变身为羽翼丰满的女管家，对自己在沙家的地位与角色毫不含糊。这当然与该短篇同长篇之间的另一重要差别相关：《坟墓里的旗帜》中黑、白两家庭之间的关联几乎未被提及，《曾有过这样一位女王》中的埃尔诺拉却被指认为约翰·沙多里斯上校与黑奴尤弗罗妮（Euphrony）未获名分的女儿。更令人吃惊的是，故事揭示她与西蒙·斯特瑟——她母亲的丈夫，以及卡斯皮——她同父异母的兄弟兼丈夫，有着双重乱伦关系。

作为伺候沙家五代的资深管家，她首先是过去与现在活生生的连接者。确实故事开启不久，她就简短回顾了沙家的历史与现状：

> 她记起十年前的此刻，与她同父异母的兄长老白亚德（虽然他们两个人、甚至白亚德的父亲有可能不知道他们是兄妹。这一可能性虽然存在，但不大），正在后廊下来回踱步，朝马棚喊话，叫黑人备马。可现在他早已故去，连他的孙子小白亚德也在二十六岁时便年纪轻轻丧了命。黑人男仆也都不在了，其中有埋在墓园里的西蒙——埃尔诺拉的妈妈的丈夫；还有卡斯皮——埃尔诺拉自己的丈夫因偷窃而关进监狱；她的儿子乔布去了孟菲斯，以便穿戴整齐地在城里的大街上闲逛。这样一来，家里剩下的人只有老约翰·沙多里斯先生的妹妹弗吉尼亚，她现已九十高龄，整日坐在窗前的轮椅里，望着窗户下面的花园。另外一个女人是娜西莎，即小白亚德的遗孀，以及她的儿子。（182—183）

沙家过去 10 年变化很大，日渐衰落。男人走的走、亡的亡，只剩下娜西莎想方设法改造其沙氏品性的遗腹子班波·沙多里斯。黑人一家情况也不容乐观，以至于埃尔诺拉成了女掌门。黑人在沙家操持着一切：“埃尔诺拉负责烧饭，她儿子艾索姆管理花园，她的女儿萨迪睡在弗吉尼亚·杜普雷床边的一张小床上，像看护婴儿一样照看着老妇人”（184）。

以沙多里斯家族血统为荣的她成了该家族品质坚定的代言人与最后一位代表，白人贱民与其他黑鬼她都瞧不上眼。她“可以照顾珍妮小姐”，她告诉我们，“因为这是沙多里斯家里的事，上校去世前嘱咐我照顾她的，是他发的话。我用不着城里来的外人（特指非“沙家帮”成员娜西莎）帮忙”（184）。她超级崇拜代表着“人品高贵”（187）的珍妮小姐。后者在故事中两次被比作

“悬挂的肖像”(186)。[1] 她几乎神化老太太在内战中的历险，重复讲述，乐此不疲。故事中有零散的叙述，细节不一，梗概如下：

> 她一个人来到这里，那时候到处都是北方佬。一路从卡罗莱纳赶来，家人都死光了，只有约翰少爷在这里，住在离她二百英里的密西西比。……北方佬杀了她爹和她的丈夫，还烧了在卡罗莱纳的房子，大火就在她和奶妈的头顶上烧着。她独自一个人来到密西西比，投奔她唯一的亲人。到这里时正是大冬天，她什么都没带，只挎了一个小篮子，里面有些花种，两瓶葡萄酒和几片彩色玻璃框子，约翰老爷把它们装在书房的窗户上，好让她从窗户望出去就跟还在卡罗莱纳的老家一样。(188)

她夸大珍妮小姐的艰苦历险且注入强烈的个人情感，对艾索姆关于路程细节的质疑充耳不闻。人称指代也暴露了这一倾向。故事叙述者告诉我们：“她用平淡、无变化的声音说。她的一双褐色的手柔软、灵活。每当她提到这两个女人时，都不加分别地用代词‘她’。不过，指珍妮时，声调更平稳”(188)。就文体识别标志而言，这个“她”总是大写。

与此形成鲜明对比，埃尔诺拉对娜西莎一贯冷漠、鄙视。故事开始之际，她比往常早一个小时来到沙家，因为她注意到娜西莎带着儿子在正午的炎热中朝小河方向走去，“她没有像白人妇女那样猜想他们去的方向和原因。她是个混血儿。她带着沉默严肃，而又鄙夷的表情注视着那个白人妇女。当年这房子的主人仍在世时，她也是以鄙夷的神情听着这位女主人发号施令”(184)。这个异常现象连同娜西莎两天前的突然外出加剧了埃尔诺拉的不满。值得注意的是，她贬低这个年轻女人时，黑人跟着一起遭殃：

> “唉，她去哪儿是她自个儿的事。”……“她说到孟菲斯去，让珍妮小姐一个人坐在轮椅里，除了黑家伙就没人[2]照顾她了。这也是她自个儿的事。”……“她出门，我倒不奇怪，可她又回来了，我真没想到。不，这我也不吃惊。她既然进了这家门，就不会离开这里。”……“贱货，城里的贱货。”(185)

总结埃尔诺拉的抱怨，娜西莎是“贱货”的主要原因在于她是外来者，觊

---

① 原文“Caryatid”意指“女像柱，”希腊古典时期大理石雕刻。像高221厘米，约公元前417—400年作。在雅典卫城北厄勒忒奥神庙台基上的女像柱，她们亭亭玉立，头顶重亚，体态优美，神色安详，衣纹自然下垂，颇显风韵。这种构思新奇独特的建筑立柱是雕塑与建筑的巧妙结合，它以人物形象代替死板的立柱，既符合建筑立柱的要求，又使整个建筑显得生动美观。

② 考虑此处埃尔诺拉事实上在否认黑人人性，译文变“旁人”为“人”。

觊沙家的产业且行为不检点。此外，她对黑人人性的漠视同西蒙在《坟墓里的旗帜》中的反应如出一辙。严重受伤的白亚德问他要白酒，西蒙回答“这儿没人，除了几个黑家伙”（238）。埃尔诺拉的“血统优越感”使得她对娜西莎满肚子偏见，这在她与艾索姆的“非暴力不合作”对话中可见一斑：

> “我对她不抱成见，”埃尔诺拉说，“我是个黑家伙，她是白种人，可是我的孩子比她有更多的热血，举止也比她强。”
>
> “你和珍妮小姐对谁都瞧不上眼。”艾索姆说。
>
> “什么？”埃尔诺拉问。
>
> “珍妮小姐和娜西莎相处得还行，”艾索姆说，“我没听到她说过娜西莎的坏话。”
>
> “那是因为珍妮小姐人品高贵，”埃尔诺拉说，“就是这么回事。你什么也不懂，因为你生得太晚，除了她你谁也没见到过。”
>
> “我看娜西莎小姐和别人差不多，没什么两样。”艾索姆又说。（187—188）

而此前不久埃尔诺拉和珍妮小姐的谈话焦点是娜西莎突然收拾行李消失了两夜的事。孟菲斯在约克纳帕塔法系列中就是淫荡与妓院的代名词。在那儿，我们后来得知，娜西莎确实出卖了两晚肉体，以换取被一个犹太联邦调查局特工截获的写给她的一些匿名淫秽信件。珍妮小姐提醒埃尔诺拉谈论娜西莎时注意措辞，后者坚持认为她“讲的是大实话”，并且断言娜西莎“永远也成不了真正的沙多里斯家的女人”（186），正如她后来的座右铭——“算不算沙多里斯家的人，不能看名分，而要看实际行动表现”（188）一样执着。因此尽管她一再强调“对娜西莎没有成见”，埃尔诺拉每提及这个白人妇女无不嗤之以鼻。事实上，她议论娜西莎的语气如此为两个孩子所知，他们不用听姓名就知道人称已经转换。当然指代娜西莎的“她”也不再大写。另一值得注意的文体特点是，埃尔诺拉的语言风格随着故事内容的变化而转换。如埃尔诺拉列举娜西莎的不端行为时，用的是做作、更加标准的白人英语：

> 可是她却以为她可以突然离家到孟菲斯去寻开心，把她一个人留在家里整整两夜除了黑人再没别人照看她。在沙多里斯家住了十年，吃了十年的饭，可说出门就出门，到孟菲斯去玩，就跟一个黑家伙外出玩耍一样，连个理由都不讲。（189）

同《喧哗与骚动》中希谷克牧师的“双语模式”效果类似，埃尔诺拉的突出的言语发声特征倍受强调，故事中的描述有“平静地大声”（187）、“平淡、无变化的声音”（188）、“刺耳的声音，虽不太响，但带着轻蔑”（189）、“声音既不尖利也不柔和，而是命令式的，音调不高，但冷冷的”（197）、“轻声地、冷冷地、用命令口气”（198）等。

与长篇中艾索姆可以躲进她的厨房寻求慰藉的平和的颂歌吟唱者不一样，这里埃尔诺拉扮演的是一个颐指气使的秩序维护者和沙家热血代言人的角色。福氏将她同时塑造为一个混血、双重乱伦、死心塌地忠诚于沙家的奴仆兼管家形象，或许有些夸张，但这个令人印象深刻的混血儿角色早已预示了作家在此话题上无限的潜质。

Ⅱ. 急剧初升

实在来说，南方白人就是黑人以如此数量和如此方式存在于这片土地塑就的。

—Joel Williamson，*The Crucible of Race*，1984，31.

南方作家要想诚实地书写南方，他现在甚至不得不收容一种心满意足的黑人奴仆或忠诚的守护者类型人物。虽然现实生活中这种人物正在消失，她却依然是南方记忆的重要组成部分。孩提时代的回忆必须且必然地包括她的刻画，而且考虑到童年回忆的一般特点，这幅肖像也一般会被注入个人情感。

—Nancy M. Tischler，*Black Masks*，1969，32.

迪尔西代表着未来，如同残破的烟囱一般，荒凉、坚忍并顽强地屹立在整个家族已倒塌的废墟之上。

—William Faulkner，“An Introduction to *The Sound and the Fury*.”①

《喧哗与骚动》《夕阳》《落日》《殉葬》中的黑人形象第一次被赋予中心视觉。在这些作品中，作家最初对黑人这一弱势群体略显犹豫的人性化处理被明确的戏剧化表征所取代。这里既有黑、白种族的并构，对作为“心理构念”的黑人难能可贵的探究，对遭受经济、性双重剥削的黑人悲惨境遇的同情，对黑人“身份危机”的透视，也有对跨种族、跨文化肆意践踏人性的罪恶奴隶制的谴责。总之，福克纳从此把对南方血腥历史和严峻现实的艺术表现与道德探索结合起来，着手探寻旧南方毁灭的根本原因。因此，就其整个创作生涯的种族关注而言，福克纳这一时段作品的处理实现了“抛物线”架构中的急剧上升。

① Cited in Cox, Leland H., ed. *William Faulkner Critical Collection*. Detroit. Michigan: Gale Research Book, 1982, 414.

《喧哗与骚动》：被赋予中心视觉的黑人家庭

如果说《军饷》更为关注作为引人深思的观念（艺术符号或构念）之黑人，《坟墓里的旗帜》视黑人群体为南方双重种族生活可识辨的参与者（虽则在多数场合扮演被动角色），福氏在《喧哗与骚动》中则更进一步，开始认真思索积极能动的黑人及黑白种族之间的相互影响。相应地，前两部试笔之作中黑人人性的偶尔闪现与作品的主旨关怀结合尚有不足，《喧哗与骚动》却实现了黑人与作家核心艺术关注的有机融合。

《喧哗与骚动》围绕康普生家女儿凯蒂的失贞及其余波展开，刻画了这个曾经显赫一时的大家族的败落与瓦解。作品首先展示了福克纳小说艺术的传承与积淀。同《军饷》相似，它广泛收纳黑人，虽然数量上不及前者。勒斯特与迪尔西主导故事的开篇与尾篇部分，昆丁和杰生叙述的部分黑人“人口密度”很高。像《坟墓里的旗帜》一样，它聚焦了南方生活的核心单位——一个白人家族（内置一个黑奴家庭，这次是吉卜生一家）。三部作品还有一个共同特征：不论在技法层面还是主题层面，黑人与白人的对位对故事的并构设计起着关键的（如果不是决定性的）建设性功用。

更重要的当然是在目标话题上《喧哗与骚动》对《军饷》和《坟墓里的旗帜》的明显超越。首先，作家最初对黑人群体尝试性、略显犹豫的人性化处理被明确的戏剧化表现所取代，体现在（此前没有小说家能够做到这一点）他对黑人个体在影响他们生活的主要场所——家庭和教会所表现出的人性的理性认知和艺术升华。因此，吉卜生一家、教堂会众以及其他黑人，凭借其独特的言行与信仰，与白人形成蕴义深刻的对比。其次，虽然尚未摆脱塑就其原初黑人观的南方白人思维模式，福克纳宣称黑人奴仆的生活、民间宗教和语言对他的文学现代主义实验至关重要。事实上，福克纳对黑人群体的文本开发如此高效，以至于他在情节、结构、主题和象征层面的艺术创新超越了个人视角的局限。同等重要但却未受到学界足够重视的是福氏小说中种族越界融合的事实。实际上，黑、白两家庭共存如此之久，难免不相互沾染对方的习性，所以他们相互映射又相互体现，并因此成就了一种相互排斥却“同体共生”的悖论式生存状态。最后，在几乎可称为福氏颠覆性创新之举的极点，小说家果敢地将一个黑奴置于故事中心，从一个独特的视觉角度进入白人世界。此壮举达成了一箭双雕之效：开掘了了解康家史话的客观通道，同时为展现黑人现实提供了“内部”视角。

欧文·豪对福氏黑人塑造的总体评价也正适合这一系列的小说：“福克纳对黑人更加用心的刻画中找不到单一的或稳定的模式。相反，读者发现从南方刻板形象向个人视觉的进化，偶遇退却，盖因历史遗留的恐惧和与此艺术视觉不相匹配的意识形态使然。”（1975：120）《喧哗与骚动》中福克纳竭尽所能以摆脱刻板化的专治，尽管在即便像勒斯特、迪尔西、哈佛大学执事、希谷克神父等令人难忘的角色身上依然可见创新与传统之间的冲突。要想知道福克纳将黑人作为他艺术视觉有机组成部分的开发利用情况，我们首先需要了解康家包括黑、白家庭在内的家族成员。

文本当下叙事呈现的白人家庭全面衰败。父母对子女缺乏关爱，负面后遗症明显。康普生夫人虚伪、爱慕虚荣、脆弱、怨天尤人，特别是动辄对自己的病情疑神疑鬼。总之，她绝不是一个称职的母亲。布罗克斯认为她是康家瓦解的“根本原因”：

> 康家冷漠、自私的母亲敏感的是她娘家巴斯康家族的社会地位，认为生了一个白痴儿子对她个人来说是一种耻辱，纵容、宠坏了自己的爱子杰生，对其他的孩子和丈夫则不理不问，无任何关爱可言。卡洛琳·康普生倒谈不上坏得透顶甚至邪恶，但她的冷漠带来的负面影响使得正常的家庭关系趋于瘫痪。她显然是昆丁缺乏自信和变态自尊的祸根。她至少也是丈夫堕落酗酒、奉行愤世嫉俗的犬儒主义的直接诱因，而且毫无疑问，她归根结底要为凯蒂的性乱负责。（1983：334）

康普生先生虽则慈善开明，却百无一用。被生活击溃的他破落颓废，难免愤世嫉俗。故事中去世前两年他就已经不再管教孩子，也不再过问家事，而且总是乐得在饭厅、酒柜、威士忌酒瓶中寻找庇护所。更糟糕的是，他宣扬的有关人类命运，特别是有关贞操的失败主义、犬儒主义和禁欲主义给少不经事的昆丁灌输了虚无主义生活观，让这个堂吉诃德式的少年以自杀了结一生。舅舅毛莱，康夫人的弟弟，可谓一无是处。作为吸钱、通奸的专家，康家的累赘，他所起的唯一作用是加剧康家夫妇之间的慢性冷战。

康家子女一代情况同样糟糕。大儿子昆丁超级敏感、无能、不自信、沉湎于过去、固着于妹妹的失贞且消极厌世。他最终选择淹死了自己。[①] 凯蒂是这个家庭的情感核心。她温柔、率真、充满爱心、勇敢且叛逆。然而她摆脱无望家庭阴霾的绝望挣扎却因昆丁的妄加干涉和不当放纵自己压抑太久的性欲而受挫。作为康家的耻辱，她被赶出家门，沦为妓女。老三杰生系母亲的爱子，也是康夫人致力改造其“康家癖性”的对象。[②] 他粗俗、精明、现实、善言辞、牢骚满腹、冷酷且以自我为中心。他痴迷金钱，渴望在家庭及社会谋得“一席

---

① 昆丁淹死自己的查尔斯河（Charles River）离我整理此书的哈佛美术图书馆（Fine Arts Library）一箭之遥，我曾经围绕该河转圈，试图找到昆丁的入水处——藏熨斗的桥底下，没有结果。“查尔斯河应该为昆丁的死负责吗？”应该是个好的随笔话题。

② 杰生的独白中有他母亲“不断地说感谢上帝，你（杰生）除了姓康普生之外，别的地方都不像康普生家的人”，康普生先生“把钱全喝掉了”“你脾气不像康普生家的人”（220，222，225）之类的话。

之位”。极具讽刺意味的是，他“一家之主”的地位受到联合抵制（迪尔西和他外甥女小昆丁）；他在农产品杂货铺有份工作，却是因店主艾尔同情康夫人的施舍；他在证券市场的投资也以失败告终。尤其令他颜面扫地的是，在与小昆丁的长期对峙中，他一败涂地，因为后者卷走了他私藏的钱（或者说她的钱，系小昆丁母亲凯蒂给女儿的生活费），与一戏子私奔了。最后，还有33岁的智障儿班吉。他在康夫人眼中是对康家的“诅咒”，是杰生眼中让他丢脸的累赘。没有了凯蒂的关爱，只有婴儿智商的他只能在杰克逊的精神病院了此余生。小昆丁是凯蒂留在家里抚养的私生子，在令人窒息的家庭氛围中，如果这还可以称之为家庭的话，她频频受到杰生的语言和生理暴力的威胁和虐待。生理和情感受到双重压制的她急于挣脱。很快，她便成了杰弗生“容易搞到手”（Brooks，1983：61）的女孩。与白人形成对位的是吉卜生一家。他们代表的是南方向现代化过渡早期的黑人，属于“忠实的守候者”。这一黑人群体与白人主子一样尚未摆脱内战带来的阴影，仍然与旧南方的文化和贵族观念存有一丝半缕的瓜葛。黑人家庭也在衰败。男丁非走即亡，只剩下弗洛尼的儿子勒斯特，年仅14的他早早地背负上看护一个33岁白痴的重任。迪尔西患风湿病的迷信丈夫罗斯库司已经故去。威尔许和T. P. 曾负责家庭内外一切杂务和重事。现在一个去了孟菲斯，另一个家里很少露面。迪尔西的女儿弗洛尼帮助操持家务，而关于后者的丈夫，我们几乎一无所知。迪尔西一般公认为是以小说家的奶妈卡洛琳·巴尔为原型塑造出来的。她代表着强大的情感与道德力量，勉力维系着白人主子注定破败的家庭。她善良、自信、忠诚、勇敢且大方，虽则已经老迈。

一如他的典型做法，福克纳将黑、白家庭进行了对比。但不同的是，这里福克纳不是神秘化黑人为次等族类，因其无人可解的原始秉性，较少受到战争的重创且易于接受新信仰。相反，《喧哗与骚动》的创作策略从一开始就基于两个种族所持不同的生活态度和价值观的比较：

> 透过栅栏，穿过攀绕的花枝的空档，我看见他们在打球。他们朝插着小旗的地方走过来，我顺着栅栏朝前走。勒斯特在那棵开花的树旁草地里找东西。他们把小旗拔出来，打球了。接着他们又把小旗插回去，来到高地上，这人打了一下，另外那人也打了一下，他们接着朝前走，我也顺着栅栏朝前走。勒斯特离开了那棵开花的树，我们沿着栅栏一起走，这时候他们站住了，我们也站住了。我透过栅栏张望，勒斯特在草丛里找东西。（2004，3）[①]

显然，福克纳从开篇班吉的内心独白中就已经着手刻画紧密相连的黑白种

① 李文俊2004年译本，此后只标注页码。

族关系及其迥异的价值观念。值得关注的是，此处陪伴在故事叙述者班吉左右并担任其全职监护人的是黑小厮勒斯特。这一简单的场景揭露了至少两点：其一，作者不仅将“一名康普生”与“一名吉卜生”家庭成员搭伴并置，而且白人依赖黑人，这一独特的组合象征了两个家庭之间对位的关系结构。他们生息繁衍在同一片康普生家族祖传产业之上，相互意识到对方却分属不同的世界——每一方由自身的价值观和偏好驱动，但常常是黑人支撑着白人家庭并强化他们的世界。

开篇也比较了两种寻找，只不过两位主人公找寻的是全然不同的目标。对于33岁却只拥有3岁儿童智商的班吉来说，听到在曾经是他的牧场（109，119，143）[1]打高尔夫球的人叫“球童”（3，18）[2]一词（与“凯蒂”同音）将他的记忆带回了童年时期，因为那时有凯蒂无微不至的关爱。因此，凯蒂已逝去的爱是班吉一直懵懂追寻的目标。与此同时，陪伴他的勒斯特却聚精会神执着于寻找那枚丢失的两毛五的“镚子儿”（19），为的是能够看戏班子的演出。班吉看到现在，想起了过去；勒斯特在当下找寻，期待着未来。正如戴维斯评价的那样，这两种寻找表征了“两种世界观，康普生家面向的是过去，黑人面向的是未来（如周日复活节部分明确传递的是对基督教来生的笃信）”（1983：75），这两种价值观架构了整部小说且对故事的结局至关重要。培杰（Sally Page）也曾就此话题指出：“勒斯特找寻的两毛五镚子儿，其曼荼罗形状暗示着完整、融贯与秩序，与班吉漫无目的地找寻凯蒂曾经的关爱带来的安全、完整与秩序感形成并构”（1972：53）。

更具启发性的是，这种设计表明福克纳在创作技巧上依赖黑人，从而实现了对故事内容兼形式的高超掌控。这一手法贯穿了整部小说。从结构编排来看，勒斯特因丢了两毛五的钢镚而对班吉心生厌烦，自然且合乎逻辑地引发了后者对凯蒂的回忆。勒斯特在小说文本当下的1928年监护班吉，凯蒂则是在离家出走前担此责任。他们两人截然不同的护理态度形成的对比决定了叙事结构。此外，该对比同样确立了碎片化的场景与经历相互交织与归序的模式。

引发班吉思念凯蒂的直接诱因却是打高尔夫人的“球在这儿，开弟”（3）以及他和勒斯特试图从栅栏豁口处钻过去时挂在了钉子上的情景。之前场景中，听到“开弟”的叫声，班吉就紧挨着栅栏哼个不停。后者让他联想起多年前凯蒂把他从钉子上解下来的类似场景。勒斯特近乎“高压”的政策与凯蒂悉心呵护形成强烈反差。“他还不算太重……我抱得动的”（72）就是凯蒂与班吉关系的总体写照。对于自己的智障兄弟，她的担当不仅是生理的，也是情感的。凯蒂关注的不仅是班吉是否舒适，还有他的情感状态，表现出的细心与母爱甚

---

① 康家卖了这块地支付昆丁在哈佛的学费，或者是换来“一声响”，如杰生很具讽刺性地描述昆丁在查尔斯河自溺的水声。

② 译文为“开弟”，以求与凯蒂的谐音效果。

至连迪尔西都无法替代。作为康家另外唯一真正关心班吉的人，迪尔西能做的是让他吃得饱饱的，让勒斯特别拿他寻开心。显然，她更关注的是秩序的维护。

因此，在勒斯特的行为衬托之下，凯蒂的关爱显得更加温暖、温情与无私。文本中有几处讲述勒斯特当下看护班吉的斜体文段与回忆凯蒂的正常字体文段并列，强化了她的核心角色和人物刻画。

> "你是来接凯蒂的吧。"她说，一边搓着我的手。"什么事。你想告诉凯蒂什么呀。"凯蒂有一股树的香味，当她说我们这就要睡着了的时候，她也有这种香味。
>
> *你哼哼唧唧地干什么呀，勒斯特说。等我们到小河沟，你还可以看他们的嘛。哪，给你一根吉姆生草。他把花递给我。我们穿过栅栏，来到空地上。*
>
> "什么呀。"凯蒂说。"你想跟凯蒂说什么呀。是他们叫他出来的吗，威尔许。"（7）
>
> 凯蒂跪下来，用两只胳膊搂住我，把她那张发亮的冻脸贴在我的脸颊上。她有一股树的香味。
>
> "你不是可怜的宝贝儿，是不是啊。是不是啊。你有你的凯蒂呢！你不是有你的凯蒂姐吗。"
>
> *你又是嘟哝，又是哼哼，就不能停一会儿吗，勒斯特说。你吵个没完，害不害臊。我们经过车房，马车停在那里。马车新换了一只车轱辘。（9—10）*
>
> *整天哭个没完的臭小子，勒斯特说。你害不害臊。我们从牲口棚当中穿过去，马厩的门全都敞着。你现在可没有花斑小马驹骑啰，勒斯特说。泥地很干，有不少尘土。屋顶塌陷下来了。斜斜的窗口布满了黄网丝。你干吗从这边走？你想让飞过来的球把你的脑袋敲破吗？*
>
> "把手插在兜里呀。"凯蒂说。"不然的话会冻僵的。你不希望过圣诞节把手冻坏吧，是不是啊。"（13—14）

福克纳此处对勒斯特的艺术处理既是一种人物塑造方法，也蕴含主题关怀。戴维斯这样评述勒斯特的"丢失"：

> 对勒斯特来说，因果有直接关联，而康家人却见果不见因。进一步来说，勒斯特的"丢失"好比主宰康家三位叙述者强迫性迷失感的延展。无论就情感还是智力角度而言，三兄弟都无法真正理解自己的迷茫……。班吉什么都不明白。类似的，昆丁与杰生虽也意识到自我困境之种种表现（不管这种意识是多么不完善），皆因不能形成融贯有意义的思想情感而无法

解释缘何一人选择遁世，另一人横眉面世？三兄弟因血缘（以及与凯蒂的关系）、叙述者身份和不能正常理解家庭纽带的情感核心而成了真正的“难兄难弟”。（77）

通过勒斯特我们也可以了解些许黑人的现实状况。比如勒斯特小小年纪就担负全职，看护一个“年纪是他两倍，个头是他三倍的白痴”，还要“不断地给他解闷”（357）。而且，在白人和一些黑人（至少他姥姥算一个）眼里，这是理所应当的。下面的对话就是明证：

“反正我要去看演出，不管有没有班吉。”勒斯特说。“我不能白天黑夜没完没了地跟在他屁股后面。”

“他要干什么，你就得顺着他，你这黑小子。”迪尔西说。“你听见我的话没有。”

“我不是一直在这么干吗？”勒斯特说。“他要什么，我不老是顺着他的吗？是不是这样，班吉？”

“那你就照样赶下去。”迪尔西说。（62）

更糟糕的是，他的苦劳却得不到应有的报酬。虽然勒斯特童稚般地吹嘘“那儿镚子儿有的是”（16），他对丢失的二毛五角子耿耿于怀且执着地寻找，表明再得到一个这样钢镚的艰难。杰生先是提出“卖给”勒斯特，然后在后者痛苦的注视下“烧掉”（271—272）两张戏票的残忍举动暗示了两个家庭之间延续的奴役关系。对杰生来说，勒斯特就是一个可以从经济和情感上加以剥削的对象。付给一个黑小子（虽然解放了，却还是家庭奴仆）报酬的想法杰生从未有过。他当然也不会为自己公然伤害他兄弟的全职看护的自尊（或非人性化的对待）而感到羞愧。

对勒斯特的人物塑造值得点赞。首先该角色不落刻板化俗套，没有因为特殊的品性而显得天生友善、体贴、驯顺。他聪明又具有创造性。他回答小伙伴们镚子儿的来源时无意触及南方奴役体制的本质，表现了他的聪慧：

“你的镚子又是从哪儿来的呢，小子？是白人不注意的时候从他们衣兜里掏的吧。”

“是从该来的地方来的。”勒斯特说，“那儿镚子儿有的是。不过我一定要找到我丢掉的那一只。你们大伙捡到没有。”

“我可没时间来管镚子儿，我自己的事还忙不过来呢。”

“你上这边来。”勒斯特说，“帮我来找找。”（16）

……

“就算没有我，那儿的黑小子已经够多的了。至少昨儿晚上事不少。”

“黑人的钱不也跟白人的钱一样值钱吗，是不是？”

“白人给黑小子们钱，是因为他们早就知道要来一个白人乐队，反正会把钱都捞回去的。这样一来，黑小子们为了多赚点钱，又得干活了。”（17）

后文杰生、康普生夫人和迪尔西闹了半天才明白，小昆丁拿了本属于她的钱后是从窗户逃出去的。而对此一直知情的勒斯特却保持沉默。直到他姥姥问他之前干吗一声不吭时，他才回答“我可不想搅和到白人的事儿里去”（303），表现出少年老成，与精明的执事有得一比。此外，他用锯子和小木槌模仿戏班子人弹奏音乐（304）的尝试也显示了他的创造性。

勒斯特也是“勇猛的”（Davis，1983：82）。不论是公开还是私下，他敢于对抗两个最强势的人物——迪尔西和杰生。他更加渴望自由，可以说他想摆脱累赘白痴的希冀贯穿整个文本。故事接近结束时，勒斯特接替 T. P.驾车载班吉去墓地。他显得神采奕然，立即为自己和班吉设计了“新路线”，按照自己的想法从纪念碑左边拐了过去。虽然被代表白人对黑人的传统权威的杰生给镇压了，黑人少年的意愿是动人的，比任何乐天派“傻黑小子”都可信。

勒斯特与班吉的关系搭配同样颠覆了传统。戴维斯如此论述：

在小说文本黑白关系设置中，塑造白人为智障儿、黑人为护理工的做法不论在本义还是象征层面都是一个大胆的创新……白人智障男子与黑人护理孩童关系搭配重申了美国南方现代社会中贵族大家庭的解体主题。更具挑衅性的是，这微妙暗示了黑人地位的相应变化：人微言轻的黑小厮占了上风，虽然地位非常不稳定。所以，勒斯特的形象暗含着新一代黑人摆脱白人主导，寻求心理解放的信息，或者至少表明了年轻一代黑人对主导南方群体生活、思想的种族体制（为先前的奴隶和第一代自由人接受）的不满。（80）

但福克纳也没忘了讥讽勒斯特。黑小厮传承了《军饷》和《坟墓里的旗帜》中很多先行者的动物形象，有一次他以猴子的形象示人。杰生几乎每次回家都恨恨地看到“班和那黑鬼趴在大铁门上，就像熊猴同笼似的”（269—270）。另外两次他被比作“小狗”。第一次杰生刚刚报警遭抢，其时“班静静地、茫然地坐着。在他身边，勒斯特显得又机灵又警觉，像只杂种小狗”（311）。第二次是从教堂做礼拜回来，“班蹒蹒跚跚地走在迪尔西的身边，望着勒斯特在前面做出种种怪模样，活像一只傻笨的大狗在看着一只机灵的小狗”（316）。另外，勒斯特复活节戴的一顶新草帽，也让人想起“桑博”或“傻黑小子”刻板形象：“那顶草帽这儿弯曲那儿展平，模样奇特，戴在勒斯特头上就像打了聚光灯似的，能让别人侧目而视。这草帽真是特别，初初一看，真像是戴在紧贴在勒斯特身后的另一个人的头上”（306）。再有就是他同小伙伴插科打诨时无异于一个杂耍表演中的黑人喜剧演员（16）。他“翻动着眼白用心谛听”（294）和晃动着“子弹般的头”（338）时与《坟墓里的旗帜》中的艾索姆没什么两样。勒斯特也讲究“派头”——一种因附属白人贵族名门而产生的强烈自豪感。小说结尾处，当有机会（唯一的一次）驾车时，他“支出双肘，高举树枝和缰绳，屁股一颠一颠的，跟‘小皇后’疏疏落落的蹄声和腹内发出的风琴般的低音全然合不上拍”（338）。行人从他们身边经过时，他也不忘显摆一下自己的优越感：“他……眼角里也扫到了走过来的另一伙黑人。‘让那些黑小子看看咱的气派，班吉，’他说，‘你说怎么样？’”（339）

总之，通过勒斯特的塑造，福克纳实现了一石数鸟的效果：架构叙事、捋清故事的编排技法、揭示黑人现实。与此同时，该人物的艺术化处理也促进了主题的发展，因为这种设计比较了两种世界观，勾勒了作为家庭情感核心的缺席姐姐的品性，且提供给读者洞察康家衰败光景的入口。

在小说的靠后部分，福克纳并没有局限于单一的南方家庭来探究种族主题，而是拓展至更大的社会背景，广泛考量白人对黑人的反应。譬如 1920 年 6 月 2 日，故事叙述者昆丁自杀当天的回忆与反思（谬思？）中不时闪现“黑鬼”。从钟表店离开时他用黑人俚语来表述时间的重压——“我一肚子都是几年来郁积的苦水，就像黑鬼们所说的月牙儿里盛满了水一样”（95）。他同样用黑人的俗语来消解对“影子”的强迫性关注——被压抑念头的回归：“黑人们说一个溺死者的影子始终待在水里等候着他的”（99）。昆丁当天也思乡心切。具讽刺意味的是，他思念的不是康家人，而是黑人：“可是直到那天早上在弗吉尼亚，我才明白我的确是想念罗斯库司、迪尔西和别人的”（99）。紧接着的闪回中“黑人与骡”的景象更是使得他对家和家乡的思念更加强烈。此外，他特别怀念与威尔许和路易斯·赫彻尔一起打猎的日子，这让他感到少有的温暖和安全感。

事实上，在一个种族隔离的世界里历史悠久的黑人存在对昆丁影响如此之巨，即便是在北方马萨诸塞州登上电车时，他都能一下子意识到上面有没有“黑鬼”（98，108）。值得注意的是，与哈佛大学执事的交往中，他实际上，多少带些强制性地，把扎根于传统家长制意识中礼仪化了的黑白种族关系给排演了一下。

尽管他不时回忆起黑人也明显意识到他们的存在，昆丁却仍然自述道，“我过去总认为一个南方人应该时时刻刻意识到黑鬼的存在的”（95）。这意味着他自认不是，从而暗指了昆丁·康普生乃至南方白人绅士阶层身上的矛盾性和悲剧性：此即，他对自我及自我世界的想法往往与他的思想行为所显现的真实想法不一致。杨金斯这样评述福克纳对南方白人男子的塑造：

> 可能福克纳归根结底是在对南方困境开展心理历史调查。他对故事中人物表现出来的心理变态和各种心理功用的直觉感知，可能是他所处地区或他本人内心的一个深度心理图绘。就像在《喧哗与骚动》中，读者在故事人物身上不断遇到自恋、爱的能力的缺失和自恋情结式的自我沉湎。（1981：148）

沉湎于自我、过去和各种过时的文化形式及程式化的规范和礼仪会封锁现实。据威廉姆森的研究，“旧南方严格遵守维多利亚主义、理想主义和浪漫主义的原则，其核心就是倡导家长式制度、荣誉、情感（相对于理性）、阶级和阶层、对妇女的神话与呵护地方性，等等”（1984，24—35）。内战的失败更是导致南方白人男子对现状的断然拒认。[①]昆丁就是南方绅士的极端代表，典型且夸张地体现了地方性特征。他为家族的衰败感到悲哀，却歇斯底里地捍卫它的荣誉。他强迫性地纠结于妹妹的失贞且不惜以决斗来赶走她的情人。他为南方僵死的社会规范所囚禁，特别表现在跳河自杀前还要刷牙戴好一年级新生的帽子。种族隔离的南方世界对他的影响同样明显。这个自恋少年，虽然很是敏慧，却习惯于逃避现实或者臆造一个虚幻的现实。这必然会给他对黑人的思考“增色”不少。他登上有轨电车时看见一个黑人，便引发了他下面的独白：

> 我过去总认为一个南方人是应该时时刻刻意识到黑鬼的存在的。我以为北方人是希望他能这样的。我刚到东部那会儿，总不断提醒自己：你可别忘了，他们是“有色人种”，而不是黑鬼，要不是我碰巧和那么多黑孩子打过交道，[②]我就得花好多时间与精力才能体会到，对所有的人，不管他们是黑人还是白人，最好的办法就是按他们对自己的看法来看待他们，完了就别管他们。我早就知道，黑鬼与其说是人，还不如说是一种行为方式，是他周围的白人的一种对应面。（95）

引文显见昆丁自相矛盾的思维模式。首先，他对黑人在场本能地敏感，却另作他想。其次，他好不容易才认识到要“按照他们（黑人）对自己的看法来看待他们”（95），却无论对待黑人还是白人时都无法付诸行动。充足的文内证据表明他永远无法忍受家族与凯蒂的双重堕落——他无法面对与接受现实的

---

① 前文脚注提及我 2018 年春季在哈佛所选导师 John Stauffer 教授的通识课“The Civil War from Nat Turner to Birth of a Nation”，课程又名“Is the Civil War Still Being Fought?”可见南方白人从来没有承认他们在内战中战败，且战争从未结束。

② 原文是“…if it hadn't happened that I wasn't thrown with many of them…”，这里不符合语法规范的“双重否定”带有黑人英语特点，是少年昆丁后来“口音和黑人戏班子里那些戏子的差不多”（133）的先兆。

又一明证。他对黑人的理解——指出它的存在是社会建构的产物（对《坟墓里的旗帜》中观念的传承[1]），虽则颇有见地，却难免有"受种族主义沾染之泛论"的嫌疑。其一，将这样一个充满生命力的群体抽象化为看不见的形式（或概念）不啻否认它的个体身份（或者甚至人性）与发展的能动性。其二，该表达代表了南方人看待黑人的方式，一种机械纯形式观，而不是视对方为物质性的存在。

由此观之，昆丁的经历（不论是回忆的还是文本当下叙述的）可谓是他的"黑人观"的实施。前文提及昆丁自杀前回忆起的"黑人与骡"插曲就是一个很好的例证。昆丁乘火车回家过圣诞节，当时车停在弗吉尼亚，他看向窗外：

> 在硬硬的车辙印当中，有个黑人骑在骡子背上，等火车开走。我不知道他在那儿等有多久，但他劈开腿儿骑在骡背上，头上裹着一片毯子，仿佛他和骡子，跟栅栏和公路一样，都是生就在这儿的，也和小山一样，仿佛就是从这小山上给雕刻出来的，像是人家在小山上设置的一块欢迎牌："你又回老家了"。(94)

"黑人骑骡"景象马上让昆丁想到了家乡杰弗生镇和亲人，是令人感到慰藉的旧南方不容置疑的"招牌"（也是《军饷》和《坟墓里的旗帜》不断再现的场景），于是昆丁和黑人大叔玩起了礼仪式的"圣诞游戏"：

> "喂，大叔，"我说，"懂不懂规矩？"
>
> "啥呀，先生？"他瞅了瞅我，接着把毯子松开，从耳边拉开去。
>
> "圣诞礼物呀！"我说。
>
> "奥，真格的，老板。您算是抢在我头里了，是不？"
>
> "我饶了你这一回。"我把狭窄的吊床上的裤子拖过来，摸出一只两角五分的硬币。"下回给我当心点。新年后两天我回来时要经过这里，你可要注意了。"我把硬币扔出窗子。"给你自己买点圣诞老公公的礼物吧。"
>
> "是的，先生。"他说。他爬下骡子，拣起硬币，在自己裤腿上蹭了蹭。"谢谢啦，少爷，谢谢您啦。"(96)

昆丁有一种强烈的冲动要和这个被动的黑人参与者玩场圣诞游戏，后者的回答与谦卑的态度让人立刻想起南方大农场上的"黑人"。奥尔佳·维克利颇具洞察力地指出此处的"昆丁试图将经历强行纳入个人思想体系"，即"把自己当作旧南方绅士，黑人只是按照他预想的样子行事"（1981：121）。这一强

---

[1] 视黑人为"一种行为方式"的说法最初出现在《坟墓里的旗帜》中（Harmondsworth, Penguin Books, 1981: 314）。

烈意愿在火车驶离时昆丁的意识流动中再次被强调：

> 我把身子探出窗外，伸到寒冷的空气中，扭过头去看看。**人和畜生都那么可怜巴巴、一动不动、很有耐心**。列车拐弯了，机车喷发出几下短促的重重的爆裂声，他和骡子就那样平稳地离开了视线，还是那么**可怜巴巴，那么有永恒的耐心，那么死一般的静穆**；他们身上既有幼稚而随时可见的笨拙的成分，也有与之矛盾的妥稳可靠的成分，这两种成分照顾着他们、保护着他们、不可理喻地爱着他们，却又不断地掠夺他们，并规避了责任与义务，用的手法太露骨。简直不能称之为狡诡，他们被掠夺、被欺骗，却对胜利者怀着坦率而自发的钦佩，一个绅士对于任何一个场合下，在竞赛中赢了他的人都会有着这种感情，此外他们对自己的怪癖行为又以一种溺爱而耐心到极点的态度，加以容忍。祖父母对于不定什么时候发作的淘气的小孙孙都是这样慈爱的，这种感情我已经淡忘了。（97—98，黑体另加）

“人、骡”组合作为杰弗生和老家的隐喻，表现出“可怜巴巴”“一动不动”“永恒”及“死一般的静穆”等特征。这正是昆丁所渴望并竭力维持的未受现代社会沾染的旧南方的形象，因为对他来说，时间具有 “杀伤力”，会带来灾变。该场景构筑起昆丁个人意义上的“老家”——一个熟知、固定的世界，舒缓了他不得不评判现实中家族、故乡和本人带来的焦虑，让他感到少有的舒适与安宁。更有甚者，站立在真实、持久的自然场景中的黑人，代表的正是南方历来已久的“黑鬼”形象。近似凝固，熟悉而又永恒的“人、骡”画面融过去与当下于一体，可谓南方最能够表现传承与永恒的切实刻画了。

戴维斯在这种“昆丁式”思维中发现了“双面性”，亦即“它不单单是尽管黑人有这样那样的缺陷还去赞扬他，而似乎是恰恰因为黑人的种种不足而为之，从而放大白人的差别，并在他的世界中获得特殊的地位”（1983：101）。杨金斯从心理分析视角出发的解读新颖别致。他强调的重点是昆丁定义黑人“是他周围的白人的一种对应面”（95）。照此思路，杨金斯说，黑人成了白人，抑或在此语境下，人的负面投射。昆丁回忆的“圣诞游戏”场景呈现的是福氏作品中典型的种族关系：白人决断、自信、自我评价积极；黑人无助、有缺陷、自认不足。它凸显了黑人诸如自主性的缺乏（静穆）、无知和对种族礼仪的屈从，从而引发昆丁的家长式仁慈或“贵人举止必得高尚”。这样一来，黑人成了白人本身驱除负面性的手段（媒介）。但被压抑的欲望常常回归，它所代表的是人格中“朦胧渴望”（1981：155）的缺失部分。这就很好说明了为什么昆丁自杀当日对数个黑人的强烈思念。因此，杨金斯得出结论：“道口的骑骡黑人代表昆丁回归的不仅是地理意义上的老家，也是心理意义上的”（155）。

昆丁按照自己的预想定位黑人的努力倒是在教长身上产生了效果。教长是哈佛的黑人执事，几乎可称得上是昆丁的异己。昆丁自杀当日要送些衣物给执事做礼物——最后一次满足他家长式行为作风。教长其实是个会要点小花招的投机主义者，自贬身价为南方来的学生提供服务，从而在这陌生、敌视的北方敲他们的竹杠。“他们说执事四十年来每逢学期开始从未漏接一班火车，又说他只消瞥一眼便能认出谁是南方人。他从来也不会搞错，而且只要你一开口，他就能分辨出你是哪个州的。他有一套专门接车穿的制服，活脱是演《汤姆大伯的小屋》的行头，全身上下都打满补丁，等等。”（108）教长唠叨个不停，装成“桑博”模样，实在是个伪君子（与《坟墓里的旗帜》中的西蒙不无相似）。他很会利用新生思乡情绪与身处异地的现实之间的心理落差：“‘是啦，您哪。请这边走，少爷，咱们到啦。’说着接过你的行李……‘是的，少爷，把您的房间号码告诉俺这黑老头儿，等您到房里，行李早就在那儿凉着啦！’”而且“从这时起，直到他把你完完全全制服，他总是在你的房间里进进出出，无所不在，喋喋不休……”（109）。

然而昆丁却对这个表面上嚷嚷个不停、自以为是的老“黑鬼”感到不自然；他一定要让执事表现得毕恭毕敬，结果就在这次谈话中颇为得意地成功摘下后者的面具：

> “有个东西给我，您说？”
>
> “是的。我准备给你的一件礼物。”
>
> 他这会儿在瞧着我了，那只信封在阳光下给他那只黑手一衬，显得格外白。他的眼睛是柔和的、分不清虹膜的、棕褐色的，突然间，我看到，在那套白人的华而不实的制服后面、在白人的政治和白人的哈佛派头后面，是罗斯库司在瞧着我，那个羞怯、神秘、口齿不清而悲哀的罗斯库司。“您不是在跟一个黑老头儿开玩笑吧，是吗？”
>
> “你知道我不是在开玩笑。难道有哪个南方人作弄过你吗？”
>
> “您说得不错，南方人都是上等人。可是跟他们没法一块儿过日子。”
>
> “你试过吗？”我说。可是罗斯库司消失了。执事又恢复了他长期训练自己要在世人面前作出的那副模样：自负、虚伪，却还不算粗野。（110—111）

昆丁颇具洞察力地意识到了执事的面具本质，正如他在其他地方注意到黑老头使唤白人少年做帮手（先于《坟墓的闯入者》中的路喀斯，后者同样让一个白人少年跑腿），他逐渐北方化的做派和不断改进的衣饰，还有用编造的神学院生涯来糊弄“一年年进来的天真而寂寞的一年级新生”（109）。可叹的是，昆丁却未能领会执事的言外之意。一方面，两人极其相像，都装模作样、自欺欺人地戴着面具，都在生活中扮演着滑稽的角色。值得注意的是，他们拥有相同的传统和（很大程度上）个性，这就说明了缘何昆丁感到与这老黑鬼的亲缘性。事实上，不妨说昆丁看执事犹如看自己的镜像，因为后者不啻在现实生活中上演了（虽然得经过昆丁的编导）这位南方少年相互冲突的公众形象与内在自我。

对于这一情节细节，戴维斯认为执事代表的是昆丁世界中“逝去的文化”和“对现实的固执拒认”（1983：96）。此外，她的观点“黑老头是昆丁潜意识的部分显示，既吸引又拒斥着后者”（1983：95），与杨金斯所持“双重人格论”不谋而合，此即“一个人物在另一个人物身上察觉到自我投射的某些秉性（福氏小说中一般是白人对黑人的投射）——一旦在投射对象身上体现时，便会客体化为具体的行为，而这些品性在投射主体看来是该倍受谴责的。换言之，异己/他我客体化投射主体的模糊情感和欲望，从而使得后者能够间接表达本我极具吸引力的险恶想法”（1981：153）。简言之，他我是主体本身（自我）既爱且鄙视的复制版：爱，因之与本源自我的亲近；鄙视，源于异己内含的种种不可告人的品性。昆丁因而觉得执事既可爱亦可憎。可爱，因为，如执事所言，“不管怎么说，咱们是自己人嘛”（110）；可憎，因为黑老头表现出的品性正是昆丁试图压制的（至少在公共场合是不会暴露的）。

另外，两人又差之甚远。呼应前文所析班吉和勒斯特的关系，昆丁和执事也代表着两种不同的世界观：一个求生，尽管生存意味着妥协；另一个求死，尽管死亡毫无价值。执事的生存策略是变通：古为今用。昆丁的策略是与世隔绝：遁入死气沉沉、虚幻的、抱残守缺的过去，一去不返。执事在这个陌生、敌视的环境中能实现利益最大化，昆丁在查尔斯河里终了无意义的一生。也就难怪乎昆丁认为执事的生存手段是令人可憎的“黑鬼”花招。昆丁无法认同黑人的人性也说明了他为何不理解，也无从实现执事的生活方式。执事发现昆丁理解不了他的话——“可是跟他们没法一块儿过日子”（111），就又重新戴上面具。想来执事的会话含义是“我尝试过，我煎熬过，我离开了”。而对于一个都无法自我生存的种族来说，执事说它更不能收容另一个种族是有道理的。这就是为什么我认为少年昆丁的问话——“你试过吗？”（111）——没有得到答复的原因。

打负鼠的能手路易斯·赫彻尔代表的是昆丁无法理解的另一种生活选择。同《军饷》中手执神秘、微暗灯笼的黑人会众相呼应，赫彻尔在简朴的生活中发现了“光明”。他神话他的旧油灯，并把家人能逃过一场灾难性的大水和免于将来所有的危险统统归因于他把灯擦得干干净净。下面的对话形象展示了两者不同的生活观：

> “你和玛莎那天晚上逃出来了吗？”
>
> “我们前脚出门大水后脚进屋。我反正灯也擦亮了，就和她在那个山顶上的坟场后面蹲了一夜。要是知道有更高的地方，我们不去才怪呢。”

“你那以后就再也没擦过灯？”

“没有必要擦它干啥？”

“你的意思是，要等下次发大水再擦啰？”

“不就是它帮我们逃过了上次大水的吗？”（127）

当昆丁对后者面临危险时的简朴信仰（或曰生存方法）提出质疑时，赫彻尔一本正经地坚持自己的想法：

“嗨，你这人真逗，路易斯大叔。”我说。

“是啊，少爷。你有你的做法，我有我的做法。如果我只要擦擦灯就能避过水灾，我就不愿跟人家拌嘴了。”（127）

贫穷且未受过教育的路易斯还表现出与自然的和谐统一。“他唤他的狗进屋时，那声音就像是他挎在肩膀上却从来不用的那只小号吹奏出来的，只是更清亮、更圆润，那声音就像是黑夜与寂静的一个组成部分，从那里会舒张开来，又收缩着回到那里去。”（129）同执事和吉卜生一家类似，尽管生活多艰，路易斯知道如何用自己的方式应对。不幸的是，这些懂得更加实用生活手段的榜样，因为是黑人，无法被白人少年昆丁所理解。

与对昆丁的人物写照有得一比，但更加体现扭曲的种族观念的是布兰特夫人（昆丁的大学同学吉拉德的母亲）。她肆意夸大黑人的忠诚与奴性。这对富裕的肯塔基母子每每夸耀“吉拉德的那些马怎么样，那些黑佣人怎么样，那些情妇又是怎么样”（101）来显摆旧南方的贵族气派。虽然布兰特夫人重复讲述的轶事——“吉拉德如何把他的黑种仆人推下楼去，那黑人苦苦哀求，希望让他在神学院注一个册，这样就可以待在他的主人吉拉德少爷身边了。那黑人又是如何一路热泪盈眶跟在吉拉德少爷的马车边跑呀跑呀，一直跑到火车站”（120）——让昆丁感到恶心，但这时的她本质上就是市侩、浅薄、虚伪版的白人少年。她试图强化并美化忠诚的奴仆与贵族式主人之间的黑白种族关系，正如昆丁竭力维持旧南方不变形象一样。两人都墨守过时、僵死的成规，无法真正视黑人为有生命的个体。

行文至此，我们可以对昆丁部分作出小结了。他对黑人的关注代表了他并不承认的对他者——种族隔离世界中另一种生活方式可能性——的意识。因此黑人人物的塑造是一种创作策略，代表着昆丁白人世界所缺失的部分，也是他内心世界的微妙投射。遗憾的是，这本来更加切实可行的生活方式却无法为白人少年所采用。他既没有赫彻尔擦亮的“明灯”和执事的轻松变通，也不能理解吉卜生一家共存原则的内涵。他对黑人的总体反思可以作为他失败人生的注脚：

他们像突然涌来的一股黑色的细流那样进入白人的生活，一瞬间，像透过显微镜似的将白人的真实情况放大为不容置疑的真实；其余的时间里，可是一片喧嚣声，你觉得没什么可笑时他们却哈哈大笑，没什么可哭时却嘤嘤哭泣。他们连参加殡葬的吊唁者是单数还是复数这样的事也要打赌。孟菲斯有一家妓院里面都是这样的黑人，有一次像神灵附体一样，全都赤身裸体地跑到街上。每一个都得三个警察费尽力气才能制服。是啊，耶稣哦，好人儿，耶稣哦，那个好人。（186—187）

承接前文昆丁对黑人种族的定义，白人少年的反思首先暴露的是种族主义思维模式：黑人只有作为阐释“白人的真实情况”的中介时才拥有自我的现实和意义。接着就是对这个神秘种族种种典型情感与精神表现的列举。如此这般，这个执着于寻找生活意义的少年最后只能向上帝求助了。

总之，如同第一部分黑人被用作文本有效的运作手段，此处的黑人服务于文本建构与主题发展的双重目的。他们通过将过去事件编织进当下文本设立叙事框架，比较两种生活哲学。更重要的是，通过他们，昆丁的个性/人格得以清晰呈现：一个不惜牺牲清晰的个人观念、被“逃遁机制”严格操控、终致自我碎片化悲剧结局的少年。就作家而言，昆丁独白中数目众多的黑人开启了对作为社会建构、心理观念，以及作为拓宽了的社会背景中白人欲望之隐喻的黑人群体的探索。

杰生叙述的部分主要发生在文本当下“康家地盘”上，所以我们得以更多地洞察家族内部情形和其间的黑白种族关系。叙述者本人与他的兄长也是相去甚远。同被过去囚禁的昆丁不一样，杰生着眼当下（他得以生存很可能的原因，虽然传统的强大势力也使得这一存在极不稳定）和虚幻的未来；不像昆丁在传统中寻找意义（或无意义），杰生竭力寻求在家庭与社会的“地位”（202）。一辈子得不到家人（康普生夫人除外）甚至吉卜生一家的肯定，他渴望对他的价值和实力的认可。事实上，还是小孩时他就不被家人疼爱也不受仆人待见。《夕阳》中总是心怀不满的他被描述成一个卑鄙、自私的小讨厌鬼，总是嚷嚷着要告发其他孩子并且幸灾乐祸地大声说他不是“黑鬼”。他的境况似乎并没有随着年龄的增长而改善。实际上，《喧哗与骚动》中他跟以往一样是边缘化的对象，是康夫人所谓其他人眼中的“外人”（278）。此外，不论是情感还是财产方面他都没得到什么好处，却从他父亲那儿继承来“一厨房黑鬼”（200）、一个“缠绵病榻”的妈（278）、一个白痴和一个“热辣辣的小妞”（246）。遭遇失败家庭的“折磨”，尤其还被凯蒂的婚变砸了饭碗，杰生内心的苦痛、玩世不恭和施虐欲一直在积压着，他很快变得冷酷、自私、无人性且无以复加的现实。布罗克斯这样总结杰生的生活哲学：

对杰生来说生活的意义是什么？无非就是金钱的积累和杰生认为只

有财富才能带来的地位与名望。杰生试图用金钱价值来衡量一切人际关系。甚至爱情本身也变成了买卖关系。难怪杰生宣称他对“诚实的妓女”怀有一百分的敬意。对于这样的女人，杰生知道该怎么搞定。(1983：76)

另一方面，如同他自杀的兄长、酗酒的父亲以及推广开来所有南方人，杰生也是杨金斯所标签的“环境的真正受害者”(1981：151)。塑就昆丁及其他康家成员的地方历史势力也造就了他。杨金斯因此总结道：“就此而言，整部小说，特别是杰生部分，可视为南方的寓言，随着地域准则和传统的崩塌，南方人在强烈的失败感、苦痛、自责和自欺情绪中倍受煎熬且不能自拔。”(151)同父亲一样，杰生传承并接受了一度基于财富和阶层的社会体制成员（生理兼心理的）身份，却堕入空洞的礼仪与风俗，无法摆脱家长式体制衍生的矫饰与种族主义传统的操纵。在昆丁的独白中，康普生先生对接受毛莱·巴斯康的白占便宜和供养懒散的黑人有一种鄙夷的快感：“可是父亲说毛莱舅舅何必去干活呢？既然他也就是说父亲可以白养活五六个黑人，他们啥活儿也不干，光是把脚翘在炉架上烤。他当然可以供毛莱舅舅的吃住，还可以供几个钱给毛莱舅舅。这样做也可以维持他父亲的信念。在这种热得宜人的地方，他的族类就是天生高贵……”(191)杰生缺乏创造性的思维与行动，只有继承他父亲关于贵族出生、懒散的黑人和寄生虫似的亲戚的信念。他言必称“他的黑鬼们”，称母亲为“大家闺秀”(277)，对巴斯康舅舅以及接触的每一个人的态度都说明他自视为贵族——这一地位自然生成他的个人价值。具有讽刺性的是，父与子都无法掌控自己的生活。[①]

更为重要的是，如果昆丁理想化，并留恋于家长制做派，康普生先生对此表现出的是愤世嫉俗的清高，杰生则是对他所代表的家长制憎恨不已。我们发现文本当下康家唯一幸存的能明白事的男子正处在人生的关键当口，和家人、社区和本人的关系扭曲且复杂。换言之，每个人都找茬，什么事都不顺。自然每一个可能作为替罪羊的都成了他自以为是、尖刻谴责的对象：懒散无礼的黑人，小气无知的穷白人，不择手段的犹太投机商，腐败的市政官员，艾尔所代

① 在此方面，父与子都同时表现出家长制遗风和对南方过去的讥讽态度，让人想起《坟墓里的旗帜》中爱发脾气的白亚德·沙多里斯。他有类似的抱怨：“如果我供养的不是上帝创造出来的最懒散的一伙，你就随便咒我好了”(77)。杰生的时间观念与昆丁不同。布罗克斯精彩比较道：“我们或许可以断言康家三兄弟谁也没有正确的时间观：班吉（虽然不是他的错）被牢牢拴在了永恒的现在；昆丁被过去囚禁；杰生固着于虚幻的未来。但完整的人性需要‘三维一体’。”(1983：60)相比之下，令人深思的是，“迪尔西的时间包含永恒的观念。她信仰永恒的秩序，因而过去的失败、每日的烦心事以及她对未来少的可怜的期许，都击垮不了她。迪尔西坚信善行必将主导一切，或者主导时间之外的领域。因而她知道什么值得、什么不值得，并因此能够正确评估时间——一个鲜活的证据就是钟表不能准确报时的时候她都知道是几点”。这也与福克纳的时间观“人毕竟不是时间的奴隶”相符（Paris Review, 1956）。

表的道貌岸然、小心谨慎、毫无想象力的中产阶级，他母亲及其他“正经人家的妇女”（263）们所属的虚伪、死气沉沉还装腔作势的贵族阶层。

然而，在杰生对周围每一个人的言语攻击中，吉卜生一家和其他黑人因为低人一等且属佣人阶层而更容易受到伤害。几乎每一次谩骂，他都忘不了捎带上黑人。请看他的开场白：

> 我总是说，天生贱胚就永远都是贱胚。我也总是说，要是您操心的光是她逃学的问题，那您还算是有福气的呢。我说，她这会儿应该下楼到厨房里去，而不应该呆在楼上的卧室里，往脸上乱抹胭脂，让六个黑鬼来伺候她吃早饭。这些黑鬼若不是肚子里早已塞满了面包与肉，连从椅子上挪一下屁股都懒得挪呢。（196）

同几乎所有典型的杰生式指责类似，这骂人的话虽粗俗却还总是有些道理。但选段更明显的是被强烈偏见左右的泄愤。如果对女孩昆丁的指控部分正确，那他本人大体要为此负责。正如小昆丁在第三部分对他的驳斥所显示的：“反正不管我做出什么事儿，都得怨你。”她说，“如果我坏，这是因为我没法不坏。是你逼出来的。”（276）更具启发性的是，他指责外甥女时，黑人也受到牵连，而且理由根本站不住脚：好吃懒做。众所周知，操持康家家务的正是吉卜生一家，特别是迪尔西。正如病怏怏的康夫人承认的，“我不能不迁就他们点儿，我什么事都得依靠他们呀”（297）。再者，吉卜生一家似乎也无缘接触杰生餐桌上的美味。威尔许对班吉身份的羡慕——“你不用像我这样，下雨天还得在外面跑。你是身在福中不知福。”（77）——以及他对一块生日蛋糕的无限向往都很能够说明黑人当下处境不容乐观。最后，杰生话语中的“上”“下”同样显示他对阶级与阶层的讲究。

另一处，杰生紧追与“红领带”私会的小昆丁时，轮胎被后者放了气。恼羞成怒的他习惯性地凭空搬出黑人来撒气：

> 我只好在车子旁边站着，一边寻思：养活了一厨房的黑鬼，却谁也抽不出时间来给我把备用轮胎安上车后的铁架，拧紧几个螺丝……他们这些人哪，只要班要，即便把汽车全拆散了也会干的，可迪尔西还说什么没人会碰你的车的。咱们玩你的车干什么呀？我就说了，你是黑鬼。你有福气，你懂吗？我说，我哪一天都愿意跟你对换身份，因为只有白人才那么傻，会去操心一个骚蹄子行为规矩不规矩。（259）

“黑鬼”再一次成为替罪羊。确实，对杰生来说，黑人就是不良品性的集大成者。首先比如说淫荡。杰生两次警告小昆丁不要“行为像黑鬼”（195）或

“像黑人骚妞那样乱来”（202）。在杰生眼里，黑人骚妞就是荡妇的代名词。无独有偶，昆丁也曾同样指责凯蒂的行为：“你干吗非得像个黑女人那样，在草地里、在土沟里、在丛林里，躲在黑黝黝的树丛里犯贱呢”（94）。其次是老迈迟缓。请看杰生对迪尔西每一步行走的辛辣讽刺：“艰难地走动走动……趔趔趄趄”（198）、“拖着两条不听使唤的腿，踅过来踅过去”（236）。爬楼时，她“迈着沉重的步子，一面哼哼一面喘气，仿佛这楼梯是直上直下的，每级之间距离有三英尺之多”（274）、“另一只手提起裙子费力地往上爬”（288）、“在楼梯上爬呀爬呀，爬了很久”（295）、“在楼梯上慢慢挪动脚步”（196）；下楼时，“她的动作迟缓得叫人难以忍受，难以置信”（285）、“一级一级地往下挪动脚步，就像小小孩那样”（287）。

此外，懒散、惰怠、低效是黑人的群体特征。鉴于班吉给他丢丑，黑人增加他的负担，杰生抨击的对象常常是这两者的结合。日常生活中如此。轮胎坏了，他就想：“吃饭的时候一厨房都是黑鬼，都得让我养活，他们就光会跟着他（班吉）满处溜达，等到我想换一只轮胎，就只好我自己动手了。”（209）有一次回去晚了，他轻松感叹道：“哼，至少总算有一次我回到家中没看见班和那黑鬼趴在大铁门上，就像熊猴同笼似的。”（269—270）他的独白也常回归这一话题：“我并不是个死要面子活受罪的人，我不能白白养活一厨房的黑鬼，也不想把州立精神病院的一年级优秀生硬留在家里”（246）。据他讲述，他在农产品杂货店的黑人同事老约伯拆板条箱“用的是一个小时拧松三个螺栓的速度”（203）。直到 70 来页之后，我们被告知，约伯大叔才把板条箱收拾停当。之后，大叔赶车时“用了几分钟把缰绳缠在插马鞭子的插座上”（276）。另外一次，杰生怕被老板发现他上班溜号，就让一个黑人去给他开车，结果“那黑鬼简直是过了一个星期之后才把车子开来”（233）。原因在于，杰生接着讥讽道：“我见到的黑鬼多了，没一个对他们所做的任何事情拿不出无懈可击的理由的。其实呢，你只要让他捞到机会开汽车，他们没有一个会不借此机会招摇过市。”（233）。

自然而然，此公有关“黑鬼”及黑白种族关系的观点属于极端典型的白人至上主义者话语。他是福克纳塑造人物中种族差别最狂热的拥趸，因而无法承认黑人的人性。前文提及他对小昆丁行为像黑鬼的指责中就包含了该种族主义通识：“不过，若是有人行为像黑鬼，那就不管他是谁，你只好拿对付黑鬼的办法来对付他”（195）。杰生把“人”和“白人”用作同义词。根据他的逻辑：“黑鬼”不是人，因此不可能有“人”那样的行为表现。戴维斯就此发挥道：“塑造杰生的核心所在，也是作家遭遇的困境，是内在于福克纳小说艺术的一个复杂问题，涉及对自我及他人的审视：南方人的心智与情感的双面性。这最深刻地暴露在种族的双重标准中。”（1983：92）诚然，昆丁连同其他诸多白人，就其所持有关黑人与南方传统的自欺欺人的观/误念而言，与杰生相差无几。

同样的种族主义观念主导着杰生对种族关系的理解。比如说他最刻薄的言论之一——“使唤黑人佣人就有这份麻烦，日子长了，就免不了会尾大不掉，简直就没法差他们做事。他们还以为这个家是他们在当呢”（222）——触及黑人佣人与白人的关系。而吉卜生一家在操持着家务这样的事实却是这位康家目前名义上的家主所不愿承认的。但既然实际上是迪尔西在管家，双方不免做些妥协以便日子至少表面上平静地过下去。

家里的让步使得杰生对黑人的抨击更加猛烈。农产品杂货店就成了这样的一个发泄场所。有一次他正读着凯蒂（他一直从她那儿骗钱）的来信，“就在这个时候，艾尔对着约伯大叫大嚷”，于是他“把信放好，跑出去让约伯打起点精神，别那么半死不活的”。他认为“这个国家应该多多雇佣白人劳工。让这些没用的黑鬼挨上两年饿，他们就会明白自己是些何等无用的怂包了”（207）。这里明显为偏见所左右的叙述让我们怀疑艾尔是否真的在“大叫大嚷”，约伯是否也真的“半死不活”，更明显的倒是他对黑人劳工因歧视而滋生的极度憎恨。当日差不多收工之际，约伯赶了辆大车到店里，这又引起了杰生的另一场发难。他反对“把车子交给黑鬼管”，因为“黑鬼”只知道“糟蹋”（267）。首先遭殃的是康家马车夫黑小子 T. P.，然后是全体黑鬼：

> 只要路不太远徒步能赶回来，约伯才不管轮子会不会掉下来呢。我早就说了，黑人唯一配待的地方就是大田，在那儿他们得从日出干到日落。让他们生活富裕点或工作轻松点，他们就会浑身不自在。让一个黑鬼在白人身边待的时间稍长了一些，这黑鬼就要报废了。他们会变得比你还诡，能在眼皮底下耍奸卖滑，猜透你的心思，罗斯库司就是这样的一个，他所犯的唯一的错误就是有一天不小心居然让自己死了。偷懒，手脚不干净，嘴也越来越刁、越来越刁直到最后你只好用一根木棒或是别的什么家伙把他们压下去。（267）

此处的杰生颇有些南方传统男族长的形象，对“地位”与“等级”很是在意，却无半点儿怜悯之心。在他看来，黑人只配做剥削的对象，因而需要被隔离开来。此外，虽然无法获知他对罗斯库司的指控是否纯属子虚乌有，我们知道这个黑人老汉实际上是故事第一部分唯一对康家命运有清醒认识的人，虽然他的想法不无迷信色彩。[①] 杰生对一个纯而又纯的南方的渴望在他将种族仇视与地区冲突叠加之时尽显无遗：“哼，北方佬还跟我们一个劲地说，要提高黑鬼的地位哪。让他们提高去，我总是这么说。让他们走得远远的，使得路易斯维尔以南牵着猎狗也再找不出一个。”（247）

---

① 迷信的罗斯库司不断唠叨：“这个地方不吉利”（32，33）。

同样值得注意的是，杰生试图在同约伯的三次“交锋”中实施他的种族主义理念。第一次在约伯大叔拆板条箱时，杰生讽刺对方磨蹭，说约伯应该为他工作，因为“镇上每一个不中用的黑鬼都在我的厨房吃白饭呢”（203）。约伯对此的答复是他朴素的人生哲学：踏踏实实工作，快快乐乐享受。第二次交锋中约伯坚持要用辛苦挣来的钱去看演出，杰生笑他是个“笨蛋”（247）。约伯反唇相讥——“如果笨有罪，那么苦役队里的囚犯就不会都是黑皮肤的了”（248）。言下之意就是，白人定义黑人为何物，况且大部分属于“欲加之罪，何患无辞”的情况。白人的自以为是在最后一次交锋中同样暴露出来。约伯大叔驾着大车来店里，杰生坚持说他肯定偷偷溜去看演出了，并且套近乎道：“你可以瞒得过他，我反正不会告发你的。”（267）约伯的回复——“对我来说，你太精明了。这个镇上没有一个人脑袋瓜有你这么灵。你把一个人耍得团团转，让他东南西北都分不清。”——反设了一个陷阱。结果杰生一头钻了进去才明白对方暗指他聪明反被聪明误。一方面，杰生坚持约伯上班时间溜号偷乐的看法源于他对黑人的误认，其本质是对诸如懒惰、找乐、撒谎与欺骗等不良品质的投射。然而店老板艾尔对两个店员的评价却暴露了杰生对事实的严重歪曲。店主认为“他（约伯）是靠得住的”（275），而对杰生则在多个场合暗示用他是出于对康太太的同情。另一方面，约伯发现对方要坏他名声，很敏锐地发现了对方的问题所在：精明过头。

总之，杰生部分的黑人承载着康家的社会史，扮演着杰生种种反应的社会背景的角色。此外，他们参与生成详细的黑人现实状况，并帮助戏剧化表征家庭及社会黑白种族关系。重要的是，在对黑人一系列的反思和与黑人的数次对峙中，杰生的个性得以形象生动地传递给读者。与此同时，黑人群体通过精准锁定导致康家乃至整个南方瓦解的病根——以牺牲清醒视觉和观念为代价、核心是双重种族标准的“智性与情感双重性”——对主题的发展也做出了贡献。

迪尔西的生活原型是福克纳的奶妈卡洛琳·巴尔，小说家将《去吧，摩西》献给了她。巴尔只是南方小说中众多奶妈真实生活原型之一。黑人奶妈——集保姆、巫医、牧师、调停者、奶妈、宽慰者、慈悲的地母等角色于一身——成了南方记忆不可或缺的组成部分。莉莲·斯密斯（Lillian Smith）称白人小孩与黑人保姆之间的情感确立了南方人挥之不去的三种“鬼魅关系”（1949：131）之一（另外两种是白人男子与黑人女子以及白人父亲与黑人小孩之间的关系）。这三种关系生成了南方人的灵魂与生活。蒂西勒在追溯“忠诚和不忠诚的留守者”历史时，认识到了黑人保姆的美学价值：“这个角色成为以白人为中心的小说中有用的工具。她朴素的信仰、仁慈、宽心的话语、民间智慧连同始终如一的爱成了故事中迷惘、受惊白人的避难所”（1969：33）。

黑人保姆角色同样有坚实的社会和历史根基。威廉姆森评述从奴隶制到1889 年的文化与种族融合时说，虽然没有人详细描述过奴隶制时期白人小孩的培育方式或者这样的培养方式对成人的影响，但有一点却是确凿无疑的，那就是在大农场典型地由老年黑人妇女照看奴隶们的小孩，而白人小孩会同黑人小孩共度不少时光直到青春期，那时会将他们倍加小心地隔离开（正如同《去吧，摩西》中的洛斯和亨利之间的情形）。很多白人后来都说童年时代与一个成年奴隶关系亲密。通常他们会说这个人是"保姆/奶妈"，但时不时地白人主子的儿子会在一个灰暗肤色的英雄身上找到他的良师益友，比如某个枪法高超的黑人猎手（《熊》中的山姆·法泽斯就是典型例子），教他骑马、打猎和森林知识。农场主阶层可能在与黑人，特别是黑人保姆的密切联系中习得他们有名的行为准则（1984：39）。所以，作为康家忠实的守候者，抓住南方逝去的文化和贵族价值观念不放的吉卜生一家，尤其是迪尔西，在南方历史和生活中有着真实可信且根深蒂固的基础。

故事前三部分我们不时看到迪尔西忙着厨房活、训斥勒斯特（杰生也没少挨批）、护着小昆丁、照看只有孩童智力的班吉、伺候缠绵病床的康太太等时断时续的画面。1928 年 4 月 8 日的这一部分提供了她在衰败的康家同主人共同生活的具体情形。在这里，她主导着白人家庭的生活。康家血脉近乎断停：昆丁在查尔斯河自溺身亡，康普生先生酗酒毙命，杰生终身不娶且延续康家香火的希望渺茫，班吉极有可能要在精神病院度过余生，凯蒂早已离家出逃，而现在她的女儿也失踪了。确实，厨师兼总管迪尔西在勉力支撑这个破败的家庭。

首先对性格孤僻、扭变的小昆丁来说，迪尔西差不多就是个准母亲角色。当初凯蒂的私生女被带回家来抚养时迪尔西就站在康普生先生一边："那你说该把小昆丁放在哪儿抚养？除了我，还有谁来带她？你们一家子，不都是我带大的吗？"（213）颇具启发性的是，每次被杰生虐待，小昆丁都会向迪尔西求助。而尽管年已老迈以及女孩的忘恩负义，迪尔西总是尽其所能保护她。比如在杰生含沙射影指责昆丁逃课同男人厮混时，迪尔西让杰生闭嘴，"'你就少说两句吧，杰生。'她走过去用胳膊搂住昆丁。'快坐下，宝贝儿。他应感到害臊才是，把所有跟你没关系的坏事都算在你的账上'"（82）。但后者却把她推开了。另一次在杰生的独白中，遭遇杰生谩骂（"你这小骚货！"）和暴力威胁的小昆丁向迪尔西求援——"迪尔西，我要我的妈妈。"（202）然而当迪尔西挡开杰生抚摩她时，她却把迪尔西的手打开，并且大声叫道——"你这讨厌的黑老太婆"（202）

女孩昆丁早已表现出她舅舅那一代典型的情感双重性。她伸手求援的对象是她母亲的替代角色，拒斥的对象是永远也做不了她母亲的"黑鬼"。她本能地同时被迪尔西的善良庇护所吸引又表现出对"黑老太婆"的憎恶的事实表明这个等级分化森严的社会对她的操控。这样的社会是鼓励和纵容让迪尔西"安守黑鬼的本分"的。虽然小昆丁对黑人佣人不无矛盾的情感阻止了她接受亟需之母爱，很明显女孩非常依赖她日常生活中唯一慰藉和关爱的源泉。

康太太与迪尔西则形成了鲜明的对比。她最初虑及家庭声誉反对在康家抚养小昆丁，然后因为习惯性卧床不起，对弃儿不理不问。事实上，虽然她把管着康家钥匙，却是迪尔西承担起家庭责任。不过康太太多次承认她什么事都得依赖这些“黑鬼”，这话倒是完全正确。没有迪尔西，她几乎什么也做不了。所以，她所能做的就是“机械地一声声地”（287）叫唤迪尔西。迪尔西对女主人琐碎的要求和心血来潮的念头都一一予以满足。她的耐心和坚忍是康太太绝对没有的品质。

迪尔西不偏不倚的关爱也在被杰生恶毒地戏称为“美国第一号大太监”（201）的班吉身上得到体现。班吉、勒斯特和迪尔西几乎组合为一个监管三角：勒斯特看护班吉，而迪尔西监督勒斯特。迪尔西知道如何让淘气鬼勒斯特服服帖帖，从而给予智障男关心和保护。每当黑小厮要拿他看护的对象寻开心，或者挑逗甚至威胁要用鞭子抽他的时候，都免不了被他姥姥训一顿。当弗洛尼建议把勒斯特从班吉睡的床上抱出来以免他“中邪”时，迪尔西训斥她受了罗斯库司迷信思想的传染：“给我住嘴。你怎么这么糊涂。你干吗去听罗斯库司的胡言乱语。上床吧，班吉。”（36）但她确实拿来一根长长的木板放在两人中间以免勒斯特被挤压。迪尔西视班吉为正常人，也这样对待他。复活节的早晨去做礼拜时发生的一件事就是很好的例证。弗洛尼埋怨她妈老是带班吉上教堂去，因为“人家都在议论呢”。迪尔西反驳道：“我可知道是什么样的人，没出息的穷白人。就是这种人。他们认为他不够格上白人教堂，又认为黑人教堂不够格，不配让他去……告诉他们慈悲的上帝才不管他的信徒是机灵还是愚鲁呢。”（307—308）迪尔西健康的神学观念让她坚守朴素基督教徒的原则，对所有教民一视同仁。

最后，迪尔西也是目前康家唯一敢与杰生对抗的人。一方面她确实资历老道，与主家有着深远的历史渊源，另一方面也有拉扯大每一个白人孩子的本钱，所以迪尔西可以理所应当地称呼“穷白人”为垃圾，就像她斥责勒斯特“身上也有康普生家的那股疯劲儿”（196）一样。虐待狂杰生想通过折磨身边每一个人获得家主的权力和地位，只有老黑奴迪尔西敢义正词严地驳斥他、杀他的威风：“杰生，如果你总算是个人，也是个冷酷的人。”（223）她严斥他的恶行，特别是后者对小昆丁的虐待：“你干吗要管昆丁的闲事呢？你就不能跟你的亲外甥女儿在同一幢房子里和和美美地过日子吗？”（271）

此外，身为康家资深女佣和代理母亲，迪尔西可以对杰生摆摆她的资格并表现出道义上的不满。杰生是个孩子时，我们听见迪尔西呵斥他：“行了，杰生，别那样呜噜呜噜的了。”（31）大约二十年后，她用同样的语气和方式招呼他：“好，你进屋去吧，别惹是生非了，等我来给你开饭。”（271）迪尔西甚至可以当面贬低他：“我要感谢上帝，因为我比你有心肝，虽说那是黑人的心肝。”（233）。

确实，迪尔西代表着很强大的力量。必要时，她会挺身而出与杰生针锋相对："我反正知道你是什么事都干得出来的。"（201）除了制衡杰生的恶势力，她在言语上也不落下风。杰生，反过来，倒是做出了妥协："我知道你压根儿没把我放在眼里，不过太太吩咐下来的话我想你总得听听吧。"（222）因此，这两位大部分时间尽可能回避对方，因为对他们来说，接触意味着对峙。

福克纳延续了《军饷》的做法，在《喧哗与骚动》中深抉精神世界一片荒芜的白人中间黑人所持信仰的内在蕴义。难怪乎最后一部分在复活节的早晨开始，用对康家来说意味着瓦解，而对迪尔西一家意味着生存/再生的雨水意象比较两家当下的生存状态。对诉诸感官的雨天清晨的描写象征性地重申了人类碎片化存在的主题：

> 这一天在萧瑟与寒冷中破晓了。一堵灰黯的光线组成的移动的墙从东北方向挨近过来。它没有稀释成为潮气，却像是分解成为尘埃似的细微、有毒的颗粒，当迪尔西打开小屋的门走出来时，这些颗粒像针似的横斜地射向她的皮肉，然后又往下沉淀，不像潮气倒像是稀薄的、不太肯凝聚的油星。（282）

一种不祥的预感笼罩着一天的开始，并为整个部分定下了基调。但是吉卜生一家却似乎不受清冷天气的影响。虽然"被皱纹划分成无数小块的瘪陷的脸"暗示了迪尔西的饱经风霜，她着装却颇正式威严："穿了一条酱紫色的丝长裙，又披上一条褐红色丝绒肩巾"（282）。勒斯特"戴了顶一圈围着花饰带的挺括的新草帽"（305），弗洛尼"穿的是一件浅蓝色的绸衣，帽子上插着花"（306）。

同样发人深思的是，与吉卜生一家（讽刺性地连同没有知觉的班吉）梳妆打扮去教堂形成对比，杰生在徒劳地疯追叛逆的小昆丁以索回"万能的"美元，康太太在哀鸣她如何徒劳地"辛辛苦苦按基督教徒的标准把他们（孩子）养大"（198）。福克纳对黑人一家去教堂一幕的处理也显示了他意识到了宗教在传统黑人生活中所扮演的特殊角色。比如当弗洛尼说"妈咪今儿早上身体不大舒服"时，一位无名黑人很确定地回复道："太糟糕了。不过希谷克牧师会治好她的。他会安慰她，给她解除精神负担的。"（309）此话表达了一种信念，那就是宗教是黑人会众卸去现实生活中生理与精神负担的港湾。

理查德·亚当斯（Richard P. Adams）将希谷克牧师的布道比拟为"将耶稣受难记诉诸诗意而夸张的情感表达，展现了一系列与耶稣的生、死以及复活关联的情感"（1962：228）。布道的高潮部分更是为黑人提供了精神的平静与情感的慰藉，让他们忘却了现实的烦恼，充满了对未来及来世的期盼：

> 弟兄们！是的，弟兄们！我看见了什么呢？我看见了什么，罪人们啊？我看见了复活和光明；看见温顺的耶稣说：正是因为他们杀死了我，你们

> 才能复活；我死去，为的是使看见并相信奇迹的人永远不死。弟兄们啊，弟兄们！我见到了末日的霹雳，也听见了金色的号角吹响了天国至福的音调，那些铭记羔羊鲜血的实际的死者纷纷复活！（313）

就该段祷告文的节奏而言，牧师每句话开头都使用“我看见”来引领全句。多次重复使用“看见”这一动词，一则可以强化整段话语的神圣韵律，更重要的是，对于聆听的黑人会众来说它磅礴的气势具有强大的灵魂感召力。深受触动的迪尔西坐在班身边“安静地哭泣着”，为“记忆中的羔羊的受难与鲜血难过”。甚至连班吉都平静了下来，“在会众的声浪语举起的手的树林当中，班坐着，心醉神迷地瞪大着他那双温柔的蓝眼睛”（315）。实际上，在回去的路上，迪尔西还在不断地抹眼泪，足见她朴素信仰之深沉。

就布道内容而言，从最初的耶稣受难、被杀过渡到此处的重生复活，暗示了故事第四部分叙述的主题与走向，即经历康普生家族的衰败与绝望之后，黑人家庭顽强的生命力以及坚定的信念终将引领人们走出黑暗，最终带来一丝精神的宁静、情感的安慰、对未来的希望以及对后生的允诺。具体言之，福克纳直接依靠复活节布道和黑人会众来整合之前不同版本的独白所传递的碎片化生活视觉，戏剧化地演绎团结、和谐和关爱的潜在主题。也就是说，在努力突破康家困境的过程中，福克纳求助他预想的黑人世界。结果是，文本呈现出对黑人宗教的信仰，它能将个体融合为情感与目的统一体。迪尔西对宗教礼仪的参与坚实地传达了这样的信息：死亡与解体不一定就能压制生存的正能量，现代生活中道德理念、价值观和意义的腐蚀并不是普遍的。

此外，通过设想黑人为同质、融洽的社会团体，福克纳对复活节仪式的表征预示了他的宗教观：基督教展示给人们“一个无与伦比的受难、牺牲及希望的范例”，告诉他们“如何发现自我，在个人能力与理想范围内确立一套道德规范和标准。作家们总是并永远会借鉴、引用有关道德意识的寓言”（Meriwether & Millgate，1968：55）。福克纳在文本当下黑人的基督教信仰中就发现了极有意义的道德意识寓言，只不过它的信仰教义与白人相去甚远，无法延展至白人世界。

最后，迪尔西的文本角色对福克纳的艺术设计至关重要，就像奶妈迪尔西对这个家庭必不可少一样。小说家本人在多个场合对此做过评论。譬如在《〈喧哗与骚动〉简介》中他提到（在复活节这一部分之前）必须从书中完全摆脱出来：“将会有补偿，籍此我可以给螺丝最后一拧，从而实现最终的升华”（Faulkner，1973：415）。迪尔西是达成此升华的关键元素。因此，在第四部分，迪尔西成了清晰视觉的积极代表。她代表的不仅是本人，一个富有同情心、凭直觉生活的女佣的视觉，她也是读者视觉的载体（媒介）。读者通过她回忆并再加工小说。实际上，记忆成了一个读者被迫参加来创造文本经历的美学过程。戴维斯曾颇有洞见地评述道：

> 她体现了记忆与行动的衔接，这对整部作品至关重要。她起了记忆载体的功用。通过她福克纳得以过滤过去的经历。在一个层面上，过去的经历指的是康普生家世；另一个层面上，又指前三部分叙述的经历，所有的事件与关系通过一个人物，迪尔西，得以过滤。该部分的叙事或许没有从迪尔西的意识出发，但叙述的视觉角度却将她置于中心位置。(106)[①]

迪尔西承担的功用说明：福克纳设想她（连同其他黑人）为一个直觉、情感层面上的存在，但同时赋予她以重要的美学角色。通过将迪尔西的视觉与观念设计为文本构思的中心，福克纳找到了走出艺术困境的路径。如果他一直困守于康普生家族世界，小说就会以绝望和虚无主义结束，而这一结局他是接受不了的。作为另一种黑人生活视觉化身的迪尔西，拯救福克纳于无望的逻辑终端，同时避免了小说碎片化与僵滞的收场。于是乎就出现了那个形象的譬喻，将迪尔西比作“残破的烟囱”：她“荒凉、坚忍并顽强地屹立在整个家族已倒塌的废墟之上”，且预示着“未来”（Faulkner，1973：414）。虽然残破的烟囱已经不能发挥原来的功用，却因为坚忍的美德和拒斥历史的生存能力而令人钦佩。类似的，迪尔西或许并不能够将康家聚拢在一起，但却是唯一作此努力的人。

至此，我们可以对福克纳笔下的黑人奶妈做个小结了。自该人物的诞生起，这一直是个热点话题。早期及当下主流批评一味唱迪尔西的赞歌。司科特在《论威廉·福克纳的〈喧哗与骚动〉》中写道，“迪尔西提供了纷争混杂背景中的协调美。她无须寻找心灵的港湾，她本人就是”（Scott：1929）。莫里斯·考因德罗（Maurice Coindreau）在《威廉·福克纳时代》（1933）一书中认为迪尔西“对康普生家族动物般真诚”和“健全的原始心智”使得她在这一日趋衰败的家族中维持一定秩序，她代表福克纳心目中“理想黑人女性”。（Coindreau：31）“迪尔西热”一直持续到80年代，仅帕特里夏·斯威尼（Patricia Sweeney）在《威

---

① 戴维斯认为迪尔西的孤立状态可能是第四部分运用第三人称叙述者的原因：“第三人称叙述者的运用并不说明福克纳无法呈现迪尔西当时的印象与想法，也不能说他感觉进入一个黑人的意识有失身份。倒是，似乎本部分的一个技巧层面的功能是时间视角的创造。福克纳创造了一种岁月过往的感觉，而在此视角之内，他呈现了一个家庭的毁灭和另一个家庭的坚忍”（1983：106）。蒂西勒的看法不同。她注意到“福克纳未能给予迪尔西如前面二个部分叙述者一样的意识流独白已经成为对《喧哗与骚动》的标准品评。显然，他虽则碰巧认同故事中的一位女性和白痴，却无法置身于这个黑人的内心——他一贯宣称黑人心理遥不可及的明证”（1969：16）。确实，对于该话题的争论历来已久。比如，多琳·福勒（Doreen Fowler）在《福克纳与种族》（1986）序言中发问，福克纳作为一个南方白人、奴隶主的重孙，或就此而论，任何一个白人，能够进入黑人意识或者精确描述黑人生活吗？（vii）回答是“意见不一”（同上）。《福克纳：分裂的家园》的作者桑德奎斯特同样问道：“白人作家能够构思黑人经历吗？”（vii-ix），回答既是又不是。一方面福克纳塑造了很多令人难忘的黑人角色，另一方面他在公共场合的一些言论似乎又不是那么开明，而且他的不少黑人角色属于典型的传统观念中的刻板黑人男女形象。

廉·福克纳作品中女性人物》(1985)中就列举了114例。

但是越来越多的评者对此展开激烈的论争，其中有不少质疑的声音。譬如豪不赞成视迪尔西为基督教顺从与坚忍美德的化身。他提出，“塑造迪尔西这个人物的情境纯属历史偶然，离我们越来越远。这样的事实如果不削弱我们对她作为小说人物的敬仰，也确实会限制我们对她作为道德原型或典范的认知能力”(1951：123)。布罗克斯却持不同观点。他认为豪“担心读者会产生这样的印象，那就是当下的黑人也会愿意坚忍，或者会赞同说顺从和忍耐在眼下也是令人钦佩的”。“我倒认为，”该评者继续道，“总体而言，如果迪尔西在故事里确实受人尊敬的话，倒不如就把她看成是我们敬佩的一个小说人物，而不是试图去保护读者不受传染。我敢说没有几个读者会拿她当‘道德原型或典范’。无论怎样，这都不该是我们有权累及作者的。”(196：386)

杨金斯的论证更加雄辩也更令人信服。他认为这个复杂的争论涉及福克纳概念化黑人时起作用的神秘心理历史观念、信仰和程式。“虽则迪尔西哺育生命的能量本身无可争议，”他说，“她得以生成的背景却可以被质疑。”具体而言，他指责福克纳扭曲了黑人生活的现实：

> 与福克纳对白人的塑造相比，他错误地表征了黑人生活的内涵与意义，贬低且低估了黑人。即便黑人中间有像迪尔西这样的角色也改变不了这个事实。她似乎表现出白人所缺失的尊严和坚忍的品质。然而细察塑造该人物的具体情境，我们发现这是一个受害者的尊严与坚忍，而且是她共谋自戕的结果。塑造她的情境不属于她本人，对她的个性与所处环境的评价不属于她本人，福克纳对她的生活前景的投射——他们在苦熬——也不是。我要说的是一个想象性塑造的真实性与对社会、历史现实的忠实之间的冲突与不一致。(1981：163)

结果呢，杨金斯继续道，“迪尔西有那样的文本表现大体上因为她的肤色”，而康普生夫人“并非因为是白人就有文本那样的表现”(1981：164)。而且不管迪尔西多么强势地表现为人性的象征，读者仍然可以觉察到她对从属地位的默认。她接受“黑鬼”的身份。更有甚者，南方社会礼仪完好无损：“白人用传统的屈尊姿态对待她，她也欣然接受自我牺牲的奶妈角色，并认为这是她理所应当的职责所在”(1981：161—162)。杨金斯将这样的人物塑造归因于内在于集体认知模式的种种扭曲的种族观念。他的结论是：“这带来了严重的问题，不仅因为福克纳的种族主义，也源于他升华现实到象征与神秘层面的倾向；后者会驱使他扭曲黑人生活的现实来迎合他本人的美学效果”(1981：164)。

杨金斯同样质疑迪尔西对主子家人和自己家人的不同态度。他说“迪尔西甚至会为了康家不惜牺牲自家人的利益”(1981：165)。比如说她让勒斯特背负重担却还要忍气吞声。后者稍有反抗或怨言，就会被她一顿训斥，与其说是因为失职不如说他居然胆敢有埋怨："他要干什么，你就得顺着他，你这黑小子"（63）。之前一孩童时代场景中少年昆丁拿了她儿子 T. P. 的萤火虫瓶子，迪尔西的反应是 T. P. 可以不用玩。她还训斥女儿弗洛尼，因为她反对让班吉睡到勒斯特的床上。总而言之，她从不让自己的孩子越雷池半步：他们不能打听白人的怪异行为，因为"你管好自己的事就行了，白人的事，让他们自己去操心"（326）。她甚至在杰生要抽小昆丁时用自己的身体去挡住对方的拳脚。她丈夫罗斯库司抱怨"这地方不吉利"（33）——班吉生来智障、大姆娣去世、康普生酗酒、凯蒂出丑，再加上昆丁的自杀，而迪尔西更关注的是，这些不幸发生在主子家，所以也关乎他们这些仆人的自尊。杨金斯认为"这也暴露了与康家人一样的自命清高的癖性"（1981：66）。他的结论是，"如果忠诚而不迷信的迪尔西能如此无私地团结、支撑康氏家族，作家塑造这个角色除了实现美学效果之外的动机确实值得怀疑"（66）。这也能够解释为什么黑人评者玛格丽特·亚历山大（Margaret Alexander）宣称"迪尔西不可能被一般读者接受为真正的黑人母亲"（Harrington & Abadie，1978：113）。

关于此角色尚有其他争议。布罗克斯认为福克纳并没有将迪尔西塑造为"圣母""伪圣人"或者什么"盲目乐观"的黑人形象，因为她的外表刻画另有深意：

> 她原先是一个又胖又大的女人，可是现在骨架都显露出来，上面松松地蒙着一层没有衬垫的皮，只是在膨胀似的肚子那里才重新绷紧，好像肌肉与组织都和勇气与毅力一样，会被岁月逐渐消磨殆尽似的。到如今只有那副百折不挠的骨架剩了下来，像一座废墟，也像一个里程碑，耸立在半死不活、麻木不仁的内脏之上；稍高处的那张脸让人感到仿佛骨头都翻到皮肉外面来了，那张脸如今仰向雨云在飞驰的天空，脸上的表情既是听天由命的，又带有小孩子失望时的惊愕神情。(《喧哗与骚动》282—283）

迪尔西饱经沧桑且悲哀的表象显然不同于那些随遇而安的快乐黑人角色。"福克纳也没老套地将迪尔西的美德归因于黑人种族用以对抗堕落、邪恶的白人的神秘原始秉性",布罗克斯继续道，因为"迪尔西有对类似于原罪的信仰：人非生性友善，而是需要约束才能举止优雅"（1963：343）。杨金斯对此持异议。他指出种族的神秘性和原始、品行端正的黑人对位邪恶、过于讲究教养的白人的简化模式正是福克纳创作构思的一部分。此外，在肯定布罗克斯提出的迪尔西的原罪信仰以及她不断斥责的勒斯特身上的"疯劲"的同时，杨金斯论述道："迪尔西训斥勒斯特身上的疯劲主要不是为了证明人都是有罪的，而是明白表示勒斯特是真正康家成员，也具有康家人的品质。"（1981：168）因此，他的结论是，"迪尔西对康家白人光荣品性的认同正是她自豪感和自尊的表达"（168）。

如果考虑这样的事实，即当迪尔西（让人想起《曾有过这样一位女王》中的埃尔诺拉）意识到她是康家唯一可以发挥人道主义安慰和帮助的人选时，便以自己的地位为傲且自欺欺人地认为是白人家庭的正式一员，杨金斯的分析堪称洞见。迪尔西的荒唐无私在复活节布道激发的与上帝交融时刻结束之后尽显无遗。奇怪的是，深深触动且陷入深思的迪尔西没有对自己作为一个历尽磨难的黑人命运的反思，而仅仅关注上帝受难对她的启示如何最真切地用来表现康家人的苦痛。换言之，黑人自身的处境没有独立思考的价值，除非它与白人主子家产生关联："我看见了初，我看见了终"（325）。弗洛尼、勒斯特或者家里任何人都无法感受迪尔西的体验，因为谁也达不到她那样的"康家成员"资质。

戴维斯在迪尔西的人物描绘中发现"诙谐和严肃刻画方式的结合"（1983：104）。前者夸大迪尔西怪异的外表，后者强调勇毅的内涵。"该人物塑造的整体效果，"戴维斯分析道，"取决于对一位令人敬佩的年长女性根本说来不雅描述的接受。"她的结论是，福克纳塑造迪尔西时的不同元素甚至不同态度的混合最终导致她"既是听天由命的，又带有小孩子失望时的惊愕神情"（1983：331）。这连同她的衣着与举止，"将迪尔西与数量众多的不论是现实中还是虚构的'奶妈'——因对白人家庭的奉献倍受称赞却因怪异的外貌而遭讥讽的慈蔼黑人女佣联系起来"（1983：104）。确实，仅就外貌特征与不断吟唱的习惯而言，迪尔西与《军饷》中的无名厨师及《坟墓里的旗帜》和《曾有过这样一位女王》中的埃尔诺拉大同小异。但是，如前文所述，戴维斯深深察觉福克纳的想象性人物刻画（虽然基于平常奶妈类型特别是现实生活中的卡洛琳·巴尔）对象征或程式化人物类型的超越："福克纳对迪尔西的塑造绝非对传统人物类型的追随。她不仅是耐隆所言'黑人女佣的纪念碑'，也不是维克利声称的只是与刻板式人物对立的角色"（1983：105）。对戴维斯来说，迪尔西更代表了一种视觉，一个回忆的介质。通过她福克纳得以过滤过往的经历。

其他评者质疑福克纳让一个黑人奶妈所承担的意义负荷[①]，正如后来的批评家们对《修女安魂曲》中南希的质询一样。后者被赋予拯救白人的神圣使命，还有论者发现该角色基于作者的生平经历。约瑟夫·布洛特纳、杨金斯、布罗克斯、罗伯特·维尔（Robert Vale）、蒂西勒和格里姆伍德等都注意到了福克纳所有作品中黑人保姆对男主人公不可抗拒的影响力。譬如蒂西勒说："孩提时代的回忆必须且必然地包括奶妈的刻画，而且考虑到童年回忆的一般特点，这个肖像也一般会被注入个人情感。"（1969：32）格里姆伍德认为"福克纳对卡

① 批评家萨利·培杰却认为"福克纳别具匠心地选择一个年老黑人奴仆来表达他视觉中的理想女性，很有效地传达了人类生活令人吃惊的讽刺性与神秘性"（1972：39）。杨金斯争辩说与其说故事要表达的是生活的讽刺性与神秘性，倒不如说是猖獗的种族主义进行的令人生厌的区分，因为自然不会因不同的价值观和价值而进行人种歧视，只有人类才会；是人类阴险、伤害的潜能确立了这些有关价值的观念（1981：175）。戴维斯同样质疑"迪尔西家庭保姆的身份与她所承担的意义负荷之间的相容性"（1983：106）。

莉的态度集中体现在他塑造黑人时的模糊手法中……她成了对小说家无法摆脱的刻板化倾向活生生的挑战”（1987：234）。

细察了黑、白家庭成员之后，我们最终可以对福克纳在本小说中的人物塑造进行总结了。通过将充满活力、善于忍耐、有信仰、懂得生存策略的黑人家庭与绝望无助、信仰空白、堕落且没落的康普生家族精准对位以形成鲜明反差，作家习得如何在南方隔离体制中有效运用黑人作为本土固有象征来彰显他的核心关注——一个家庭、传统与文化的解体。南方双重种族背景使得这一痛楚与裂变愈加强烈，因为这一地域仍然是以家庭为中心，抱残守缺且老套过时。吉卜生一家除了提供观察与白人家庭对位、客体化、内在的视点，还与白人一家共建了福克纳所有作品都内设的美学并构。重要的是，作品突出了人类跨越种族藩篱的融合（此处比较浅显的处理会在《八月之光》《押沙龙，押沙龙！》中围绕种族混杂主题得到深化）。故事中的黑人和白人相互映射又相互体现。[①] 最后，一改以往作品的神秘化倾向，福克纳在《喧哗与骚动》中依托实际的家庭、社会和历史背景来凸显黑人生活的现实，并且与小说的根本关注有机融合。所以，尽管目标故事仍残留小说家对黑人表相的讥讽（迪尔西、勒斯特、希谷克、黑人小孩等[②]）、对黑人肮脏环境与气味的执着[③]、不慎言论[④]、对黑白二元建构的坚守及因此而酿成的“双重结局”（Davis，1983：

---

① 威廉姆森谈及从奴隶制到1889年的文化与肤色融合时发挥道：“归根结底，这一过程很有可能要比一个种族教化另一个种族复杂得多。美国南方同体共生的两种文化，互相不断吸收对方元素，但对所吸取之物都要实施过滤，并依据自己特殊的视角加以吸收利用。白人文化吸取黑人文化得以成长变化，反之亦然。最终，可以说南方有两种文化，一黑一白，但也可以说是两种文化的融合。这一发生在奴隶制最后三十年的融合形成了今天黑、白交融的根基——现代南方生活一体化的重要开端。这就说明了为什么类似情境下的黑人与白人行为举止非常相像。这是他们共有很多价值观的原因。这也是为什么，如果必要的话，他们之间可以产生强烈的相互关联与理解。”（1984：39）

② 福克纳描述希谷克牧师的用词确实不敢恭维，他“有一张瘦小的老猴子那样的皱缩的黑脸”（318），而且坐在魁梧伟岸的本地牧师身边，他像“侏儒”，“土里土气”“猥琐鄙俗”（321），“像[听]一只猴子讲话”（同上）。迪尔西一家去教堂的路上遇到的黑人小孩，“穿的是白人卖出来的二手货，他们以昼伏夜出的动物那种偷偷摸摸的神情窥探着班”（318）。

③ 同样是去教堂途中，路旁的黑人木屋“那儿能长出来的无非是些死不了的杂草和桑、刺槐、梧桐这类不娇气的树木——它们对屋子周围散发着的那股干臭味儿也是做出了一份贡献的；这些树木……在这刺鼻独特的气味中吸取营养”（318）。此处对树的聚焦被杨金斯称为整部小说中树木孕育生命特征的“逆转”，更不要说在班吉叙述部分经常与凯蒂的关爱和纯洁联系在一起了。所以，此类歧视性描述旨在“迎合作者当下对黑人的负面构思”（1981：371）而已。

④ 福克纳在弗吉尼亚大学的讲座中经常“出言不逊”，比如谈到《喧哗与骚动》时，先是称赞迪尔西无私地将整个家庭聚拢在一起，然后又说“人类求胜的意志将甚至会采取黑人、黑人种族的另类途径，直到放弃、被击败”（Gwynn & Bltoner，1965：5）。杨金斯愤然指出福克纳如此表达“恰恰因为他描述的黑人种族在充满活力更强大的生命能量面前往往会放弃，而不是能动地运用意志力去寻求生存”（1981：175）。

126)，[①]随着他对双重伦理和智性的南方所孕育的艺术可能性的更加细致的认识，他必将移除这二元死局，在之后诸如《八月之光》《押沙龙，押沙龙！》《去吧，摩西》等力作中为情感、心理、生理层面的种族冲突（在此之前只是被部分承认）确定更为明确的表征方向。而且，他将义无反顾地在一个种族对立的世界保持种族主题的强度并深抉其中的内涵。考虑到仅仅几年前他对南方本土文化兴趣索然的事实，这一由创新技巧和独特南方素材造就的巅峰力作确实堪称小说家抛物线之旅中的一次急剧初升。

《夕阳》：绝望的南希——种族、性别剥削的双重受害者

尽管有关于《喧哗与骚动》与《夕阳》孰先孰后的争议，也尽管詹姆斯·B·卡罗瑟斯（James B. Carothers）提醒“不要在涉及同样人物与事件的同一序列作品间寻找绝对的对应”，[②] 参照《喧哗与骚动》来阅读《夕阳》还是大有裨益。首先，既然两部作品刻画同一地方的同样人物，对照比较彼此的中心关注有助于彰显互文意义。其次，鉴于作家曾有言“短篇的要求比长篇更高，因为创作后者时作家可以马虎一些……塞进来一些垃圾还能被原谅”，而“精密度仅次于诗歌的短篇几乎每一个字都要求完全正确”（Gwynn & Blotner，1965：207），考察福克纳如何实现“短篇小说家只能接近的诗人的理想”——对“人类状况绝对本质的动人、激情时刻”的表征（202），则显得特别有吸引力。

如果说《喧哗与骚动》中的黑人是强化小说家的核心话题——白人——的有效手段，《夕阳》则集中刻画一对黑人夫妇，康家替补厨师南希·曼尼果和她的婚配丈夫耶苏。[③] 从此意义上讲，《夕阳》作为黑白种族关系的个案分析一定程度上弥补了《喧哗与骚动》中未能充分展开的种族冲突话题。

《夕阳》最初发表于1931年3月的《美国水星》杂志，后被收入《这十三

---

① 戴维斯说，《喧哗与骚动》结局的“悬隔”（suspension）式处理同《我弥留之际》中艾迪的“言/能指”与“行/所指”永远不会碰头的语言观类似：迪尔西的信仰与杰生的空想不会相互妥协，班吉传承的“向后看”的生活观与勒斯特“向前看”的生活观也没有交集。所以，“黑人的生活在白人主导的南方仍然是空虚、价值观与意义缺失的陪衬。小说以两种并列却不同的方式结局，双方都无法提供给对方令人满意的生活和价值导向”（1983：126）。

② 两部作品孰先孰后向来有争议。卡罗瑟斯认为短篇极有可能后于《喧哗与骚动》（12）。我与他的观点一致，但理由不同。我认为短篇凝缩了《喧哗与骚动》中展开不够充分的黑、白种族冲突。有关该话题的具体探讨，请参看侯文敬著《福克纳作品中的种族混杂》（1989：32）。

③ 关于黑人夫妇的姓名，据侯文敬考证，南希“棕色的手”（183，184）和姓氏“曼尼果”（“Mannigoe”系“Manigault”的简化，后者出现在《修女安魂曲》中），暗示了她的混杂血统。（1989：32）。加文·斯蒂文斯在《修女安魂曲》中向州长解释南希的姓名时说她的祖先有“诺曼血统”（Faulkner，1951：118）。此外，鲍尔斯（Lyall H. Powers）教授认为福克纳选用这个名字绝非偶然，因为“它暗指了南希的私生子背景”（*Faulkner's Yoknapatawpha Comedy*，Ann Arbor：University of Michigan Press，1980. p. 217，218n）。在被问及《修女安魂曲》中女仆南希和《夕阳》中的临时女仆南希有没有关联时，福克纳本人的回答是“她实际上是同一个人”（Gwynn & Blotner：79）。

篇》和《福克纳故事集》。故事延续《喧哗与骚动》家庭背景，运用儿童昆丁的视角再现黑奴南希的悲剧命运。[①] 作为黑人女性，南希惨遭白人的性剥削与毒打；作为妻子，她成为丈夫耶苏转嫁妒恨的受害者。虽然故事并无定局，她终究似乎无法摆脱死亡的厄运。标题“夕阳”源自黑人灵歌，“上帝呀，我多么讨厌看到夕阳下沉”（朱振武，2010：46），吟唱出了主人公对黑暗与死亡的恐惧，暗示了黑人女子在种族混杂情结（miscegenation complex）蔓延的美国南方无法逃脱的悲惨命运。显然，突显南希的双重悲剧身份和白人世界的冷漠、偏见的时刻是作家捕捉的重点，因为其中暗含着揭示“人类状况绝对本质”的种族、性别政治。

纵观福氏作品，作家笔下的诸多女性角色在种族混杂的特定历史语境下往往化身为具有多重指涉意义的能指符号。这首先体现在南方白人女性的尴尬处境中。贯穿福克纳作品的“白人女性崇拜”（white gynaeolatry）和“黑人阴茎威胁论”（black phallic threat）都触及“白人男子—黑人男子—白人女子”三角关系链条，白人女性大多被束之高阁于圣殿之中，白人处女情结成为掩盖男权至上意识形态的美丽阴谋：白人男性为所欲为的地位不容撼动，黑人对白人女子的非分之想必将受到惩罚。同时白人男子肆意往返黑人木屋，将黑人女性作为性发泄的对象，而受忽略的妻子日趋石化成为仅供观赏的摆设。其次在于黑人女性的双重受害身份。黑人女性常常被看成“心甘情愿的性伴侣”（willing partners）（Tischler，1969：66）。譬如《去吧，摩西》中老卡罗瑟斯对黑人女佣尤妮丝的性侵害，甚至与他们共同的女儿托梅发生乱伦关系。尤妮丝和托梅以及谭尼的吉姆的孙女等几代女性遭受的性剥削前景化了黑人女子作为男性性工具的悲惨处境。尤妮丝最终选择在冰河中结束自己的生命则是对奴隶制与男权体制双重压迫无声而决绝的抗议。现代南方小说中诸如此类主仆性结合的关系屡见不鲜，被物化（objectified）的黑人女性无异于白人主子的商品与财产。然而被边缘化为他者（other）的黑人女性却从未放弃“地母”（earth-mother）的角色，正如《去吧，摩西》中莫莉将白人主子的孩子视如己出，面对丈夫的不满，她不为所动地发出跨越种族界限的呼声，“我不能扔下这个！你知道我不能！”（46）

---

① 目标故事发生在大约1898—1899，由昆丁•康普生在15年后叙述。《喧哗与骚动》中康家成员，此处只有班吉缺席。但根据《喧哗与骚动》的时间顺序，昆丁自杀时20岁，在担当此故事叙述者时已经死亡。评论家们因此认为这一时间误差当是福氏惯有之时序倒错特征，也有人借此认为目标短篇可以同诸如《押沙龙，押沙龙！》《喧哗与骚动》等独立开来阅读（Hamblin and Peek，1999：396）。班吉的缺席也引起了争论。布罗克斯在《约克纳帕塔法王国》中谈论康普生家族时说：“很奇怪，《夕阳》对班吉居然只字未提。”（1963：337）卡罗瑟斯稍带讥讽地回应道：“如此‘怪异之处’实乃作家创作独立文本意图的产物。要说怪异，班吉的文本失踪根本比不上，根据布罗克斯自己的年表，这个故事是由一个死了三四年的角色叙述的。”（1985：147）

性别、种族政治，顾名思义，内含错综复杂的性别及种族关系问题，是利用意识形态操控而达到压制、剥削黑人与女性的策略。故事开篇有对南希肖像的刻画，由此便可管窥施加于女黑人身上的双重剥削：“她个头很高，颧骨突出，面孔悲伤，脸上缺牙的地方有点下陷”（245）。[①] 南希悲伤的面孔反映了其人暗淡无光、悲惨的生活境况，而缺失的牙齿则为她与白人男性之间的种族混杂关系埋下伏笔。故事中斯托瓦尔[②] 代表的是对女主人公实施性剥削与身体虐待的白人男权社会。南希被警察带到监狱途中向前者索要提供性服务报酬时出现这样一幕：

> “你多会儿付给我钱，白人？你多会儿付钱呀，白人？你可有三次一分钱也没给了……”斯托瓦尔先生把她打倒在地，可她仍不停地说，“白人？你多会儿给钱呀？你可有三次……”斯托瓦尔先生用鞋跟朝她嘴上踹了一脚，随后警官拉住了他，南希躺在街上，笑着。（68）

斯托瓦尔对南希索要报酬反应粗暴，缘于后者的公开揭露对他“好名声”造成极大冲击，而他残暴无度的行为显然意在为虚伪的白人外壳遮羞。身兼浸礼派教会执事这一神圣职务，斯托瓦尔的粗暴不仅仅暴露了他缺乏同情与善良的美德，更是对自身人性的否定与道德丧失的彰显。南希文中三次重复“你多会儿付给我钱，白人”成功地双倍羞辱了斯托瓦尔。更有甚者，南希于大庭广众之下称他为“白人”，正如白人长久以来将诸多劣等品质附加于黑人的做法一样，旨在将斯托瓦尔标签化，将他的个人身份归于种族身份之下，并勇于向整个白人世界索求赔偿。

此外，作为生存环境的受害者，南希的婚外情涉及对象显然不仅此一名白人男性。昆丁在故事开端回忆南希时常替代迪尔西担任家庭临时女佣，多数情况下她却忘记为康普生家做早饭的职责。“逢到南希做饭，十有五成我们得穿过胡同，上她家去催她快来做早饭。爸爸叫我们别跟耶苏打交道——耶苏是个矮个儿黑人，脸上有一条刀疤。于是我们在水渠边停下，朝南希家的小屋扔石头，直到南希在门口露了面，头倚在门边，身上一丝不挂。”（68）由此推测，南希很可能因夜间常常伺候白人而睡过头。南希“向外凸起”的围裙也印证了这一推测。丈夫耶苏挑逗性地称她“在衣服下边塞了个西瓜”，南希则回应道

---

① 黄梅译，选自福克纳著，陶洁编《福克纳短篇小说集》，译林出版社，2001。后文只标页码。

② 评者似乎对南希提供性服务的对象姓氏“斯托瓦尔”（Stovall）的内涵达成两点共识：首先它暗含性欲或欲火之意。其次，Stovall 可以视为与“the cold stove and all”（Faulkner：293）音义结合。因为一方面两者谐音，另一方面如昆丁重述中所言，一天晚上南希拾掇完后坐在冷灶前的椅子上，因为害怕耶苏报复她而不知所措，“那儿只有冷炉子什么的”（70）。所以，这一场景也标志着故事中南希极度恐惧的开启。

“反正不是你那根藤上结的”（69）。昆丁的回忆不单使南希所遭受的性剥削浮出水面，也突出了黑人惨淡的经济状况。虽然昆丁在文中并没有明确提供康普生家支付给洗衣工及临时佣人南希的工钱数，但南希凹陷而悲伤的脸颊，散发怪味的居所和身上的“灯”味儿都从侧面反映了她贫困交加的生存现状。这样的窘迫只能让她更容易成为白人性剥削的对象。“黑皮肤的嘉丽妹妹或珍妮姑娘”不得不“沦为失声的主体，常常蜷缩在卧室的阴影中，张开双腿俯卧着”（Busia，1986：365）。约翰·多拉德（John Dollard）曾对黑人女性与白人男子性交易的经济动因简洁评析道：“如果黑人女子不能靠做饭和当佣人的薪水来谋生，那她们更可能会使用性手段来获取生活费用。”（1957：152）

白人对黑人女性的性侵犯，连同隐含的经济压榨，都给后者的生活带来惨痛的后果。其一便是黑人夫妻关系的恶化和家庭的瓦解。虽然南希夫妇生活窘困，但文本多处透露两人间存在过真爱。如南希曾回忆道：“耶苏一向对我不赖”；“只要他有两块钱，就有一块是我的”（72）。康普生先生对南希说不定耶苏已经在圣路易斯找了别的老婆，南希异常激烈的回应表明了她内心仍留存对丈夫的爱：“要是他那么干了，最好别叫我知道。”（72）她甚至声称，“我要紧紧盯住他们，他一搂她，我就砍断他的胳膊。我要把他的脑袋砍掉，我要把那女人剖肚开膛，我要推……”（72，73）。当南希挖苦耶苏说那个肚里的瓜不属于他时，后者威胁说“我能把结它的那条藤砍断”，流露出对妻子爱恨纠织的复杂情感。显然，在白人的性威胁面前，两者都是无助而脆弱的。南希多次重复“我不过是个黑鬼，那不是我的错儿”（70，71，74），不仅喊出了自身的绝望，也昭示了众多黑人的“非人”生存境遇。

与黑人女子的性脆弱呼应，被“阉割”（emasculation）的黑人男性对于反击白人诱奸者无所作为且无能为力。耶苏就曾哀叹道：“白人能进我的家，可我不能拦他。白人想进我家的时候，我就根本没有家了。我不能阻挡他，可他也不能把我踢出去，他不能。”（70）他的悲鸣外化了南方社会的种族等级制度及性别政治，尖锐批判了本书第二章探讨的白人主导社会针对黑白种族混杂的双重不公标准。[①]《去吧，摩西》中的路喀斯·布钱普将延续这一无奈呼号：“他娘的，请别跟俺的黑老婆睡觉，这话叫一个黑人怎么跟白人开口说呢？就算是他真的说了，那白人又他娘的怎么会答应不这样做呢？”（54）昆丁在文中多次目睹南希家庭关系分裂的表象，如“有时洗衣妇的男人会来帮她们取送活儿，可是耶苏却从来没帮过南希”（68）。南希受到死亡威胁后产生恐惧妄想，坚持认为嘴里含着剃刀的耶苏始终藏匿在水渠或黑胡同里，甚而至于无望地喊

① 侯文敬在《福克纳作品中的种族混杂》中很巧妙地并构分析《干旱的九月》与《夕阳》，理由是就种族混杂主题而言，两者代表了一枚硬币的两面，共同传递出这样的信息：“当白人女性的纯洁被严格保护以不受污染之时，黑人女性被曝露于零保护之下”，而“信息的核心是由种族混杂所象征的种族制度的极端不公正”（1989：21）。

出，“我怕黑，我怕事情发生在黑暗中”（84）。这一绝望之音见证了种族间冲突向种族内矛盾的转向，预示了南希最终难逃一死的悲剧命运，凸显了南方社会黑人女性的双重悲剧角色。

白人世界的冷漠与偏见使得南希的境遇愈加恶化。长期以来，“黑人低下论”（black subhumanity）一直如鬼魅般附体南方白人社会，成为黑白种族间无法逾越的鸿沟。白人的优越感与偏见阻碍了他对黑人内心的探寻努力，也促使他成为南方性别、种族意识形态运作的主体。故事开篇，南希因被白人斯托瓦尔毒打而丢掉一颗牙齿。这一幕不仅见证了南希苦难的开端，更是拉开了白人种族歧视的序幕。狱中白人看守人员试图解释南希未遂的自杀行为并完全曲解了意义，“他说那是可卡因，不是威士忌，因为，一个黑人要不是满肚子可卡因，是绝不会上吊的，而黑人要是肚里满是可卡因，就不再是个黑人了”（69）。白人的误读抹杀了黑人的人性，暴露了白人话语体系之下运作的“社会政治无意识”。恰如《去吧，摩西》中布克在面对账本中尤妮丝之死被归为“自溺而死”之时所言：“世界上有谁听说过一个黑鬼会自溺而死的呢？”（71）白人既无法理解也不愿去看清黑人，视后者为“用后肢走路”的动物。文中康普生太太代表自私的白人女性群体，面对丈夫每天护送女黑人回家时表现出极度惊愕，多次假借害怕作为赢得关注的手段。“你把我撇下去送南希？对你来说，她的安全就比我的更要紧？”（71）。与之相比康普生先生表现出一定的帮助意愿，但对南希非理性的惊恐带有明显的怀疑与责备，甚至告诫她“别再招惹那些白人”（72）。这一说法显然缺乏事实依据，毕竟南希乃至南方黑人女性面临的困境核心在于白人男子是否不会再来招惹她们。凯蒂天真的回应，“别招惹什么白人，怎么不招惹法”（72），巧妙讽刺了白人世界的自相矛盾。离开南希小屋时康普生先生甚至感慨地说“唉，罪孽啊”（84），暴露了他无法真正也不愿透视黑人的内心。所以，他永远无法理解黑人的苦难。南希歇斯底里的畏惧对他而言不过是虚幻的妄想，曼尼果夫妇之间存在真爱与否则是毫无意义的命题。

文中三个白人孩子的角色功能显然不容小觑。尽管“他们年龄太小以至于无法完全理解南希的绝望，但凯蒂和昆丁至少对黑人女子的恐惧做出了好奇的关心与力所能及的同情”（Brooks，1963：335）。昆丁作为角色叙述者，未对曼尼果夫妇显露出明显的情感，但他悲悯的情绪透过观察视角得以瞥见。叙述者在故事结束之际不无童稚的解释——南希任由门敞开着“因为她累了”，呼应南希本人的哀鸣“我实在累了”（85），试图走进南希的内心，在一定程度上与她形成共鸣。而小凯蒂则拥有真挚的同情与共感，多处充当作家代言人身份并用儿童真实的视角与单纯的疑问道出了诸多真谛。如她在故事中问康普生太太“南希为啥怕耶苏呢？你怕爸爸吗，妈妈？”（76），说明她是白人群体中唯一将耶苏与南希看作丈夫与妻子，如同她的父亲与母亲之间的关系一样，而并非只是低劣的“黑鬼”。

反观康普生家族，南希的悲剧在此化身为白人家庭道德力量的试金石，成功揭露人性之千姿百态。显然，康家受种族观念毒害最深的是只有五岁的老幺杰生。他幼小的心灵早已被种族隔离刻以烙印，先在的种族优越感驱使他过早地确立了以自我为中心的“白人至上主义”（white supremacism），视黑人为他者与边缘化的存在。他忙不迭地叫喊“我不是黑鬼”（75），预示了他成年后对于黑人臭名昭著的定义：非白人，则非人。当南希极力讨好三个白人孩子与她过夜时，杰生要求回家的意愿最强烈并百般阻挠。显然，南希遭受到的男权社会的压迫不仅来自耶苏的生命威胁、斯托瓦尔的性剥削、康普生先生的漠然，更有幼小的杰生所象征的新一代南方白人至上种族主义者的无情打压。

《夕阳》第一次明确聚焦种族混杂情结，其中白人对南希的性虐待直接导致一个本来完整幸福家庭的无助、沮丧、极度恐惧、绝望乃至最终的破裂。故事直指促使早已摇摇欲坠的旧南方迅速崩溃的通病：对人类同伴的性侵犯。重要的是，曼尼果夫妇的经历提供了福克纳作品中难得一见的黑人夫妇之间的感情纠葛。[①] 各自还都成了原型人物。继南希之后有《八月之光》中的“黑女孩”（109），《去吧，摩西》中卡罗瑟斯·麦卡斯林的小老婆尤妮丝、托玛西娜、詹姆士·布钱普的孙女等。耶苏之前有西蒙，之后有《八月之光》中的乔·克里斯默斯（与耶苏构成耶稣·基督全名），《去吧，摩西》中的图西德斯和路喀斯·布钱普。[②]当然，就女主人公的刻画而言，故事对这一特定历史时期人类生存状况的绝对本质——女性所遭受之性别与种族双重迫害——的挖掘与表征显然是深刻的、动人的。

《殉葬》：环境及印第安奴隶制的受害者

福克纳最初对黑人的中心化处理要追溯到1925年的一篇札记《落日》，其中轻信他人、天真、特别感觉不适应的背枪黑人小伙表现出了强烈动人的归乡的愿望。作为新手的习作，这篇札记孕育了福克纳日后黑人形象塑造的诸多因素。

引言的新闻报道总结了美国南方白人主导社会对黑人他者的认知和态度，为小说的发展做了很好的铺垫。例如，报道的标题将黑人定义为“暴徒”（Desperado），因为这名黑人“恐吓”到了地方民众、“四处恣意横行”（Faulkner，

---

① 确实，这样黑人夫妇之间关系的描写在福氏作品中难得一见。在我看来，这意味着白人作家的局限性。具体请见本部分V。

② 曼尼果夫妇还是其他意义上的开创性人物。比如说脸上带疤、嘴里衔刀的丈夫几乎就是黑人杀人犯的原型。霍克·铂金斯被编选入《福克纳与种族》的论文《“俺就是忍不住想”：福克纳作品中持刀黑人凶手》（1986：222—235）对此主题有探讨。同样，监狱里唱歌的妻子代表了一系列刻板黑女囚犯形象。这还导致了《修女安魂曲》（1951）中谭波儿对白人囚犯与黑人囚犯的有名界分。具体请参看本部分V。

1958：76）。[1] 但不无讽刺意味的是，黑人的真实身份一直没有得到核实。更夸张的是，就连美国政府也不断召集武装力量试图控制这个“疯癫的”黑人，然而文本证据显示该案件完全被人们曲解。黑人青年在如此陌生、敌对的环境下，与其说具有威胁性，不如说受到了威胁。他毫无目的地游荡在街道和河岸之间，强烈的“错位感”（sense of misplacedness）表露无遗：

> 他花了两天时间从卡罗尔顿大街走到了运河街，因为他害怕路上的车辆；最后他站在运河街，背着他的猎枪和包裹，感到恐惧和茫然。被人群推来挤去，遭到自己族人的嘲笑，受到警察的咒骂，除了过马路他不知道该做什么。（76）

黑人青年沮丧地在河边停留了片刻，但随后发现自己又回到了先前的街道：

> 再次站在了运河街，他困惑地环顾四周。一个人要怎样才能到达非洲？他被推推搡搡地从这条街晃到那条街，任凭命运支配自己沿着河边游荡。（78）

这两处描写带有明显的自然主义倾向：黑人完全受命运摆布，毫无抵抗之力。尽管受到惊吓、感到迷惑，黑人青年仍然执意要“去非洲”（78，79，80）。他不断重复“俺要回家（非洲），牧师说俺来自那儿”（78），突出了他浓烈的归乡愿望，而愿望的根源是强烈的“格格不入”（out of place）的失落感。事实上，他逃离“性格温和的”鲍勃先生和“那些一起工作、欢笑的正常人”（85）的行为也恰好说明了这种愿望。但结果证明，回家的路比他预期的要更曲折。黑人青年四处打听非洲的位置，却遭到无数人的嘲笑、蔑视。于是他从街道转移到了河上，而环境变化丝毫没有缓解他的困扰。在大河（极有可能是密西西比河）上漂流几天后，他登上了一片黑色陆地，被告知“非洲大约只有一英里”远。出于对假想的非洲狮子和熊的“明确而激烈的”（81）恐惧，黑暗中青年朝着移动的物体开枪。随后他误以为自己被野人围堵，于是再次开枪射杀了两人。可以说在被击中之前，他对自己身处何地、为何开枪伤人一无所知。

如同其他大部分探寻主题的作品一样，这篇札记重点刻画了在海上和街上漂移的众多“参与者”之一。这位匿名的黑人青年，尽管表现出了无知、轻信

---

① 短篇选自 William Faulkner，*New Orleans Sketches*. edited by Carvel Collins（Jackson：University Press of Mississippi，1958）。中文为作者试译，下文只标注页码。

他人，但却具有真诚、忠实、吃苦耐劳的品格。与此形成鲜明对比的是那些代表文明世界的白人。他们多被描写为粗鲁、狡诈、残暴、谎话连篇，甚至亵渎神灵。没有教养的"船长"和警察似乎与他们口中"该死的非洲"（77）一样粗野不堪。后者不仅警告黑人说："让我来告诉你一件事情，你回到那儿乘上遇到的第一艘船，这可不是你该待的地方。"（78）他还不断暴力威胁黑人无条件服从自己的命令。这些行为都表明：黑人必须待在他们应该待的地方。事实证明第二艘船上的工头也同样是没有教养的，他先是朝着青年"冲过来"，而后咒骂他偷懒闲晃。接下来青年遇到了另一位"疯狂的白人"。在听说了黑人企图回非洲的打算后，白人先是"用潮水般的亵渎性语言镇压了他"（80），接着骗取了他仅有的四块钱，让他为自己卖苦力，最后将他丢到了一片陌生的陆地上。可怜的青年在此遭遇了死亡的厄运。

显然，福克纳对这位无知的青年是同情的，但为了达到喜剧效果，他仍没有忘记赋予这一角色刻板化的黑人特征。首先在登船后，黑人青年先是流了一会儿汗，不久便镇定了下来，这种情节安排在随后的短篇《殉葬》中得到充分发展。其次，从文本叙事中我们得知这位黑人十分荒诞地臆想并惧怕那些可能会吃了他的非洲"野人"。另外，他的身上也暗含了美国化的痕迹，有时他会表现出作为文明世界一分子的骄傲："我就在这儿歇到天黑，然后我就回到鲍勃先生那儿。非洲可不是文明人该待的地方——要提防狮子，会被人射杀，自己还要杀人。但我猜这些非洲人倒是适应了。"（83）詹姆斯·卡罗瑟斯认为《新奥尔良札记》中的绝大多数角色都是受害者。这种看法是正确的，但他的评价——"这些人是他们自身无知的受害者，就像《落日》中那容易受骗的黑人一样"（1985：107）——显然是值得商榷的。以上论述证明这位黑人青年更多的是受害于具有歧视性、欺骗性、充满敌意的白人世界。正是基于这一考虑，这篇札记更应被作为一篇寓言来解读，因为它总体上反映了黑人对环境的不适应和被边缘化的生存状况。

如果说《落日》中黑人被围堵、防卫和绞杀是基于一定的偶然因素，那么《殉葬》中印第安人对黑人的追击和埋葬则是无可辩驳的、冷酷的、仪式化的杀戮行为。这部短篇小说发表于1930年10月25日的《星期六晚邮报》，故事讲述了一位伺候了印第安部落头人（the Man）二十年的黑人奴隶被追捕、殉葬的全过程。在这位头人伊塞梯贝哈奄奄一息之际，根据部落的习俗，他的马、狗和仆人都必须跟他一同入土陪葬，而即将殉葬的黑人奴仆碰巧得到了同族人的帮助，在被抓获前，成功地躲避了五天时间。

故事中首先值得关注的是奴隶制的时空转变。与传统种族作品的背景不同，此处将黑人的奴役和贸易制度转移到了印第安人生活区，这里不论是奴隶主还是奴隶都深受部落体制的折磨。两名实施追捕的印第安人三筐和伯雷之间的对话追溯了三代头人——杜姆、伊塞梯贝哈和莫克士贝的蓄奴历史。将奴隶制度引入印第安部落的罪魁祸首是伊塞梯贝哈的父亲杜姆和他的白人同伙"舍尔·布朗迪"骑士德·维特雷。骑士先是教给杜姆新奥尔良白人的处事手段，随后杜姆回到族人中，杀害了自己的叔叔和表兄，当上了族里的头人。后来"杜姆又不断地弄奴隶来，并像白人的样，种上了一部分土地"。但是他始终没有找到那么多活让奴隶们干，只有每逢杜姆请客的时候，他会将狗放出来追逐这些黑人，以此"娱乐宾客"(92)。[①] 到了伊塞梯贝哈掌管部落的时候，奴隶的问题显得更为严峻。此时他继承的黑人已经五倍于当年的数量，然而他仍然没有找到事情让他们做。最后部落管理者们决定繁殖更多的黑人从事黑奴贸易，以此来解决棘手的"黑人问题"(92)。自此带有鲜明印第安特色的奴隶制度得以形成。

正是通过三筐和伯雷的对话，福克纳揭露了奴隶制对于印第安奴隶主造成的负面影响：

> "我一直说的，**这一套做法不好**。想当年，一没有这些房子，二没有黑人。那时候自己的光阴自己受用，真是从容自在哪。哪儿像现在，还得给他们找活儿干，把大半的工夫都花费在他们的身上——这帮人哪，干起活来就不怕出臭汗。"
>
> "他们简直**像马，像狗**。"
>
> "他们跟这人间世界的**什么东西都不像**。他们什么都不在乎，只有出了臭汗才算满意。真比白人还讨厌。"
>
> "头人总不见得会亲自去找活儿来给他们干吧。"
>
> "就是这话。**养奴隶我不赞成**。**这种做法不好**。当年的世道，那才好呢。现在这一套不行。"
>
> "当年的世道你也没有见过吧。"
>
> "有人见过，我听他们说的。反正现在这一套我算是尝过滋味儿了。出臭汗，那不合人的天性。"
>
> "可不。瞧他们的皮肉，老出汗都成了那个样子。"
>
> "是啊，都发黑了。连味道都发苦了。"
>
> "你吃过？"……
>
> "既然白人愿意拿马来换，那吃掉就不上算了。"(87)

在印第安人眼中，"黑人"是一种诅咒，他们都是野蛮人，"不懂得荣誉，

---

① 蔡慧译，引自陶洁编，福克纳著《福克纳短篇小说集》，译林出版社，2001。以下引文只标注页码。

不晓得体面”(89)。这些奴隶主非但没法从中获益，甚至要花费大量时间寻找工作让这些“不怕出臭汗”的黑人们干，而且讨厌出汗的印第安人自己还要耗费精力追捕逃奴。其中一个追捕者满怀愤恨地抱怨道：“那帮家伙除了给我们添烦恼，叫我们伤脑筋，还会干什么好事？”(107) 印第安人除了那“出了名”的闲淡的生活方式，还表现出了对奴隶制和黑人种族强烈的厌恶感。他们总是将黑人形容为“马和狗”(或“什么都不是”，暗示了黑人的无身份性)，“喜欢出臭汗的”(87，93，97)，可食用的（尽管他们的肉“有一股子苦味”)，可以用来与白人交换马匹的。这两位红种人之间的谈话也颇为启发性地预期了日后《去吧，摩西》中卡罗瑟斯·麦卡斯林·爱德蒙兹和艾克·麦卡斯林针对黑人种族优缺点所做的争论：

> 艾克：“因为黑人会挺过去的。他们比我们优秀。比我们坚强。他们的罪恶是模仿白人才犯下的，或者说是白人和奴隶制度教给他们的：没有远见、不会节制和逃避责任——并不是懒惰：是逃避责任：是逃避白人硬派给他们做的苦役，不是为了他们地位的提高，甚至也不是为了他们的舒适，而是为了他自己的——”于是麦卡斯林说
>
> “好呀，往下说呀：性关系很乱、爱用暴力。不稳定以及缺乏自我控制的能力。分不清什么是我的，什么是你的——”于是他说
>
> “二百年来我所有的一切对他们来说甚至都不存在，在这种情况下，又叫他们怎么分清呢？”于是麦卡斯林说
>
> “好吧。往下说吧。还有他们的美德——”于是他说
>
> “是的。那是他们自己的。坚韧——”于是麦卡斯林说
>
> “这种品质骡子也有：”于是他说
>
> “——还有怜悯、宽容、克制、忠诚以及对孩子的爱——”于是麦卡斯林说
>
> “这些品质狗也都有。”于是他说
>
> “——不管这些孩子是不是自己的，是不是黑人。不仅如此，他们的这些品质，不仅并非得自白人，而且也不是因为有了白人才形成的，因为他们很早以前从自由的老祖宗那里就得到了，那些老祖宗享受自由的时间可比我们长的多，因为我们从来不是自由的——”(276—277) [1]

虽然这两段对话和争论相隔了十二年的创作时间（1930—1942)，但也不足以完全消除福克纳对种族刻板化的塑造倾向。尽管后两者的争论说明了黑人具有白人不具备的一些美德，他们所列举的种族人格也并不完全是侮辱性的，

---

① 李文俊译，福克纳著《去吧，摩西》，上海译文出版社，2004。

但正如蒂西勒所指出的那样，“将（种族内）所有人混在一起，期待每个人都去偷盗、逃避工作、撒谎，或者用剃刀互相残杀”（1969：22），这样的做法是危险的。她总结道：“种族类型化十分危险地接近于刻板印象，即便是福克纳有时也会不慎越过这条红线。”（22）

故事中除了三筐反复抱怨奴隶制的做法不好以外，一位坐在轮船（头人的酋长府）甲板上的老人的话语也类似地指责了“黑人问题”：

> “这世道真是一天不如一天了，”他说，“都叫白人给败坏了。我们的日子多少年来一直过得蛮好，可后来白人偏要把他们的黑人硬塞给我们。以前，上了年纪了，就在阴头里一坐，吃吃玉米煨鹿肉，抽抽烟，讲讲人生的荣耀，谈谈正经的大事，可现在呢？为了照应那帮子爱出臭汗的家伙，连老头子都累得命也没啦。”（97）

针对黑人给印第安人带来的苦恼，老人直接将问题矛头指向了白人，认为是他们创造了灾难性的蓄奴制，也是他们将黑种人和红种人的生活彻底毁掉。正是通过同一位老人的口述，我们得知了这种追捕逃奴的罪恶行为只是一种仪式化的重复。多年前伊塞梯贝哈的父亲杜姆离世的时候，伊塞梯贝哈也组织了同样的追捕，并且花了三周时间终于抓到逃奴。随后这名奴隶也随同主人的狗、马和主人一起入葬。

由此可见，在这些部落中黑人遭受的是残酷奴隶制度和荒诞的印第安传统的双重压迫。在这里他们完全被当成动物来对待。在印第安人决定繁殖更多黑人来交易之前，这些奴隶“全都住在一个大围栏里，围栏一角架上一张单坡屋顶，真跟猪圈差不多”（93）。然而在部落会议之后，这些“神情严肃、莫测高深”的契可索族头领们决心要向他们的白人伙伴们学习，繁殖出更多黑人来，卖给白人换钱。因而，他们“现在可也造起奴舍来了，弄了好些小屋，把年轻的男女黑奴配了对，派在小屋里住；过了五年，伊塞梯贝哈便向孟菲斯的一个奴隶贩子卖出了四十名奴隶，拿了这笔钱，在他新奥尔良的那位舅舅的指引下，出了一趟洋”（93）。故事中受到追捕的那名黑奴，因为一直受到优待能够侍候头人，因而可以避免从事在田间流臭汗的苦差事。根据印第安人的习俗，这名受到眷顾的仆人就理应跟随死去的头人和他的马和狗一同下葬。文本对黑人的形象描写也为他们困兽般的命运增添了可信度。当黑奴回到奴舍寻求同族人帮助时，“暮色苍茫中，这些不同年龄的人看去都是跟他（逃奴）一样的脸色，像是从人猿脸上套取的面型”（101）。而其他场合中，黑人群体也多被形容为身上发臭或闻起来像死人一般。

通过逃亡黑奴的回忆，福克纳转换了奴隶制的时间背景。这段回忆也加强了黑人奴隶的历史真实感，从中我们得知在来到美洲的路上，这名黑人曾“给装在高仅三英尺的中舱里，在热带海洋上度过了九十天后才到的”（103）；极度痛苦中，他回忆起曾经听到醉醺醺的船长大声念一本书，直到十年后他才知道原来那就是《圣经》；而他当时“身上还穿着奴隶贩子（是唯一神教会的一个会吏）给他的仅有的一件白衣服”（104）。后来，为了活命他甚至曾生吃过耗子。这段简短而辛酸的描述重现了黑奴逃跑途中的恶劣境况以及他早年的求生场景，它们共同构建了两种文化交叉、两种时空背景下的臭名昭著的奴隶制度。黑奴们被挤塞在船舱里饱受饥饿的摧残，等待着厄运的到来，甲板上的醉酒船长却高声朗读着《圣经》。这一幕恰到好处地对照了印第安人对绝望的黑人殉葬品的无情追逐。时空的转换进一步说明了不仅仅是白人甚至红种人也对同胞施加了惨无人道的迫害和压迫，揭露了他们在贪婪和利益的刺激下所共有的罪恶本性与黑暗的内心。历史与现实共同见证了跨越文化界限的奴隶制的惨无人道。查尔斯·皮克（Charles Peek）对此评价道：“黑人、白人、红种人与其说代表了不同肤色，不如说表征了不同文化，与其说是生命形式，不如说是历史本身。”（Hamblin & Peek，1999：317）

处于非人道的奴隶制核心的是对黑人人性的否定。有趣的是，契可索族人总是渴望模仿白人的生活方式，总是倾向于将白人投射到印第安人和黑人身上的缺陷转移到黑奴身上。故事中的印第安部落学习白人文化的历史久远，早在杜姆的时期就已经开始，尤其是当他在新奥尔良结识了“舍尔·布朗迪”骑士并娶了一位有黑人血统的妻子之后。自此，整个部落的历史事实上就变成了对白人“文化”的盲从过程。起初杜姆将一个在河道中搁浅的轮船改造成了自己的酋长府。他的儿子伊塞梯贝哈拿着卖奴隶赚的钱出了一趟洋，带回来“一张描金大床，一对多枝大烛台”，还有一双“红跟轻便鞋”（94）。极具讽刺性的是，伊塞梯贝哈却始终睡不惯这张从巴黎进口的大床，就连他的新妻子也睡不惯。第三代头人莫克土贝虽然每次穿上红跟鞋都会昏厥，但却执意穿着它们，因为这似乎是他除了进食以外最大的乐趣。至于对待那些总是带来麻烦的黑奴，部落会议中的一个匿名的声音说道，“咱们应该学白人的做法”（93）。换言之，他们也要像白人那样将黑人视为牲畜，饲养他们进行贸易。这种泯灭人性的做法促使了印第安人无法理解黑人行为背后的动机。例如，逃奴为了求生给部落带来了麻烦，印第安人认为黑人这样做是因为“他们到底是野蛮人”，而且“他们都是牛脾气”（89）。与此类似，懒惰、厌恶出汗的印第安人总是对黑人的固执感到惊讶，认为他们“宁肯在毒日头底下干活，也不肯陪着酋长入土为安”（同上）。三筐、伯雷和小伙子（莫克土贝的仆人）三者间的对话也突出了印第安人对黑人的误解：

> “死，他总是不愿意的。”伯雷说。
> “他有什么理由不愿意呢？”三筐说。

“总不见得因为他反正有一天会死，所以就要他现在去死吧？”小伙子说，“老实说换了我我也不服气的，老兄。”

“别多嘴。”伯雷说。

三筐说道：“二十年来他的同族谁不在地里出臭汗干活，惟独他一直凉凉快快地侍候大人。他既然不愿意出臭汗干活，那还有什么理由不愿意去死呢？”（99）

三筐的说法揭示了印第安人将黑人种族普遍看成是“没有欲望”的、注定等待宰割的动物。另外，在体能、智慧和道德上都优于这些印第安追逐者的逃奴表现出了强烈的生存欲望。这种欲望在他逃跑第四天被水蝮蛇咬伤后显得格外强烈：

那黑人叫了声：“好哇，我的老祖宗！”手刚按上蛇头，不想那蛇又窜起来在他臂上咬了第二口，第三口，咬得都很不得法，不爽不快的，像抓一样。“我可不想死啊。我可不想死啊。”那黑人连说了两遍。说到第二遍时，口气就平静了，可是轻声满气之中却含着惊异，仿佛他在话儿自然而然出口之前，原来还不知道自己有这么个心愿，至少并不知道自己这心愿是如此深切，如此强烈。（108）

此处对黑人心理的富有人性的洞见尖锐地讥讽了奴隶主无法理解同胞对生死的态度。而在第五天黑人妥协被抓后，印第安人仪式化的殉葬过程显然让牺牲者倍感无助和绝望。由于黑人成功地逃跑了六天，他可以享有一定的“礼遇和尊重”，他们让他在入土前可以喝水吃东西。然而，虽然黑人一直在做着咀嚼和吞咽的动作，食物和水却始终没有被吞下去。这里福克纳技术高超地描写了黑人的眼睛，他的头“左一转右一转的，跟着白白的眼珠子转个不停”（113），他的“眼珠子射出两道迫切而又克制的目光，活像一对马眼”（114）。同时，他的胸口一直不停地喘粗气。与被殉葬的黑人形成鲜明的对比，那些前来观看仪式的看客们仿佛在观赏一只走钢丝的猴子，他们“耐心地等着，头人的族人也罢，宾客也罢，亲戚也罢，一律是威仪唐唐，神态端肃，不动声色”（114）。

白人和印第安人在此合力完成了对黑人的压迫和虐待，而福克纳富有成效地将三种文化对位地呈现在读者面前。首先白人代表了罪恶的根源，污染了契可索人的行为和思想，随后黑人充当了受害者。处于两者中间的是印第安人，他们对白人制度尤其是奴隶制度的盲从加剧了自身的毁灭，传达出了福克纳作品中一个常见的主题：为害者也同时是受害者。过度肥胖的莫克土贝被人们抬着来到抓捕逃奴的地点，这一幕清晰地展现了印第安人的现状：

> 那个仰面高卧的痴肥人形，不过比死人多了一口气，浩浩荡荡，一大帮人轮班替换抬着他，穿荆棘，过沼泽，就这样整天不停地肩负着一个罪恶的化身，一个罪恶的目的，准备去收拾一个已经没命的人。莫克土贝大概总觉得自己好比是个天神，此刻正由苦命的精灵抬着从地狱里匆匆穿过，这些精灵生时为他的不幸而操心，死后也就该糊里糊涂地伴着他受罪。（108）

莫克土贝从父亲那里继承到的是一双他因过度肥胖而穿不上的红跟鞋，一群他无法领导的族人和一段与他毫不相干的历史。连同头人的酋长府——接连不断的死亡场所和那张无用的大床，它们共同构成了贪婪的化身，见证了族人的懒散和他们对现实的荒谬拒斥。另外，文本中针对酋长府的外观描写所使用的形容词——“腐败的”（rotting）、“衰落的”（fading）、“严重受损的”（gutted）和“锈迹斑斑的”（rusted），以及对头人所使用的形容词——“过度肥胖的”（obese）、“呆滞的”（inert）、“浮肿的”（dropsical）、“悲剧的”（tragic）、“被动的”（passive）、“毫无生气的”（lifeless）都突显了印第安人堕落的现状。即便读者能够从三筐和伯雷身上看到一丝机灵和自尊，这些品性也随即被他们对邪恶制度的屈从、对残酷历史的忠诚所遮蔽。事实上，印第安人对他人文化不加甄别的复制，只会加速自身的堕落，迷失原始的纯朴，并最终稀释自身的民族气质。曾经古老的高贵和气魄所遗留的只是空洞的仪式本身。

综上所述，《殉葬》戏剧化地呈现了黑人无助的悲剧命运。此处黑人再次充当了一个社会和一段历史的受害者。这个社会由一群虚荣而无用的人来支配，而这段历史显然是黑人个体无法掌控的。总体而言，这位殉葬者是带有鲜明印第安特色的种族制度牺牲品，他最终也成了福克纳对黑人形象塑造实验中颇为特别的代表。而这位黑人先是逃离，而后又回到营地的圆圈式路线，以及印第安人不慌不忙的追逐过程，甚至他族人的警示：“死人跟活人混在一起可不行啊”（106），这些细节都一定程度上预示了乔·克里斯默斯相似的困境。《八月之光》中这位身份不确定的混血儿在逃逸了七天后对自己说：“可我从未走出这个圈子。我从未突破这个圈，我自己造就的永远无法改变的圈。”（241）作为一个“祭祀意义上的替罪羊”，这位逃奴也为《坟墓的闯入者》中的路喀斯·布钱普做了铺垫。二者唯一的不同是路喀斯最终能够幸免于难，因为一个白人男孩契克·迈里森难能可贵地发现了他身上的人性。

Ⅲ. 心理飞跃

乔·克里斯默斯并非作为一个人，而是作为一种抽象、一种幻象进入这个世界的。他不仅不可避免地会被贴上种族标签，而且屈从于一整套狂热的种族、宗教信念。这些信念在社会中的运作将他变成替罪羊，使得他永远无法成熟地认识自己的个体身份。

—Lee Jenkins，*Faulkner and Black-White Relations*，p.65.

本部分主要通过考察“作为隐喻的黑人”“白人女性崇拜”“黑人阴茎威胁论”“种族混杂情节”等现象，分析福克纳在《干旱的九月》和《圣殿》中对作为“观念的黑色”的富有创新意义的排演，在《八月之光》中第一次对“疑似混血儿”的戏剧性塑造，以及在《埃莉》和《山上的胜利》中对“血统之谜”的跟进探讨。这些文本对黑人问题的探索标志着福克纳在处理种族问题过程中的“一次心理层面的飞跃”。

《八月之光》：对“种族混杂情结”的第一次系统解谜

如前文所述，福克纳从《喧哗与骚动》开始已经展开对黑人的创新性心理探索，将黑人呈现为“一种行为方式，是他周围的白人的一种对应面”（95）——白人投射自我无法接受又极力压制的诸多品性的他我/异己。作为概念化、行为方式连同（而非）生物性的种族话题预期了福克纳在《八月之光》中对该主题最深沉的思索。作家深入挖掘主人公——“疑似混血儿”乔·克里斯默斯的内心冲突，围绕他模糊的身世血统以及由此引发的悲剧人生艺术性地书写了很可能是有关种族混杂主题的极品佳作。

先前诸多福学专家诸如埃德蒙·沃尔普（Edmond Volpe）、奥尔加·维克利、唐纳德·卡提根纳尔（Donald Kartiganer）、杨金斯、戴维斯、桑德奎斯特、米尔盖特等都认为故事关注的焦点是由一滴“莫须有”的黑人血液引发的南方种族冲突问题。威腾伯格指出：“《八月之光》以及福克纳4年后的杰作《押沙龙，押沙龙！》也许是它们那个时代的作品中最核心地（即便不是专门地）关注种族问题的文本”（Weinstein：149）。然而小说对统一性原则的明显违背却引发了诸多评论家的指责和非难。例如，康拉德·艾肯（Conrad Aiken）认为这部小说是一部失败的作品，因为它缺乏内容逻辑的统一性（1960）。这也解释了为何理查德·罗维尔（Richard Rovere）在给《现代文学》版本所作的序言中表现出“不满”情绪（Brooks，1979：480）。布罗克斯在细读文本之后指出这部作品聚焦“群体异化”主题以及“男性在放松的女性环境中紧张而孤傲地保持自我的尝试”（68）。由此布罗克斯强调了被疏离的人物（主要指不适应环境的男性）和受欢迎的人物（以莉娜为代表）之间的差别以及男性和女性原则的对立。事实上，小说融合了莉娜的故事、海托华的故事和“乔·克里斯默斯的怪异生涯”（Sundquist：63）三条线索，但这恰恰使小说缺乏一种深层次的有机性。看起来福克纳仅仅在表层结构利用对位描写展现了三种不同版本的人生：克里斯默斯悲剧、疯狂、暴力甚至毫无希望的旅程、海托华浪漫地固守往昔的光荣和莉娜平静然而又有些滑稽的寻夫之旅，虽则她一直受到上苍的眷顾，拥有乐观、充满希望的前景。鉴于文本中莉娜和克里斯默斯两条线索之间的文本关联甚少，[①] 加之海托华不自然地为杀人犯做着苍白的辩护，这些表层结构以及主题的不相关性都加深了读者的阅读难度。

《八月之光》并非是福克纳唯一受到非议的作品，《喧哗与骚动》《我弥留之际》《去吧，摩西》在问世之初都被认为是内容“松散的”，但这些作品最终都因其“诡异”的艺术手法而为后人的再思考提供了充足养料。正如法迪曼（Regina Fadiman）在1975年对福克纳修订的《八月之光》手稿所做的研究显示：作家不仅有意将乔·克里斯默斯的种族身份神秘化，而且文本表层的不协调也可能是他为读者设置的又一陷阱。这一文本以及批评瓶颈恰好成为本章对小说解谜的出发点。下文将重点比较莉娜和克里斯默斯在“吃”这个简单行为上表现的不同：

> 莉娜：她开始吃起来，慢条斯理地，一口又一口地，津津有味地咂着沾在手指头上的沙丁鱼油脂。（20）[②]
>
> 克里斯默斯：他不在乎那是什么。等咀嚼的下颌突然停止，他才明白嘴里在嚼什么，是什么滋味，这时他的思想飞回二十五年前游荡街头的情景，那些沉痛的挫折和令人啼笑皆非的胜利。回想起他得步行五英里才能抵达的那个街角，在可怕的初恋时期他曾在那儿等候一个人，她的名字已经忘记了；得步行五英里很快我就知道这是什么了，我从前在什么地方吃过，等一会儿我就记忆催促着知晓我明白了明白了不仅明白我听见我看见我的头埋下我听见单调机械的声音这我相信它将永不会停息我仔细窥视我看见一往直前的子弹形状的头颅整洁粗短的胡须也埋了下来于是我想他怎么一点不饿我闻了闻自己的嘴和舌头渗出暖暖的咸味等一等我的眼睛尝到了从盘子冒出的热气“这是豌豆，”他说出声来，“啊，天哪。紫花豌豆加了糖浆煮熟。”（161）

通过对比，读者不难发现莉娜很享受用阿姆斯特德太太的鸡蛋钱买来的食物，而克里斯默斯则相反，他咀嚼的似乎不是食物而是思想。如果食物对前者来说是用以摆脱饥饿的可感知的物质，那么对于克里斯默斯来说，食物代表的是一种思想。评论家维克利如是评价两者对食物的不同态度：“支撑莉娜身体经验世界的食物证明对克里斯默斯是有毒的，因为后者主要生活在充满偏执观

---

① 文本中二者仅有的联系是海因斯太太和莉娜都将新生的私生子与米莉的孩子乔混淆，因而评论家斯耐德注意到莉娜的孩子也很可能是“有色人种”（Fowler & Abadie：164），是另一个混血儿。

② 蓝仁哲译，福克纳著《八月之光》，上海译文出版社，2010。后文只标注页码。

念的世界，他总是将这些观念**或正确、或错误地投射到所有场景当中**”（1981：81）。对此，刘建华认为莉娜对沙丁鱼的专心品尝与她对生活的态度一致，但克里斯默斯在饮食过程中几乎很少关注、感受和品鉴食物本身。更有甚者，“（乔）他都不知道自己有过食欲或是品尝过”，“而当他确实开始有了食欲或品尝之后，他是在使用自己的**大脑**而不是**味觉**。他的食欲或品尝也仅限于对所吃的食物已有的了解，对‘整个风味’的品味显然对他来说是不可能的”（87）。评论家韦恩斯坦指出这彰显了福克纳男性角色共有的身心分裂特征：“他们总是强迫性地投身（或者受困于）炽烈情感交织的灾难性场景，在此情境之下正常的身体活动总是被搁置”（1992：125）。这一极富洞察力的见解至少说明了以下几点：首先，它解释了整部作品缘何始终被罩上神秘无形的光环。乔·克里斯默斯精神涣散，甚至有时表现出精神分裂症状，代表了南方特有的双重种族社会所建构的一种精神状态（a state of mind）。与其说他是作为一种生理的或生物性的存在游走于社会空间，不如说他是作为一种意识（或观念）的形态在流动。豪发现福克纳由于意识到了抽象化的能量，因而总是倾向于将“黑人”呈现为抽象的概念。他进一步指出，“乔·克里斯默斯和查尔斯·邦都是极其个性化的人物”，而且“在他们身上都会笼罩着种族的光晕、一种受诅咒的黑色光环”（1975：127）。事实上，乔受困于黑白种族的界分，对自己的种族成分一无所知。难怪乎他神秘的、幻影般的存在方式（或非人状态）几乎遮蔽了所有其他品质。请看他第一次出场时的光景：

> 他看上去像个流浪汉，但仔细看来又不像……尽管他一身流浪汉的打扮，却不像个地道的流浪汉；他的神态清楚表明，他无根无基，行踪靡定，任何城镇都不是他的家园，没有一条街、一堵墙、一寸土地是他的家。（21）

对乔的肖像描写尽显无根、无家可归的特点以及难以界定的身份之谜。后来，他开始与未知的、甚至不可知的身世作斗争，在白色住宅区和黑人聚集的弗里曼区之间来回游荡。在那些宽阔空寂、阴影重重的街头，“他像一个幽灵，一个幻影，从自己的天地游离出来，不知到了何处”（79）。而在“记忆里沉淀的必早于知晓的记忆”（83）之前，孤儿院里五岁的克里斯默斯就已经变得“不做声不做气的，跟影子一般无二”（83）。故事结尾面对追捕和阉割自己的种族主义者珀西·格雷姆时，他的“目光中除了残留的意识，什么也没有了，嘴边挂着的也许是一丝阴影”（330）。这些描写既在文本内部与乔安娜·伯顿将黑人群体描述为“影子”（178）相呼应，又与文本外黑人在心理历史层面被投射为白人影子般的附属物的社会话语互文共通。就文本叙事而言，克里斯默斯充当了一种抽象化的概念。现实发生的事情都被呈现为他的一种意识流动，而非一系列事件本身（尽管其中确实发生了身体动作）。另外，叙述者在呈现该人物时，时常将乔的心理活动和身体动作混淆，对过去和现在时态不加区分。例如，在乔即将动手杀死乔安娜前，他“冷静地自相矛盾地确信，他是自己并不确信的宿命论的软弱奴仆”（197）。乔如此执着于宿命，总是不停地对自己说谋杀伯顿是他“早该动手”做的事情——原文使用过去时“I had to do it”，表明谋杀这个动作似乎早已发生过。时态的混用再次证明了是乔的思想操控了现实行动，头脑延宕了他的身体动作。不仅如此，故事叙事频繁地聚焦于人物对实际发生事件的主观反应，旨在挖掘种族、性、历史等因素在人物心理层面的运作。

其次，韦恩斯坦的观点还证实了作家有意将乔的种族身份进行神秘化处理。福克纳在弗吉尼亚大学讲座中曾将乔的悲剧归结为“他不知道自己是谁”：

> 我认为那就是他的悲剧——他不知道自己是谁，因而他谁都不是。他有意将自己从人类族群驱逐出去，因为他并不知道自己属于哪一种。那就是他的悲剧，对我来说那也是整个故事悲剧的、核心的思想——即他并不知道自己是谁，也不可能在他的人生中找到答案。对我来说这就是一个人所遭遇的最悲惨的境地——对自己的身份一无所知而且将永不得知。（Gwynn & Blotner，1965：72）

为了使乔·克里斯默斯成为 “最悲惨”的人物典型，福克纳并没有像其他作家那样让看起来像白人的主人公冒充后者生活，而是在人物的心理层面不断将“血统问题”模糊处理，强化了这一艺术创造的抽象特质。此前众评论家也纷纷以解开乔的无身份之谜为己任，冠之以种种代名词，但都理所当然地将这一角色的成功塑造归因于血统的神秘性（mystery of blood）。其中不同的代名词有“幻象、幽灵”（Howe：185）、“一种抽象”“一种行为方式、社会建构”“一种主观臆测”（Davis：129，130）、“非人”“一种抽象和幻影”“不存在的人”（Jenkins：22，65）、“一种投射的形象”（Sundquist：67），“无身份”“一种反常、谜题、讽刺和威胁”（Liu：51，58，70，77）。这些评者似乎达成共识，都认为乔的血统模糊性增强了表述的张力，拓宽了心理探索的视界，深化了血统威胁的主题，极其讽刺性地揭露了整个种族制度的荒谬。布罗克斯和威腾伯格还强调主人公生物或生理层面的不相关性。前者认为：“乔不知道自己是谁，他的一生都在向白人和黑人群体狂暴地泄愤。但他智性和精神的扭曲——这是福克纳不遗余力地在文本中凸显的话题——却是从儿时起被抚养的方式造成的，因而生物性在此并不重要”（1979：51）。威腾伯格纵观全书和克里斯默斯的人生历程，从另一层面总结了“隐形人”的种族身份：种族似乎完全是作为一种被建构的概念现象在运作，而黑色素几乎并不起作用。“福克纳作品中最惊人的甚至似乎有些矛盾的是，”她进一步阐述，“它们都关注一个核心话题（种族问题）。这个话题几乎充斥他的全部作品，但其中没有一个角色可以被认定为非裔美国人。此类缺席恰恰强调了他的文本普遍地将种族视为一种语言和社会建构而非生物性事实，更关注种族的概念而非真正的种族关系”。（1998：146）

最后，韦恩斯坦的观点也有助于读者瓦解福克纳的创作陷阱。相对于克里斯默斯的“殚精竭虑”（all-mindedness），有不少评者也关注到莉娜的“安之若素”（mindlessness）。南希·蒂西勒认为“对乔·克里斯默斯而言，黑人身份的嫌疑使他既可以惩罚自身也可以震惊他人，因而该身份成为一种必要的工具，满足乔鞭笞社会的变态欲望。与其说乔是一个悲剧性的混血儿刻板形象，不如说他是一种非正常心理的研究案例”（1969：91）。杨金斯在对福克纳黑白关系主题的心理分析中，称赞了福克纳具有的独特天赋将色与味抽象为一种“受污染的观念”（tainted idea），将黑色转化为一种概念或现象。他进而阐述：“由于黑人一直以来都被视为具有阴暗的、神秘莫测的特质——既是不幸的又是具有威胁的，既阴郁迟钝又充满活力。他们虽完全被剥夺理性思考的能力，但有时也表现出阴险、狡猾、贪婪和敏捷，在各个方面都呈现了矛盾性。因此黑人是否可以被视为是对无意识思维和受压抑冲动的隐喻呢？”（1981：54）

相反，正如莉娜的饮食和生活方式所展现的，她是有形生活的载体，象征了感觉、具体性和身体性。卡提根纳尔认为莉娜“使针对意识的挣扎看起来毫无必要，她代表了纯粹的信仰（Pure Faith）”（1979：60）。沃尔普还注意到莉娜似乎完全不受传统、未来、逻辑和抽象观念的束缚，她总是“全部身体与心灵的象征——是简单和信任”的化身（1989：52）。布罗克斯将这部作品视为被群体异化的文本案例，一种紧张的男性和放松的女性之间对抗的文本。尽管他忽视了男女关系中所包含的种族问题，但这也似乎印证了本章节的观点：莉娜的世界与克里斯默斯的形成鲜明对照，她更倾向于身体而非精神，更具体而非抽象，更听从于直觉而非意识，她的经历也相对更倾向于物质化而非意识形态化。一方面，布罗克斯引用了兰塞姆对现代人类痼疾的定义——“无法看清或表现自己的天性”（1979：67）。他认为故事中的莉娜似乎从这类通病中得到豁免，总是能够表现自己的天性，甚至“就是天性的化身”（67）。另一方面，布罗克斯还认为莉娜是福克纳“最纯洁、最不复杂的”女性原则的象征体。她缺乏男性的“幼稚浪漫主义”，对人性抱有“较少的幻想”，“不拘泥于法律条文和任何准则的条条框框”，因而她“永远不会为采取某种行动而困惑不已，不会为疑问和犹豫而折磨自身，她不会进行**痛苦的反省**，她的镇定自若经常被刻画成完全的没心没肺（sheer mindlessness）”（1979：68）。鉴于此，我们似乎可以得出这样的结论：尽管莉娜和克里斯默斯的情节线索在结构上并不连贯，甚至表面上毫不相关，但二者的追寻之旅却在更深层的主题和风格上相互交融。首先，莉娜作为生理的、无思想的存在方式反衬了克里斯默斯深奥的、意识形态的抽象表现形式。换言之，前者可以从容地在世间行走，后者由于受困于一滴“莫须有”的黑人血液只能作为一种非人的观念、一种思想状态、一种受诅咒的无身份族类游走于黑白界限明确的南方社会。其次，从叙事层面而言，小说谈及莉娜的部分总是呈现出些许安静和祥和，而克里斯默斯的部分仿佛总是在作家“最强烈、最纷乱甚至歇斯底里的写作”（Howe，1975：129）状态下完成的。这种叙事方式诠释了主人公涤荡起伏的意识流动。可以说在克里斯默斯悲剧经历的表象之下是无法逃脱的精神冲突，他奇特的生涯也就相应变成了两条腿支撑的精神探索历程。他长达三十年的奥德赛充斥着黑白两个自我的无休止的争斗以及“疑似混血儿”精神状态与南方集体心态的冲突，结果必然是自杀性的毁灭。如果我们试图以主人公模糊的血统为核心，更深层次地把握南方的历史心理、种族心理、性意识以及心理语言层面的冲突，那么对于乔·克里斯默斯自身精神之旅的探索就显得十分必要。

乔·克里斯默斯的旅程，正如众多评者和历史学者指出的那样，是南方观念和一系列社会事件的缩影。威腾伯格首先概览了福克纳创作《八月之光》之时的社会主导意识形态和历史背景。戴维斯从中发现，在 1925 年至 1939 年福克纳作为领军人物的南方文艺复兴阶段，种族隔离和白人至上主义逐渐以条文的形式渗入社会意识，成为一战后南方最根深蒂固的思维方式（1983）；桑德奎斯特认为《八月之光》的创作处于“吉姆·克劳法案四十年余波的顶峰”时期，乔的人物原型源自倡导“隔离但平等”原则的普莱西诉弗格森案，案件涉及了一个带有八分之一黑人血统甚至可以冒充白人的混血儿（1983）；40 年代批评家卡什和 80 年代的历史学家威廉姆森都追溯了“黑人野兽强奸犯”神话以及“南方集体暴力倾向”的心理病源，这些扭曲的心理诱因使得南方群体对黑人实施私刑和所谓维护治安的暴力行径成为可能。写就于 1932 年的《八月之光》因而成为福克纳对南方个体和群体深入思考的戏剧性表征。鉴于此，在追溯乔的心路历程之前，我们有必要对社会中盛行的“黑鬼”和黑人的心理历史含义（即作为黑人的引申义）加以梳理。总体上“南方集体心理”有三个因素在运作：首先，正如本书第一章所提及的，《圣经》中关于黑人被诅咒的神话为现实生活中悲剧重演提供了原型基础。《圣经》中诺亚因小儿子含看见了自己的男性私处而诅咒含的儿子迦南作他弟兄的奴仆，并且含的后代都将变成黑人。显然含的肤色并非深色，但他的行为表现出了一种色情的倾向，这意味着他将永远成为一个具有威胁性的他者。该神话原型也证明了无意识运作在清醒的人群中发挥着强有力的影响。杨金斯对此总结道：

> 黑人不仅因生理的异质性而被渲染成致命错误的承担者。在白人的头脑中他还代表了一种受污染的观念，一种黑暗、非理性和本能的思想层面——具有战胜、渗入理性和光明并使之妥协的威胁性潜能。处于思维

运作核心的这种观念对立，恰恰具有一种奇特而悲剧的特质。（1981：60）

与圣经神话对应的是南方种族主义者以践行上帝旨意之名将黑人“黑奴化”的行为。布罗克斯注意到美国南方白人总是将个人或族群的欲望、愤恨归因于上帝的选择。《八月之光》中，老海因斯、伯顿家族以及麦克伊琴都自称是上帝忠实的追随者和代言人。臭名昭著的“神秘指称”（mythic designation）也就不失时机地应运而生。正如含代表了无意识心理中神秘的“黑色”倾向，黑人在白人头脑中代表了负面、缺陷、污染的原则。生物性层面的不同（例如，肤色）只是一种被突出强调的表象，掩盖了白人群体系统地将“黑人”等同于“黑种性”——一些难以启齿的特质——的神秘阴谋。

其次，内战为南方长期存在的种族对立提供了新的历史契机。南方白人因受困于创伤性的战争经历，总是试图在现实生活中战胜所有仇恨对象来恢复曾经的骄傲。不幸的是，黑人总是被视为白人罪恶感的根源。由于种族冲突一直延续，他们自然而然地被幻化为罪恶的化身。换言之，黑人是无法得到救赎的人，因为他们成了上帝对生命诅咒的现实对象。

最后，在南方“性”的问题也是不可忽视的。詹姆斯·韦尔登·约翰逊（James Weldon Johnson）在他著名的自传中指出：“美国南方种族问题的核心是根深蒂固的性的因素，它扎根极深以至于偶尔露面也难以被发现”（1937：170）。南方社会语境下白人妇女总是被置于神坛之上，她们的贞操被白人男性理想化地归为“不可侵犯的淑女”象征。作为想象的黑人阴茎威胁或由类似的“不体面”的白人男性引发的性威胁都不可避免地促使了社会对女性的性压抑。另外，南方社会对野蛮黑人（the Negro brute）的形象塑造也加剧了这种境况。它极大地夸张了黑人男性和女性的性能力，认为黑人女性总是不知羞耻地勾引白人男性，甚至主观地将黑人男子想象为时刻准备强奸白人女性的色欲狂。杨金斯指出，作为个体的混血儿“最直接地戏剧化呈现了等级社会的不人道以及操控社会行为的先天的种族恐惧”，而且混血儿“反映了无意识心理中复杂而神秘的性心理建构”（1981：15）。颇具讽刺性的是，在福克纳的作品中，他越是努力将白人女性淑女化，其结果越是背道而驰。作品中这些女性时常会沦落为“荡妇”或“婊子”。最典型的例证当属《喧哗与骚动》中的凯蒂母女、《八月之光》中的米莉、乔安娜，甚至在莉娜的身上也都略有体现。虽然作家本人极力避免白人妇女沦为黑人男性心甘情愿的性伴侣或性侵犯对象，但女性的这种行为似乎不可避免。纵观福克纳的作品，其中没有一个确定身份的非裔黑人成功地强奸了白人妇女显然并非巧合。

乔·克里斯默斯模糊的出身导致他的血统之谜。起初乔的母亲米莉爱上了一个马戏团的男子并因此怀孕。乔愤怒的外公老海因斯从马戏团老板那里打听到一些关于该男子的消息，加上他那特殊的“知道”事情的方式，坚持认为乔的生父是个“混血黑鬼”，并开枪打死了他。更糟糕的是，米莉即将因难产死亡时，海因斯却拒绝去请医生来治疗，所以可以说是海因斯一手造成了乔从一出生就沦为孤儿的悲剧。此处首先值得注意的是乔“紧张的”外公和“放松的”母亲之间的对比。米莉相信她的情人是墨西哥人，叙事者认为她这样想法的原因是“也许那家伙就是这样对女孩子说的”（266）。她无视南方淑女准则与这个身份不明的男人约会交媾，显然违背了父亲的男性意愿。另一方面，老海因斯似乎只愿意接受马戏团老板的近乎“玩笑”的消息，因为海因斯太太曾暗示“说那人是黑鬼的只有马戏班的老板，也许他本人没弄清楚”（268）。但作为纯正血统论的狂热信徒以及对种族混杂的极度痛恨者，海因斯坚定地认为他“知道”这个人就是个“混血黑鬼”。就像他知道许多其他事情一样，这种身份指认也同样是通过某种特殊的暗示而不需要具体的证据。最终结果是，海因斯亲手缔造了乔的血统之谜并且让他踏上痛苦的寻求身份之旅。

文本的叙述层面之下隐藏的是两种对立思想的碰撞，也正是这种激烈冲突编排了整个事件。盲目、冷酷、疯狂的海因斯代表的是狂热的白人优越论思想以及扭曲变态的新教思想。对他来说，女性是罪恶的根源，她们“无节制的”行为是一种“淫荡，可恶”（263）的标志，种族混杂是一种可恶的罪孽和污染。后来他对孤儿院的女营养师说道：“我明白啥叫邪恶。难道不是我让邪恶站起来在上帝的世界里行走？我让它像浊气一样游动在上帝面前。”（89）海因斯“及时”地杀死女儿的情人，使后者从一个墨西哥人瞬间变成了一个黑人。这昭示了白人群体对种族混杂和无身份群体的出自本能的厌恶，因而他的行为绝非个例。海因斯是个近乎偏执狂的白人至上主义者，在去各地寻找医生处理掉米莉怀孕一事的过程中，他曾撞进教堂并“大声咒骂黑人，号召白人乡亲起来把黑鬼通通杀死”（268）。即便在他年老之后，海因斯也时常“独自深入到偏远的黑人教堂，打断正在进行的仪式登上讲坛，以威严沉闷的语调，有时竟会使用不堪入耳的言语劝诫黑人要在比自己肤色更浅的所有人面前诚心谦卑，鼓吹白种人优越，而他自己就是第一号代表，狂妄地不知所云地大发谬论”（244）。他那灼烧的种族愤恨在克里斯默斯被捕获的时候得到充分彰显：他挣扎着冲到凶手（也是他的外孙）面前，歇斯底里地喊道：“宰了这杂种！宰了他！杀死他！”（245）

但最令人感到无解的是，正如先前提及的，海因斯总是自称是上帝旨意的隐秘执行者。他甚至坚定不移地认为自己是上帝的合法工具。当海因斯太太询问他关于婴儿的下落时，他的回答却是：“那是上帝的憎恶，我是执行他的意志的工具。”（269）奥尔加·维克利认为海因斯之所以强加给墨西哥人一个坏名声并杀害他，是因为“通过称呼米莉情人‘黑鬼’，他可以将一桩普通的诱奸事件转变成对种族混杂的恐慌。这样他可以为自己对女儿、她的情人以及她的孩子所施加的残暴的不人道行为找到道德和宗教庇护”（1981：695）。然而极具讽刺意味的是，海因斯太太却认为是内心的邪恶激发了他撒旦似的行为。

她曾对邦奇和海托华提到，她的丈夫只是借以上帝的名义，事实上却“受魔鬼的指使”（267）。针对这一点，布罗克斯认为，“海因斯将自己的狂怒归因于上帝完全是对上帝名号的一种亵渎，新教徒似乎总是将自己的愤恨冠以替某位合法的上帝复仇的名义”（1979：63）。

米莉的行为挑战了南方理想化的淑女原则，是腐化生活及道德堕落的载体。外表任性的米莉爱得快、死得也快，让读者难以揣测她的内心世界。然而在海因斯的独裁压抑下，米莉急于寻找机会来释放自己长久压抑的女性欲望似乎也是理由充分的。这一点很自然地将她与凯蒂母女和《八月之光》中的一系列女性形象联系起来：她们都被男性社会剥夺了合理、自然的自我表达方式，以至于过于充溢的女性原则（female principle）腐化了她们的本性。这些女性行为包括：莉娜漫不经心的、懵懵懂懂的性爱，女营养师动物般、无爱、以自我为中心的通奸行为，乔安娜觉醒的、如洪水般的性欲望，海托华的妻子几乎变态、堕落甚至自杀式的自我满足，皮肤苍白、缺乏性魅力的麦克伊琴太太遭受性无能清教徒丈夫的性压制，那个毫无头脑、缺乏羞耻感地向男性做出妥协的黑人女孩对女性形象的贬损，最后还有乔的情妇博比——一位发育不良、身体畸形、堕落的白人妓女——为牟取利益而出卖肉体的性交易。

当女性和男性的两种无法调和的思想发生碰撞时，很自然地会产生悲剧。那更加癫狂、暴力、“践行上帝意愿”的白人男性原则将毫无疑问地长期占据上风。因而，如果海因斯认为乔是个“黑鬼”，那他就是个黑人，就仿佛当万能的上帝说要有光明，世间便有了光明。

乔·克里斯默斯的人生苦旅开始于孤儿院。由于海因斯的监视以及乔创伤性地目睹了女营养师的通奸行为，此处集中体现了三种思想的合谋。自从圣诞夜克里斯默斯在孤儿院门口被人发现后，海因斯就做起了孤儿院的门卫。但他全部的任务[①]是对乔的不间断监视和在孩子们中散布他的“黑人”身份。乔对儿时的回忆多集中于老海因斯充满敌意的凝视：

> 他知道，只要他一出现在活动场地，这人就会坐在锅炉房门口的椅子里注视他，全神贯注，毫不松懈。要是孩子年龄大些，他也许会这样想他憎恨我可又惧怕我，弄得他不敢让我离开他的视线在现在这样的年纪，如果懂得更多词语，也许他想的是这便是我与众不同的缘故，因为他无时无刻不在注视我。（96）

海因斯的“凝视”具有萨特所说的“窥视”的效果，这种“窥视”与“他

① 杨金斯认为海因斯代表了“南方资源和能量的一种浪费，因为他过分关注现实中并不存在，只在头脑中假想的某种威胁”（1981：72）。

者”（the Other）的存在紧密相连。在著名的关于“锁眼”（keyhole）的论述中，萨特指出意识到自己被看不仅仅确定了他者的存在，而且可以了解与他者之间的动态关系。“在每一次被窥视的过程中，自我的感知范围内就会出现一个具体而可能的作为客体的他者。从那个他者的某种态度中，羞耻和痛苦感使我决心审视那个被窥视的自我。”（1974：256—257）年幼的乔并不理解海因斯凝视中的含义，只是感知到了这个动作中包含的憎恨和恐惧。然而，当叙述者说“他接受这一切”（90）时，“窥视”这个动作得到了满意的效果——乔初期宿命论的成形，即他对自己的异质性毫无理由的接受。安德烈·布雷克斯坦（Andre Bleikstan）认为海因斯的注视包含了一种“石化”的力量，将乔送上了“通往黑暗的旅程”（1990：317）。在麦克伊琴收养乔之后，“凝视”也继续促成了乔无身份个体的形成。年幼的乔第一次见到麦克伊琴时，他首先注意到了对方的眼睛：“他的眼珠色泽浅淡、冷漠”，“他感到那人在观察他，正在目不转睛地注视着，冷漠但并非有意严峻”。乔对此的反应是“他会以同样的目光去估量一匹马或一张用过的犁”（99）。麦克伊琴的注视也预示了日后他对乔近乎动物般冷漠的对待方式。

事实证明，海因斯对乔的凝视和身份塑造是有效的。他成功地在乔的内心灌输了焦虑和恐惧，让后者无法融入儿童群体。反过来，海因斯又将此视为乔确实与众不同的迹象：

> “你干吗不像从前那样同别的孩子一块儿玩呢？”他不吭气，老海因斯又说：“你是不是认为自己是个黑鬼，因为上帝在你的脸上烙下了印记？”他反问：“上帝也是黑鬼吗？”老海因斯说：“上帝是愤怒的万军之主，他的意志不可违背。你我的意愿都微不足道，因为你我都是他的意愿和报复的一部分……”（272）

虽然此时的乔并不知道海因斯对上帝的亵渎行径，但他开始对“黑鬼”这个词有了模糊的概念，出于好奇，他开始关注并尾随院中工作的黑人：

> 最后那黑鬼问：“你干吗老盯着我瞧？”他说：“你咋成个黑鬼的？”黑鬼说：“谁告诉你我是个黑鬼，你这没用的白杂种？”他说：“我可不是黑鬼。”黑鬼说：“你比黑鬼更糟，连自己是啥玩意儿都不知道。比那更糟，你永远闹不清楚，不管是活着还是到你死的时候。”他说：“上帝才不是黑鬼呢。”黑鬼说：“我看你应当知道上帝是干啥的，因为只有上帝才明白你的底细。”（272）

黑人的反驳话语与伏都教的巫术类似，残酷地预言了乔未来一生的悲剧：

作为无身份的个体，乔注定什么都不是。但前者的敌对态度以及略显矛盾的回答方式让五岁的乔十分困惑，因为对他来说，成为“黑鬼”意味着肤色必须是黑色的。至少黑人的回答让乔确信“黑人”一词背后确实有着某种更深层的含义，“白杂种”这种说法又超出了他的理解能力，此处黑人很可能认为乔是白人和黑人的私生子。但让乔真正迷惑不解的是：黑人称呼他为白人，白人却称他为“黑”人。可他似乎又不符合传统黑人的定义，因而他并不知道自己到底是哪种人。一方面乔概念化的“黑色”特征早在女营养师的屋子里就有所显现。在抓住躲在衣柜中的乔之后，女营养师变换指称的咒骂凸显了她头脑中南方种族心理和性意识的运作。她用愤怒而微弱的声音骂道：“小密探！敢来监视我！你这小黑杂种！”（87）。随后因为她并没能成功收买乔让他对通奸一事保持沉默，就继续威胁道，“那你就讲出去吧！你这小黑鬼！黑杂种！”（87）如果“小密探”（little rat）一词可以适用于所有淘气、喜欢恶作剧的坏男孩，“小黑杂种”则将这种品行不端归咎于乔身上似乎是天生有罪的黑种性和非法性。更重要的是，女营养师的通奸行为被一个“黑人”目睹到了，这将她的罪恶感推向极致。在白人的头脑中任何不正当的性行为都表现了道德退化的倾向，而一个自身代表着退化和堕落的“黑人”在场，使她更加确认了自己的性堕落。因而，为了达到“祛黑人化”的目的，她必须借助话语的力量将乔“黑人化”，这也解释了为何她不断地换用指称咒骂乔。在确认了老海因斯一直监视乔的原因后，女营养师并没有真正核实孩子的黑人身份，而是迫不及待地做出结论：“好吧。你不用告诉我。我知道，告不告诉我都一样，我老早就知道他是个混血的黑崽子”（90）。不久她就编织了一整套关于乔黑人身份的故事报告给女总管，并将他送到了养父母麦克伊琴家中。可以说，是海因斯和女营养师二者勾结完成了对乔的身份指证：“于是两人在积满煤尘的门边面面相对，疯狂的目光直视着疯狂的目光，恶狠的声音与恶狠的声音相撞，但声音不高，声音平静安详，谈话简洁，活像两个密谋者在一起策划”（88）。杨金斯认为：“她（女营养师）和海因斯才是克里斯默斯真正的父母，没有人比这两个既自扰又困扰他人的人更适合做污秽的代名词”（1981：73）。从海因斯那里乔初步对作为污染源的黑种性有了模糊的认识，这也解释了他终生都受困于种族冲突的根源。另一方面，女营养师也促成乔尚未成熟的头脑中对于母性或女性的负面认知，促使他一生都对女性抱有不安全、憎恨和矛盾的态度。韦恩斯坦认为乔的早期经历是他主体性形成的关键阶段，“乔·克里斯默斯一直困守于‘想象界’当中——一个内化了创伤性经历的小我永远无法实现向能动的大写主体的升华”（1992：104）。总之，乔对负面指认的全盘接受准确地总结了他的早期经历：“记忆里积淀的必早于知晓的记忆”（83），即对过往经历的全盘接受，虽然他并不理解所接受的是什么。

乔人生旅程的第二阶段是与麦克伊琴夫妇一起的生活，这段经历突出表现了乔内心两个分裂自我的碰撞。他先后遭遇了养父麦克伊琴严苛的加尔文教义、麦克伊琴太太所代表的女性原则、在锯木棚里性堕落的黑女孩和妓女招待博比。乔内化了“黑种性”，但对这一概念仍没有充分认识，自然开始了两个分裂的自我的争斗。首先，麦克伊琴也自称为上帝意志的工具。正如严守教条主义的老海因斯那样，这位虔诚的加尔文主义者无法容忍任何人违背自己扭曲的宗教信仰：严苛的新教徒男性气质以及对女性的极度蔑视。很可能在这位养父眼中，乔被遗弃的出身已经预设了他非法的、堕落的、罪恶的本性。因而麦克伊琴在没有对乔的身世做进一步的调查情况下，就已经决定对后者进行“麦克伊琴式”改造：

> 我不怀疑这孩子合适。他同我和麦克伊琴太太住在一起，会发现有个好家庭的。我们俩都不年轻了，喜欢安安静静地过日子。虽然他不能享受山珍海味、不能养尊处优，但他也不至于过分劳碌。我不怀疑，他跟我们生活在一起，长大后会敬畏上帝、憎恶懒惰和虚荣的，尽管他的出身不明不白。（100）

随后麦克伊琴为乔改了姓氏和身份，因为“克里斯默斯”带有“异教徒意味”并且听起来“亵渎神明”（101）。此外，因为这个孩子即将吃麦克伊琴家的饭，信仰他们的宗教，他就理所应当地继承养父的姓氏。此后，麦克伊琴分两步对乔的身份进行了改造。首先主要通过日常的辛苦劳作和严酷的体罚对乔进行洗脑。事实上，乔与他的养父一样投入地劳作，以至于几乎很少有空闲时间思考整理困扰自己的身份问题。除此之外，麦克伊琴经常通过施暴的形式将加尔文教义灌入孩子的头脑中。其中一个场景在文中被反复提及，那就是每当八岁的男孩不能按要求完成背诵教义的任务，就会被残暴地鞭打直至昏迷。事后，麦克伊琴总会强迫养子同他一起跪下祷告：

> 他请求上帝宽恕，因为他冒犯了安息日，动手打了小孩，一个孤儿，上帝怜爱的人。他祈求孩子在一个他所蔑视的、拒不顺从的人的引导下，那倔强的心会被软化，还祈求上帝饶恕孩子桀骜不驯的罪过；同时恳求万能的主同他自己一样宽宏大量，因为主以仁慈为怀，凭借仁慈并通过仁慈来挽救世人。（106）

祷告揭露了麦克伊琴荒诞的宗教信仰只是一种自我安慰，为他虐待儿童提供某种借口。叙述者对麦克伊琴的声音描述凸显了他那精神错乱、人性缺失的扭曲人格：“他的声音虽不凶狠，却毫无人情味儿，完全冷漠干瘪，像书写或印刷在纸页上的字句”（104）。杨金斯就此评价道：“在麦克伊琴身上，人们可以看到绝对邪恶的典范，那种为达到目的而表现出的魔鬼般的执着与傲慢”（1981：78）。

身份改造的第二步是暴力的介入。在得知乔为了买新衣而将小母牛卖掉的消息后，麦克伊琴狠狠地在对方脸上揍了几拳。后来麦克伊琴发现乔偷偷用绳子从窗户溜出去与女招待幽会，就一直跟踪到舞厅内，发现了正在跳舞的乔和女招待。与海因斯一样，他统称这样的女孩为“臭婊子”和“娼妇”（143），并且搧了乔一个耳光，仿佛他看到的是一副“撒旦的面孔”（143）。如果说海因斯是一直饥渴、愤怒地等待着乔身上的“黑种性”出现，麦克伊琴除了施加暴行以外，更是近乎虐待狂似地充满期待。在确认乔谎称将卖母牛的钱交给养母保管后，他叹了口气，这声叹气“简直是得意扬扬，充满愉快和胜利”（115）。这是因为他对这个男孩罪恶本质的预估终于得到了证实。至此，乔已经犯下了六宗罪：懒惰、忘恩负义、傲慢无礼、亵渎神明、撒谎和好色，这样麦克伊琴也就有了充分的理由对他进行体罚。

另一方面，从孤儿院开始克里斯默斯的记忆就浸染了关于身份之谜的痛苦和愠怒，现在他似乎过早地变得麻木不仁、与社会格格不入。因而即便他被迫离开了孤儿院、被收养、改换姓氏、遭到虐待并承担着繁重的工作，这些经历都不足以让他感到震惊。无法进行正常人际交流的麦克伊琴只是稍强化了克里斯默斯内心的冷漠与僵硬。然而受压抑的总会试图反抗。麦克伊琴对乔的负面影响显然要超出前者的预期。对于乔来说，养父在他身上找到的任何“劣迹”都被理解为是一种种族身份的缺陷，即黑人种族的天性不足。麦克伊琴总是试图通过祷告来为乔赎罪，这呼应了后来乔安娜·伯顿的信仰情节，因为她的行为似乎总是指向乔的“黑人品性”。另外，麦克伊琴对乔的一系列诋毁——不负责任、不值得信任、好色、固执、阴郁、自负以及不配合——都契合南方白人对混血私生子的定义。换言之，麦克伊琴用来指涉私生子的共同缺陷，在乔的眼里都是专门针对他的种族劣品。因而养父的真正伤害是让乔认为自己被当成是真正的“黑鬼”对待。至此，我们可以认为“麦克伊琴式”的改造是非常有效的，尽管它以牺牲被改造者的前途命运为前提。不久以后，克里斯默斯就同他的养父一样成为加尔文教坚定的信徒。当他的养父用皮鞭教训他时：

> 他直视前方，凝神屏气，像画面里的和尚。麦克伊琴慢条斯理地打，一鞭又一鞭地用力抽，同先前一样既不激动也不发火。很难判断哪一张面孔更显得全神贯注，更为心平气和，更富于自信。（104）

布罗克斯认为克里斯默斯可以被视为“整本书当中最固执、最彻底的加尔文主义者，他所内化的养父的训导比自己意识到的还要深入”（1979：65）。除此之外，麦克伊琴对柔软、具有诱惑力的女性策略的厌恶也同样深刻地影响了克里斯默斯。由于严苛的加尔文教义对女性有着天然的恐惧和怀疑，因而麦克伊琴总是不断压抑和扼杀妻子的女性特质，使她变得没有性别标志，没有形体，有些弯腰驼背，甚至头发灰白、面容僵死。她总是穿着褪色的黑色衣裙，看起来比她的丈夫要老十五岁。在与这样一位狂热的加尔文主义者一同生活了多年之后：

> 她被那个冷酷无情、顽固偏执的人阴险地宰割和摧毁，虽然莫名其妙地幸存了下来，但却被他执拗地敲打，变得纤细柔顺，如同可以任意扭曲变形的金属薄片，剥落地衰败涂地，心灰意冷，微弱苍白，好像一撮死灰。（153）

这就是在克里斯默斯人生中第二位有深刻影响的女性人物。她总是试图感召乔的人性从而希望与他进行沟通，但由于创伤性地经历了女营养师的“概念化”贬损，又由于内心逐渐变得僵硬冷酷，乔始终拒绝正常的人类交往。然而女性特质一直受到压抑而愈加渴望情感交流的麦克伊琴太太总是对乔示好，在他初到新家的时候就给予后者体贴关照，私下里将自己微不足道的钱财与他分享，还偷偷为他送饭。她甚至宽恕了乔的偷盗行为，还总是在他受惩罚的时候多加庇护。但这一系列关怀和呵护的结果是，乔认为她是“捉摸不定的”（111），甚至她那女人特有的琐碎和偷偷摸摸的行为总是引起他的反感，仿佛她的行为违背了由麦克伊琴代表的更有优势的男性原则。对于乔来说：

> 他憎恨的不是繁重的活儿，也不是遭受惩罚和不公正的待遇。他早在见识它们之前就习以为常了。他没有抱任何侥幸的奢望，所以对承受的一切既不感到愤慨也不觉得惊讶。唯有这个女人，她那温情善意，他相信自己会永远成为它的牺牲品，他憎恨它胜过憎恨男人的冷峻无情的公正。（118）

乔对此做出的结论是：“她在竭力使我悲伤流泪。她以为这样做就会征服我”（118）。受压抑的内心总是试图抵制与对抗。有意或无意中，克里斯默斯思考着将自己的疑似黑人血液告知他的养母，“为了暗中回报她曾偷偷提供那些他不愿领受的饭菜，他要悄悄地对她说：‘听着，他说他养了个亵渎神明的人，忘恩负义的人，你敢不敢去对他说出真相：他养了个黑鬼，就在他自己的家里，用他的饭食一直供养他，同他一桌吃饭。’”（117）。显然乔的想法是对麦克伊琴太太“诡谲行事，凡事总偷偷摸摸”的一种讽刺性模仿，同时又是对麦克伊琴那不辞辛劳的加尔文教育的一种报复。这再一次展示了乔的内心冲突，因为他认为这种冲突很可能被麦克伊琴铲除，于是“这一切便不会再出现了”（154）。

乔受压抑的内心在遭遇了那个被男孩们当作性玩具的黑女孩后反应得更

为暴力和激烈。轮到乔进锯木棚时，他感受到了异常的恐慌：

> 像体内有什么东西要翻倒出来，像他想起过去吞牙膏的情形……闻到女人的气味，立即知道那是黑种女人的气味……过一会儿，他似乎能看清她——像什么东西俯卧在地，怪可怜的；也许看清的是她的一双眼睛。他屈着身，仿佛看见一口黑沉沉的水井，看见井底有两点光亮，像两颗灰暗的星辰的折光。（109）

接下来乔开始凶残地对她乱踢乱揍，直到女孩的尖叫声引来了其他男孩。他继续一边搏斗一边哭泣，直到被其他人擒住后，他的暴力行为才停息了下来。此处黑女孩一直被抽象地称为“什么东西”（something）、“声音”（voice）和“她”（she），表现了她那非人性化的特征。或许她更应该被理解为一种概念、一种威胁，而不是一个人。她那凄惨的、无羞耻的、无头脑的行为方式是对黑人女性的一种贬损，而这正是克里斯默斯对她施暴的原因。她身上的“反生物性”和“负面原则”（通过她那灰暗星辰一样的眼睛和乐于做性妥协的无羞耻行为得以显现）很容易激发乔内心深处掩藏的作为黑人的自尊。毫无道德观念的黑人女性无情地暴露了他作为一个黑人的无能境地以及黑人不可救赎的命运。当然乔的暴力行为也与女营养师的负面影响密不可分。当他一进入到锯木棚里，便记忆起儿时吞牙膏的场景。这一切让他感到作呕，他似乎再次感受到恐吓和威胁。另外，黑女孩的眼睛被比作“黑沉沉的水井”，象征了女性深渊似的、吸纳一切的自我对男性自我的威胁。相似的场景后来出现在乔游荡的弗里曼区。在那儿，他感到“从四面八方，甚至在他体内，都咕咕哝哝地响着黑人妇女发出的没有形体的芳醇甘美、生殖力旺盛的声音，仿佛他和四周所有的男性生命都被推回到了暗黑无光、潮湿炎热的原始状态”（79），于是他开始拼命逃窜。

青春期危机唤醒了乔对女性的意识，随后他陷入了与女招待的爱情。相比黑女孩，白人妓女博比体现了更深切的女性腐化作用。起初博比一直与他平等相处，并欣然地接受了他的爱，珍惜他赠送的礼物。虽然颇具讽刺性的是，乔将他那青春萌动的情感投射到了一个出卖肉体来谋取利益的妓女身上，但他第一次从一个人那里获得了公平的对待，而这种平等正是乔所渴望的。他可以暂时地卸下自我冲突的重担，平和地将自己的血统之谜告知他的性伴侣。尽管博比的第一反应是“纹丝不动”，是“另一种静寂”（137），但她似乎对此并不在乎。看起来她更情愿采取不相信的态度，加之克里斯默斯对这个谜题本身的模棱两可更让她对此轻松接受。然而舞会场景之后博比的态度发生了骤转，她不仅扔掉了他偷来的钱财，拒绝了他的求婚，甚至像女营养师一样将所有的罪责归咎于乔的杂种身份：“讨厌鬼！狗娘养的！把我给陷进去，而我一直把你当白人对待。当白人！”（152）如此致命的控诉让乔内心极度苦恼的身份冲突再次浮至表面。博比那充满报复心的本性也暴露无遗，她一边咒骂一边命令她的朋友们用暴力摆脱乔和他招致的麻烦：“他亲口告诉过我，他是个黑鬼！狗娘养的！我白被他奸——了，他娘的黑鬼，把我陷进警察会插手的事，在一个乡巴佬的舞会上！”（152）

在接下来的 15 年里，乔游荡在“千条荒凉孤寂的街道”（154），与此相伴的是他那日渐冷酷、对抗的黑白两种心态。文本中关于这一阶段的意识流叙事也暗示了支撑乔游荡的不是身体的经验而是一种种族心理和性意识的流动。穿梭于南北方之间，他多次尝试向一些女性暴露自己的疑似黑人身份，尽管有些人对此并不在乎。其中一个颇为典型的场景是当一个白人妓女得知他的血统问题后，并没有表现出“特别的兴趣”（157），反而说：“那又咋样？你看上去不像。轮到你之前你该看见被我赶出去的那个黑鬼了吧。”（157）值得一提的是，并不是乔对自己血统的揭示让这个白种女人暴跳如雷，而是他的暴力行为使后者受到惊吓并招来了警察。显然乔认为这个白种女人在性问题上对黑人和白人一视同仁的态度是无法忍受的，这一点与前文黑女孩的场景形成对照。如果说乔殴打黑人女孩是因为她玷污了黑人女性的尊严，使他体内的黑色自我感受到污辱，那么此处他对白人妓女的厌恶则是因为她对不可侵犯的白人淑女原则的颠覆，使他体内蔑视黑人的白种男性自我受到了挑战。

随后，乔内心的冲突不断加剧。他挑逗白人称自己为黑人，让他们与自己打架，反过来又挑逗黑人称自己为白人。正如布罗克斯所言，乔的行为一直遵照“那个痛苦的自我概念，让他在黑人的世界里保持精神和情感的白种性，而在白人的世界中又成为隐秘的黑人”（1973：106）。当他与一个酷似乌檀木雕制的黑女人像夫妻一样生活时，他也依旧坚持这种原则：

> 晚上他躺在床上，睡在她身边，睡不着便开始用力做深呼吸。他故意这样做，感觉到甚至密切地注释着自己白色的胸脯在肋骨腔内逐渐逐渐地往下陷，竭力往体内吸入黑人的气味，吸进幽深莫测的黑人的思想和气质；然后又从体内着意呼出白人的血、白人的思想和白人的气质。（158）

此处的场景再次生动地说明了是乔的心态在控制身体的行动，也展现了福克纳将种族问题抽象化为“作为观念的气味”的精心编排。黑人独特的、可辨别的气味经常会激发乔头脑中强迫症似的精神状态。他将黑色气味吸入体内同时呼出白人的气味，外化了内心激烈争斗的黑白自我。两个自我总是伺机消灭对方，夺取支配地位并实现个体的完整性，但对另一方的克制又总是不可避免地面临失败甚至自我伤害，因为它们无法改变自身两位一体的事实。很自然处于矛盾中心的乔并没有能力认清自己精神分裂的本质，也无法理解他竭力逃避的并不是“自我”而是“孤独”（158）的生存状况。对于传承了具有分裂特质的双重族性的乔而言，试图逃避任何一部分自我的尝试都如同逃避自己的影子一样荒诞。然而这一段内心煎熬仅仅是日后他七天逃亡期间深沉反思的热身而已。

乔·克里斯默斯人生苦旅的最后一站是同乔安娜·伯顿在一起的三年生活经历及其余波。这部分也是各种心理历史、种族意识、性意识和心理语言因素激烈交锋的场所。乔和乔安娜之间的主要冲突发生在前者精神分裂的人格和后者带有白人至上意识形态的加尔文教派废奴主义思想之间。性让这两位边缘人物走到一起。伯顿身上的男性气质——“具有男人般的体肤，从遗传和环境中形成的男性思索习惯”（165）——吸引了有同性恋倾向的乔。在第一次对乔安娜进行性侵犯的过程中，乔的思想一直执着于她身上的“双性品质”（164）：“有时他这样想着，便记起那艰难的没有悲哀没有自怜的几乎具有男子气概的屈服……她既没有女性的犹豫徘徊，也没有女性终于委身于人的忸怩羞态。仿佛他是在同另一个男人肉搏抗争，为着一件对双方都不具有实际价值的东西，而他们只是按原则进行搏斗而已”（165）。甚至事后第二天乔想到，“这倒像我是女人，她是男人”（165）。从那以后，他们共处的生活都是由性行为主导。福克纳生动地描述了他们的三年同居生活：

> 在第一阶段里，他好像站在一幢房屋外面，地上覆盖着白雪，他竭力想进入屋内；到了第二阶段，他身在一个坑底，又闷热又黑暗；而今他却站在一片平原的中央，既没有房屋也没有白雪，连一丝儿风都没有。（191）

或许出于对同性癖好的吸引，或许为了向乔安娜证明自己的男性能力，乔总是强迫自己进入她的卧室和她的肉体。但是由于他并没有以正当的方式被邀请进去，他又总是搞不懂自己这位性伴侣的想法。虽然乔安娜的男性气质让他着迷，但她总是乐于妥协的态度又同时让他迷惑不解，加强了他关于女性不可知性的论断。而且乔安娜在讲述自己的家庭历史过程中暴露了她那长年因自我否定而受到压抑的女性里比多。在第二阶段，她完全屈从于极为奢侈的纵欲方式和腐化堕落——不仅仔细品味性交细节，甚至会出乎意料的醋意大发，而且她那近乎女色情狂一般的狂野，完全沉浸于性行为当中并在高潮时呼喊“黑人”。不幸的是，乔安娜越是接近她那些英国祖先口中受诅咒的地狱，体内就迸发出更为猛烈的性需求，这使那没做好准备的接受者感到“不仅震惊，而且惊骇不已，简直给弄得糊里糊涂”（182）。对于乔来说，他感到自己“仿佛跌进了阴沟”（181），似乎“隔着一段距离在观察自己，像看着一个人被拖进无底的泥潭”（184）。总之，乔安娜已经完全腐化堕落了。尽管她孤注一掷地试图握紧自己生命中的“夏日”，希望自己“遭受诅咒的时间长一些，再长一些”

（187），但显然秋季的阴影已经向她迫近。虽然她试图背叛祖先的宗教信仰，但在对待乔的问题上她又自愿充当上帝意志的工具。尤其是，她一直尝试将乔的身份锁定为黑人，让后者终于意识到了自己无种族身份、无家可归的凄惨现实，并最终招致了乔的残暴杀戮行为。

整体上，乔和伯顿的三阶段生活隐喻式缩微了整个社会对黑白关系的一般理解。首先，黑人以“性主导”（sex-oriented）的方式进驻社会是被白人拒绝的，因为任何对白人血统纯洁性的攻击都会遭到猛烈回击。但是，这种入侵方式又往往在一些意志薄弱的白人女性身上发挥作用，使血统污染和道德堕落乘虚而入。紧随其后的是白人社会的疯狂报复：黑人被阉割杀戮，白人男性担负起对社会文明秩序的重建。乔安娜畸形的性堕落也证实了想象性的白人女性对黑人男性的屈从，以及对后者惊人性能力的痴迷。这也解释了她在与乔性交的过程中一直嘘叫“黑人！黑人！黑人！”（183）的原因。

除此之外，乔安娜对克里斯默斯的重塑方式与其他人如出一辙。与营养师和博比类似，起初她并不在意乔的疑似混血身份，直到她意识到这种身份会为她的黑人事业所利用。“注视”对乔安娜来说，如同对海因斯和麦克伊琴一样重要。克里斯默斯的一举一动都暴露在她的视野范围内，使他觉得自己仿佛被远程控制了一样。当他看向那房子时，“他感到一阵令人惊骇的血液升腾和降落，这时他明白自己一直是害怕见她，害怕她老带着那显而易见的鄙夷神情注视他。他感到像是出了一身冷汗，经历了一场严峻的考验”（168）。言语在此处也同样发挥了重要作用。正如海因斯决定乔是个“黑鬼”，营养师将他命名为“黑杂种”，博比咒骂他是“狗娘养的”，乔安娜裁定乔的身份应该是个“合法黑人”。由此可见，语词确实在无处不在的心理语言冲突中扮演了至关重要的角色，也几乎定义了克里斯默斯的种族身份。

更可悲的是，乔安娜也同海因斯和麦克伊琴一样认为自己是上帝的忠实工具，尽管她的宗教信仰涉及了一整套家族历史。她的祖父加尔文·伯顿是一位精力充沛的激进废奴主义者，娶了一个胡格诺派教徒的女儿。他的激进好战也体现在为了奴隶制的问题他曾杀死过一个人。他要求自己的子女憎恨两件事情即“地狱和奴隶主”（170）。然而除了对整套奴隶制体系的狂热憎恨以外，加尔文与海因斯一样认为黑人是罪恶和堕落的象征。当他儿子带了一个墨西哥女人回家结婚时，他带着“沉思的神态，闷声闷气，愤懑不已”：

> “伯顿家又出了个黑杂种……乡亲们会以为我养的儿子成了该死的奴隶贩子，而现在他自己又养了个祸害。”儿子静静地听着，甚至无意告诉父亲那女人不是南方的叛匪而是个西班牙人。“该死的，那些低贱的黑鬼，他们之所以低贱是由于承受不了上帝愤怒的重量，他们浑身油黑是因为人性固有的罪恶沾染了他们的血和肉。”他凝重的目光呆滞模糊，充满狂热

和自信。（174）

后来这位儿子纳撒尼尔也继承了家族的神学教义——黑人原本就是上帝诅咒的对象，他又将这种观念传递给自己的女儿。四岁的时候，孩子被带进了雪松林，在那里看到了祖父和同父异母的哥哥埋葬的地方。[1]这一切在她的余生都成了头脑中的一种“负担”（burden）。他们两人站在坟墓前时，父亲教导她：

> 记住这个。你爷爷和哥哥躺在这儿，杀害他们的不是白人，而是上帝加在一个种族头上的诅咒，注定要永远成为白种人因其罪恶而招致的诅咒和厄运的一部分……记住我受的诅咒，你母亲受的，还有你自己将会受的，尽管你还是个孩子。这是每个已经出生的和将要出生的白人孩子会受的诅咒。谁也逃脱不了。（178）

乔安娜告诉乔在恐惧和困惑中她对黑人种族的概念开始形成：

> 从我记事的时候起，我一直同黑人打交道，了解他们。原先我看见他们就像看见下雨，看见家具、食物或者睡眠。但自那以后，我仿佛第一次发觉他们不是人而是物，是一个我生活在其中的影子，我、我们、整个白人，其他所有的人，都生活在这个影子里。我认为所有的投生世上的孩子，白人孩子，他们一出世，在他们开始呼吸之前，就已经罩上了这个黑影……（178）

正如年幼的昆丁曾将黑人抽象为白人的对立面，这段话揭示了南方儿童所接受的白人种族主义启蒙教育：将黑人统一视为某种诅咒和亵渎神灵的神秘化身。乔安娜起初视黑人为雨、家具、食物或是睡眠等中性物体，但这种观念随后被如影随形的白人独裁文化改写。对此杨金斯认为，“乔安娜父亲关于诅咒和负担的描述，让孩子那本能的、正在苏醒的人道主义同情心及其可能性立即被一阵不能自制的惊愕和一种将黑人等同于值得帮助的对象的错觉消除、腐蚀，黑人因而成为了罪恶的根源自身”（1981：87）。作为一个儿童，乔安娜本能地躲避着这些“黑影”，因为他的父亲进一步向她传教说“你逃脱不了”，“你必须争斗，站起来。而要站起来，你必须把黑影一同支撑起来。可是你永远不可能把它撑到你自己的高度”，因为“黑种人受到的诅咒是上帝的诅咒，而白种人受到的诅咒是黑人的诅咒，他们将永远是上帝自己的选民，因为上帝曾经诅咒过他们”（178）。由此乔安娜的人道主义知性和自然天性都受到了扭曲：

① 两人都是因为黑人的选举权问题被沙多里斯上校杀害，具体细节参见《未被征服者》。

她热衷于废奴事业的原因并不是出于对黑人的爱和怜悯，而是一种宿命论，认为那是一种无法逃避的诅咒。就此而言，乔安娜和乔事实上是同病相怜的，因为二者都无法摆脱种族枷锁，无法建构真正自由的自我；前者将自己压抑在对种族诅咒的永恒认知之中，后者则将这种负担承载在自己的体内，不断地毁灭自我。

乔安娜在对乔施加婚姻和怀孕的压力失败后，再次承袭祖先的恐惧并开始践行上帝的旨意，让一切事物都笼罩了一层非人性的光圈。她决定让乔担任自己的助手，让他去上黑人学校，去找黑人律师学习法律业务并帮助她管理事务。换言之，她企图将乔变成“一个介乎隐士与黑人的传教士之间的人物”（192）。当这一切激起了乔的暴力反抗后，她要求他同自己一起跪下祷告，并且说“我不求你。不是我要求你”（199）。与此类似，海因斯并没有意识到自己对一个孤儿的五年监视行为的荒诞性，麦克伊琴也没有意识到自己对青年人管教的残酷性。维克利因而认为乔安娜“几乎与麦克伊琴甚至海因斯没什么区别”，她使用一系列“恳求、贿赂和威胁手段让他变成活生生的肉体并且扮演着她概念中的黑人角色”（1981：75）。

对于乔来说，与乔安娜的冲突重新激化了他内在的冲突。为了压抑这种冲突，他再次陷入绝望的内心挣扎。当他第二次来到乔安娜的厨房，感受到了温热的餐食，他想到：“这些是为黑鬼准备的，为黑鬼”（167）。在整个第二阶段，他感觉到自己仿佛跌进了深渊，并且不断地回想起自己曾经选择的那些荒凉、孤寂、冷冰冰的街道，想到“这不是我的生活，我与这儿格格不入”（182），或者“我最好离开，最好离开这儿”（184）。在回答乔安娜结婚的提议时，乔的反应表明了他不可能假装成白人那样舒适地生活：“为什么不呢？那将意味着你后半生轻松自在，得到保障。你再也不用流浪。按目前情况，你满可以同她结婚。接着他又想，‘不。要是我现在让步，就是否认自己度过的三十年，否认三十年的经历使我选择的道路。’”（187）。这似乎说明了乔追求的不是一种物质上的安逸，而是内心的安宁平静。但这种精神安宁也意味着远离任何种族标签的完整的人格和安全的自我，而这些对于乔和那个时代而言显然都是远不可及的梦想。可以说乔的人生建立在一种矛盾的基础之上，他从两种对立原则不断生产的张力中获取自我存在感，因而一旦矛盾缺席，他也将失去存在的意义。

在第三阶段，乔安娜将乔的身份锁定为“黑人”，这对他来说是致命的。她让后者意识到逃避种族标签是没有可能性的，因而他必须要做出身份选择。更糟糕的是，乔总被乔安娜要求跪下祷告，重演了麦克伊琴的改造过程。对于乔敏感的头脑而言，这似乎直接击中了他的黑人血统缺陷。受到困扰的乔一直在想“我所向往的只是宁静”（77），他在黑人弗里曼区和白人社区之间的游荡也说明了他渴望着头脑的宁静：“这便是我向往的一切”，而且“看来这要求并不显得那么过分”（80）。虽然这似乎与他不愿安定下来过白人的生活是矛盾的，但此处的关键词仍然是“宁静”（peace）。乔渴望着一种免于种族困扰的生活，渴望像白人那样拥有安全的自我和平静的生活，但他不知道这一切都是以白人那纯洁的身份为前提。当他听了乔安娜的悲剧故事后，也表达了同样的渴望：“什么时候身上流着不同血液的人才会停止相互憎恨？”（175）由于乔始终没有看清自己渴望的对象，他反问自己：“他妈的，我怎么啦？”最终没能实现梦想的乔不禁在想：“我就要肇事了”（82）。

在乔肇事后的逃逸或“激情”周，整个过程的高潮部分是他接受了作为黑人牺牲品的角色，充当了救赎集体罪恶的中介，表征了无身份个体与南方集体心态的冲突。这种思想的碰撞首先发生在乡里人发现大火之后，人们开始聚集：“人群中也有偶然南下的北方佬，南方的穷白人和短时在北方住过的南方人，他们各个都相信这是桩黑人干的匿名凶杀案，凶手不是某个黑人，而是所有的黑种人；而且他们知道，深信不疑，还希望她被强奸过，至少两次——割断喉咙之前一次，之后又一次。”（203）白人群体一致地将黑人与固有的犯罪本性联系起来，这种白人对黑人的种族偏见甚至具有强烈的挥发性。对于南方白人群体而言，黑人的心理历史含义等同于凶手、强奸犯。对此桑德奎斯特指出：

> 乔安娜是新英格兰人“爱黑鬼”的白人后裔，这一重要事实反应了战前和战后南方人对北方支持种族混杂的指控，而且精确表达了南方人头脑中对于黑人解放的看法。他们认为这样的解放无论在事实上还是幻想中，都使克里斯默斯成为这样一个可怕的人物；但一旦乔安娜被杀害，事情就发生了戏剧化反转，此前的反废奴主义情绪迅速被群体遗忘，并完全被歇斯底里的种族主义所吞没……乔安娜此时只是一个“白人妇女”，典型地隐喻了南方的白人淑女崇拜和相应的（黑人对白人妇女的）“强奸情结”。（1981：82）

无独有偶，白人布朗为了免除自己的嫌疑赢得报酬向警察告发乔的黑人血统时，他也同样利用了白人警察对黑人的偏见，且屡试不爽。受到惊吓的警长连说了两次“黑鬼？”（68），随后威胁地说“要是你谈的是个白人，你得小心你说的话”，况且“我不在乎他杀人没杀人”（68）。很明显这位白人警察对犯罪本身的关注程度要远远低于布朗是否将一个白人冤枉成黑人。不久，当他发现乔十分符合案件的细节，便迅速做出结论：“一个黑鬼”，“我一直在想，那家伙的确有点儿古怪”（68）。威腾伯格讽刺性地评价道，小说“以一种几乎戏仿的方式，证明种族是比谋杀更为重要的（问题），因而传言也迅速地被接受为事实”（1998：159）。

逃逸的克里斯默斯闯入黑人教堂、黑人厨房，甚至将自己的鞋换成了黑人皮鞋，这些行为表征了无身份与纯粹黑人身份之间的冲突。有时他记不清自己为何到了那里，但在他周围，“他仿佛听见黑人在痛苦和恐怖地呜咽”，他想：“他们感到害怕，怕他们的兄弟”（238）。也许黑人们害怕的是在白人的威胁面前自身呈现为黑色，相反，乔惧怕的是在黑人的威胁面前保持着自身的白色。两者共有的恐惧是互相之间无防御、无助的甚至无法理解的黑色身份的困境。克里斯默斯对警察和白人象征性追捕的理解是：“他仿佛看见自己被白人赶进了黑洞洞的深渊，这企图吞没他的深渊已经等候他三十年，现在他终于真的跨进来了”（235）。正如杨金斯指出的：“我不认为乔有意识地接受了他的黑种性，而是勉强默许了它的神秘概念。群体生活要求他变成一个受污染的黑人构念，这种生活反应了心理历史因素在社会中对黑白行为的操控作用。”（1981：96）克里斯默斯彻底接受黑人身份之后，表现出了对宁静的追求，这也印证了杨金斯的看法。在那之前，他已经逃离了太长时间以致于无法看清逃避是完全无用的。在准备投降之前乔做出了反省：“是的，我会说我在这儿，我厌倦了，厌倦东躲西藏，像提着一篮鸡蛋似的提着自己的性命。”（239）当他再次进入曾经逃离了三十年的街道，他似乎终于获得了成熟的自我认识：

> 这条路已经绕了个圆圈，但他仍套在里面。虽然在过去的七天里，他没有走过铺砌的路面，却走得比他三十年所走的更远。可是他仍在这个圈内。“然而七天里我比三十年来走得地方更远，”他想，“可我从未走出这个圈子。我从未突破这个圈，我自己造就的永远无法改变的圈。”（241）

在实现了思想片刻安宁之后，克里斯默斯此刻终于意识到，在他那真正独立的个体面前任何种族划分都是毫不相干的。他也最终感受到自然的美好，开始“闻到”和“看见了黑人的菜肴”（237），因而他决定用剃刀把脸刮干净甚至“有意让人抓住，那劲头跟男人执意要讨老婆一样”（248）。乔做好被抓的准备标志着这场个体与南方群体的心理语言冲突的结束。正如前文论及的，乔经历了各式各样的“定义者”。他在逃逸和回归的分裂冲动之间做抉择，如同在支配他心理生活的象征性黑种性和白种性概念之间游走。虽然语言对克里斯默斯的影响是致命性的，尤其是他内化了的黑白分裂概念，但他从来没有停止对指涉的抵制。詹姆斯·斯耐德认为，“虽然《八月之光》描述的是乔·克里斯默斯如何抵制语言的指涉，但同时让我们（无论是读者还是潜在的种族主义者）都无法容忍任何没有指涉的事物”（Fowler & Abadie，1986：161）。小说中越是急于为乔命名的人物遭到的暴力抵制越强烈。例如，麦克伊琴和乔安娜都未能幸免地遭遇了灭顶之灾。威腾伯格认为，他们是“利用种族指涉的程度最甚，也是最极力为‘乔’归类的人”。因而“乔最终对乔安娜斩首的尝试——将从事种族归类的思维源头从他曾经分享快乐的身体上移除——也许可以象征一种曾耗尽他精力的广义层面上的奋争：试图抵抗语言的高压及与之相伴的种种归类”（1998：156）。

刘建华指出，“没有身份并不是一种玩笑，尤其是在一个严重依赖于个体明确身份并以此维持内在秩序和稳定的社会群体内”（2002：58）。最后小镇充满愤怒的白人群体选择了一种近乎谋杀的指涉方式。如同《押沙龙，押沙龙！》中康普生先生在提及“白黑人”查尔斯·埃蒂尼·邦时说道“他是，必定是，一个黑人”（182），当哈里迪兴奋地抓住乔准备领取赏金时，他先是在乔的脸上揍了几拳，而乔“第一次像个黑鬼那样甘挨了，一声不吭：只是阴沉着脸，静静地直淌血”（249）。此刻这位“黑鬼”已经完全保持沉默了，证明乔在社会的指控下最终完全“被黑人化”了。

至此一切准备就绪，大家似乎等待着一位执行者来完成仪式化的杀戮和对这位种族体制牺牲品的阉割。坚持白人优越论、号称保卫美国的治安官珀西·格雷姆的登场恰好符合这一需求。他的狂暴昭示了白人群体铲除菲勒斯威胁的热望。他们相信只有对乔进行阉割才会“让白人妇女安宁（了），即使下到地狱里”（330）。珀西·格雷姆是拉康“象征界”社会威权的典型代表。通过这位中介，南方群体实现了对一种心态的绞杀。以上就是乔作为一种心理状态的苦难历程。豪将乔的整个“心路历程”比作“将他自己盲目地投向一堵又一堵限制他的行动、挫伤他的欲望的墙壁”（1975：212）。确实，种族意识形态之墙是如此根深壁固，撞击者注定会粉身碎骨。

《干旱的九月》：对歇斯底里的“白人女性崇拜”的戏剧性表征

《干旱的九月》和《八月之光》都致力于展现20世纪20年代密西西比州种族制度的不公正，它们在类似的人物、情境和主题关怀层面都体现了稠密的文本间性。《八月之光》围绕乔的模糊血统展开，《干旱的九月》以传言的威尔·麦尔斯强奸白人女性事件为主线，二者分别充当了“莫须有”的种族越界行为的受害者和替罪羊。麦克莱顿和格雷姆相似，都是自封的治安官，都带着看似正义和合理的动机，执行着法律之外的制裁。伯顿和库珀都是缺乏可靠性和人格上值得怀疑的白人妇女；前者利用了“黑人”乔来释放自己长久压抑的性欲，后者利用具有挥发性的种族歧视来弥补严重缺乏性爱的生活。最终两个文本都上演了基于社会语言建构的程式化的黑白种族关系。

另一处相同之处是两个文本对人物和事件间接的、隐晦的处理方式。先前的论述已经证明了乔·克里斯默斯是作为一种心理的、而非生理的状态存在，因而与之相伴的一系列事件更多是作为一种意识流动的抽象形式呈现。《干旱的九月》也具有同样的特点，故事围绕着黑人威尔·麦尔斯对白人女性米妮·库珀的疑似强奸以及针对他的私刑展开。然而文本提供了有力的文本线索证明强奸并没有发生，但私刑确实发生了。叙事过程让两个事件都扑朔迷离，只能由读者来决定“事实真相”。另外，故事中的人物大多以偏执的角色类型而非个体出现。

这件假定的强奸案作为理发店里的热门话题，在故事一开始就像“燎原烈火”般迅速传播开来，尽管“没有人知道究竟发生了什么”（52）。[①] 随后米妮的朋友们也带着好奇、兴奋和不相信的意味提到这次想象的强奸案：“‘你觉得她真的出事了吗？’她们的眼睛闪烁着黑黝黝的光泽，诡秘而又兴奋。”（65）至于私刑本身，没有人知道麦尔斯被绑架、施暴、戴手铐，被拽上麦克莱顿的车并被带到“废弃不用的砖窑——一座座红色的土堆和一个个杂草藤蔓丛生、深不见底的洞穴”（62）以后到底发生了什么。读者所知道的，只有车内的人数从六名减少至四名。

另外，前文提到，豪指出福克纳作品对黑人塑造的“具体性的丧失”，因为福克纳在处理黑人问题过程中感受到了逐渐上升的难度。豪认为“福克纳对抽象技法的发现……能够引导他使用抽象的概念呈现黑人”（1975：127）。他认为《干旱的九月》尤其说明了这一点，“在先前的故事《干旱的九月》中，（福克纳）将人物抽象化的倾向更明确；就像所有关于私刑的故事范式一样，这篇故事并不是由人而是由杀人犯和受害者来充实的”（127）。这样的看法显然是准确的。整个短篇中除了善良的理发师霍克肖以外，绝大多数的白人优越论者都成了美国南方社会大量滋生的种族主义观念的化身。白人女性米妮·库珀以编造的故事同样成了杀害麦尔斯的同谋者。黑人麦尔斯在并不清楚自己被抓的原因情况下，只是安静地绝望地做着无罪的反抗，充当了温顺的受害者。另外，他也同乔·克里斯默斯一样，都是失语者，因而通过文本的叙事我们似乎永远无法近距离观察或窥见有关受害者本人的细节。结果是，整个故事读起来更像是一场对南方集体心理的展演而非对个体的塑造。就此而言，我们可以认为《干旱的九月》是《八月之光》中被深挖到极致的众多心理因素的一次热身。

以麦克莱顿为首的私刑者们代表的是南方的白人至上主义者——女性崇拜者。疯狂的种族主义观念必然导致扭曲的思想。根据蒂西勒的观点：“在对野蛮黑人的低下形象塑造中，作家们对女性的性能力的强调并不亚于男性，尽管他们尤其喜欢将男性呈现为拥有疯狂的性冲动和超人的生殖能力”（1969：63）。因此黑人男性总是被标签化为永恒的污染源，如果得不到及时的阻止，他们将会四处渗透，留下他们的污渍。

处在白人女性崇拜观念核心的是虚幻的黑人阴茎威胁，这也是黑色污染和白人女性失贞的直接源头。正是对白人女性—黑人男性种族混杂与黑人血液污染问题的恐惧支配了暴民们的思想，刺激了他们对威尔·麦尔斯实施私刑。麦克莱顿最初的几句话恰好充当了他们性别种族主义的宣言：“怎么，你们打算就这么坐着，听凭黑兔崽子在杰弗生的大街上强奸白人妇女？”（54）至于强

① 陶洁译，引自陶洁编，福克纳著《福克纳短篇小说集》，译林出版社，2001。以下引文只标注页码。

奸是否真的发生，麦克莱顿的回答是："出事了？有没有出事，这又有什么关系？难道你打算让这些黑崽子们就此溜掉，让他们有朝一日真这么干起来？"（55）这一回应首先揭示了麦克莱顿根深蒂固的种族主义观念，因为他似乎疯狂地执着于私刑本身而非这件事实是臆想出的强奸案。其次，这也印证了《八月之光》及后期作品都有涉及的主题："公众谈论（传闻或谣言）能制造真相"（258），虽然真相往往是模糊不清的。再次，在种族制度捆绑下的南方，黑色的概念同真正的黑人越界本身一样危险，因而任何污染的可能性都要被铲除。又次，这也同时坐实了理发师霍克肖认为威尔无罪的观点，因为麦克莱顿所需要的仅仅是一个可以被处以私刑的替罪羊。最后，麦克莱顿使用"白人妇女"的统称代替个体的"米妮·库珀"，突出了种族混杂产生的恐惧和白人女子崇拜的主题。

约翰·多拉德（John Dollard）在对南方性心理问题做研究时总结道："南方长期以来都有着将白人女性理想化的倾向……人们总是富有激情、充满暴力地守护着这种理想化形象，女性受玷污的危险总会引发南方男性最敌对的行为，尤其是当这种威胁的源头是黑人的时候。"（1957：136）故事中暴民在群体意识中得以运作的能力源自于他们对黑人私刑的冲动行为，而理发师坚持先要查找"真相"（54）的请求被置之不理。这充分说明了暴民们盲目、扭曲的观念在支配着他们的行动。另外，暴民对米妮·库珀的称呼也与霍克肖不同。像麦克莱顿一样，其他白人优越论者都使用白人女性的统称而非库珀名字本身，只有理发师是个例外。换言之，唯有霍克肖将库珀看作真正的人，一个曾是人们眼中的通奸者而现在韶华不再的女人。但对于麦克莱顿和他的那些亲信而言，处于强奸谣言语境下的库珀变成了不可亵渎的白种女人，是贞操和纯洁的象征，即便十二年前"公众舆论指责她犯私通劣行"（58）。正如同《八月之光》中，乔安娜·伯顿被疑似混血儿乔杀害后，在大众头脑中立即由一个"爱黑鬼的人"变成了南方白人良家妇女。

因此可以说白人种族的"纯洁性"和"种族混杂威胁"成为白人至上主义者最为关心的问题。颇具讽刺性的是，私刑领头人麦克莱顿夜里回到家后对妻子的粗暴对待方式撕下了他那号称"保护"白人妇女的虚伪面具。

米妮·库珀是福克纳作品中众多受到性压抑的南方女性之一。年轻时，她曾经"修长苗条，亭亭玉立，好动感情；她那时总是兴致勃勃，甚至有些活泼得过分。她曾一度雄踞杰弗生镇里社交生活的王座"（57）。但后来她被银行出纳员（一个鳏夫）抛弃，因而错失了唯一一次结婚的机会，现在过着"显得十分不真实，一片空虚"的生活和"悠闲而无所事事的日子"。与她一起生活的是她的母亲和干瘦的姑妈，她也时常同"女邻居们"外出看电影和购物（58）。镇上的人们都称呼她为"可怜的米妮"。她一定已经意识到男人们正对她的身体失去兴趣，因为当她穿上新裙装前往闹市时，"懒洋洋地依靠在门框上或坐在商店门口的男人不再抬起眼睛凝望她”（58）。事实上，她一直在借酒消愁，给她买酒的冷饮店工作的店员说：“对，是我为老姑娘买的酒。我认为她该稍稍快活一番。”（58）

作为南方“阉割”文化（desexing culture）的受害者，米妮以自己的方式做出反击。她聪明地选取了一个有效的发泄口——黑人。除了黑人对她的性吸引以外，她意识到让白人男性对自己重新恢复兴趣的最有效的方式就是编织一个关于他们的性竞争者的故事，而且还是非常有威胁性的故事。这样她终于再次成了人们关注的焦点。当她再次走进人们视线时，没穿外套的旅行推销员转过头看着她，“就是那一个，看见了吗？中间穿粉红衣服的那一个”（63），而“连懒洋洋地靠在门口的年轻人都向她抬起帽子表示敬意。她走过药店，他们的目光追逐着她大腿和臀部的摆动”（64）。就连她的朋友们也异常兴奋地期待着听到她的故事：“再过一阵子，等你的惊慌劲儿过去了，定下心来，你一定要把出事的经过告诉我们。”（63）米妮在电影院歇斯底里的笑声（电影院场景中她再次成为人们视线的中心），充当了整个南方生活准则的讽刺性的注解。值得注意的是，她的笑声呼应了《我弥留之际》中达尔·本德伦和《喧哗与骚动》中昆丁·康普生的笑声，它们都突出了人生的荒诞性：理性与精神错乱无界，谣言通过恰当媒介——黑人——的轻微触动就会成为真实。库珀的精神和身体活动与电影院荧幕上演出的“银色的美梦”形成了互文，“美好的、热情的和忧伤的”（64）生活让人很难分清现实和虚构，真实和非真实。

总体而言，库珀事实上充当了伯顿的前身，因为二者都是南方“非人/性化”文化的牺牲品。乔安娜幸运地将受压抑的性冲动发泄到了一个看起来像白人的疑似混血儿身上，而库珀被剥夺了这种可能性，只能通过想象性的媒介来实现性释放并且寻求向扼杀她人性的白人群体的复仇。通过运用相似的象征手法，《干旱的九月》将人物和事件抽象为概念或意识流动，为《八月之光》的心理飞跃提供了前期准备。这部短篇也同样揭示了歇斯底里的白人女性崇拜和反常的南方女性原则如何合力灭杀了“黑人阴茎威胁”。同样的主题在《圣殿》和《八月之光》中得到更进一步的发展，但后两者都将明显的“血统污染”转化为神秘的“模糊血统”。

《圣殿》：对作为“观念的黑色”的戏剧化表征

如果说《八月之光》是将肤色处理为一种受污染观念的飞跃，《干旱的九月》是起跳，那么《圣殿》则是倒数第二步的垫步。《干旱的九月》中的威尔·麦尔斯是确信无疑的黑人，而《圣殿》中的凸眼却是通篇小说都与“黑”或“黑色”紧密联系的白人酿私酒者、杀人犯和强奸犯。小说的相关叙述都围绕谭波儿遭凸眼用玉米椎强暴之前、之时及之后的“性”心理及“种族”意识展开，彰显了作为文化建构的种族问题和福克纳对血统之谜的更进一步的戏剧化刻画。

尽管福克纳声称自己从来没有读过弗洛伊德，但《圣殿》再次证实了他对弗洛伊德"泛性"观念的广泛运用。桑德奎斯特认为，"《圣殿》事实上是令人心理不安的"（1981：44）。更具启示性的是，该批评家认为"贺拉斯——尤其是在《坟墓里的旗帜》和《圣殿》初稿中——是极富文学创造性的人物，但是由于他本人和作家对当时流行的弗洛伊德观点的自觉呈现而受到了扼杀"（1981：49）。马尔科姆·考利也相信《圣殿》是"将弗洛伊德方法反转的一个例证，充斥着其实质是社会象征的有关性的梦魇"（1967：xxii）。性的问题几乎支配了小说中所有角色的意识和行动。性感的谭波儿·德雷克偶然出现在老法国人宅院，在那些酿私酒贩子中挑起了一场争夺肉体的"内战"，他们要求的是及时行乐。李·戈德温因为妻子的监视而必须保持自己的检点，甚至汤米，那个看起来最值得信任的人，也被证明是出于性的动机而"保护"谭波儿，而性无能的凸眼只能借助没有生命的玉米棒强暴女孩的方式来发泄自己虐待狂的欲望。

故事场景随后转换到孟菲斯妓院，这使整个故事在性方面更具有挑逗性。这里的妓院是被性所困的南方社会的缩影。桑德奎斯特认为该场景是"美国文化最根本潜在的特征"，因为它显现了那些"原始的、祖传的对暴力和性着迷的血统特性"（1981：55）。与妓院管理者瑞巴小姐私交甚好的警察、律师甚至有名望的政府官员都经常光顾她的女孩。在这里，凸眼好窥阴的性无能特征得到进一步揭露。他总是"呆在床脚边，连帽子都戴得好好的，嘴里哼哼唧唧地发出怪声"（221），[①] 观看谭波儿和雷德通奸。也是在同一地方，两个乡村青年方卓和维吉尔开始加入肉欲横流的世界，目睹那里"五彩缤纷、卷曲盘绕而又光彩夺目的形体"（165）每天接待着各路绅士。耐人寻味的是，作为乡村参议员的克拉伦斯·斯诺普斯主动担任他们的"导师"，将他们带到了一家黑人妓院，因为那里性交易更为廉价。持种族偏见的维吉尔惊讶地说"她们是黑鬼啊"，而克拉伦斯却回答"这玩意儿（金钱）可是色盲"（170）。最后值得注意的是检察官贺拉斯·班波。他在老法国人宅院和孟菲斯妓院都有出现，但他无力阻止正义被扭曲利用，也无法揭示为何支撑整个故事的罪恶得以发生，还最终也无助地陷入了对继女小蓓儿的乱伦欲念中。

尽管福克纳总体上对深受白人淑女传统迫害的女性角色表示同情，但在《圣殿》中他父权制的观念更多将女性呈现为自恋的、受虐狂的、阳物崇拜的，甚至道德堕落的形象。这些女性角色大多被刻画成贪图感官刺激、毫无道德责任感的风尘女子。

谭波儿在福克纳塑造的众多女性角色中是最接近荡妇形象的女孩：读者最先注意到的是她那"修长的腿儿因奔跑而呈金黄色"（23），在家中谭波儿处于

---

① 陶洁译，福克纳著《圣殿》，上海译文出版社，1993。以下引文只标注页码。

父亲禁止她与外人寻欢作乐的“服刑期”，甚至玉米椎强奸事件对她也没造成丝毫的创伤。在重述犯罪场景时，“她就这样一直诉说着，用的是女人发现自己成为注意力中心时常用的那种轻松欢快、唠唠叨叨的独白形式；忽然，贺拉斯意识到她在复述这段经历时确实感到骄傲，带着一种天真而超然的虚荣心”（184）。与雷德的私通行为更加激发了谭波儿的性欲望，使她变得像小母马一样无法控制自己的狂热欲望。她受虐狂的性冲动更充分展现在对凸眼教唆式的抱怨并希望与雷德再性交一次的强烈要求中。其他的女性角色也同样表现了对性的痴迷。譬如鲁碧为了同李·戈德温在一起最终沦为了妓女，因为后者曾为一名黑人女子杀死了一名军人并因此入狱。习惯于以性为导向的思维方式让鲁碧第一次见到谭波儿就认为她会勾引自己的丈夫。她甚至相信贺拉斯为戈德温辩护的目的理所当然是获得性报酬（232）。对这样的误解贺拉斯做出的评价是：“上帝有时也挺傻，不过至少他还是个有教养的人士”。但鲁碧却说：“我一直以为上帝是个男子汉。”（240—241）娜西莎同她哥哥的不睦在《坟墓里的旗帜》和《曾有过这样一位女王》中成为隐形的主题，而此处她也很可能出于乱伦的嫉妒心而插手强奸杀人案件。默特尔太太和其他妇女常常通过口述和想象的方式来间接地体验凸眼性虐带来的乐趣，而且她们都认为一个大男人总在床脚边哼哼唧唧是十分荒谬的。最后，贺拉斯也意识到南方普遍存在的浪荡女孩，其中也包括那个令他焦虑并产生嫉妒心的继女小蓓儿，因为她也时常跟同龄的男孩厮混在一起。

小说中另外一个主要特征是福克纳对“黑色”和“黑种性”（深色性）问题的痴迷。前文曾谈到福克纳从具体的感官经验中抽象出经过提炼的思维素材的独特天赋。对于他来说气味等同于一种思想的味道，事物的颜色也可以生成对物体的概念界定。威腾伯格发现《八月之光》中几乎所有边缘人物的描写都包含了“黑色”（dark）一词（1998：76）。在《圣殿》中大量的黑色或黑色性也同样暗示了载体的某种特质。例如，从市侩的寡妇娜西莎身上，我们可以觉察到她的种族主义偏见和自恋特征。此外，她总责备哥哥班波抛弃自己的家庭“像个黑鬼那样不辞而别”（91）。当这位利己主义者告诫哥哥放弃案件时，“她冷酷而不肯让步的声音在他上方的黑暗中把一字一句吐露出来”（her cold, unbending vice shaped the words in the darkness above him）（156）。随后当娜西莎离开时，她的身影也“逐渐融入黑暗”（she dissolves into the darkness）（157）。另外，德雷克法官本应是正义的执行者，但为了维护家族的声望而促使了女儿作伪证，他也同样被描绘为拥有“黝黑的皮肤”（dark skin）（248）。

与霍桑的“人类心灵的黑暗”效果相似，《圣殿》中肤色可以超越它的生物领域而指向故事的核心关注：那难以捕获而又无处不在的邪恶。凸眼身上具有的每个黑色元素都体现了这种邪恶特质：他似乎总是“身穿黑西服”（1），长得“瘦小黝黑”（266），两只眼睛像“两团柔软的黑橡胶”（2），他的皮肤“白里透青，带着死灰色”（3）。贺拉斯在第一次见到他时甚至认为“他闻起来有股黑色的味道，那味道就像人们托起包法利夫人的脑袋时从她嘴里流出来又顺着它新娘婚纱流下去的黑乎乎的东西”（5）。凸眼的“伪黑人”特征，尽管无法证明他是否具有部分黑人血统，却促使桑德奎斯特对罗曼司作家进行研究时发现：“诺里斯的‘黑色灵魂’是生物性的，霍桑是神学意义上的，而福克纳将两者结合起来表现南方人的‘黑暗灵魂’，即在南方性和心理生活层面占据一定位置的黑人的复杂阴影”（1983：46）。除此之外，凸眼的黑色威胁更强烈地体现在他的缺席场景中。例如，在雷德的葬礼上，黑色（black）一词出现了8次，而黑暗（dark）也出现了1次。虽然黑色是丧礼的主色调，但此处同时凸显了由凸眼代表的邪恶的不可动摇的主宰性力量，以及由贺拉斯代表的正义、同情心、情感和记忆的无能。

其次，黑色或黑种性也与令人困惑的女性特质紧密联系。弗洛伊德称之为“黑暗大陆”（Eagleton，1997：135），而谭波儿就是代言人之一。无论在老法国人住宅还是孟菲斯妓院，谭波儿的冒险旅程都是被“黑暗”笼罩的。贺拉斯来到妓院取证时，她“怀着敌意恶狠狠地瞪着”（black stare，black antagonism）（176）他。如同贺拉斯猜测的那样，她出庭作证时戴着一顶“黑帽子”（black hat）（242），甚至那个作为证物的玉米棒子芯“看上去仿佛在黑褐色的颜料里浸过”（243）。很自然的，“性”和“黑色（黑种性）”互相关联，成为操控主人公意识活动的两个核心概念。在玉米椎强奸事件发生之前，谭波儿都是从“性的想法”中获得满足。巧合的是，在被强奸的前一夜，她甚至想象了几种方式躲避像菲勒斯一般的凸眼，而且即便是她对伊甸园的向往也都是以性为基础的。另外，贺拉斯对小蓓儿的乱伦倾向总是在其内心引发强烈和歇斯底里的心理骚动。在听完谭波儿关于犯罪夜的复述后，贺拉斯开始对着小蓓儿的照片沉思，“照片中的小脸显得慵懒，似乎消融在肉欲的满足之中，越来越模糊不清，渐渐地淡化，在他的眼睛里像那香味本身似的留下柔和并逐渐消失的回味无穷的邀约、性感的许诺和秘而不宣的确认”（190）。谭波儿的性侵场面和贺拉斯对继女的痛苦欲望相互交织，合力导致了小说中最模糊和强烈的意识流动：

> 她大腿下的玉米壳发出一阵惊人的响声。她仰天躺着，略微抬起脑袋，低垂下颏，像是从十字架上取下来的人形，她注视着某种乌黑而狂暴的东西喧嚣着冲出她苍白的躯体……从她身下远处传来玉米壳轻微而狂暴的喧嚣声。（189—191）

黑色（或黑暗），由于凸眼那难以捉摸的外表，对于贺拉斯和谭波儿来说构成了特殊的威胁。除了贺拉斯注意到的凸眼身上奇怪而显眼的黑色部分，那“处处让人感到金鱼眼黑色的身影的存在和难以名状的威胁”也充分地（即便不是必然地）暗示了某种种族主义思想。同样的，谭波儿在一群健壮的酒鬼中对那个木讷而小小的凸眼格外敏感，而且她总是称他为“黑色的小玩意儿，有点像个小黑鬼”（187），而贺拉斯则称他为“猩猩”。“种族主义者”们的描述从叙述者和作者那里也得到了支持。例如，汤米将凸眼描述为“天底下最容易担惊受怕的*白种*男人”（16），此处“白种”（white）一词被标为斜体。凸眼甚至总是在灌木丛中忽隐忽现，因为灌木一直都是原始黑人的出没之地。因而从作者的角度而言，对凸眼的塑造似乎有一种“神秘化”倾向。桑德奎斯特因此对凸眼的模糊身份解释道：

> 事实上，如同小说中其他所有事物一样，凸眼的邪恶和它的起源都是模糊不清的，总在瞬间的暗示后被中断。但这丝毫不会引起误解地强调了，从将看起来像黑人的白人凸眼和看上去像白人的黑人乔开始，福克纳已着手探讨南方哥特式经历的中心谜题——“血统之谜”。（1983：57—58）。

贺拉斯和谭波儿的幻想都旨在揭示“黑色”和“性”紧密的结合，尽管这种结合是问题多多的。但毫无疑问，正是在谭波儿讲述的对即将发生性侵犯的抵抗幻想中，种族心理和“性”意识流动得以最有效地结合。

随着谭波儿故事的展开，我们意识到这一夜她极力控制情形的尝试，她因为听到“黑暗中各种动静”（184）而内心表现出恐惧。她甚至希望拥有一个带着长尖钉的贞洁带子：“我会一直扎进去把他扎穿，我还想象血会流到我的身上……我没想到情况会正好相反。”（186）当凸眼向她靠近时，她开始想象将自己变成一个（白人）男孩、一具（苍白的）尸体、一个四十五岁的（白人）学校老师，直至最后绝望地想变成一个白人老头。谭波儿的想象伴随着凸眼放在她肚子上的手的动作而改变：起初是凸眼不期待看到的白人男孩，随后是映衬谭波儿悲痛情绪的装殓在棺材中的尸体（185—186）。重要的是，谭波儿最后两次试图躲避菲勒斯威胁的幻想带有明显的种族主义语气：

> 我要像学校里的老师那样对他说话，那时我真的成了学校里的老师，我面前是个黑色的小玩意儿，（凸眼）有点像个小黑鬼，而我是他的老师……我对那玩意儿说我打算干什么，可它好像不断地挺起来挺起来，好像它已经看见鞭子了。
>
> 后来我说这样不行。我应该是个男人。于是我就成了个老头，长着长长的白胡子，而那小黑人变得越来越小，越来越小，我对他说你现在明白了吧……我就想怎么成个男人，我刚这么想，那事就发生了。（187—188）

由此可见，谭波儿在被强暴前夜能够掌控形势的唯一办法就是将凸眼——

整个故事中都与黑色和黑种性相关联的人物——设想为越来越小的小黑东西，从而对她的任何白人男性化身的威胁也越来越小。显然谭波儿无法放弃自己的白种性，她也无法将凸眼想象成女性。对此唐纳认为，“在谭波儿的意识核心是这样的观念：黑人男性是性侵犯的象征，白人男性是抵制侵犯的化身”（2000：18）。因此“黑人”凸眼从根本上而言指涉着并被戏剧化表现为“受污染的观念”——难以形容的、无法看透的、暴力的、邪恶的菲勒斯威胁。

桑德奎斯特认为谭波儿的被性侵场景是《圣殿》中普遍存在的含混不清的场景之一。他进一步将谭波儿受文化建构的思维方式置于更大的历史语境下，以说明其独特的语境意义：

> 即便此处“黑人”更清晰地代表任何形式下不可名状的性侵犯的邪恶，但在福克纳堕落的南方语境下，尤其是在谭波儿对南方诱惑的近乎淫秽的描绘下，她幻想抵抗“黑人男孩”的性侵——“黑人”更明显地被隐喻为性器官，这种抵抗都具有令人困扰的含义。那种侵犯潜在的衍生物及对它的抵抗，将会成为福克纳接下来十年的显性主题。他首先调查了当时南方的疯狂瘾症、悲剧现实以及种族混杂，随后从奴隶主对奴隶的暴力行为中调查它们的动荡根源。（1983：58）

总之，谭波儿同福克纳笔下众多女性主人公拥有相似的命运。从凯蒂·康普生到尤拉·瓦纳，她们的命运都笼罩着具有悲剧性的（有时也是喜剧性的）性侵光晕。然而谭波儿被白人侵犯却奇特地将侵犯者描绘为“黑人”，使得整本书都染上了种族混杂的色彩。堕落的谭波儿不久后疯狂地对凸眼祈求“爹爹，爹爹，给我吧，爹爹”（202），这与乔安娜·伯顿充满情欲的呼喊——“黑人！黑人！黑人！”（《八月之光》，183）如出一辙。事实上，正如谭波儿令人震惊的性堕落预期了乔安娜的迷狂行为一样，从凸眼的心理传记介绍中，读者似乎也可以看到克里斯默斯童年的受虐经历。尽管福克纳曾认为乔·克里斯默斯是“悲剧的”，而凸眼只是一个“怪物”（Fant III & Ashley，1964：18），但巧合的是，他们两个人都被描写为“黑人”。由此从《圣殿》开始，福克纳有意或无意中正在着手为他的伟大的关于“伪装白人”的故事做准备。另外，两个文本间还有诸多互文特征。例如，凸眼出生的那天“正好是圣诞节”（262），和乔一样，他也总被描写为“黑影”。最后，虽然整本书并不依赖种族妄想激情来创作骇人听闻的暴力事件，但将凸眼“黑人化”预设了福克纳创作生涯最重要的主题——南方的种族混杂情节，尽管针对这一问题的歇斯底里病症是以一些反常的方式呈现的。

《埃莉》与《山上的胜利》：对“血统之谜”的戏剧化延展

血统谜题和威胁在短篇小说《埃莉》和《山上的胜利》中得到延续。两部作品都（专门地或部分地）探讨了主人公的种族模糊身份及他们对南方淑女造成的性威胁。疑似黑人索瑟·韦德尔和传言黑人保罗·德·蒙蒂尼虽然没有对社会造成任何实质威胁，却充当了歇斯底里的性别种族主义偏见的受害者。

与《圣殿》类似，《埃莉》主要讲述了受困的女性角色试图挣脱“性”束缚的故事。埃莉是福克纳塑造的又一位遭到性压抑的女性形象。她因为找不到合理的释放途径，时常诉诸不良甚至极端的方式发泄自我。作为来自上层社会的南方女性，埃莉总会让人联想起《喧哗与骚动》中“容易到手的”凯蒂母女，因为她们都具有强烈、扭曲、堕落的性欲望。行为放荡的埃莉一出场就被形容为：

> 在这样的阴影里她几乎每晚都跟不同的男人睡在一起——起初是镇上的年轻人，但后来就变成了几乎任何人，任何她事先约定或随机遇到的路过小镇的男人，只要他长相体面。（Faulkner，1977：208）[①]

同先前的其他女性形象一样，埃莉很快就成为作家同情和为之焦虑的对象。作家的焦虑在于埃莉必须表现出荡妇的气质才能看起来可爱，但作为压抑性环境的受害者，她也必然会引起作家的同情。使情况更复杂的是，本应引导女孩从少女阶段向成年女性过渡的父母却一直缺场，与女儿的联系甚少。结果是埃莉的整个青春期都受到耳聋但眼光尖锐的祖母的密切监视。她由此累积了对老年妇女的恨和恐惧，但同时她也对压抑的、平淡无奇的小镇生活日增厌恶。

每天夜里，埃莉都必须要进入“黑屋子”去面对目光犀利的祖母，因为后者总是坚持不懈地观察她的嘴唇上是否有亲吻的痕迹：

> 老女人目光冷酷而尖锐，女孩感到厌倦、疲惫，她的脸上、她那深色的睁大的双眼充满了无力的仇恨。然后她会走开回到自己屋里，在门上靠一会儿，不久会听见祖母的灯被关上，有时她会安静无助地哭泣，“这只老母狗。这只老母狗。”（209）

埃莉感到杰弗生镇那暗淡无趣、不断重复的“明天”异常可怕。在这里生活变得空洞而毫无意义，她渴望逃离束缚她的父母权威和小镇的沉闷生活。在

① 短篇选自 William Faulkner, *Collected Stories of William Faulkner*（New York: Vintage Books, 1977）。中文为作者试译，下文只标注页码。

她就要向保罗献身时，祖母意外地出现在他们两个人附近的草坪中。这更加激化了埃莉逃离的愿望，因而她对保罗抱怨道："我还能做什么，在这个已经死去的、没有希望的小镇里？我要工作。我不想无所事事。只要为我找到一份工作——做任何事、在任何地方都可以，只要它距离足够远，我就可以永远不再听到杰弗生这几个字了。"（212）

因名字特殊而被传言为黑人的保罗·德·蒙蒂尼一出现，就加深了这对祖孙之间的矛盾。一方面，保罗这一角色的出现是必不可少的，因为他的存在确保了富有戏剧张力的三角关系的存在：南方女性、黑人（确定或疑似的）、具有阉割冲动的南方白人思想，这三者共同演出了程式化的南方大戏。

埃莉热衷于与一个受欢迎的混血儿实现性结合，以此向具有"恐黑症"的祖母进行报复。她同时又希望抓住一切机会逃离家人和小镇的束缚。不幸的是，最终她选择的对象是无道德观念、总像种马一样随意交配的年轻男性保罗。从这一点而言，保罗似乎完全符合人们对黑人的刻板印象。甚至面对埃莉坚持不懈的结婚请求时，保罗却说"我不会跟她们结婚"（212，213）。但具讽刺意味的是，保罗身上的黑人血统完全建立在传言之上，即建立在人们盲目刻板地对外表和姓氏的主观判断之上。在第一次见到保罗时，埃莉的朋友就提醒她说保罗可能是个假冒白人的黑白混血儿："你没有注意到他的头发。就像一个针织的帽子。他的嘴唇几乎有些肿大"，而且他的叔叔也据说"曾经杀死过一个人，因为那人告发他有黑人血统"（209）。

毫无疑问，最相信保罗有黑人血统，甚至一手创造了这种血统的人正是埃莉的祖母，她的判断依据是保罗的外貌特征和家族谱系。故事结尾，她肯定了埃莉朋友的说法。为了证明保罗的黑人身份，首先，她提供的证据是"看他的头发，他的指甲"（218）。其次，她还声称自己不需要考虑身体证据，因为她以前就住在路易斯安那州并且知道"德·蒙蒂尼这个姓氏已经延续了四代"（218）。第一次听到埃莉喊出这位新朋友的名字时，祖母的震惊反应极富戏剧性："这位祖母，臀部以下并没有动弹，开始像一条蛇一样剧烈地后退击打。"（211）老妇人的震惊证实了她对待黑人的盲目偏见，表达了她无法容忍作为南方淑女的孙女与一个黑人交往的愤怒。

埃莉与疑似混血儿的不正当结合——一种公开对南方种族混杂禁忌的违抗——引发了有"恐黑症"的祖母的警觉，因而后者企图利用一切手段来防止这段关系的进一步发展。上文提到，为了阻止他们二人的亲近，老祖母一路追踪来到草地附近，及时阻止了他们的结合：

> 祖母正好站在他们身后的上方。她何时赶到的，站在那儿多久，他们无从知晓。但她就站在那儿，什么也不说，在这场反高潮插曲中保罗不慌不忙地离开了。埃莉站在那儿，发愣地思考着："我被抓住有罪，却还没

时间来得及犯罪。”（211）

虽然祖母接下来的言辞警告让绝望的埃莉有所收敛，但事实证明她的妥协只是假装的。在埃莉与未婚夫菲利普结婚三周前，她并没有按照母亲的要求开车前往米尔斯城接祖母回到家中，而是溜出去与保罗幽会，并在他们到达之前将自己献身给保罗。在发现了埃莉将这个“黑人”带到自己的儿子家中后，祖母再也不能保持沉默：

“（你）不满足于欺骗你的父母和朋友，竟敢把一个黑人带到我儿子家里做客。”

“祖母！”埃莉说。

“还想让我跟一个黑人同桌吃饭。”（217）

显然，祖母已经由无声的抗议转向公开的责骂。这种态度的发展彰显了老妇人露骨的种族主义情结。正如侯文敬所指出的，“（祖母）随后‘禁止（保罗）睡在这个屋檐下’，拒绝他送自己和埃莉回杰弗生，要求‘她身上的血液不得再与他的掺和’。这些反应捕捉到了 19 世纪末种族隔离主义和吉姆克劳主义的实质”（1989：100）。然而埃莉一直坚持抵抗这些指令，并鲁莽地通过种族混杂行为刺激祖母——“去说吧！告诉他我们今早上钻进了一片树林，还在那儿待了两个小时”（218）。由此女孩将事情推向了失控的局面。现在，能够让祖母保持沉默不向父亲告发的唯一方式就是将她杀害。埃莉要求保罗在回杰弗生的路上通过伪造交通事故来 “阻止（祖母）告诉爸爸”（220），但遭到了保罗的断然拒绝。更糟糕的是，她最后一次对保罗提出结婚的要求，甚至让步地说道：“如果是关于（你）黑人血统的故事。那么我不相信。我不在乎。”（222）然而她的求婚再次遭到残忍拒绝。绝望之中，埃莉最终扭转方向盘让汽车冲下公路撞上了峭壁，杀死了祖母和保罗。

文中特别值得注意的是埃莉的父亲，他的缺席让埃莉一直有所畏惧。埃莉与保罗无视祖母的监视和干预旧情复燃，证明女孩对祖母的肆无忌惮的反抗。直到祖母亮出底牌，要将女孩违背社会禁忌的行为告知她的父亲（作为象征界的绝对代表），才引发了埃莉彻底迸发的绝望和最终诉诸杀人的决心。

可以说在这些人为行动之下运作的是三种心态的碰撞。与其说故事是令人信服的社会事件报道，不如说是一种对社会种族混杂情节的心理记录。祖母和缺席的父亲代表了令人窒息的和防卫过度的南方思想——他们歇斯底里地努力制止种族间的混杂行为。埃莉代表了受到性压抑的白人女性，不仅幻想通过具有性魅力的疑似混血儿释放自我，而且一直憧憬走出沉闷的小镇生活。保罗从中充当了那个污染催化剂，加速了两边矛盾的激化，成为南方社会重建秩序过程中的替罪羊。另外即使在埃莉将向保罗性妥协的前一刻，保罗的黑人身份依旧无法确定。甚至他自己也表现出了南方白人男性的保护欲望，禁止任何种族间融合的可能性。更准确地说，即便仅仅是“污染的想法”也禁止存在。保罗被杀确保了南方女性的贞洁和生存的可能。

相比其他文本，《山上的胜利》中索瑟·韦德尔作为疑似黑人的威胁显得更难捉摸，因为此处种族身份识别（或误识）仅仅依据对外表的不可靠判断。内战结束后邦联军队的独臂少校索瑟和他的黑人奴仆犹八赶路前往密西西比老家，路过东田纳西州，夜晚他们借宿当地一户穷白人家庭。这户人家中的父亲和长子都是狂热的联邦分子（Unionists），对外来者表现出了强烈的憎恨。因为索瑟少校的“眼睛和头发都是黑色的，脸很黑很大却很瘦，有股傲气”（201），[①]他那颇有男性气质的外表吸引了家中的女儿。但对于家中的男性成员而言，疑似黑人与白人女性间的性吸引是无法忍受的。因而不久，构成南方“种族混杂情节”的三重因素都已准备就绪：疑似黑人、南方女性和由男性山民代表的南方白人心理。这些山区种族主义男性容不得任何疑似威胁的存在，因而索瑟作为疑似黑人势必无法逃脱被杀戮的命运。

在该种族混杂三角关系中，首先值得注意的是男性群体对索瑟·韦德尔种族身份指认的不确定性。大量的文本证据证明这种指认只是一种误判，是狂暴的种族主义支持者梵奇的想象性产物。其中一个场面极富说服力，当韦德尔手拿玉米酒走向厨房门口（厨房里是家中隐藏的女儿），梵奇野蛮地呵斥他别靠近门口：

> “离那门远点！”梵奇说道，“你这该死的黑鬼。”
>
> “这么说是我的脸而不是我的制服了，”陌生人说道，“你打了四年仗来使我们获得自由，我明白了。”（204）

梵奇诋毁性的判断也许是出于他强烈地反对妹妹和邦联军官的任何接触，但这同时说明了梵奇潜意识中对种族混杂可能性的畏惧。而韦德尔的回答是对前者仅凭人的外貌作判断的一种讽刺性评价。随后这位军官本人声明了自己是乔克托族酋长弗朗西斯·韦德尔的儿子（虽然声明本身并没有得到叙述者和作者的证实），甚至家中的父亲和小儿子对韦德尔犹豫不决的冷淡态度也证明了他们判断的不确定性。

正如埃莉遇到保罗后渴望逃离她的生活环境一样，索瑟·韦德尔的出现顺应了家中女儿试图逃离贫穷、冷漠、荒芜的山区生活的需求。这对主仆偶然性

---

① 魏玉杰译，引自陶洁编，福克纳著《福克纳短篇小说集》，译林出版社，2001。以下引文只标注页码。

的到访，让她设想着出逃的可能。尤其在受到韦德尔的优雅、高贵气质吸引后，她的欲望显得更为强烈。通过与黑人奴仆犹八的谈话，她排除了韦德尔的疑似黑人血统，证实了他的贵族血统和单身汉身份。她甚至无视父兄的警告威胁，利用男人们吃饭的机会露面，试图吸引韦德尔的注意力。饭后女孩站在黑暗的门厅里再次试图接近陌生人，但父亲用皮带抽打她，以此来阻止她的越界行为。然而女孩并没有因此气馁，夜里她试图穿过父亲的房间去见韦德尔。这次父亲恐吓道："如果你走出那道门，就再也别回来。"（219）相比之下，梵奇则更直接地警告："让他赶快和你结婚，否则天一亮你就成了寡妇。"（219）孤注一掷的情况下，女孩让弟弟给韦德尔带口信，祈求他来到他们睡觉的阁楼会面。虽然读者无从知晓韦德尔为何一再拒绝女孩的约会请求，但她那坚持不懈的异性邀约恰恰说明了女孩渴望新生活的决心。

索瑟的黑人身份虽然只是一种思想幻觉，种族混杂的恐惧却几乎支配了所有参与者的思想，最终导致人们冲动的反应。这些人中梵奇最沉溺于作为联邦分子的战斗仇恨和种族主义偏见，因而他理所当然成了暴力的执行者，甚而至于残酷地伏击杀害了正要下山的索瑟。家中的父亲对于索瑟的身份一直表示出犹豫的不确定性并质问道："梵奇说你是黑人……你是黑人吗？"（211）但当他发现自己的女儿对这位半乔克托半法国人表现出爱慕之情后，他也变得更加充满敌意。尽管他并没有像梵奇一样激烈地执着于种族混杂的威胁性，但他一再警告陌生人不要留下过夜。女孩第一次出现在索瑟面前后，这位父亲先是命令她退回厨房，随后催促陌生人立即离开："牵上你的马，走吧！"（215）当父亲再次发现女孩试图与索瑟见面后，他甚至建议索瑟将喝醉了的黑奴留下自己骑马离开，因为"（犹八）他只不过是个黑奴而已"（222）。他的最后一次警告听起来也更加严厉和坚定，完全不顾及对方的辩解：

> "带上你的马和黑奴，开路！"
> "如果你担心你的女儿，我只见过她一面，我绝对不指望再见到她。"
> "骑马走人，"那父亲说道，"拿上你的东西，走。"（222）

此时父亲完全挡在他的女儿和陌生人之间，防止他们之间进行任何接触。然而索瑟坚持自己的贵族品德。他拒绝扔下犹八独自离开的决定也让自己成为这起山区谋杀案的同谋。

索瑟军官的出现让家中的小儿子赫尔的内心也产生了冲突。赫尔同他的姐姐一样，渴望迅速逃离粗野的山区生活，也被军官的个人魅力所吸引，从而开始梦想新生活。但在男孩搞清索瑟的种族身份之前，他也不可避免地困扰于种族混杂情节。赫尔充当了姐姐的送信人来到军官面前后，这位 17 岁的男孩头脑中产生了激烈的矛盾，一方面是对于索瑟的仰羡之情，另一面是种族混杂的潜在威胁：

> 男孩静静地哭着，一副沉静而又无限绝望的神态。
>
> “我告诉她如果你是黑人，如果她那么干，我告诉她我……”
>
> “什么？如果她干了什么？她要你告诉我什么？”
>
> “告诉你她和我睡觉的阁楼窗户。有一架梯子你可以用，那是我做的，晚上打猎回来时用的。不过我告诉她如果你是黑人，她还那么干我就……”（219）

赫尔不断在这段对话中重复“我告诉她”（I told her），表明他也怀疑索瑟身上具有黑人血统。事实上，男孩对种族混杂情形的绝望让他希望自己和索瑟都能死掉（218）。但随着对陌生人家族历史的逐渐了解，他开始信任索瑟，同时对于潜在的种族混杂恐惧也得到消解。随后，他开始幻想逃离眼下的生活，前往一个更文明、更平和的世界。在那里人们整天打猎，有马可以骑，有黑奴伺候自己。抱着这样的美好幻象，他催促索瑟与姐姐结婚并带着他们二人离开此地：“我们可以干活。她看上去可能不像一年四季老穿鞋的密西西比女人，可是我们可以学嘛，我们不会在别人面前给你丢脸。”（221）男孩甚至在军官和仆人离开后坚持恳求，并追到林中为他们指出近路，但最终他悲剧性地被自己的父亲误杀。

综上所述，黑皮肤、黑眼睛、黑头发的军官的出现，在山区穷白人家庭中掀起了一场对潜在的种族混杂的恐惧，这种情绪让他们彻夜难眠乃至最终下定决心杀害这位疑似黑人军官。作品中，性和种族再次上升为操控主要人物意识流动的核心因素。故事中人物暴力而悲剧的经历荒诞地围绕着一个“想象性的威胁”展开。

Ⅳ. 达至巅峰

> 我认为单独的个体是看不到完整的真相的。真相具有欺骗性。你只能看到真相的某个侧面，而别人看到的又是另外一个侧面。虽然每个人看到的都是片面的，但把这些侧面拼贴起来，真相就显现出来了。罗莎和昆丁看到的是一部分真相。昆丁的父亲看到的是他所相信并视为真相的部分，但是他对读者来说有点可望而不可即，其叙述反而不如三人的总体叙述可信。或许采用一种更明智、更包容、更审慎或更缜密的态度来看待他更为合适，姑且称之为看燕八哥的第十三种方式。但我想，真相会在读者阅读这十三种方式时显现出来，不妨将读者的想象称为第十四种方式，我认为这才是真相。
>
> —Frederick Gwynn and Joseph Blotner，*Faulkner in the University*，pp.273–274.

福克纳对黑人主题的探索在《押沙龙，押沙龙！》和《去吧，摩西》中达到巅峰。《押沙龙，押沙龙！》以无与伦比的艺术手法将作家早期小说中对黑人的种种关注融为一体。它仍以作家在《军饷》中就给予关注，在《坟墓里的旗帜》中进一步明确，在《喧哗与骚动》中得到强化的“血统”和“家庭”为中心，用最微妙、复杂、强烈的叙事手法将两者的衍生物——“重婚”“种族混杂”“乱伦”“弑兄”交织在一起。《押沙龙，押沙龙！》是《喧哗与骚动》中未竟视界的延展，是《八月之光》中对“疑似黑人”心理和南方集体心态的进一步绎解。它以前所未有的叙事规模和无比精湛的艺术手法描绘了作为“隐喻式抽象观念”的黑人群体。它首次将黑、白两种族并置于广阔的“内战”和“大迁徙”的历史背景之下，凸显了黑人独特的社会历史意义。更为关键的是，《押沙龙，押沙龙！》增加了除政治、道德层面之外有关种族的另一重要层面——作为小说美学设计关键要素的黑人。这一创见成就了小说及小说形成过程中占主导地位的“梦幻似的”黑人存在，而此前它却一再被悬置。《去吧，摩西》与《押沙龙，押沙龙！》有着许多相似的特征。它们共同标志着 “从种族歧视造成的悲剧向引发悲剧之悲剧——导致兄弟间仇杀的祖先的罪恶”这一主题的转向。《去吧，摩西》也将有关黑人的“乱伦”“种族混杂”“弑兄”等主题与“爱情婚姻”“对人权和土地的侵犯与占有”“大自然图腾（大熊老班）”的牺牲、“发展与物质主义”等社会问题有机融合。此外，该小说始于种族杂交，终于种族杂交，记载了白人家族对黑人家族长达 150 年的压迫历史，延展升华了黑人心中汹涌澎湃的政治、经济以及情感方面的思想意识。书中涌现出以路喀斯·布钱普为首的“呐喊”者，他代表整个种族大声疾呼：“我是一个黑鬼，但我也是一个人。”(46) 这是对白人统治者的有力控诉。从这个意义上说，《去吧，摩西》可视为黑人的“人权宣言”。总之，在到达巅峰之际，福克纳将种族主题与美国文学中的其他重大主题有机结合起来，从而最富戏剧性地再现了南方的历史。至此可以得出结论：《押沙龙，押沙龙！》堪称一部黑人的“百科全书”，而《去吧，摩西》则可视为黑人的“人权宣言”。

《押沙龙，押沙龙！》：黑人的“百科全书”

福克纳对黑人主题的探索在其第九部长篇小说《押沙龙，押沙龙！》(1936) 中达到巅峰，他曾颇为自负地将这部作品称为“美国人写过的最好的小说”(Blotner，1984：279)。[①]尽管叙事技巧纷繁复杂，《押沙龙，押沙龙！》的故事情节却简单明晰：1833 年 6 月，一个名为托马斯·萨德本的穷苦山民来到杰弗生镇，从印第安酋长手中巧取豪夺到一块 100 平方英里的处女地后就离开了。两个月后，他带着 20 个黑奴与一名法国建筑师回来，建立起“萨德本百

① 福克纳还将《押沙龙，押沙龙！》称为“南方种族体系的浓缩版本”(Gwynn & Blotner, 1965: 94)。

里地”，成为当地最大的种植园主，声名日盛。埃伦·科德菲尔德嫁给了他，并生下儿子亨利和女儿朱迪思。亨利在密西西比大学与富家子弟查尔斯·邦成为同窗好友，邦得到了埃伦的青睐，和朱迪思订了婚。内战爆发后，萨德本、亨利与邦加入联军。4年后，亨利和邦回到杰弗生镇，亨利突然枪杀了邦，然后不知所踪。战后的萨德本一贫如洗——他失去了唯一的儿子，庄园也所剩无几。埃伦已死，萨德本于是和沃许·琼斯的外孙女米莉同居，但当得知米莉生的是个女儿时，便对她无礼至极。不堪凌辱的沃许一怒之下举起镰刀杀死了这位自己崇拜并追随了多年的“英雄”。

小说中时空交错的手法和多重叙事视角的运用与《喧哗与骚动》特别是《我弥留之际》的碎片式独白一脉相承，其直接效果是凸显了“真相”的相对性。按照麦克尔·米尔盖特（Michael Millgate）的说法：

> 在《我弥留之际》和《喧哗与骚动》中，我们面对的是真相扑朔迷离的问题，“事实”总是具有主观性，《押沙龙，押沙龙！》同样如此。在这些小说中，叙事由碎片组成，核心事件无不经由多个视角逐渐展开，而每个视角都不具备最终权威。（1989：106）

《押沙龙，押沙龙！》对黑人主题的处理同样遵循这种模式。四名叙述者对萨德本的事迹众说纷纭，而其中又缺少黑人叙述者的声音，这便导致小说中的黑人形象破碎而虚幻。事实上，《押沙龙，押沙龙！》并不是个例——黑人形象的模糊一直是福克纳作品的显著特征之一。一方面，作为白人奴隶主的后裔，福克纳无法甚至不愿深入黑人的精神世界，探索他们真实的内心境况；另一方面，我们也必须承认，黑人群体“影子式的在场”从一开始就如鬼魅般萦绕着美国南方白人的生活。正如蒂西勒所说：“黑人是南方生活难以回避的组成部分”，但“在与他们朝夕相处的人的眼中，却又始终是个‘谜’”（1969：12）。昆丁和施里夫在《押沙龙，押沙龙！》里也得出了类似结论：对于南方和南方人来说，黑人无处不在却又神秘莫测，既代表着慰藉，又代表着恐怖，既意味着生存，又意味着毁灭，既是现实，又是臆想。

罗莎·科德菲尔德的言行就是一个典型例子。罗莎是埃伦的妹妹，也是故事的参与者和叙述者。她从未见过查尔斯·邦，却在邦死后想抬起棺材来确认他确实躺在里面，是个真实存在的人：

> 我还试着独自把灵柩的全部重量抬了抬以向自己证明他的确是在里面。不过我说不上来……因为我从未见过他。……常有某些事发生在我们身上可理智与感觉就是不能接受，……有些事情使我们徒然停住仿佛是某种不可理解的干涉在起作用，就像隔着一层玻璃，透过它我们观察着以后

发生的事，一目了然仿佛是在一种无声的真空里，然后变稀变淡，不见痕迹；消失了，留下我们，动弹不得，无能为力，孤苦无助；僵定着，直到我们可以死去。（123；149）[①]

罗莎的话颇具隐喻性，黑人之于南方本身就是一个抽象的存在。罗莎将邦称为“被我们钉进匣子的那虚无缥缈的东西”，这种“虚无缥缈”使她无法诉诸“感官检验”（123）。首先，在这片白人坚决否认黑人身份的土地上，后者的存在确实无法经由任何感官检验。更何况，“那虚无缥缈的东西”也无法“被钉进匣子”（123）。对于四个叙述者来说，邦既是活生生的人，又是一个想象性的建构，这种双重性给予他们充分的创造空间。不管他们是否见过邦，邦的存在都是一个不可回避的事实，哪怕他最终同黑人一样，成为南方社会“看不见的人”。

但没有人可以说清邦到底是怎样一个人。对于康普生先生来说，邦的形象“影影绰绰”（58），他对邦的描述充斥着各种不确定的字眼：

在我看来，他倒是个不寻常的人。他来到这个孤立的、清教徒式的乡村家庭，几乎像萨德本自己当初进入杰弗生镇一样：显然满齐全，没什么背景、历史或是童年时代……他（邦）似乎已退缩为仅仅一个旁观者，冷漠，带点嘲讽，而且完全像一个谜。他像是在飘飞，阴影似的，几乎没有实体，离所有那一套直截了当、环环相扣，甚至是（对他来说）不可理解的最后通牒、郑重陈述、对抗、挑战和断然拒绝，都有一段距离，并且高高在上，抱着一种讥诮、倦怠的超然神态……（87—88）

邦作为抽象存在的化身，在康普生先生口中幻化为飘忽的“阴影”，在萨德本一家的眼里则被客观化为一个物品。[②]康普生先生谈起了埃伦对邦的态度：

她说起邦时仿佛拿他当作连在一起的三件没生命的东西，或是一件没生命的东西，但对她和她的家庭来说能有三种相关的用途：可供朱迪思穿的一件外衣，就像她会穿的马装或舞会礼服；一件家具，可以补充她家的陈设，使之完备，品位也更高；再就是一位顾问兼榜样，用来纠正亨利乡气的举止、言谈和着装。（70）

---

① 该部分参考的小说版本为 William Faulkner, *Absalom, Absalom!*. New York: Viking, 1986. 译文参照李文俊译，福克纳著《押沙龙，押沙龙！》，上海译文出版社，2000。下文只标注页码。

② 在《八月之光》中，乔安娜也将黑人视为中性事物，如雨、家具、食物、睡眠等（*Light in August*, 585）。这意味着南方人意识不到黑人也具有人性。

最后，善于想入非非的康普生先生设想了邦向朱迪思求婚的场景。在这个场景中，邦的形象依然是模糊而抽象的：

> 朱迪思怀着一种受了困扰却仍然很宁静的忧虑，邦则以一种讥诮与感到惊愕的憎厌，难以看透、影影绰绰的人物似乎常以这种形式露面。是的，就是影影绰绰：是一个神话，一个幻影，是作为一个整体由他们自己制造和产生出来的；具有萨德本血统和性格的某种臭味，仿佛作为一个人他根本就是不存在的。（98）

在四位叙述者口中，邦的身份始终是延宕的、游移的。不过，在他那“八分之一的黑人血统”（247）大白于天下之前，他一直是个上帝式的人物，备受景仰和倾慕。在康普生先生看来，邦令萨德本家的所有男性都相形见绌：

> ……是一位比他实际年龄更显得优雅而见过世面、更加富有自信的青年，人很帅气，显然很富裕，而且有背景——这样一位人物在当时边远的密西西比州肯定几乎像是只火凤凰……此人举止从容安详，气度傲慢豪侠，与他相比，萨德本的妄自尊大简直是拙劣的虚张声势，而亨利则全然是个毛手毛脚的毛小子了。（69）

在接下来的叙述中，康普生先生将邦对“萨德本百里地”的拜访比喻成“一个年轻的罗马执政官在作一次他那时代时兴的‘壮游’，到自己祖父征服的野蛮人游牧部落中去”，对于萨德本父子“拜物教支配下的道德莽撞行为”，他只是“冷静、专注地默察着，就像是一个科学家在观察一只上了麻药的青蛙的肌肉；——隔着一道‘世故’的屏障对他们观察与思考，与这种世故相比，亨利与萨德本简直是穴居人”（88）。

同样，对于罗莎来说，邦也是一个传奇式人物，她从未停止过对这个素未谋面的年轻人梦幻般的想象。尽管在萨德本家中邦“仅仅是一个形体、一个影子：还不是一个男人、一个人的形体与影子，而是某样埃伦想要的稀罕物件——瓶子、椅子或是书桌”（147），但罗莎还是不厌其烦絮絮叨叨地表达了她对这个“形体”和“影子”毫无缘由的喜爱。而亨利对邦的青睐则更进一步，他早已将这位大学时代的同窗好友视为完美的典范，对他亦步亦趋，一直在竭力模仿后者的言谈举止、衣着品位，甚至极力促成朱迪思与邦的联姻。

邦的形象在《押沙龙，押沙龙！》中是分裂的、对立的，这也显示了福克纳在处理黑人主题时典型的暧昧情绪。一方面，邦与作为奴隶的黑人有着天壤之别，换言之，他并未承袭黑人刻板化的社会角色。更重要的是，邦的颠覆性形象否定和嘲弄了以肤色为基础的不合理的社会等级制度。虽然在外形上与白人无异，邦还是因为自己八分之一的黑人血统被划归于黑人群体。以肤色论，福克纳作品中的人物角色大致可分为四类：① 以查尔斯·邦为代表的白“黑人”，他们看起来与白人并无差别，却被黑人血液“污染”了血统；② 以卢卡斯和山姆·法泽斯为代表的“白”黑人，他们沉溺于自己的白人血统，像白人一样行为处事；③ 昆丁兄妹、萨德本父子式的“黑”白人，他们虽有纯正的白人血统，却常常展现出某种“黑人”特质；④ 非黑非白人，如乔·克里斯默斯，他们既无法被归入黑人之列，也不属于白人群体。不过，当罗莎在楼梯口遇见黑人女仆克莱蒂并被迫发生肢体接触时，一切人为的限制都爆破了、瓦解了。罗莎事后回忆说：“可是让肉体接触肉体，你就等着看阶级也包括种族方面全部蛋壳般薄的禁忌的崩溃吧。”（135）

邦虽然不同于福克纳塑造的大部分黑人角色，但他影子般的在场就如同黑人嘲弄的笑声，用小说中的话来讲，是“震耳欲聋的一阵阵醇厚笑声，无意义、让人胆战心惊的笑声”（237—238）。这种笑声似乎潜藏着存在的奥秘，使生活显得荒诞而不祥。事实上，邦作为一个疏离的神秘旁观者，与将 13 岁的萨德本拒之门外的“猿猴黑鬼”（202）颇有相似之处。萨德本对少年时代的屈辱经历一直耿耿于怀，他不止一次愤慨地提到了“气球脸”的黑人，但又因黑人那悖论式的天性而感到无可奈何：

> 你知道你可以揍他们……他们不会还手甚至都不抵挡。可是你又不想打了，因为他们——黑鬼们——不是那个对手，不是你想打的那个对象；在你打他们的时候，你仿佛仅仅是打在上面印有一张脸的幼儿玩具气球上，因此你不敢打它，因为它仅仅是会炸裂，你宁愿让它继续往前走，走出你的视线而不愿让它哈哈大笑地站在那里。（236）

“气球”是现实世界象征性的隐喻，像少年萨德本这样的穷苦白人在面对“印有一张脸的幼儿玩具气球”式的黑人时是无力的，而这种无力同样表现在他们面对具体而又虚幻的现实之时。这使萨德本深切体会到白人社会对人价值的轻视，甚至连穷苦白人也不能幸免：

> 不是指那个猿猴黑鬼。再也不是那个黑鬼正如那天晚上他父亲参加抽打的那个也不是。那黑鬼仅仅是另一张气球面孔，光滑、臌胀，笑声醇厚、响亮与让人胆战心惊因此他不敢让它爆炸，居高临下地看着他从那扇半开的门的里面，在那个瞬间，在他自己知道之前，他内部的某个东西逃逸出来而且——他无法闭住它的眼睛——从那张气球脸内朝外张望，就跟那个有皮鞋却可以脱了不穿的人一样，此人受到发出笑声的气球的遮挡和保护，不让孩子这类人撞见，他（那个富人）不知呆在哪个看不见的角落朝

外张望，看到一个被挡在门外衣服打补丁长了双外八字脚不穿鞋的孩子，还透过孩子朝远处看，孩子自己见到他的父亲、姐妹和兄弟，就以那个主人、富人（不是黑鬼）一直在看他们的眼光——仿佛看的是牛群，是粗野没有礼仪的生物，被野蛮地运进一个世界，没有自己的希望或目的，而这些生物反过来也会野蛮与恶意地大肆孳生，两倍、三倍与多倍地生育，让空间与大地充溢着一个种族，其未来无非是一代代人穿改小、打补丁的外套，还是从小铺里高价赊购的因为他们是白人，黑人在这里倒可以免费领取外衣，黑人唯一的遗产是一张气球脸上绽开笑容的表情，这脸曾朝外张望过某个记不清、没有名字的祖辈，这人是个小男孩时便敲过一扇门并让一个黑鬼打发从后面绕。（240）

邦同“印有一张脸的幼儿玩具气球”式的黑人一样，是一个人为建构的形象。这也解释了为什么萨德本在得知邦的身世后将他拒之于千里之外的原因。邦正是萨德本拒绝承认的那类抽象的存在，因为他的在场令萨德本感到自己受到了嘲弄和冒犯。当初萨德本抛弃邦母子是因为觉得两个人不符合他的“计划”，而如果在二十余年之后再接受邦，那么便无疑加剧了他苦心经营多年的“计划”的讽刺意味。

邦那虚幻的形象也传递给了他的子孙后代。邦的儿子查尔斯·埃蒂尼·圣瓦勒里·邦有“四个名字”“十六分之一的黑人血统”（158）。康普生先生这样描述他：“这孩子有一张不成熟的脸但是看不出大小，仿佛他根本没有过童年，跟罗莎·科德菲尔德小姐所说自己没有童年倒不是一回事，而是仿佛他不是像凡人那样生下来的，并非经过男人的作用和女人的痛苦创造出来的而且变成孤儿也不是因为有人死去。”（201）他的脸总是阴沉沉的，毫无表情，也没有血色（164）。当他以嫌疑人身份出现在被告席上时，法官汉布利特难以自制地诘问道：“你是什么人？你是谁？从哪儿来的？”（165）圣瓦勒里·邦和一个“煤炭般黑长相像猿猴的婆娘”（166）生了个儿子，取名吉姆·邦，吉姆是“萨德本百里地”火灾后唯一幸存的人。在昆丁和罗莎去“萨德本百里地”核实亨利是否还活着的秘密时，他们对庄园夜晚常常传出动物嚎叫声的流言已略有耳闻。罗莎跌跌撞撞地沿楼梯上楼，由于受惊而摔了一跤。这时，跟在罗莎身后的昆丁看到一个“傻傻大大、脸部松弛的黑人站在原地一动不动，朝发出跌倒声的地方看去，等候着，没有一点儿兴趣与好奇心”（372）。三个月后，克莱蒂放火烧了“萨德本百里地”。根据昆丁的描述，在一片火光冲天的混乱中：

在房子外面某处潜伏着某个东西，它在叫，反正是人类的声音，因为吼叫出的是人的语言，虽说这么认为理由不太充分……那吼叫的生物也跟着他们来到这里，像是气极了，不像是真实的物质，透过烟雾看着他们，

此刻那个副保安官甚至扭过身来轰他，而他退却着，逃开了，虽然那吼叫并没有变弱甚至都好像没有走开多少。（376）

昆丁的回忆激发了施里夫的灵感，他提出一个有趣的论断，即“得让两个黑鬼来对付一个姓萨德本的”，即“需要有查尔斯·邦和他母亲来弄掉老托姆，让查尔斯·邦和那混血女人来对付朱迪思，再由查尔斯·邦和克莱蒂去对付亨利；还让查尔斯·邦他妈妈和查尔斯·邦他姥姥来干掉查尔斯·邦”（378—379）。显而易见，这个论断暗示了黑人在美国南方的无处不在，他们像驱之不散的阴影一样时刻笼罩着白人的生活。施里夫最后得出结论说：“你们多出了一个黑鬼。是萨德本丢下的黑鬼。那就自然你们逮不住他了，你们连见都不总是能见到他，而且你们永远也无法利用他。可是你们那里至今还有他。晚上有时候你们仍然能听见他的声音。不是这样吗？”（379）以吉姆·邦为代表的虚幻的黑人形象也许是南方社会甚至是生活本身内在的矛盾隐喻。

从某种程度上说，黑人在萨德本家族的传奇中占据了主导地位。“萨德本百里地”是由黑人“在烈日里和夏天的酷热里和冬季的泥泞与冰雪里”（31）一砖一瓦建成的，而这个宏伟庄园的衰落也与黑人有着直接关系。衰落的迹象在内战之前已初露端倪，而内战的爆发则无疑加速了衰落的过程。从社会角度来看，南北战争即是一场因否定黑人权利而引发的手足残杀。雪上加霜的是，家族战争也在此时轰然爆发，其导火索就是萨德本儿子邦的黑人血统，并最终导致父子陌路，兄弟阋墙。而最后正是萨德本的黑人女儿克莱蒂将“萨德本百里地”付之一炬，宣告了萨德本王朝的覆灭，唯一残留的便是吉姆·邦德这个黑人白痴儿的嚎叫，在一片废墟中久久回荡。可以说，“萨德本百里地”的建立、衰落与毁灭都与黑人息息相关。戴维斯这样说：“在福克纳的其他作品中，黑人作为抽象力量的作用从未如此明显，黑人不仅使过去与当下的生活陷入混乱，也悖论性地促进了生活和艺术的发展。”（1983：181）

黑人从一开始就刺激和决定了萨德本“计划”的形成。当时 13 岁的萨德本替父亲去给种植园主佩蒂伯恩送口信，结果被一个黑人奴隶挡在了门外。从此，“猿猴黑鬼”（198）就成了萨德本对黑人的称呼。这一创伤经历使少年萨德本开始了对人生的思考。多年后，萨德本对自己“唯一的朋友”（220）、昆丁的祖父康普生将军讲述了幼年的遭遇和当时的感受：

他从来没有思量过自己的头发、衣服或是任何人的头发与衣服，直到他看到那个猿猴黑鬼，此人并非因为自身的原因恰好有幸在里士满受到过家庭礼仪的训练。他看着黑鬼的那身打扮，他甚至都不记得黑鬼说了些什么，不记得黑鬼用什么方式告诉他，甚至还没等他说完自己前来的目的，就让他以后再别上前门来，要来就得绕到后面去。（238）

萨德本将这一事件视为"猿猴黑鬼"和白人种植园主对他个人价值的否定，这促使萨德本开始思考社会对人的价值评判问题，进而反思社会等级制度的不合理性。他逐渐弃绝了父母朴素的、逆来顺受的生活方式，他渴望的不仅是金钱，还有奴隶和种植园以及一切在战前南方能够证明个人价值的东西。他意识到"你必须要有土地、黑鬼和一幢好宅子，这样才可以跟他们斗"（191）。福学专家奥尔佳·维克利（Olga Vickery）对此评论道："萨德本'计划'的核心和南方社会结构的核心都是黑人是低等人这一概念"（1981：97—98）。自那次创伤经历之后，萨德本像恶魔一样开始了他的复仇计划，他不择手段地向上爬，就是为了证明自身的优越性，这样"猿猴黑鬼"和他的主人便再也无法将他拒之门外了。从这个意义上说，他的自我形象、个性和人生目标都是由"猿猴黑鬼"塑造的，而"猿猴黑鬼"则是整个南方社会的缩影。

萨德本弃绝了家庭，到西印度群岛去闯荡，并如愿以偿地一夜暴富。他和一位富裕的甘蔗种植园主的女儿订了婚，而他的岳母据说"原是西班牙人"（203）。他正在一步步接近自己的目标。他告诉康普生将军说："你明白吧，我头脑里有过一个规划……为了完成它我得要有金钱、房子、庄园，要有奴隶和家庭——自然，也总得有位太太。"（212）在他的第一个儿子出生时，他开始考虑要有一个男性继承人，但这个继承人必须是个纯种的白人，正如他后来在米莉生了女孩后所说的那样——"我唯一想要的就是个儿子"（234）。但早在西印度群岛时期，悲剧就已在慢慢酝酿，情况与他的"计划"背道而驰。他曾对康普生将军坦露心声：

> 我当时面临着要不要宽恕一件事情，那是在制定我规划的过程中于我不知道的情况下欺骗性地加之于我的，宽恕意味着对规划的绝对和无可挽回的否定；要不就坚决执行完成原定计划，正是为了达成规划我才招来这样的否定……我付出了很大的代价……不管我可能作何种选择，我可能走哪条道路，通向的都是同一个结局：要就是我用自己的手毁掉我的规划，事情必然如此若是我被迫打出我最后一张王牌，要就是什么也不做，让事情循着自己的轨迹前进，我知道它会那样的，并看到我的规划在公众面前十分正常、自然与圆满地得到完成，然而在我自己看来，却是另一副模样，它将是对五十年前来到那扇门前并被撵走的那个小男孩的嘲弄与背叛，为了他的复仇这整个计划才被设想出来与向前推行，知道要作出抉择的时刻，作出这第二次选择的时刻，这是从那头一个里派生出来的如今又轮到它硬压在我的头上，作为一个协议的结果，我是胸襟坦白地接受这安排的，什么也没有隐瞒，可是对方或是那几方却恰好对我隐瞒了一个因素，它会毁灭我一直在努力奋斗的整个计划与规划，隐瞒得真叫严密，直到孩子生下来我才发现这个因素的存在。（275—276）

在发现孩子的黑人血统之后，萨德本面临着同哈姆雷特“生存还是毁灭”同样严峻的选择。这个事件是对他野心勃勃的计划的讽刺和否定，因为他发现，“这个女人和孩子与（他的）计划不能结为一体”（212）。30 年后他告诉昆丁的祖父“他发现（这个女人和孩子）并不符合他的目标，所以他将他们丢弃了”（199）。作出这个选择并未经过激烈的心理斗争，这在某种程度上佐证了萨德本的“天真”。孩子的黑人血统使他毅然决然地放弃了苦心经营多年的计划，由此可见，黑人在他整个人生中起到了怎样决定性的毁灭作用。

萨德本决定反击。他告诉康普生将军，他的确抛妻弃子，但也同时放弃了所有的权利，只带着 20 个黑人奴隶回到了杰弗生镇。正是这群黑人的日夜兼工才使“萨德本百里地”得以拔地而起。康普生将军回忆起“萨德本百里地”动工的日子：

> 他和那二十个黑人一起干活，全身涂满了湿泥来防止蚊虫叮咬，而且正如科德菲尔德小姐告诉昆丁的，仅仅凭着他的胡子跟眼睛才能把他和别人区分开来……他和那二十个黑人在烈日里和夏天的酷热里和冬天的泥泞与冰雪里一起干活，默默地怀着一股经久不衰的怒火。（32）

有趣的是，尽管萨德本在打猎时“打发黑人像群猎狗似的进沼泽地去轰赶”，平日里也对他们熟视无睹，“压根儿不打招呼，显然只当他们不在，仿佛那都是游移着的幽灵似的”（27—28），但据康普生先生观察，他在对待黑人时却展现出一种朴素的民主：“黑人干活时萨德本从不对他们大声吆喝，反而带着头干，在心理上需要的那一瞬间以身作则，用宽容产生的某种优势来控制他们而不是用野蛮的吓唬”（31）。他还经常光着身子和黑人搏斗，对此罗莎回忆道：

> 埃伦见到的并不是她意料中的两个野兽般的黑鬼，而是一白一黑，两个都光着上身，都想把对方的眼珠抠出来，仿佛他们的皮肤不仅应该是同样颜色的而且那上面还应该长满了兽毛……那就是埃伦所见到的：她的丈夫、她孩子的父亲，站在那里，光着上身，大口喘气，腰部以上一片血淋淋的，而那黑人明摆着刚刚倒下，躺在他脚边，也是血淋淋的，只不过在黑人身上这血迹看上去仅仅像是油污或是汗。（23）

这个场景是典型的对萨德本的“野兽化”，[①] 这既体现了萨德本在与黑人

---

① 在罗莎的叙述中，萨德本一直是个魔鬼式的人物。她直言他“不是绅士”（9）；他毁了科德菲尔德家族，也毁了她姐姐和孩子们（12）；更使罗莎感到怒不可遏的是萨德本把她像婊子一样使来唤去，还要她在婚前给他生个孩子（136）。

关系中的自我优越感，又展现了他的孤独。他唯一的娱乐方式就是“和野蛮的黑人搏斗”（208），而黑人是“他唯一可以依靠的人”（43）。

萨德本一直在实践着自己的宏图壮志，他历尽艰辛，身体力行，但从查尔斯·邦这位不速之客来到“萨德本百里地”过圣诞节开始，他的计划开始土崩瓦解、功亏一篑。由于不存在绝对的“真理”与“事实”，四名叙述者对事情的来龙去脉只能众说纷纭，但归根到底，可以将萨德本家族的传说归纳为“涟漪效应”：

> 说不定发生从来不是一次性的而是没准像石子沉下去后水面上的波纹一样，波纹推进，扩散，这个池塘由一条狭窄的脐带般的水道与旁边一个池塘相连而这里的水是头一个池塘供给的，供给过，一直在供给的，让这第二个池塘蓄有一种温度不同的水，分子构成不同，看去，摸着，记忆起来都不同，以不同的色调映照着无垠、不变的天空，这无所谓：那石子水淋淋的回声，它甚至都未曾看见石子落下，回声也掠过它的表面，以原来的波纹间距，按照陈旧的无法去除的节奏……。（264）

简单来说，萨德本家族就是一个连一个的“池塘”，而查尔斯·邦就是那颗投入水中的“石子”，接下来发生的一系列悲剧就是“石子水淋淋的回声”。

在见到英姿勃发的查尔斯·邦的那一刻，萨德本家的成员反应各不相同。对于“浪漫的傻瓜”（11）埃伦来说，邦意味着三件没生命的东西，她绞尽脑汁撮合他和女儿的婚姻。而亨利虽然对邦极为倾慕，又和朱迪思之间存在着一种“奇怪的关系”（62），[①] 但他也是极力赞成这段婚姻。罗莎虽然对邦不太了解，但她也承认邦和朱迪思两情相悦，并因此一度偷偷地给外甥女做婚纱。然而，萨德本却从来没有表现出丝毫愿意接纳这个年轻人的迹象。事实上，从在庄园里见到邦的第一眼开始，萨德本就满怀苦涩地回忆起了自己在西印度群岛那夭折的计划。查尔斯·邦就是他那带有八分之一黑人血统的被遗弃了的儿子。为了证实自己的猜想，萨德本秘密重返新奥尔良，他不仅确认了邦的身世，而且发现邦还有一个同样有着八分之一黑人血统的情妇，两人还生下一个儿子。对于萨德本来说，邦是对自己抽象而鲜活的讽刺，但在更大程度上，他是一个威胁。邦对“萨德本百里地”名正言顺的唯一继承人亨利有着极强的影响力和控制力，这是萨德本不能接受的。他适时地告诉了亨利邦的重婚行为。父子二人发生了激烈的争吵，按照罗莎和康普生先生的说法，亨利在圣诞节前夜放弃

① 亨利显然是叙述者昆丁的镜像，昆丁对其妹妹凯蒂也怀有类似的欲望。从这个意义上说，《押沙龙，押沙龙！》是《喧哗与骚动》未实现的愿景。

了自己的继承权，跟邦一起远走他乡。康普生先生分析了亨利这一行为的动机：

> 因为亨利对邦有感情。他为了邦放弃了自己家庭权利与物质上的保障，为了邦，这个邦即使不能算是十足的恶棍至少也是个蓄意犯重婚罪的人，四年之后朱迪思将在他尸体上找到另外那女人和那孩子的相片。竟然到了这个地步，他（亨利）居然可以向他父亲谎称有这么一个声明，他必定明白倘若没有根据与证据，他的父亲是不可能也不愿意作出的。（85）

亨利与自己断绝父子关系的做法使萨德本大受打击，他觉得人生就是一连串的讽刺。对此，想入非非的昆丁和施里夫的解释是，这一切早有预谋，是萨德本那位西印度群岛的前妻对他的报复。30 年前，萨德本抛妻弃子，远走他乡。此后，那个有着黑人血统的女人费尽周折打听到了前夫的下落，并在律师的帮助下开始了她的复仇计划。她把邦安排到密西西比大学，与亨利相遇、结交。亨利随邦离开“萨德本百里地”后来到了新奥尔良，见到了邦的情妇和儿子，以及那位惨遭遗弃、日渐衰老的母亲，她没有说“我儿子爱上你妹妹了吗？”而是说“这么说她爱上了他”，说完就“坐在那里用沙哑的声音久久地对着亨利大笑，亨利根本无法向她撒谎即使是他想这么做，人家连一声是与不是都不要听他说”（336）。

家庭冲突与内战几乎是同时爆发的，除萨德本外，几乎所有家庭成员都希望趁此机会缓和家庭矛盾。但事与愿违，四年的战争令南方伤痕累累，萨德本家族也几近破败。这时，渴望得到生身父亲承认的邦急不可耐，便给朱迪思写了一封情书，以此来刺探父亲的反应。萨德本必须反击。所以昆丁和施里夫虚构了萨德本父子的对话，他向亨利坦承了前妻的情况：“他绝对不能和她结婚，亨利。他的外公告诉我她的母亲是个西班牙女人。我相信了她，一直到他生下来我才发现他母亲身上有黑人血液。”（355）亨利心乱如麻，他回到营地后，邦替他说出了原因：“你不能容忍的是异族通婚，而不是乱伦。”（285）邦仍未得到父亲承认，又失去了亨利的坚定支持，因此心灰意冷，他拿出手枪请亨利帮他结束生命，于是两人有了如下对话：

> ——你是我的哥哥。
> ——不，我不是。我是将要和你妹妹睡觉的那个黑鬼。（286）

战后他们回到家乡，亨利突然在“萨德本百里地”门口枪杀了邦，朱迪思站在紧闭的大门前一滴眼泪也没掉，手里紧握着自己送给邦的那个装有自己照片的金属盒子，但现在里面装的已不是自己的照片，而是他的情妇和孩子的照片。邦身体里流淌的黑人血液，引发了整个“萨德本百里地”的致命风暴，几乎把它摧垮。

邦引起的波澜并没有随着他的死亡而消失。萨德本的混血女儿克莱蒂担负起了战争时期整个家族的生存重担。成为孤儿的查尔斯·邦的儿子查尔斯·埃蒂尼·圣瓦勒里·邦被带离生活条件优越的新奥尔良，来到了克莱蒂和朱迪思苦苦支撑的那个荒凉的种植园。在踏进“萨本德百里地”的那一刻，“他那精致的衬衫还有袜子以及皮鞋，统统不见了，从臂膊、身子和大腿上溜走了，仿佛他们是用幻想或是用烟雾织成的”（202）。显而易见，他的华冠丽服是新奥尔良大都市的象征，那里没有严苛的种族偏见，观念也更为开放包容。瓦勒里·邦在新奥尔良复杂而神秘的生活与封闭、粗粝的南方种植园生活形成了鲜明对比。对此，康普生先生将瓦勒里·邦设想为：

> 在腻味、香气扑鼻的关严窗板后的丝绸迷宫里整个儿生产出来的而且不受任何微生物的支配，仿佛他是纤巧、扭曲的精神象征，是古代永生不死的莉莉丝的不朽的小侍从，不是在一秒钟的年纪时进入这真实世界的而是一生下来就已是十二岁，他当侍童的那身精巧的服饰让粗糙、没有派头的牛仔布做成铁定的模式卖给千百万人，早已经看不大出原来样儿。（201）

没有派头的牛仔外套不仅是瓦勒里·邦命运走向的象征，也是克莱蒂和朱迪思对他改造的开端，她们所要做的，就是把这个无知的小孩“萨德本化”。事实上，这两位“萨德本阿姨”自瓦勒里·邦踏上这块悲剧的土地伊始就充当起了“监护人”和“保护者”的角色。克莱蒂带着一种“沉思、凶狠、持续、嫉妒的”（162）关怀来看护他，并最终使他与两个种族都渐行渐远。她的付出使这个男孩更加痛苦，并使他过早地认识到种族和个人的差异是真实存在的，正如施里夫在与昆丁谈话时所说：“而你爷爷也不清楚到底是她们中的哪一个告诉孩子他是，必定是，一个黑人，他还不可能听说过也不可能明白‘黑鬼’这个词儿，他甚至在他掌握的那种语言里都找不到相应的说法。”（204）所以，正是克莱蒂和朱迪思使瓦勒里·邦成了一个“非存在”，他是一个彻彻底底的局外人——徘徊于“萨德本百里地”之外，受两个不能读懂自己的“孤独和悲伤”（162）的乡下女人的操控，在新生活中茫然若失，男孩的身份就像克莱蒂和朱迪思在他床单底下发现的镜子残片一样破损不全。戴维斯因此这样评论克莱蒂和朱迪思笨拙的保护方式：

> 她们的天真和愚昧使男孩的身份和处境变得更加复杂。她们使查尔斯·埃蒂尼感到失望，而反过来，他也使她们感到失望，使自己感到失望。他们共同的失败凸显了以种族和等级来定义人性的悲剧的本质。这种悲剧既是社会悲剧，又是个人悲剧，既影响了黑人，也影响了白人。（1983：204）

就像《八月之光》里的乔一样，瓦勒里·邦已然将“黑鬼”的社会定义内化，他不仅拒绝了克莱蒂和朱迪思所代表的白人社会，而且走向了另一个极端。瓦勒里·邦娶了一位“煤炭般黑长相像猿猴的婆娘”（166）为妻，而他的妻子正是他的那个黑人自我的外化和投射。他发疯似的拽着黑得像怪兽一样的妻子在城镇里穿梭，以此来找寻自我，但是他依然找不到自己的根，依然进退维谷：

> 这个男人显然是主动找茬儿以便把他黑炭般的伴侣那猿猴一样的身躯推向甩向想回敬他的每一张和任何一张脸：轮船上或是城里酒吧间里的黑人装卸工或是甲板上的水手，他们认为他是个白人而且他越否认他们越是深信不疑；还有那些白人，在他说了他自己是黑人时，都相信他有意撒谎，为的是免受皮肉之苦。（211）

最终，瓦勒里·邦回到了“萨德本百里地”，租了一块地，在一间奴隶住的破旧的小木屋里栖身。尽管如此，他还是无法融入黑人社会。他飘摇于黑人群体之外，就像他与自己的黑人妻子以及萨德本家的女人们格格不入一样。讽刺的是，在死于黄热病之前，他曾让朱迪思作为养母来照顾自己。

第三代人的命运更为悲惨。吉姆·邦是克莱蒂抚养长大的，他像幽灵一样，喜欢在夜间嚎叫。但是，只有他在将“萨德本百里地”付之一炬的火焰中幸存下来。作为萨德本唯一的后代，他比任何人都能代表黑人的在场，而黑人是南方生活的永恒主题。戴维斯认为吉姆·邦这个人物象征着“福克纳把约克纳帕塔法的洪水之门再次打开了”（1983：228）。

总之，黑人占据了萨德本故事的中心，代表着内战前后社会的主要矛盾。萨德本传奇如果失去了黑人就失去了意义和推动力。除了主要的黑人形象外，福克纳还在小说中穿插了一些看似不起眼的黑人角色。这些角色反映了分裂的社会现实，大体可分为四类。[①] 第一类是“干农活的黑人”，包括那些“忘恩负义的奴隶”，他们获得了优待，心满意足，却并不感恩。比如科尔菲尔德家的两个奴隶，他们享有人身自由并可以获得劳动报酬，却毫不犹豫地加入了北方军队。第二类是做仆人的黑人，他们维持着白人种植园生活那贵族般的虚张声势。第三类是“既干农活又做仆人”的黑人，例如，帮助白人建立起南方农业传统的黑人和那些在白人家中做杂役的黑人。第四类是一些带有异域色彩的黑人女性，她们多为白人的情妇（如萨德本的第一任妻子尤拉莉亚·邦以及查尔斯·邦具有八分之一黑人血统的情妇等）。

《押沙龙，押沙龙！》中的无名黑人代表着南方的悖论，“这里的土地受到二百年压迫与剥削的黑人血液的浇灌终于作为一个不可思议的对立统一体而

---

① 此处分类参考戴维斯（Davis）的 *Faulkner's "Negro"* (1983: 195—197)。

萌发生长，这儿有安详的绿色作物有绛红色的花”（254）。无名黑人的在场暗示着黑人是为白人服务的，其作用有二：在现实中是南方生活秩序的组成要素，在美学上是行动和想象的驱动力。例如，“猿猴黑人”既是白人的管家，也是赋予阶级斗争和道义纠葛以意义的重要手段。萨德本的第一任妻子尤拉莉亚·邦的作用就是帮助萨德本积累财富、繁衍后代。不过，在小说中她存在的意义更多是心理上的，而非身体上的。她影子般的存在鼓舞着施里夫和昆丁编织着精美的复仇计划，并把她设计为天使—受害者的形象。

在奴隶制、内战和战后重建的背景下，黑人也展现出多重历史意义。几乎所有黑人都在不同时期为这个白人统治的社会做过贡献，他们在建立种植园经济方面发挥着不可替代的作用。内战凸显出了“真正的黑人”。值得注意的是，在《押沙龙，押沙龙！》中，福克纳第一次以现实主义的笔法描绘了奴隶对自由的渴望。事实上，黑人是最先被接纳进北方军队的。小说多次提到了黑人的缺席（66，67，99，146），这不仅体现了叙述者对南方战败的执念，也展现了内战对南方脆弱经济的破坏性影响。对于萨德本家族来说，内战导致了“萨德本百里地”的衰败。家庭内部战争与内战同时爆发，萨德本计划的破灭与南方的溃败一脉相承。当我们考虑到黑人也处于这场手足残杀悲剧的源头时，我们会更加欣赏福克纳从这样独特的视角来探索黑人主题的创举。正如林肯所说，“分裂之家无法长久”。从这个意义上说，《押沙龙，押沙龙！》揭示了这样一个主题：战争是手足相残，而手足相残无异于自戕。

战后黑人继续保持着其独特的神秘性。克莱蒂担当起了维持家庭生计、照顾家人以及抚养萨德本家族硕果仅存的后代的角色，这恰恰暗示了黑人在战后南方重建中不可替代的重要作用。在《押沙龙，押沙龙！》中，黑人是一个中心隐喻，是萨德本计划形成、实现和破灭的关键因素。每当叙述者在建构萨德本传奇时遇到瓶颈，就会诉诸“黑人”来填补空白。

在四个叙述者中，康普生先生是第一个尝试通过搜罗各种与黑人相关的“事实”来讲述萨德本故事的人。虽然对过去的人和事了如指掌，但他也无法自圆其说地解释萨德本家族轶事，因为“总是觉得少了点什么”：他们“仅仅是一些语词，一些符号”，每个人的形象如“影子般神秘与安谧”（80）。他对查尔斯·邦与其混血情妇的风流逸事津津乐道，对邦那“八分之一的黑人血统的情妇和十六分之一黑人血统的儿子”百般猜测，但一切都徒劳无功：“那真是不可思议。简直说不通”（同上）。不过，他仍然坚定地认为邦的混血情妇和儿子的存在是萨德本家族悲剧的根源。更重要的是，他关于一切都无法解释的见解正体现了福克纳重要观点：真相并不存在，存在的只是在特定情境中的权宜性猜测。

对于昆丁和施里夫来说，黑人是一种精神现实，是信息链中的关键一环。像萨德本传奇里的其他人物一样，昆丁和施里夫在对黑人的认知上有自己的观点，他们探究的焦点是邦的身份。准确来说，昆丁和施里夫逐渐发现了托马斯·萨德本誓不承认的儿子查尔斯·邦的黑人血统的深层含义。他们回想起康普生先生提到萨德本也曾如日中天，“镇上的居民此时仍然相信在哪个木材垛里藏着个黑鬼呢”（56）。康普生先生所谓的“木材垛里藏着的黑鬼”在施里夫和昆丁的猜想中获得了实实在在的意义，他们也逐渐揭开了萨德本家族乃至整个南方社会黑人与白人盘根交错的复杂关系。

毫无疑问，黑人的形式重要性与戴维斯定义的“黑人作为一个美学问题，就像框架之于美学设计一般”的额外维度有关（1983：214）。《喧哗与骚动》尝试将黑人（迪尔西）视为一种审美手段，在《八月之光》中这成了一个建议，而在《押沙龙，押沙龙！》中一切变得显而易见。总而言之，为了发挥想象力探索萨德本传奇背后的原因，福克纳借助于“黑人”的美学价值来走出叙事困境。戴维斯很好地总结了“福克纳的设计”：

> 很明显，昆丁和施里夫能够解开手足相残的谜团（和萨德本传奇的过程）以及福克纳能够在不破坏叙事强度和含混性的情况下走出叙事困境的唯一途径就是诉诸黑人。归根结底，如果这个故事想要承载更深广的人文意义，解释它的文体为什么如此复杂，黑人就必须成为叙事的核心。（1983：216—217）

由此可见，尽管小说由白人书写，但黑人也并不是微不足道的。事实上，每一个叙述者都提出了自己的猜测，也就是说，他们在创造自己眼中的“黑人”形象。值得注意的是，在《押沙龙，押沙龙！》中，白人们创造的黑人又反过来定义了他们的叙述者，从而强化了叙述者和其他白人的具体形象。这种黑白对比的叙事发展贯穿于福克纳的许多作品中。

相关例子可以在罗莎、康普生先生以及镇上居民对于“野性十足的黑鬼”，即萨德本最初的那帮黑人奴隶的建构中体现出来。罗莎称他们为“他那帮野性十足的黑鬼，像半驯化得能跟人一样直立行走的野兽，神态既狂野又镇定自若”（4）。因为萨德本于她而言是个恶魔，所以她将这些“野性十足的黑鬼”视作萨德本本人的镜像和“萨德本百里地”的同义词。从罗莎最初的叙述开始，“野性十足的黑鬼”就成为她头脑中无法摆脱的存在。她把他们称为“一群野兽，那是他独自猎获的，因为在他逃出来的那个什么鬼地方，他的恐惧甚至比他们的还要强烈”（10）。她想象他们来自“黑暗的沼泽地”的“泥泞”（17）当中，以便完成她对他们兽性的建构。根据罗莎的叙述，奴隶们来自一个没有种族之分的“异教之地”“一个远比弗吉尼亚和卡罗莱纳更历史悠久但并不宁静的地区”（11）。她把萨德本“野性十足的黑鬼们”看作他的镜像和他本性的证明——“任何人只消看一眼他那些黑人便很清楚”（同上）。他们是罗莎对于萨德本、黑人和“萨德本百里地”的态度的虚幻投射。

康普生先生的叙述主要来源于他的父亲康普生将军以及杰弗生镇的居民。他的叙述可以纠正罗莎观点中的偏颇。康普生先生承认野黑人的传说确实存在，并且传说中也包含一些“真相”：

> 因此关于野黑人的传说是一点点地传回到镇上来的，是由那些骑马下乡去看看发生了什么事的人传回来的，他们开始传说萨德本怎样手持双枪在猎物出没旁的小道旁守候，并且打发黑人像猎狗似的进沼泽地去轰赶；正是这些人传说在那头一个夏季和秋季，那帮黑人睡觉时连毯子都没有（或者是不想用），后来，猎浣熊的艾克斯坚称他曾把一个像睡着的鳄鱼那样躺在深深泥淖里的黑人弄出来，那人总算及时尖叫了一声。黑人们那时还不会说英语，并且显然不但是艾克斯，还有别的一些人，都不知道他们和萨德本交谈的是某种法语而不是他们自己的某种神秘的注定要消亡的土语。（31）

在这段情绪没有那么激烈的叙述中，黑人仍被视为与动物和自然关系密切的原始人。然而，康普生先生也暗示，“野人”是镇上居民在蒙昧无知的情况下对萨德本的精神投射。萨德本的奴隶使用的不是异教语言，他们是说法国方言的西印度群岛人。艾克斯和镇上其他人，包括罗莎，不约而同地用契合他们想象力的信息填充了萨德本奴隶梦幻似的轮廓。

因此，罗莎以外的版本平衡了她在女权主义驱动下的对事实的歪曲。虽然其他人也强调萨德本手下奴隶的原始性，甚至赋予其神秘化色彩，但是他们并没有把奴隶们等同于野兽，而是称他们为萨德本“那帮从外面带来的奴隶”（28）。这些观点反映出一种对于黑人作为奴隶、白人作为主人这一现象实事求是的描述，同时也可以让人窥见那些完全赞同主流社会价值观念的人的想法。但是这些关于萨德本奴隶的观点是次要的，罗莎所谓的“野性十足的黑鬼”的概念在整个叙述中占据核心地位。她头脑中的“野性”奴隶形象来源于她的现实生活。

罗莎对于克莱蒂的看法也同样反映出她对任何与萨德本有关的人或物都怀有偏见。从整个小说来看，克莱蒂的作用要远远超过查尔斯·邦，尽管整个南方都能感受到后者作为黑人的存在。然而，无论出于小说家对主题思想的把握，还是考虑到罗莎带有偏见的立场，默默无声的克莱蒂比其他人物更能揭示人类动机无法解释的本质。作为家庭的一员，克莱蒂与萨德本和朱迪思都存在血缘关系。她和她的异母妹妹都“多多少少有点萨德本化”（121）。作为萨德本身体的延伸，她自然成为罗莎诋毁的对象。从儿时起，罗莎就本能地害怕克莱蒂，凡是克莱蒂触摸过的东西她都不会再碰，比如邦去世的那天，克莱蒂这个“黑鬼”碰了她，她赶紧缩了回去。在哀悼邦遇害的时候，罗莎注意到“克莱蒂甚至没有哭”，尽管转念一想，她不得不承认“自己（罗莎）也没有哭”（122）。对于家族的衰落和南方的溃败，罗莎愤怒不已，她甚至将这一切错误地归咎于克莱蒂：

克莱蒂，她并不笨，说她什么都行但就是不笨：别别扭扭，无可理喻、自相矛盾：是个自由人，从来没有承认过自己是奴隶，却不知怎样享用自由对任什么都不忠就像那懒洋洋、孤独的狼或是熊（是的，是野的：身上一半是未驯化黑人的血，另一半是萨德本的血：如果‘未驯’是‘野’的同义词，那么‘萨德本’就意味着驯奴者皮鞭那份阴沉、永不阖眼的狠毒了）（149）

值得深思的是，在与克莱蒂的“第二次冲突”（295）中，虽然罗莎把克莱蒂击倒发现了躲藏的亨利，但她却未能将这个杀人犯从大火中救出。

虽然萨德本家族的悲剧源于种族通婚，但具有悖论性的是，一系列跨越种族界线的有意识的接触和融合却也是真实存在的，这便强化了福克纳小说的一个重要主题——人类的相互联系性。在小说中，萨德本和他的野黑人并肩拓荒；罗莎、克莱蒂、朱迪思“三人共同管理”（131）、苦苦支撑着被战争蹂躏的种植园；朱迪思抚育查尔斯·艾迪安；克莱蒂照料奄奄一息的杀人犯亨利；查尔斯·邦死后，罗莎和克莱蒂在“萨德本百里地”的楼梯上相遇……这一切都体现了人与人无所不在的相互联系。在罗莎匆忙上楼想要证实邦真的已死时，克莱蒂把她拦了下来，并且碰到了她的胳膊。她们短暂的身体接触使罗莎心中暗流涌动。

显然，在她们这次戏剧性的相遇中，罗莎将克莱蒂视为萨德本的延伸，同时也将她看作自己的孪生姐妹，因为她们都和他有联系：“我们两个人由固定住我们的那只手与胳膊连在一起，仿佛那是根坚硬结实的脐带，在衬映出她的低沉的晦暗前成了一对孪生姐妹。”（136）这是罗莎少有的接近“真理”的顿悟：不同种族之间拥有不容置疑的血缘关系和相互联系。罗莎甚至承认两个人之间在深层的存在层次上也有共通之处：“我们像是隔着这点距离互相瞪视，不是两张脸而是作为两个抽象的对立面，事实上我们就是那样的一对，我们谁也没有提高声音，仿佛我们相互说话是没有言词与听力上的局限和限止的”（134）。这种“抽象对立面”的结合是小说所关注的整个黑人群体和白人群体关系的缩影。

在顿悟的这一刻，罗莎把克莱蒂称为“黑鬼”“女人”，但她也把她当作“姐姐”：“我们站在那里被那只没有选择能力的……手……我喊‘连你也这样？连你也这样，大姐，大姐？’”（136）在此之前，罗莎不愿接受克莱蒂，也没有意识到克莱蒂是萨德本的女儿、朱迪思的姐姐，而且也在某种程度上像是她自己的姐姐。这种顿悟来之不易。同时，对于罗莎而言，克莱蒂又不是一个人。她是“黑鬼”，是萨德本创造的一个神秘的存在，她使罗莎感到困惑：她有着“萨德本般的脸……已经在那里，岩石一般，很坚定……守候在那里……（萨德本）竟以自己的形象创造了他私人地狱的冰冷的刻尔珀洛斯”（131—132）。

同样，虽然克莱蒂的存在让罗莎看到了自己的缺憾——她不是姐姐，不是女儿，不是阿姨，也不是女人——但也使她意识到了两个人心理上的融合。不过，这种融合来自于她对克莱蒂想象性的歪曲，她不仅把克莱蒂类比成萨德本这个魔鬼，而且把她当作所有阻碍她充分参与生活的事物的化身。在罗莎眼里，克莱蒂是一种“不可动摇的对抗”（110），“既是阻止她上楼的东西，也是使她一生困惑的力量”（108）。因此，克莱蒂不准她上楼的命令促使罗莎开始维护自己种族的权威和作为白人女人的优越地位：“罗莎……叫我？当着我的面？”（111）同时，罗莎也认为“在我们站着面面相对的那一瞬间……她对我比对我所知道的任何一个人都要客气和尊敬……在所有认识我的人里只有她不认为我是个孩子”（111）。她猜想克莱蒂把她当作一个“女人”，她凭直觉知道罗莎想要做女人的强烈愿望和她的性渴望。可能只有克莱蒂能够带着“对无法解释的看不见的东西的一种沉思似的理解与接受”（110）来理解罗莎性能量无法释放的沮丧，理解她被剥夺了迈向婚姻生活权利的悲苦。

为了抗议克莱蒂的优势地位（她在家中的地位使罗莎相形见绌），罗莎把这次冲突变成了种族对抗。克莱蒂的手接触到罗莎，象征着种族隔阂的打破，这使罗莎产生一种“让人震惊的反应”（111），她的回答充斥着强烈的种族观念：“把你的手从我身上拿开，黑鬼！”（112）然而，在说这话之前，罗莎不得不承认，这一触碰具有神奇的力量：

> 在肉体与肉体的接触内有某种东西，它废止正常秩序下那些迂回曲折的渠道，朝它们拦腰砍下猛烈、绝情的一刀，对此敌人与情人都心中有数，因为制造出敌人与情人二者的正是这东西：——接触，而且是接触居中的“我是”这独自拥有的城堡：而不是接触精神、灵魂；于是那醉醺醺、不受约束的头脑便不由自主地进入这个尘世栖息所的任何一个幽黑的过道。可是让肉体接触肉体，你就等着看阶级也包括种族方面全部蛋壳般薄的禁忌的崩溃吧。（135）

虽然转瞬即逝，但是这“触碰”象征着种族联系的更大可能性。这场景中的相遇及触碰承载着重要意义，因为它代表着黑人与白人之间、不同阶级与种族之间的张力，正是这些张力定义了南方并奠定了小说的主题。这一相遇也探索了种族和亲属关系的心理和文化现实，而这种关系的互动创造了小说的核心价值。

《押沙龙，押沙龙！》完全可以称得上是“一部黑人的百科全书”。小说多角度刻画了黑人形象，揭示了他们的社会历史意义、心理深度和美学价值，也呈现出一种采用最迂回、最有效的方式来展现黑人群体的艺术手法。

《去吧，摩西》：黑人的“人权宣言”

《去吧，摩西》创作于 1942 年，是福克纳最负盛名的作品之一。小说从多重角度考察了白人与黑人、家族与家族、人与自然的复杂关系，以独特的现代主义手法编织了南方社会发展变迁的历史蓝图。在这部由七个短篇小说组成的作品中，福克纳关注了在不平等种族关系困境中人们的灵魂挣扎，同时将人与自然的关系上升到伦理道德高度，进而挖掘了生态非正义现象与社会非正义现象之间千丝万缕的联系。所以，福学专家戴维斯将《去吧，摩西》称为“福克纳创作巅峰时期的意识形态顶点”（1983：239）。

《去吧，摩西》建构了两个种族、三个家族之间长达 150 余年的利益、情感纠葛，因此，小说的语言，用巴赫金的话来说，“并不属于抽象的语法系统，而是承载着意识形态（性、政治、经济、情感）的语言，是代表着世界观的语言，是传递着态度的语言，确保了意识形态领域相互理解的最大可能”（Bakhatin，1981：75）。基于此，该部分将聚焦种族矛盾，揭示小说的意识形态内涵，以及其中蕴含的爱与恨、傲慢与偏见、罪愆与救赎。

小说看似结构松散，但以“熊”为中心，以家族账簿为线索，展现了麦卡斯林—爱德蒙兹家族漫长的历史画卷。艾萨克·麦卡斯林既是账簿的阅读者，又是家族历史的见证者。在他的带领下，我们得以一窥艾萨克祖辈的罪恶，也可以看到后辈为赎罪而做出的努力。16 岁时，艾萨克就试图揭开尤妮丝死亡之谜：

> 尤妮丝：1807 年父亲在新奥尔良以 650 元购得。1809 年与图西德斯结婚。1832 年圣诞节在溪中溺死（247—248）[①]

艾萨克尝试着从父辈留在账簿上的“对话”中挖掘蛛丝马迹：

> 叔叔阿摩蒂乌斯（布蒂）：她自溺而死
>
> 父亲梯奥菲留斯（布克）：世界上有谁听说过一个黑鬼会自溺而死的呢

① 该部分参考的小说版本为 Faulkner, William. Go Down, Moses. Vintage Books, 1990. 译文参照李文俊译，福克纳著《去吧，摩西》，上海译文出版社，2004。下文出自该小说的引文均只标注页码。

布蒂：她自溺而死（248）

艾萨克反复问着自己这样一个问题："为了什么呢？为了什么呢？"（256）他怀着既矛盾又好奇的心情继续翻着账簿，他意识到：

它们没准包含着一部编年史式的记录，一部极其详尽却无疑是非常乏味的记录，这样的材料是从别处得不到的，里面不仅有关于他的亲骨肉的情况而且还有全部亲属的有关情况，不仅有白人也包括黑人，他们和他的白人祖先一样，也是他的长辈，里面还有有关土地的情况，这土地是他们共同拥有共同利用的……。（249）

对真相的渴望促使16岁的艾萨克踏上了探究家族历史奥秘的旅程，在此过程中，他的价值观和祖辈的价值观不可避免地发生了冲撞，因此，这个故事转变为了艾萨克与其祖辈之间意识形态话语的交锋。从泛黄的纸页中，艾萨克逐渐发现了尤妮丝悲剧的脉络和因果：1810年尤妮丝生下了托玛西娜，托玛西娜于1833年6月生下了泰瑞尔（亦名图尔），却因难产而死，而在此6个月前，即1832年圣诞节当天，尤妮丝自溺而死。

在读到有关图尔的条目时，艾萨克发现自己在情感上与祖父老卡罗瑟斯渐行渐远。老卡罗瑟斯与混血女儿托玛西娜生下了图尔，但他根本没有把与未婚的托玛西娜乱伦的事放在心上，甚至都不想掩盖这件事。他留下遗嘱，让两个双胞胎儿子付给图尔一千美元，但这笔钱只有在图尔成年时才能交付，算是来象征性地弥补自己"偶然的过失"，而这笔钱他实际上是"很轻蔑地扔出来的，仿佛是在扔一顶旧帽子或一双旧鞋子"（250）。对于尤妮丝和托玛西娜母女悲剧的前因后果，艾萨克的解释是，老卡罗瑟斯以想让"屋子里有点年轻的声音和动作"（258）为名把托玛西娜叫到家里来并诱奸了她，这种乱伦行径直接导致了尤妮丝的自杀。继而艾萨克发现了一个更令人感到惊异的秘密：在交通不便的早年，老卡罗瑟斯情愿走远路花大价钱买一个女黑奴（即尤妮丝）给自家黑奴当妻子，其实是深谋远虑、别有用心的：

那些发脆的旧纸页仿佛是自动翻过去似的，当时他正在想他自己的女儿。不不不，即使他再翻回到那一页，在那上面那个白人（当时甚至还不是鳏夫呢）是从来也不再出远门的，正如他的两个儿子在他们的时代一样，这个白人根本没有增加一个奴隶的必要，却大老远地上新奥尔良去买回来一个。（251）

老卡罗瑟斯为了满足一己私欲与黑奴母女都发生了性关系，这也是导致尤妮丝自杀的最直接和最根本的原因。在得知老卡罗瑟斯对女儿的乱伦行径后，尤妮丝“走进了冰冷的溪水，她是孤独的、铁了心的、麻木了的、执行仪式似的，她已经不得不弃绝了信仰与希望，如今又正式、干脆地弃绝了忧愁与失望”（252）。这种乱伦暴行之所以发生，是因为作为种植园主和奴隶主，老卡罗瑟斯

> 把一个女人召到自己鳏夫的屋子里来，因为她是自己的财产，因为她已经够大了而且是个女的，他让她怀了孕又把她遣走，因为她属于劣等种族，后来又遗留给那婴儿一千元，反正到那时他也已经死去，不用自己付钱了。（276）

从这些泛黄的纸页上，年轻的艾萨克痛苦地意识到身为麦卡斯林家族的一员，每个人自出生伊始就承载着家族的“罪愆与过失”：“那些逐渐褪色但是绝对不会消失的发黄的纸页已经成为他意识的一个组成部分，永远留在那里，就像他本人的诞生是件无可置疑的事实一样”（252）。

尤妮丝的命运悲剧凸显了奴隶制度的非人化本质，体现了黑人奴隶处境的绝望和抗争的无力。在这样的社会制度下，奴隶被视为奴隶主的私有财产，可以被随意占有、剥削、欺凌。作为《去吧，摩西》结构和主题上的双重中心，“熊”揭示了麦卡斯林—爱德蒙兹家族的罪恶历史，而这段历史，也是黑人被无情压榨的血泪史。

在对家族历史解密的过程中，艾萨克并非一无所获，他逐渐意识到了奴隶制度的罪愆。他又回忆起幼时和家人一起去休伯特·布钱普家的情景，在路上，他偶然瞥见：

> 一张年轻女性的脸，肤色甚至比托梅的泰瑞尔的还要浅，在一扇正在关上的门后闪现了一下。身腰的一个旋摆，丝绸长裙的一闪亮，耳坠子的轻碰与反光：一个幻影，行踪倏忽、外表艳俗、不合礼教。然而不知怎的，在这孩子看来，竟也感到喘不出气、万分激动、受到蛊惑。（285）

混血女孩的身影既是南方社会种族混杂的外在表征，也暗示了美国乃至人类的未来：尽管差异难以消泯，种族融合仍是大势所趋。但此处具有讽刺意味的是，休伯特包养混血情妇的行为实际上体现了白人在对待混血儿问题上的双重标准。在小说开篇“话说当年”中，麦卡斯林·爱德蒙兹（卡斯）提到了休伯特谈起混血儿时的轻蔑态度：“休伯特先生说她不但不想买托梅的图尔，也不想让自己的家里有这个天杀的白皮肤的（他身上有一半麦卡斯林家血液）小伙子，白送不要，即使布克大叔和布蒂大叔肯倒贴房钱饭钱也不要。”（6）

在逐渐认清奴隶制的罪恶和白人的虚伪后，21 岁的艾萨克决定放弃祖辈的遗产。对此他的解释是，美国的诞生是上帝给予人类的第二次机会，但以他祖父为代表的奴隶主却违背了上帝的初衷，不过，麦卡斯林家族也是上帝拣选的救赎者。艾萨克的父亲和叔叔尽力为他们的父亲赎罪，而艾萨克认为自己放弃祖辈的财产也是理所应当的。

艾萨克的妻子试图以身体诱惑丈夫，让他收回自己放弃祖产的决定，但艾萨克不为所动：

> 他过去从未见过她的肉体除了这次……从这肉体的某处，连嘴唇都没有动一动，竟发出一个极其微弱然而又是不屈不挠的耳语："答应我。"于是他说：
>
> "答应什么？"
>
> "那庄园。"……"不，"他说，"不。"……她正把头埋在拍松的、棉花塞得足足的枕头里，那声音来自枕头与高声哄笑之间的某处："我这方面就只能做到这地步了。如果这次不能使你得到你说起的那个儿子，那么你的儿子也不会是我生的了。"她侧身躺着，背朝那间租来的空荡荡的房间，笑啊，笑啊。(296—297)

艾萨克拒绝了妻子的请求，这也使他成了鳏夫，以致"半个县的人都叫他大叔，但他连个儿子都没有"(3)。这也从某种程度上反映出他缺乏爱的能力，没有足够的勇气面对种植园生活残酷的现实。

由于艾萨克没有子嗣，账簿只能由与麦卡斯林家族联姻的爱德蒙兹家族来书写。尽管奴隶制已被正式废除，卡斯的后代还是复制了老卡罗瑟斯的罪愆。在书中最小一辈的洛斯·爱德蒙兹身上可以清楚地看到老卡罗瑟斯的影子。从"三角洲之秋"中我们知道，洛斯与布钱普家的混血女儿发生了性关系，但在得知她怀孕后就毫不犹豫地抛弃了她，因为他的"荣誉感"和"行为准则"使他绝不可能承认孩子的身份（342）。他通过给情妇钱来减轻自己的负罪感，并希望以此把她摆脱掉，但她不为所动。

80 岁的艾克大叔（即艾萨克）被请来从中斡旋。在他们初次见面时，混血女人提到她和姨妈住在一起，姨妈通过替人洗衣服来养活全家。而替人洗衣服是黑人才会做的活，于是，艾克大叔立刻意识到了她的身份：

> 他蹦了起来，虽然仍然是坐在床上，却是往后一倒，一只胳膊撑在床上，头发披在一边，瞪视着对方。现在他明白她带到帐篷里来的是什么了，老依斯罕派那小伙子带她来时已经告诉他的又是什么了——那苍白的嘴唇，那没有血色、死人般的脸色然而又不是病容，那黑色的、哀愁的、什

> 么都知晓的眼睛……他喊出声来，不很响，而是用惊讶、哀怜和愤怒的声音说："你是个黑鬼!"（339）

更令艾萨克感到惊讶的是女人对此并不避讳，她坦诚了自己的身份："是的……詹姆士·布钱普——你们叫他谭尼的吉姆，虽然他也是有姓的——是我的爷爷。"（339）艾萨克仿佛看到了家族乱伦和种族混杂的悲剧又在上演，但他又明确地告诉混血女人自己帮不了她。他让她回到北方去，找个黑人结婚生子。这既在无意中流露出他的种族偏见，又体现了他对爱的麻木。对此女人回应道："老先生……难道你活在世上太久，忘记的事情太多，竟然对你了解过、感觉过，甚至是听说过的关于爱情的事儿一点点都记不起来了吗？"（342）

女人对洛斯真挚的爱恋和她激烈的控诉反衬了艾克大叔爱的能力的缺失。对此，有批评家评论道："艾克否认他知道、体验过、听说过爱，也就是拒绝了爱的自然的、合法的果实，即子孙后代。如果说洛斯的情妇意味着孕育子孙后代的可能性，那么艾克又一次失去了爱和勇气。"（Ho，1989：226）在"三角洲之秋"的结尾，艾克大叔对自己人生的总结颇耐人寻味：

> 虽则他无法纠正冤屈并泯除耻辱……不过至少可以弃绝这冤屈与耻辱，至少在原则上如此，至少可以在实际上弃绝土地本身，至少是为了他的儿子……他第一次也是最后一次看见她赤裸的身体，这回轮到他本人和妻子争辩了，为了那同一块土地，那同样的冤屈和耻辱，他想至少要把他的儿子拯救、解放出来，不让他为它们感到遗憾与歉疚，可正因为拯救与解放了他的儿子，他失去了他的儿子……他曾经有过一个妻子，和她一起生活过，后来失去了她……反正是失去她了，因为她爱他。（330—331）

艾克对一切心知肚明，却又无力采取积极的、富有建设性的行动，"对于他祖父对黑人所犯下的罪行并无弥补之效"（227）。艾克步步后退以逃避现实，恰恰代表了霍夫曼（Hoffman）所谓的福克纳笔下典型的"善良又无力的英雄"（1961：121）形象。

与艾克形成鲜明对比的是托梅的图尔的儿子路喀斯·布钱普，他勇敢地宣示自己的应有权利，积极采取行动、承担责任。在"灶火与炉床"中，他毫无胆怯地质问白人表兄扎克·爱德蒙兹是否强占了他的妻子莫莉。在扎克的儿子洛斯出生的那一晚，路喀斯冒着生命危险蹚过暴涨的河流为扎克临盆的妻子请大夫接生，回来时却发现孕妇已经咽了气，而他自己的妻子则在白人的宅子里有了一席之地。

扎克强占了路喀斯的妻子，把她在家里留了六个月。路喀斯到扎克家要求把妻子带回去。他直言不讳地表达着他的不满，毫无卑躬屈膝之态。他提醒扎克两个人不仅有着共同的祖先，而且也是平等的人："我是个黑鬼……不过我也是一个人。我还不仅仅是个人。制造我爸的那同一个东西也造出了你的姥姥。我要把她带回去。"（44）不过他知道，扎克不会轻易答应这个正当要求，所以他提出两个人决斗，以生命为赌注来捍卫自己的尊严。这是一个破釜沉舟的决定，因为在当时黑人和白人决斗会面临着被处以私刑的危险。路喀斯指责扎克完全忘记了同胞之情和朋友之谊而仅仅把他当作一个"黑鬼"："你知道我是不怕的，因为你知道我也是麦卡斯林家的子孙，而且是父裔方面的……你连想都没有想到吧，你以为我也是个黑鬼，所以我不敢。不。你以为因为我是个黑鬼所以我根本不会在乎。"（49）在两个人交锋的过程中，福克纳以一贯的风格描绘了两个人过去共同度过的那段伊甸园般的时光：

> 这时候路喀斯来到床边了。他甚至都不记得自己移动过身子。他跪在地上，他们的手对握着，当中是床和那把手枪，面对面的那人他从小就认识，始终亲兄弟似的共同生活直到长大成人。他们一起钓鱼一起打猎，在同一片水里学会游泳，他们在一张桌子上吃饭，不是在白孩子的厨房里便是在黑妈妈的小屋里，他们在森林的篝火前合盖一条毯子睡觉。（51）

福克纳的伟大之处就在于他擅长刻画黑人与白人的爱恨交织。曾经的手足之情与当下的剑拔弩张形成反讽的张力，极大地增强了小说的戏剧性效果。

路喀斯果敢的行动取得了明显成效，当天下午莫莉就回到了家。不过，对于妻子和扎克的关系路喀斯依然心怀疑虑，望着妻子的背影他想道："娘们儿。我永远也看不透。我也不想看透了。我情愿啥也不知道。这总比以后发现自己被耍了要强些。"（54）

路喀斯不卑不亢的形象与福克纳笔下的大部分黑人形象有所差异。他并非完人，却敢于行动，并为之负责，这是一种自我肯定的姿态。对此，福学家豪评论道："路喀斯·布钱普的出现代表着福克纳对黑人态度的自我超越……他的存在是自足的。路喀斯既是力量和忍耐的象征，又具有更深的意味：作为被压迫群体的一员，他不逆来顺受，也不无私奉献，他就是一个人。他不是某种行为模式，而是一个人，不是'黑鬼'，而是一个黑人。"（1975：129）

洛斯·爱德蒙兹和亨利·布钱普也一起度过了亲密的童年时光，两人情同手足，同吃同住，形影不离。不过，像他们的父辈一样，两个人的关系也随着年龄的增长而渐行渐远。在洛斯 7 岁的某一天，"他父辈的古老的诅咒降落到他头上来了，这古老的居高临下的祖传的傲慢，它并不产生自任何价值而是一个地理方面的偶然事件的结果，并非起源于勇敢与荣誉，而是得自谬误与耻辱"（101）。于是，他拒绝了亨利要他留宿的请求，并且在回家时故意加快脚步，"始终不让那黑孩子赶上来和他并肩而行"，到家后也不愿再和亨利像往常一样一起睡在草垫上（108）。他开始把种族偏见内化为自己的行为准则，在自己和黑人同伴之间筑起了种族的藩篱。

但洛斯的内心是极其矛盾的。在和亨利分床而卧之后，洛斯久久不能平静："他怀着一种自己也解释不清的夹杂着无名火的忧伤，一种他不愿承认的羞耻心，僵硬地躺在那儿"（102—103）。使他与亨利一家更为疏离的一大因素是莫莉似乎平静地接受了他身为白人的优越感和由此产生的傲慢。一个月后，当洛斯再次来到亨利家吃饭时，莫莉给他单设了饭桌：

> 即使在他往后跳了一步，房间在他眼前翻腾晃动，弄得他什么也看不见时，亨利也没有改变他转过身子朝门外走去的步态。
>
> "我吃的时候你不好意思吃，是吗？"他喊道。
>
> 亨利停住脚步，把头稍稍扭过来一点儿，用慢腾腾的、没有火气的声音说道："我没为任何人感到不好意思，"他平静地说，"包括我自己。"（104）

评论家对于两个人在关系改变上的反应各执一词。杨金斯不无讽刺地评论道："奇怪的是黑人男孩从没有公开或隐晦地表现出自己预测到了这个事件，也好像没有受到伤害和冒犯。"（1981：21）侯文敬对此表达了不同的意见，他认为"杨金斯明显误读了洛斯的拒绝对亨利的影响"，具体来说，"事实上亨利的反应不仅展现了自我的积极形象，也对一个月前洛斯对他的拒绝作出了讽刺性的表态。像他的父亲一样，他说自己没有不好意思，他维护了自己的尊严。相反，对于自己不友好的行为，洛斯只能自食其果"（1989：230）。

与男性角色不同，小说中的女性角色——莫莉·布钱普和沃瑟姆小姐——保持了终生的友谊。最后，正是在沃瑟姆小姐的帮助下，莫莉把外孙塞缪尔的尸体从芝加哥隆重地运回了故乡。这似乎给种族对立情绪严重的南方社会带来了些许和解的希望，但也只是表象，塞缪尔的悲剧实际上蕴含着深刻的种族因素。

在小说的最后一章"去吧，摩西"中，塞缪尔正是在被洛斯·爱德蒙兹流放后走上了犯罪之路，最后因偷盗时杀害一名警察被处以极刑。悲愤难耐的莫莉谴责洛斯应对塞缪尔的死负责，因为是洛斯"在埃及把他卖掉了"，"把他卖给了法老，而现在他死了"（353）。莫莉的控诉一针见血地表明，黑人的悲剧实际上是由白人造成的。在不平等的社会体制下，黑人拥有的经济资源微乎其微，提高社会地位的唯一途径就是通过非法手段快速致富，而这又往往要付出生命的代价。塞缪尔的命运不过是美国南方黑人青年的典型代表，不可逾越的种族鸿沟是他们走上不归之路的真正原因。

白人律师加文·史蒂文斯也为塞缪尔返乡做了大量工作，他积极动员大家捐款，并身体力行地为迎接灵柩做准备。但与沃瑟姆小姐不同，他并未完全从心理上认同黑人群体的遭遇。[①] 在提到塞缪尔时他说："他是个杀人凶手，沃瑟姆小姐。那个警察背对着他时他开了枪。真是有其父必有其子。他后来供认不讳，全都承认了。"（353）他无意识地流露出了对黑人的种族偏见，这是他无法触探塞缪尔悲剧的深层原因。

经济剥削和性剥削构成了《去吧，摩西》的主题，传奇的开始和结束都与两性关系相关。麦卡斯林和爱德蒙兹两大家族的历史纠葛整整延续了七代，并将继续延续下去。正如小说的全知叙述者在提到麦卡斯林家族的账簿时所说，这部编年史"过去两百年没有能记完，再有一百年也不足以完成这任务"(280)。对于小说中黑人与白人的关系维恩斯坦评论道："（两者的）命运息息相关：七代人的命运自种族混杂始，自种族混杂终，在白人身上黑人看到了他们难以逃脱的境况，在黑人身上白人看到了他们难以平复的罪恶。"（Fowler & Abadie，1986：187—188）

值得注意的是，在《去吧，摩西》中，种族对抗总能激发白人的事后之思和黑人的"至理名言"，这在福克纳的其他作品中是不多见的。甚至在最富喜剧性的"话说当年"中，9岁的叙述者卡罗瑟斯·麦卡斯林·爱德蒙兹都注意到，托梅的图尔逃跑的方式并不那么"黑人化"："照说作为黑人，托梅的图尔一见他们本该从牲口背上跳下，用自己的双脚跑的。可是他没这样做；兴许是托梅的图尔从布克大叔处溜走已有点历史，所以已习惯于像白人那样逃跑了"（8）。而这位身上有着一半麦卡斯林血统的混血儿则告诉卡罗瑟斯·麦卡斯林·爱德蒙兹："我跟你说一句话，你千万得记住：每逢你想做成一件事，管它是锄庄稼还是娶媳妇儿，让老娘们儿掺和进来准保没错。玩了你坐下来等着就成，别的啥也不用干。你记住我这话好了。"（13）在此后的《坟墓的闯入者》和《没有被征服的》中，福克纳就将这一准则牢记在心，创造了许多令人印象深刻的以女性为主导的情节。

在"灶火与炉床"中，路喀斯的形象颇具颠覆性，不管是在寻找金币过程中还是在对待妻子被霸占的问题上，路喀斯都远远比白人乔治·威尔金斯和扎克·爱德蒙兹更聪明，也更果敢。他理直气壮地宣布黑人和白人具有平等的权利和人格，他的不卑不亢迫使白人作出了让步和反思。还是孩童的洛斯就发现，路喀斯在称呼他父亲时总是狡黠地叫他"爱德蒙兹先生"而不是"扎克先生"——因为"扎克先生"是更惯常、更恭敬的称呼，是家奴或仆佣对主人的叫法。尽管扎克并没有告诉儿子他和路喀斯的恩怨纠葛，洛斯还是隐约感觉到了这段紧张关系的起因：

---

① 史蒂文斯认为"黑人就是黑人"，他所做的一切都是以维持现状为前提的，与艾萨克对洛斯•爱德蒙兹混血情妇的回复"现在不行"（344）一脉相承。他的这种向后看的姿态也象征性地体现在他把《旧约》译回希腊文的行为上。

> 那是为了一个女人，他想。我父亲跟一个黑鬼，为一个女人而争吵。我父亲跟一个男黑鬼为一个女黑鬼而争斗……但居然是路喀斯打败了他，天哪……爱德蒙兹。甚至作为黑鬼的麦卡斯林也是更强的男人，比我们都强……是的，路喀斯打败了他，否则路喀斯是不会留在这儿的。如果是父亲打败了路喀斯，即使他原谅了路喀斯也不会让路喀斯留下来的。（105—106）

小说的全知叙述者也不时强调路喀斯的麦卡斯林血统和他的优秀品质，他既不为自己身上的白人血液而自矜，也不为自己的黑人血液而自卑：

> 可是路喀斯并没有拿他的白人的、甚至是麦卡斯林家的血统来作资本，恰好相反，好像是他不仅不拿这当作一回事，而且还非常冷淡。他甚至不觉得有必要用它来争取什么。他甚至也懒得去反对它。他兀自充当他这个人得以组成的那类双种族综合物，任凭自己拥有这个身份，就仅仅以这样的方式来抗拒他。他也不去当这两种张力的战场兼牺牲品，相反，他是一个容器，很结实，来历不明，并非导体，在其身上毒素与对立物相互制约，不起波澜，在外界空气里没有制造出什么谣言。（95）

甚至连扎克·爱德蒙兹都不得不承认，路喀斯并没有把血统放在眼里，在众多的族人中，只有路喀斯是“自成体系、不受外界影响、完整无缺的”（114—115）。路喀斯·布钱普代表着一种全新的黑人形象，他代表黑人喊出了“我是个黑鬼，不过我也是一个人”（46）的口号，并身体力行地实践着它——作为一个独立、自足、不卑不亢的个体，他赢得了包括扎克在内的白人群体的认可。

除路喀斯·布钱普外，福克纳还塑造了不少同样具有颠覆意义的黑人形象。在“大黑傻子”一章中，痛失爱妻的赖德心灰意冷，几近崩溃。他靠酗酒和劳作来麻痹神经，希望在幻觉中与妻子的亡灵相聚。他喝得醉醺醺的，深夜跑到工具房里跟人赌博。在发现守夜的白人耍老千后，他不等白人拔枪就拿刀割断了对方的喉咙，自己也因此被处以私刑。正是因为重情重义赖德才变得行为乖张，但在地区的副保安官看来，黑人根本就不配拥有情感：“因为他们本来就不是人。他们外表像人，也跟人一样站起来用后肢走路，而且会说话，也听得懂，于是你就以为他们也能听懂你的话了，至少是有时候听懂。可是要论正常的人的感情和情绪，那他们简直是一群该死的野牛。”（140）副保安官的态度是美国南方种族主义的集中体现，这种“黑人低下论”（black sub-humanity）的心态是当时南方社会的真实写照。白人的优越感和先入为主的偏见使他们无法真正进入黑人的心灵，去探究悲剧背后的深层原因。不平等的分化隔绝了人类原本共通的同情心，使白人对黑人的悲惨处境熟视无睹，这无疑进一步扩大了种族隔阂，加剧了种族矛盾。

在“古老的部族”中，12 岁的叙述者艾克提到山姆·法泽斯时，说虽然山姆“在两代人眼里都是个黑人”（158），但他“干的全是白人的活”（163）。而且，在艾克看来，“倒是山姆·法泽斯那黑人，不仅对表亲麦卡斯林与德·斯班少校，而且也对所有的白人，都是那么庄重、自尊，并且从不卑躬屈膝地依赖那堵黑人总在自己人和白人之间设置的用随时咧嘴嬉笑来筑成的不可逾越的墙，他对待这孩子的表亲麦卡斯林不仅像一个平等的人而且像一个老者对待较为年轻的人”（156）。老人的眼睛里总有什么东西潜伏着，闪烁不定。艾克的表亲麦卡斯林告诉他，这种眼神“并不是含所遗传下来的，并不是奴性的标志而是受过奴役的痕迹；是因为知悉自己的血液中的一部分有一阵曾是奴隶的血液。就跟在笼子里的一头老狮子或是一只熊一样”（153）。由此可见，像山姆·法泽斯这样受人尊重的黑人都无法完全摆脱种族的束缚，诚如麦卡斯林所言：“他是在笼了里出生的，一辈子都在笼子里。”（同上）

在“熊”中，福克纳进一步将黑人和熊、老班和山姆·法泽斯联系在一起。从表层来看，老班代表着荒野，代表着自然和自由。但从深层来说，老班对应着福克纳小说中的黑人角色，两者是同质的。在很多仪式化的狩猎活动中，黑人和动物都是白人的猎物。享有盛名的老班像是“一个从已逝的古老年代里残留下来的顽强不屈、无法征服的时代错误的产物，是旧时荒蛮生活的一个幻影、一个缩影与神化的典型”（178）。荒野和老班都代表着人类的某种精神，这种精神和黑人的精神很相似，而山姆·法泽斯这个融合了荒野与黑人的人物，则进一步加强了三者之间的联系。值得注意的是，正是在山姆和老熊的启示下，艾克意识到了奴隶制的罪恶和人对自然的破坏行径——对自然的践踏和对人性的践踏是一体的。

在艾克老去之后，谭尼的吉姆的孙女的爱情宣言又激起了他对人生的反思，在碰到混血女人手的那一刻，他像是获得了某种灵犀：

> 由于坐着，他够不着，因此她移动她的手，也就是拿着钱的那一只手，知道它能够碰到它。他没有捏住那只手，仅仅是碰了碰——老人那些关节突出、没有血色、骨头变轻变干的手指在一秒钟的时间里接触到了年轻人平滑、细嫩的肉，在这里，顽强、古老的血液跑了一大圈之后又回到了老家。（340—341）

这个场景寓意深刻，在触手的那一刻，麦卡斯林家族正式接纳了混血女人和她的孩子，正如小说最后白人社区对死去的塞缪尔·沃瑟姆·布钱普的接纳一样，意味着“南方必须对黑人承担道义上的责任”（Nilon，1965：66）。

《去吧，摩西》不仅以宏大的历史画卷波澜壮阔地展现了白人对黑人的剥削史，还深入探究了两个种族之间暗流汹涌的意识形态交锋。如果说福克纳先前的作品从道德、政治、美学层面刻画了黑人群体，那么《去吧，摩西》则进一步探讨了在两个种族相互依存的社会中何为剥削者、何为被剥削者，以及其中蕴含的意识形态根源。需要指出的是，如果说此前福克纳创造的大部分黑人都深陷困境而缄默不语，那么《去吧，摩西》则塑造了一大批能言善辩、直抒胸臆且敢于行动的黑人形象。从这个意义上说，《去吧，摩西》代表了福克纳对黑人群体政治、经济、情感探索的高峰，是名副其实的黑人的解放宣言。

Ⅴ. 冰期滑坡

莎士比亚创作《暴风雨》时曾喟叹："最终，我不知道答案，不若就此折笔，停止写作。"我在这个年龄感同身受。你将永远无法获知人类生存状态的终极答案，还不如就此放弃。

—Joseph Blotner，*A Biography*，1974，p.691.

很惭愧长时间没有动笔。原因很可能是最后的一把火，过去三四年来一直在吞噬着我的才智，或许我的才华已经燃尽……我可以折笔，将文稿扔到一边，开始休息，因为我感觉非常疲惫……

—Joseph Blotner，Selected Letters of William Faulkner，1978，p.407.

对世界范围内的作家与评论家而言，"福克纳"指的是那个创作生涯中期或"主要阶段"[①] 的福克纳。这一时期的小说家最多产、最具创造力，虽则其时的三部作品——《未被征服者》《野棕榈树》《标塔》业已招致对他文学才思的质疑。[②] 大部分评者认为福氏后期作品标志着他创作能力的下滑。海耶特·瓦格纳（Hyatt Waggoner）、欧文·豪、麦尔文·巴克曼（Melvin Backman）和弗里德里克·卡尔锁定40年代中后期为滑坡的开始，1942年《去吧，摩西》出版之后则是毋庸置疑的跌落。瓦格纳说那些年间，"故事人物不得不与艺术家

---

① 福克纳研究圈一般把小说家的创作生涯分为三阶段。第一阶段学徒期，包括早期诗歌、散文素描及零星随笔和前三部小说《军饷》《蚊群》《坟墓里的旗帜》。第二阶段即主要阶段或"辉煌期"，包括1929年至1942年创作的长短篇《喧哗与骚动》《我弥留之际》《圣殿》《八月之光》《押沙龙，押沙龙！》《村子》《去吧，摩西》。1942年之后出版的长短篇构成第三阶段，包括《让马》《大森林》《坟墓的闯入者》《修女安魂曲》《寓言》《小镇》《大宅》《掠夺者》。

② 观点不一。比如说，安德烈·马尔罗和阿尔伯特·加缪对《圣殿》和《标塔》评价甚高，认为它们是福克纳的"代表作"。See: " A Preface for Faulkner's *Sanctuary,*" pp. 744—747 by Andre Malraux and a letter in *Harvard Advocate*, Vol. 135. No.2 Nov. 1951 p. 21 by Albert Camus.

本人争夺发言权，因为后者太急于传递重要的信息，不再满足于间接的文本表征”（1996：212—213）。他同豪一样，对加文·史蒂文斯的登场表示遗憾。后一位评论家称史蒂文斯为“美国文学史上无人能及的饶舌大王”，推断他的缔造者已然沦为自我“技巧创新”的“囚犯”，“被动地铺陈各种技艺观念”（1975：286）。

巴克曼发现《押沙龙，押沙龙！》和《去吧，摩西》已经显现小说家的绝望：“一种疲倦、无休止的愤怒似乎在驱遣着作者，愤怒的背后潜伏着绝望，好像他感到无法停止书写的文字的徒劳，似乎写作本身仅成了悬隔现实的手段。”更有甚者，福克纳在 1942 年之后的小说中的“衰退”越发“明显”（Backman，1966：183—84，n. 184）。卡尔附和此观点且明确将它归因于福克纳在好莱坞周而复始的剧本写作：

> 作家（福克纳）由于电影剧本的写作正在发生改变……他的年岁在增长，而且随之人也变得实实在在的保守。但日渐衰老的他却还要创作出将观众引向特定目标的句子和场景来。小说，他的小说中原本的开放性正让位于预定的、激发爱国情怀的使命。这不可避免地会导致福克纳自身想象力的蜕变……他变得中规中矩，他操控情感，他的作品也相应变得简化且说教味渐浓。（1989：711）

约瑟夫·戈尔德（Joseph Gold）这样总结众评家关注的福克纳 1942 年之后创作“重点的转移”：“早期作品中整部小说为福克纳代言，后期作品中所有人物替福克纳代言”（1966：194）。

格里姆伍德，在专著《冲突的心灵：福克纳与职业的抗争》中考察了他所认为的福克纳对待职业的模糊态度。他的论点是福克作为农夫与作家的自我形象之间的竞争造就了他的伟大作品，但当他无法忽视其中任何一种姿态的欺骗性时，他自我的艺术停滞就成了作品的话题。

其他评者发现福克纳的衰退与他日益提升的公众地位以及他对人类忠诚，即他的“人道主义”承诺成正比。比如说，大卫·敏特（David Minter）分析“福克纳向思想/说教小说的滑坡随着年老与疲劳、二战的来临以及声誉的日增而加速：随着领奖台的增加，他发表宣言的需求也在上升”（1980：288）。桑德奎斯特和戴维斯都感觉福克纳后期小说对种族问题的处理没有前期敏感、有效。泰勒哀叹小说家对施行种族隔离政策的南方的“情感化”表现太浓（1983）。数位作家不满意《小镇》中尤拉·瓦纳（Eula Varner）的无端“驯顺”，而且认为加文·史蒂文斯的文本表现要么蹩脚、要么令人生厌。[①]

---

① 关于加文·史蒂文斯的批评概述，请参看 Bassett, “Faulkner in the Eighties”。

当然，常常会有不同的声音。约瑟夫·优格（Joseph Urgo）辩称“似乎……可能更看好福克纳早期作品强度的评者把其实是叙事策略、主题和文学目的的转移视为创造力的下降”（1989：145）。托妮·莫里森也为小说家遭遇的“虐待”鸣不平。她在《黑暗中的游戏》里写道：“几无例外，福克纳批评把那位作家的主题关注贬为东拉西扯的‘神话’，并视他的后期作品——关注焦点是种族与阶级——为不重要的、肤浅的，标志着他能力的下滑。”（1992：14）

很有可能受莫里森的启发，唐纳认为前者的“考察方向提供了研究福克纳后期小说的极佳切入点”，并首次在专著中探讨后期小说中的种族关注，旨在修正主流批评所持福氏后期小说比早期作品内容与形式更简单、对人类命运更加乐观、对人类本质较少质疑的观点：

> 这些作品却真正显示了福克纳小说艺术的新动向，是他创作技艺的一次革新，反映了他对种族身份如何形成与保持的与日俱增的兴趣。对种族身份的文化建构元素持续的考察相应地嵌入小说结构，表现在叙事本身的建构性特质中。在福克纳后期小说生涯中，种族与艺术也因此成为互补性功用元素。（2000：8）

更具启发性的是，福克纳创作生涯三段论与本书提出的小说家在种族话题上的抛物线架构非常吻合。据我所见，这至少可以说明两点。首先，种族主题构成约克纳帕塔法系列的关键元素。作为动荡不安的南方种族与美学中心，黑人的在场，通过增加作品的复杂性与模糊性、反衬白人人性的方方面面、强化故事情节和整体发展以及架构故事结局，丰富了整个南方文学，特别是南方文艺复兴的领军人物福克纳的小说。其次，对黑人群体的探索起着标识作家艺术成就重要指数的功用。凡是黑人的在场被成功表征为文本的核心关注或者是整体关注的有机组成部分的，作品的创新/造性、美学价值、艺术表现、叙事手法和主题挖掘深度及力度愈发显著，往往高出其他作品一筹。相反，黑人主题被拙劣地编织进文本或不被关注的作品则在诸多方面都要稍逊一筹。

评者也对福克纳种族主题探索抛物线的下滑段追根溯源，大概归纳如下：首先，追随作家一辈子的刻板化倾向在遭遇创造性梗塞时表现得更加强烈。后期小说中没有一个全新黑人角色的事实就突显了这一不足。其次，日渐年老的作家更容易受制于内外交叠的压力，就像他写作《未被征服者》和《掠夺者》时的情形。前者的创作过程表明这是一部为了“快速取得酬金”的速成品，后者则是为了写些“肯定南方的东西”（Taylor，1986：114）。再次，福克纳一直对自己识别黑人——“透过表面去描述内在现实”的能力心存疑虑。这种困惑发展成为作家对自己审视任何事物的能力的焦虑，最终促发了一场格里姆伍德所谓福克纳再也没有完全从中恢复过来的“信心危机”（Grimwood：249）。此危机感在小说家的巅峰成就之后明显达到一个峰值。譬如，《修女安魂曲》开笔前不久，福克纳经历了文学生涯中最漫长的“艺术冰期”（Fowler & Abadie：273），从1941年末《去吧，摩西》完稿一直到1948年开始写作《坟墓的闯入者》。又次，作家本人经常说感到“疲惫”，或许已“江郎才尽”。他担心再也不会重享写作《喧哗与骚动》的快乐，也不会再有创作《我弥留之际》时的得心应手。他不止一次地说要“折笔”（Blotner，1978：407）歇手。格里姆伍德分析《去吧，摩西》的种族主题时这样解释福克纳的极度疲惫感：

> 这本书原本是为了表现他与黑人的文学及社会关系，虽则态度上有从**幽默**向严肃的转变。不过小说家写到《三角洲之秋》时，突生将全书引向一个迥异话题的新的关注点。那则故事及以后多年牵引作家的话题是**疲惫感**。他开始视人类历史为不断消耗的过程，并在诺贝尔奖获奖演说以及其他文本中都提出愿景式辩驳声明。更有甚者，他的人类衰退观念加剧了个人**疲惫感**：他四十出头便遭遇**精神上的经期**——一种生活已结束、创作是徒劳的折磨人的疑虑。作为抽象词汇，**种族与疲惫**显然是独立的话题。但就福克纳的经历而言，它们确紧密关联。他试图在校正《三角洲之秋》的过程中，特别是在创作《熊》时将两者结合。这一结合一方面反映了福克纳意识到真实书写黑人对他来说是注定要失败的工程，另一方面提示了他的文学疲惫其实源于南方的道德疲惫。（1987：224—225）

最后，还要考虑作家关注中心的转移。在斯诺普斯三部曲中，作家关注焦点已转向由贫民演变而来的新兴资产阶级的代名词——贪婪无道的“斯诺普斯主义”。种族主义虽仍为作品关注，却不再是核心主题。然而，考虑到20世纪50和60年代黑人民权运动勃兴的社会氛围，福克纳不能直面此敏感、无解话题，的确有避重就轻之嫌。

《未被征服者》：老邦联游戏的重演

《未被征服者》（1938）标志着抛物线下滑段的起点。总体而言，阅读该小说的意义仅在于它与其他涉及沙多里斯家族的故事（比如说《坟墓里的旗帜》和《曾有过这样一位女王》）以及福克纳另一部有关内战经典《押沙龙，押沙龙!》之间的关联。故事由分散的杂志单篇粗略拼凑而成，缺少一部作品所应有的有机整体性。马尔科姆·考利（Malcolm Cowley）称《未被征服者》为“介于零散的合集与统一的小说之间的杂合体”。维克利称之为“ 焊接之作”（a “fused novel”）。福克纳本人也强调《未被征服者》本来是作为故事序列而不是一部完整小说创作的：

> 我把这些单篇故事看成是一个长的序列。确切地说，我从未想到过把它写成一部小说。我意识到这些故事情节过于分散，不可能成为我所认为的一部小说，因此我把它们看成一个序列的故事，以便我写第一个时，便能看到下两个，但是当我完成第一个单篇时我发现故事的发展超出了预期，然后当我写完第四个故事时，我假定了太多的问题，我必须予以答复直到自己满意。因此其他故事——另两个还是三个，不管多少，都得写出来。（Gwynn & Blotner：252）

故事叙事的整体语调也存在问题。米尔盖特和杨金斯都感叹故事缺少与话题相匹配的严肃道德探索。前者抱怨说："《未被征服者》中的一系列故事……大部分给人的感觉是浪漫化了的'滑稽传说'，旨在宣扬南方对北方的英勇抵制。我们在充满激情却缺少严肃道德探查的叙事中明显察觉用来迎合《星期六晚邮报》市场需要的专业、娴熟的故事编排痕迹。"（1989：170）杨金斯说福克纳未能在小说中表现出"对战争的憎恶与恐惧感"（1981：107）。罗莎·米拉德的冒险喜剧色彩浓厚。杨金斯还发现，福克纳处理德鲁塞拉模仿别人守护本土的行动时，"并没有试图表现出现实刻画南方家园所应有的严肃性与道德情感的复杂性：不论是战争招致的痛楚还是为了维护保家卫国事业的顽强抵抗"。杨金斯总结认为，"相反，小说通篇洋溢着一种南部邦联温馨的自我满足感，对南方'姿态'近乎花哨的夸大其词"（107），以至于读者不免怀疑福克纳是否在同他们玩旧邦联的浪漫游戏。

黑白种族关系的挖掘也不理想，既有刻板化倾向也有浪漫化曲解。该故事的第一大特色是年轻的叙述者白亚德对情感的放纵。因此偶尔有万能作者加盟的叙述呈现如下特点：对南方痛失家园的无尽辩解和对本土的浪漫描绘，对沙多里斯上校、罗莎·米拉德和两人追求的理想化与神话，以及青春期的无限怀旧——明显体现在对反应大背景下主仆关系的林戈、白亚德组合的浪漫化。尤为突出的是，在战争及其余波引发的一系列事件中，主仆表现出来的自尊和反抗精神共建了南方群体身份。战败了的白人固守陈旧僵死的行为规范，滋生不公正种族关系的同时也扭曲了黑白族群的人格。

确实，该书的最大特点是主人和黑奴之间的融洽与亲密。达尔文·特纳的谴责，福克纳的"作品有严重的缺损，对奴隶制的描写中看不到任何对身体的残酷摧残"（Harrington & Abadie，1977：69），最适合《未被征服者》不过。杨金斯也就此提出批评：

> 浪漫的曲解转化为真实的生活形象。主仆之间关系的融洽与自在似乎不可避免。白人主子无须将他的统治权威强加到不情愿的私人财产身上，既然奴隶们，昙花一现的卢希除外，被表现为要么无意挑战权威要么觉得

根本没有可能性。但是他们却不把自己看作私产，而是主子家庭一员。主家的特殊地位，不管他们对此认识如何，似乎只会强化他们的忠心。种族差别、奴隶体制的邪恶，以及因此而造成的人格的扭曲，特别当它涉及黑人时，都不在福克纳表现的范畴。（1981：113）

诚然，白人家族的头领，沙多里斯上校（在少年白亚德的心中）毫无疑问代表了传统南方贵族的神话。他被塑造为家长式大种植园主的完美形象，具有开创精神、高尚、智慧、有远见和自我意识。同托马斯·萨德本一样，他同奴隶一起劳作，既不命令也不哄骗他们。这位开明、豪侠的军人甚至谈到自己儿子的时候说黑奴林戈"更机灵"（112），[①]似乎对种族和阶层无任何概念。上校不在时家族代理女族长外祖母罗莎·米拉德决断、机智，一点不比上校逊色。她甚至跟黑人仆人的关系更亲密。她对待林戈和白亚德一视同仁。实际上，她的探险历程得以顺利进行更多靠的是黑人少年的聪明才智。确实，也正是他的机灵才让外祖母燃起要回自己财产的欲望，而且还获得了不无荒诞、夸张的意外收获。

仆人斯特瑟一家人（与《坟墓里的旗帜》稍有不同，在那个故事里约伯是西蒙的爷爷），除了短暂求变的卢希之外，代表的是充斥庄园文学的刻板化"忠实守候者"。这个"影子"家庭已数代伺候沙多里斯家族。林戈的父亲与卢希是弟兄。他正接受父亲约伯的"调教"（18—19），以便在后者年老体衰时接班做上校的"伙计"，或叫贴身男仆。相应地，林戈成年时也会做白亚德的伙计。这是个微妙却不可避免的过程。白亚德不会有意或故意把这个角色强加给林戈，后者心照不宣，也不会反对。卢希的父母是随遇而安的"黑鬼"西蒙和卢万妮娅，他们对被奴役的处境没有丝毫反感或反对。

黑人强烈的"归属感"或者说与白人主子的认同感让他们成为双重种族体制传统的坚定拥趸者。林戈，比如说，同白亚德一起射杀北方士兵时高叫着"杀掉这个杂种！杀掉他"（29，31，78）。当白亚德试探性地说北方佬是来解放黑人的时候，他注意到"林戈害怕上床来同他一起睡，因此我就到垫子上去与他睡在一块"（27）。显然，黑人少年被即将到来的解放所困。两个孩子去看南方重新夺回的铁路时，林戈与白亚德及德鲁塞拉保持高度一致，北方佬不能从南方白人那儿夺走的东西也不能从他那儿夺走。更具讽刺意味的是，林戈还以无限热情投身于沙上校的光荣战斗来剥夺黑人的选举权，从而阻止黑人凯瑟斯·班波当选执法官。

卢万妮娅面临对她生活方式的"威胁"时极具护主意识。她儿子卢希说谢尔曼将军的军队会很快席卷南方并解放所有的黑人，"卢万妮娅三步并作两步

---

① 此后引文皆出自 The Unvanquished (1966)，中文为本书作者试译。后文只标注页码。

过去给卢希结结实实一巴掌。‘你这个黑蠢货！’她叫道，‘你认为整个世界会有足够的北方佬来打败白人吗？’”（26）杨金斯不无嘲讽地评论这个细节说：“卢万妮娅相对标准和清晰的语言与卢希的方言对比给人以深刻印象，似乎福克纳从情感上感到给予她这个特权的必要。也好像福克纳只有让卢万妮娅和林戈这样的人物站在卢希的对立面时他才会老实本分。”（1981：116）另一喜剧性场景发生在沙多里斯叮嘱卢万妮娅监视卢希的时候，上校对她说，要想做到这一点，“她得保持白人品性时间再长一点”（23）。

评者一般把数目众多的“好黑鬼”角色归因于福克纳构思自己概念模式时的人为扭曲与添加。从本质上讲，这一人物表现方式涉及“自我局限观念”，即黑人认识不到自己与白人平等的人权。缺乏对自我内在价值和精神自由的认知使得卢万妮娅、林戈，甚至路喀斯·布钱普（他的自我价值观并非源于作为一个黑人的自重——他甚至都鄙视其他黑人——而是与白人先祖的认同）的行为表现成为可能。

因此我们听到卢万妮娅对一心想讨回自己私产的外祖母吼道：“不要跟那些北方佬浪费口舌！让黑鬼们把卢希交给你，让他去讨回珠宝盒和骡子，然后您再用鞭子抽他。”（90）我们也看到林戈在马车上高高地为外祖母撑着太阳伞，对周围人流涌动的黑人兄弟的困境不屑一顾，或者就是用自己的机智话语对他们或他们不论什么样的奔头冷嘲热讽。确实，整篇小说中林戈的才智都被用来对各种事件做敏锐的洞察及精确的判断，除了作为沙家的代表，他似乎是一个超然物外的生活评论家与评估者。至于黑人，他则要不嗤之以鼻，要不至少轻视黑人的追求，特别是黑人的大迁徙。

白人也不把黑人或者他们的事业当回事。外祖母米拉德每每谈及黑人的处境都表示出极大的同情。同样，她倒也不诋毁黑人向往自由的大规模运动，而是从高尚而超然的境界出发，认为这个悲惨而错误的念头会让这些被蒙蔽的信徒们迷失方向。正如她规劝将信将疑要去与丈夫卢希汇合的费勒德菲那样，“不要去，费勒德菲，难道还不明白他只会让你痛苦与挨饿吗？”（85）看着卢希和他妻子加入烟尘滚滚的马路上的大队人马离去时（如同以色列人出埃及一般），外祖母、白亚德和林戈异口同声地说“杂种”——想必同时指毁坏南方家园的北方军队和轻信北方佬的这些“愚蠢”黑人信徒。白亚德颇具男子气概的表亲德鲁塞拉则嘲讽这些不听话的黑人：“你根本不用担心这些黑人，他们会在路上折腾一晚上，只是为了找个机会在自家的约旦河中淹死自己。”（115）

作为“坏黑鬼”，卢希的叛逆曾有一度让人眼前为之一亮。故事开篇之际，林戈和白亚德在玩战争游戏，而知道南方已经战败的卢希猛然推倒孩子们堆砌的维克斯堡城。这一举动暗示着他所希望的对南方更大规模的报复性进攻。此外，对即将来临的解放欢欣鼓舞的卢希“脸上有一种似醉非醉的神情，好像很久没睡觉现在还不想睡的样子，而约伯和费勒德菲也靠近炉火，看着卢希，费勒德菲的嘴咧着，神情与卢希一样”（25）。毫无疑问，卢希对自由的强烈渴望与反抗精神遭到家人、白人和黑人的共同反对与讥讽。毫不畏缩的卢希决定参加黑人迁徙队伍，费勒德菲也被迫追随她丈夫，虽然她知道这只会带来灾难（因为万能作者已经明白表示黑人的举动是徒劳无望的虚妄追求）。后来，卢希将沙家藏宝地告诉了北方军队。与外祖母的对峙中，他道出了自己的“独立宣言”：

> “卢希，”外祖母说，“你也要去吗？”
> “是的，”卢希说，“我要去。我已经被解放了。上帝他老人家的天使宣布我自由了并会带我到约旦河边。我现在不属于约翰·沙多里斯啦，我属于自己和上帝。”
> “珠宝属于约翰·沙多里斯，”外祖母说，“你算老几要把它送人？”
> “你问我？”卢希说，“约翰·沙多里斯去哪了？他为什么不来问我这个问题呢？让上帝问问约翰·沙多里斯那个把我卖给他的人姓甚名谁。让那个把我埋葬在黑暗中的人去问把我挖掘出来给我自由的人吧。”（85）

很不幸的是，这个新生卢希重蹈了《坟墓里的旗帜》中卡斯皮和西蒙的覆辙。他也未能获得有效后续发展。相反，不论就本义还是语境意义而言，他都被冻结了。我们再次遇到他时，他又回归马棚担起了马夫角色（279）。福氏作品很多发展养分不足的黑人角色见证了这个南方白人作家对文本的过甚侵入。正如豪所评论的：“卢希和卡斯皮的塑造既没有温度也没见深度。两人都被单挑出来加以一番嘲弄，而两人的叛逆思变却几乎未被认真对待。”（1975：122）

林戈显然是故事中最为扭曲的角色。由于他对沙家事业的无限热情，白亚德多次遐想一种梦幻般无种族界分的生活。下面这一幕发生在两个孩子玩战争游戏时：

> ……即使林戈也是个黑鬼，因为林戈和我在同一个月出生吮吸同一个母乳睡在一起吃在一起如此长时间，林戈叫外祖母“外祖母”就像我一样，直到可能他不再是个黑鬼或者我不再是个白人男孩，我们两谁也不是，甚至都不再是人：两个未被征服者像两只飞蛾，两根凌驾于飓风之上的羽毛。（7—8）

虽然福克纳的初衷和希望都是：机灵如林戈者，可以同属黑、白两个世界。然而严苛的事实是，如《八月之光》中的克里斯默斯所发现的，这是一个需要且依赖于每一个人确定身份的社会。难怪乎杨金斯会质问福克纳为何林戈被塑造为一个超验、中立、只会对黑人事业特别是大迁徙评头论足的角色。

> 但是既然，就黑人而论，林戈正目睹的事件牵涉到他所属的民族希望最深切、最富感染力的表达——一场呈现在与黑人群体命运休戚相关的场景中的大规模运动，读者几乎无法想象他能对眼前的一幕无动于衷，他又如何能够没有与黑人信徒的任何直接认同感。（1981：127）

不无讽刺意味的是，虽则林戈多方面超出白亚德，这些方面却被“巧妙地”局限在“生理”和“直觉”层面。细察一下偶尔闪现的作家“田园式创作冲动”（Howe，1975：120），就会发现黑白少年之间的“伊甸园式关系”与《去吧，摩西》中洛斯与亨利、《坟墓的闯入者》中查尔斯·迈里森和艾勒克·山德之间的关系组合类似，都未能跨越种族界限。譬如像艾勒克和山姆·法泽斯一样，林戈在黑暗中的视听能力远超出白人，而且通过辨别地上动物的足迹，能够判断它们的行走方向、行走姿态以及负荷的货物等。福克纳对黑人这种持之以恒的塑造方式说明黑人在自然界的洞察力高超，与白人的抽象理性分析能力形成对比。

白亚德处理父亲被刺杀事件的方式与林戈的反应之间的反差就是个很好的例证。虽然白亚德认识到并且认可林戈通过对白种性（白人品质）的认同来展示他的特殊性与英勇，他却不欣赏这种认同在黑人少年的冲动行为中表现出的破坏性。从他接受教育的大学回来的路上，这位白人少年沉着分析林戈身上“粗暴而冷静”的品质源于同白人太长时间的密切接触：一个是他叫她外祖母的，另一个与他生来就睡在一起，“直到父亲重建了房舍”（250—251）。相比之下，林戈似乎却没有多大长进。他固守历史遗留的沙家作风：为挽回家族荣誉要在丛林中伏击刺杀上校的雷德蒙，就像他们曾经对付格鲁姆比那样，一图报复之快。然而颇为荒诞的是，这位文本当下突然变得怯懦的男孩曾认为“但我琢磨着那么做有失你们白人脸面”（251）。因此与文本呈现的种族差异一致，白亚德冷静地修正了家族荣誉准则——对血腥报复准则的盲目遵从。

总结一下福克纳对两位少年的塑造：虽然林戈在与外祖母和白亚德一起经历的戏剧性历险中有表现才智的机会，只有白亚德面对危险处境时的言行举止才彰显真正的道德含义。随着白亚德的成年相应要求的成熟、责任心也是停滞在夸大了的早熟期的林戈所无法企及的。如果我们重新考量一下两者共有之许多特质，几乎可以断言作家在利用黑人少年做年轻主人的他我，一个代表的是直觉的、冲动的层面，另一个则是理性的一半。

《坟墓的闯入者》与《修女安魂曲》：被神话的“暴君”与神秘化的“修女”

《坟墓的闯入者》和《修女安魂曲》中的黑人塑造之缺陷可主要归因于作家的“过分的反黑奴化”倾向。结果路喀斯几乎是运筹帷幄之中、决胜千里之外的幕后神祇，南希则成了一种良好主观愿望的抽象化身而非血肉之躯。鉴于第七章将具体探讨福克纳塑造黑人形象的局限性，此处本书作者只作简评。然而在对种族问题坚持不懈的探索中，福克纳却赋予《坟墓的闯入者》中的路喀斯与白人一样的人性。作家刻画他在艰难处境中表现出的坚忍和克服极为不利的情势并最终获得胜利的沉着，呈现了一个自尊、自立、坚持正义与荣誉的黑人形象。这与之前被贬损的漫画式黑人形象大相径庭。此外，小说家对白人的震惊反应所做的戏剧化表征也值得点赞。

然而在《坟墓的闯入者》的两位男主身上我们确实见证了罗西·赫尼豪森（Lothar Hönnighausen）所谓集“意识形态的傀儡”、“塑造黑人为白人形象的极端案例”与“喜剧性陪衬”（Fowler & Abadie，1986：205）于一体的角色，似乎旨在补偿之前黑人主体的被动性和尊严的缺失。福克纳在这里一味强调混血儿路喀斯的独立性、正直以及黑人对强制性社会苛求的认识与排斥。不幸的是，小说家走了极端。其一，他给毫不妥协的路喀斯罩上如此神秘的光环以致读者大部分时间很难捕捉他任何实实在在的个性。小说用来描述路喀斯的修饰词复杂且抽象：“不是傲慢，甚至也不是鄙视：只是自有主见和从容自若”（5），“只是不容置辩、说一不二、从容不迫”（10），“从容自如、不容置辩”（11），“带着沉思默想、平静冷漠的神情”（16），“孤身一人、无亲无故、倔强而难以对付”（19），“那一贯的平静冷漠甚至并非蔑视的兴趣”（31），“傲慢平静，没有挑衅也没有恐惧：超然冷淡，几乎是在沉思默想，倔强而从容不迫”（37），“倔强而沉默着”（52），“那个年迈的没有亲人没有朋友固执己见自高自大顽固不化桀骜不驯独立自主（还傲慢无礼）的黑人”（67），“一个老黑鬼的倔强而不友好的颈脖”（116），“彬彬有礼而难以对付，并非平淡而没有个性，简直有点兴高采烈”（214）。①

正是路喀斯的这种超抽象个性促使赫尼豪森叹惜“福克纳的道德说教倾向和忽视具体特征的概论”（同上）。出于同样的理由，蒂西勒指出“路喀斯‘过分反黑奴化’的立场让他不再是通常意义上的人”（1969：192）。更糟糕的是，即便这样的存在大部分文本时间还不在场。路喀斯经历了神奇幻变，成为幕后远程操控者。用加文的话来说就是“路喀斯一度是任何一个他正好走进其视线范围内的白人奴隶，现在却成为统治白人良心的暴君”（192）。

其二，如福克纳构思黑人形象（或者毋宁说混血儿）时经常发生的那样，路喀斯通过与白人家族麦卡斯林祖先的认同获得正义感和力量。实际上，如前文所述，他对其他黑人甚至嗤之以鼻。路喀斯所拥有的一切碰巧都是从老麦卡斯林那儿传承得来，这绝非偶然。比如说帽子、链表、金牙签，甚至手枪，“也许（毫无疑问）是半个世纪以前老卡罗瑟斯·麦卡斯林的骄傲”（59）。而且路

① 陶洁译，福克纳著《坟墓的闯入者》，上海译文出版社，2004. 后文只标页码。

喀斯不止一次宣称自己是麦卡斯林家族成员（16）。他的冷静、自豪感、坚强、遇事沉着等品质连同甚至他的高鼻梁都不断被暗示是麦卡斯林血统的产物。

福克纳赋予艾勒克·山德聪明勇敢的形象，这是值得称道的。特别在掘墓现场，黑人男孩行动迅捷、果断且考虑周全。诚然，福克纳一直努力表现黑人生活之现实。但是艾勒克和其他黑人仍然摆脱不了那典型的福克纳式“神秘的他者”光晕。如杨金斯所指出的，“然而在我看来似乎福克纳总是根本上感觉到黑人的他者性，而且从社会及心理视角来看，可能就像对大部分白人那样，黑人对福克纳来说是他者”（1981：272）。

譬如说契克要开始打猎那会儿，我们遇到一条“黑鬼”样猎狗：“一条真正的逮兔子的狗，有点猎犬血统，相当多的猎犬血统，也许大部分是猎犬血统。”跟着的发挥就有种族主义色彩了，“一条杂交狗，一条黑鬼的狗，一眼就能看出来它的本性跟兔子特别亲近，就像人们说黑人跟骡子特别友好一样”（3）。福克纳似乎很难不从黑鬼和动物之间所谓的亲缘性中提炼出笑料来。而且文本多处有黑人的刻板特征表现。譬如三位被雇佣来掘墓的黑人罪犯的显著特征是“转眼睛时眼白一闪一闪”（121），然后其中两位“像木雕似的纹丝不动地坐着两眼直视前方不看着任何东西没有任何动作甚至没有呼吸的动作只有眼球周围的眼白有非常细微的扩大与收缩”（122）。

为了与艾勒克的“独特”构思保持一致，文本中黑人少年扔龙棍砸兔子的精确性可与查尔斯的射击技术相媲美（4）。这就是黑人的神秘功能。艾勒克能“在黑暗中像动物一样观察”（79，123），而且“凭着超越视觉和听觉的感觉……使他在他和哈伯瑟姆小姐都没有可能开始听见以前整整一分钟就已经发现有骡子或马下山来……”（88）。更厉害的是，在任何场合他都能凭直觉行事。然而，所有这些品质似乎都给人异乎寻常、怪异、超自然感。

尽管机灵，艾勒克真正遇上重要的事时似乎脑子就不好使了。这与白人男孩查尔斯的遇事沉着（虽然内心冲突激烈）形成鲜明对比，且是《未被征服者》中白亚德、林戈组合的延续。比如说在查尔斯叫艾勒克与他一起去掘墓从而证实路喀斯的无辜的时候，黑人少年嘲笑他替黑人老头辩解，“艾勒克·山德笑了，不带欢乐或嘲笑或其他任何含义：笑声中没有任何含义就像呼吸的声音除了是呼吸以外没有别的含义”（74）。更有甚者，他的回复——“我也会这么说的”（同上）——与加文律师的如出一辙，彰显了不论是黑人还是白人中间根深蒂固的认为黑人就是天生谎言家的构念。然而白人男孩却克服重重困难，特别是颠覆南方长期灌输的黑人就是黑鬼的观念，视路喀斯为“一个黑鬼”，或者更是“一个人”，并且尽全力来阻止一场因误判而导致的私刑。福克纳再一次向我们证实黑人男孩的小聪明关键时刻不管用，只有“智高一筹”的白人男孩才能实现道德成长。

作家的“反黑奴化”冲动延续到了可谓既是《夕阳》又是《圣殿》续集的

《修女安魂曲》中。在福克纳试图冲破职业生涯最漫长的“创造性梗阻”之际，前吸毒者、妓女、黑人南希极荒诞且疯狂地掐死了新主人谭波儿的女婴，只为了阻止后者同皮特[①]（阿拉巴马·雷德的兄弟，也是匿名勒索谭波儿的人）私奔和堕落。给出版商的信中，福克纳谈到了这本书的主题和形式，“这是对形式的一次有趣创新”（303），而且“《修女安魂曲》将围绕一个黑人女性展开，会有点神秘，就像《我弥留之际》一样”（Bltonter，1978：75）。确如他所说的，该故事令人发指的起源与发展方式——黑人女佣不得不杀死女主人的孩子来阻止她的“罪恶”（130）[②] 的冲动——连同最终非同寻常的文本设计——三场开场白与三幕剧交替出现——皆属标新立异之举。

创新之作经常会遭遇质疑，《修女安魂曲》也不例外。不少评者向福克纳犯难，焦点正是小说家所言的两处“突破”，而且理由灼灼。泽德抱怨说不论在主题还是形式层面，《修女安魂曲》都是福克纳所有小说中最难阐释的：“就主题而言，小说怪异的中心情节让人莫名其妙，而且视南希为殉道者或杀人犯都无济于事。”泽德继续道：

> 从形式层面出发的话，小说同样难解，原因在于戏剧部分与叙事部分之间的衔接如此至少且如此粗放，无法解决故事的连贯性问题。考察了两个部分的结合部之后，我们只能认同克林斯·布罗克斯的观点，那就是《修女安魂曲》的结构处理“是福克纳在所有小说中遭遇结构问题时所尝试的最大胆、最不成功的解决方案了”。（Fowler & Abadie：1986，272）

此外，主流批评还理所应当地抓住小说标题中为之谱写“安魂曲”的“修女”的辫子不放。欧文·豪认为给南希这样一个角色，“福克纳可能让黑人负起太重的责任，而且也有所不公”，因为“让黑人担负起拯救白人的使命的做法有点不合情理，当然也有点疯狂。由于意识形态方面的重负，小说中南希是作为一种抽象的愿望，而不是一个有血有肉的人在起作用。缺少路喀斯丰满的个性，她是‘黑人’而不是‘一个黑人’，而且是被派上特殊却不明用途的黑人”（Howe，1975：113）。米尔盖特呼应道，虽然“谭波儿被迫直面自我罪恶的情节能激发我们的兴致，且在有限的程度上也能引发我们的怜悯，该书戏剧部分的其他方面就不太令人信服，特别是涉及南希的部分”。他总结道：“无论如何也无法接受对谭波儿小孩的谋杀：南希的自我殉道因此也显得暗淡无光，因为该行为的象征性预兆被它施加于我们道德敏感性与信任感之上的暴虐一

① 鉴于约克纳帕塔法系列的互文性一致，其中人物及人物思绪的闪回，尤其是南希和谭波儿的组合，证明了《修女安魂曲》和《夕阳 》及《圣殿》之间的紧密关联。

② 本书作者试译，此后引文只注页码。

扫而光。”（1989：223）

南希表面看来确实像一个神秘、圣徒般殉道救赎者，特别在她表现出“反黑奴化”姿态时。尽管福克纳宣称这是一本有关黑人女性的书，但南希露面的机会比谭波儿和史蒂文斯都少。实际上除了在第一幕第一场出场短暂受审外，南希直到第二幕第二场才参与到故事情节中来规劝谭波儿，直到最后她为了制止女主人罪恶的冲动居然实施了荒诞罪行。此后，南希在故事接近尾声处才再次现身来宣讲神秘而绝对的“信念”（228）。

我们对谭波儿的了解更是多于南希。前者在支配欲极强的加文·史蒂文斯的强制性引导下进行了全面的忏悔，从而去领悟人类受苦受难的目的。而对于很少露面的“修女”本人，我们既不能透视她神秘莫测的外表，更无法探查她深不可测的内心。值得注意的是南希每一次登场时无以名状的抽象神情。在法庭上，“她是庭上唯一站着的那位——带着莫名而茫然的面部表情，身材最高站得也最高，大家都注视着她，而她却谁也不看，而是向外向上盯着房间远处的角落，好像法庭上就她一人似的”（45—46）。法官问她还有什么要申诉的，“南希不动也不回答，她甚至好像都没在听”（46）。当她终于吐出“是的，大人”的时候，“在一片静默中声音很大，不是对任何人说的，很平静，不动声色”（47）。最终法官匆匆宣布休庭，好像有意“遮掩这不光彩的案件”，庭内嘈杂纷乱，而“唯有南希一动不动”（同上）。

很显然《坟墓的闯入者》中固执的“神秘化”人物塑造倾向仍然纠缠着作家。自然而然地，这就给南希的塑造定下了神秘化的基调。被判了死刑的她也早已表现出超越凡尘无法读解的神情。她无视民事法庭的权威，也不把受害人——婴儿、孩子父母以及她违反了其法条的社区民众放在眼里。她同上帝对话，因为她已不在意人世。

南希无以名状的神情和对凡尘世界的无视在其他场合表现得也很明显。比如皮特发现她成了他和谭波儿之间好事的绊脚石时，仔细端详了这个居然敢偷走女主人私奔细软的黑女仆，“她面对着他们站着，但什么都没看，一动不动，几乎有点茫然，面容悲伤，沉静，无法透视”（153）。同样的超然且超现实的特征一直持续到南希生命的最后一刻。与史蒂文斯的谈话中，南希“一言不发，一动不动，谁也不看”。过了一会儿，“南希没有动弹，一动也不动，什么也不看，面部沉静，茫然，毫无表情”（233）。所有这些对南希持续的描述揭示了作家在努力重塑一个颠覆性的新南希形象。

更加神秘的当属诱发南希残暴行径的“信念”（228）。谭波儿向她求教逃脱“明日复明日又明日，永远永远永远”（176）的方法，南希总是坚持她进入一种绝对信念的状态：“相信他”（230）。但是谭波儿——或者南希·曼尼果之外的任何人——是否能完成这一壮举，福克纳没有说，他也没有交代如何去信以及相信什么。这一幕结束时南希本人也不能确信这一信念的可能性，因为她甚至都不能确定天堂是否会有一个上帝原谅她。请看下面谭波儿和南希的对话：

谭波儿：有天堂让它（南希流产了的孩子）进去，这样它就可以原谅你了？有天堂吗，南希？

南希：我不知道。我相信。

谭波儿：相信什么？

南希：我不知道。但是我相信。（235）

有趣的是即使“伪哲学家”加文·史蒂文斯也似乎对南希玄奥的说教困惑不解。南希坚持人人有罪。“希望，”她说，“是所有可怜的罪人最不愿意撒手的”。“你的意思是，”史蒂文斯问，“人一旦被拯救，就没有了希望？”“人甚至都不需要它，”南希说，“人所需要的一切，必须要做的一切，就是相信。”“相信什么？”史蒂文斯接着问。南希答复：“就是相信。”（228）

为了粉饰南希的高尚形象，与堕落的谭波儿和甚至有窥探欲的律师形成反差，福克纳在洗心革面的黑人女仆身上堆砌近乎完美的品质。文本不同地方曾被不同的人称为“黑鬼、烟鬼、魔鬼、娼妓、酒鬼、无赖、游民、杀人犯”（52，54，61，62，77，103—104—105—108，135，175）的南希在故事中改头换面：她已戒毒多年，不再从妓，甚至似乎都不说脏话。此外，谭波儿的忏悔录显示南希已经“从良”（130）。她对州长说在这起案件中南希“问心无愧”。而且在这个否则无任何关爱、近乎绝望的白人家族中南希扮演着凝聚一家人的核心角色：“现在我们有了南希：保姆、向导、导师、催化剂、粘合剂，不管你叫它什么，反正她把所有的大家伙儿凝聚到一起。”（134）后来，谭波儿沿着欲望的泥淖下滑时，南希先是充当她良知的“间谍”（146）并把她用来私奔的钱藏了起来。后来发现是“写信人”（155）而非信件才是诱发谭波儿计划私奔的动因时，她劝告无效，这才有了她的最后一招，“其他方法我都试过了，我想我也可以试试那一招”（158，159）。虽然谋杀女婴行为本身不可信，南希的行动却有耶稣替人受难的动机。

与南希的成功改造形成巨大反差的是谭波儿的不断滑坡。自称与南希是“罪恶胞妹”（135）的她无法忘怀“孟菲斯妓院”的经历，也难以克制力比多的重弹。她对州长和律师透露雇佣南希的原因在于“除了一个黑鬼、烟鬼、妓女，她再也找不到第二个与她更相像的了”（105）。谭波儿不得不“倾诉”，因为看着邪恶让她有堕落感（《圣殿》中贺拉斯·班波的老调重弹）。然而，写匿名信勒索她的人的现身（《坟墓里的旗帜》与《曾有过这样一位女王》中娜西莎与拜伦·斯诺普斯情结的重演）却激荡起她难以遏制的性欲，让她铁了心私奔，也最终导致南希对女婴的谋杀。谭波儿无法面对一个个周而复始的“明天”

（173，176，230，237），向州长坦白“她痴迷邪恶”（116），并说“曼纽尔街妓院”的历险让她“向往”（126）性爱。同样的，她向南希透露“我”才是邪恶的真正源头。

耐人寻味的是，在试图“摆脱胡思乱想”的过程中，她形象比较了黑人和白人囚犯：

> 比方说有白人入了班房或者住了院……你不自觉地就把书啊、扑克啊或字谜游戏就送过去了。但黑人就不一样了。你甚至都想不到扑克字谜游戏书之类。猛不登的你会有点惊恐地寻思他们不仅逃避了阅读，他们**逃避了逃避本身**。所以，你每次从监狱旁边经过，你会看到他们——不，不是他们，你根本看不到他们，你只看到窗棂中间的黑手，没在敲没在动甚至都没抓住什么，不像白人的手会紧握窗棂一样，只是躺在缝隙之间，不只是在歇息，而甚至有点**闲适**，对什么犁呀斧子锄头，还有白人的拖把扫帚摇篮的摇杆什么的早已适应、轻松而不心烦，直至甚至连铁窗都适应了他们，不惊不燥。（166）

虽说谭波儿的比较可能映射了文本当下处境——她的迷惘失落与南希的超凡脱俗，泽德还是洞察了其中潜在的种族主义偏见：

> 白人阅读，因为他们命中注定要承担西西弗斯神话般的用语言重构人类迷失的存在状态的荒诞使命。但是黑人，因为不识字，从未跌落表征世界之牢笼：“逃避了逃避本身”，因而平静且无烦恼。（Fowler & Abadie，1986：283）

福克纳职业生涯惯于将本真的存在状态与文盲和人类前语言发展阶段联系起来。可能因为前现代主义阶段的南方黑人群体的文盲率相对较高，他频繁地用黑人做案例分析，结果便是人物形象表现出的纯粹神秘主义。

南希，如福克纳所暗示的，体现一种脱离想象——摆脱与过去或未来本真存在状态的介质关联——的生活梦想。这样一位人物塑造的意义仅在于她的文盲身份、黑皮肤和宗教信念。事实上，福克纳从未放弃把玩这样一个观念：黑人，鉴于他们的无声、无知和单纯，可能有白人不曾拥有的“与什么东西合一”的神秘途径。因此，即便在近乎被理想化的黑人南希身上，我们依然可见她对福克纳而言的“他者性”。

最后还要谈一下“开明”律师史蒂文斯。他显然对南希的命运很关注，并在多个场合为她辩护。比如他在第一幕开启时愤然高呼：“这难道就是这位可怜、迷失、难逃一劫的疯狂黑人必死的原因吗？”（65）确实，他和谭波儿都试图诉诸南希的“疯癫”做“呈堂证供”（75）而免她一死。他甚至同南希一起吟唱教堂颂歌来帮助她度过最后时光。但是细察该人就会发现他的别有用心。他最关心的其实是拯救谭波儿和她家人。他精确诊断谭波儿的问题在于过去的创伤。就像他本人说的，“过去从未死亡。它甚至都未成为过去”（81）。他想方设法让谭波儿忏悔她的罪恶以便她能重担家庭责任。但具讽刺意味的是，律师的努力这一次似乎再次泡汤，如同之前《坟墓的闯入者》中对路喀斯的说教一样，因为故事结束处，我们听到他试图拯救的对象叫道：“我堕落了。我们都是。命中注定。在劫难逃。”（239）

《掠夺者》：跌落地面

随着《掠夺者》（1962）中耐德·麦卡斯林的诞生，福克纳对黑人的塑造弧线可谓滑落到了尽头。这位黑人大伯的笑声“嘿，嘿，嘿”（57，66，67，74）[①] 盖过了他发出的任何其他声响。作为一位成功的“桑博”扮演者，他最想做的就是安守黑奴现状。或许对福克纳而言，他具有相当的艺术价值，但在我看来，他真正代表了欧文·豪所言福克纳的“个人视觉”向“历史遗留的恐惧和与此艺术视觉不相匹配的意识形态”（1975：120）臣服的产物。

该小说与福克纳个人生平很是接近。普利斯特家族系《去吧，摩西》和《未被征服者》中麦卡斯林家族谱系的一个分支，与福克纳家族极其相似。族长老卡罗瑟斯·麦卡斯林的原型是W·C·福克纳上校。小说叙述者卢修斯的祖父、杰弗生镇银行家“普利斯特老板”让人想起福克纳的爷爷，J·W·T·福克纳。莫里·普利斯特先生，卢修斯的爸爸，像福克纳的爸爸莫里·C·福克纳一样，经营代养马房。此外，同福克纳家族一样，普利斯特家族的孩子也有一个保姆“考利大妈”照看，还有一个黑佣留守者“耐德伯伯”。[②]

故事开始时，老卢修斯给他孙子讲解1905年的世间光景。就在老板莫里先生和太太出镇那会儿，卢修斯和马房伙计布恩·霍根贝克偷开老板的“温顿飞鸟”（23）去孟菲斯兜风，结果在路上居然发现还有一个偷搭便车的。此人不是别人，正是“耐德·麦卡斯林伯伯”。他乃老卡罗瑟斯的私生黑人孙子（耐

---

① 该小说译文引自王颖、杨菁译《掠夺者》，上海译文出版社，2004。后文只标注页码。

② 罗伯特·坎特维奥（Robert Cantwell）回忆一次对福克纳的造访。他被带去参观福克纳的农场。在那儿他遇到了曾是福克纳上校仆人的耐德大叔，后者已经伺候福克纳家族三代人。对于耐德，据坎特维奥说，福克纳这样评价：“老头儿脾气倔，我做什么他都看不顺眼。”但是，一问到有关上校的事，老头儿突然默然不语好像被施了魔咒一般。（“The Faulkners: Recollections of a Gifted Family,” in *William Faulkner: Three Decades of Criticism*, ed., Frederick Hoffman and Olga Vickery. East Lansing: Michigan State University Press, 1960, p. 55.）杨金斯就此指出，“每当想到西蒙、约伯还有其他黑佣的坏脾气被白人愉快地包容（就像他们的愚忠被同样期待）时，读者不仅纳闷福克纳从自己生平吸取素材时怎么就一点都不从这样的经历对于黑人本身的复杂性的角度深思一下”（1995: 112）。

德的奶奶是位不知姓名的黑奴），所以也攀得上是卢修斯的亲戚。到了孟菲斯，就在布恩带着卢修斯去看他女朋友埃弗碧·科丽（瑞芭小姐开设妓院的风尘女子）的空隙，耐德用车换了匹叫“铜矿”的赛马——一系列馊主意中的第一环。他本想试图通过该精密设计的计划来赢回汽车并顺便把他表弟博博·布钱普从一孟菲斯放高利贷大户那儿赎回来。这一荒诞计划随着卢修斯在田纳西的帕夏姆赛马场骑着“铜矿”参赛而达至高潮。就在这时，老爷不期而至，闹剧才算结束。

似乎为了与故事的怀旧基调及搞笑模式保持步调一致，耐德的形象设计从一开始就很“滑稽”，而且那么做就是为了取得喜剧效果。他生动地再现了拉尔夫·爱力生所谓“戴着面具的玩笑者”角色（1964：54）。他像变色龙一样不断变换角色：“瑞莫大叔”耐德对布恩一向放肆无礼，享有豁免特权，被骄纵惯了的留守者，对我惯于颐指气使的叔伯辈（107），甜言蜜语的情场高手，有冒险精神的商人，尤其还是技艺高超的演员。确实，耐德常常自跌身价地扮演小丑的角色。他还是小说中的错话连篇先生，像《八月之光》中把“沙丁鱼”念成“傻丁鱼”（254）的莉娜一样。

除了无知，耐德还是个执着虽说不太成功的情侣。他有过四次婚姻，同现任妻子黛尔芬的关系也远不尽如人意。实际上，耐德“常常不在祖母屋里传出的声音范围内，因为其中有他老婆的声音”（24）。婚姻并不能阻止他的风流韵事，任何厨房里只要有女性在里面，他就挪不动脚步，遇到漂亮的他更会竭尽奉承之能事。

他的偏见还不乏低级幽默。比如说，即使对自己的白人主子家庭也能摆出市侩做派来。老爷买车那会儿，他想的是，这样就能“把萨托里斯上校打发回他当年起家的地位”（98）。谈到其他黑人时，他的种族主义腔调跟《喧哗与骚动》中杰生的别无二致。“是匹马就啥事儿都有可能发生”（232），赛马前他对卢修斯说，“再加上骑在上面的是个黑小子，就有双倍的可能了。”（232）此外，黑老头的男子沙文主义作风还很严重。布恩因埃弗碧跟治安官穷白人布奇睡觉抽她那会儿，耐德开始给卢修斯上起政治课来：“娘儿们挨揍不会吃亏的，因为她不会像男人那样挨了一下就马上回敬你；她会先认了，等你转过身去就伸手去拿烙铁拿切肉刀。”（231）对耐德来说，这可比什么知识都管用。“所以揍她们一顿一点儿都不坏事儿，”他调教卢修斯，“最多不过有点儿眼肿嘴烂罢了”（同上）。[1]

作为一个“牺牲”型角色，他下意识的“自我贬损”小丑角色有其黑人滑

① 福克纳在巴黎接受杰恩·斯泰因专访谈到“成功”时表达了类似的观点：“成功有点阴而不阳，就像女人。如果你在她面前卑躬屈膝，她就会不拿你当回事。因此对待她的方法就是给她一巴掌。然后呢，她就该求你了”（李文俊，1980：8）。

稽表演传统。爱力生在《影子与行动》中对此大致阐释如下：美国人通过“美国人身份中心的玩笑”产生自我形象，亦即一种中心角色是“机灵人装聋作哑”的乔装仪式。进一步完善之后，这些白人仪式最终发展成为白人假扮黑人的说唱演出。尽管“有班卓琴的演奏和骨器的嘎嘎声，还有用伪黑人方言发出的格格玩笑声”，说唱演出的这一“功能”并非“源自美国黑人的喜剧感”，而是植根于美国白人摩尼教对黑、白象征意义的痴迷。在这样的表演中，黑人“成了白人二元思维的负面结合体……象征着白人从良知或意识中压制的一切”。这样一来，说唱演出成了“驱邪的仪式”。演出中“具体的修辞语境……涉及……一个‘牺牲’型人物”，而“观众被驱动的强大动机之一”是“与此象征性自我贬损角色的心理隔离”。这就是所谓的“美国人身份中心的玩笑”，而正是“在这玩笑的两端”，爱力生总结道，“黑人与美国白人相互注视”（1964：47—48，49，54）。我们早已见证了诸如《坟墓里的旗帜》中西蒙·斯特瑟和《去吧，摩西》及《坟墓的闯入者》中的路喀斯·布钱普之类“桑博”扮演者。现在，作家已经准备好将“戴面具的玩笑者”设定为他新作的焦点，而这最明显不过地表现在耐德的冒险历程中。

耐德很快担起了这一光荣角色。在“地狱溪谷”（69），“三人帮”遭遇了一个穷白人用“开沟破土犁”翻挖的泥坑。如果他们想用“淤泥农夫”的骡马拉车过去，就得为一个坑付两美元。当农夫挖苦说“淤泥是我们这儿最好的庄稼之一”时，耐德凭仗他“老黑奴”资格表示不满。“两块钱一个泥坑，”他对那个人说，“该算是最好的了。”（73）“淤泥农夫”只想要钱，并不想起冲突。然而这是个他不能无视的跨种族玩笑，因为这答复暗示他在敲诈。“没准儿你说的有道理。”（73）他回答道。但接着，他就让耐德撑着双加横木，似乎试图让耐德安守本分。“你看上去好像知道该钩到骡的哪一头。”（73）他说道。又遇到一个坑时，耐德试图用解释“圣诞中条地”的机会挖苦对方的敲诈行径、贪婪和无知：

> 投降前老卢修斯·昆塔斯·卡罗瑟斯还活着那会儿我们在麦卡斯林庄园就是这么干的，现在爱德蒙兹那小子还在这么干。每年春天在最好的地里划出中间一条，中条到田埂间的所有棉花都属于圣诞储备，不算老板的而算每个麦卡斯林家黑人的圣诞份额。这就是圣诞中条地。敢情你们这些捣腾淤泥的从没听说过吧。（73—74）

白人顿时警觉起来。卢修斯告诉我们：“那男人瞅了会儿耐德，过了片刻耐德发出‘嘿嘿嘿’的声音”（74）。这一次傻笑是对“传统老黑奴”的回归，也向白人传递这样一个信息：以上皆为笑谈，请别在意。找到了台阶下的白人这才作罢，但嘴上还不服软：“这还差不多，有一刻我以为咱俩要产生误会

呢。”（74）

耐德还利用“瑞莫斯大叔”（156）面具在帕夏姆大叔家里对付粗俗的治安官布奇，不仅免了经不起后者挑衅的布恩的牢狱之灾，还公开揭露了治安官的不良动机。显然，耐德扮演“家庭老黑奴”最卖力的时候是被老板召唤去与他本人、帕夏姆地方贵族头领林斯科姆上校及前芝加哥人孟菲斯地方大佬范·托西先生（也是“铜矿”的主人和博博的前老板）当面对质。考虑到祖父的身份以及表弟博博的命运，耐德故意拉大同白人的差距，让对方时刻记着自己是“上等人”，因而就有“行为必高尚”（noblesse oblige）的风范要求。他恭恭敬敬地接受林斯科姆上校给他倒的酒，只是在祖父的坚持下才一饮而尽，先为自己的“下人”身份做个姿态。当范·托西先生问耐德为什么他的表弟博博不去找他们时，他则进一步拉大差距。他对前者说“您是一个白人，博博是个黑人孩子”（256）。对由于愧疚而说“他（博博）可以告诉我原因，我也是麦卡斯林家的呀”的老板，耐德回答道：“可您也是个白人呀！”（256）。掌握主动的耐德乘胜追击，进一步操控局势。他透露自己离奇计划的诞生地是彼尔街一个偷售烈酒的馆子，祖父立马恍然大悟：“原来是这么回事。这下我开始明白了。”（258）至于祖父对时间的质疑，耐德借题发挥，“对我们的人来说，礼拜六晚上顺延到礼拜天”（同上）。林斯科姆上校接过话茬，对“黑鬼的礼拜六狂欢夜”进行了界定：

> ……也顺延到礼拜一早上……你礼拜一早上醒来，头痛恶心，浑身脏兮兮地躺在一间脏兮兮的牢房里，一直等到哪个白人过来替你付了罚款直接把你带到棉花地之类的什么地方，连吃早饭的时间都不给就让你开始干活了。你在那儿熬啊熬，到了太阳下山时也许觉得自己还死不了；然后又是一天，又是一天。又是一天，一直等到又是礼拜六了，你就可以丢下犁铆一溜烟跑回礼拜一那间臭气熏天的牢房里去了。你们干吗要那样？我真搞不懂。（258）

耐德的自我贬损式回答加固了林斯科姆上校心目中黑人就是苟且偷生、及时行乐一族的印象：“您不会搞懂的。您的肤色不对。要是您能当一回周末的黑鬼，那您这辈子就再也不想当白人了”（同上）。总之，耐德明确界分了两个世界：一个是“黑鬼”醉生梦死的世界，另一个是时刻惦记着要照看这些孩童般依赖者的家长式的白人世界。

这样一位喜剧性“桑博”的塑造必然招致批判。沃尔特·泰勒说，“写喜剧是一回事，让读者接受精心编造的荒诞历史从而神圣化南方古老贵族阶级的社会价值观却是另一回事”（Fowler & Abadie，1986：128）。通过比较拉尔夫·爱力生和福克纳同为作家的使命——对人类状况的探索，泰勒揭示了后者的封笔之作所传达的真正信息：

> 现在福克纳承认也像莎士比亚写完《暴风雪》时那样不得不面对自己在探索人类状况方面的失败："你永远也找不到有关人类生存状态的终极答案"，结果是他写出一本最为滑稽的书，而且还奢望我们对这样一个倒退的社会点赞。写成于一个南方结束之际，出版于另一个南方的门槛之上，该形象大声传递了这样一条政治信息：种族隔离政策并不太糟糕。作为白人有关"美国人身份中心的玩笑"观念的产物，耐德代表不了任何美国黑人，他代表的是奴役他们的传统被加工之后的实质。(Fowler & Abadie，1986：128)

最后，福克纳对海明威的著名批评——"海明威职业生涯很早学会他擅长的写作，却一味复制他的成功"（Meriwether & Millgate，1968：58）——也适用他本人，因为他在小说创作中不断回归同样的人物、情境和事件。比如就《掠夺者》中的黑人塑造而言，耐德遥远地呼应着西蒙和路喀斯。约翰、勒斯特和盖博与骡马相伴的场景以及耐德与骡马的亲近让人不禁想起作家一贯强调的黑人与动物之间的亲缘性。故事开始不久福克纳就记着牺牲黑人来戏剧性烘托一下布恩持枪追赶鲍威尔的情节。因为布恩唯一命中的"一颗子弹擦破了一个黑姑娘的屁股"，后者"像头被刺了一刀的猪"一样大喊大叫，而且被送到彼鲍迪医生诊所救护时我们被补充告知，"打坏的旧裙子里什么也没穿"（11—12）。类似贬损黑人的一幕出现在《八月之光》中，一位黑人女仆"以她那懒散、目不识丁的女人的劲头，傻乎乎地大声朗读"（《八月之光》42）盖尔·海托华博士的门前招牌。此外，"地狱溪谷"的"淤泥农夫"收过坑费 6 美元，每人 2 美元。布恩极为不满，先说卢修斯还是个孩子，接着又泄愤于耐德，"可你看看另一位！等他把烂泥洗去，他还是白不了！"（75）农夫本来颇为精彩的点评"这两头骡子都是色盲"却原来也是《圣殿》中克拉伦斯付嫖妓费时的答复——"这玩意儿（金钱）可是色盲"（《圣殿》170）的翻版。刻板化黑人形象依然存活于文本中：好事爱吵的考利婶婶只知道在厨房里"吼叫"（74，89，94），而耐德据说也有"老卢修斯·麦卡斯林的燕尾服"（68）。

然而，尤其值得注意的是本部分几部作品却又同时代表着桑德奎斯特所言"福克纳对这无可作答（种族）问题坚持不懈的探索"（1983：133）。作家继续通过故事中人物来挑战甚至颠覆主流种族意识形态。如《坟墓的闯入者》中契克经历观念与现实之冲突，克服了自己的南方白人种族意识，实现了从视黑人为抽象概念向接受黑人为血肉之躯的转变并趋向成熟。《修女安魂曲》中南希则被赋予神圣的拯救堕落白人的使命。斯诺普斯三部曲中拉特利夫从斯诺普斯家族著名的"观察者"变成实际"行动者"，成功挫败种族主义的积极倡导者参议员克拉伦斯·斯诺普斯的竞选计划。作者对从战场归来已什么都听不见，但热心黑人解放事业的琳达·斯诺普斯的描述虽不无讽刺，却也肯定了她反种族主义的一面。即便《掠夺者》中的耐德·麦卡斯林也似乎在向人们倾诉：除了生活在面具之后，美国南方黑人还有什么更好的生存策略呢？

四、成也伟大，败也辉煌：黑人角色塑造之不足

福克纳是一个有复杂动机的作家，既塑造了“好黑鬼”和“坏黑鬼”这样的程式化人物，又可能比其他任何一个白人或黑人作家都更成功地探讨了某些形式的黑人人性问题。

—Ralph Ellison，*Shadow and Act*，1964，p.47.

任何一个作家都不可避免地是某一地域、某一特定阶段社会、历史合力的产物，福克纳也不例外。作为南方白人作家，福克纳虽然在种族话题上堪称大无畏的面具摘取者、精准的观察者、人性化的刻画者和心理探索大师，但由于时代局限和固有意识形态等多种因素的影响，他也无法完全摆脱对人物的刻板化塑造，有时还会侵入文本，且无视黑人种族内部现实状况。

Ⅰ. 刻板形象

黑人的存在造就了美国南方独特的双重种族生活方式。因此，种族问题便触及了社会、政治、经济、文化、道德的本质，成为最敏感、最煽情又无法回避的问题。在向现代社会转型之际，这更加剧了业已存在的因内战、等级制、土地改革等造成的创伤、冲突和紧张局势。历史学家乔尔·威廉姆森曾一针见血地指出，“黑人的存在导致了紧张状态的存在”（Williamson，1984：31）。新旧交替，经历变革的种种阵痛给美国南方作家提供了创作的挑战与机遇，成就了美国的“南方文艺复兴”。一大批诸如薇拉·凯瑟（Wila Cather）、罗伯特·沃伦、凯瑟琳·波特（Katherine Anne Porter）、艾伦·格拉斯哥（Euen Glasgow）、尤多拉·威尔蒂（Eudora Welty）等作家第一次摆脱了南方传统的偏见，开始批判性地审视南方这一地域及其社会体制，思索南方长期以来竭力回避的社会罪恶，特别是奴隶制和种族主义问题。其中，福克纳可能最成功的是将其传奇经历和独特个性而极具美学价值的黑人群体融入自己的文学王国——“约克纳

帕塔法及之外”，塑造了众多令人难忘的黑人形象。在从《军饷》（1926）到《掠夺者》（1962）的 36 年间，福克纳从未放弃过对黑人问题的艺术探索，并取得了令人瞩目的成就。作家笔下众多黑人或“疑似”黑人形象如迪尔西、南希、克里斯默斯、路喀斯·布钱普、查尔斯·邦、傻大个赖德等同康普生、萨德本、麦卡斯林和斯诺普斯等白人大家族成员同等经典。但也正如任何作家都不可避免地受到个人及时代的局限，福克纳在对种族主题进行持久、深入的探索过程中，作为一位南方白人作家创作黑人人物自然有种种缺陷。此处以作家的长、短篇小说为对象，通过解析其中诸多黑人角色，探讨其因“刻板化”造成的人物塑造之欠缺。

作为特定时代社会、历史、文化诸合力的产物，任何小说家都存在这样或那样的局限性，福克纳作为一个南方白人作家也不例外。黑人批评家爱力生将福克纳描述为“一个怀有复杂动机的作家，既塑造了‘好黑鬼’和‘坏黑鬼’这样程式化的人物，又可能比其他任何一个白人或黑人作家更成功地探讨了某些黑人人性问题”（Ellison，1964：47）。所以，虽然在种族问题探索过程中福克纳尽显辉煌，他也未能完全摆脱“刻板化”“理想化”的影响。这种观念反映在作品中便成为形形色色的“刻板式”黑人角色。用蒂西勒的话来说，“当作家们为社会带成见或赞美倾向的反应左右，简化一个群体特征到极致而忽视个体的独特性时，他们便犯了‘程式化’错误”（Tischler，1969：23）。福克纳毕竟是白人作家而且是留守本土的南方白人作家，要想完全摆脱“程式化”观念如此根深蒂固的社会影响，的确难上加难。诚如肖明翰所言，“南方社会的文化传统、思想意识和道德价值，自然也包括种族主义对他的影响不容忽视。这种影响就像他呼吸的空气一样，无时无刻不在对他起着潜移默化的作用，不断地影响着他的创作”（1999：221）。

“程式化”首先表现为人物发展的不充分。福克纳小说中黑人保姆、厨师、司机、士兵、童仆等都患有不同程度的“营养不良症状”。以从战场上归来的老兵为例，《军饷》中他们被描写成“一群身上散发着臭味，穿着旧式军装与驴、骡为伴者”（119—120）。马洪的孩提伙伴，纳尔逊·卢希下士和他姥姥卡利大妈（马洪的奶妈）探望几乎成为植物人的马洪时上演了一出黑人戏班子的传统保留剧目，极力表现了黑人奴仆的谦卑和对主人的忠诚。卡利大妈抚爱唐纳德时，卢希怯生生地站在一旁。然后他姥姥对唐纳德一口一个“宝贝”“心肝”“少爷”“先生”，对卢希则一半是命令，一半是呵斥，要么直呼其名，“你，卢希！”要么极力贬损，称其为“贱黑鬼”“黑小子”（141）。卢希也很配合，“向前走两步，利索地行立正礼，‘报告中尉，纳尔逊下士很高兴—纳尔逊下士很高兴—看到中尉的气色很好’”（141）。而且，随着卡利的一声令下，“卢希的军人姿态马上消失，他又变成很久以前，这个世界上还没变得疯狂的时候，就认识马洪的那个男孩”（141）。全能故事叙述者的介入使得祖孙二人成为作家南方白人意识形态毋庸置疑的代言人。总之，卢希仿佛刚从黑人戏班子里卸妆下台，而不是从战场上归来。

稍有起色，却被扼杀在萌芽状态的属《坟墓里的旗帜》中从一战归来一心求变的卡斯皮。战争改变了这位前家奴，欧洲经历使他产生了与白人平等的心理诉求。但福克纳从一开始就将他当作戏剧滑稽人物来调侃。卡斯皮的家庭和军旅履历，我们被告知，都是做“下人（手）”，干上司“推卸到他肩上的事”（62）。当战场上实在无事可干的时候，“卡斯皮带着对劳动、忠诚以及其他东西完全厌恶的心情和两条‘在赌博中’留下的伤痕回到了他的故乡，但与环境格格不入”（62）。为了树立“光辉形象”，老兵卡斯皮张开大嘴巴，把自己在海外的“丰功伟绩”说得天花乱坠。让卡斯皮的“平等和自由”大打折扣的是，福克纳没有忘记加上他对“白人妇女”的坚决要求，而且“如果必要”，可以“不理会仁慈的上帝”（67）。结果，他“不着边际”的想法只是让家人对他“敬而远之”，更让主人对他心怀不满。当他拒绝为“上校”备马的时候，被主人用一根柴火棍打得连滚带爬，从此又做回安守本分的黑奴。对此，戴维斯精辟论述道：“尽管只是短暂的展开便又落入俗套，卡斯皮求变的欲望和对成规的背叛不仅预示了福克纳不断增强的‘战争改变白人也改变黑人’的意识，而且从另一方面说明他不能够描述‘现代’黑人的情感。”（Davis，1983：67）

战争给黑人士兵带来的影响（如果说偶尔有影响的话）与白人士兵遭受的种种创伤形成鲜明的对比。《军饷》中的马洪与海明威笔下的士兵一样，带着致命的肉体创伤回到故乡，只不过走向了极端，慢慢成为植物人。但近乎无意识的流动也还是展示了战争给白人士兵造成的心理与生理重创。同样，《坟墓里的旗帜》中“战争综合征”患者，白亚德三世的举动充分体现了“迷茫的一代”的荒唐与疯狂，黑人士兵除了昙花一现的卡斯皮和一位沦为“身穿袖口有下士条纹的卡其服”，靠墙蹲坐吹口风琴卖艺的盲者外（128），其余都默默无闻。这不得不让人怀疑未圆自己军人梦的福克纳是否就像该小说中的珍妮婶婶，是南方极端白人种族主义者詹姆斯·金伯·瓦德曼的追随者。

同样“黑白分明”的人物塑造模式也体现在黑人“童（女）仆”身上。在《坟墓里的旗帜》中，艾索姆是个伺候驴、马和菜园的16岁的黑人童仆，智力低下，是作家为取得喜剧效果而设置的笑柄。在家中，他是珍妮婶婶的“出气筒”：“有这样一个傻冒，谁都甭想菜园像模像样”（59）。他给人留下印象的总是“龇牙咧嘴”（59，92）和“不停转动的眼白”。（92，120）小说结尾处，他伴随珍妮小姐去墓地，当后者不无感伤地琢磨“西蒙（艾索姆的姥爷）也得有一个墓碑”（425）的时候，艾索姆却在忙着上树掏鸟蛋。另外，《去吧，摩西》中洛斯在“父辈的古老的诅咒落到他头上之际”（101），在拒绝与“伴童兼干哥”同床共枕后，“怀着自己也解释不清的夹杂着无名火的忧伤，一种他不愿承认的羞耻心，僵硬地躺在那儿"（103）。[①] 相比之下，亨利对自己的"被隔离"却若无其事，反应漠然，一会儿就开始打呼噜。而且他很快就像读者所设想的那样，戴上了屈从的面具。福克纳对男孩的内心世界——情绪的波动，对自己、白人、生活的愤恨以及对这次蒙羞所带来的痛苦——闭口不谈。

类似地，《押沙龙，押沙龙!》中萨德本的混血女儿克莱蒂也扮演着"陪衬者"的角色。在因内战而业已衰败的庄园里，她先是帮其同父异母姐姐朱迪思料理家务，然后独自监护查尔斯·埃蒂尼·圣瓦勒里·邦，护理奄奄一息的亨利，抚养詹姆斯·邦恩并在最后一把火烧毁了庄园以防止外来者的入侵。尽管她是象征南方双重种族生活的混血儿，是"萨德本神话"持续到（文本中）现在为数寥寥的参与者之一，她的个人情感——对自己的双重身份（"女儿"兼"奴隶"）和周围世界的反应无只言片字的表白，也无任何姿态的宣泄。因而，她代表的是"默然""隐晦""想象"（Davis，1983：199）的存在。这一点最富戏剧性地表现在她和罗莎小姐在庄园楼梯口对峙的一幕中。为了阻止罗莎上楼，克莱蒂伸手去拉对方，黑、白皮肤的"接触"引发了罗莎小姐的万端感慨，其中常被引用的一段堪称经典：

> 因为在肉体与肉体的接触里有某种东西，它废止正常秩序下那些迂回曲折的渠道，朝它们拦腰砍下猛烈、绝情的一刀，对此敌人与情人都心中有数，因为制造出敌人与情人二者的正是这东西——接触，而且是接触居中的"我是"这独自拥有的城堡，而不是接触精神、灵魂；于是那醉醺醺、不受约束的头脑便不由自主地进入这个尘世栖息所的任何一个幽黑的过道。可是让肉体接触肉体，你就等着看阶级也包括种族方面全部蛋壳般薄的禁忌的崩溃吧。（131）[②]

不同肤色的肉体接触使罗莎在生理和心理上产生了巨大的排斥感，同时又五味杂陈，震惊于触摸所带来的突破性力量。而作为行为的发起者即"触摸方"，克莱蒂却几乎无任何反应，她像小说通篇所表现的那样生硬、木讷。她在身体上看似主动，心理上却极为被动、空白。

发展不足会导致营养不良，发展过头则动机不纯。将故事中人物过分情感化或浪漫化的实质是片面夸大人物某一方面特征，旨在替作者说话。作者塑造的诸多保姆（常常兼奶妈、厨师和管家）形象便是典型代表。《军饷》中的卡利大妈、《曾有过这样一位女王》中的爱尔诺拉、《喧哗与骚动》中的迪尔西、《八月之光》中西陶尔的女仆、《押沙龙，押沙龙!》中的克莱蒂、《未被征服者》

---

① 此后该小说译文均引自李文俊译《去吧，摩西》（上海译文出版社，2004）。不再另外加注。

② 参见李文俊译《押沙龙，押沙龙!》（上海译文出版社，2004）。

中的卢万妮娅，都有死心塌地忠心于主人，满足于现状，对自由、平等、解放从无思考也无任何要求的“好黑鬼”的特点。如前文所述，卡利大妈是喋喋不休的“奴性”化身；迪尔西在她“我看见了初，也看见了终”（314）[①] 这样对白人主子家族的深沉感慨中，没有对“自我”的反思；克莱蒂的内心活动从头至尾都是一个谜；西陶尔的女仆和卢万妮娅都做出“被自由所困”的反应——“我们黑人究竟要自由干什么？”；尤其值得一提的是双重乱伦的混血儿爱尔诺拉。这位以沙多里斯血统为荣的家奴兼管家俨然以该家族品质坚定的代言人与最后一位代表自居，她的座右铭是：“算不算沙多里斯家的人，不能看名分，而要看实际行动表现”（188）。[②] 因此，“白人贱民与黑鬼”她都瞧不上眼。她做事的原则是：凡“上校”吩咐的都要做好。极具讽刺意味的是，她本人从未得到后者的承认，而且我们被告知这位白人父亲很有可能都不知道这层关系。

另外，《未被征服者》中的林戈是作者过分浪漫化（或美化）伊甸园式的主仆关系的结果。南方庄园文学传统对作者的影响在此可见一斑。作为小白亚德的“童仆”，林戈意识到并且甘愿接受自己“奴仆”身份，完全没有要求平等、解放的概念和欲望。他对主人忠心耿耿，对沙多里斯家族事业死心塌地。为此，他甚至不惜射杀前来解放黑奴的白人士兵和投身于剥夺黑人选举权的活动。也就难怪著名黑人作家兼批评家拉尔夫·爱力生评论说：“林戈不是用他的才智去获得个人自由，而是做一个忠心而机智的奴仆。”（1964：43）

黑人批评家玛格利特·沃克·亚历山大和达尔文·T·特纳在 1977 年福克纳学说研讨会上对此类“扁平”人物做了批判。前者说“福克纳虽然不认为所有的黑人都是窃贼、懒汉、强奸犯，令人生厌，他却保留了大部分刻板化的‘性角色’和传统庄园忠心耿耿的年迈奴仆，而且对受过教育的黑人要么一无所知，要么嗤之以鼻”（Harrington & Abadie，1978：117）。后者则认为“在福克纳对奴隶制的描写中看不到任何对黑人身体的残酷摧残”，而且黑人“获得彻底自由而非确立种族间和睦关系的强烈倾向同作家诸多观点产生严重冲突”（80）。

“理想化”是贬损类“程式化”的对立面，其本质是夸大并不存在的种种品质，也是对个性的歪曲。迪尔西显然是作者为了纪念其生活中原型——家庭保姆卡洛琳·巴尔——而不惜施以浓墨重彩的结果。正如格里姆伍德所言，“福克纳对考莉（卡洛琳的昵称）的态度集中体现了他在处理黑人角色时的矛盾心态。考莉作为一个活生生的人，是对福克纳无法忘却的程式化角色的挑战”。（Grimwood，1987：234） 但是作者对奶妈近乎极端的重塑让人怀疑他的真正动机。亚历山大认为“她（考莉）很难被一般的黑人接受为一个真正的黑人母亲”（Harrington & Abadie，1978：113）。所以，正直、诚实、善良、忠心耿耿、

① 参见李文俊译《喧哗与骚动》（上海译文出版社，2004）。

② 参见陶洁编选《福克纳短篇小说集》（译林出版社，2001）。

善于忍耐、勇敢、大方的迪尔西代表的只是作家心目中的理想黑人形象。

相对于先前大部分角色，作家对《坟墓的闯入者》和《修女安魂曲》中黑人主角的刻画似乎走向了另一个极端，即过分渲染其“反黑奴化”形象。路喀斯很少露面，行踪莫测，他的行动，不论是现在还是过去，都由他人转述。对于他的塑造如此完美以致他已非人力可摧毁，他赢得的是读者的景仰，而不是同情。读者也无法对他的痛苦感同身受，因为好像他并不痛苦。一言以蔽之，路喀斯已远非通常意义上的人，而更像一个神。或者用查尔斯·尼龙的话来说就是“路喀斯被抽象化了，一成不变，却能不断刺激杰弗生镇和整个白人社会的道德良知”（Nilon，1965：25—26）。

前吸毒者、妓女、杀人犯南希被赋予拯救堕落白人的神圣使命，更成了一种良好主观愿望的抽象化身。欧文·豪认为给南希这样一个角色，福克纳可能让黑人负起太重的责任，而且也有所不公，因为“让黑人担负起拯救白人的使命的做法有点不合情理，当然也有点疯狂”（Howe，1975：133）。由于意识形态方面的重负，小说中“南希是作为一种抽象的愿望，而不是一个有血有肉的人在起作用。缺少路喀斯·布钱普丰满的个性，她是‘黑人’而不是‘一个黑人’，而且是被派上特殊却不明了用途的黑人”（133）。也就难怪与他们在《去吧，摩西》和《夕阳》中的前身相比，两者无论在深度和力度方面都稍逊一筹。

这两部小说还属政治意图主宰艺术创造的情况，都是应景之作。前者一发表，批评家爱德蒙·威尔逊就指责它是个“宣传品”，叙述者契克的舅舅加文·史蒂文斯其实就是作者本人，他的长篇大论其实是针对民主党提出的“私刑法”和关于黑人的“民权法案”的一种强烈反驳（Bassett，1975：335—336）。罗西·赫尼豪森则认为《去吧，摩西》中的路喀斯·布钱普在这儿已“缩水”，成了为作家意识形态服务的“傀儡”，是福克纳“肯定的对象和检讨白人罪责的手段”，是“良好政治意图导致劣等文学的另一例”，也是“把黑人塑造成白人形象的极端范例”（Fowler & Abadie，1978：205）。《修女安魂曲》写于20世纪40年代末50年代初，是作者在黑人民权运动日趋激烈之时，利用想象力对黑、白种族关系的借题发挥。不管作者动机如何，牺牲一个群体来突显另一群体，或者不惜违背历史、人物的真实去作政治宣传都会影响作品质量。

Ⅱ. 文本介入

更为严重的是，福克纳时而客串一下“外科整容医生”的角色，在内外交困的情况下，匆忙手术，结果必然很难理想。比如在写《掠夺者》时，作家由于在种族问题上“温和”的中间派立场而遭到南方社会及其家人的尖锐批评。重重压力之下的作家被要求写一些肯定甚至颂扬南方的东西；其次，沃特·泰勒认为福克纳当时也像莎士比亚写完《暴风雪》时那样不得不面对自己在探索人类生存状态方面的失败，正如福克纳本人所言："你永远也找不到有关人类生存状态的终极答案，还不如就此歇手。"（Blotner，1974：689，691）结果是"他写出一本最为滑稽的书，而且还奢望我们对这样一个倒退的社会表示赞扬……耐德代表不了任何美国黑人，他代表的是奴役他们的传统被加工之后的实质"（Fowler & Abadie，1978：128）。

确实，文中耐德·麦卡斯林行之有效的生存方式是扮演黑人滑稽剧中自我贬损的丑角。偷偷搭卢修斯和霍根贝克的车时他依仗家庭"老黑奴"资格，给出的理由是"我也想出去逛逛"，还加上标志性的"嘿嘿嘿"（57）。[①] 在去孟菲斯的路上，与靠在路中央挖坑挣钱的白人对峙时，他一时兴起，用解释"圣诞中条地"的机会挖苦对方的敲诈行径、贪婪和无知：

> 投降前老卢修斯·昆塔斯·卡罗瑟斯还活着那会儿我们在麦卡斯林庄园就是这么干的，现在爱德蒙兹那小子还在这么干。每年春天在最好的地里划出中间一条，中条到田埂间的所有棉花都属于圣诞储备，不算老板的而算每个麦卡斯林家黑人的圣诞份额。这就是圣诞中条地。敢情你们这些捣腾淤泥的从没听说过吧。（73—74）

白人顿时警觉起来，卢修斯告诉我们："那男人瞅了会儿耐德，过了片刻耐德发出'嘿嘿嘿'的声音。"（74）这一次傻笑是对"传统老黑奴"的回归，也向白人传递这样一个信息：以上皆为笑谈，请别在意。找到了台阶下的白人这才作罢，但嘴上还不软——"这还差不多，有一刻我以为咱俩要产生误会呢"（74）。

在小说结尾处向老板"坦白"时，耐德使出了浑身解数——麦卡斯林血统、白人主子的"贵族义务"（noblesse oblige）和自己的黑鬼身份。他的策略，质言之，就是扮演"家庭老黑奴"的角色，故意拉大同白人的差距，让对方时刻记着自己是上等人，因而就有"行为必高尚"的风范要求。他恭恭敬敬地接受林斯科姆上校给他倒的酒，只是在祖父的坚持下才一饮而尽，先为自己的"下人"身份做个姿态。当范·托西先生和老板都问耐德为什么他的表弟博博不去找他们时，他则进一步拉大差距。他对前者说"您是一个白人，博博是个黑人孩子"（256）。对由于愧疚而说"他（博博）可以告诉我原因，我也是麦卡斯林家的呀"的后者，耐德回答道："可您也是个白人呀。"（256）总之，耐德就像《坟墓里的旗帜》中珍妮婶婶训斥艾索姆的那样，能生存下去全凭生来是黑人。不管作者动机如何，只会"嘿嘿嘿"和心满意足地接受"桑博"身份的耐

① 参见王颖、杨菁译《掠夺者》，上海译文出版社，2004。后文只标注页码。

德·麦卡斯林也许是对前期角色的戏仿，改变不了的事实是文中黑人个性被极度简化，只剩下奴性。

另一位“毁容”案例的受害者是《坟墓里的旗帜》中的西蒙。一方面，这位沙多里斯家族资深马车夫被描绘成典型传统黑奴形象。他身上有“惯常的黑人气味”（324），外表像“所有类人猿的外祖父”（233），而且天生同骡、马有一种亲情。更有甚者，他还是维系现实与历史，特别是旧南方的纽带。这位“贴身男仆”当年曾随老沙多里斯在战争中出生入死，在主人故去 40 年后，还时常同“约翰主人本人讲话”（102），缅怀过去做奴隶的美好时光。他特别安于现状，竭力抵制新生事物的出现。在他儿子卡斯皮被老白亚德“从门里打飞出去，从台阶上滚到他（父亲）的脚前”（73）时，他竟跟着斥责“我们黑人究竟要自由干什么”。（74）表面看来，西蒙似乎同《军饷》中心安理得的刻板式黑人无甚区别，福克纳却不显山露水地赋予了他做演员的智力和自主权。确如泰勒（Taylor）所言，“在《军饷》中，老列车员对年轻时南方的怀旧追思显示了对旧秩序一厢情愿的忠诚，同样多愁善感的西蒙的忠诚却是利己性的。在喜剧性的黑人面具之下，福克纳看到的是多个其他面具，藏匿的是一个亲和却很堕落的老头”（1983：32）。

无独有偶，帕梅拉·罗兹认为西蒙的言行举止都有作秀的成分，挪用银行公款和投资美容沙龙的情节不是“仆债主还”的老调重弹，而是将西蒙及颇具“新黑人女性”特点的美洛妮置于现实体制中（看他们如何驾驭）的一种尝试。所以，另一方面，福克纳又企图将西蒙塑造成一个复杂、独立、不断寻求机会来自我发展的现实中人。很不幸的是，如同他儿子昙花一现的叛逆求变一样，这个“新西蒙”很快遭了一记“匿名斧”，死于非命。罗兹因此感叹道：“福克纳开始把西蒙描述成一个‘现实’中人，却又突然将他扔回到种族文学中常见的刻板式黑人行列中去了。”（Fowler & Abadie，1978：108）

福克纳还常常作为一个防范意识很强的南方传统白人附身故事中。罗伯特·潘·沃伦认为《干旱的九月》中错失第一次世界大战良机，“生活在严酷军旅作风所掩盖的施虐梦幻中”的格雷姆和《八月之光》中“对内战抱有浪漫幻想”的西陶尔身上都有作者潜质的投射（Warren，1966：3）。很不幸的是，现实生活中福克纳的一些言论似乎印证了这一观点。1956 年在接受罗塞尔·豪的采访时，福克纳说：

> 如果我必须在美国政府和密西西比之间做出选择的话，我选后者。我现在所做的是试图不做这样一个决定。只要存在中间道路，毫无疑问，我会选择它。但是如果事情发展到必须靠武力解决的地步，我将捍卫密西西比来对抗美国政府，即使那将意味着冲到大街上去杀死黑人……我还要说南方人是错误的，他们的立场站不住脚，但我要是面临罗伯特·E·李曾

经遭遇到的选择时，我会做出我的选择。(Meriwether & Millgate，1968：265)

虽然福克纳事后对此极力否认，说这样的言论“既愚蠢又危险”，并且是“任何清醒的人不会说，任何有理智的人不会信的话”(Blotner，1974：136)，尽管他的辩护者说他是酒后失言，但他的批评者怀疑，不论喝酒与否，这一席话都无疑暴露了福克纳的“庐山真面目”——一个骨子里在道德、文化甚至学术方面都受限于地域的密西西比白人。

此外，柯林斯认为《八月之光》中伯顿小姐是伪装了的南方妇女，原因是作者不忍用南方妇女做黑人性侵犯的对象。在谈到乔和朱安娜象征性的结合时，该评论家说：“这一被认为是基于堕落、罪恶和厌世的种族融合试验必须以某种方式掩饰，使之与南方社会无直接关联。朱安娜伯顿实际上是略加改扮的南方女性。”(Jenkins，1981：119)诚然，不断强调自己麦卡斯林血统的路喀斯、经常发表有关黑人的“血统二元论”和“桑博论”的史蒂文斯以及认为“现在不行”的艾克都可能在一定程度上充当了福克纳的“话筒”。特别是加文律师，从《八月之光》开始，他在诸多作品中都以“代言人”的身份出现。虽然福克纳回答马尔科姆·考利时说“史蒂文斯不是在替作者说话，而是代表南方最优秀的开明人士说出他们对黑人的感觉”(Cowley，1966：110—111)，虽然欧文·豪提醒“不能因为有《坟墓里的闯入者》中的长篇大论就将作为艺术家的福克纳与其作品中人物等同”(Howe，1975：133)，我们还是可以看出作者对故事中人物很大程度上的认同。

再者，福克纳作品中没有一个黑人男子得以奸淫白人女子或同其发生性关系的事实同奴隶制和种族主义的极力美化吹捧者培杰、迪克逊[①]作品中充斥的此类事件一样荒唐可笑，这也印证了杨金斯对《圣殿》中福克纳设置谭波儿遭凸眼用玉米棒强暴这一情节的心理推断。凸眼在文中是一个白人酿私酒者、杀人犯、强奸犯，但通篇小说都与“黑”或“黑色”紧密联系。他经常被描述成“一个黑色的小玩意儿，有点像个小黑鬼”，“小黑人”(331)，[②] 这一点在谭波儿遭强暴前夜表现得最为明显。她不断地想象自己为“一个男孩”“一具干尸”“一个 45 岁的教师”“长着长长的白胡子的老头”等白人化身，把凸眼设想成一个变得越来越小的小黑东西，对她的白人男性替身的威胁也越来越小(184—188)。很显然，在谭波儿的意识核心处有这样的观念：黑人男性是性侵犯的象征，白人男性是抵制侵犯的化身。杨金斯将“玉米棒”代替性器官的做法归

① 培杰(Thomas Nelson Page, 1853—1922)，美国南方种族主义作家。迪克逊(Thomas Dixon, 1864—1946)，美国南方极端种族主义作家。

② 参见陶洁译《圣殿》，上海译文出版社，2004。

因于作家不能容忍白人妇女同黑人性交。他说："福克纳可以向我们表现谭波儿的'性'堕落，却不能容忍她同黑人交媾。但从南方白人的种族观念出发，黑人是威胁她贞操、玷污她肉体的最佳人选。这说明了福克纳为什么放着现成的、在想象中更具威胁的充血肿胀的黑人阴茎不用，而不得不去塑造更为极端的挥舞玉米椎的凸眼。"（Jenkins，1981：86）

Ⅲ. 种族内部现实之忽略

除了文中提到的如《喧哗与骚动》《八月之光》《去吧，摩西》和《夕阳》等寥寥数处外，我们很少窥见黑人种族内部或内心世界的真实，当然也就欣赏不到像白人昆丁兄妹间那种爱恨交织、摄人心魄、缠绵搔人的病态关系，也体会不了萨德本家族、康普生家族成员间的父子之情。蒂西勒曾这样解释《喧哗与骚动》中福克纳未能赋予迪尔西意识流视角的做法："虽然他碰巧把自己设想成一位妇女和一个白痴，很显然他不能认同一个黑人——这是对他所持黑人心理深不可测观点的有力证明。"（Tischler，1969：16）造成这一情况的现实原因是白人迫使黑人一直以黑人而非与之对等的人自居，故而黑人不敢表露情感、坦承心胸。福克纳本人常常认为无法或很难透视黑人面具来真正了解他们。布洛特勒在作家的传记中写道："甚至到了生命的尽头，福克纳还在谈论理解黑人思想情感的难度。他似乎认为黑人不仅必定形成向白人隐瞒一切的行为方式，而且他们思维情感模式也常常不一样，所以白人想理解就很困难。"（Blotner，1974：1038—1039）因此，尽管被誉为描写种族关系的大师，福克纳对黑人种族内部现实的挖掘却依旧相对浅显。对黑人有限的认知使他难以突破自我，从全新角度深入、准确地透视黑人的心理意识，故而创造一个为其种族发声的黑人代言人也就无从谈起了。

这种透视能力的匮乏往往导致对黑人形象塑造的表面化、神秘化甚至丑化。作家常常止步于黑人"猩猿"般的外表和惯有的气味，困惑于黑人种族神秘的歌声、笑声和信仰。《军饷》中黑人极强的适应性和执着的信仰是战后迷茫的白人所缺少的，然而作家没有忘记给黑人的宗教活动披上神秘的面纱，以致身为圣公会主持牧师的老马洪也坦言不知道黑人为什么那样做。牧师的想法也许就是作家本人的看法，这一点在《修女安魂曲》中得到了证实。文中已成家并生子的谭波儿难以忘却《圣殿》中被奸、被迫同阿拉巴马·雷德性交、做假证的冒险，尤其难以抵制因此性经历而激起的力比多重弹。为防止女主人同雷德的弟弟私奔而再次堕落，黑奴南希杀死了谭波儿的次子。精神处于崩溃边缘的谭波儿面临着一个又一个难以忍受的"明天"，面临死刑的南希却很坦然地规劝主人要不折不扣地"坚信"。至于信什么以及怎么信，作家并没有或者说不可能给出明确的答案。他只是不止一次地暗示，南希同其他有信仰的无知黑人一样，“在冥冥之中某个地方同某种东西能形成默契”（Faulkner，1977：319），而这对于白人来说是可望而不可即的事。

另外，作家小说中多处充斥着对黑人，尤其是受过教育或企图通过教育来改变自身现状的黑人有意无意的嘲讽。《军饷》中黑人学生和教员都被描写成吊儿郎当的不务正业者。《熊》中凤茜芭的黑人丈夫念了不少书，可他所受的教育对实际生活毫无帮助。福克纳描写这位老夫子在冰冷刺骨的房间里戴着空眼镜框阅读《圣经》，可谓竭尽丑化之能事。这样看来，詹姆斯·鲍德温的指责“福克纳只能创作与他相关，而不是与其他黑人相关的黑人”（Baldwin，1985：474）确实是言之有据的。

福克纳作品中还缺少对某些黑人阶层的关注。如小说家作品中看不到布莱顿·杰克逊所言的“全美国境遇最艰难，最遭诽谤的黑人中产阶级”（Fowler & Abadie，1978：62—63），特纳所说的“南方重建时期的黑人政治家”（Harrington & Abadie，1977：79），这可以用作家有限的精力去解释，但更可能是出于种族成见。福克纳历来都反对北方干涉南方事务，这一点加文律师在《八月之光》《坟墓的闯入者》等作品中都有过“代言”。《坟墓里的旗帜》还把所谓的“重建”称为“北方铁蹄对南方的蹂躏”（313）。可以理解，作家对知识分子、政客等这些积极投身此运动的中、上层黑人也是要么不齿，要么不敬，所以特纳认为福克纳对黑人的描写具有“严重的缺损”（Harrington & Abadie，1977：74）。

最后，在肯定福克纳巨大成就的前提下，概观他所塑黑人群像，我们发现作家确如杨金斯所言“未能将黑人视为白人的平等人群去描写”（Jenkins，1981：23）。他们要么神秘莫测如诗人济慈《瓮颂》中的人物，要么单纯无知如小孩，如动物。他们不像白人伙伴那样要经历种种挑战来证明自己的独特“身份”，因为他们无能也无所谓去争取、去奋发，他们所有的只是著名的“等待”和“忍受”（Howe，1975：131）。他们也无须经受精神和情感方面的磨炼和煎熬，因为他们还不具备这样的高级心智。多数情况下，他们是名副其实的配角。他们不是为了自己的存在而存在，而是为了对白人“有用”而存在。换言之，他们的存在是功用性、器具性的，而非独立的、自足的。

综上所述，纵观福克纳 36 年作家生涯在塑造黑人角色方面的不足，我们可总结如下：首先，根深蒂固的传统对作者的束缚很大程度上造成作品中诸多如士兵、童仆、保姆等不同类型的“刻板”人物。凡是成功颠覆传统的作品，作家透视黑人面具的能力越强，对其表现就越富创造性；反之，则落入俗套而不能自拔。其次，传统的白人文化、思想、道德观念也同样对作家造成很大影响，使得他常常将个人观念强加于故事中人物，有时甚至潜入文中做些手脚，结果是抑制了黑人人性的张扬，限制了人物的发展。作家后期作品中黑人人物挖掘力度的下降也标志着其关注中心的转移。南方作家躲不掉、推不开黑人话题，但是避重就轻还是很容易做到的。再者，这同样在一定程度上意味着作家创作能力的下降。迈克尔·格里姆伍德在其专著《冲突的心灵》中说福克纳一直对自己“识别黑人——透过表面去描述内在现实”的能力心存疑虑。“这种困惑”，格里姆伍德接着分析，“发展成为作家对自己审视任何事物的能力的焦虑”，并最终“促发了一场福克纳再也没有完全从中恢复过来的信心危机”（Grimwood，1987：246—247）。此危机感在巅峰期之后最为沉重，导致卡尔·泽德所称的“福克纳文学生涯中最漫长的艺术冰期”（Fowler & Abadie，1978：273）。信心不足往往更容易受到外因的干扰，创作理念也会因此发生变化，产生格里姆伍德所说的“个人极度疲惫”感——作家遭遇的“‘精神上的经期’，一种生活已结束、创作是徒劳的折磨人的焦虑”（Grimwood，1987：224）。这正是作者写《掠夺者》时的境遇。最后，作家对待黑人的矛盾心态导致作力点的不同，对保姆式人物常常不惜笔墨大肆颂扬，对军人、知识分子竭尽讥讽之能事，对中产阶级、上层黑人政客等则闭口不谈。但最为重要的是，往往在同一个人物身上，我们发现作者游离于传统的程式化塑造与开明、人性化创新之间。如他企图赋予黑人个性的同时却又犹豫再三，不能坚持。正是在卡斯皮、美洛妮、西蒙、耐德等个人以及整个黑人种族这样一个“半成品”身上，我们感受到一颗“冲突的心灵”在为他认为“唯一值得谱写，为之付出痛苦，为之流汗”的对象——“人类冲突的心灵”[①] 苦苦思索，艰难刻画。所以，指出不足并非是贬损，而是反衬一个南方白人作家在种族主题上取得如此成就之极为不易。

① 参见张子清译《在接受诺贝尔文学奖时的演说》，引自李文俊编著《威廉·福克纳研究》（北京：中国社会科学出版社），1979，第254页。

第二部分　其他研究

一、文化研究

文化研究聚焦于问题身份和身份塑造、经历及转化的多种方式。尤为重要的是对诸多不稳定文化和文化身份的研究——譬如少数族裔、移民群体和女性群体——他们在自我身份确认过程中也许很难认同其所身处的文化，因为这种文化本身就是不断变化的意识形态建构。

——Jonathan Culler，*Literary Theory：A Very Short Introduction*，pp.45–46.

随着 20 世纪文化研究的兴起，福克纳的作品越来越多地成为批评家研究种族、族类、性别、意识形态、叙述策略及跨文化批评的焦点文本。本部分从互文性、空间批评、意识形态批评、新历史主义、翻译批评等视角出发，分别解读《我弥留之际》《八月之光》《去吧，摩西》《押沙龙，押沙龙！》《喧哗与骚动》等经典文本，以期提供除种族关注之外对福克纳小说的文化解读范本与模式。

Ⅰ.《我弥留之际》：艾迪·本德伦的“漩涡式”礼葬

《我弥留之际》因其独特的模糊性和不确定性引发了关于该作品文学流派、主题、文体、叙事结构及视角处理等方面的无数论争，众多论者面对文本的种种不确定性津津乐道却一筹莫展：主人公艾迪为什么能永久性地弥留而不缺场？如此荒诞的葬礼为什么能令人无法容忍却又势不可挡地抵达终点？作品中作家笔下变动不居的视角是其叙事能力的噱头还是对叙述极限的挑战？为什么小说中会有如此肆意的时间、生死错位呢？时至今日，学界对此尚无令人信服的解析和结论。笔者认为，上述诸种困惑的根源在于未能充分昭示故事中心人物艾迪隐喻的漩涡的象征意义。本研究试图用相关互文性理论特别是瑞法特尔互文性阅读策略中的两步阅读法解析出“艾迪”（Addie）与“漩涡”（Eddy）之间因谐音而形成的双关配意，并通过展示当下文本与前、后文本之间的互文揭示出艾迪不仅是家庭和小说的中心，更是代表强大母权势力和南方势力的漩涡中心。一方面，作为漩涡隐喻人物的艾迪是文本符号系统构建其上的“母体”，文本潜在的语符系统指向小说的内在恒定结构——漩涡；另一方面，艾迪不仅是生命意义上的人，更是一种具有强烈象征意义的社会、文化现象，本德伦一家的艰难历程即象征漩涡意义的扩张之旅。

朱利娅·克里斯蒂娃在20世纪60年代最早这样定义互文性：“一篇文本中交叉出现的其他文本的表述”，“已有和现有表述的易位……”（萨摩瓦约，2002：3）。之后“互文性”概念的历史不长，却经历了频繁而又矛盾的变化，并很快成为后现代、后结构批评的标志性术语，通常被用来指示两个或两个以上文本间发生的关系。它包括：一、两个具体或特殊文本之间的关系（transtextuality）；二、某一文本通过记忆、重复、修正，向其他文本产生的扩散性影响 （intertextuality）。质言之，“互文性”让我们懂得并分析文学的一个重要特征，即“文学织就的、永久的、与它自身的对话关系”（1）。

在“互文性”理论诸多继起者中，迈克·瑞法特尔在批评实践中对之使用“最为有效”（Jay Clayton & Eric Rothstein，1991：23）。所谓“互文性批评”，“就是放弃那种只关注作者与作品关系的传统批评方法，转向一种宽泛语境下的跨文本文化研究”（陈永国，2006：211）。了解瑞法特尔“互文性”批评理论的关键是他对文本结构的理解。同巴尔特一样，他强调读者的中心地位，将文学现象定义为“文本、读者及其对文本所有可能的反应总和”（Riffaterre，1983：6）。他对符号学兴趣浓厚，虽然有时被称为结构主义者，但瑞法特尔认为唯有读者能觉察到的结构才有意义。但他并不认同结构主义者在文学中寻找深层语法的做法，也不认为同一类文学作品就有着相同的类似的结构。对他来说，一部作品的结构是有一个在文本中不一定出现的单词或句子扩充而来的，即作品的“母体”（matrix）（6）。用他的话说：“该母体是假定的，仅当某一结构在语法层面或词汇层面具体实现后才存在。”（19）虽然几部作品也许会拥有同样的“母体”，但由此转化而来的诗歌或小说的结构却是独特的。所以对于结构的分析，要考虑个别文本的具体细节，而不是几部作品共有的“母体”，而且文学分析一定完全从文本——“读者必须察觉到的其中各因素”（6）出发。

这样一来，“母体”的转换成了发掘文本独特结构的关键。为此，瑞法特尔设计了两步阅读策略：第一步为单纯的“模仿”阅读，其中语词通过与之对应着的，语言之外的所指来表达意义。该阅读产生一部作品的“意思”（meaning），也即对文本线性的、逐字解读所得的信息，其预设为语言的“指涉性”（referentiality），即语言同事物的直接对应关系。但在此阅读过程中，读者遭遇到“不合语法”的种种表现——疑难点、隐晦处、不可判定时刻和象征性语言等语词的任何“不可接受”组合，从而不得不进一步挖掘潜在的产生文本“非指涉”（non-referential）意义，即“能指性”（significánce，源于拉康）

（萨摩瓦约，2002：14）的符号单元和结构。与“意思”不同，“能指性”指的是“来自这些词和文本外在言语系统（但有时在该文中被部分引用）之间所产生的关系，这些关系要么潜藏在语言里，要么已经出现于文学中”。这只能在第二步非线性“回溯”（retroactive）阅读中实现（Riffatérre，1980：230）。瑞法特尔认为，文本的“能指性”依赖个人言语风格［在一定程度上指向或涵盖“母体”的一系列最小文本符号单元，即瑞法特尔所谓的“模型”（model）］对社会规范话语的颠倒、转换、扩张或对位。读者辨认这种转换并进而认识文本统一性的途径就是去发现“母体”（Allen，2000：119）。只是在此之后“母体”转换为文本“能指性”时，文本各种明显“不合语法”的因素方可理解成对应某一“恒定”（invariant）（Riffaterre，1978：6）结构。因此，“二步阅读法”实现了从“模仿”释义向“符号学”释义的飞跃，文本中所指性矛盾通过再读潜在的语符结构而消解，读者也会“豁然开朗”地完成对作品意义的延续。

所以，瑞法特尔符号学研究方法的核心是文本的“能指性”。他认为文本拥有意义是由于符号结构跨文本地把词、短语、句子、重要意象、主题和修辞手法连接起来。他颇具影响力的《诗歌符号学》开篇就强调“克服模仿阅读的障碍”（6）的必要。其研究中“互文性”——组成及规范文本与互文之间关系的功能网络的中心地位就由“非指涉性”（Riffaterre，1990：57）标志出来，因为“互文性”理论认为文本和符号不指称客观世界也不从根本上指称观念，而是指称其他文本和符号。瑞法特尔经常批评所谓的“指涉性谬误”，并认为“文本不指称外在的客体，而是指称‘互文’——读者能抓住的、有助于他明确文本组织风格的所有迹象，如含蓄的引用、若隐若现的暗示或暂时流淌的记忆。文本语词的意义不在于指称事物，而在于预设其他文本的存在”（Riffaterre，1980：228）。

旨在通过“互文性”研究取得确定文本释义的瑞法特尔文本符号学研究与后结构主义（解构主义）还有三点不同：首先与后者所持的文本通过一套连锁语码无限撒播意思的观点相异，他强调文学作品有明确意义。模糊性、晦涩性、不可确定性、不可判定性、不可读性和不合语法性仅仅在阅读过程的某一个阶段存在，有助于警醒读者“互文”的存在，是指导读者阅读，帮助他们理解的一种现象。所以，“互文性”阅读法总能引导聪明的读者获得“正确的释义”（227）。他的结论是：“认为一部作品意义不确定或不可判定的错误在于将阅读过程中的过渡阶段视为终结性的甚至永恒的。”（239）其次，瑞法特尔对符号学理论的运用也与其他后结构主义者不同。他的释义实践依赖于对文本产生符号系统统一性的方法的发现，途径是转换社会共有的符码、套语、对立和描述系统。值得注意的是，该方法认为对社会规范话语的依赖并不改变文本作为一个自在的体系拥有自身的个人用语和独特的能指性。就在巴尔特、克里斯蒂娃以及其他后结构主义或符号学分析者们从文学文本转向社会文本并颠覆有关文本统一性的传统思想时，瑞法特尔却在实践着一种从文本到文本恒定体，从模仿阶段的“不合语法性”到符号系统的统一性的“回溯”阅读法（Allen，2000：124）。最后，与其他诸多后现代“纯理论家们”不同的是，瑞法特尔还是一流的文本细读者，他总是在对经典文本的精细解读、释义的基础上提出理论。因为在他看来，文本预设着“互文”的存在，读者必须在对文本符号系统解读时加以识别。他同时坚信，文本提供读者对之进行解读的明确线索，读者凭借对社会规范话语及文学传统的掌握也有能力进行成功的解读（125）。

根据上述理论依据，笔者尝试对《我弥留之际》进行一次“瑞法特尔”式解读。诸多论者指出，这是一部典型的“复调小说”，整部作品可以说是围绕艾迪之死及葬礼而展开的一个综合立体式的对话。小说高度的开放性必然导致它与其他文本间的无限互文。广义地说，当下文本确实是对其他文本的暗示、续写、引用和模仿：譬如书名出自荷马史诗《奥德赛》，是从阿迦门农的影子对俄狄修斯所讲的话中引来的；作为一次探索历程，它类似《奥德修记》和《白鲸》，虽然没有它们的史诗英雄色彩，却续写了关于人类本质及忍耐力的原始寓言；结构上它像《天路历程》和《坎特伯雷故事集》，只是一部“故事新编”；风格上它更像令人啼笑皆非的《堂吉诃德》，这是福克纳像对待《圣经》那样每年都拜读的杰作；意识流、多点视角和浓缩时间的技巧可能来自《荒原》和《尤利西斯》，后者极为作家推崇，认为读此书要有浸礼教牧师读《旧约》的虔敬；杂乱排列章节的做法可能受到了塞尚的绘画技巧的影响，小说家曾坦言卢浮宫这位后印象主义画家对他的影响；对梦幻超现实描写可能得益于弗洛伊德研究梦及无意识的成果（Stein，1982：5—25）。此外，柏格森式的“现在即永恒”的流动时间观念——文本中的多处时间错位、康拉德式的印象主义描述——棺材在泛滥河水中充满音乐性意象主义历险、济慈式的静态完美画面——达尔对吉利斯皮和朱厄尔在“烧马棚”一章打斗的静态写生、安德森式的边疆幽默——小镇阿飞麦高恩对村姑杜威·德尔的性骚扰以及坡式死亡及腐尸意象都在文本中被拼贴、引用。

狭义地说，在小说家自己的文学王国，类似的人物、情境、创作动机和灵感则会导致更稠密的“互文”。诚如詹姆斯·卡罗瑟斯所言：“既然所有的长短篇都是同一个作家的产出，每一部作品都可以至少通过技巧、主题、人物背景和风格的相似性被部分地与其他作品联系起来解读。每一个文本，由于其在福克纳个人发展不同阶段的特殊位置而具有互文意义。”（Carothers，1985：25）仅《我弥留之际》与其姐妹篇《喧哗与骚动》之间的互文关联就引发了很多争论。如米尔盖特就认为二者同属作家创造力处于巅峰期的文体创新力作，是大量运用意识流来描写一个女性为中心的家庭小说。桑德奎斯特则认为，“从内容看，《我弥留之际》延续了《喧哗与骚动》就开始探索，《圣殿》进一步戏剧化的家庭惨剧；从技巧看，后者也是作家创作前者时突然爆发，而后一直孜孜追求的'有争议的创作技巧'的延续；从主题看，《喧哗与骚动》《我弥留之际》《押沙龙，押沙龙！》《去吧，摩西》在演绎'爱'（生理、精神、历史的）'丧失''创造''苦痛'等话题方面一脉相承"。（Sundquist，1983：20）本文正是在此意义上，试图利用瑞法特尔提供的"互文性"阅读法来揭开"艾迪之谜"。

第一步当然是寻找文本意义立足的"母体"。作为文本符号系统建筑其上的核心，该"母体"不可避免地落在既是家庭又是故事中心人物的艾迪身上。母体又是某一单词或句子，因此只能定格其于能指符号"Addie"。第二步同等重要的是，找到该词和文本外在语言系统之间的关系，即该符号单元和其他文本之间的"互文"。我们发现，在前文本《喧哗与骚动》中昆丁自杀前考察查尔斯河的一幕作家就十分痴迷于与"Addie"同音异义的"eddy"（大漩涡，重复 7 次），与"eddy"异音近义的 "vortex"（小漩涡，重复 2 次），"swirls"（漩涡，重复 2 次）（福克纳，2000：143—152）。此外，后文本《押沙龙，押沙龙！》对此进行了续写。查尔斯·埃蒂尼·邦和他那个"煤炭般长相像猿猴的婆娘"被描写成在"一个由众多脸庞与身体组成的大旋涡 （maelstrom）"中"无因无由地迁徙、移动"（福克纳，2000：210—211）。更具启发性的是，同一个昆丁（与施里夫一起）在编辑、填补萨德本的故事时用的也是类似漩涡扩张的"涟漪效应"（pebble and ripple effect）：

> 说不定我们都是父亲，说不定什么事情都没有发生就结束了。说不定发生从来也不是一次性的而是没准像石子沉下去之后水面上的波纹一样，波纹推进，扩散，这个池塘由一条狭窄的脐带般的水道与旁边一个池塘相连，而这里的水是由头一个池塘供应的，供给过，一直在供给的，让这第二个池塘蓄有不同温度的水，分子构成不同，看去，摸着，记忆起来都不同，以不同的色调映照着无垠、不变的天空，这无所谓：那石子水淋淋的回声，它甚至都未曾看见石子落下，回声也掠过它的表面，以原来的波纹间距，按照陈旧的无法去除的节奏一边想是的，我们都是父亲，或者没准父亲和我都是施里夫，也许得有父亲和我两人才能制造出施里夫或者说施里夫和我两人才能制造出父亲或者说有了托马斯·萨德本才能制造出我们这些人。（福克纳，2000：264—265）

萨德本就是那颗石子，虽从水面消失，却是一切涟漪扩大、池塘互通、波纹回声的制造者。这些符号的相通，用瑞法特尔"互文性"理论来解释就是一种"若隐若现的暗示"，通过"谐音双关"在文本间形成不同的"配意"（syllepsis）——瑞法特尔针对"模糊性"提出的修辞术语，意指一个词在一种语境中是一个意思，在另一语境中意思相反或相冲突（Allen，2000：118）。用洛朗·坚尼对互文形式的分类就是“叠音连用”（paronomase）——取一段文字的谐音，但词形不同和“发挥”（amplification）——通过增加潜在的词义转化原文（萨莫瓦约，2002：29）。此外还有文本主题、人物、情境的“互通”。米尔盖特曾极富洞察力地指出：“在事实的不确定性方面，上述三部小说堪称‘三部曲’”。（Millgate，1989：94）其实，引发该主题的是小说中一切因之而发生的中心人物：失贞的妹妹、阴魂不散的母亲和作为“百里庄园”缔造者兼毁灭者的父亲。这三个人物如同历史长河中的任何强大势力一样，成为各自世界的“漩涡”中心：凯蒂离家出走却如一缺席的在场掌握着康家的命脉，艾迪从人们眼前消失却用尸体主宰着家庭的行进历程，萨德本葬身“百里庄园”却是一切“回声”“波纹”的制造者。

很有意义的是，“河流”这一重要意象使得三部小说紧密“应和”（艾布拉姆斯，1990：373）。河流在这些作品中象征死亡。在达尔的眼中，不时形成巨大“漩涡”（swirls） 的滚滚浊流是“巨大的有生命的东西”（134），不仅杀死了骡子，还差点让“弥留”的艾迪真正死去。昆丁到查尔斯河边是为了找一个“海底的孔穴与壑窟”（福克纳，2000：94）来淹死自己；编辑萨德本故事时的昆丁已经做好了死亡准备，对家破人亡的萨家家史的叙述难免运用河、湖（水）的意象：

> 二十年来，萨德本家的命运变得像是一个湖，由条条静静的山泉汇成一个静静的河谷，并且蔓延下去，几乎察觉不出地在往上涨水，一家四口人在明媚阳光下悬浮其中，感觉到那地下的潜流正开始把他们涌向那出口处，涌向那峡谷，这也将是这片土地的大灾难……（福克纳，2000：68）

对萨德本孩提时代家庭居所的描写也是如此：

> 他……住在一所小屋里，这所小屋几乎跟山区的那所一模一样，只不过并非坐落在晴天的风口里，而是在一条宽阔的大河旁，这条河有时根本看不出有水流，有时甚至还会倒灌，在这里他那些姐妹弟兄晚饭后像是全得了病，还不等下一次开饭都一一死去……（同上：233）

河流又象征再生。昆丁寻死的一个很重要的目的是能和凯蒂共处一个无他人干扰的世界，能够获得真正意义上的母爱，所以昆丁选择查尔斯河作为终结地是为了能经受河水的洗礼实现再生。此外，昆丁沉沦于妹妹的失贞而不能自拔，是“希望有一个妈的孩子”（福克纳，2000：117—123）。昆丁自杀前曾与三个男孩谈论鳟鱼，其情形颇像达尔三兄弟面对泛滥的河水时一筹莫展的情状。这弟兄三人对自己妹妹失贞怀孕耿耿于怀且同样是“没妈的孩子”，对瓦德曼来说，他的妈妈就是达尔放走的那条鱼（143）。

现在可以确定该文本的能指性了。通过对“Addie”与“eddy”的“谐音”（福克纳也深谙此道，如在《喧哗与骚动》中，正是姐姐“Caddy”和高尔夫球童“caddie”的谐音引发了班吉的嚎叫，巧妙地开始了白痴一章的叙述）、“配意”和“发挥”，我们得知文本潜在的语符系统对应着作品的“恒定”（invariant）结构——“漩涡”。本德伦一家的葬礼历程也就是漩涡的扩张之旅，而“艾迪”（Addie）是名副其实的“漩涡”（eddy） 中心。既然“母体”都是假定的，不妨称此立论为“漩涡假说”。细读文本，我们发现此假说同艾迪其人、小说结构和文本主旨都十分契合。

“漩涡”本义指一股强大的，逆主流运行且吸纳一切的环状气流或水流，引申指一种给人以强大控制或影响力的情感或情势（沈中锋，2003：1603）。无独有偶，休·肯纳在《庞德时代》一书中论及“漩涡派”诗歌及其源头英国同名绘画流派时说：“漩涡是指吸入周围一切的能量系统”，即“能量组合”（energized pattern or patterned energy）（Kenner，1963：239）。庞德本人也对此做了阐述：“漩涡是极力之点，它代表着机械上的最大功率。”（庞德，1998：217）

艾迪生前死后都是逆主流行事的：她不温柔、不虔诚、不尽妇道、不承担做母亲的职责，甚至如《红字》中的海丝特一样冒天下之大不韪地与牧师发生婚外情，对丈夫不忠对上帝不敬。她死后还不顾家庭、社会的反对，立遗愿要将自己发臭的尸体跋山涉水地运到故乡下葬，这是对社会礼教的违拗。所以莫里斯说艾迪的叙述代表的是“他者”（other）而不是“母亲”（mother）的声音（Morris & Morris，1990：159）。艾迪又是非常强大的，米尔盖特说她“强大的个性和她所代表的家庭统一的原则一直将这个家庭牢牢地拴在一起，至少直到她被埋葬之前”（Millgate，1989：107）。其实，作为一家之主，她几乎有“顺我者昌，逆我者亡”的权威，丈夫和孩子（除了大儿子卡什和私生子朱厄尔）都早早地被她抛弃。作为女性，她的所作所为又是对夫、父权制社会的有力颠覆。百足之虫，死而不僵。艾迪的影响力如此之巨，以至她的每个孩子身上都留下了她的烙印：卡什的重行动不重语言得益于母亲“能指和所指永不会碰头”（164）的语言观；作为家中“最孤独”的人兼小学教师，她造就了达尔的孤独和对语言的驾驭能力；德尔的“未婚先孕”是母亲“婚外情”的翻版；瓦德曼的困惑以及朱厄尔对暴力的喜好等都是对母亲秉性的继承。如此说来，艾迪也只会“弥留”而不会真正“死去”，她在人死后还能强加并实现自己的意志就是“艾迪精神”长存的最好证明。总之，整篇小说似乎成了艾迪的“能量组合”，家庭成员、乡村邻里和小镇居民都被纳入了她的势力范围。

通篇小说就是一个以艾迪为中心的旋涡扩张过程。米尔盖特对小说结构的评述成了最好的佐证：“从另一方面看，该小说形象展示了本德伦一家类似圆环不断扩张的历险所带来的冲击，其效果同该书整体环状辐射技巧以及重复出现的圆形意象非常协调。”（Millgate，1989：108）确实，从出发点到杰弗逊，与尸体的行进路线并驾齐驱的是漩涡不断扩大的环形结构：家庭—山村—小镇—故乡。其实，随着读者群的不断增加，旋涡的外环也会不断扩大，这将是一个永不停息的动态能量体系。

作为一种“能量体系”或“势力范围”，艾迪显然不仅是物理或生理意义上的人，而更是“一种现象”。桑德奎斯特说“艾迪腐烂的尸首象征南方过去的重负”（Sundquist，1983：36），莫里斯也通过展示艾迪与自然界的要素木、水、火、土的紧密联系来说明女主角的双重身份——“母亲兼母土”（mother and mother-country）（Morris & Morris，1990：158）。其实文中皮保迪医生就曾对艾迪的病症同南方的顽症进行过辩证分析：

> 我们这个地方就是有这个毛病：所有的一切，气候以及别的一切，都拖延的太长了。就跟我们的河流、我们的土地一样：浑浊、缓慢、狂暴；所形成与创造出来的人的生命也是同样的难以满足和闷闷不乐。（51）

所以，艾迪以及装载其尸首的棺材就如同爱米丽小姐以及私藏荷默·伯隆干尸的格里尔生大宅（或大棺材）一样影射的是抱残守缺、故步自封、弥留却不撒手的南方世界和心态。这首先表现为南方独特而强大的母权能量组合。如同任何男权社会中的女性一样，美国南方女性是男人的附属物，被要求恪守妇道，保持贞节。南方清教主义和种族主义更是造就了近似疯狂的“妇道崇拜”。白人妇女在“非性化”程序控制下身心受到极度压抑和摧残。凡有压制，必有反抗。值得注意的是，福克纳笔下的女性人物对男权、宗教和种族压迫的反弹力往往令男性世界震惊并形成有效颠覆，因此产生的势力中心无形地反控制着男权社会。也正因如此，莱斯利·费德勒评论说福克纳不断地“提醒我们，男人们在母亲、妻子和姐妹们的手里完全无能为力”（Fiedler，1960：309）。确实，作家塑造的众多女性如塞西莉、玛格丽特、珍妮婶婶、凯蒂、谭波儿、娜西莎、艾迪、洛莎、朱迪丝、爱伦、德鲁西娜、埃尔诺拉等或以叛逆者的形象出现，或实实在在地主导着生活，成为各自漩涡世界非中心的中心。其次，以艾迪为中心的母权漩涡的势力范围进一步扩大，成了以南方为中心的母土漩涡。小说家对封闭、保守、衰败且令人窒息的母亲/土是爱恨交织的。这种情怀曾数次通过其代言人倾诉出来，特别是昆丁在自杀前痛苦地感到“地牢就是母亲本人”，并绝望地在心中喊出“如果我有母亲我就可以说母亲啊母亲”（福克纳，2000：194—196）。另外，在《押沙龙，押沙龙！》的结尾处回答施里夫的疑问“你为什么恨南方”时，昆丁充满了痛苦和矛盾：“我不。我不！我不

恨它！我不恨它！”（福克纳，2000：366）

最终，我们可以解释一些“不合语法性”的谜团和“不可接受”的现象了。首先我们要克服“模仿阅读”的障碍，像皮保迪医生那样提高对死亡现象的认识：

> 我记得年轻时我相信死亡是一种肉体现象，现在我知道它仅仅是一种精神作用——是痛失亲人者的精神作用。虚无主义者说死亡是终结，原教旨主义者则说那是开始，实际上它不过是一个房客或者一个家庭从公寓或是一个城镇搬出去而已。（50）

而这仅仅是皮保迪医生的“死亡现象学”——意识之间关联的死亡。对于故事中的众多人物来说，它更是一种强大而极具影响力的势力的消损，势必对他们的意识形态产生痛苦、缓慢而又巨大的冲击。正如来势凶猛的漩涡会使其势力范围内的一切失控一样，“艾迪之死”自然引发故事中人种种自己也不能确定的，不同甚至相互矛盾的反应。于是有了旨在“澄清（毋宁说模糊）真相”的非常稠密的视角：诗意的倾诉、艰难的思索、冷静的思辨、一厢情愿的自白及痛苦的挣扎等。作为一个强大的动态能量体系，旋涡艾迪将不停地运转，其势力范围也将越来越大。这就很好地说明了葬礼为什么会臭不可闻地坚持，艾迪为什么也将永久地弥留。

小说中“不可判定时刻”也可以得到解释了。一种现象的死亡是持续的状态，如萨特所言是“一个坐在敞篷车里往后看的人”眼中的一切：“现在是不期然的，所以没有成形的未来只能决定于过度的回忆”（1980：161，165），因而标题中的“弥留”不指一点时间，而代表恒定的“现在时”。死人说话也不显得怪异了，因为漩涡里的一切都是“无时序的”（timeless time）。对于擅长将具体人/物抽象为观念、现象的福克纳来说，时间的可塑性是很强的。他说：“我非常同意博格森关于时间流动性的理论。只有现在时刻，它包含过去和将来，而且那就是永恒。我认为艺术家完全可以对时间做些手脚，毕竟人类不是时间的奴隶。”（Blotner，1974：1441）最后，小说结束处“新母亲”的出现确实有点突然，但对于认为生活还要继续下去，“南方漩涡”还要继续扩张的作家而言，这是再自然不过的了，因为这个“鸭子模样的”（238）女人说不定将是一个新的漩涡中心呢！

Ⅱ.《八月之光》：乔·克里斯默斯的魔咒空间

《八月之光》作为福克纳的第七部长篇小说，自出版之日便赢得广泛热议，在众多“约克纳帕塔法”世系作品中，与《喧哗与骚动》《押沙龙，押沙龙！》

《去吧，摩西》等共同成为读者长期关注之焦点。同时期的评论家亨利·坎贝称赞《八月之光》为极富洞察力且感人至深的佳作，其中的同情精神鼓舞了无数生活绝望的人。威腾伯格则针对其中的种族特质指出，“《八月之光》与福克纳四年后的杰作《押沙龙，押沙龙！》是所处时代背景下最著名的也是最被推崇的小说，它们都将种族关怀置于核心的（若不是专属的）地位”（Wittenburg，1995：149）。无独有偶，国内学者肖明翰认为《八月之光》在福氏“思想与艺术的发展中，在对南方社会的认识上占有重要位置”，因为在这里小说家“首次对他毕生感兴趣、矢志探索的种族问题作了深入的思考与表现”，而且“种族问题成了小说深入探索的中心主题”（1999：332）。就连福克纳本人也颇为满意地评价道：“这部小说是小说而非轶事。”（Blotner，1977：66）相比此前诸多围绕奇闻轶事展开的故事文本，目标小说维度多重，内涵深刻。故事主线仍然以福克纳“故乡那邮票般大小的土地”（Meriwether，1968：255）为背景，聚焦“疑似混血儿”乔·克里斯默斯被诅咒的悲惨命运，勾勒了其人深入南方腹地寻求身份与自我的苦难历程。文本依托克里斯默斯的视角，将杰弗生镇这一空间符码隐喻化，凸显了黑白双种族文化之间激烈的碰撞。在主人公的精神空间，两种异质性文化作用于同一个内心，揭示了个体内心的挣扎与徘徊，也折射了战后美国南方挥之不去的种族制度对人性的摧残。

空间批评学兴起于 20 世纪末，颠覆性地将文学文本的解读从静态的时间顺序中解放出来，取而代之以动态的空间顺序，为文本多维度、多层面的解读提供了坚实的基础。空间批评奠基人，法国思想家亨利·列斐伏尔首次将“空间”一词从传统地质学的束缚中分离开来，提出了“空间的生产”这一概念。这一定义不仅否定了前人将空间视为神圣之物或纯自然产物的客观性和确定性，而且以其政治经济意义对空间进行再定义。根据他的观点，空间是一个“充斥着各种意识形态的产物”，是“人造的，不是自然而然的，不是纯粹形式的，不是理性抽象的，不是一个中性的客观的科学对象”。简言之，空间是政治性的，是“各种利益奋然角逐的产物”（汪民安，2005：102），因而从来不能与社会生产与实践割裂开来。在《空间的生产》一书中，列斐伏尔将空间细分为三个范畴，“物理的，心理的与社会的，分别源自生活的（lived），感知的（perceived）与构想的（conceived）空间”。此其中，他尤其强调空间生产过程中具体的表征能力，并提出“概念三元论”（conceptual triad）以指涉上述三个层面，分别是“表征的空间（representational spaces）”“空间实践（spatial practice）”“空间的表征（representations of space）”（Lefebvre，1991：39—46）。通过对空间三重结构的深度挖掘与探讨，列斐伏尔力图解密空间符号，揭示其中隐藏的意识形态与知识作用力。他提出的“空间三元辩证法”不仅拓宽了传统空间二元论的认知模式，更为后来文学文本的研究者提供了诸多捷径，使得他们能够突破性地将文本视为一个指涉性的、隐喻性的抑或象征性的系统。鉴于此，文章将借鉴列斐伏尔对空间的重构，从地理景观空间、人物个人心理空间与南方社会空间三个方面挖掘目标文本中的空间隐喻，试图彰显在对战后南方社会双重种族的冲突文化地图表现过程中空间符码的重要意义。

地理景观是一种静态实体空间，是小说中不可或缺的重要元素，且多数以充满人文特色的建筑、场景或实体的形式出现。列斐伏尔认为空间并非单纯的"物质性器皿"，亦非被动的地理环境，而是对历史的回响，空间的意义往往在历史的进程中千锤百炼。而小说中的物理空间通常是人物情感的外化抑或是对其内在社会权利系统的表征（汪民安，2005：102）。在《空间的生产》中，列斐伏尔使用"表征的空间"或被居住的空间指代地理景观空间，并指出"表征的空间是有生命的：它可以言说"，通常这类空间拥有"一个情感内核或中心：自我，床铺，卧室，住所，家屋；或广场，教堂，墓园"，它内含"激情，行为以及生活境况的轨迹，也因此暗示时间的痕迹"（Lefebvre，1991：42）。换言之，此类空间往往通过空间实体的象征意义得以运作，时常以意象或符号的形式出现并充当"被经历"的对象，受主体或居住者的感知主导，动态且流变地重塑历史。因而，文本中的地理景观空间或物理空间也同样地担负表征的功能。《八月之光》不仅勾勒了处于战后南方孤立封闭的小镇空间，更前置了浸淫其中的双重种族文化冲突，将杰弗生镇戏剧化地表征为白人肆意猎杀黑人的屠宰场。

《八月之光》仍旧选定虚构的杰弗生镇作为演绎两种异质性文化交锋的舞台，呈现了20世纪20年代战后依旧笼罩美国南方那挥之不去的噩梦：黑白种族冲突。小说中黑白两股文化力量通过从出生即被认定为"部分黑鬼"的克里斯默斯得以释放，经由他徘徊在双重种族之间动荡不安的内心过滤，小镇最为典型的异质性文化空间场被前景化。在克里斯默斯企图谋杀情人伯顿小姐之前，他试图穿过小镇的广场到达车站，途中经过黑人居住的弗雷曼区：

> 这儿看不见黑人，却弥漫着黑人在夏天的气息和他们在夏夜聚在一起的声音。他似乎被这些无形的声音包围了，到处咕咕哝哝，喊喊喳喳，有说有笑，使用一种他不熟悉的语言。他仿佛看见自己置身于无底的黑沉沉的深渊，被点着煤油灯的模模糊糊的黑人小屋团团围住，街灯反而显得更加遥远；好像是黑人的生活、黑人的气息跟呼吸的气体搅混到了一起，使种种声音、游动的人体和光线，都彼此消溶，慢慢地连成了一片，与此刻重浊的黑夜形成一个不可分割的整体。（福克纳，2010：79）[①]

显然，此处黑人的气息、黑人的声音、黑人的身体都被抽象为弗雷曼区这

① 参见蓝哲仁译《八月之光》（上海译文出版社，2004）。以下均只标注页码，不再另外加注。

一处地理景观的表征性空间符码，作为无形的客观存在包裹着厌恶黑人身份的克里斯默斯。置身于模模糊糊的黑人小屋中间，远离街灯，他放眼望去，整个街区画面充斥着黑暗、令人窒息、浑浊不清的感官体验。三十三年来受一滴“莫须有”的黑血折磨，克里斯默斯如幽灵般的躯体似乎坠入黑人聚居区的万丈深渊，东张西望找不到自我的他“开始逃跑，眼里射出愤怒的目光，龇牙咧嘴地倒抽着冷气，直往下一盏灯处赶”。在盲目逃窜之后，他“仿佛不敢相信已经呼吸到白人居住地带的凉爽硬朗的空气”，而“黑人的气味和声音已被抛到身后、留在下边了”（79—80）。此时取代弗雷曼区那无尽的黑暗与模糊，映入眼帘的是白人街区“亮着簇簇的灯光，像浑身透亮的小鸟栖在低枝”，刚刚惊慌失措的克里斯默斯终于可以放缓步伐，再次穿过白人住宅，欣赏着游廊里、草坪上惬意的人群，观赏着他们“头部的侧影，身穿白色衣装的模糊体型；他还看见一个有亮光的阳台上，四个人围坐在一张牌桌边，几张白面孔在低矮的灯下全神贯注，轮廓分明，女人白皙柔嫩的光亮的手臂在薄薄的纸牌上晃来晃去”（80）。较之弗雷曼区黑洞洞的空间压抑感，白人社区富有生机与活力，在混血儿的眼中，它似乎散发着透明的光芒，每一张白面孔、每一个女人的躯体都象征着不可抗拒的圣洁与希望。此处视觉呈现的空间骤转，极其鲜明地缩影了整个南方社会黑白种族之间相互碰撞、冲突而难以调和的异质性文化力量，两股力量无情地撕扯身份不明的克里斯默斯日渐分裂的内心。他歇斯底里地逃离黑人生活区，情不自禁地流连于白人的街区，发出了内心的呼声，“这便是我向往的一切，看来这要求并不显得那么过分”（80），无疑在地理空间上的狂暴发泄外化了其动荡不安、不断瓦解的主体。当克里斯默斯奋力从黑人居住的低洼地带爬上陡峭的山坡最终抵达白人的光明世界，他不仅经历了空间意象由黑到白，由模糊到清晰的转变，更抛弃了整个南方社会所摒弃的黑人自我，似乎完成了灵魂的短暂净化。

英国文化批评家威廉姆斯曾将地理景观空间变化与文化空间转变相联系，针对其中居住民众的普遍感受提出了“情感结构”（structure of feelings）这一术语，反映特定时期的文化空间背景下，人们共享的价值观与社会心理。他同时指出，对生活感知或体验的差异本身就是一种文化差异，而这经常表现为民族文化差异或阶级文化差异（赵国新，2006：433）。在此文化批评研究框架之下，人们所生活的空间并非静止与凝固的地理空间，更是充斥变化与异质性文化较量的文化空间。鉴于此，作为封闭落后，群众参与度极高的南方小镇，杰弗生镇上的每一个角落无时无刻不在目睹着黑白种族文化间的博弈，其中最明显的一处空间场便是伯顿生活的地区。得知白人女性被杀，“乡里人发现大火之后五分钟，人们便开始聚集。其中有的人正赶着马车进城度周末，也停下来观看，更多的人则从周围邻近的一带步行而来，这是一个黑人居住的地带，稀疏的小木屋，单薄贫瘠的土地，平时一支警卫搜查队要来梳上一遍也难找到十个人”(203)。作家此处突出对比了该黑人区在谋杀案发生之前与之后的场景差异，人员的骤增表明谋杀案点燃了当地民众内心对暴力、血腥的饥渴，伯顿小姐生前是否拥护废奴主义并不重要，白人群体潜意识中对黑人种族的排斥促使他们“个个都相信这是桩黑人干的匿名凶杀案，凶手不是某个黑人，而是所有的黑种人；而且他们知道，深信不疑，还希望她被强奸过，至少两次——割断喉咙之前一次，之后一次”(203)。此时对传统“黑人男子强奸白人女性”模式的癖好在白人群众的想象中肆意地游走，被断头的伯顿小姐连同逃跑的克里斯默斯不再以个体的形式存在，而被统一标签化为“白人女子”和“黑人男子”，一同成为白人种族偏见、嗜血成性的祭祀品。与此类似的空间场景在文本中也曾多次出现，在克里斯默斯被捕后的监狱外、广场上，白人对黑人围剿的群体性声音压倒一切，甚至在“星期一的晚餐桌上，城里人议论纷纷”(315)，而从出生便身份不明的克里斯默斯则必然充当着白人种族主义压迫的战利品，他的被阉割、杀害给每一个小镇居民甚至南方民众带来巨大的快感。

杰弗生镇成为透视20世纪20年代美国南方社会的缩影，既充当着小说种族主题的空间源头，更是南方白人民众“情感结构”的文化载体。作为一向扎根南方的本地作家，福克纳运用尖锐的笔触揭露嗜血成性、扭曲人格的种族主义制度。而在这场黑白种族文化冲突过程中，类似于乔·克里斯默斯的无身份种族充当着种族主义的替罪羊，无疑成为最大的受害者。

个人心理空间是表征人物情感、思想特征的空间，内含人物典型特质的活动场所与其个人心理场所，其中用以表征的地理景观往往成为人物内心世界的外化。根据列斐伏尔的观点，心理空间可能“蕴含着逻辑连贯性，实际一致性以及自我调节性，……并由某些空间的相似特征而产生相似联想”，用空间术语表述为“空间实践”(spatial practice)或感知的空间。通常情况下，对某一社会的空间实践可以掩藏该社会的空间，辩证地生产和预设后者的同时，逐渐将其掌控并据为己有，因此对一社会的具体空间实践只有通过对该空间的解谜才得以揭示(1991：5，38)。简言之，个人心理空间既是认识论的又是表意的，只有深度解码与人物内心相关联的空间符码尚可准确定位其内心活动。故事中福克纳对克里斯默斯的个体心理空间书写与人物主体意识的失衡过程构成了小说的第二空间维度，作者不仅精细地构筑与主人公紧密相关的物理空间，更隐秘地表征了其受压抑而不断坍塌的内在空间，两重空间互为前提、相互影响。

根植于充满种族仇恨的美国南方社会，“疑似混血儿”克里斯默斯自出生以来从未摆脱内心两个分歧的自我粗暴而持续激化的碰撞。为了寻得一个完整、明确的自我，其个体内部不得不经历痛苦的挣扎与徘徊。飘荡于两个种族之间，他必然首当其冲地成为双重种族合力驱逐的对象与围剿的受害者。细察小说文本，不难发现乔从白人孤儿院到黑人小木屋的生活空间转移投射了其被

"他者化"和"边缘化"的辛酸历程，但对乔实施驱逐政策的并非唯独外部社会空间，内部心理空间更成为其人命运悲剧的根源。在运作旧道德密码的杰弗生镇，无处不在的种族歧视如同猎杀者的双眼肆意窥探无家可归者乔的脆弱内心。用列斐伏尔的心理空间视角解读，乔长达三十三年的身体游走可以更恰当地被理解为一次内心空间的回环式移动，为了找到属于自我的种族身份和存在价值，他穿梭于美国南北方之间，像一个鬼魂、"幻影"（79）飘忽在白人与黑人社区之间。根据文本线索，乔的边缘化旅途在空间上呈现出大大小小的圆圈形状，这些圆圈在地图上如同一个个漩涡，合谋将他深陷其中。无助的乔如同盲目挣扎、孤注一掷的困兽一般永远无法找到死循环的出口。显然，地理上的循环式位移与他不断失败与苦痛的自我建构同步，最终导致了其人内心世界的坍塌。文本中凸显的漩涡式空间结构内嵌两大圆圈，其中乔长达十五载的流浪踪迹成为外圈而最后七天的逃亡之路则成为内圈。就外部大圆而言，作家将这条延续了近半人生的"街道"描述为：

> 威士忌的劲儿火辣了一阵之后逐渐消退，接着又重演了一次才终于消失，可是那条街道却一直延伸。从那天夜晚起，千百条街道像是一条街道，沿途经历了无数的觉察不到的街头拐角，层出不穷的场景变化，一段又一段的旅程靠着央求便车和偷偷爬车得以延续下去；无论是火车、货车或乡村马车……这条路深入到俄克拉荷马州和密苏里州，直到南边的墨西哥州，然后折回北上到芝加哥和底特律，之后再次往南，最后来到密西西比州。这是一条长达十五年的人生路途……。（156）

尽管地理场景不断变更，始终不变的是这条孤独的街道在乔的内心无限的延伸，它的起点是乔暴力杀害了养父麦克依琴而后遭到情人博比的抛弃，其中不可忽略的细节是这名白人暗娼将这宗谋杀归因于乔的肮脏黑人身份。由此，这条无限伸展的路可以被定义为一次对无种族主义困扰的"乌托邦"地带的苦寻，也是对最终内心宁静的矢志追求。然而结果却证明了乔的盲目与幼稚，因为处于种族主义根深蒂固的美国社会，"一个地方与另一个地方一模一样"，尤其是对于种族身份模糊，将身份意义建构在矛盾的自我之上的乔而言，"没有一处能够使他得到安宁"（158）。福克纳将其十五年苦旅的路线设定为深入南方而后北上，最后再次回归南方，这条线路在地图上大致形成了一个巨大圆圈。直观上，巨大的圈像一只手铐，将被一滴"莫须有"黑血困扰的乔死死锁住并投入到双重种族社会的牢狱之中，任其内心的挣扎与呼喊而终将无法逃离；就象征意义而言，它描摹了乔心理空间能指符号的移动轨迹。他长达十五年对内心安宁的追寻，恰恰如同该能指苦苦地追逐所指的过程，它们注定永远无法碰头，因而无论是乔还是其身份能指符号终将因不断被"延宕"的意义而以失败告终。在这一过程中，内心的安宁成为虚无缥缈的美好愿望，而主体意识则在日复一日的轮回中被消解。

乔持续七天的逃亡之旅构成了漩涡的内环，它的起点为杰弗生镇，中间的路线覆盖了周边的黑人居住区和灌木丛，最终绕回到距离杰弗生只差二十英里的摩兹镇。这条近乎圆形的空间移动轨迹再次印证了乔的人生旅途因血统之谜而注定成为一条毫无出路的死循环，纵使其多次逃窜，也终究回到原点。甚至连乔自己也意识到这条命运之环的存在：

> 这仿佛是那条延伸了三十年的街道，他再一次踏上了……这条路已经绕了个圆圈，但他仍套在里面。虽然在过去的七天里，他没有走过铺砌的路面，却走得比他三十年所走的更远。可是他仍在这个圈内。'然而七天里我比三十年来走得地方更远，'他想，'可我从未走出这个圈子，我从未突破这个圈，我自己造就的永远无法改变的圈。'（241）

显然，乔内部空间的那个不可战胜的圈才是整个空间漩涡的中心，它拥有的强大向心力牵引着其人生轨迹，使得他始终无法摆脱无身份的悲剧命运。在三十三载的动荡与七天的逃亡之后，他内心长久被压抑的对宁静与完整自我的渴望终于浮上水面，内心空间实现了从无意识空间到有意识空间的转向。最终，乔认识到存在于其悲剧命运中不可避免的那个圈，预示着他的自我意图向整个南方旧道德密码、种族主义制度妥协的决心。他仿佛看见自己"终于被白人赶进了黑洞洞的深渊，这企图吞没他的深渊已经等候他三十年，现在他终于真的跨进来了"（235）。直至此刻，这位对明确的种族身份盲目追寻了一生的"疑似混血儿"终于意识到，任何试图逃离这一怪圈的努力都是徒劳的，并且做好了接受白人为其早已设定的种族角色，即充当南方社会"群体罪恶救赎的代理人"（鲍忠明，2009：163）。当然可怜的乔最终的醒悟只是短暂的，当他的内心神经性地不断重复，"是的，我会说我在这儿，我厌倦了，厌倦东躲西藏，像提着一篮鸡蛋似的提着自己的性命"（239），意味着这一决定只是临时地缓解了其内心两种色素的冲突，暂时中止了折磨着他的命运之轮。在被捕的当天，乔在理发店理了发并修了面，换上新衣服，第一次光明正大地走在街头，"他的举动既不像个黑鬼也不像个白人"（249），但他默不作声地接受大家的指认，并"第一次像个黑鬼那样甘挨了，一声不吭"（249）。这一举动显示了其内心空间在饱受苦熬之后的妥协，最终他放弃了三十多年的东躲西藏，宁可接受"黑鬼凶手"的身份来换取片刻的内心宁静。

乔·克里斯默斯的一生是悲剧且动荡的，其不断循环的旅途中所经历的地理景观与文化空间都烙刻着其人纠结的情感痕迹，与他处于种族主义背景下不断冲突、坍塌的内心世界形成共振。对他的内心空间书写有效地记录了个体在追寻自我种族文化身份中不断瓦解、分裂的主体性以及身份符号能指的无尽游戏，其轮回式的人生地图不仅表征着他的种族身份终究是个不解之谜，更揭露了整个南方社会空间符码背后荒唐、扭曲的种族主义制度。

列斐伏尔定义社会空间为“再生产的社会关系，如性别之间、不同年龄段之间的生物生理关系，连同家庭内部特殊组织结构”或“生产的关系，如劳动力的划分以及其在阶层社会功能形式当中的组织结构”。由于空间永远无法挣脱社会性、物质性等枷锁的桎梏，因而所谓纯粹的空间只是一种乌托邦式的幻想，并且（社会）空间永远不会成为一种“被动的社会关系轨迹”，而是一种“概念化的空间”通常受知识结构与意识形态支配，是一个社会中的主导空间（Lefebvre，1991：32，11，38），因而往往是人类行为方式以及其后果的一种预设。作为福克纳写作生涯核心关注之一，黑白种族关系及白人的主导社会话语在目标小说中为社会空间的构筑定下了基调，开拓了文本的第三空间维度。

杰弗生镇作为目睹双种族意识形态冲突碰撞的空间场，利用其空间的隐秘性，成功地掩盖了主导者与被土导者的关系，因而只有将该社会空间内的种族话语和政治意识形态祛伪、解谜才可以更接近历史的真相。首先作为一个行走于双重种族社会的空间符号，乔·克里斯默斯的社会身份从未摆脱白人主导社会话语的“神秘指涉”（mythic designation）（Jenkins，1981：65）。正如杨金斯所言，“乔·克里斯默斯并不是以人的身份来到这个世界，而是作为一种抽象，一个幻影，不仅屈从于无法避免的种族身份划分，更受制于整个狂热的种族、宗教信仰系统，即通过它们在社会中的运作，迫使乔成为替罪羊并阻止他进入任何一种可能意识到个人身份的成熟意识当中”（65）。在白人的脑海中，任何“黑”的倾向包括消极、污秽、缺失、落后的迹象都可以被直接处理为“黑人”。白人主导的社会话语拥有强大的排他性力量，他们合谋将乔“黑人化”，这意味着乔的社会身份能指符号和所指之间横亘一道不可逾越的鸿沟。

目标文本中，第一处见证乔“变黑”的空间场所是乔儿时居住了五年的白人孤儿院。杀害他的生父，一手制造了其身份之谜的老海因斯在此担任看门人。海因斯时常教唆其他孩子叫乔“黑鬼”，在乔幼小脆弱的内心引起不安，并因此逐渐孤立他，从而满足一己私欲：

> “你干吗不像从前那样同别的孩子一块玩耍呢？”他不吭气，老海因斯又说，“你是不是认为自己是个黑鬼，因为上帝在你脸上烙下了印记？”他反问：“上帝也是黑鬼吗？”老海因斯说：“上帝是愤怒的万军之主，他的意志不可违背。你我的意愿都微不足道，因为你我都是他的意愿和报复的一部分。”（272）

被莫名地卷入与“上帝信使”的对话中，心智尚未成熟的乔对词语“黑鬼”

有了第一次模糊的印象，这种说不清楚的不安感逐渐将他同其他孩子分离开，这似乎标志着乔的内心世界第一次被白人的种族话语定型，开始体会到“黑鬼”背后的侮辱性意味。为了证实自己的想法，乔紧跟着院子里工作的黑人并密切注视着对方：

> 黑人问：“你干吗老盯着我瞧？”他说：“你咋成个黑鬼的？”黑人说：“谁告诉你我是个黑鬼，你这没用的白杂种？”他说：“我可不是黑鬼。”黑人说：“你比黑鬼更糟，连自己是啥玩意儿都不知道。比那更糟，你永远闹不清楚，不管是活着还是到你死的时候。”他说，“上帝才不是黑鬼呢。”黑人说：“我看你应当知道上帝是干啥的，因为只有上帝才明白你的底细。”（272）

黑人针对乔天真的询问做出的尖锐回应缩影了整个黑人群体如同白人一样对乔的社会身份的否定与排斥。通过称呼乔为“白杂种”，黑人长久受到白人歧视的压抑自我终于找到了释放口。幼稚的乔将“黑人”的定义等同于黑色的皮肤，而“黑鬼”这一指涉则首次让他确信“黑人”一词的背后还蕴藏着更深层的含义。与白人世界的“他者化”过程类似，黑人将乔界定为两个冲突种族的私生杂交产物显然催生了后者早产的种族观，加速了他的自我放逐历程的到来，成功地混淆了他的社会身份。当黑人预言式地将乔归入“非人”一类时，可怜的孤儿将注定一生受困于黑白双重种族的诅咒话语之中，因为双方都拒绝为其无所依托的灵魂提供任何庇护。

同样是在孤儿院，女营养师成为白人驱逐性话语的又一成功实践者。当她抓到小克里斯默斯躲在她的衣柜中发现了她不可告人的通奸行为之后，便迅速地变换对乔的称呼——“小密探！敢来监视我！你这小黑杂种！”（85），而“小黑杂种”更是反复被强调，显然女营养师希望通过强化乔身份中的“黑色”本质即其天生的污秽来弱化自身通奸的罪孽性。作为一个白人，她的堕落被一个“黑崽子”目睹无疑加深了她的罪责感，似乎将她从白人女性纯洁的圣坛拉下来，拖入了“性贱”的黑人女性行列。因而为了将自己“非黑人化”，她只能与海因斯同流合污，在毫无证据的情况下迫不及待地得出乔是“部分黑人”的结论，并立即向女总管通报了这一发现，导致乔被送出孤儿院，并被冷酷无情的清教徒麦克依琴领养。这些创伤性的经历在年幼的乔心中深埋了种族差异的祸根，成为“主客观世界互通的场所与主导性历史体制在主体形成之初的介入之地”（Forter，2011：97）。

白人主导的种族主义意识形态向来将黑白种族社会划分为两大阵营，即为害者和被害者，但两者之间并无清晰的分界线，因为根深蒂固的种族制度将该意识形态隐秘地编织入社会空间之中，让处于该空间下的白人或者黑人都有意识或无意识地成为其操控的对象，无一例外地担当了种族话语的传话人、刽子手甚至牺牲品。杰弗生镇作为一处具有代表性的南方双重种族文化冲突场所，更是多种政治、策略与意识形态的竞技场。运作在这个空间下的有南方白人、北方白人、废奴主义者，白人至上主义者，黑人等所代表的不同话语形态，但不可争辩的事实是，种族偏见无处不在。其中最为典型的一幕是伯顿小姐对乔陈述她的家族史时展现出的对黑人矛盾的态度。起初她看待黑人“就像看见下雨，看见家具、食物或者睡眠”，但从那以后，她仿佛“第一次发觉他们不是人而是物，是一个我生活在其中的影子，我、我们、整个白人，其他所有的人，都生活在这个影子里”（178）。这一段描述形象地展现了白人孩子对“种族恐惧”（racial phobia）（Jenkins，1981：15）最初的感知，他们统一将黑人视为受诅咒的种族如同黑色的阴影时刻包裹着白人的生活。值得注意的是，伯顿选择将黑人群体物化，将他们等同于毫无情感的客观物体，几乎完全否定了黑人的人性，从而将他们的存在处理为一种对白人的诅咒。因而对于伯顿来说，黑人的存在是白人不可避免的悲剧，正如她的父亲所宣扬的，“你必须斗争，站起来。而要站起来，你必须把黑影一同支撑起来。可是你永远不可能把它撑到你自己的高度”（178）。由此她开始帮助黑人的孤独事业，但并非出于内心深处的同情，而是为了消解压在白人种族头上的黑人诅咒。随后，她将内心深处隐藏的对黑人的特殊情感毫无保留地发泄到了乔的身上。在进入他们相处的第二阶段后，她开始了肮脏的纵欲之旅，夜里“她的头发散乱，每一缕发都会像章鱼的触角似的活跃起来，她双手乱舞，嘴里嘘叫：‘黑人！黑人！黑人！’”（183）。“黑人”一词有力地证明了，尽管自称是帮助黑人的废奴主义者，伯顿从未摆脱潜意识中白人的种族主义偏见，不自觉地将乔的性能力与其黑人身份相联系。如同大多数白人女性一样，伯顿也不可避免地被黑人男性强大的性能力所吸引且沉迷其中，而乔则沦为她满足一己私欲的牺牲品，终将受到阉割的罪罚。

南希·蒂西勒曾在《黑面具：现代南方小说中的黑人角色》一书中谈到，黑人男性的性欲神话已经渗透每一个南方人的思想，因而白人群体尤其是受到法勒斯威胁（phallic threat）的白人男性将不得不求助于南方最经典的“治疗方式”——阉割（castration），以此来宣泄他们的性嫉妒（1969：60—61）。这一观点准确阐释了在南方白人男性思想中不断作祟的对黑人强大性能力的恐惧，因而他们时常以捍卫白人女性纯洁的名义，残酷地将任何企图跨越种族界限的黑人男性处以私刑。杰弗生镇的社会空间仿佛一座深处南方腹地的孤岛，在这样一个封闭的原始国度，法律和正义早已被抛之脑后，乔作为一颗该种族空间下不可容忍的社会“毒瘤”，终将难逃被围剿与铲除的悲剧命运。充当这次屠宰的行刑者是白人极端分子，一名叫珀西·格雷姆的青年国民警卫队队长。这位年轻人出生太晚，苦于未能投身到欧战的杀戮中，兼之强烈的沙文主义驱使，他现在将目光转向猎杀乔·克里斯默斯这名“黑人杀人犯”身上，并将此视为一次难得的保家卫国的圣战机会。他盲目地坚信，“白种人优于其他任何种族，坚信美国人优于其他白种人，美国的军装比任何人的军装更加光荣，坚信他只需要以自己的生命为代价来换取这种信念，这种特殊的荣幸”（320）。带着这份信念，格雷姆主动承担起剿杀乔的行动，并美其名曰“维护美国和美国公民利益”（322）。事实上，格雷姆无异于又一名伪装成军人的暴徒首领，他所谓的护国行为只不过再一次回归到美国南方社会长久不衰的话题，即任何法勒斯威胁都应该被及时的阉割与毁灭，这样乔以及千千万万的黑人男性都可以“让白人妇女安宁了，即使下到地狱里”（330）。因而当牧师海托华向他替乔求情时，格雷姆反应异常激动，“我的上帝！难道杰弗生镇上每个牧师和老处女都跟着黑崽子有不清不白的关系？”（329）这句粗暴而贬低性的回应将白人男性对黑人男子赤裸裸的法勒斯嫉妒与恐惧的心理暴露无遗。至此乔的死可以被理解为将自身盲目地投掷向意识形态之墙，在与这堵坚不可摧的墙体激烈碰撞之时，其脆弱的内心与自我瞬间化为灰烬。

在南方双种族的社会空间背景下，白人主导的种族主义意识形态所操控的不只是白人的无意识，更多的是受压迫的黑人内心。包裹在这样不可撼动的白人至上的意识形态空间场中，乔·克里斯默斯生物身份的相关性从未成为困扰白人世界的问题之一，相反他的“黑色”身份更是一种社会建构，一种来自南方集体意志的产物。在这场力量悬殊的较量中，乔终将走向毁灭，而最终他向黑色自我的妥协则标志着一场临时性的救赎，不仅短暂地实现了他追寻一生的精神宁静，更仿佛一片镇静剂，缓解了南方白人群体对血腥暴力的饥渴。

《八月之光》作为福克纳种族关怀经典力作之一，聚焦处于20世纪初美国南方腹地的杰弗生镇这一空间符码。通过解码该空间隐喻，小说的物理、心理与社会三维空间得以构建。地理景观空间通过黑白两种异质性空间场所的对比、碰撞，投射出处于冲突变幻中的异质性种族文化空间。而个人心理空间也与生活空间相互作用，在个体不断的身体游走中经历了解构、坍塌的过程。社会空间是等级意识形态与阶级权力的集散地，正如封闭落后的杰弗生镇到处充斥着白人种族意识形态，它们在社会空间的各个角落围剿无处躲藏的无身份群体。小说的三维空间不仅清晰地勾勒了自然空间的冲突性文化特征，更描摹了人物心理空间的矛盾与徘徊与社会空间的意识形态较量，其多维的空间地图卓有成效地揭露了美国南方种族主义制度泯灭人性的残暴。

Ⅲ.《去吧，摩西》：乌托邦欲望的审美释放

《去吧，摩西》记载了一个黑、白混杂的家族七代共处的历史，代表着福克纳表征种族主题时意识形态探索的一个极点。目标文本的这一特点恰可运用西方马克思主义的后现代主义文学意识形态批评进行剖析，从而揭示其作

为“审美意识形态生产”及“社会政治无意识象征结构”的本质，彰显福克纳作为一名杰出的反种族主义作家对深受种族主义困扰的南方困境的深思与突破。

福学专家萨迪厄斯·戴维斯在《福克纳笔下的“黑鬼”》中虽对《去吧，摩西》一笔带过，却明察其亮点并有精彩论断：“如果《押沙龙，押沙龙！》可以被视为福克纳最具创造力阶段艺术成就巅峰的话，《去吧，摩西》则是同阶段意识形态探索的极点。”（Davis，1983：239）在 2003 年新著《财产游戏：法律、种族、性别与福克纳的〈去吧，摩西〉》中她刷新了旧观：“我现在可不那么确定了。我开始认为我原先视之为‘臃肿的怪物’并拒绝深入探讨的《去吧，摩西》当属福克纳最伟大的小说成就之一……部分原因在于它涉及错综复杂的种族及性别的意识形态问题，在奴隶制被立法和可以合法地视人为私产的文化中，这些问题显露无遗地表现在白人的羞耻感中。”（Davis，2003：4）的确，作为一部记载了被同一个白人家族压迫剥削长达一百五十年的黑人家庭历史的力作，故事的叙述语言，如巴赫金所言，“不再是一个抽象的语法范畴体系，而是渗透着意识形态（性、政治、经济和情感层面）的语言，是作为世界观的语言，甚至是表征具体观点的语言……”（Bakhtin，1981：75）。马克思主义批评旨在“理解意识形态”（伊格尔顿，1980：3），西方马克思主义后现代主义文学意识形态批评更是为剖析目标文本，揭示其作为“审美意识形态生产”及“社会政治无意识象征结构”的特质提供了理想的阐释利器。

文学的意识形态批评旨在揭示一切文学作品的意识形态性质。该批评倾向自古希腊有之，而其系统成型则始于 19 世纪。马克思在《德意志意识形态》中首创德文 Ideologie，并将意识形态视为与经济形态相对应的历史唯物主义的重要范畴。20 世纪西方马克思主义以前所未有的批判力度和崭新开放的思想体系推动意识形态批评进入了新的发展阶段，而七八十年代以降的后现代主义文学意识形态批评则进一步传承了该流派之薪火。

特雷·伊格尔顿继承了阿尔都塞和马歇雷“反黑格尔式”的马克思主义传统，注重界定文学与意识形态特殊的内在关系，系统阐述了文学是审美意识形态的生产、文学批评价值判断的意识形态属性等思想并得出结论：文学活动从来就是意识形态性质的，人民总是鲜明或隐蔽地用文学来表达对社会的批判、关怀和期待。于伊氏而言，意识形态“是指我们的说话和信仰，与我们所生活的社会权力结构和权力关系连接的方式”，因此，意识形态并不单纯指常常根植于无意识深处的根深蒂固的信仰，而是指“那些与社会权力的维护和再生有着某种联系的感觉、评价、理解和信仰的模式”（Eagleton，2004：13）。换言之，伊格尔顿超越了对意识形态的简化理解，转而视文学与意识形态的关系为文艺和美学研究的重要维度，着力将文艺作为特殊的意识形态来考察。具体而言，伊氏认为文学是意识形态的生产，特别是审美意识形态的生产，具有其特殊性和能动性，始终与意识形态保持一种文化生产的关系。因此，伊格尔顿文学研究的重点在于"作为文学的意识形态话语的生产规律"并为此确立六个重要范畴：一般生产方式（GMP，特定社会中占主导地位的社会物质生产方式）、文学生产方式（LMP，由生产、分配、交换、消费等环节组成，内化了社会生产方式的文本生产）、一般意识形态（GI，一定社会中占主导地位的意识形态）、作者意识形态（AuI，一般意识形态在个人身上的独特体现）、审美意识形态（AI，一般意识形态中的特殊的审美领域）和文本。文学文本是前五个因素综合作用、生产的结果，即是在由一般生产方式所最终决定以及有相对独立性的文学生产方式中，在处于一般意识形态的总体结构中的作者意识形态的操作之下，生产出来的审美意识形态（同上：44—63）。

弗雷德里克·詹姆逊则秉承法兰克福学派的黑格尔传统，以黑格尔式马克思主义的辩证思辨为基础，把握历史与文本存在之同一与差异的内在张力，进而深入探讨了晚期资本主义政治、经济与文化、意识形态间的复杂的关系。詹姆逊借用弗洛伊德的"压抑"概念并将其从个体层面提升到集体层面，认为意识形态就是对现实关系中人们深层无意识的压抑，即"政治无意识"。其次，"一切有效意识形态同时必然是乌托邦的"（詹姆逊，1999：267）——"政治—经济的群体对把握总体性历史的欲望"或"向永远延缓的无阶级社会汇聚的渴望"（刘进，2003：59），又都是"遏制策略（strategies of containment）"（同上：2）——"对历史本来面目以及把握这一历史的愿望在叙事结构中的储存"与压抑（刘进，2003：60），其内在对立既为社会自我阐释提供了可能，又同时压制了潜在的历史矛盾。更有甚者，历史"只能以文本的形式接近我们，我们对历史和现实本身的接触必然要通过它的事先文本化（textualization），即它在政治无意识中的叙事化（narrativization）"（詹姆逊，1999：26）。与此相对应，文本往往成为外在现实与意识形态、文化的各种矛盾的集合之地，成为内在的特殊的意识形态话语，容纳着个人的政治欲望："一切文学，不管多虚弱，都必定渗透着我们称之为的政治无意识，一切文学都可以解作对群体命运的象征性沉思"（39）。因此马克思主义阐释学的任务就是挖掘文本意识与无意识间由生产方式、意识形态、艺术文本等构成的复杂关系，从社会阐释欲望，以美学阐释政治，通过"祛其伪装（unmask）"（42）揭示被压抑的历史现实和潜藏的意识形态策略，从而实现文本深层次历史乌托邦的释放。文本作为"社会政治无意识的象征结构"而存在，为现实中无法解决的问题提供一个想象的答案（67—68）。

马克思主义认为，夺取并维持经济力量是人类一切社会活动的根源，也是人类社会关系形成的条件。马克思本人在《政治经济学批判序言》中对此做了详尽解释：

> 人们在自己生活的社会生产中发生一定的、必然的、不以他们的意志为转移的关系，即同他们的物质生产力的一定发展阶段相适合的生产关系。这些生产关系的综合构成社会的经济结构，即有法律的和政治的上层建筑竖立其上并有一定的社会意识形式与之相适应的现实基础。物质生活的生产方式制约着整个社会生活、政治生活和精神生活的过程。不是人们的意识决定人们的存在，相反，是人们的社会存在决定人们的意识。（马克思、恩格斯，2008：82）

正因如此，马克思主义批评倾向于以经济力量的分布为动原来阐释所有的人类活动，这种分析尤其集中体现在社会经济阶级的关系上。西方马克思主义经典作家所倡导的意识形态批评，也预设了经济基础与上层建筑之间的辩证关系。伊格尔顿在《马克思主义与文学批评》中明确指出："要理解一种意识形态，我们必须分析那个社会中不同阶级之间的确切关系，而要做到这一点，又必须了解那些阶级在生产方式中所处的地位"（伊格尔顿，1980：10）。

作为一部旨在全方位展现黑白种族关系的经典之作，威廉·福克纳的《去吧，摩西》首先从经济基础和社会关系的角度探讨了种族罪恶的根源。南方繁茂的种植园经济从一开始就是建立在残酷的奴隶制基础上的，它决定着黑人和白人不平等的社会地位。以卡罗瑟斯为代表的老一辈的拓荒者之所以能"驯服土地"并"对它发号施令"，原因就在于"他所奴役的并对之握有生杀大权的那些人从这片土地上清除了森林，汗流浃背地搔刨地面，其深度也许达十四英寸，使过去这儿没有的作物得以生长并且重新变成钱"（234）。[①]在这样的经济体系下，黑人是生产力的核心，生产地位却十分卑微，也无法享有合理的产品分配，生产力和生产关系是一种畸形的结合。即使在奴隶制被废除之后，黑人和白人间的经济地位仍存在着严重的不平等。所谓的"劳役偿债制度"和"土地租赁关系"，只不过是种族剥削的变体，掩盖了"黑人是白人经济附庸"的真相。麦卡斯林家族那些发黄的账簿上的收支记录就像两条无限扩张的直线，"细得像真理，不可捉摸有如赤道，然而又像缆绳般结实，能把那些种棉花的人终生捆缚在他们流汗不止地劳动的土地上"（236）。账簿象征着的，不仅是家族的兴衰荣辱，更是一种冷血的经济关系。低下的生产地位使黑人被抽象化和等值化，同其他的物品一样，可以被随意买卖、利用和丢弃。

在南方独特社会物质生产方式——一般生产方式（GMP）主导下，对黑人的物化更直接地体现在卡罗瑟斯"没法得到原宥而且是永远无法补偿的"（238）乱伦行为上。祖父的罪行使年轻的艾萨克义愤填膺，在费尽心机替祖父辩护之

---

① 参见李文俊译《去吧，摩西》（上海译文出版社，2004）。以下均只标注页码，不再另外加注。

后，他却不得不承认："那个老人能把一个女人召到自己的屋子里来，因为她是自己的财产，因为她已经够大了而且是个女的，他让她怀了孕又把她遣走，因为她属于劣等种族。"（276）不公正的制度使黑人沦为白人客体化的财产，失去了对自己身体的支配权。而白人对黑人身体的占有却得到社会的默许和保护，甚至可以凌驾于血缘和道德准则之上。这样的暴行又岂能轻易释然？以优劣划分种族，不过是为剥削寻找合理的借口。正是因为体制和文化的纵容，家族的罪恶才一再重演，受害者的范围也不断扩大，尤妮丝、托梅、谭尼的吉姆的孙女甚至包括莫莉都是性压迫毋庸置疑的牺牲品。作为黑人女性，她们比男性承受了更多的痛苦。奴隶制和男权制的双重桎梏带来的不仅是身体的摧残，更是心灵的创伤。尤妮丝就是黑人女性受害者的典型代表。面对卡罗瑟斯对女儿的乱伦行为，她悲愤欲绝却无能为力，只能选择用绝命来控诉这样的暴行："她是孤独的、铁了心的、麻木了的、执行仪式似的，她已经不得不弃绝了信仰与希望，如今又正式、干脆地弃绝了忧愁与失望。"（252）尤妮丝的悲剧将当时千千万万黑人女性的命运突出地前景化。在一个等级制的社会中，处于社会底层的女性注定会沦为满足男性需求的工具。这个不为人知的罪恶似乎也在昭示着一个隐秘的真理：没有经济上的独立，就无法实现人权的完整和精神的自由。

在肯定并继承"经济基础决定上层建筑"这个马克思主义经典命题的同时，西方马克思主义更注重强调上层建筑对经济基础的反作用。意识形态作为上层建筑的核心构成要素，其能动作用更是不可忽视。在《马克思主义与文学批评》导言中，伊格尔顿将意识形态定义为"人们在各个时代借以体验他们的社会的观念、价值和感情"，认为"理解意识形态就是更深刻地理解过去和现在；这种理解有助于我们的解放"（伊格尔顿，1980：10）。对伊氏而言，意识形态不仅具有目的性和功能性，更具有实践的政治力量。这种政治色彩在意识形态的特殊载体——文本中尤其显著。譬如，在谈及文学和意识形态的关系时，伊格尔顿认为，文本的对象是意识形态而不是历史现实，"文本并不反映历史真实，而是通过意识形态作用来产生真实的'效果'"，"文学创作的过程就是作家以意识形态为材料（而不是'现实'），以想象的形式重新加工这些材料的过程"（塞尔登，2000：124）。换言之，作家在创作时不可避免地会受到社会主流意识形态（GI）的诱导。这种意识形态以话语的方式存在，作家在创作时使用这套话语就是对它的"个性进入"（biographical insertion）。作家的个人话语受到社会话语的加工，而同时作家也加工着社会话语，从而使文学的生产呈现出相当复杂的面貌。正如伊氏所述，"本文意识形态不是作者意识形态（AuI）的'表现'，它是对于一般意识形态（GI）进行美学加工所得的产品"（Eagleton，2006：58—59）。

在《去吧，摩西》中，福克纳通过讲述一个家族长达百余年的兴衰历史，艺术性地再现了种族主义笼罩下美国南方社会的全貌，也阐明了自己对种族问题的深刻认识。种族主义作为美国南方社会的主导意识形态，即一般意识形态（GI），荼毒着每一个人的心灵。在“大黑傻子”这一章中，痛失爱妻的赖德心灰意冷，甚至失去了生存的意志。他所有的言行都是为了排解那难以言喻的悲伤。然而，在地区的副保安官看来，他却成了冷酷无情的象征，“因为他们本来就不是人。他们外表像人，也跟人一样站起来用后肢走路，而且会说话，可是要论正常的人的感情和情绪，那他们简直是一群该死的野牛”（140）。这种“黑人低下论”（black sub-humanity）的心态是当时南方社会的真实写照。白人优越感和先入为主的偏见使白人无法真正进入黑人的心灵，去探究悲剧背后的故事。即使在黑白融合的家族内部，种族主义也如一道无形的屏障，隔绝着黑人与白人。老卡罗瑟斯拒绝承认他流着黑人血液的后代，“父辈的古老的诅咒”如梦魇一般代代相传，连朝夕相伴的手足情谊都无法幸免（60）。路喀斯和扎克是如此，亨利和洛斯也是如此。面对冷血的种族制度，福克纳一针见血地指出：“这古老的居高临下的祖传的傲慢，它并不产生自任何价值而是一个地理方面的偶然事件的结果，并非起源于勇敢与荣誉，而是得自谬误与耻辱。”（101）

为了纠正这个谬误，福克纳首先试图对“一般意识形态”（GI）进行艺术加工从而寻找改变现实的突破口。《去吧，摩西》所塑造的“觉醒”的白人形象，即是福克纳启迪大众的有益尝试。布克和布蒂为了逃避父亲的罪恶所带来的良心上的谴责，在父亲入土之后便搬出了家族的大宅，住进“一座他们俩自己盖的只有一个房间的小木屋”，在建房时甚至“不让任何一个奴隶碰任何一根木头”（241）。在当时的社会背景下，他们的行为虽有一定的进步意义，然而却也只能是明哲保身，未能从根本上修正罪恶。成年后的艾萨克意识到自己有义务为家庭承担起赎罪的责任，因此选择了放弃家族遗产。在同麦卡斯林·爱德蒙兹争辩这样做的意义时，他认为，这片土地是上帝给予人类的第二次机会，人类却违背了上帝的旨意，使它受到了诅咒。作为家族唯一的白人后裔，为了获得良心上的安慰，赎罪的任务注定要在他的手中完成：“我可以说我并不明白自己为什么必须这样做，可是我知道我必须做，因为我还有大半生必须过，而我唯一需要的是做这件事时能够平平静静的。”（270）遗憾的是，艾萨克的放弃却未能换来他所希望的平静。在最后一次进入大森林时，他遇见洛斯的情妇，愕然发现她竟是谭尼的吉姆的孙女。罪恶的轮回使艾萨克第一次开始反思自己的行为：放弃财产原来只是懦弱的逃避，虽然认清了南方罪恶的本质，他却无力改变历史。

艾萨克的性格缺陷也在一定程度上说明了福克纳自身在种族问题上的保守态度，也是作者意识形态（AuI）的体现。同艾萨克一样，福克纳虽然对种族主义进行强烈的谴责和批判，却没有足够的决心和勇气去改变现状，而是寄希望于种族渐进主义（gradualism），希望种族矛盾能随着时间的推移而化解：

> 这整片土地，整个南方，都是受到诅咒的，我们所有这些从它那里孳生出来的人，所有被它哺育过的人不管是白人还是黑人，都被这重诅咒笼罩着。就算是我们白人把这种诅咒带到这片土地上来的吧；也许正是这个原因，只有白人的后裔才能够——不是拒绝它，也不是与之抗争——也许仅仅是忍受并支撑下去直到这重诅咒被解除。（260）

艾萨克在阅读账簿过程中的心理活动，他同麦卡斯林争论时对《圣经》的引用，质言之也是福克纳的“个人话语”同“社会话语”进行交锋的过程。通过从不同的语境、不同的阶级立场对种族主义进行诠释，福克纳为读者提供了一个全方位的视角，避免了单一意识形态的同化。这也使读者意识到，白人与黑人间的种族冲突并非凭借简单的道德觉醒所能解决的，而是涉及盘根错节的阶级利益，需要不断的商榷和实践。

《去吧，摩西》的伟大不仅在于它真实地再现了黑人受剥削和压迫的历史，更在于它生动地塑造了一个个具有反抗意识的黑人形象，成就了非同凡响的审美意识形态（AI）。路喀斯·布钱普是其中一个勇于确立自己黑人人性的杰出代表。在“灶火与炉床”一章中，面对扎克·爱德蒙兹对自己妻子莫莉的侵占，路喀斯没有忍气吞声，袖手旁观，而是勇敢地站出来与之决斗，以生命为赌注捍卫了自己的尊严。在和扎克对峙时，他勇敢地呐喊出了自己的反种族主义宣言：“我是个黑鬼”，“不过我也是一个人”（44）。也许在扎克看来，自己这样做的目的仅仅是在行使种族优越感带给他的特权，是为了确立自己作为白人的权威，但路喀斯义正词严的挑战却带给扎克极大的震撼：“我是做错了，那白人想。我做得过头了”（51）。路喀斯以大无畏的气概维护了自己作为人的权利，也在一定程度上赢得了扎克的认可。在他的身上，不仅体现了黑人的坚韧、顽强等传统美德，更重要的是，作为受压迫群体的一员，恰如欧文·豪所论，“他的形象不再是一系列缺陷或品德的简单归纳，而是一个活生生的、有血有肉的个体”（1975：129）。路喀斯常被诟病的对白人血统的自豪感也反映了其人的睿智与巧思。泽德（Karl Zender）解构了对“灶火与炉床”及福克纳种族主题的解构主义阅读，认为路喀斯对自己白人血统的接受展示了其人种族政治策略——拒绝以“截然二元对立的对峙方式，而是通过协商与妥协”（2003：xiv）来达致人性的诉求。不无讽刺意味的是，故事的另 核心——路喀斯的发财梦似乎揭示了他性格中的“软肋”。表面看来，路喀斯是一个不折不扣的财迷。他千辛万苦地累积自己的财富，对庄园的劳作漠不关心，却热衷于酿私酒、寻宝，甚至主动索取卡罗瑟斯留下的“赎罪”钱。然而，对财富的疯狂追求恰恰反映了这个外表上自立自强的黑人心中潜藏的巨大自卑感。他所有的努力都是为了能在以白人为主导的经济体制中赢得平等的地位。路喀斯或许已经意识到，只有经济上的自足才能摆脱租赁关系的束缚，才能与剥削和压迫他的生产方式（GMP）抗衡。正如马克思主义所认为的，人们在社会经济地位上的差别远远超越民族、种族和宗教的差别。为了实现精神上的自由，黑人群体只有先实现物质上的自由。

路喀斯的外孙塞缪尔·布钱普同样是一个试图通过挑战一般生产方式（GMP）改变自身命运的角色，他的悲剧再次诠释了隐藏于种族关系中的经济利益纠葛。在小说的最后一章"去吧，摩西"中，塞缪尔在被洛斯·爱德蒙兹流放后走上犯罪之路，最后因偷盗时杀害一名警察被处以极刑。悲愤难耐的莫莉谴责洛斯应对塞缪尔的死负责，因为是洛斯"在埃及把他卖掉了"，"把他卖给了法老，而现在他死了"（358）。莫莉的控诉一针见血地表明，黑人的悲剧实际上是由白人造成的。在不平等的社会体制下，黑人拥有的经济资源微乎其微，提高社会地位的唯一途径就是通过非法手段快速致富，而这付出的代价往往是生命。塞缪尔的命运不过是美国南方黑人青年的典型代表。不可逾越的种族鸿沟才是他们走上不归之路的真正原因。

种族主义作为一种压制性的意识形态，是特殊社会文化的产物，同社会经济体制有着密不可分的联系。福克纳突破地域文化之束缚，从自己的心灵出发，以悲壮的笔触刻画了以路喀斯为代表的反传统黑人群像。总之，不论是种族主义对黑、白人的深度戕害，一个个经典黑、白人形象的塑造，南方种族史的精彩呈现，抑或个人话语与社会话语的交锋，都既是福克纳戏剧化表征美国南方社会历史及体制的产物，也是在美国南方特定生产方式（GMP）支配下，由处于一般意识形态（GI）总体结构中的作者意识形态（AuI）的操作之下，生产出来的独特审美意识形态（AI）。

詹姆逊将文本看成是意识形态和乌托邦功能的结合体。他认为文本的表层是意识形态的，潜层是乌托邦的，后者被前者压抑为"政治无意识"，这种"政治无意识"成就了文本对历史现实的遮蔽性反映（刘进，2003：60）。与伊格尔顿一致，詹姆逊认为历史是不可复现的，只能通过文本为人们所接近。由于历史的文本化过程常常受到意识形态的"遏制"，历史的真相往往被压抑于人的潜意识中，成为社会深层心理结构的一部分，亦即文本中体现的社会政治无意识。它不仅体现了人们把握历史的愿望，也象征着人们对未来理想生活的集体诉求。为了获取历史真相，批评既要对文本表层意识形态进行"祛伪"，也要对文本深层历史乌托邦进行恢复。具体而言，在现实中受压抑的乌托邦欲望的恢复抑或宣泄需要依赖两个环节："首先，作家的创作应在文本中将乌托邦欲望转化为政治无意识，即詹姆逊所说的历史'在政治无意识中的叙事化'；其次，阐释者在阐释中透过文本表面的意识形态将这种政治无意识恢复为文本的乌托邦功能，实现文学挑战意识形态的革命性功能"（61）。

正如小说中家族那段不光彩的过去被艾萨克不断挖掘、想象和解读一样，美国南方的历史也同样包裹在层层的遮羞布中，需要不断地拼凑和追溯。书中人物对历史真相和庞大的奴隶体系所持的不同态度，即是“社会政治无意识”运作的结果。当布蒂在账本上将尤妮丝的死亡归结为“自溺而死”时，布克立即提出了质疑：“世界上有谁听说过一个黑鬼会自溺而死的呢？”（248）语气间的轻蔑和嘲弄不言自明。若非陷入走投无路的境地，尤妮丝又怎会选择结束自己的生命呢？白人拒绝去探究故事背后的本质，却一味地否认、撇清历史，这种逃避的态度导致种族主义的毒瘤不断恶化。麦卡斯林为南方历史的竭力辩护，则代表了既得利益集团的立场：“不管怎么说怎么着，老卡罗瑟斯的确是拥有这片土地的。他买进了，得到它了，不管怎么说；保住了它、留住了它，不管怎么说。”（238）在他看来，老卡罗瑟斯既然获得了这片土地，他的后代就有权利和义务去继承和维护这份荣耀，才不会有辱于麦卡斯林家族的血统。即使真如艾萨克所说，他是为上帝所选中替家族赎罪的献祭羔羊，上帝为他的自由和觉悟也付出了巨大的代价：

> 单单为了你，他就用去一只熊、一个老人和四年的时间。而你用了十四年才达到这一点，对老班来说，也用了差不多这点时间，也许更多，对山姆·法泽斯，是七十多年。而你只不过是一个人。那么，要大家都自由，又得多久呢？要多久呢？（282）

麦卡斯林的疑问也成了许多白人心中的困惑。他们都挣扎着渴望逃离罪恶的漩涡，渴望得到救赎和自由，上帝之手却依旧杳无踪影。宗教已经成为南方白人被动等待、拖延行动的借口，种族隔绝的藩篱在这里成为连上帝都无法撼动的屏障，甚至得到了上帝的允诺。只有艾萨克在坚持为黑人正名，“他在《圣经》里是说了一些话，不过有些话人家说是他说的其实他并没有说”，因为“那些为他记录下他的书的人有时是在说谎”（240）。小说家似乎在此暗示，宗教也是国家机器的一部分，必然成为某些阶级意识形态控制的工具。他继而指出，这世间真正的真理只有一种，“它统治一切与心灵有关的东西”，“除了用心灵之外再也不能用别的来读了”。这“心灵的真理”是人性中最美好的部分，也是福克纳一直在歌颂的品质：“荣誉、自豪、怜悯、正义、勇敢和爱”（279）。种族主义带来的不仅是意识形态上的压迫，也是对人性的压抑。当人被分门别类，道德准则便会失去其普遍适用性，甚至成为助纣为虐的武器。外在的条条框框可能因为社会斗争而被左右，人性深处的闪光点却永远不会泯灭，这是福克纳一贯的信念，也是他的希望所在。从这个意义上说，解放人性，也是在解放文本中压抑的“社会政治无意识”。

人性的解放在《去吧，摩西》所建构的道德理想世界中得到完美的体现。在那里，追逐与杀戮不再是血腥与暴力的代名词，而是勇气与尊严的象征，一种圣化的仪式：“我杀死了你；我的举止必须不辱没你那正在离去的生命。我今后的行为将永远配得上你的死亡"（330）。在征服自然的过程中，人类始终保持着对自然的景仰和尊重。捕猎不仅是为了满足生存的需求，更是为了精神的朝圣；既是为了感悟古朴的自然法则，也是为了完成人性的自我探寻。在"森林三部曲"中，黑熊"老班"、猎狗"狮子"和艾萨克的启蒙导师山姆·法泽斯正是以各自的勇气和尊严合奏了一曲波澜壮阔的乐章。受此启发，艾萨克从此不再软弱并内疚，并最终做出放弃家族财产的决定。老班的死亡，则象征着探寻的终结。人类战胜了自然，却失去了自我。北方的资本主义工业文明如洪水一般席卷了人类最后的精神家园，艾萨克坚守的"关于心灵的真理"在家族再次上演的罪恶面前不堪一击。不断恶化的自然环境引发了福克纳的深思。在他看来，人类对自然的物化和占有与社会阶级中的剥削和压迫其实是同质的。上帝寄予人类的生存理想在于：

> 以他的名义对世界和世界上的动物享有宗主权，可不是让人和他的后裔一代又一代地对一块块长方形、正方形的土地拥有不可侵犯的权利，而是在谁也不用个人名义的兄弟友爱气氛下，共同完整地经营这个世界，而他所索取的唯一代价就只是怜悯、谦卑、宽容、坚韧以及用脸上的汗水来换取面包。（237）

这种美好的道德理想无疑带有显著的乌托邦色彩，因为私有制和不断膨胀的欲望已使人们逐渐忘却了心中的上帝。为了获得更多的利益，人类不再是统一的命运共同体，而是以各种标签被分为三六九等，以便于某个阶级能够名正言顺地对其他阶级实施统治。不平等的分化同样隔绝了人类原本共通的同情心，这也是为什么白人可以对黑人的处境熟视无睹。黑人的痛苦是"动物"的痛苦，白人对黑人的压迫正如"人"对"动物"的压迫，是"合理"的，"理所当然"的。我们或许会因为他人的悲惨命运而将心比心，由人及己，却不会因为"动物"的痛苦而产生危及自身的感觉。因此，只要黑人没有得到平等的人权，他们受压迫和歧视的境遇就无法得到改善。白人也终有一天要为自己的罪行付出巨大的代价，正如人类对自然的占有必然会受到自然的报复：那些毁掉森林的人会帮助大森林来完成复仇大业的（343）。艾萨克最后对洛斯的私生子的认可表明，在南方这片土地上，黑白血统的融合已经是必然的趋势。白人和黑人的命运注定要因为种族的融合而连接于一体，黑人无力摆脱在社会上的弱势地位，白人也不能逃脱良心上的谴责。束缚着南方土地的双重枷锁只有靠双方共同的努力才能被彻底挣断。

至此，文本表层意识形态被"祛伪"的同时，潜文本内存的乌托邦欲望也得到有效释放并积极主导文本叙事。小说结尾处，白人社区对塞缪尔灵柩的接纳更是为解决种族困境带来了一缕希望之光。同艾萨克的软弱相比，加文·史蒂文斯的形象具有更加积极的意义。他象征着白人首次愿意为黑人的悲惨处境承担道义上的责任。尽管他没有像沃瑟姆小姐那样，完全从心理上认同黑人种族的遭遇，但这并没有妨碍他积极地动员大家捐款，并身体力行地为迎接灵柩做精心准备。换言之，福克纳并非在凭空想象一个“白人英雄”的出现，而是在塑造一个从现实的土壤中成长起来的白人形象。也许白人不可避免地还会被种族偏见所左右，但至少他们在身体姿态上已愿意去倾听、去关注。比起赖德的命运，塞缪尔的最终结局虽同样令人叹息，却多少提供些许慰藉。至少，白人帮助他获得了生命最后的尊严：“她就不在乎他是怎么死的啦。她仅仅是要他回家乡，不过得要他风风光光地回来。”（340）

小说的最后一章以“去吧，摩西”为题，既象征着黑人的解放是天道所在，也暗含福克纳对黑人必将获救的坚定不移的信心。在寻求经济独立和自我认同的过程中，黑人群体经受了漫长而艰辛的考验。对摩西的呼吁是渴望改变的诉求，也是渴求光明和自由的呼吁。在此意义上，《去吧，摩西》是对美国南方双重种族历史特别是奴隶制及其余孽的戏剧化再现，是被南方主流意识形态“遏制”的历史表层文本化，是人类寻求人性解放的深层次历史乌托邦的叙事化。作为“社会政治无意识象征结构”，《去吧，摩西》为美国南方种族困境开掘了想象性出路。

《去吧，摩西》延展并升华了福克纳毕生关注的种族主题，深度挖掘了美国南方种族冲突及困境之下的意识形态层面，象征且审美地展现了阶级之间的对抗与融合，想象性地为人类寻求解脱枷锁探寻出路。它不仅从独特的视角充分演绎了福克纳的“审美意识形态”，也暗含着作家对人类社会所寄予的生生不息的道德追求，美国南方群体的政治无意识因此实现审美生产。对目标文本的阐释使得压抑的历史乌托邦欲望得以恢复并有效宣泄。沃伦曾力赞福克纳“直面种族问题之大勇”，认为他如乔伊斯一般旨在“铸就种族之良知”，而异于后者的远离本土，福克纳的选择更加艰难：“留守本土，在灵魂深处，用善恶交融的形式再现了其种族的历史”（1966：271）。而作为“一种关于人类社会以及改造人类社会的实践的科学理论”，马克思主义所要阐明的是“男男女女为摆脱一定形式的剥削和压迫而进行斗争的历史”（伊格尔顿，1980：2），与福克纳渴求的人性解放与种族融合是同质共源的。

Ⅳ.《押沙龙，押沙龙！》：历史与文本的互动

《押沙龙，押沙龙！》自 1936 年发表以来，以其丰富深刻的艺术思想及精湛新颖的表现手法受到了国内外学者的广泛关注和普遍肯定，一直被公认为福克纳最优秀的作品之一。福克纳本人对该作品也相当重视，称其为“有史以来美国人所写的最好的小说”（Blotner，1984：279）。小说以美国内战和战后重

建为历史背景，通过对约克纳帕塔法县萨德本家族兴衰的描写，以史无前例的深度和广度反映了美国南方19世纪下半叶至20世纪初的社会面貌，堪称一部具有恢宏历史画面的悲剧史诗。福克纳通过虚构的事件讲述了历史，剖析了南方现实世界的本质，探索了其衰落的主要根源，并间接提出了帮助南方走出困境的可行性措施，在将历史“小说化”“戏剧化”的过程中实现了文学与历史的互动。该部分拟从新历史主义视域对福克纳的《押沙龙，押沙龙!》进行解读，挖掘小说中体现的“历史的文本性”和“文本的历史性”，从而昭示文本中存在的反种族主义与白人至上主义的冲突，继而分析福克纳在作品中是如何恰当地处理文学与历史、现实与虚构、事实与故事的关系，探讨文学创作这面“镜子”是如何反映历史，又如何作为一盏“明灯”照亮现实的。

在新历史主义之前，以新批评为代表的传统文学理论流派大都坚持文本中心主义和文学本体论的主张，认为文本是自我指涉的自足的独立体系。新历史主义在批判地继承后结构主义和马克思主义批评的基础上，向“在艺术生产和其他社会生产之间作截然划分的假设”（格林布拉特，2003：601）发起了挑战，主张将文学文本（text）与历史语境（context）相联系。与传统历史主义不同的是，新历史主义并不认为历史是渐进的、叙述是中性的、文本是被动的，在否定前者关于分析客观性和话语永恒性等论述的基础上，进而强调文本与语境的相互作用和影响，认为文学创作本身既为文化产物，同时也参与对文化的塑造，因此对社会权力运作和文学的意识形态功能尤为关注。在批评实践上，新历史主义摒弃了传统文学理论对神秘化的“精致的瓮”的孤立形式研究，重新将文学作品还原纳入更广阔的历史文化背景中进行阐释，相对于形式主义和其他文本及读者中心批评理论而言，其“历史文化转向”[①]具有很强的颠覆性。新历史主义拆除了传统意义上历史与文学之间的藩篱，转而强调两者相互交错、相互依存的紧密关系，主张在文学研究和批评实践中引入对“历史的文本性”和“文本的历史性”的二元关注。

在谈及“历史的文本性”时，新历史主义批评认为，历史的书写过程只是一个阐释过程，是对历史事件的描述性建构，根本不存在所谓的“历史事实再现”之说。我们感受到的历史，只不过是言语的人工制品，是对过去无序事件进行裁剪、拼贴、加工的产物，是“人们区分、组合、寻找合理性、建立联系、构成整体”的结果（福柯，1998：6)。对同一历史事件进行不同的情节选择和编排，完全可能创造出意义截然相反的文学文本，正如新历史主义批评家怀特所言：“一个叙事性陈述可能将一组事件再现为具有史诗或悲剧的形式和意义，

① 这一20世纪80年代后期的美国文学研究新导向大有取代解构批评之势。解构批评干将J·希利斯·米勒（J. Hillis · Miller）在1986年出任美国现代语文学会主席的就职演讲中承认：“过去几年中，文学研究经历了一次突变，几乎整个地摆脱了理论，也就是说不像以往那样关注语言本体，而是相应地转向历史、文化、社会、政治、体制、阶级和性别局限、社会背景以及物质基础”（盛宁，2006：126)。

而另一个陈述则可能将同一组事件——以相同的合理性，也不违反任何事实记载地——再现为闹剧。这里，互相对抗的叙事之间的冲突与所论问题的事实之间存在着较少的联系，而与情节建构赋予事件的不同的故事意义却关系甚密”（怀特，2003：325—326）。

在《押沙龙，押沙龙！》中，福克纳对美国南方历史的“小说化”“戏剧化”，特别是对复杂的叙述技巧的运用，使故事蒙上了强烈的主观主义色彩，情节也因此变得繁杂混乱、模糊不清。福学专家弗里德里克·卡尔在谈及目标小说中的种族、历史与技巧时说道：“文本对诸如种族这样重大主题的表现受到福克纳历史观念的制约，却更是某些特定叙事策略的描述性建构。相应地，我们阅读的是被编辑过的叙事，更是不同叙述者对语言加工、调节从而促使故事流动的结果。”（Karl，1987：213）在这种情况下，小说失去了获得终极“意义”的可能性，要获悉历史真相最终成了可望而不可即的事情。这与新历史主义提倡的“历史的文本性”的观点不谋而合。

《押沙龙，押沙龙！》中有四个人物作为故事的叙述者，他们通过自己的经历、理解和想象编织着萨德本家族的传奇。他们似乎在一个接一个地重复这个神秘家族的历史，但实际上，他们在不断地与其他叙述者甚至与自己对话，每个人都竭力确立自己叙述的权威，同时又直接或间接地抨击别人的叙述以降低别人的权威（肖明翰，1997：57）。福克纳“从每一个故事叙述人心理偏见的角度对具有重大意义、力量和激情的萨德本悲剧作了综合”（林德，2008：129）。这种多视角叙述策略的采用和因叙述视角产生的冲突提供给读者大量扑朔迷离的不真实的真实信息，勾勒出了事件的来龙去脉，却又带有强烈的主观主义倾向，特别是在邦的死因等关键问题上始终众说纷纭、莫衷一是，不可不信，然又不可全信。读者可以根据这些信息大致拼凑出萨德本家族的传奇，但却永远无法获知确切的历史真相。正如康普生先生所说的那样：

> 他们未作解释而我们本来就不该知道。我们有少许口口相传的故事：我们从老箱底、盒子与抽屉里翻出几封没有称呼语或是签名的信，信上曾经在世上活过、呼吸过的男人女人现在仅仅是几个缩写字母或是外号，是今天已不可理解的感情的浓缩物，对我们来说这些符号就像梵文或绍克多语一样弄不明白了。（2004：92）①

福克纳对南方社会的“小说化”“戏剧化”直接体现了历史的文本性，形象地表明历史只不过是人们有意识或无意识地通过保留、删减或加工等手段对过去发生的事件进行话语阐释和观念塑造的结果，是以文学虚构方式完成的文

① 参见李文俊译《押沙龙，押沙龙！》，上海译文出版社，2004。后文只标注页码。

化文本，是一种“历史叙述”或“历史修撰”（historiography）（盛宁，2006：122）。南方的历史，同萨德本家族的历史一样，实际上就是由这样一个个相互冲突相互补充的“口口相传的故事”组成的多种文化文本交织的网络。一个个“萨德本家族”看似微不足道的“小历史”（histories），如镜子的碎片一样，拼贴起来折射出的却是整个美国南方由盛转衰的“大历史”（History），而这个“大历史”，既是故事发生的“背景”，又是小说中多处直接描述的“前景”，文史互动，彻底颠覆了传统意义上文学与历史的二元对立，体现了文学与历史作为话语实践的同质性。

在强调“历史的文本性”的同时，新历史主义批评认为一切文本都具有文化性和社会性，是特定历史、文化等因素相互作用的产物。文本本身同时即是一种历史文化事件，参与历史的建构，对历史的塑造具有能动作用。同时，个人（当然也包括艺术家）的主观性不可避免地受到当时社会背景和文化传统的影响。这就涉及新历史主义批评中的另一重要概念：“文本的历史性”。

《押沙龙，押沙龙！》创作于20世纪30年代。其时，在内战中严重受挫一直难以恢复元气的美国南方不仅深陷经济危机泥潭，精神世界更是一片茫茫“荒原”。战争与经济危机引发的恐慌、传统价值体系的崩溃等诸多因素注定了这是一个召唤英雄、需要英雄的时代。福克纳的文学创作无疑受到了其时社会背景的影响，他试图通过艺术手段对社会问题进行思考和阐释，进而探索解决问题的有效方法。无可否认，《押沙龙，押沙龙！》中的萨德本就是一个传奇人物，一个拥有美国早期开拓者宝贵精神的时代英雄。他目标明确、坚强执着、吃苦耐劳，“他得到成功是因为他强大而并非仅仅是幸运”（94）。从这个意义上说，他是南方前途和希望的象征，是能够拯救南方于水火的英雄的缩影。福克纳通过这一艺术形象的塑造，探索了南方社会摆脱困境的出路，寄予了自己对萧索现实的美好期望。

内战的创伤和相对孤立的处境并没有使一向以自信著称的南方人鼓起勇气进行自我剖析，正确地面对自身问题，积极寻求解决之道；相反，他们中的大部分人选择了逃避和故步自封，沉浸在昔日的辉煌中难以自拔。对南方社会的粉饰美化，加之其固有的浪漫主义传统，使得美国南方文坛在战后几十年里长久地充斥着怀旧之风。然而，南方社会真正需要的却是昂首阔步的前进而非孤芳自赏的怀旧。作为一个敏锐的观察家和一个深爱故土的人文主义者，福克纳同许多具有远见卓识的作家一起，开始批判地审视南方社会历史及其传统价值观念，试图引导南方同胞走出自己虚构的“伊甸园”，勇敢地正视自身问题，奋起变革，进而建立一个蓬勃向上的新南方。在《押沙龙，押沙龙！》中，福克纳创造的站在车上“向后看”（Sartre，1966：91）的南方人的艺术形象深刻地表明“向后看”实际上是行不通的。罗莎·科德菲尔德是南方极端保守势力的代表。她生活在一座哥特式的楼房里，“在百叶窗紧闭的门厅的晦暗里，空气甚至比外面的还要热，仿佛这儿像座坟墓，紧闭着整整四十三年炎热难当的悠悠岁月中所发出的全部叹息”（5），而在这四十三年中，她“穿一身永恒不变的黑衣服”（1）。她将自己最美丽的年华耗费在了无尽的仇恨与自怨自艾中，成了旧思想旧传统的最大受害者，受到了康普生先生的猛烈抨击。然而，一再对别人的世俗与保守冷嘲热讽的康普生先生又何尝不是五十步笑百步，一直生活在过去之中呢？他热切歌颂那些“个性突出，胸怀坦荡”“具有英雄色彩”（81）的白手起家的强者，但面对自己家族的日益衰落却束手无策，只能终日沉浸在愤世嫉俗的悲观情绪里借酒消愁自我麻醉以逃避现实。罗莎沉湎于过去的难以自拔和康普生在现实面前的无能为力是战后南方社会状况的缩影和民众文化心态的外化，同时也是对保守怀旧情绪的极大嘲弄和尖锐讽刺。福克纳试图借此表明，怀旧仅仅是桎梏于过去的病态表现，并以此为警钟，鼓励南方民众走出过去，面向现在，走向未来。

美国内战引发的大迁移在 20 世纪初成为不可扭转的趋势，也因此引起了社会人口结构的变化。据不完全统计，仅在 20 年代，就有 80 万黑人离开南方迁往别处 （Hamblin & Peek，1999：159）。劳动力的急剧减少使南方白人面临着巨大的生存压力，他们中的很多人，甚至包括部分富人都不得不从事繁重的体力劳动。福克纳无疑注意到了这个问题。在《押沙龙，押沙龙!》中，他通过朱迪思这一坚强的女性形象阐释了自己的人生哲学，寄托了对处于困顿中的南方人的殷切期望：“从卑微中找回自尊，通过战胜逆境鼓起勇气”（Faulkner，1956：278）。动荡不安的社会环境和接踵而来的家庭悲剧并没有将这个从小养尊处优的富家小姐击倒，相反，她在长期的痛苦与忍耐中逐渐成长为一个坚强成熟的女人。战争期间，她“得侍弄尽出疵布的织机、锄头以及所有别的本该由男人使唤的工具”，正如罗莎所说，“那只手掌，在那上面我读到了，一如从一本印成书的编年史，她的孤苦伶仃，她的含辛茹苦以及无人疼爱”（159）。她忍受着失去未婚夫和哥哥的巨大悲痛和心理重负，在见到父亲之前“连啜泣都没有啜泣过”（153）。在父亲死后，她更是勇敢地承担起了为家庭赎罪的责任，成了家庭的精神支柱（这一点将在后文详细论述）。朱迪思这一艺术形象，是“体现福克纳生存理想和生存智慧的一个典型”（刘建华，1999：115）。

由此可见，福克纳的文学创作显然与当时的社会历史环境有着千丝万缕的联系。在他的小说这面“镜子”中，读者可以瞥见南方历史之一隅，尽管历史事件已经被“小说化”“戏剧化”。福克纳利用自己丰富的想象力和高超的艺术手法，通过提供给读者不真实的真实信息把南方历史巧妙地反映、杂糅在文学文本之中，利用虚构的事件展现南方的历史进程。同时，他又试图将自己的文学创作作为一盏“明灯”，对现实世界进行剖析、阐释和引导，从而积极投身于南方历史重构的伟大事业之中，实现了文学与历史、现实与虚构、事实与故事的互动。

新历史主义批评关注社会权力运作与文学的意识形态功能，在这方面对福柯“话语—权力”理论的借鉴最明显也最有效。福柯用“话语”连接语言与使用该语言的社会中的整个社会机制、惯例、习俗等，使文本作为一种“话语实践”指向社会历史。话语实践植根于社会制度之中并受其制约，总是体现着权力的关系（陈厚诚、王宁，2000：465）。新历史主义批评将文本视为意识形态交汇的场所，认为话语之间存在着动态的不稳定的相互作用，而文学作为话语实践的一部分，不可避免地参与到了这种相互作用之中，文学作品蕴含着对社会主流意识形态的质疑和挑战，而这些颠覆性元素或异己的声音却又常常被权力机制收编并控制在许可的范围内，这就是新历史主义著名的“颠覆”（subversion）与“遏制”（containment）的权力模式。《押沙龙，押沙龙！》中存在着明显的相互冲突的话语：反种族主义与白人至上主义，这正是“颠覆”与“遏制”理论在小说文本中的具体体现。

作为一个人道主义者，福克纳从未停止过对南方奴隶制度和种族主义的谴责和批判，这也是他文学创作中的重要主题。《押沙龙，押沙龙！》作为一部有关黑人的近乎“百科全书式”的著作，在这个主题的探索上达到了前所未有的高峰。正如福克纳自己所说：“《押沙龙，押沙龙！》是对南方普遍存在的种族歧视制度的经典浓缩和深切关注”（Gwynn & Blotner，1965：94）。

反种族主义的主题直接反映在萨德本家族的悲剧尤其是其衰落过程上。黑人在萨德本家族的传奇中占据了主导地位。换言之，促成“萨德本百里地”出现的动机及其建造、衰落和毁灭过程都与黑人息息相关。萨德本十几岁时被一个“气球脸”的“猿猴黑鬼”（229）拒之门外，“甚至还没等他说完自己前来的目的，就让他以后再别上前门来，要来就得绕到后面去”（230）。在白人庄园前的屈辱遭遇深深地刺痛了少年萨德本，这也成为他日后奋发图强的巨大动力，他不择手段地追求财富和名望，很大程度上是为了证明自己比“气球脸”的“猿猴黑鬼”们要高贵优越得多。“萨德本百里地”是由黑人“在烈日里和夏天的酷热里和冬季的泥泞与冰雪里”（31）一砖一瓦建成的，而这个宏伟的庄园的衰落也与黑人有直接的关系。衰落的迹象在内战之前已初露端倪，而内战的爆发则无疑加速了衰落的过程。从社会角度来看，南北战争即是一场因否定黑人权利而引发的手足残杀之争。萨德本家族的所有成年男丁都奔赴战场，留下三个女人“苦熬加上苦熬”（137）。雪上加霜的是，家族战争也如积聚了过多能量的火山一样，在此时轰然爆发，其导火索就是萨德本儿子邦的黑人血统，并最终导致父子（虽然萨德本始终没有承认邦是自己的儿子）陌路，兄弟阋墙。战后，萨德本“一无所有地回到家中，也回到一无所有之中，比一无所有还少去四年光阴”（155），已无力扭转家族颓败之势。而最后正是萨德本的黑人女儿克莱蒂将“萨德本百里地”付之一炬，宣告了萨德本王朝的覆灭，唯一残留的声音便是吉姆·邦德这个黑人白痴儿的嚎叫，在一片废墟灰烬中久久回荡。纵观福克纳时代绝大多数文学作品，白人无一例外地占有绝对主导地位，而《押沙龙，押沙龙！》将黑人决定作用的前景化无疑是对社会主流意识的巨大挑战和颠覆。他也因此招致了同时期一些作家的不满和非议，如《飘》的作者玛格利特·米歇尔就曾尖刻地批评他“为了北方佬的臭钱背叛了南方，为北方提供他所需要的南方的腐败情况”（Rubin，1985：363）。

朱迪思这一感人艺术形象的塑造从另一角度深化了小说反种族主义的主题。她继承了父亲的坚强，却没有因袭父亲的冷酷。相反，她是爱的化身，她对人，包括对黑人都表现出了极大的尊重。萨德本因为邦身上的黑人血液将他“拒之门外”，而朱迪思对邦的爱恋和忠贞却从未因此动摇。在邦被亨利枪杀后，她把他葬在了家族的墓地中，实际上是对父亲践踏人性的冷酷行为的无声控诉和挑战，从社会意义上说，象征着白人对黑人的承认与接纳。父亲死后，她开始承担起为家庭赎罪的责任。她把邦的十六分之一黑人血统的儿子接到家中照料，要他叫自己阿姨，最后在看护这个混血儿时感染死去。她以生命的代价弥补父兄的罪行，从这个意义上说，她身上带有耶稣的影子，她充满爱心、代人赎罪却毫无怨言，她是“福克纳塑造的第一个敢于正确对待自己和家庭、敢于负担起道德责任、敢于向社会传统挑战的艺术形象”，无疑“象征着白人与黑人之间一种新的、平等的关系的可能”（肖明翰，1999：211—212）。

同时，邦这个混血儿的形象也具有极大的颠覆力量。在《押沙龙，押沙龙！》中，邦被赋予了三种不同的形象：对罗莎来说他是爱的化身；在康普生先生那里他却“即使不能算是十足的恶棍至少也是个蓄意犯重婚罪的人”（82）；而昆丁和施里夫则竭力将他刻画成奴隶制和种族主义的受害者和牺牲品（肖明翰，1999：59）。值得注意的是，其中两个形象都是正面的（至少是引人同情的），甚至对邦横加指责的康普生先生也不时流露出对他的赞扬：“此人举止从容安详，气度傲慢豪侠，与他相比，萨德本的妄自尊大简直是拙劣的虚张声势，而亨利则全然是个笨手笨脚的毛小子了”（67），“他倒是个不寻常的人”（84），“这人帅气、举止优雅甚至像猫那样灵巧”（87）。康普生先生叙述中不时出现的自相矛盾似乎给读者这样一种印象：邦这个具有黑人血统的混血儿比纯种的白人要高贵得多（至少在外形上如此），这显然与传统的黑人形象形成了极大的反差。更具戏剧性的是，在邦的黑人血统被发现之前，他是时尚与完美的化身，而在他的黑人血统被发现之后，他在瞬间便成了众矢之的并最终门前喋血，这种巨大的转变无疑是对以肤色为基础的种族制度和宣扬白人至上论的种族主义者的莫大嘲讽。另外，在昆丁和施里夫的叙述中，他们努力将邦塑造成一个为寻求父亲承认而不惜放弃一切的悲情者的形象，正如邦自己说的：“我要和她断绝关系；我要舍弃爱情以及一切；那很俗气，很低俗，即使他对我说‘永远不要再崇敬地仰视我的脸；秘密地接受我的爱、我的承认，然后走开去吧’我也会照做的。”（317）即便如此，萨德本还是始终把邦视为潜在的威胁，因为在他看来，血缘上的认可无疑会推翻他多年苦心经营的整个萨德本王朝存在的意义，而他对种族特权的维护是建立在对黑人人性的否定和践踏基础上的。事实上，邦苦苦寻求父亲承认的真正意义恰恰在于“被承认是人，得到社会对黑人人性的承认和尊重，拥有他们作为人应享有的平等权利”（肖明翰，1997：59）。不幸的是，他在亲生父亲的精心导演下被难以容忍异族通婚的同父异母弟弟枪杀于父亲的庄园前，至死都没有得到应有的承认。他成了南方种族主义的无辜受害者和直接牺牲品，他的悲剧也因此蒙上了强烈的反种族主义色彩。

福克纳对奴隶制和种族主义的强烈谴责和批判体现了他对黑人群体悲惨命运的深切关注与同情，但并不能因此断言福克纳是一个彻彻底底的反种族主义者。实际上，他的家族曾拥有大量黑奴，他自己即是大奴隶主的后代。尽管奴隶制早在内战时废除，但种族主义作为一种意识形态在南方社会依旧根深蒂固，黑人沦落为不是奴隶的奴隶阶层。福克纳无法摆脱空间和时间的束缚，无法完全脱离社会主流意识形态的影响，他对自己土生土长的故乡又爱又恨的矛盾情绪使他在作品中对种族主义多少表现出模棱两可暧昧不清的态度，特别是在塑造和刻画黑人形象时，自觉不自觉地流露出白人至上主义的观点。

值得注意的是，《押沙龙，押沙龙！》这部由五个叙述者（包括一个全知叙述者）九个章节组成的长篇小说自始至终都未出现黑人叙述者的声音。在文本中，黑人的形象完全是由白人来描述、诠释和定义的，他们已经被边缘化为“影子人物”（shadow figure），既是“缺席的在场”（absent presence）又是“在场的缺席”（present absence），他们无处不在，却又只有形象而无声音，从未作为活生生的人物出现，而只是被动地作为白人叙述者的叙述客体存在，没有本体，没有话语权，更没有独立的身份。他们的形象被碎片化，变得模糊不清、难以了解，正如上文提到的邦的三个形象，读者根本无法确定哪个是真正的邦，或许他是三个形象的组合，或许他与这三个形象毫无关系。以邦为代表的这个被“消声”（devoiced）的群体实际上从未真正站到舞台中央。黑人形象的难以捉摸性是福克纳作品的重要特征，这可能与作者无法或不愿深入黑人内心世界从而真切地展现他们的生活有很大关系。

福克纳时代的一些庄园小说为抵制北方文学对南方的抨击，创造了不少仁慈的奴隶主和快乐的奴隶形象。与之相反，福克纳深刻揭露并强烈谴责了奴隶制度的罪恶本质，但遗憾的是，他从未歌颂过对它的废除，因为他一直认为黑人并没有为种族平等做好准备（Gwynn & Blotner，1965：211）。他的这种观点自然也表现在文学创作之中。在《押沙龙，押沙龙！》里他对白人和黑人关系的美化有意无意地流露出对白人的维护和粉饰。比如，黑人干活时“萨德本从不对他们大声吆喝，反而带着头干，在心理上需要的那一瞬间以身作则，用宽容产生的某种优势来控制他们而不是用野蛮的吓唬”（30），“他和那二十几个黑人一起干活，全身涂满了湿泥来防止蚊虫叮咬，而且正如科德菲尔德小姐告诉昆丁的，仅仅凭了他的胡子跟眼睛才能把他和别人区分开来”(31)，他们是他“可以依靠的人，也是仅有能依靠的人”(48)。这些描述无疑是对奴隶主和奴隶关系的美化，萨德本对黑人奴隶们实施的含蓄而独特的“萨德本式”的民主使他在某种程度上也成了“仁慈的奴隶主”中的一员，些许赋予了他人性的一面，他变成了活生生的现实中的人而不仅仅是充满传奇色彩的英雄或撒旦，其面目也不似罗莎描述的那般可恨可憎了。有关黑人与白人关系的传统观念对福克纳的影响也体现在他对两者伊甸园式的兄弟或姐妹关系的描写上。在《押沙龙，押沙龙!》中，这种理想化的手足关系主要表现在朱迪思和克莱蒂身上。她们两个从小“玩那些粗野的游戏时扭打在一起”，甚至不止一次被发现“都睡在草垫上，有一回还都睡在床上”(132)。成年后，她们仍旧一起生活，在战时和战后含辛茹苦，携手并肩试图拯救风雨飘摇中的“萨德本百里地”。福克纳对这种伊甸园式关系的浪漫化描写自觉不自觉地流露出企图用和谐的主仆关系代替残忍的奴隶制的愿望。[①] 由此可见，福克纳是一个温和的改良者，而不是一个激进的革命者，他试图探索一种“非暴力”的种族和平相处的方式，希望白人与黑人之间能够建立以主仆关系为基础的手足关系，但并不一定要废除奴隶制，更不要说改变社会结构了。这表明，尽管他的作品中存在着颠覆性力量，但在某种程度上也不可避免地被主流社会思潮遏制，从而导致他在对待黑人和白人关系问题上表现出相对保守和模糊的态度。

《押沙龙，押沙龙!》中反种族主义与白人至上主义的无声碰撞表面看来是福克纳个人情感冲突和矛盾心理的微妙体现，但从深层意义上说，小说作为历史语境的一部分，不可避免地成为权力运作的腹地，不同意识形态和理想的交锋场所、传统和反传统势力碰撞之现场。福克纳以一个家族的历史全方位展现了黑人作为社会边缘群体不被尊重、不被接纳的悲剧命运，对奴隶制度和种族主义的批判可谓力透纸背。通过对历史的戏剧性再现和积极参与，福克纳不动声色却又一针见血地揭露了南方社会的积习和弊端，启发民众对黑人和白人关系进行重新定位和深入思考。遗憾的是，由于时代和阶级的局限，福克纳本人提出的解决措施蒙上了强烈的理想化色彩，不可避免地带有白人至上主义的烙印。因此，对种族主义的批判并没有危及社会主流意识形态，也不会引发道德和信仰危机。

《押沙龙，押沙龙!》作为一部虚构的家族史诗，是一定文化历史语境的产物。对历史的“小说化”“戏剧化”消解了传统意义上文学与历史所谓的“前

① 对主仆关系的“理想化”或“美化”的冲动几乎贯穿福克纳创作生涯始末，从《军饷》中的卢希与马洪，《去吧，摩西》中的路喀斯与扎克、亨利与洛斯，《坟墓里的闯入者》中的艾勒克·山德与契克·迈里森，《押沙龙，押沙龙!》中的克莱蒂与朱迪思，到《未被征服者》中的林戈与小白亚德等，作家在赋予黑人以人性的同时往往又为“刻板化”倾向所羁绊，昭示了其对种族主题进行道德探索与艺术表现时的纠结。

景”与“背景”的二元对立。事实上，在这部规模宏大的文学作品中，文学与历史、现实与虚构、事实与故事是交织杂糅在一起的。此外，小说还反映了文学与权力政治的复杂关系，反种族主义的呼声有巨大的颠覆力量，但同时又受到白人至上主义的影响与遏制。福克纳通过《押沙龙，押沙龙!》这部史诗性的作品，以虚构的萨德本家族为缩影形象地展现了旧南方在经济、社会甚至文化心态上的衰落历程，以敏锐的洞察力深刻地探索了南方衰落的本质原因，并进一步提出了帮助南方走出“荒原”的多项建议，以深刻的道德思考和不懈的艺术探索积极参与了南方社会历史进程的构建，实现了文本对历史塑造的能动作用。从这个意义上说，福克纳的文学创作既是一面“镜子”，全方位地展现了南方社会历史，又是一盏“明灯”，作为社会历史的一部分照亮了现实。

Ⅴ.《喧哗与骚动》：斯坦纳阐释学视角下的中译本翻译补偿

由于语言文化的差异，翻译过程中损失在所难免，因此翻译补偿不可或缺。斯坦纳的翻译阐释学理论广泛深刻，内容涉及补偿原因、性质、过程等各要素。本部分结合斯坦纳的阐释学补偿理论，通过例证从微观范畴即语言学层面和审美层面分析《喧哗与骚动》中译本的翻译补偿问题，以此探讨英译汉过程中具体补偿手段。微观范畴的补偿亦可置于阐释理论框架中加以宏观解释，“排斥性差异”与“选择性契合”使原文与译文损益相抵，从而实现翻译范式的平衡与完整。

翻译为何需要补偿？言说补偿，必有损失在先。由于语言文化的差异，无论何种文本，翻译过程中语言意义、言外信息、文体风格、语用功能、文化意象、审美形式的损失皆难避免。现代翻译理论先驱奈达从符号交际角度对此作出阐释：“因为符号系统（即代码）的性质所致，对词位的解释总是存在潜在的可能性，但若没有能够在语言文化的社会和人际网络基础之上理解符号的解释者，解释绝不会实现。既然没有任何两个民族具有完全相同的背景，在语言交际中总会有一些损失或扭曲。”（Nida，2001：33）虽然自巴别塔倒塌伊始翻译便成为一项必要而神圣的活动，翻译实践与理论研究亦如火如荼，但由于传统语言观的束缚，语言崇拜之风盛行，因“畏圣人之言”而奉源语为圭臬，译事只能“因循本旨，不加文饰”（夏廷德，2006：14）。翻译补偿问题由此长期处于学术研究的边缘地带，鲜得垂青。研究结果显示，20 世纪 60 至 70 年代，翻译理论文献中虽有 compensation，compensate 和 compensatory 等与补偿相关的词汇出现，但依旧局限于作为准专业术语使用，并无明确界定与详尽分类（Harvey，1998：38）。随着具有神秘主义倾向的传统语言观的逐步解魅，现代翻译补偿研究日趋明朗化、规范化、系统化。自 20 世纪中后期，翻译补偿问题才正式被作为理论议题提上研究日程。学术界开始用较为严谨的方式对补偿概念进行界定，其分类与功用亦愈加明晰。奈达提出以功能对等为基础的补偿策略，即“把对同构缺失的补偿作为准确再现原文意义的手段”（Nida，1993：124）。纽马克主张以文本为中心，按文本类型及其主要功能采取相应的补偿策略，由此避免了补偿的盲目性和随意性。莱比锡学派代表人物威尔斯以现代语言学为导向，注重语言的对等性与文本的交际性，强调补偿范围应兼顾微观语境和宏观语境，以此来解决语言内及语言外层面的结构差异问题。哈蒂姆和梅森的补偿思想偏重语言的交际功能，并将其研究聚焦于解决形式与内容不匹配问题，主张结合语境，协调形式与功能，注重整体效果。以上述观点为代表的翻译理论均从具体理论论域出发，对翻译补偿问题进行过程性描述，直至赫维和希金斯及哈维的研究，翻译补偿理论才得以建立起其初级范畴（陈吉荣，2008：37）。中国的翻译补偿研究也取得了一定成果。王恩冕的语义等值补偿、柯平的语境等值补偿、孙迎春的文学审美要素补偿、屠国元的文化信息补偿等都提出了具体的补偿策略，重视语境中的补偿问题，具有重要开拓意义。后起研究范围拓宽，逐渐跳出具体方法研究的初级范畴，向宏观方向发展，呈跨学科态势，如王晓农认知语言学角度的翻译补偿研究。2006 年夏廷德出版专著《翻译补偿研究》，作者“首次将翻译补偿作为明确的翻译理论形态提出并进行系统性的逻辑演绎”，对补偿问题进行了全面而系统的理论建构（38）。

乔治·斯坦纳是当代翻译理论家中对补偿问题阐述最精辟深刻的学者之一。他从语言哲学角度深刻论述了翻译阐释学理论并对补偿问题展开了多角度深层次的思考和论述。在其扛鼎之作《通天塔之后》中他从哲学高度详尽探讨了语言、文化、阐释和翻译的问题。在斯坦纳看来，翻译本质上是一种阐释行为。阐释过程由四个步骤组成，依次为起始阶段的信任（initial trust）、入侵（aggression）、吸纳（incorporation）、补偿（compensation）。对斯坦纳补偿理论的理解不能断章取义，而应将四个步骤充分结合，知其然，知其所以然。

在《通天塔之后》第五章开篇，斯坦纳便开门见山地指出，翻译作为理解的说明性陈述，始于信任行为，或称为“信任的投资”（Steiner，2001：312）。译者在进行文本选择时首先要相信原文必然存在可译的连贯性因素，即言之有物，具有理解和阐释价值。翻译的第二步是“入侵”，是认识以强征和暴力的方式达到海德格尔意义上的“彼在”（Dasein）的过程，“兼具进攻性与攫取性”，其目的不是消极的破坏，而是使“彼处存在之物”被理解被翻译从而真正存在（313—314）。当然，这种“强征”与“暴力”不可避免地会对源语代码系统造成损失。“吸纳”是斯坦纳翻译阐释学的第三步，意指原文意义在经“入侵”后随即被带入业已充斥着自身词汇和意义的目的语语义场，由此出现两种极端结果：目标文本或是在目的语中完全取得了地位，或是一直处于陌生的边缘地带。换言之，目标文化或是吸纳了外来文本并使自身得以增益，或是受到感染最终将其拒之门外（Munday，2001：164）。经过侵略性挪用和对原文意义的合并后，源语有所损失，目的语有所增富，却也因此造成失衡（imbalance）：“原文能量外溢，而译文却注入，改变了原文和译文，破坏了整个系统的和谐”，于是“补偿”便成为“翻译行当和翻译品行的头等要事”（Steiner，2001：316—318）。在斯坦纳看来，只有原文和译文形成一种辩证互惠关系并使两者损益相抵，才能确保翻译范式的完整性和平衡性。斯坦纳的翻译补偿概念涉及两层意思：一是译者对翻译损失实施补偿，二是译文对原文因时空错位与语境差异造成的损失进行补偿。前者主要涉及翻译过程，后者则指已成型的译文能够为原文提供以其他方式无法获得的生存地理和文化环境，譬如福克纳的作品就是经过翻译在大洋彼岸的法国获得高度赞誉才蜚声美国国内的。也正是在此阶段斯坦纳最为明显地表达了其终极哲学意图：虽则他的理论涉及个体翻译行为，其主要关注乃是用更为综合的哲学、文化甚至形而上学的论述来阐释翻译的本质（Shuttleworth & Cowie，2011：70）。

斯坦纳继而指出，译者时刻处于“排斥性差异”（resistant difference）体验之中，它以两种方式呈现：“译者对外语的体验有别于对母语的体验；每组语言——源语和目的语——彼此间相互区别，同时也将其生动有趣的差异性强加给译者和社会”（Munday，2001：166）。这种“排斥性差异”会使原文呈现出不可渗透性，却又可为“选择性契合”（elective affinity）所超越，因为译者对原文怀有一种上文提到的信任感，并将感情投射于文本之中，与之融合。“排斥性差异”与“选择性契合”的共存会产生强大的张力，对译者同时产生吸引力和排斥力，这种张力在好的翻译中体现得尤为突出：“好的翻译……可以界定为：其不可渗透性与进入的辩证关系，其难以驾驭的陌生味与体验‘在家感’（at-homeness）的辩证关系，悬而未决，但极富表现力。抗阻与契合间的张力，催生了伟大译作中具有解释性的陌生感；这种张力与两种语言间和历史社团间的亲疏程度直接相关。”（Steiner，2001：413）

斯坦纳的翻译阐释理论深奥抽象，从哲学角度对翻译问题高屋建瓴的阐述颇显功力。他对补偿的研究亦全面深刻，涉及广泛，在补偿原因、性质、过程、利弊等方面提出了独到见解，对于理解翻译损失、采取补偿策略、提高译文质量具有重要的启示作用和指导意义。

上文提到，斯坦纳的翻译补偿包含译者对翻译损失的补偿和译文对原文损失的补偿两个方面，而前者因与翻译过程密不可分，是为探讨重点。下文将从微观角度入手，通过实例分析分别在语言学层面和审美层面浅谈翻译补偿问题。

语言层面的补偿可进一步划分为词汇、语法和篇章三个层面（夏廷德，2006：202）。由于翻译过程中损失现象的复杂性和多样性，这三个层面的补偿并非泾渭分明，而是错综交杂，互为补充。

斯坦纳将“起始阶段的信任”置于其翻译阐释理论的第一步，这种“信任”

源自海德格尔的“前理解”（Vorverstaendnis）概念，暗含对理解的历史性与时间性的强调。具体来说，译者既是独立的个体，又是被空间和时间“语境化”的产物，自然摆脱不了固有历史背景、文化习俗、语言修养及个人审美趣味等因素的影响，故一般情况下，译者在翻译实践中会有明显的倾向并采取相应翻译手段与补偿策略。《喧哗与骚动》被认为是20世纪最伟大的小说之一，其实验性与创新性在现代文学史上独树一帜，小说的结构与表现手法精巧深奥，随处可见词汇的堆砌重复、句型的缠绵纷扰、意识流的错综混杂以及不同叙述者的轮换更迭。在李文俊译文序言中译者明确表示“为了帮助中国读者理解这本书，译者根据有关资料与个人的理解加了几百个注”（李文俊，2004：9）。这些注释有助于读者把握小说脉络，了解原文本深刻丰富的象征意象、历史典故及文化负载元素。

例1 “Did you come to meet Caddy.” she said,rubbing my hands. “What is it. What are you trying to tell Caddy.” Caddy smelled like trees and like when she says we were asleep.

What are you meaning about,Luster said. You can watch them again when we get to the branch. Here. Here's you a jimson weed. He gave me the flower. We went through the fence,into the lot.

“What is it.” Caddy said. “What are you trying to tell Caddy. Did they send him out,Versh.”

（Faulkner，1954：5）

“你是来接凯蒂的吧。”她说，一边搓着我的手。“什么事。你想告诉凯蒂什么呀。”凯蒂有一股树的香味，当她说我们这就要睡着了的时候，她也有这种香味。

你哼哼唧唧地干什么呀，勒斯特说。[②] 等我们到小河沟你还可以看到他们的嘛。哪，给你一根吉姆生草[③]。他把花递给我。我们穿过栅栏，来到空地上。

“什么呀。”凯蒂说。[④]“你想跟凯蒂说什么呀。是他们叫他出来的吗，威尔许。

（福克纳，2004：7）

② 这一段回到“当前”。

③ 一种生长在牲口棚附近的带刺的有恶臭的毒草，拉丁学名为“Datura stramonium”，开喇叭形的小花。

④ 又回到1900年12月23日，紧接前面一段回忆。

萨特曾一语中的地指出：“福克纳的哲学是时间的哲学。”（萨特，2004：

112）《喧哗与骚动》便是一本关于时间与记忆的书，采用了大量“意识流”手法，事件与细节的时间顺序和逻辑顺序被彻底打乱，人物的内心世界呈现出混沌迷乱状态。时间和空间不断转换更迭，据统计，在“昆丁部分”，场景转换超过 200 次，在“班吉部分”里也有 100 多次（李文俊，2004：7）。对于读者来说，要在短时间内理清小说的脉络并非易事。例 1 选自小说的第一部分，是由“白痴”班吉叙述的，时间是 1928 年 4 月 27 日，但 33 岁的他智力只及 3 岁儿童的水平，时常把当下经历之事与过去发生之事错乱混淆，由此产生时序荒谬，过去的次序即是心灵的次序，自然时间变成了心理时间。

小说始于班吉在高尔夫球场栅栏边闲逛被钉子钩住的情形，这使他联想到 1900 年 12 月 23 日他和姐姐凯蒂一起帮毛莱舅舅送信时衣服也曾在栅栏缺口处被挂住，继而想起同一天稍早时他在门边等凯蒂放学回家的事。楷体部分回到“当前”，小厮勒斯特嫌班吉“哼哼唧唧”便给他一根吉姆生草。班吉的思绪因此被打断，后又接着回到 28 年前，继续在回忆中与姐姐凯蒂相伴，感受她带给自己在这个家庭中唯一的温暖。注释②和④即用于标记时间和空间的转换，阐明班吉意识的流动过程。

班吉虽是白痴，但感觉特别灵敏，各种感觉亦可互通，因此他可以闻到凯蒂身上“树的香味”。然而，对于现实生活中的事物，他却分辨不出其中具体差别，于是勒斯特口中的“吉姆生草”在他的叙述中便变成了“花”。这看似是一个微不足道的意象，却是因背景语境差异产生的异质元素，仍可能使不明就里喜好打破砂锅问到底的目的语读者产生类似的疑问：吉姆生草到底是什么植物，是花还是草？异域文化元素携带的陌生感易引发差异体验，然而又因此产生一探究竟的吸引力，注释③ 对“吉姆生草”给出了详尽解释，克服了因文化语境和知识背景差别产生的交际障碍，体现了译者严谨负责的翻译态度。

在翻译过程中，由于语系和语族的不同，语法层面也会发生损失。英语具有较为丰富的形态变化，通过性、数、格、时、体等方面的多样变化表达多种语法意义。汉语则缺少相应的语法形式，因此只能借助时间副词、动态助词等词汇手段和语序转换等方式结合具体语境实现语法范畴的转换（连淑能，2010：27）。语法补偿旨在解决源语与目的语之间因语法范畴差异或空缺造成的损失，有时看似微不足道，实则不可或缺。

例 2 We climbed the fence, where the pigs were grunting and snuffing. I expect they're sorry because one of them got killed today, Caddy said. The ground was hard, churned and knotted.

我们又从栅栏上翻过去，几只猪在那儿嗅着闻着，发出了哼哼声。凯蒂说，我猜它们准是在伤心，因为它们的一个伙伴今儿给宰了。地绷绷硬，是给翻掘过的，有一大块一大块土疙瘩。（3；4）

在英语、德语等印欧语言中，“数”属强制性语法范畴。名词有不同的数相，而不同的数相又需与相应的“性”和“格”严格搭配。由于汉语缺乏严格意义上的“数”范畴，将上述语言译成汉语时，有时需要借助数量词或复数词尾等手段来准确传递原文中“数”的形式和意义。例 2 中“pigs”中的后缀“-s”即为英语复数的语法标志，翻译成汉语时在“猪”前面加限定词“几只”来传递源语言中的复数意义，否则，中文复数的可省略性和非强制性可能造成译文指称和数量的含混模糊。

英语中“时”与“体”是动作发生时间的语法标记，其曲折形式在汉语中可以通过时间副词和动态助词进行补偿。例 2 中，“were grunting”表过去进行时，而汉语的动态助词“着”恰恰可以补偿英语的进行体，表达动作的现时性与持续性。动词“got”和“was”均是过去时的语法标记，在此例中分别用“了”和“过”进行补偿，表示动作的绝对完成，同时也包含了过去时间的意义。

英语和汉语在语法范畴的不同实际上暗含两者在语言形式手段使用上的差异。英语以形合为主，词语与分句间以形式手段连接；汉语则以意合为主，词语与分句间不以形式手段连接，其语法意义和逻辑关系通过词语或分句的含义表达。具体来说，作为重形式的语法型语言，英语通常运用各种形式手段，如关系词、连接词、介词等显性衔接手段以确保句子结构的完整性。与之相反，汉语是重意会的语义型语言，注重事理顺序、功能、意义，崇尚简洁，因此很少使用形式连接手段（73—78）。

例 3 Though the fence，between the curling flower spaces，I could see them hitting. They were coming toward where the flag was <u>and</u> I went along the fence. Luster was hunting in the grass by the flower tree. They took the flag out，<u>and</u> they were hitting. Then they put the flag back <u>and</u> they went to the table，<u>and</u> he hit <u>and</u> the other hit. Then they went on，<u>and</u> I went along the fence. Luster came away from the flower tree <u>and</u> we went along the fence <u>and</u> they stopped <u>and</u> we stopped <u>and</u> I looked through the fence while Luster was hunting in the grass.

透过栅栏，穿过攀绕的花枝的空当，我看见他们在打球。他们朝插着小旗的地方走过来，我顺着栅栏朝前走。勒斯特在那棵开花的树旁草地里找东西。他们把小旗拔出来，打球了。接着他们又把小旗插回去，来到高地上，这人打了一下，另外那人也打了一下。他们接着朝前走，我也顺着栅栏朝前走。勒斯特离开了那棵开花的树，我们沿着栅栏一起走，这时候他们站住了，我们也站住了。我透过栅栏张望，勒斯特在草丛里找东西。（1；3）

例 3 是小说的开篇部分，描述了班吉在栅栏外看别人打高尔夫球的情形。对于思维能力欠缺的班吉来说，他无法确切知晓他人的具体行为，他对情景的理解只是一连串用“and”连接的动作的顺序组合。在 107 字的叙述中，连词“and”高达 10 个，占总词数的近 1/10。这体现了班吉语言能力的匮乏，却又间接成为英语以形合法为主的例证。10 个“and”借形显义，使不同的动作和情境环环相扣却又各自孤立，形象展现了班吉思维意识中极其简单的逻辑联系。在译文中，对“and”的处理采用了两种方式：省略和替换。其中 6 个“and”没有明确翻译出来，3 个译成了“也”、1 个替换为“这时候”作为补偿，均没有译为其本义“和、与、同”。这既保留了原文中班吉既连又断的思维逻辑，又符合汉语意合的表达习惯，即讲究以意役形，词语间的关系寓于不言之中，语法意义和逻辑关系暗藏字里行间。

以上通过三个简单但具代表性的实例从语言学层面的词汇、语法、篇章范畴对补偿问题进行了讨论。语言层面的补偿不可或缺，却并不全面。对于文学翻译而言，审美范畴的补偿亦为重要。

文学审美层面的补偿需要主要是由文学的性质决定的。虽然目前学术界对“文学”这一概念尚无统一定论，但文学因意象、韵律、意境等审美要素获得的审美性质却无可否认，比如“Thou still unravished bride of quietness”会使人立刻意识到这是文学话语，因为这句话的结构、节奏和音调与普通日常语言大相径庭（Eagleton，2004：2）。然而，由于语言文化的差异，审美要素有时无法在译文中得到直接呈现。以目标文本为例，译者身处的历史与文化语境与福克纳的约克纳帕塔法王国时空迥异，后者深深根植于美国南方社会的传统土壤之中，独特的语言习惯、文化理念与风土人情在小说中展现出特有的审美形态，目的语读者会因此感受到一种时间与文化上的错位，或称为斯坦纳意义上的“排斥性差异”，小说带来的陌生感在异域往昔与现代读者之间形成张力，审美要素的损失难以避免，补偿势在必行。

例 4 Aint you done enough moaning and slobbering today，without hiding off in this here empty room，mumbling and taking on.

你今天哼哼唧唧、嘟嘟哝哝还嫌不够吗，还要蹲在这空屋子里呜噜呜噜个没完。（88；73）

韵律是文学中重要的审美要素。英语是语调语言、字母文字，因此韵律的使用除增强语言节奏感美化语言旋律外，还可带来明显的视听感受。汉语属声调语言、表意文字，视听效果可能不及英语，由此或产生审美损失。根据汉语的音韵特点和审美习惯，理想的补偿手段是使用重叠构词，即使音节匀称、形式整齐，又可传递丰富意义和感情。例 4 原文中使用了三个象声词，押尾韵

“-ing”，在视觉和听觉上同时形成审美冲击。译文采用象声词重叠，既模拟了声音，又可在视觉上引发审美感受，在功能上较好地再现了原文尾韵的审美价值，补偿了英汉两种语言在音韵系统上的审美差异。

在翻译过程中，除审美形式的功能可能损失外，还可能出现源语审美形式与语义呈现统一性却难以转换成目的语的情况。若语言的审美形式是信息的重要组成部分，则须设法对形式损失实施补偿。

例 5 Mr and Mrs Jason Richmond Compson announce the marriage of their daughter Candace to Mr Sydney Herbert Head on the twenty-fifth of April one thousand nine hundred and ten at Jefferson Mississippi. At home after the first of August number Something Something Avenue South Bend Indiana.

谨订于壹仟玖佰壹拾年肆月拾伍日在密西西比州杰弗生镇为小女凯丹斯与悉德尼·赫伯特·海德先生举行婚礼恭请光临杰生·李奇蒙·康普生先生暨夫人敬启。又：八月一日之后在寒舍会客敝址为印第安纳州南湾市××街××号。(115；93—94)

例 5 出自“昆丁部分”，是康普生先生为凯蒂结婚发出的请柬，正式度较高，逻辑性较强，与昆丁亢奋混乱的谵语形成鲜明对比。原文中时间没有用数字而是用单词拼写，蕴含了规范性和正式性的信息，因此译文使用繁体字进行审美补偿。同时，译者没有全部使用现代汉语，而是从中国传统文化中汲取养分，选用“谨”“恭请光临”“敬启”等敬辞和“小女”“寒舍”“敝址”等谦辞为译文补足能量，不仅符合目的语读者的审美情趣，而且这些古雅之词的正式度和严谨性较高，从而再现了原文形式与语义的统一性。原文中地名繁多，充满异域色彩，造成语言和文化上的差异体验。译者将地名照直译出，保留异域特色，与繁体字和文言词融汇交织，既再现了原文审美价值，又引发“在家感”体验，为阐释过程增添了平衡力。

审美层面的损失种类繁多，不能局限于单个句子孤立而视，有时应将其置于具体语境下加以考察并采取相应的补偿措施。

例 6 I counted over a hundred half-hatched pigeons on the ground. You’d think they’d have sense enough to leave the town. It’s a good thing I don’t have any more ties than a pigeon，I’ll say that.

我数了一下，地上刚孵出来的小鸽子足足有一百来只。你总以为它们有点头脑，会赶快离开这小镇吧。我得说，幸亏我不像一只鸽子有那么多的七大姑八大姨，给拴在这个地方脱不开身。(309；241)

例 6 选自“杰生部分”，描写杰生看到教堂附近稠密的鸽群时的心理活动。杰生是康普生家的二儿子，有虐待狂倾向，生性偏执，感情冷漠。如不考虑语境，原文中“ties”可直译为“亲戚”，但“ties”此处实际是和前文中“a hundred half-hatched pigeons on the ground”进行类比的，以突出数量之多，故直译缺乏感情色彩，可能导致审美意义的流失。译文选用“七大姑八大姨”这个带有明显汉语伦理关系的俗语，通过将“ties”具体化，利用词汇层面的补偿实现了审美层面的补偿，准确传递了“ties”的复数意义，既符合目的语读者的审美期待，又将杰生的冷漠之相与调侃之意描绘得活灵活现，形象刻画了他冷酷市侩的性格特征，可谓一举多得。

以上实例可以看出，虽然翻译过程中损失难以避免，但无论何种层面何种类型的损失，皆可通过相应方式或多或少得到补偿。当然，以上语言学层面和审美层面补偿的划分并非绝对，在实践中可能出现两者交杂融合的情形。补偿过程亦充斥着“排斥性差异”与“选择性契合”的张力，源语与目的语因此不断碰撞吸收最终实现翻译的平衡。

斯坦纳的翻译阐释学将翻译置于宏观哲学语境加以探讨，其翻译补偿模式深深根植于阐释理论基础之上，为补偿问题提供了宏观理论框架，具有重要的理论价值和实践意义。作为特殊的跨文化语言交际活动，翻译确实存在一定程度的不可译性，损失在所难免，但并非不可补偿。翻译补偿可通过语言学层面和审美层面等微观范畴实现，同一案例可能兼用多种补偿手段，每种手段可能适用于多个层面的补偿。微观范畴补偿又可置于斯坦纳的翻译阐释理论框架中加以宏观解释。沉浸于翻译语言之中，异质文化与译者的母语文化产生对抗融合，译者陷于过去与现在之间、异域与本土之间。语言、时间与文化上的错位产生强烈的“排斥性差异”体验，而译者对原文的信任感和语言、文化背景又使其与文本达成“选择性契合”，两者因此形成辩证张力，使原文与译文互惠互利损益相抵，从而实现翻译范式的平衡性和完整性。

二、跨界研究

绘画艺术与小说艺术之间的相似性，就我愚见，是完整的，这种完整性体现在灵感、过程（介质的不同品质考虑在内）及成功方面。两种艺术形式可以相互学习，相互解释，相互支持。它们的使命相同，荣辱与共。

—Henry James, *Partial Portraits*, 1970, p. 378.

克洛森："有评者认为您在旅居法国期间接触了几位法国印象主义画家，特别是塞尚的画作，并且发现您的作品与塞尚绘画中对色彩的运用不无相似之处。"

福克纳："我认为该评论可能很有一番道理。如我先前所论，作家会把他所见所阅读的一切都存储下来，需要使用时便从记忆中拿来为我所用。"

克洛森："如此说来，先生，您在巴黎期间确实去画廊观摩并记住了塞尚的画作喽？"

福克纳回答："是的，不错。"

—Cox, Leland H., ed. *William Faulkner Critical Collection*, 1982, p. 100.①

据《追随福克纳》（2017）的作者泰勒·哈格德预测，福克纳研究的未来方向中跨界/交叉研究潜力巨大。譬如，本书序言中述介的福克纳研究与残疾研究及肥胖研究的交叉就有不错的前景。此外，福克纳小说研究作为语言艺术与视觉艺术、听觉艺术、造型艺术（绘画、音乐、雕塑、建筑等）的可拓展跨界空间也非常之大。然而，正如本人在2017年立项的国家社科立项项目"后/印象画派与美国现代派小说的生成、流变及理论建构研究"申请书中所言：至少就国内学界而言，福克纳这个被公认的伟大印象派艺术家作品中对后/印象

---

① From an interview with Kraig Klosson, See Watson Branch, "Darl Bundren's Cubistic Vision," in *William Faulkner's As I Lay Dying: A Critical Casebook*, ed. Diane L. Cox. New York: Garland, 1985, pp. 35–50.

主义艺术美学的广泛吸取和运用几乎无人问津。相比较而言，欧美学界虽然20 世纪 60 年代开始深入探讨福克纳作品的视觉美学特质[①]，但研究显然缺乏后续力度，也不够系统。此外，我个人认为对福克纳职业生涯所受欧洲画派影响方面的先在研究至少有两点需要正谬：其一，将福克纳小说的艺术视觉/美学之源主要归为立体主义委实是受了“审美近视”的局限，不免有“舍本取末”之嫌。譬如布兰奇（Branch：1977）、塔克（Tacker：1984）和威尔海姆（Wilhelm：2002）的相关探讨皆有此倾向：凡论及文本中内含视觉美学的创作手法与立体主义的共振/鸣，几乎都要不厌其烦地搬出塞尚祖师爷。当然这种做法本无可厚非处，究其因无非有二：首先，此类批评旨在紧紧围绕福克纳本人 1925 年巴黎之行亲身经历之影响；其次，福克纳去欧洲朝圣之时，毕加索、马蒂斯仍然在作画，立体主义余势未减，而塞尚早已作古。其二，塞尚作品“无主题无故事”一说当视为以讹传讹，当然也就不是塞尚的本意。维尔纳·哈弗特曼（Werner Haftmann）在《二十世纪绘画》（第一卷）中阐释塞尚对艺术的“里程碑式定义”时曾引用画家的原话：“既然艺术不是‘复制’，而是‘再造/现’，合乎逻辑的推论便是，‘艺术乃与自然平行之和谐’。绘画受制于自我规律/则，在形式层面实现，与自然并驾齐驱。塞尚一再强调形式因素：‘一幅画首先要表现的当然是色彩。故事、心理……所有这一切都内在于图画中’。”（1972）显然，塞尚的画作并不排斥故事，而是追求技法与话题的完美统一，从而实现格斯尔·麦克（Gestle Mack）所谓“完美有机体的建构”（1935：310）。鉴于此，本书该部分致力于福克纳小说与后/印象主义画派之间的跨界研究，以《我弥留之际》《喧哗与骚动》《去吧，摩西》《押沙龙，押沙龙！》等为目标文本，

---

① For instance, Seymour Leonard Weingart, The Form and Meaning of the Impressionist Novel (D). University of California, 1964: 150–176; Robert Kirkland Musil, The Visual Imagination of William Faulkner (D). Northwestern University, 1970; McHaney, Thomas L. “The Elmer Papers: Faulkner’s Comic Portraits of the Artist,” *Mississippi Quarterly*, 26 (Summer), 1973, pp. 292–304; W. G. Branch, “Darl Bundren's ‘Cubistic’ Vision,” *Texas Studies in Literature and Language*, 1977: 47; David Minter, *William Faulkner: His Life and Work.* Baltimore and London: The Johns Hopkins University Press, 1980: 49; John Earl Bassett, “‘Mosquitoes’: Toward a Self-Image of the Artist,” *The Southern Literary Journal*, Vol. 12, No. 2 (Spring 1980), pp. 49–64; Richard Adams, “The Apprenticeship of William Faulkner,” in *William Faulkner Critical Collection*, ed. Leland H. Cox. Detroit, Michigan: Gale Research Book, 1982, pp. 83–134. John Tucker, “William Faulkner’s As I Lay Dying: Working Out the Cubistic Bugs,” *Texas Studies in Literature and Language,* 1984: 392; D. Shackelford, “Impressionism,” in *A William Faulkner Encyclopedia*, eds. Hamblin, Robert W., and Charles A Peek. Connecticut: Greenwood Press, 1999, p. 195; R. S. Wilhelm, William Faulkner’s Visual Art: Word and Image in the Early Graphic Work and Major Fiction (D). The University of Tennessee, Knoxville, 2002: 197; Mary Alice Knighton, William Faulkner’s Modernist Nympholepsy: The Pursuit of an Aesthetic Form (D). University of California, Berkley, 2003; Candace Waid, “Regional Mother: Faulkner’s Road to Race through the Visual Arts,” *The Faulkner Journal* (Fall 2007), pp. 37–92.

追溯福克纳的绘画生涯、梳理他与后/印象主义画派之间的渊源、探究小说家对后/印象主义画派技巧的借鉴，并解析重点作品的印象主义风格，从而考察福氏代表作品的后/印象主义美学表征、提炼作家的视觉美学特质，旨在探索一条福克纳研究的新途径和新模式。

Ⅰ. 穿越时空的对话：福克纳与后/印象主义画派的跨界姻缘

福克纳坦言法国印象派及后印象派画家对其小说创作的影响。在弗吉尼亚大学的一次采访中，克赖格·克洛森（Kraig Klosson）曾请福克纳就某批评家的言论发表看法。该论者认为福克纳在旅居法国期间接触了几位法国印象主义画家，特别是塞尚（Paul Cézanne）的画作，并且发现他的作品与塞尚绘画中对色彩的运用不无相似之处。福克纳回答道："我认为该评论可能很有一番道理。如我先前所论，作家会把他所见所阅读的一切都存储下来，需要使用时便从记忆中拿来为我所用。"克洛森追问道："如此说来，先生，您在巴黎期间确实去画廊观摩并记住了塞尚的画作喽？"福克纳回答："是的，不错。"（Cox，1982：100）

对于福克纳这样一位喜好抖包袱且认为"艺术家可没有时间听评论家的意见"（李文俊，2010：182）的天才作家来说，如此肯定、明确的答复实属罕见。然纵观福氏生平、创作生涯及作品，不难发现其人与绘画很早结缘，与后/印象主义渊源甚深，其小说在个人主义特质和革新意识、对真实的理解、读/观者参与要求等方面与后/印象主义画派互文共通。

可以说福克纳（1897—1962）是携带着绘画基因的。在颇有绘画天分的母亲及擅长油画与雕塑的外祖母的影响下，福克纳很早就学会了画图。他从1909年左右开始为他的梦中情人也是后来的妻子埃斯特尔绘画、写故事、作诗。1915年他彻底休学，与密西西比大学学生本·沃森（Ben Wasson）结交。通过后者，他有两幅绘画被学生刊物《老密西》录用，这是他最早发表的艺术作品。此外，《木偶》（1920）是他创作的几个"本子"之一，内含10幅线条纤细的钢笔画。1921—1924年他继续在学生刊物上发表作品——几幅画，一幅印象主义的素描叫做《小山》和几篇评论。据明特统计，到1925年，福克纳先后在三种大学刊物——年鉴（《老密西》）、校刊（《密西西比人》）和幽默杂志（《尖叫》）发表作品41件，其中就包括17幅画（51）。

1925年是福克纳人生的重要节点，他来到新奥尔良并结识后来他称为"我这一代美国作家之父"（Cox，1982：18）的舍伍德·安德森，觅得画家朋友威廉·斯普拉林（William Spratling）所谓"才思涌流的动力"（明特，1996：58）并很快专心于创作。此外，1927年完成的《沙多里斯》开启了福克纳"约克纳帕塔法"家系小说的先河，故而被称为是一部"在门槛上的书"（李文俊，

2010：28）。福克纳为小说绘制了几幅水彩画，画面上是一个黑人驱赶一头骡子在犁地，上方是蓝色的天空。可见在福克纳创作生涯之初，绘画一直如影随形地对他产生着影响。

令人啼笑皆非的是，福克纳的绘画才能主要施展在了讽刺漫画和偷情上。如早在 1915 年退学前，他就画过一些漫画来讥讽学校教育，反对压抑学生个性和“满堂灌”的教学现象。这些画稿现存美国东南密苏里州立大学福克纳研究中心。1926 年福克纳和斯普拉林合写《舍伍德·安德森及其他克里奥尔名人》时，仿效海明威在《春潮》中的戏谑文笔，拿安德森的风格开玩笑，虽无恶意，却伤害了这位一向与他为善的良师益友。书中有为《两面派》撰稿的几个人作的漫画，福克纳日后称之为“不幸的漫画事件”（明特，1996：61）。福克纳的绘画能力也被充分发挥在婚外恋情上。与当初为埃斯特尔作画求爱有所不同，这是婚外激情的结晶。如他与第一个婚外恋人米塔·卡彭特之间的炽热爱情不仅为他提供了文学创作素材，还激发了他绘画的灵感。他甚至把他同米塔做爱的情景像系列连环画一样画下来。据米塔本人说“有几幅画勾画得活脱像一对做爱者的轮廓”（明特，1996：83）。这些画现存放在纽约公共图书馆，根据米塔的要求，到 2039 年才公开供研究使用。

1925 年也是福克纳与后/印象主义结缘的重要一年。凭借安德森夫妇的引荐，他顺利踏入新奥尔良的作家、艺术家圈子，甚至有一段时间客居在画家斯普拉林家里。此时的福克纳在散文随笔写作方面有明显突破，其中有 11 篇印象主义的独白《新奥尔良》发表在地方杂志《两面派》上，其手法显示了毋庸置疑的康拉德风范。对此，戴维·明特发论道：

> 康拉德的“印象主义”手法显然是那时新奥尔良“热议的话题”。福克纳常把时间颠来倒去、喜欢卖关子、偏爱讲精神或性格受挫的故事，其中显而易见康拉德的影响。不久他学康拉德的样，运用印象主义的技巧，把传奇般的情节植入严肃小说。有些随笔集中渲染反复观察或探查等行动；有些则通过一个抱有同情但保持超然、置身事件发生的近处却和读者一样感到不解的说书人或旁观者。在这些置身事外的手法中，他找到了日后使他能够采用恐怖或荒诞、伤感或胡闹的情节而不卷入、不表态的技巧。（1996：83）

康拉德式的印象主义文风在福克纳经典作品中得到了进一步发展，批评家阿尔伯特·格拉德（Albert Guerard）在《小说家康拉德》中甚至称 《押沙龙，押沙龙！》为“康拉德式印象主义的巅峰之作”（1958：127）。

其身边人物的影响也不容小觑。与他交好的人中很多是《两面派》的撰稿人，是与他志趣相投的作家和画家，影响最大的当属斯普拉林与安德森。理查德·亚当斯（Richard Adams）在论及后/印象主义画派对福氏影响时曾言及“青年时代的福克纳也曾绘图作画，并总是用画者的眼光观察事物”（Cox，1982：99）。譬如刊发于1925年4月12日《时代小报》的札记《来自那撒璐》（“Out of Nazareth”）中，叙述者对斯普拉林说：“自塞尚以来还没有人对光进行过真正的描绘。”（Collins，1968：46）后来福克纳也是与这位画家搭伴踏上搁置已久的欧洲之旅。

安德森的影响更是不言自明。一次采访中对“如何当上作家”的提问，福克纳如此回答：“当初我住在新奥尔良，常常为了挣点儿钱，什么活儿都得干。我认识了舍伍德·安德森。下午我们常常一起在城里兜兜，找人聊天。到黄昏时再碰头，一起喝上几杯，他谈我听。”（李文俊，2010：66）绘画方面的影响自然相伴而生。首先，安德森朋友圈里有许多画家，他本人参观过1913年在芝加哥举行的“艾默里”画展。其次，他也算得上一个小有名气的业余画家，在芝加哥和纽约分别举办过一次个人画展。前卫艺术评论家保罗·罗森菲尔德（Paul Rosenfeld），也是安德森1921年欧洲之旅的赞助人和向导，后来品评他朋友的故事有一种“他独创的紧张形式：一种甚为奇特的、与雷诺阿（Pierre-Auguste Renoir）青年时代的一些画作中不无相似的印象主义形式。故事由无数的色块、散落的色点和被看不到的线索连接起来的漩涡式的事件组成，这种形式远观时显得更加坚实”（Rosenfeld，1947：ix）。因而安德森小说创作革新的重要表现即为对印象主义的吸纳运用。亚当斯曾就此话题精辟指出：

> 安德森（对福克纳）影响的另一方面使我觉得有必要岔开话题提及另一个问题，即福克纳从印象主义及后印象主义汲取了多少养分。安德森对美国小说发展的主要贡献之一是他决然摒弃作为标准结构设置的传统情节模式，取而代之以印象主义技法。并非散文体创作中的印象主义技法运用全然是他的发明，坡、霍桑、迈尔维尔、詹姆斯、斯蒂芬·克莱恩以及数位法国及俄国作家先于他在此方向做过尝试。但安德森……却不无道理地自认为“现代主义”运动的合格成员。他认为该运动“革新了近乎全世界的绘画艺术，慢慢融入散文体创作、谱曲、雕刻和建筑中”。（Cox，1982：98—99）

对志在“现代化自我”的美国作家而言，在当时先锋派艺术运动的世界之都巴黎逗留一段时间，不仅必要而且不可避免。怀揣这样的梦想，追随斯泰因、庞德、安德森、海明威等成功者的脚步，其时尚未成名的福克纳最终于1925年7月7日与斯普拉林一起开启了欧洲朝圣之旅，8月13日到达“二十世纪艺术圣地”巴黎，入住塞尔旺多尼街（rue Servandoni）26号，毗邻卢森堡公园。其时的卢森堡博物馆是法国政府收罗画作的中心集散地，有大量各种永久收藏的现代主义画作等待归置。福克纳可谓大饱眼福，这从他写给母亲的信中可见一斑："观画感觉真是不错，特别是多少可称得上现代派的德加、马奈、夏梵纳的作品"（Blotner，1978：13）。他特别提到一位画家："还有塞尚！那人在画中充分利用了光，效果就像托比·卡拉瑟斯（Tobe Caruthers）蘸了满刷子的红丹油漆灯柱时的一样"（24）。如果说福克纳去巴黎旨在"审视该城市和自我、收集'素材'与创作"（Hamblin & Peek，1999：287），自由、安静、风景如画的卢森堡公园提供了作家冥思、观察、想象并进行艺术构思的理想场所的话，那么其灵感之源不可避免地包含这些观画经历。实际上，"先行者"海明威在此方面早有虽说略显夸张却非常相关的观后感言——"我是通过观看巴黎卢森堡博物馆的画作学会写作的，"更确切地说，"我是饥肠辘辘地在卢森堡博物馆来来回回走上一千次才从保罗·塞尚先生那儿学会了如何构思一幅风景。我确信如果保罗先生在场，他会喜欢我构思的方式，并高兴我从他那儿学来了这一招"（Ross，1950：57，59—60）。

诚然，巴黎"镀金"归来新奥尔良，敏感、踌躇满志且自信如福克纳者，模仿与超越的对象也从安德森变成了在巴黎时他只能敬而远瞻的乔伊斯。福克纳对后者极为推崇，认为读《尤利西斯》要有浸礼教牧师读《旧约》的虔敬。后/印象主义养分也随之融入了其作品之中。福克纳小说风格与技巧中常见的拼凑、意象、色彩、光线和非线性时间的运用见证了他对绘画特别是印象主义画派的兴趣。沙克福特（Shackelford）认为福氏"最伟大的叙事聚焦个人意识与外部世界的关联，通过内心独白的运用彰显人物的个体印象（如《我弥留之际》及《押沙龙，押沙龙!》中具元叙事特征的多重叙述）及时间与视角的转换所扮演之重要角色（如由四人叙述的《喧哗与骚动》中班吉、昆丁兄弟大量的内心活动、回忆与《八月之光》中对克里斯默斯童年与青春期的闪回）"（Hamblin & Peek，1999：194—195）。这些写作技巧显然呼应了也曾受到印象主义熏陶的乔伊斯作品中常见的穿插叙述、场景并置、多点视角、浓缩时间及大量意识流的运用。

此外，一个有趣且值得深思的现象是经年之后，也是法国人，特别是存在主义领军人物萨特（Paul Sartre）、加缪（Albert Camus）等率先慧眼识珠，在法国广为推介并推崇其时在美国尚无人问津的福克纳作品。萨特曾撰文探讨福氏作品中的时间问题，并曾对考利说："在法国青年人心目中，福克纳是一位神祇。"（Cowely，1966：24）这就很好地见证了巴黎之行对福克纳产生的重大影响：他不仅开阔了视野，增添了审视本土的新视角，而且在创作观念上同当代法国现代派作家与艺术家更有亲缘关联。

印象派一般被认为是西方现代绘画之起点，福克纳也是公认的美国现代派作家之翘楚（《喧哗与骚动》甚至被认为是美国现代主义小说之开山之作），两者之间的远程共鸣首先体现在个人主义特质及革新意识上。具体而言，虽然二者发生的社会背景不同，却都处于历史的转折期，都包含了对传统的颠覆，且都注重对主观真实的表征。

印象主义出现的背景是整个19世纪资产阶级社会改革与工业文明进步的浪潮，巴黎正值向现代化工业大都市转型之际，工业、科技发展迅猛，个人与社会关系相应转变，个人的生存状态（个人在面对强大的社会力量、历史遗产和生活方式时，对于保存自身存在的自主性和独立性的诉求）成为艺术家的重点关注，因此印象主义绘画有着鲜明的个人主义特征。极典型的，在此时的巴黎出现了一个被称为“flâneur”（游荡者）的特殊群体。他们在城市中四处游荡着，看似无所事事，却积极投入地观察着城市面貌及居民的生活。马奈（Edouard Manet）即在此“游荡者”之列。这种深入人群中的观察方式决定了他的作品与许多其他印象主义画家，如雷诺阿、莫奈（Claude Monet）、德加（Edgar Degas）的作品一样，都以旁观者匆匆一瞥式的角度再现了中产阶级度假、散步、野餐等等的生活场景，因此具有很强的随意性和即时性。在画面的风格特点上，体现为缺少明晰的构图，如雷诺阿的《煎饼磨坊的舞会》（*Bal du Moulin de la Galette*，1876）中，画家为我们展现了快照式的舞会场景，簇拥的人群散落在画面各处，并且都予以同样的处理方式，并没有明确的构图中心；人物之间的关联性不强，如马奈的《阳台》（*The Balcony*，1869）中，两位白衣女子与一位绅士出现在阳台上，他们各自的动作与表情之间没有任何互动，也没有一起表现任何正在发生的事件，而仿佛仅仅是沉浸在各自的思绪中，就像我们在日常生活中会表现出的那样；以及明显的笔触（在所有的印象主义画作中，大块的笔触是一个不容忽视的特点）。在许多类似的表现普通市民日常生活场景的画作中，个人的娱乐本身成为值得得到艺术的严肃对待和描绘的主题。恰如在印象主义的泛觞地——夏尔·格莱尔（Charles Gleyre）独立画室中巴齐耶（Jean Frédéric Bazille）对雷诺阿所言，“大尺幅的古典绘画完结了，日常生活的景观更引人入胜”（刘乐，张晨，2014：11）。因此可见，印象主义是由一个独立而自由的个人所组成的社会所催生的艺术流派，也就必然地带有那个时代与环境所特有的个人主义特性。

类似地，福克纳生活和创作的时期正是美国南方经历深刻的历史性变革的时期。面临传统社会及其价值观在资本主义工商文明的冲击下解体所造成的社会和精神危机及现代西方社会中严重的异化现象，小说家陷入了深重的思考并尤为关注因生活目的丧失及价值观的错位所致个人生存状态。肖明翰在对福克纳的思想进行梳理时发现其核心明显是人道主义，或基督教人道主义，而个人价值又是其人道主义的核心。实际上，福克纳如此强调人的个性和个人价值以致在他看来，个性就是人性的表现。在其绘就的南方人物画廊中，不论是朱迪思、迪尔西、莫莉、拉特利夫、史蒂文斯等体现古老美德者，还是像凯蒂、谭波儿、尤娜、约翰·沙多里斯这样的问题人物，抑或如昆丁、萨德本、克里斯默斯等传统或体制的受害者，都体现了小说家对被蹂躏者的同情，对压迫者的愤慨，对人的尊严的赞美，对人类命运的关心和对建立理想人际关系的向往（肖明翰，1997：71—75）。

其次，作为在资产阶级工业文明浪潮中应运而生的现代主义艺术流派之一，印象主义对传统的学院派艺术形式进行了彻底的颠覆。由于在观察世界时采取的是一种崭新的角度和观点，印象主义者无意描绘一个客观、绝对而独立存在的外在世界，或者营造理想化的自然风景，而是着意表现外在事物给人留下的视觉印象。这就导致他们在绘画技法上与传统画家有着根本性的不同。印象主义的风景画中“缺少构图中心、画面组织技巧、反衬主要内容的成分、大气透视，以及色彩组织的严谨性和平衡性。相反，它们非常具有画面感、充满了笔触，色彩丰富、色调明快，空间看上去很扁平（虽然实际上表现的是三维空间），并且整个画面都很平均：即画家对画面的每一个部分都给予了同样的关注——无论是边缘、底部、顶部、角落还是中心”（Crow and Brian Lukache，2011：272）。用罗杰·弗莱（Roger Fry）的话来说，“就印象主义者所追求的真实而言，他只追求视觉印象的真实，却从不绎解对外部事实的真实性的忠诚”（弗莱，2010：62）。作为后印象主义开创者的塞尚曾在印象主义画派中学习绘画，并对其进行了传承性的发展和创新。他吸收了印象主义者对自然的观察方式和对色彩与光的运用技巧，同时以他超强的知性和感受力弥补了印象主义在绘画表现性上的不足。“后印象派画家并不关注记录色彩或光线印象。他们之所以对印象派的发现感兴趣，只是因为这些发现有助于他们表达对象本身所唤起的情感”（同上：100）。塞尚从印象主义所观察到的事物的复杂性中建立起了严谨、融贯、稳固的构图，充分发掘了色彩在构形中的作用，并建立起了作品与自然之间的一种微妙的平行关系。如果说他并非有意运用这些手法来传达观念与情感，凡·高（Vincent van Gogh）与高更（Paul Gaugin）则从印象主义与塞尚的作品中开创出了自我表达的最有力的手法。

作为美国现代主义小说的旗手，福克纳同样表现出超乎寻常的危机感与革新意识。首先，相较于传统的宏大叙事与现实主义的客观写实手法，其作品更加注重人物的内心活动或心理过程的直接展现，从内而外地反思和表征外部现实，也即主观的真实。难怪乎福氏作品中有大量内心独白。痛苦地纠结于传统与变革的矛盾之中，其作品中许多人物既无力承受传统的重压，又害怕面对一个快速转型的世界。内心独白成了作家表征这种内在冲突的最佳途径。《喧哗与骚动》前三部分大量使用了内心独白，尤其是昆丁在自杀前的大量思绪闪回把他同凯蒂之间摄人心魄的兄妹情，他的负罪感、绝望、软弱无能都直接展示给读者。《我弥留之际》更是一个由59块独白汇聚的独特文本组合。其他如《押沙龙，押沙龙！》《八月之光》《圣殿》《去吧，摩西》《坟墓的闯入者》和“斯诺普斯三部曲”等作品中作者都大量使用了内心独白。读者被直接带入人物的内心世界中去观察和体验其内心活动，并从内心现实层面去分析外部世界与人物心灵的关联。此外，他的作品对街坊生活即平民群体（小镇居民及山民）的关注、口语（尤其是黑人语言）、俚语和粗俗语取代了被一直认为是传达真理和文化的声音的传统高雅的文学语言（如同华兹华斯对诗歌语言的解放及马克·吐温将口语体纳入文学殿堂）等都应被视作对文学题材的革新与解放。当然，如众多评家所公认的，真正能表现福克纳个人主义特质的当属他在小说形式、艺术手法上艰苦不懈的探索与创新。作为一位伟大的小说技巧的实验家，他孜孜求新于运用并构/并列对照、时空错位、蒙太奇、意识流、宗教典故、神话模式等把支离破碎的事件、互相矛盾的思想杂糅在一起，建构复调多元的作品，其间蕴含之结构主义努力和表达与塞尚运用球体、圆锥体和圆柱体等形状作为“知性的脚手架”（intellectual scaffold）（Fry，1927：70）进行思考创作的方式异曲同工。

文学与绘画艺术同质共源，都是内容与形式的统一体。虽然福克纳的小说广泛运用现代主义手法，让人在理解的过程中产生了一定的困难，并且后/印象派的绘画手法也同样与传统绘画大相径庭，但这种形式上的革新并非为形式而形式、为创新而创新。福克纳的探索和创新只是为了更自然、更准确、更全面地表现他作品的内容，他的思想，他对生活、对人、对世界的认识。他认为形式不能从外部“长”出来，因为“书中的，故事中的情形决定其风格……正如在一年的一定时刻草木舒枝吐芽一样自然”（Gwynn & Blotner，1965：56）。与此类似，后/印象主义极富革新性的创作手法的根基，也是一种全新的认识世界的方式，这就是印象主义者眼中的“真实”。

福克纳与后/印象主义者眼中的真实有一个共同点，那就是二者都打破了我们所观察和认识的世界的绝对性，而看到了其相对性（即人之主体在认识客观事物时的参与性）或流动性。首先，印象主义所遵从的哲学思想是：“印象主义者首先认识到万事万物的真相是，绝对的静止与绝对的同一性只是精神抽象，在外部自然中没有其对应物……我们对于外部自然对象的一切知识，并不真是对于那些对象的知识，而是对于那些对象与我们之间发生的交互作用的知识。我们总是对我们赋予某个外部对象的品质负有部分责任，只有在这样的条件下，我们才能对外部对象有所认识。因此我们永远无法认识‘物自体’”（弗莱，2010：54）。所以，印象主义者们所追求的“真实”，只是视觉印象的真实。在他们的眼中，所谓客观存在的事物并没有其恒定绝对的轮廓，而只是在视觉感官中所呈现的面貌。这在很大程度上便成了对色彩的再现。丹尼尔·阿尔布莱特在融合现代主义文学、音乐及绘画的新著中也应和了此观点：“如果尼采宣称真实远非基于外在世界固定不变的认识，而无非是通过神经末梢传递的断断续续的感觉，法国印象主义者们则试图以视觉表象的形式再现这些尚未组合为连贯世界的神经刺激”（Albright，2015：52）。从印象主义的画作中，我们同样可以看出这种哲学认知所产生的两点影响：第一，既然在自然中并没有固定恒常的外部对象，那么在进行描绘的时候就不必拘泥于对象的轮廓及固有色，而将注意力转向“一种新的色彩和谐的整体”，一种“某一特殊时刻的大气色彩与品质的压倒一切的影响力所带来的统一性”（弗莱，2010：58）。第二，既然视觉感官成了对自然的观察中的主导因素，那么在艺术表现中，外在事物给人产生的视觉印象便成了艺术家对真实的追求的主要方式。如莫奈的组画《干草堆》（*Haystacks*），记录了在不同季节、不同时刻所观察到的干草堆的不同面貌。虽然观察的对象单一而固定，但不同天气与时刻所产生的光的效果却有着丰富的变化。作品中，对象的轮廓、形状、样貌的重要性被大大地减弱，而代之以光与色彩给人造成的视觉印象。因此，印象主义的作品颠覆了外在事物恒常不变的认识，充分肯定了人的主观观察在认识自然中的参与性。

与此相对应，在小说这种文学体裁中，情节是其构成的关键要素之一。按照传统的理解，情节的发展要建立在时间的推进之上。基于这样的前提，在文学作品中才能建立连贯的、符合我们日常思维方式的叙述，呈现事件的前因后果和发展脉络。也就是说，我们对时间的这种先验的体认，同样被当作一种不容置辩的、绝对的性质被运用在小说的写作中。然而，福克纳受到博格森（Henri Bergson）哲学的影响，将时间看作流动的，或是“绵延”的。在博格森看来，“理智只能认识抽象的时间，而不能认识时间本身，真实的时间是‘绵延’（durée，duration），这只能由直觉（intuition）来直接把握……理智只是站在事物外面来认识它，而直觉则是一种感应或同情共感（sympathy）……直觉就是认知者对客体的一种感应，在此感应中，认知者把自己融入客体之内，与客体融为一体”（韦汉杰，2005：135）。此外，“博格森认为绵延不是数学的时间（即空间化了的时间），后者如一条空间中的线段，由点组成，点与点间是分离或非连续的。而绵延却是连续的（continuous），当我们考虑一个特殊例子即自我的意识流，便会发现前一瞬间的意识与后一瞬间的意识并不是彼此分离的，而是‘前后通贯、密密绵绵、前延入后、后融纳前之一体’”（135）。无独有偶，在谈及印象主义与现象学的关联时，杰西·马茨发现众多评论家视“印象主义为主体与外部世界之现象学纽带”，一种“主观客观主义（subjective objectivism）”，并甚而至于 “界定印象主义为博格森的绵延、胡塞尔的现象学时间……的先兆或对应体”（Matz，2001：26）。换言之，与现象学排斥中介的“悬隔”直观或本质直观一致，“印象主义作家的观看方式是对传统观看方式经验化、模式化的突破，真实不再是人们约定俗成、共同接受的先验性的认识，而是带有主观色彩的个人印象和感受”（孙晓青，2015：114）。

福克纳同意博格森“关于只有（包含过去与将来的）当下的时间流动性的

理论”，并认为“艺术家对之颇可以动些手脚”（Blotner，1974：1441）。我们可以借此推断出博格森对福氏的两点影响：第一，既然时间并不是如空间中的线段那样由点组成，而是前后贯通、前延入后的，那么在文学作品的叙事中也无须按照传统的线性叙述方式来展开。于是在对时间的处理上，艺术家就可以放开手脚，按照有利于作品自我实现的方式来安排。第二，既然“真实的时间”要靠直觉才能把握，那么这时间便不再是传统认知中绝对的、独立于人的认识之外的客观性质，而是与人之认知融为了一体。这样，在小说中，人的意识成了时间的主导，时间的顺序可以根据人的意识而来回跳跃。

福克纳小说中时间的穿越倒错，便是以此为其哲学基础。《喧哗与骚动》前两个部分似乎关注的只是两天中发生的事，却因昆丁、班吉兄弟俩不断将对过去事件的回忆与当下经历联系起来的习惯而展开了康普生家族几代人的家世。《献给爱米丽的一朵玫瑰花》最突出的叙事特征也是时间倒错。故事将叙述文本的情节（如爱米丽的葬礼、纳税事件和怪味事件等）进行了肆意重组：倒叙、插入、前置、频繁跳跃，使得叙事丰润圆满，故事充满了立体张力。打破时间与历史惯常进程的做法更典型地体现在《我弥留之际》中，其间充斥着闪回、插曲与跳跃转换。譬如，第 32 部分达尔重述了朱厄尔偷马的故事，第 39～41 部分为脱离当下即时旅程场景的插曲，科拉部分聚合周围人对艾迪的生前印象而艾迪本人部分则死人开口，回溯了其虚无主义一生。时间的错位最典型地体现在能异地视物的达尔身上。他所叙述的第 10 部分就完全弃时间不顾，将杜威·德尔从他处过去“召回”加以奚落：“我对杜威·德尔说过：‘你盼她死，这样你就可以进城了，对不对？’她不愿意说我们俩心里都清楚的事……。‘你无法相信这是真的，因为你无法相信你杜威·德尔，杜威·德尔·本德伦，居然会这么倒霉：对不对？’”（福克纳，2000：32—33）。类似一幕发生在达尔进行内省独白的第 57 部分，这里达尔已被当作疯子要送往精神病院。不识福克纳有关流动性的现象学时间观念，读者很难想象紧随本德伦一家在广场上吃香蕉的场景的会是这样的描述：“达尔是我们的兄弟，我们的兄弟达尔。我们的兄弟被关在杰克逊的一个笼子里，在那里他那双污黑的手轻轻地放在静静的格缝里，他往外观看，嘴里吐着白沫。”（220）读者只有再次凝神细读才有可能觉察这是向将来时间的一次跳跃。

综上分析可见，19 世纪末至 20 世纪初最先进的哲学思想对福克纳与后/印象主义都产生了根本性的影响，使得他们的作品由对“客观真实”的再现转向对无限接近“相对性真实”的追求；人的主观意识成了对外观察与作品实现中更加自觉而积极的参与因素。

福克纳小说与后/印象主义绘画中的世界观，以及基于这种世界观所运用的表现手法，为读者或观者对文本或绘画的理解造成了一定的困难。在小说中，开放性结构、意识流、时空倒置、并列对照法等手法的运用打破了常规的故事叙述方式；而后/印象主义的作品最初进入公众视野的时候，也曾由于其粗砺的笔触、鲜艳的色块等背离传统的特点而引起争议和不满。这些特点要求读者或观者在对二者进行欣赏和理解的过程中有着高度的参与性，与作者一道参与到作品的构建之中。正如亚当斯所论：

> 我猜想塞尚连同其他印象派及后印象派艺术家对福克纳的影响当不仅仅限于色彩的运用或风景的构思。……对我而言，这也涉及对作品结构的营建。塞尚创作时在画布上随意施加色块，占据越来越多的画布空间，直至形式显现——一种复杂困难的构图法，也很难看明白。如此，观者就要被迫承担相当份额的创作任务，同画家一道进入构图的过程，从而再现画家对此场景的感受并赋予它以生命力。对于那些不太慵懒并参与其中者，其回报是一次丰富能动的审美感受。该感受并非艺术家直接呈现给观者的，而是允许并鼓励观者分享的结果。福克纳的创作方式不论就其对读者参与的要求及之后的回报而言，都与此不无相像。（Cox，1982：101）

一方面，在欣赏印象派绘画的时候，我们不能理所当然地将绘画对象看作我们日常所理解的独立而恒常不变的存在。由于一个物体被观察时的角度、光线、周围物体的固有色对它的影响等因素都在变化之中，画家在对事物进行观察时产生的视觉印象就成了对自然最忠实的再现。因此要想理解印象主义的绘画，我们必须摒弃对事物的一般概念，而尝试从画面的零散的光点、互相对比的色块中建立起对视觉印象的还原，从而理解画家眼中的真实世界。同样，在读福克纳小说时，我们也要尝试从中理解作家眼中的“真实”之庐山真面。一个事件的“真实”并不存在于一个或几个人物的前后一致而连贯的叙述中，而是存在于所有参与者的个人视角的并列之中，以一段段内心独白的形式呈现给读者。这些视角之间进行着对话，甚至相互矛盾，读者并不能直接地从中找到想要的答案。因此，这就要求读者在理解的过程中融入自己的大量思考，从这些似乎告诉了我们一切却又似乎什么都没有告诉的、看似凌乱的对话之中分析人物的性格、心理状态等。

另一方面，福克纳小说与塞尚绘画的内在结构都需要读者在理解作品形式语言的基础上去发掘。福氏小说的写作手法看似捉摸不定，作品时空倒错，但深层次中仍然存在一个可供挖掘的连贯结构。卡提根纳尔（Donald M. Kartiganer）在品评福氏文体风格时曾提及这种内在的“大结构”：“福克纳最伟大的小说中结构较大者都属于这类散文——包括《喧哗与骚动》《我弥留之际》《八月之光》《押沙龙，押沙龙！》。每一部都有一系列声音，它们就和句子中的修饰成分一样，距离不等地悬在一个单独的事件的边缘。在和谐但并非完全一致的事件的中心，往往是迷失的姐妹、死去的母亲、身份不明的男人、莫名其妙的谋杀：种种神秘事物似乎可能引出没完没了连续不断的叙述”（卡提根纳尔，1994：741—758）。这就要求读者参与到创作中去，身临其境与作者一起构思，共同营建文本得以产生意义的规则系统。譬如《我弥留之际》中类似“漩涡”的葬礼历程，《押沙龙，押沙龙！》中有关“发生”的“石子”与“波纹”（福克纳，2004：255）效应，以及《喧哗与骚动》中暗含基督受难的“神话模式”（福克纳，1996：9—10）等。

就塞尚画作的内在结构而言，艺术家毕生追求“绘画几何形式的简洁”以实现“再造自然”（刘乐，张晨，2014：309）的宏愿。据同时期艺术理论家埃米尔·贝尔纳（其人 1904 年有幸拜访过隐居的塞尚本人）回忆，塞尚曾抱怨现代绘画派，声称“他们首先应该学习几何形式：圆锥体、立方体、圆柱体、球形”。在之后的一封信中画家重申“用圆锥体、柱体和球体处理自然，全部按照透视安排……”（309—310）的重要性。正是运用这些弗莱称之为“知性的脚手架”进行思考的方式使得他得以将视觉对象还原为纯粹的空间和体积元素，并实现了艺术家感性与知性的完美重组（弗莱，2009：9—10）。

这些还原提炼视觉对象本质的结构主义努力旨在理性概括和诠释大自然表象之下的规则系统，也使得塞尚能够像自然的建筑师一样，组织并建构属于自己的风景。如在《瓦兹河畔奥威尔之四》（*Auvers*，1873）中，他以古典的三角形构图表现立体的家乡小屋；《瓦兹河畔缢死者小屋》（*House of the Hanged Man*，1873）中街道呈现为尖锐的椎体斜坡。在艺术家钟爱的圣维克多山系列画中，他将所有一切不必要的东西从风景中删除，只运用最清晰的几何造型：代表房屋和树木的方形和圆形与呈现山峰的圆锥形。他的肖像画也无意于绘制肖似的人物。如他的《自画像》（*Self-Portrait*，1879—1885）和《蓝衣女子》（*Lady in Blue*，1998—1999）中，表情不仅要让步于非正常的形式，而且要服从于几何学法则，即大块笔触突出的脑袋位置或女子古典面庞上的球形。同样，在《小丑和丑角》（*Pierrot and Harlequin*，1888—1890）中，人物突然凝固在大跨步中，这是以椎体造型的一次经典呈现。更典型的当属包括著名的《高脚果盘》（*Le Compotier*，1880）在内的水果静物画，其中圆形、椭圆形与柱体是主要形状并以不同的大小重复，拥有明显的几何形态之美。同等重要的，这些形状根据几乎与古希腊建筑经典一样严格和谐的原理组合，赋予了整个构图异乎寻常的安宁与均衡（弗莱，2009：92）。

塞尚的作品内涵之丰富，远远超过一种固定的解读方式所能胜任。其中感性成分与知性成分的圆融结合，要求观者动用不只视觉这一单独的感官，而是要求理性也参与其中，才能欣赏到其中更深层的结构之美。另外，由于色彩同样成了形式与结构建构中的重要一环，在达到色彩整体感的系统性与和谐性的过程中，塞尚利用他超强的感受力，不停地进行着修正与调整，在画面上形成深思熟虑的小笔触，画面的结构也在这一过程中渐渐完善。因此，观者在欣赏塞尚画作的时候，不仅要有理性的参与，即要对画面的形式感保持一定的敏感度；还要对色彩的和谐性以及色彩与结构共同营造出来的形式美感有着感性的把握。

总之，在福氏小说中，为了作品本身的实现，作家对时间、空间都可以做一些手脚，使用倒置、插入、跳跃等形式，来达到作家追求的效果，传达出他的世界观。因此，这就要求读者在欣赏作品的时候能够积极地参与到作品的构建中，不应被动地等待小说交代清楚故事的来龙去脉以及每个人物的性格特征，而是应该在人与人、物与物、传统与变化等因素之间的广泛对话中形成自己的看法。在绘画领域，体现为观者要摒弃被动地将画中的静物看作对真实事物的简单模仿的习惯，而是要深入画作本身去解读画家的形式语言，挖掘在经过合理的变形以及有色彩参与的赋形之后，作品所实现的结构之平衡与画面整体之和谐。

福克纳与后/印象画派的跨洋隔代姻缘实现了现代主义绘画与小说艺术在个人主义特征和革新意识、表现手法、世界观及读者参与诸多层面的互文共通，丰富了福氏小说叙述方式，促进了其人悉力追求的小说表现手法之革新，并为小说家之后的“荣归”埋下了伏笔。该穿越时空之跨界结缘有福氏家世背景的偶然，也有时代造人之必然。处在“历史的十字路口”的美国南方“需要巨人”来审视、批判从而重构传统的生活方式与价值观念。南方也“产生了巨人”。一大批杰出文人回应了历史需求，从西方现代主义文艺大潮中汲取养分来戏剧化表征本土，成就了美国南方“文艺复兴”（肖明翰，1997：4—5）。福氏更是该文学浪潮之领军人物，他远涉重洋汲取现代主义，尤其后/印象画派的艺术精华，并留守本土艰难刻画人类之良知，终成一代具有世界性影响的印象派小说大师。

Ⅱ. 福克纳小说创作对后/印象主义画派技巧的借鉴

福克纳小说研究一直是国内外学界热点，视角丰富，成果丰硕。然而研究者对后/印象主义画派与目标作家小说之间的跨界探讨却少之又少。诸如明特（Minter）、布洛特纳（Blotner）、李文俊及其他传记作者着实记述了福克纳因家庭背景及从小厌学而滋生的对绘画持久之钟爱、其人最初发表的绘画作品、在新奥尔良与众画家特别是斯普拉林的交好、巴黎朝圣等细节，然就由此而产生的对小说家创作的影响鲜有洞见。当然明特首先注意到福克纳在逗留新奥尔良期间发表的印象主义素描中“充斥着约瑟夫·康拉德的影响”，譬如其时其地被热议的康拉德“印象主义”手法：颠倒的时序、悬置信息、偏爱刻画精神或性格异常者及把传奇般的情节用入严肃小说等（Minter，1980：49）。有关该话题最切近也最具洞察力的研究当属理查德·亚当斯（Richard P. Adams）的论文《福克纳的学徒期》。该文作者追溯造就作家福克纳诸多影响之源，如莎士比亚、济慈、豪斯曼、艾略特、斯温伯恩、康拉德、安德森、普鲁斯特、乔伊斯、霍桑、迈尔维尔、马克·吐温等，并在提及作为印象主义创作先驱康拉德与同样为业余画家的安德森对福克纳小说创作影响时切入“福克纳从后/印象主义可能吸取了多少营养”（Cox，1982：98）的话题。总结亚当斯的观点有二：首先福克纳小说创作中众多印象主义技巧、风格与康拉德有着惊人之相似之处且受其影响也最为强烈。其次，就福克纳坦言旅居巴黎期间深受其影响的塞尚及其后/他印象主义画家而言，亚当斯认为小说家从画展中吸取的不限于色彩的运用或风景的构思，也涉及对作品进行艺术性建构以及由此引发的对读者/观者参与的要求。此外，值得一提的是沙克福德（Shackeford）就文学印象主义及其创作技巧在福克纳作品中的表现所作简评。他认为福氏作品中的拼凑、意象、色、光，及非线性时间的运用都体现了后/印象主义的画派风格及技巧（Hamblin & Peek，1999：194）。以上论述对后来者的继起研究弥足珍贵且有一定的导向功用，但都没有深入作家的具体文本做系统探讨。鉴于此，综合提炼印象主义创作技巧，聚焦福氏经典文本的形式特征，有必要从小说家对意象、光线、色彩的处理、内心独白与并列对照的大量使用及小说内在结构的营建三方面透视其在小说创作中对后/印象主义技巧的借鉴，从而展示这跨洋绘画与语言艺术之间的跨界互文关联。

福克纳对印象画派技巧的吸纳与借鉴首先表现在小说创作风格及技巧层面对具体意象、光、色的表现处理。印象主义着意表现外在事物给人留下的视觉印象。换言之，该画派旨在通过对绘画基本语言（painting language）要素光线、色彩的运用来达到对视觉印象的真实再现并营造情感效果与氛围。后/印象主义代表画作几乎都经典地表征了“光与色之舞”。在《煎饼磨坊的露天舞会》（*Dance at Le Moulin de la Galette*，1876）一画中，雷诺阿使用细小的笔触使各种色彩错杂在物体与环境交界的地方，明暗交错的光影透过树丛的星星点点的阳光，洒落在人们的身上、脸上、桌上和草地上，真正实践了“光是绘画的主人”这一句印象主义者的口号。被称为“舞蹈女演员画家”的德加（Edgar Degas）以舞女的舞姿为媒介，刻意追寻光与色的表现。《手持花束的舞者》（*Dancer with a Bouquet of Flowers*，1878）以室内灯光为描绘对象，成为印象派绘画中最脍炙人口的佳作。舞台上的布景与绿色的地毯，衬托着光照下的舞女，显得虚无缥缈、绚丽变幻，成就了一个纯美的世界。莫奈的《花园里的女性》（*Women in a Garden*，1866–1867）更是通过有色的光影与冷暖色调的并列来完成面孔和手的造型。画中左边女性的衣裙因树冠过滤光束而着绿色，黄色太阳光合成了前景中坐姿女性裙服的紫色阴影，“女性的面孔、手及花束由于相近、特别是互补色——红/绿、蓝/橙、黄/紫的并列及宽大厚实的笔触的使用而鲜明生动”（Crow & Lukacher，2011：360）。

对意象及光与色之印象式表征在福克纳对小说图景的构思中都有对应迹踪。以《我弥留之际》中语言驾驭能力极强的达尔对泛滥河水的表征为例：

> Before us the ***thick dark*** current runs. It talks up to us in a murmur become ***ceaseless and myriad***, the *yellow* surface dimpled *monstrously* into *fading* swirls traveling along the surface for an instant, ***silent, impermanent, and profoundly significant***, as though just beneath the surface something ***huge and alive*** waked for a moment of *lazy* alertness out of and into *light* slumber again.（111）
>
> 在我们前面深色的浊流滚滚向前。它仰起了脸在跟我们喃喃而语呢。这说话声嘁嘁喳喳绵延不绝，黄色的水面上巨大的漩涡化解开来，顺着水面往下流动了一会儿，静静地，转瞬即逝，意味深长，好像就在水面底下有一样巨大的有生命的东西从浅睡中苏醒过来片刻——那是懒洋洋的警觉的片刻——紧接着又睡着了。（福克纳，2000：134）

该语篇最引人注目处非修饰词的运用莫属：五十来个词中有 13（斜体部分）例是形容词或副词，其中连珠修饰就有四处（斜黑部分）。第三处几乎为纯抽象词汇的叠加，造就一条高度抽象的诗意艺术链条——对视觉对象/意象河流近乎奢靡的印象式描述：每一处修饰如同后/印象派画作中自由奔放的笔触，抽象词汇的并列产生了犹如艺评家泰奥多尔·迪雷（Theodore Duret）所谓“没有调和的色调”（张恒，2011：358）在画布上直接糅合的效果。有趣也极富启发性的是，蓝仁哲在《八月之光》“代译序”中论及福克纳的语言风格时无意却精辟地论述了此例所显现小说家“言中有画”的印象主义特征：

> 福克纳最擅长运用文字的积累效果，他往往以词语铺洒成激流，将读者卷入其间，使其沉浸其中，令人达到忘记词语和语法规则的地步，从而仿佛看见文字积累衍幻成的画面形象。他像一位天才的文字画家，文字在他手里成了色彩，他执意“噜噜嗦嗦”之际正是他瞄准心目中的形象而酣畅地增添色彩、泼洒浓墨的时候。对于福克纳来说，似乎用文字创造形象甚于表达意思。由于他时刻关注“用文字创造的形象”和“看比听强”的效果，所以他频繁地使用“seem”（看似）、“like”（像是）、“as if, as though”（仿佛是，恍若，好像）、“look”（看上去像）等视觉比拟的引导词语，不断地运用“now”（这时，现在）、“then”（之后，接着，那时）来指示变换的画面或情景，总是把形容词一个又一个地附着在前一个之后，或让分句不断蔓生以致“过于繁复”。（蓝仁哲，2004：20）

其次，“情感误置”（pathetic fallacy）——“赋予无生命物质以人的特征”（Leech and Michael Short，1985：197）的习惯性运用无疑营建并强化了语篇的情感氛围，即观者兼独白者达尔面对暗含杀机的滔滔河水时的一筹莫展。当然也不能忽视深、黄准冷暖色调的对比与制衡，在似乎任意、杂乱的碎片式组合之下却有带色彩的笔触确保图景的整体性与空间感。

此类“康拉德式”印象主义风格表征在福克纳作品中比比皆是。亚当斯认为福氏“混乱的时序、移置的叙述者及渐进曝光创作方式都显然得益于康拉德，而且有时风格令人吃惊地相似”（Cox，1982：101）。以批评家格拉德（Albert Guerard）称为“康拉德式印象主义巅峰之作”（Guerard，1958：127）的《押沙龙，押沙龙！》开篇首句为例：

From a little after two oclock until almost sundown of the ***long still hot weary dead*** September they sat in what Miss Coldfield still called the office because her father had called it that—a ***dim hot airless*** room with the blinds all ***closed and fastened*** for forty-three summers because when she was a girl someone had believed that ***light and moving*** air carried heat and that dark was always *cooler*, and which(as the sun shone ***fuller and fuller*** on that side of the house) because latticed with *yellow* slashes *full* of dust motes which Quentin thought of as being flecks of the ***dead old dried*** paint itself blown *inward* from the *scaling* blinds as wind might have blown them. (1)

在那个漫长安静炎热令人困倦死气沉沉的九月下午从两点刚过一直到太阳快下山他们一直坐在科德菲尔德小姐仍然称之为办公室的那个房间里因为当初她父亲就是那样叫的——那是个昏暗炎热不通风的房间四十三个夏季以来几扇百叶窗都是关紧插上的因为她是小姑娘时有人说光照和流通的空气会把热气带进来幽暗却总是比较凉快，而这房间里(随着房屋这一边太阳越晒越厉害)显现出一道道从百叶窗缝里漏进来的黄色光束中充满了微尘在昆丁看来这是年久干枯的油漆本身的碎屑是从起了鳞片的百叶窗上刮进来的就好像是风把它们吹进来似的。(1)

此句群的显著特征同样首先是修饰词的浓密，近 20 例（斜体），连珠修饰 6 例（斜黑），成就了对“他们坐”的“房间”的肆意“印象式”延阻与蔓延：句子在折回重叙之际也竭力拥挤向前，言不尽意的句子尽可能补充可能有的含义，叙述时序被暴力拆解，以致时间、地点一片混乱。读者感受到的并非叙述者对“房间”本身的直接描写，而是科德菲尔德小姐与昆丁对“房间”的繁复印象与回忆。艾肯在论及福氏小说的形式时说故事中“这些句子雕琢得奇形怪状，错综复杂到了极点：蔓生的子句，一个接一个，隐隐约约处于同位关系，或者甚至连这隐约的关系也没有；插句带插句，而插句本身里面又是一个或几个插句”（李文俊，2008：80）。

此论无意中道出了后/印象画派笔触奔放而意犹未尽、构图边线轮廓含蓄、关联性不强的特点，这在莫奈、毕沙罗（Camille Pissaro）、西斯莱（Alfred Sisley）的大量作品中都有体现，特别典型地表现在雷诺阿的《包厢》（*The Theatre Box*，1874）、《煎饼磨坊的露天舞会》（*Bal du Moulin de la Galette*，1876）及德加的《舞蹈课》（*The Dance Class*，1874）和盆浴及出浴的裸女等画作中。

此外，一片喧哗与骚动的表象（大块无序的笔触）之下有光（“昏暗”与“光照”、“幽暗”与“光束”）、色（“幽暗”与“黄色”）主导整幅图景未完成的完整性。这样的长句显然源于一种欲望，“想把一切都讲出来……在一个大写字母和句号之间……把一切都灌注在一句话里——”不但包括现在而且包括它依赖的整个过去和一秒一秒不断进逼着现在的过去”（朱通伯，1994：741）。同样的欲望在《熊》中绵延长达6页之多，被戏称为“life sentence”。[①] 而这种欲望最适合的载体似乎就是延展奔放的印象式回溯与跳跃。

其实，在对“房间”依恋有加的现代主义先驱伍尔夫《雅各的房间》中早已可见这种印象主义的、重表现思维不重表现行为的创作风格。伍尔夫认为传统的现实主义无法捕捉真正的生活，因为她认为生命是变动不居的、未知的、不受拘束的、像一个明亮光轮的精神世界，小说家的工作就是探索一种手段以期最好地反映事物复杂多变的本质，从而表现真正的现实。为此，她认为作家必须站在作品中不同人物各自的立场上去观察、倾听、思考，把所得到的印象、情绪、心境、氛围重新组织，再现出生活与现实的精神与实质。《雅各的房间》无视时空排序、叙述角度频繁转换，思绪与观察主导文本。故事对主人公一生的表现不是直接描写，而是通过他留在亲友心目中的各种不同印象与他本人的内心活动反映出来。雅各生平留下唯一的具体痕迹是他在伦敦生活时所住的那个房间，但这又是通过在认识他的人的心中激起回忆来描述的（王佐良，周珏良，2006：222）。在很大程度上实现了伍尔夫“以自己的感情而不是传统观念进行创作”（Allen，1954：7）梦想的《尤利西斯》更是体现了这一印象主义特征。这在叶芝的评论中可见一斑：“这是一个全新的东西——写的既不是眼睛看到的，也不是耳朵听到的，而是人的头脑从一个片刻到另一个片刻进行着的漫无边际的思维和想象的记录”（艾尔曼，1983：531）。

类似地，对近乎痴迷于小说创作手段革新的福克纳来说，一个作家“并非在竭力使作品难懂、晦涩，他不是在矫揉造作、卖弄技巧，他仅仅是在讲述一个真实，一个使他无法安宁的真实，他必须以某种方式讲出来，以至不论谁读

---

① 李文俊：《福克纳语言艺术举隅》，载《英美文学研究论丛》，上海外语教育出版社，2001(2)，第165页。“life sentence”是一谐音双关，既有“生命一样长的句子”之意，又可理解为“无期徒刑”。

到它，都会觉得它是那样令人不安或那样真实或那样美丽或那样悲惨”（Meriwether & Michael Millgate，1968：204）。福氏巅峰期的几乎所有杰作都带有这种印象主义的表征，意识流、多重视角、时空倒错、拼凑等手法被大量运用，小说的主题不是通过情节的发展来体现，而是通过人物对事物的观察和对外在世界的印象与反应。

如上文所述，现代主义先行者如康拉德、伍尔夫、乔伊斯等都受印象派对主观印象强调的影响，运用印象派风格去表达人物个体对外部世界的反应及其内心思绪——后者即现代主义小说极负盛名的“意识流”创作技巧。沙克福特认为福氏“最伟大的叙事聚焦个体意识与外部世界的关联”。小说家一贯以对形形色色“主体的复杂探究”而闻名，也往往通过“内心独白的运用”及“时间与视角的转换”来“彰显其人物的个体印象”（Hamblin & Peek：194—195）。

诚然，福克纳小说中的内心独白和并列对照的大量运用，使得故事叙述中充满了看似独立的、彼此不相融合，甚至有所冲突的因素。这与印象主义绘画中相互并列而不融合的色调有着异曲同工之妙。诚如克罗内格尔（Kronegger）所论：文学印象主义（Literary Impressionism）聚焦“个体意识与周围世界的相互作用”，突出表现为“多重视角的运用与时间及时序的转换”，读者必须从“空间视角出发，在瞬间而不是一个时段把握印象主义作品”（Kronegger，1973：13）。福克纳叙述故事的并构法使得情节的发展遭遇“时空倒错”，在人与人、物与物、观点与观点、传统与变化、过去与现在甚至未来间进行广泛的对话。多重视角法虽非福氏首创，却被使用得极为成功。他使用不同的叙述者主要不是为了发展情节，而是为了提供不同的视角和对故事不同的看法。比如，在《喧哗与骚动》《押沙龙，押沙龙！》《我弥留之际》等作品中就是如此。不同的叙述部分之间往往没有情节上的连贯性。另外，他的叙述者们往往是在竭力理解他们自己讲述的事情。他们常常叙述同一事情而给予不同的解释，所以他们常常相互矛盾、相互冲突。在这些叙述者所讲述的部分之间往往没有通常意义上的连贯性和统一性。作者似乎硬把一些观点不同的人物放在一起，让他们进行对话、争吵、各抒己见。

《喧哗与骚动》中 4 个叙述者围绕康普生家两个女人的贞洁及家族的衰败“各表一枝”，相互补充又相互对立。作为现代文学史上独树一帜的作家钟爱之作，故事中意识流错综复杂，叙述者轮换更迭。特别是昆丁与班吉的叙述采用了大量“意识流”手法，事件与细节的时间顺序和逻辑顺序被彻底打乱，人物的内心世界呈现出混沌迷乱状态。时间和空间不断转换穿越。据统计，在“昆丁部分”，场景转换超过 200 次，在“班吉部分”也有 100 多次。长兄耿耿强迫于妹妹的性乱与失贞而自溺身亡，白痴班吉的印象式记忆中有树香和水味的姐姐是唯一关爱呵护的源泉，市侩杰生的结论是“天生是贱坯就永远都是贱坯”

（184）。忠心护主的迪尔西担当着真正的家庭母亲的责任，凯蒂和小昆丁都是她呵护的对象。这几个不同叙述者就拼凑成了一幅不完整的有关两个女人的故事。

《我弥留之际》更是从以59块纯碎片式独白在15个叙述视角之间游击，对邻里、情人、妻子、家庭母亲艾迪之死及葬礼之旅做出各自"和而不同"的反应，争吵不休甚至大打出手。家庭成员有精心至迂腐的造棺者卡什，有忠心护棺的朱厄尔，有纵火并转而施救的达尔，有默默履行妻、母遗嘱却各怀私心的安斯、杜威·德尔及瓦德曼，各种意识暗流涌动，各种势力角逐于水火，纷争不断，明掐暗斗，最终才使得用发臭的尸体同上帝、亲人、邻里、镇上的人对话的艾迪入土为安。

《去吧，摩西》中7个独立却关联的故事颇似7个不同的视角空间立体式地展现麦卡斯林家族衍生出的黑、白两个家庭之间的爱恨情仇。"纯属解释性"（朱通伯，1994：751）的"拼装"（李文俊，2004：5）之作《押沙龙，押沙龙！》中有4个人物（罗莎小姐、康普生先生、昆丁和施里夫）作为故事的叙述者，他们通过自己的经历、理解和想象编织着萨德本家族的传奇。他们似乎在一个接一个地重复这个神秘家族的历史，但实际上，他们在不断地与其他叙述者甚至与自己对话，每个人都竭力确立自己叙述的权威，同时又直接或间接地抨击别人的叙述以降低别人的权威（肖明翰，1997：57）。福克纳"从每一个故事叙述人心理偏见的角度对具有重大意义、力量和激情的萨德本悲剧作了综合"（李文俊，2008：129）。这种多视角叙述策略的采用和因叙述视角产生的冲突提供给读者大量扑朔迷离的不真实的真实信息，勾勒出了事件的来龙去脉，却又带有强烈的主观印象主义倾向，特别是在邦的死因等关键问题上始终众说纷纭、莫衷一是，不可不信，然又不可全信。读者可以根据这些信息大致拼凑出萨德本家族的传奇，但却永远无法获知确切的历史真相。正如康普生先生所说的那样：

> 他们未作解释而我们本来就不该知道。我们有少许口口相传的故事：我们从老箱底、盒子与抽屉里翻出几封没有称呼语或是签名的信，信上曾经在世上活过、呼吸过的男人女人现在仅仅是几个缩写字母或是外号，是今天已不可理解的感情的浓缩物，对我们来说这些符号就像梵文或绍克多语一样弄不明白了。（92）

这样一个个相互冲突、相互补充的"口口相传的故事"拼凑成的文本网络颇类似于印象主义绘画中的并列冲突。与传统绘画不同，印象主义者无意将眼前的景物归纳在渐变而统一的明暗对照中，也不会将画面涂抹得平整而均匀，使色调之间的过渡变得柔和细腻。相反，他们对光的描绘直接而率真，对对比色进行了大量的运用，并且笔触鲜明，使得色调与色调之间相互并列而冲突，制造出了强烈的光感，进而实现了对真实视觉印象的再现。如在莫奈的《亚尔嘉杜的帆影》（*Regattas at Argenteuil*，1872）中，画面主要由黄/蓝，红/绿两组对比色构成：黄色的帆船与天空和湖水大面积的蓝色构成了主要的对比关系，朱红色的房屋与绿色的河岸则构成了次要的另一组。我们可以看到所有的色彩都具有很高的纯度，并未经过画家的刻意渲染，从而呈现的效果非常接近我们在晴朗的天气和充足的日光下所看到的景象。这种对色彩的直接而忠实的运用方式，又与福克纳小说中的内心独白有着高度的相似性。因为内心独白同样是人物内心思想情感的直接流露，一段段独白被并置在文本中，就像相互并列而对比的色调，一起呈现出一个事件的真实全貌。另外，在这幅画中，黄色的帆影与朱红色的房屋倒影以横的笔触直接排列在画面上，与蓝色的湖水形成了强烈的对比。这种看似粗率的笔触运用手法加剧了色调之间的对立与紧张关系。假如我们将这些笔触的边缘模糊化，使色块之间相互融合，那么得到的效果便会弱化许多。因此，正是这种对立与紧张关系赋予了画面一种特别的生动性。值得注意的是，这种生动性并非由作品描绘的对象，而是由画面本身的实现形式直接得来的。这也是印象主义形式语言的魅力所在。同样地，在福克纳的小说中，不同视角之间、不同观点的人物之间对话、争吵，这无疑大大提升了故事本身的张力。

小说与绘画形式特征相似性的第三个方面体现在作品内在结构的建构方式上。这一点，福克纳小说与后印象主义开创者塞尚（Paul Cézanne）的绘画有着更加紧密的联系。福克纳小说中的开放性结构、意识流、时空倒置等手法的大量运用，使得读者对于整个故事的把握和理解有着一定程度的困难。然而这看似捉摸不定的写作手法之下，却仍然存在一个可供挖掘的结构。否则小说便成了零散独白的集合，或对新奇技法的堆砌和卖弄，不会有如此恒久的解读价值。正如姚乃强在论及现代主义美学的核心思想时所指出的："在传统文学中保障作品前后衔接、视角一致与铺陈均衡的一些手段，如说明、释义、连接、小结等等，都被弃置。典型的现代派作品看起来开局突兀，展开时不做解释，而结尾又没有结果或定论。它只是由一些生动的片断排列组合而成，没有铺垫和起承转合，有的是视角、声音和语气的转换。"而实质上，现代派文学作品多数都保留一定程度的连贯性，"有一个内在的、能动的架构，只是藏在表面之下，需要去深挖"（赵一凡，张中载，李德恩，2006：655）。

众多现代主义经典作家的小说建构特质都需要深度挖掘。譬如《吉姆爷》中，吉姆在不同时期、不同地点的遭遇被康拉德抽去了正常时间顺序的经纬，又被重新编排、组合，形成了情节的跳跃、回转，增加了悬念。例如，"派特那号"船安然无恙这一真相被悬置至第七章才得以披露；吉姆临危逃脱的情景由三四个人物重复叙述，且各不相像。这种多层次和多角度的叙述导致读者对吉姆的印象多半是模糊且冲突的。然而在凌乱、琐碎的细节中却有旁观的马洛在穿针引线："他将细节交织成一幅琳琅满目、扑朔迷离的画卷，并且以他本人对吉姆这团疑云的探索作为画中主线，帮助读者梳理出吉姆心理活动的头绪，而康拉德通过马洛这一特殊的角度又为吉姆的生平蒙上了浓厚的印象主义色彩"（王佐良，周珏良，2006：132）。

代表福克纳"伟大作品中危险的极限叙述形式"（Sundquist，1983：28）的《我弥留之际》乍一读来就是一个"古怪""复杂""晦涩神秘"，其"真实性令人难以捉摸"（Robinson，1981：46；Dawson，1930；Vickery，1981：247）的大杂烩：有语言驾驭能力很强的达尔的诗意倾诉，有近乎弱智的瓦达曼的"痴人说梦"，有死人艾迪在小说三分之二处开口讲话，有长达数十页的意识流动，还有瓦达曼著名的"五字章"——"我妈是条鱼"（69）。此外，章节没有标号，叙述顺序被肆意打乱，无章可循。再者，通篇小说用频繁转换、闪烁不定的思维碎片来替代确定、晓畅、明白的人言，于是区区两百来页的中短篇富含史无前例的15个视角，59块独白。然而深入文本潜在的语符系统，却赫然可见小说的内在恒定结构——"漩涡"（"eddy"与故事女主人公"Addie"谐音双关在文本间形成的配意），故事因之开启、推进的本德伦一家的艰难葬礼历程即象征着漩涡意义的扩张之旅。

原先作为一部短篇小说集写的《去吧，摩西》在不断改写的过程中，渐渐成了"一个物体的七个刻面（facets）"，但福克纳认为"其实它就是一部短篇集"（2004：3）。之后小说家显然也在对故事的叙事结构进行思索并说"《去吧，摩西》其实就是一部长篇小说"且反对"给这些故事像章节一样列上次序"（Blotner，1978：284）。于是《去吧，摩西》的叙事架构是"插曲式"的，时间以分割、颠倒、并置、重合等诸多方式展现，这无疑是现代思维方式对传统小说格局的突破和超越。时间发展的片段性和迂回曲折使得时间与自我联系起来，传统直线型目的论式的时间经验成为破碎的异质的体验，是对以"超验的美"为代表的"逻各斯"或"总体性"的否定和抵制。这也扣应了后/印象主义画派对"瞬间性"的青睐。其效果颇类似于德加的舞女及莫奈的《干草堆》（*Haystacks*）、《睡莲》（*Water Lilies*）、《卢昂大教堂》（*Rouen Nortre Dame*）等系列画作。特别是后者，曾长期探索光色与空气的表现效果，常常在不同的时间和光线下，对同一对象作多幅的描绘，从自然的光色变幻中抒发瞬间的感觉。这些画作中，不同的瞬间一瞥组合成了大的生活现实与真实。相应地，《去吧，摩西》看似松散、支离破碎的"系列小说"之下由一个统一的南方种族关系主题与属于麦卡斯林家族的众多人物连接成一体，各篇之间大致都互有关联，但也都能独立成篇（福克纳，2004：4）。

塞尚作为一个"后印象主义"大师，承袭了印象主义的根本观念，打碎了将外部事物看作绝对、独立、恒常的存在的旧模式。然而，印象主义的画作结构性并不强，缺乏稳固的构图。他们虽然发现了更加忠实于自然的描绘光的方法，却过于执着于这种“真实”，代价便是丢弃了传统绘画中那种恒定、稳固的结构之美。相反，塞尚并没有拘泥于这些“大自然现象的纯粹视觉碎片”。由于他“知性超强”，他在吸收印象主义对光与色彩的运用方式的同时，又从这些视觉碎片内部、利用特定色调与色彩的对比，创建出了属于自己的美学形式，探索出了独特的结构构建方式。这种方式一方面是通过自己的理性对大自然各种物体的形状进行概括和诠释，在观察的过程中使用球体、圆锥体和圆柱体等形状作为“知性的脚手架”。正是利用这知性脚手架，即以几何形状进行思考的方式，塞尚在绘画中建立了一种和谐的形式关系和整体结构的完美平衡。“我们也许可以用这样一种方式来描述此画的创作过程：呈现在艺术家视觉中的实际对象首先被剥夺了那些我们通常借以把握其具体存在的独特特征——它们被还原为纯粹的空间和体积元素。在这个被简化的世界里，这些元素得到了艺术家感性反应中的知性成分的完美重组。”（Fry，2009：9）塞尚的艺术中这种知性的参与，包含着艺术家对视觉对象的理性归纳与概括，在作品中呈现出经过个人主观认知的重组后自然所呈现的面貌。

如在著名的《高脚果盘》（*Compotier*，1880）中，弗莱对其中形状的概括性进行了精辟的赏析：

> 人们能发现形状是多么的少，球形以不同的大小重复了一次又一次。此外，椭圆形以两种十分不同的大小在高脚盘与玻璃杯中重复。如果我们再加上持续重复的直线，以及壁纸上经常重复、形状等同的树叶的话，我们就穷尽了这幅画上所有的形状。这些形状的不同大小被安排来突出左边的高脚盘和画面正中那些较大的苹果。事实上，观众可以直觉到，这些形状是根据几乎与古希腊建筑经典一样严格和谐的原理被安排在一起的。正是这一点赋予了整个构图异乎寻常的安宁与均衡……但高脚盘和玻璃杯的圆口子在透视中呈现为两个椭圆，而椭圆形乃是一种能够激发不同情感的形状……它与圆形和直线都难于取得和谐。所以，人们无须惊讶便能发现塞尚改变了它们的形状，使其两端近于圆形。这一变形剥夺了椭圆的优雅和轻盈，却赋予了它以庄重和厚实的特征，就像那些球体一样。（2009：92）

塞尚结构构建方式的另一方面是利用色彩来塑造形式。如弗莱所论，塞尚意识到色彩也是形式的组成部分，具有独立造型价值的元素。此外，这种价值能够体现于用色彩的变化来呼应与画布表面平行的各个平面，就是用色彩变化来暗示空间感：

> 当他（塞尚）将平衡的第一笔施于画布之上时，最初的画面是由任意的色彩和形状构成的。然后，他从这一非客观的视觉中渐渐地发展出图画结构，在其中对象与空间以一种令人信服的方式与画面彼此互动。画图空间及其所含的实际对象只是作为作用于结构整体的合逻辑的色彩序列的结果而成形。带色彩的笔触代表了被观察到的形状的图画对等物，但是，与此同时，它们又是确保图画整体的主导图案的一部分，并赋予它前后一致的、贯穿整个色域的强度。（2009：100—101）

也就是说，在塞尚的作品中，空间结构被蕴含在色彩之中。在探索色彩的平衡与互动的过程中，结构与空间关系从中自然显现。带色彩的笔触既与被观察的对象对等，又构成了画面整体图案的一部分。这样完成的作品既非完全再现性的，又非纯形式性的。它达到了一种与自然的平行关系：既不完全依附于自然事物，又忠实于自然事物，与它保持着微妙的距离。就像在福克纳的小说中，每一个独白既是人物心理状态的真实显露，又是构成小说整体结构的一个环节。小说的结构就潜藏在这些独白之中。这种方式既完成了对作者眼中的真实世界的再现，又实现了作品本身的建构，同样达到了一种介于忠实再现与艺术作品本身的实现之间的平衡。当然这样的世界观及由此导致的画作内在结构的营建，如同福氏的小说建构，必然要求读者或观者在对二者进行欣赏和理解的过程中有着高度的参与性，与作者一道参与到作品的构思之中。

总之，福克纳小说世界展示的几乎就是一幅支离破碎、光怪陆离、“七拼八凑”的后/印象主义画作。小说家对意象的近乎奢靡的主观印象式描绘，对光、色的随意性与瞬时性配置，叙事时序的肆意重组，视角的频繁转换与跳跃，意识流及并列对照的大量使用，内在深层结构的隐身及对读者参与的要求都毋庸置疑地展现了后/印象主义画派构图技巧对其人小说构思的影响。福克纳逝世后不久，同为南方作家的艾伦·泰特（Allen Tate）撰文说：“我相信随着他这个人的消失，他将被认为是福特·马道克斯·福特称之为印象派小说这一小说艺术的最后几个伟大艺术家之一。”（李文俊，2003：182）美国现代派文学的先驱格特鲁德·斯泰因（Gertrude Stein）从欧洲带回三幅法国现代派画家马蒂斯（Henri Mattise）的绘画，犹如火山爆发，带给人们的震撼力与不安不亚于 1906 年发生在旧金山的大地震。福氏编织进其小说文本特别是约克纳帕塔法系列的后/印象派绘画威力却波及全球。美国福学专家托马斯·英奇（Thomas Inge）在他的文章《作家们谈福克纳以及他的影响》里说：“很少有现代作家，也许詹姆斯·乔伊斯除外，能像威廉·福克纳那样对全世界具有深刻的影响”（186）。

Ⅲ. 神品·诡风·妙构:《我弥留之际》的印象主义文体及结构特征解析

《我弥留之际》自出版以来一直因其怪异、晦涩、模糊而令论者却步。故事讲述了一个山民家庭如何信守母亲的遗嘱，跋山涉水将其尸体运到五十英里外的娘家的坟地入土为安。与一般故事中的葬礼历程不同并使得旅程艰辛重重的是，尸体臭不可闻，山洪暴发，河水泛滥，马棚失火；更糟糕的是人心不齐，离心力同向心力并存，好在经历了水与火的洗礼之后，本德伦一家最终得以完成了使命。与常规旅程故事的设计不同的是，它在主题表达、人物塑造、叙事视角、风格和结构等诸多方面都独具特色且云山雾罩。本研究依据相关文体学理论、巴赫金（Bakhtin）的“对话主义”及格雷马斯（A. J. Greimas）的“叙事结构”理论，从故事在约克纳帕塔法系列和作者及评者心目中的独特位置、印象主义风格以及开放且自我消解的结构三方面展开论述有利于澄清围绕该小说的多重谜团。

《我弥留之际》在作者和评者心目中的位置也很独特。福克纳用“神品妙构”（tour de force）（Gwynn & Blotner，1959：87）——快速而巧妙写成的作品，来指称该小说，大有陆放翁“文章本天成，妙手偶得之”的感喟。但也正可能由于写得过于顺利，它不像《喧哗与骚动》那样让作家耗费心血，最让他动情、钟爱、痴迷，因而在作家心目中是古罗马人放在床边慢慢亲吻消损的花瓶，是“极辉煌之失败”（77，144）；它也不像《押沙龙，押沙龙!》那样连作家本人都惊叹是“迄今为止美国人写的最好的小说”（Blotner，1974：279）。众多评论家也一致认为这更是一部以技巧取胜的力作。布罗克斯（Cleanth Brooks）说：“如果说该小说情节很简单，其表现技巧绝非如此。”（1983：79）艾里克·J·桑德奎斯特（Eric J. Sundquist）曾这样总结这部作品的独特性：“在福克纳主要作品中，《我弥留之际》最可以被独立阅读。它或许是作家最完美的精巧之作，但也正可能因此几乎成为一部‘问题’技巧荟萃。它几乎就是一本有关创作技巧的教科书，展示了作家的天赋及与之相伴的种种冒险，两者相辅相成，共同成就了他刻画南方漫长伤痛与悲剧的伟大作品中危险的极限叙述形式。”（1983：28）2012 现代图书版序言作者多克托罗（E. L. Doctorow）论及成就该小说“非同寻常之格局”（unusual dimensionality）诸因素时，同样凸显作家“大胆的技法”（daring technique），称它是“一部大师级佳作，展现了作者游刃有余的技艺……”（2012：xii，xiv，xvii）。

然而，本小说的最大特点是最让评者头疼却又痴迷的种种不确定性和围绕整个作品的神秘光圈。几乎从发表之日起，评者就称之为“奇怪的作品”（strange performance），“艰涩而令人着迷”（difficult，fascinating）（Inge，1981：46），

“一本可怕的书”（a horrible book）（47）。用来描述该书的关键词汇不外乎“晦涩”（obscureness）、“神秘主义”（mysticism）（45）等。之后众多读者虽从不同角度进行解读，围绕该书的神秘光环却似乎越发令人目眩。奥尔佳·维克利（Olga Vickery）抱怨小说的“复杂性”（1981：247），简·巴克尔（Jan Bakker）说这是一本“复杂又令人迷惑不解”的书（1980：221），米歇尔·米尔盖特（Michael Millgate）揭示了该书“让人难以捉摸的真实性”（1989：94），桑德奎斯特（Sundquist）展示了小说“令人费解”（1983：28）的创作技巧。加尔文·白丁特（Calvin Bedient）对该书下的结论是：“《我弥留之际》可以被‘读’而不能被理解；可以意会，而不能言传；可以被感受，而不能分析”（1968：62）。金尼（Arthur F. Kinney）称该书为“达尔的意识自传”，“读者的构成意识大部分时间只能通过达尔困惑、扭变的视觉摸索前行”（1978：161，162）。

国内，福学译家李文俊在谈到让众多评者莫衷一是的小说定性（悲剧？喜剧？悲喜剧？闹剧？史诗戏仿？）问题时说这是一部让人“啼笑皆非”的作品（李文俊，2004：1）。国内首部系统研究福克纳及其作品的专著《福克纳研究》作者肖明翰的读后感颇具代表性：“与《喧哗与骚动》《押沙龙，押沙龙！》《熊》这些作品不同，《我弥留之际》表面看来容易读，但越读越难，越仔细研究越觉得难以把握书中的人物。在阅读中我们总觉得抓住了什么，但仔细一想，又不全对。特别是，如果我们试图把一个‘单一’的意义强加给作品，总感到有问题。”（1997：278）胡弘认为故事隐含了“永远无法企及的生活真理”（Tao Jie，1998：17）。刘萨拉在《死者之悲鸣——艾迪·本德伦与语言之悖论》一文中指出故事女主人公引发了两个核心疑问：“首先既然她是一具死尸，我们该如何读解其话语？其次，我们又该如何阐释其言辞，既然她在语言中谴责语言？这两者共同表现语言与死亡的关系，成就了文本中一具说话的死尸诋毁语词的双重悖论”（同上：149）。

另有评者专文探讨该小说的不确定性和多元性。如沃尔特·J. 斯莱特夫（Walter J. Slatoff）在专著《寻求失败》（*Quest for Failure：A Study of William Faulkner*）中称之为“一本充满不确定因素”的书，并通过具体展示小说主题的“不确定”、人物的“不清晰”、情节的“不连贯”等特点得出结论：该书“模糊而又令人困惑”（1960：159，161，165）。罗伯特·戴尔·帕克（Robert Dale Parker）在论文中开门见山地说道：“我认为除了该小说的美之外——对此我无可飨读者——《我弥留之际》最明显的特点就是它‘彻头彻尾的古怪性’，读者的应付策略也只能是形形色色的‘误读’。”（1985：23）

《我弥留之际》风格之诡异表现在语言的各个层面。词汇层，除作者的习惯性独创如“unpatient”“undecision”“mislike”“A-laying”“unbroken”“misfortunate”（16，18，26，31，62，129）等之外，有以形代言的，“卡什把

棺材做成钟形的，像这样：⬡”（87）[①]（Cash made it clock-shaped like this ⬡）；有干脆留下空白让读者填充的“我从前是个处女时我身子的形体以的形式出现而且我……”（163）（The shape of my body when I used to be a virgin is in the shape of a and I ...）；还有追求形、音效果的，“我继续朝屋子走去，背后是锛子的操作声： 哧克 哧克 哧克”（16）（I go on to the house，followed by the Chuck Chuck Chuck of the adze）；短语层有为追求工整而设计的意义晦涩组合，如“所有的部件成为一个整体却又不是任何一种部件；这些整体包含任何一个部件却又什么都不是”（47）（all one but neither，all either but none）。

以上词汇层面的风格设计都巧妙内化了福克纳作为一个印象主义作家的艺术视觉。威尔海姆（Randal Shawn Wilhelm）认为“福克纳在几部小说中对异质元素的运用与（源于塞尚）的立体主义画派技法有明显对应，展现了他使用拼贴艺术来达成形式与主题效果的能力”（2002：197）。因此，艾迪对年轻时的自我回忆中，“福克纳通过想象性空间创造的句中空隙，旨在扁平化文本空间，形成静默区，起着‘填补空白的影子’的作用”。达尔对卡什加工棺木描述中的空隙则是“提供了一个视觉标识，在书本剩余空白页的衬托下突出卡什劳作的声音”。这样的印象空间设计“开放了文本形式，鼓励读者填补空白”（196）。“塔尔对艾迪棺材的图绘”属于更大胆的跨界拼贴。“与立体主义画家在作品中使用画外元素附加图画表面‘纯形式’之外叙事语言的影射义或言外之意相反的做法相反，福克纳使用文本外的符号来前景化叙事的视觉层面”（197）。抑或用约翰·塔克（John Tucker）的话说，运用图像替代文字的做法类似于立体主义画派用几何元素组织图画的构图原则，旨在“削弱怠惰的现实主义叙述，强化福克纳视觉的几何形体抽象性”（1984：392）。[②] 所以，威尔海姆总结，此处形似 “老爷钟”的图绘文体，除了惊艳的视觉效果，“突出了小说的主导意象，一个死亡与时间的象征，其中装殓着倍受呵护、代表着生命之源的母体”（2002：197）。最大化能指的独创新词及意义组合文体做法类似于毕加索、布拉克重复、堆砌形体、角度、平面，从而“刷新感知”或曰“陌生化”观者的传统透视认知的技艺，旨在促使受众读解怪异的表达形式（2002：

① 引自威廉·福克纳著，李文俊译：《我弥留之际》（上海：上海译文出版社，2000 年）。本文所引译文均出自该书，下文只标页码。原著皆引自 William Faulkner, *As I Lay Dying* (New York: Viking Penguin Incorporation, 1988)，必要处标注页码。

② 威廉·福克纳运用几何形体处理视觉对象的做法显然源于塞尚毕生追求“绘画几何形式的简洁”以实现“再造自然”的宏愿（娜塔莉娅·布罗茨卡娅：《印象主义·后印象主义》，刘乐 张晨译，人民美术出版社，2014: 309）；弗莱称塞尚运用球体、圆锥体和圆柱体等形状作为“知性的脚手架”（intellectual scaffold）进行构思（*Cézanne: A study of His Development*. London: The Hogarth Press, 1927: 70）。

65，67）。[①]

句法层之怪异更加突出：有故意违反句法规则和简明习惯的迂回说法、指称的故意模糊延拓、连珠式的修饰语、时空的错位等。以小说标题为例，“我弥留之际”是一个省略了主句的从句，根据小说文体学理论，“从句是一种旨在彰显的句法形式。因为使一个句子处于从属位置实际就是以它为背景，将它所描述的对象处于从属的境地，该隐境不通过主句就不能被理解”（Leech & Short，1985：221）。然而，从句中的“我”指的既是家庭中心又是小说中心的艾迪·本德伦，故事中的一切都围绕着她的死亡及葬礼而展开也因之而发生。正常的语序该是“I Lay Dying as...”，但这样一来作者的创造性和惯有之模糊性不仅荡然无存，而且这种本末倒置的省略手法给读者“审美期待”造成的冲击，以及交由读者填充的想象空间也不复存在。再者，这还为小说话语权的分配埋下了伏笔。故事独白 59 块，艾迪只得一瓢饮。质言之，福克纳是想延续其模糊性。既然书名中“我”处于从属地位，文本中就尽量剥夺其话语权，而且这也非常契合艾迪的虚无主义语言观：“语言是没有价值的，是需要这么一个词的人发明出来的，仅仅是填补空白的一个影子”（160）。

指称的模糊在文本中大量存在，造成了阅读中的无数“障碍”，不断升级悬念。以刚刚捕鱼回来看到亡母的瓦达曼为例：“那不是她因为它当时躺在那边的土里。现在它已经给剁烂了。是我剁的……那么说它当时不是而她是，现在呢它是而她不是”（55）。只有熟悉这个同鱼差不多大的弱智孩子的思维方式且继续阅读良久，读者才能明白“它”与“她”是他对大鱼和母亲的自由联想，“是”表征他无法言表的存在状态。思维的跳跃也说明了为什么瓦达曼的叙述中经常出现时空的错位。上例中的“当时土”中的鱼和“现时棺材”里的母亲并构就是其人脑中的时空穿越剧。

时空的错位最典型地体现在能异地视物的达尔身上。他所叙述的第 10 部分就完全弃时间不顾，将杜威·德尔从他处过去“召回”加以奚落：“我对杜威·德尔说过：‘你盼她死，这样你就可以进城了，对不对？’她不愿意说我们俩心里都清楚的事……‘你无法相信这是真的，因为你无法相信你杜威·德尔，杜威·德尔·本德伦，居然会这么倒霉：对不对？’”（32—33）类似一幕发生在达尔进行内省独白的第 57 部分，这里达尔已被当作疯子要送往精神病院。不谙熟福克纳有关流动性时间观念，很难想象紧跟着本德伦一家在广场上吃香蕉的描述的会是这样的场景：“达尔是我们的兄弟，我们的兄弟达尔。我们的兄弟被关在杰克逊的一个笼子里，在那里他那双污黑的手轻轻地放在静静

① 这种做法仍可追溯到塞尚创作中并不试图掩饰笔触，而是留下空白来提醒观者绘画就是绘画，而非模真的虚幻。福氏这里部分与整体关系的表达也让人联想起塞尚致力建构的“美学有机体”(Gerstle Mack, *Paul Cezanne.* London: Jonathan Cape Ltd. , 1960: 310)。

的格缝里，他往外观看，嘴里吐着白沫”（220）。读者只有再次凝神细读才有可能觉察这是向将来时间的一次跳跃。

连珠式的修饰也最多地出现在语言驾驭能力极强的达尔的叙述中，其人对泛滥河水的表征就是极佳的例子：“黄色的水面上巨大的漩涡化解开来，顺着水面往下流动一会儿，**静静的，转瞬即逝，意味深长**，好像…”（128）（...the yellow surface dimpled monstrously into fading swirls traveling along the surface for an instant，**silent，impermanent，and profoundly significant**，as though）（123）。此处纯抽象词汇的叠加明显可见约瑟夫·康拉德的印象主义风格影响：意象近乎奢侈的描述与“情感误置”——“赋予无生命物质以人的特征”（Guerard，1958：197）的习惯性运用。确实常被评者比作艺术家、哲学家的达尔也“总是用画者之眼观察事物”，其视觉表征与想象同后/印象主义者，特别是塞尚有许多共通之处。布兰奇（Watson G. Branch）在剖析达尔的“立体主义视觉”时指出，“塞尚最具革新性的技艺，对 20 世纪初巴黎艺术家影响最大也是福克纳这样的图像艺术家一定加以利用的，是他从短暂、破碎的视觉感受中构思形成一个永恒、融贯的造型结构。强调的重点不再是被表现的客体，也不再是印象主义者看重的观察行为本身，而在于绘画表面本身的形式”（Branch，1977：47）。达尔描绘河水的笔触着力全在“水面”形成的抽象画面，而不在具象的视觉对象，也不在感知的过程。

达尔对朱厄尔修驴车的描述同样反映了观者的“画者之眼”，对画面的重视，错位与悬隔视觉以及因此而造成的模糊效果：

> about the shattered spokes and about Jewel's ankles a runnel of yellow neither water nor earth swirls，curving with the yellow road neither of earth nor water，down the hill dissolving into a streaming mass of dark green neither of earth nor sky.（45）
>
> 在破损的轮辐和朱厄尔的脚踝周围一股黄色细流——既不是地也不是水——在打着旋，扭扭曲曲地流经黄色的路——那既不是地也不是水，朝山下流去汇入一股墨绿色的洪流——那既不是地也不是天。（42）

该场景的最大特点是很强的画面感：达尔运用黄、绿冷暖色调并列的调色板描绘了各形体因褪色、混合导致的分解，不再拥有自身的形状与颜色。此处的模糊效果显然与毕加索、布拉克混淆、焊接客体及空间从而达成碎片化的视觉效应类似，但更可以追溯到后/印象主义风景画“缺少明晰的构图，场景之间轮廓线模糊的技法特点”（Crow & Lukacher，2011：272）。此外，颜色与形体的分离也典型反映了达尔现实视觉的错位感与迷失感。

语篇间有极具诗人气质的达尔独白中大量的闪回、跳跃和视角的频繁转换，近乎弱智的瓦达曼的“痴人说梦”，缺少一贯的衔接和粘连。章节没有标号，叙述顺序被肆意打乱，于是才出现死人艾迪在小说三分之二处开口讲话的怪现象。章节的设计也不一般，长达数十页，短则有瓦达曼著名的“五字章”——“我妈是条鱼”（69）。还有卡什做报表似的列举他把艾迪的棺材“做成斜面交结”的“十三条章”（82—83）。威尔海姆认为此举“更像传统的拼贴，如同文本外世界的现成之物被粘贴到了文本内”（2002：197）。最后，通篇小说用频繁转换、闪烁不定的思维碎片来替代确定、晓畅、明白的人言，于是区区两百来页的中短篇却有史无前例的15个视角，59块独白。麦克哈尼（McHaney）谈及后印象主义画派对福克纳早期小说影响时，称《我弥留之际》59块碎片式的叙述组合成“近似点彩画”的文本（1973：304）。

最能体现语篇特点的当属小说的“心智文体”（mind style）。根据福勒（R. Fowler）的定义，该文体指的是作者对小说人物“（文本）世界观”的“典型风格”表现（Fowler，1977：76）。如同我们对现实世界的看法有惯常、不一般和异常之分，该小说中对待艾迪之死及葬礼的15种观点也代表3种不同的“心智文体”：艾迪、安斯、杜威·德尔、朱厄尔、塔尔、科拉、萨姆森、惠特菲尔德、阿姆斯蒂、莫斯利、皮保迪、麦高恩代表一般家庭及社会反应所表现出的正常 “心智文体”；一本正经，力求精确到可笑程度的卡什代表不一般的风格，“十三条棺规”和对从教堂摔下的距离的回答——“二十八英尺四又二分之一英寸，大概是吧”（65）就是最好的例证；思考力、洞察力近乎特异，但也近乎残忍并最终致疯的达尔和近乎弱智的瓦达曼确属另类。

瓦达曼由于认知受限，思维受阻，对语言的使用方式如此异类以致读者常常被迫对之进行再释义才能理清他的头绪。试看他进城前的思绪：[①]

> Dewey Dell said that we will get some bananas. (1) The train is behind the glass, red on the track. (2) When it runs the track shines on and off. (3) Pa said flour and sugar and coffee costs so much. (4) Because I am a country boy because boys in town. (5) Bicycles. (6) Why do flour and sugar and coffee cost so much when he is a country boy? (7) 'Wouldn't you ruther have some bananas instead?' (8) Bananas are gone eaten. (9) Gone. (10) When it runs on the track shines again. (11) 'Why ain't I a town boy,pa?' (12) I said God made me in the country. (13) I did not said to God to made me in the country. (14) If He can make the train,why can't He make them all in the town because flour and sugar and coffee. (15) 'Wouldn't you ruther have bananas?'(16)(54)

① 标号另加。

能看得出这是由瓦达曼的叙述和安斯的直接引语组合成的段落。词汇层，叙述者的用词极其简单：114 词中，除两例日常用语“bananas”和“bicycles”外，全低于两音节，而且 86%是单音节，14%双音节。所用 28 个名词皆为形象词汇，只有两个表视觉的形容词：“red”和“gone”。这表明瓦达曼生活在一个大体局限于感性认识的世界。词汇、短语和从句的频繁重复更进一步说明叙述者严重受限的“心智”文体风格：不能用抽象词汇来描述事物，更不能进行从形象向抽象层面的转换。句法层也同样的简单幼稚：平均长度不足 9 词，16 句中 4 句（1，4，13，14）为“自由直接引语”（FDS），表明叙述者不能进行必要的转述；语句（5，15）的残缺不全也显示他对因果关系理解得不透彻；“单字”句（6，10）表明他只能用粗糙的，一个最基本的形象或状态的形式来传递信息。此外，句间还没有表意合的任何关联词，只有因叙述者的自由联系而呈现的频繁跳跃（1-2；3-4；5-6；7-8；11-12）。最后，语句的任意摆放说明叙述者不能区别对待主次、新旧信息并以有效方式传递给读者。这一切给读者确定人物风格，判定意思造成巨大障碍。

人物/文本“世界观”即绘画含义上的“现实视觉”。克罗内格尔（Kronegger）对“文学印象主义”的界定为：聚焦“个体意识与周围世界的互动，”突出表现为“多重视角的运用与时间、时序的转换”，读者“必须从空间视角出发，在瞬间而不是一个时段把握印象主义作品”（1973：13）。循此逻辑进路，该语篇的印象主义文体与达尔[①]的最为接近，共有视角转换、意识流、抽象化、碎片化、时空的错位等特征。沙克福德（Dean Shackelford）简述印象画派对福克纳小说创作的影响时指出，“印象主义文学先驱康拉德、乔伊斯、伍尔夫、詹姆斯等皆受该画派对主观印象强调的影响，运用印象主义风格表达个体人物对外部世界的反应或个人内心思绪，后者即现代主义小说家久负盛名的意识流技法”。而福氏“最伟大的叙事也正是通过运用内心独白来彰显个人的印象。比如《我弥留之际》聚焦包括死者艾迪在内的 15 个独白者的视角”（1999：195）。文体风格的不确定预设了结构的开放性。

这是一部国内外学者公认的巴赫金式的“复调小说”，其理论核心是强调语言的社会性、历史性、文化性和意识形态性的对话理论。在巴赫金看来，对话理论是所有语言的一个组成要素。对话并非实指小说人物之间的交流，而是与人物相关的观点、典型言语方式、意识形态、社会价值取向或“音象”（sound image）之间的对话，因为“小说人物首先而且总是一个说话的人，一个拥有独特意识形态的话语，即自己语言的说话者”（1984：332）。对话主义不仅涉及不同人物话语之间的冲突，也是每一个个体话语的中心特征。正如巴赫金所言：“对话关系可能蔓延至表述，甚至每一个语词内部，只要其中存在

---

① 众多评家聚焦达尔与朱厄尔的兄弟关系，其实从文体角度来看，达尔与瓦德曼最具亲情。

两个声音对话式的冲突”（Allen，2000：24—25）。如此，对话可以在小说的任何组成部分，任何内部和外在因素，如不同的人物性格、视角、事件、时间、地点、一部作品所包含的不同风格乃至不同文学体裁的影响、一部作品所表现的东西和社会现实以及各种传统之间进行。广泛甚至无所不在的对话使得复调小说“不规则和不可确定”，并最终导致它“本质上的不可确定性”（1981：314）。最后，该对话还是在平等的基础上进行的，复调小说没有一个绝对控制整部作品的“声音”或“势力”。文本中各种“声音”内部及相互之间相互对立、补充，共同建构（或解构）作品的同时保持自己的独立性。

《我弥留之际》可以说是围绕艾迪之死以及葬礼而展开的一个综合立体式的对话。与语言内部向心力和离心力（小说中的“他者”）之间的对立统一关系相对应，为了家庭的统一、荣誉和尊严而“团结”在一起的本德伦一家的“集体性”与家庭内部不断的冲突和争斗之间、社会的不同反应之间形成复杂的对话关系（Tao Jie，1998：83—84）。同时，不同人物话语也不仅拥有自身特征，而且充满模糊性与自我冲突。艾迪被许多评家理所当然地视为真正及象征意义上的家庭核心。米尔盖特说她“强大的个性和她所代表的家庭统一的原则一直将这个家庭牢牢地拴在一起，至少直到她被埋葬之前”（1989：107）。然而作为家中“最孤独”的人，她又是家庭破裂的始作俑者。她的虚无主义人生观使得她痛恨如行尸走肉的丈夫和“被骗婚姻”的苦果——一个个孩子。她“能指和所指永不会碰头”（164）的后结构主义语言观不仅预设了其生活意义的不确定性，也使得她铤而走险与“上帝的代言人”惠特菲尔德牧师发生婚外情并埋下了造成家庭破裂的最大隐患——达尔和朱厄尔的矛盾。在被运往杰弗逊途中，她用日渐腐臭的尸体同邻里乡人和小镇居民对话。这样一位女性对代表男性象征秩序的作者来说，是一种离心的力量。所以，艾迪不仅与故事中的每一个人对话，同自己对话，还与故事的创作者对话。

安斯也是一个矛盾的角色。他对艾迪的感情是“爱又不爱”（30），他履行葬礼的诺言确实带有安假牙、娶新妻的私心，但他克服了重重困难最终完成了使命。“没妈的孩子”达尔代表“一种颠覆性甚至破坏性的势力”（87），表现在对葬礼的两次蓄意破坏，对安斯的不敬，对家丑（安斯的私心、德尔的私孕和朱厄尔的私生子身份）的近乎残忍的揭露。这样一位疯子兼先知的叙述当然极具“双声”性。他认识到葬礼荒唐的同时又流露出对母亲的眷恋，他既是纵火者又是救火者，既嘲讽家庭荣誉的空洞又捍卫家庭的尊严（如小说结尾处，他既让朱厄尔避免了一场械斗，又巧妙地护住了家庭脸面）。卡什摔断腿后深入思考了荒唐与理智、疯狂与理性之间的近乎零距离。德尔爱自己的母亲又想方设法不成为母亲。瓦达曼被母亲的“生”与“死”搞得晕头转向。乡邻和小镇居民在帮忙和侧目之间感到左右为难。

最后还不能忽视表面缺场的作者的“声音”。如巴赫金所言：“作者表现自我或自我观点的方法不仅在于对叙述者及其言语、语言的影响，还在于对故事主题的影响，以展示一种与叙述者不同的观点。在叙述者故事的背后，我们阅读了另外一个故事，作者的故事。”（1981：314）确实，故事众多人物的声音中都夹杂着作者的声音，尤其是达尔的叙述中，两者经常“客串”。这也部分解释了达尔“异地视物”“未卜先知”的特异功能，而这些成了故事得以发展不可或缺的因素。无疑，作者同他的“代言人”之间暗暗地进行着对话。同时进行的还有作者同自身内部“他者”的对话，维克利对小说建构的总结堪称对此对话最好的脚注：“从离心角度看，每章节确立艾迪同一个思想及观点正被展示的人物之间的关系，从线形角度看，每块独白促进组成情节的系列事件的发展”（1981：247）。确实，作者在建构故事的同时又为故事的发展设置人为障碍：每当线形情节，即本德伦一家的旅程进展到关键时刻，离心情节总会插上一杠子，最明显地体现在达尔和艾迪的叙述中——水、火以及人为妨碍因素集中之处。

凡有文本，必有互文。这样一个高度开放的文本必然成因于并成就无限的“文外对话”。狭义说来，在作家独创的约克纳帕塔法系列中，类似的人物、情境、创作动机和灵感会导致在内容、技巧和主题等方面的承接与撒播。如桑德奎斯特认为《我弥留之际》《喧哗与骚动》《押沙龙，押沙龙！》《去吧，摩西》不仅都围绕家庭展开，力求创作手法之突破，而且“在演绎‘爱’、（生理、精神、历史层面）‘丧失’‘创造性’‘苦痛’等话题方面一脉相承”（1983：20）。广义言之，当下文本确实是对众多经典前文本在书名（《奥德赛》）、情节模式（《白鲸》）、结构（《天路历程》《坎特伯雷故事集》）、风格（《堂吉诃德》）、手法（《荒原》《尤利西斯》）等的暗示、续写、引用和模仿。稠密开阔的文本间性丰富了文本的意义，也提升了文本释义的不确定性。

故事人物、情节、结构及叙事的“对话性”也非常契合格雷马斯的结构主义叙事理论。结构主义试图解释的不是单个文本的意义也甚至不加评论一部文学作品的好坏。阐释和文学作品的质量问题属于表象，即言语（parole）的范畴。结构主义旨在研究文学文本的语言系统（langue），即文本得以产生意义的结构，通常被称为语法（grammar），因它支配识辨和组合基本文学元素的规则。简言之，结构主义关注的不是一个文本产生的意义，而是它产生意义的方式。文学领域的结构主义研究主要聚焦文类划分、文本叙事及文学阐释（Tyson，1999：209—210）。作为一名结构主义叙事学家，格雷马斯致力于通过将叙事语法规则类比于句子结构的语义分析，来获得叙事结构系统的普遍特性，其理论核心概念有三：语义矩阵（semantic matrix）、行动模型（the actantial model）和叙事结构（the narrative structure）。

格雷马斯认为，人类通过建构这个世界来产生意义，这种建构基于对立和否定。这样就形成了两种类型的对立对：A 是 B 的对立，–A（A 的负面）是

–B（B 的负面）的对立。例如：爱的对立是恨，爱的负面是爱的缺场。其观点可以用图 1 所示语义矩阵来表示，此图式建构了人类语言、经历和各种叙事方式。

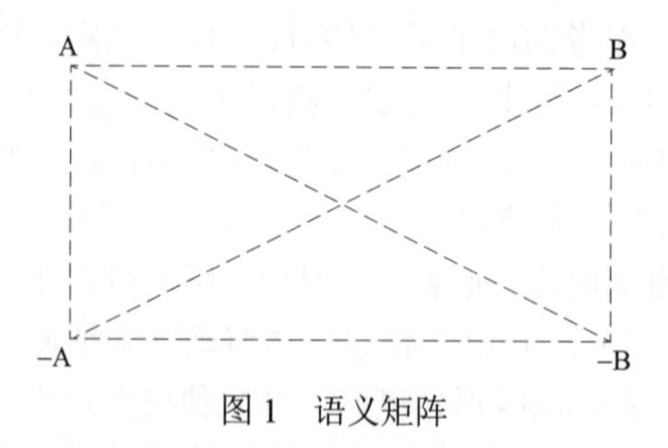

图 1　语义矩阵

在惯常叙事中，语义矩阵经由情节模式（plot type）体现，例如：冲突/解决，争斗/和解，分离/团聚。这些情节通过行动元（actant，一种结构单位，用于表明人物之间，人物和客体之间的行动关系）或角色功能（character function）来实现。情节就像缝隙或空白，需由特定故事中具体的人物来填充。格雷马斯认为有 6 种行动元，它们又分成基于二元对立的 3 组。这 3 组和它们相对应的 3 种基本模式构成行动模型，如图 2 所示。

行动元	情节模式
主体——客体	探索、欲求的故事（主体，或英雄，寻找客体：人，物或一种生存状态）
发送者——接受者	互通（交流）的故事（发送者——人、上帝或机构——派送主体探寻客体，最后送达接受者）
帮助者——敌对者	探索故事或互通（交流）故事的次要情节（在追寻过程中，帮助者支持主体，敌对者则试图阻止主体）

图 2　叙事模式

一个角色可能完成两个或更多不同行动元的任务，两个或更多角色可能履行同一个行动元的任务，一个文本可以将探索的故事和互通（交流）的故事结合在一起。例如，在一个简单的爱情故事中，英雄可能同时是主体和接受者。他爱的人可能同时是接受者和发送者。在追寻圣杯的故事中，每个行动元是由不同的人物来充当的：上帝是发送者，英雄是主体，圣杯是客体，人类是接受者。此外，随着情节的推进，行动元也会相应转换，如从为害者沦为受害者，从乞丐到王子等。因此叙事的基本结构与语言的基本结构（主语—动词—宾语）是相似的。为了更好地诠释这些可能的组合，格雷马斯将它们进一步分为 3 种叙事模式：① 契约型（contractual structures）包含约定的制定和打破，或禁忌的形成和违背，还有这些行为带来的疏远或和解；② 执行型（performative structures） 涉及诸如任务的完成、历练、奋争等；③ 离合型（disjunctive structures）与旅程、行动、到达、离开等相关（Tyson，1999：215—16）。

此理论映照下的文本愈加显现其结构之无形与意义之不定。这首先体现在行动元的多重交叉上。本德伦家族每一个成员都可谓“身兼多职”：他们是主体兼客体（葬礼的执行者兼家庭母亲遗嘱的委托对象），发送者兼接受者（遗体的承载者兼运送者），帮助者兼敌对者（每个成员都经历水与火的考验来完成艾迪的遗愿，每个人又都怀有私心，另有他图）。所以行动元角色功能呈立体交叉式，极不确定。更不用说行动元随着旅程的行进发生的动态转换。如卡什从行动者到思考者的演变，达尔从智者向狂人的滑坡等。

情节模式相应地呈交叉式。文本表征的既是探索旅程，也是欲求的弥留；既是交流碰撞，又在实现相通过程中遭遇死心塌地的维护者与处心积虑的破坏者的对位。行动模型的杂合必然导致叙事模式的诡异。目标故事可以读为家庭成员与家庭母亲的一纸契约及履行契约过程中成员间的疏远与亲和，也可以被读为家庭成员对一个任务的完成及其间所经受的历练与争斗，更可以被标识为一个离散聚合的轮回。

再看文本世界意义得以确立的语义矩阵。同巴赫金所言文本无处不在的对话同质，对立对确立了文本世界及其表象。最基本的对立当属生死，故事因之发端并启动了葬礼历程。因旅程而产生的家庭成员及村镇居民之间的冲突/和解位居其次。水与火既阻碍又促成了葬礼的完成，爱恨情仇贯穿整个故事的始末，理智与癫狂，圣洁与世俗，真实与谎言，存在与虚无，私心与统一也被编织进文本网络。但更值得注意的是，这一切二元表象之下，却是文本的自我分解。因为在这里生死无界（艾迪能死人开口），理智与癫狂共舞（很难说定铁窗之后更应该站着谁），离散与聚合并举（旅程带着艾迪离开家人与娘家先人团聚）。诚然，文本在建构自我的同时又在解构着自我。从此意义上理解，整个文本似乎就是艾迪能指与所指永远不会碰头语言观的一个展开：意义在无休止地衍生并撒播，没有终结点。

福氏之伟大在于其卓越的穿越力。《我弥留之际》在有限空间里迸发出无限能量，试图以书名为从句，整篇故事为主句，一言道尽人间之生死离别、喜怒哀乐、爱恨情仇与是非功过。作为美式版《人在囧途》，人间万象集结于此。这样写成的故事无异于一堆不确定材料的堆砌，好比面对一幅塞尚笔触粗砾、施色随意，光点零散的风景画一样，首先要建立起对视觉印象的还原，然后同画家一道进入构图过程，从而再现画家对此场景的感受并赋予它以生命力。当福克纳说这是一部 “tour de force”（Meriwether & Millgate，1968：244）时，他显然更得意自己设立了这样一个迷宫式的后结构主义阅读陷阱，支撑文本架构的能指与所指链条间障碍重重，意义被无限延异，引发无尽的读解自是不在话下。

参 考 文 献

英文部分

［1］ Aiken, Conrad. “William Faulkner: The Novel as Form, in *William Faulkner: Three Decades of Criticism*, ed. Frederick J. Hoffman and Olga W. Vickery, 135–141. New York: Harcourt, 1960.

［2］ Allen, Graham. *Intertextuality.* Routldge: London and New York, 2000.

［3］ Allen, Walter. *The English Novel: A Short Critical History*. London: Phoenix House, 1954.

［4］ Adams, Richard. “The Apprenticeship of William Faulkner,” *Tulane Studies in English*, XII(1962), 113–156.

［5］ Albright, Daniel. *Putting Modernism Together*. Baltimore: Johns Hopkins UP, 2015.

［6］ Anderson, Eric Gary, Taylor Hagood, and Daniel Cross Turner, eds. *Undead Souths: The Gothic and Beyond in Southern Literature and Culture*. Baton Rouge: Louisiana State University Press, 2014.

［7］ Baker, K.W. J. “Literature and Less, in Thomas Inge, ed. *William Faulkner: The Contemporary Reviews*. New York: Cambridge University Press, 1981.

［8］ Bakhtin, Mikhail M. *The Dialogical Imagination*, trans. Caryl Emerson & Michael Holquist, ed. Austin: University of Texas Press, 1981.

［9］ Bakhtin, Mikhail M. *Problems of Dostoevsky's Poetics*, trans. & ed. Carl Emerson. Minneapolis: University of Minnesota Press, 1984.

［10］ Bakker, J. “Faulkner's World as the Extension of Reality: *As I Lay Dying* Reconsidered, in Bakker, J. & Wilkinson D. R. M. eds. *From Cooper to Philip Roth*. Amsterdam: Rodopi, 1980.

[11] Baldwin, James. *No Man in the Street*. New York: St. Martin's, 1985.

[12] Bassett, John Earl. *Faulkner: An Annotated Checklist of Recent Criticism*. Kent: Kent State University Press, 1983.

[13] Bao Zhongming, *A Most Splendid Failure: Faulkner's Exploration of the Blacks*. Beijing: Beijing Institute of Technology Press, 2009.

[14] Bao Zhongming & Xin Caina, "'Not Now!'—On the Contemporary Relevance of Faulkner's Exploration of the Blacks," *Journal of Literature and Art Studies*(USA), 2015(May), Vol. 5, 346–354.

[15] Bedien, Calvin. "Pride and Nakedness: *As I Lay Dying*," *Modern Language Quarterly*, 1968, 29(1): 61–76.

[16] Bell, Bernard W. *The Afro-American Novel and Its Tradition*. University of Massachusetts Press, 1989.

[17] Bell, Bernard W. "William Faulkner's 'Shining Star': Lucas Beauchamp as a Marginal Man." In *Critical Essays on William Faulkner*, ed. Arthur Kinney, 224–233. Boston: G. K. Hall, 1990.

[18] Bell, Bernard W. "African-American Writers." *In American Literature. 1764—1789: The Revolutionary Years*, ed. Everett Emerson, 171–193. Madison: The University of Wisconsin Press, 1977.

[19] Bell, Bernard W. "Twain's 'Nigger' Jim: The Tragic Face Behind the Minstrel Mask," in *Mark Twain Journal*, 23: 1(Spring, 1985).

[20] Bell, Bernard W. "Genealogical Shifts in Du Bois's Discourse on Double Consciousness as the Sign of African American Difference," in The Lecture Notes of Dr. Bernard W. Bell in Beijing Foreign Studies University, 2005.

[21] Bleikstan, Andre. *The Ink of Melancholy*. Bloomington: Indiana University Press, 1990.

[22] Bleikstan, Andre. *The Most Splendid Failure: Faulkner's "The Sound and the Fury."* Bloomington: Indiana University Press, 1976.

[23] Bloom, Harold. *William Faulkner's The Sound and the Fury*. New York and Philadelphia: Chelsea House Publishers, 1988.

[24] Blotner, Joseph. *Faulkner: A Biography* (2 vols). New York: Random House, 1974.

[25] Blotner, Joseph. ed. *Selected Letters of William Faulkner*. N. Y., Vintage Books, 1978.

[26] Blotner, Joseph. ed. *Uncollected Stories of William Faulkner*. N. Y., Random House, 1979.

[27] Blotner, Joseph. "William Faulkner's Essays on the Composition of

Sartoris," in *Yale Library Gazette*, XLVII(January, 1973): 121–124.

[28] Branch, W. G. "Darl Bundren's 'Cubistic' Vision," in *Texas Studies in Literature and Language*, 1977, 19(1): 42–59.

[29] Brooks, Cleanth. "Faulkner's First Novel," *Southern Review*, VI(Autumn, 1970), 1056–1074.

[30] Brooks, Cleanth. *Toward Yoknapatawpha and Beyond*. New Haven: Yale UP, 1978.

[31] Brooks, Cleanth. "Faulkner's Treatment of the Racial Problem: Typical Examples," in Leland H.Cox, ed. *William Faulkner Critical Collection*. Detroit, Michigan: Gale Research Book, 1982.

[32] Brooks, Cleanth. *William Faulkner: First Encounters*. New Haven: Yale University Press, 1983.

[33] Brown, Sterling. *Negro Poetry and Drama: and the Negro in American Fiction*. New York: Atheneum, 1969.

[34] Carothers, James B. *William Faulkner's Short Stories*. Ann Arbor: UMI Research Press, 1985.

[35] Clayton, Jay & Eric Rothstein. "Figures in the Corpus: Theories of Influence and Intertextuality," in Jay Clayton & Eric Rothstein, eds. *Influence and Intertextuality*. Madison: The University of Wisconsin Press, 1991.

[36] Coindreau, Maurice. "Preface to Le Bruit et la Fureur," trans. G. M. Reeves, in Michael Cowan, ed. *The Twentieth Century Interpretations of The Sound and the Fury*. Englewood Cliffs: Prentice Hall, 1968.

[37] Collins, Carvel. *William Faulkner: New Orleans Sketches*. New York: Random House, 1968.

[38] Collins, R. G. "*Light in August*: Faulkner's Stained Glass Triptich," *Mosaic*. no.1, 1973, 7.

[39] Cowley, Malcolm. *The Faulkner-Cowley File: Letters and Memories, 1944—1962*. New York: Viking, 1966.

[40] Cox, Leland H., ed. *William Faulkner Critical Collection*. Detroit: Gale Research Book, 1982.

[41] Crow, Thomas & Brian Lukacher, et al. *Nineteenth Century Art: A Critical History*. London: Thames & Hudson Ltd, 2011.

[42] Culler, Jonathan. *Literary Theory: A Very Short Introduction*. Oxford: Oxford University Press, 1997.

[43] Davis, Thadious M. *Faulkner's "Negro": Art and the Southern Context*. Baton Rouge and London: Louisiana State University Press, 1983.

[44] Davis, Thadious M. "From Jazz Syncopation to Blues Elegy: Faulkner's Development of Black Characterization," in Doreen Fowler & Ann J. Abadie, ed. *Faulkner and Race*. Jackson and London: University Press of Mississippi, 1986.

[45] Davis, Thadious M. *Law, Race, Gender, and Faulkner's Go Down, Moses*. Durham and London: Duke UP, 2003.

[46] Dawson, Margaret Cheney. "Besides Addie's Coffin," in *New York Herald Tribune Books*, 6(October, 1930), in Thomas Inge, ed. *William Faulkner: The Contemporary Reviews*. New York: Cambridge University Press, 1981.

[47] Day, Douglas. "Introduction," in William Faulkner, *Flags in the Dust*. New York: Random House, 1973.

[48] Derrida, Jacques. *Of Grammatology*, trans. Gayatri Spivak. Baltimore: Johns Hopkins UP, 1976.

[49] Dollard, John. *Caste and Class in a Southern Town*. New York: Doubleday, Anchor, 1957.

[50] Doyle, Don H. "Faulkner's History: Sources and Interpretation," in Doreen Fowler and Donald M. Kartigner, eds. *Faulkner in Cultural Context: Faulkner and Yoknapatawpha*. Jackson and London: University Press of Mississippi, 1995: 3–38.

[51] Dunbar, Paul. "We Wear the Mask," in *Selected Poems*. New York: Courier Dover Publications, 1997.

[52] Eagleton, Terry. *Literary Theory: An Introduction*. Foreign Languages Teaching and Research Press & Blackwell Publishers, 2004.

[53] Eagleton, Terry. *Criticism and Ideology*. London & New York: Verso, 2006.

[54] Ellison, Ralph. *Shadow and Act*. New York: Random House, 1964.

[55] Ellison, Ralph. *Invisible Man*. New York: Vintage Books, 1972.

[56] Faulkner, William. *The Sound and the Fury*. New York: Jonathan Cape and Harrison Smith, 1929.

[57] Faulkner, William. *The Sound and the Fury*. New York: Vintage Books, 1954.

[58] Faulkner, William. *Sartoris*. New York: Random House, 1956.

[59] Faulkner, William. "Sunset," in Carvin Collins, ed. *New Orleans Sketches*. New York: Random House, 1968.

[60] Faulkner, William. "An Introduction to *The Sound and the Fury*," *Mississippi Quarterly*, XXVI(Summer, 1973): 410–415.

[61] Faulkner, William. *Flags in the Dust*. New York: Vintage Books, 1974.

[62] Faulkner, William. *Collected Stories of William Faulkner*. New York: Vintage Books, 1977.

[63] Faulkner, Willilam. *Selected Letters of William Faulkner*, ed. Joseph Blotner. New York: Random House, 1977.

[64] Faulkner, William. *Soldiers' Pay*. Harmondsworth: Penguin Books, 1982.

[65] Faulkner, William. *Absalom, Absalom!*New York: Viking, 1986.

[66] Faulkner, William. *As I Lay Dying*. New York: Viking Penguin Incorporation, 1988.

[67] Faulkner, William. *Go Down, Moses*. New York: Vintage Books, 1990.

[68] Faulkner, William. *Collected Stories of William Faulkner*. New York: Vintage International, 1995.

[69] Fiedler, Leslie. *Love and Death in the American Novel*. New York: Criterion Books, 1960.

[70] Forster, E.M. *Aspects of the Novel*. London: Hodder & Stoughton, 1974.

[71] Forter, Greg. *Gender, Race, and Mourning in American Modernism*. Cambridge: Cambridge UP, 2011.

[72] Fowler, Doreen & Ann J. Abadie, eds. *Faulkner and Race: Faulkner and Yoknapatawpha*. Jackson and London: UPM, 1986.

[73] Fowler, Roger. *Linguistics and the Novel*. Methuen: Methuen & Co. Ltd, 1977.

[74] Fry, Roger. *Cézanne: A Study of His Development*. London: The Hogarth Press, 1927.

[75] Geismar, Maxwell. "William Faulkner: the Negro and the Female," in *Writers in Crisis: The American Novel*, 1925–1940. New York: Hill and Wang, 1961.

[76] Gray, Richard. *The Life of William Faulkner: A Critical Biography*. Oxford UK & Cambridge USA: Blackwell, 1994.

[77] Grimwood, Michael. *Heart in Conflict: Faulkner's Struggle with Vocation*. Athens: University of Georgia Press, 1987.

[78] Guerard, Albert J. *Conrad the Novelist*. Massachusetts: Harvard University Press, 1958.

[79] Gwynn, Frederick L. & Joseph L. Blotner. *Faulkner in the University*. New York: Random House, 1965.

[80] Haftmann, Werner. *Painting in the Twentieth Century*, 2 vols(1965;rpt). New York: Praeger-Pub. Inc., 1972.

［81］ Hagood, Taylor. *Following Faulkner: The Critical Response to Yoknapatawpha's Architect*. Rochester, New York: Camden House, 2017.

［82］ Hamblin, Robert W. & Charles A. Peek. *A William Faulkner Encyclopedia*. Westport, Connecticut, London: Greenwood Press, 1999.

［83］ Harrington, Evans & Ann J. Abadie, eds. *The South and Faulkner's Yoknapatawpha: The Actual and the Apocryphal*. Jackson: UPM, 1977.

［84］ Heller, T. "Mirrored Worlds and the Gothic in Faulkner's Sanctuary," *Mississippi Quarterly*. 1989(3): 247–259.

［85］ Howard Odum, "Literature in the South: An Exchange of Views," in Louis D. Rubin, Jr. & Robert D. Jacobs eds. *Southern Renascence: The Literature of the Modern South*. Baltimore: Johns Hopkins Press, 1953.

［86］ Howe, Irving. *William Faulkner: A Critical Study*. Chicago and London: The University of Chicago Press, 1975.

［87］ Ho, Wenching. *Miscegenation in William Faulkner*. Detroit: Michigan State University Press, 1989.

［88］ Hu, Hong. "Truth of Life Can Hardly Be Reached: The Hidden Philosophy in *As I Lay Dying*," in Tao Jie, ed. *Faulkner: Achievement and Endurance*. Beijing: Peking University Press, 1998.

［89］ Inge, Thomas., ed. *William Faulkner: The Contemporary Reviews*. New York: Cambridge University Press, 1981.

［90］ Inge, Thomas. "Mo Yan and William Faulkner: Influences and Confluences," in *The Faulkner Journal*. 1990(Fall): 15–24, Matthews, John T. And Dawn Trouard, eds. The University of Akron Press.

［91］ Jelliffe, Robert A., ed. *Faulkner at Nagano*. Tokyo: Kenkyusha, 1956.

［92］ Jenkins, Lee. *Faulkner and Black-White Relations: A Psychoanalytic Approach*. New York: Columbia University Press, 1981.

［93］ Jin, H. S. "The Otherness in *As I Lay Dying*: An Interpretation of *As I Lay Dying* through Bakhtinian Dialogism," in Tao Jie, ed. *Faulkner: Achievement and Endurance*. Beijing: Peking University Press, 1998.

［94］ Johnson, James Weldon. *Along This Way: The Autobiography of James Weldon Johnson*. New York and London: W. W. Norton & Company, 2002.

［95］ Karl, Frederick F. "Race, History and Technique in *Absalom, Absalom!*" in Doreen Fowler & Ann J. Abadie, ed. *Faulkner and Race*. Jackson and London: University Press of Mississippi, 1986.

［96］ Kenner, Hugh. *Pound Era*. New York: New Directions, 1963.

［97］ Kinny, Arthur F. *Faulkner's Narrative Poetics: Style as Vision*.

Massachusetts: University of Massachusetts Press, 1978.

[98] Kronegger, Maria E. *Literary Impressionism*. New Haven: College and University Press, 1973.

[99] Leech, Geoffrey & Michael Short. *Style in Fiction*. London & New York: Longman Group Limited, 1985.

[100] Lefebvre, Henri. *The Production of Space*, trans. Donald Nicholson Smith. Oxford: Basil Blackwell, 1991.

[101] Liu, Jianhua. *Faulkner's Textualization of Subalternities*. Beijing: Peking University Press, 2002.

[102] Liu, Sarah. "The Forlorn Echo of the Dead: Addie Bundren and the Paradox of Language," in Tao Jie, ed. *Faulkner: Achievement and Endurance*. Beijing: Peking University Press, 1998.

[103] Mack, Gerstle. *Paul Cezanne*. London: Jonathan Cape Limited, 1935.

[104] Matz, Jesse. *Literary Impressionism and Modernist Aesthetics*. Cambridge: Cambridge UP, 2001.

[105] McHaney, Thomas L. "The Elmer Papers: Faulkner's Comic Portraits of the Artist," in *Mississippi Quarterly*, 1973(26): 292–304.

[106] Meriwether, James & Michael Millgate, eds. *Lion in the Garden: Interviews with William Faulkner*, 1926—1962. New York: Random House, 1968.

[107] Milder, Robert. "Herman Melville," in Emory Elliott, ed. *Columbia Literary History of the United States*. New York: Columbia University Press, 1988.

[108] Millgate, Michael. *The Achievement of William Faulkner*. Athens and London: The UP of Chicago, 1989.

[109] Minter, David. *William Faulkner: His Life and Work*. Baltimore and London: The Johns Hopkins University Press, 1980.

[110] Mo, Yan. "Dry River," Trans. Jeanne Tai. *The Faulkner Journal*, Matthews, John T. And Dawn Trouard, eds. The University of Akron Press, 1990(Fall), pp. 3–13.

[111] Morris, Wesley & Barbara Alverson Morris, "A Writing Lesson: *As I Lay Dying* as tour de force," in *Reading Faulkner*. Madison: The University of Wisconsin Press, 1990.

[112] Morrison, Toni. *Playing in the Dark: Whiteness and Literary Imagination*. Cambridge, Massachusetts, London, England: Harvard University Press, 1992.

[113] Mydral, Gunnar, et al. *An American Dilemma: The Negro Problem and Modern Democracy*. New York: Harper and Brothers, 1944.

[114] Nilon, Charles H. *Faulkner and the Negro*. New York: The Citadel Press, 1965.

[115] Odum, Howard. *An American Epoch*. New York: Henry Holt, 1930.

[116] Odum, Howard. "On Southern Literature and Southern Culture," in *Southern Renaissance: The Literature of the Modern South*, ed. Louis D., Rubin, Jr. and Robert D. Jacobs. Baltimore: Johns Hopkins University Press, 1953.

[117] Page, Sally R. *Faulkner's Women: Characterization and Meaning*. Deland Fla: Evertett/Edwards, 1972.

[118] Peavy, Charles D. *Go Slow Now: Faulkner and the Race Question*. Eugene: University of Oregon Press, 1971.

[119] Parker, D. R., ed. *Faulkner and the Novelistic Imagination*. Urbana & Chicago: The University of Illinois Press, 1985.

[120] Polk, Noel. "Man in the Middle: Faulkner and the Southern White Moderate," in Doreen Fowler & Ann J. Abadie, ed. *Faulkner and Race*. Jackson and London: University Press of Mississippi, 1986.

[121] Prenshaw, Whitman, ed. *Conversations with Toni Morrison*. Jackson: UPM, 1944.

[122] Rhodes Pamela E. "Who Killed Simon Strother, and Why? Race and Counterpoint in *Flags in the Dust*," in Doreen Fowler & Ann J. Abadie, ed. *Faulkner and Race*. Jackson and London: University Press of Mississippi, 1986.

[123] Riffaterre, Michael. *Semiotics of Poetry*. Bloomington: Indiana University Press, 1978.

[124] Riffaterre, Michael. "Interpretation and Undecidability," in *New Literary History*, 1980.

[125] Riffaterre, Michael. *Text Production*, trans. Terese Lyons. New York: Columbia University Press, 1983.

[126] Riffaterre, Michael. "Compulsory Reader Response: The Intertextual Drive," in Worton & Still, eds. *Intertextuality: Theories and Practices*. Manchester and New York: Manchester University Press, 1990.

[127] Robinson, Ted. "Faulkner's New Book Engrossing," in *Cleveland Plain Dealer,* 17(October 1930), in Thomas Inge, ed. *William Faulkner: The Contemporary Reviews*. New York: Cambridge University Press, 1981.

[128] Rosenfeld, Paul. "Introduction to *The Sherwood Anderson Reader*," in Paul Rosenfeld ed. *The Sherwood Anderson Reader*. Boston: Houghton Mifflin, 1947.

[129] Ross, Lillian. "Profiles: How Do You Like it Now. Gentleman?" in

New Yorker XVI(1950).

[130] Rubin, Louis. *The History of Southern Literature*. Louisiana: Louisiana State UP, 1985.

[131] Sartre, Jean Paul. "William Faulkner's *Sartoris*," trans. Annette Michelson, in *Literary and Philosophical Essays*. London: Hutchinson, 1968.

[132] Sartre, Jean-Paul. "On *The Sound and The Fury*: Time in the Works of Faulkner," in Robert Penn Warren, ed. *Faulkner: A Collection of Critical Essays*. Englewood Cliffs: Prentice-Hall, 1966.

[133] Scholes Robert & Robert Kellogg. *The Nature of Narrative*. Oxford: Oxford UP, 1966.

[134] Scott, Evelyn. "On William Faulkner's *The Sound and the Fury*," in Inge, M. Thomas. Ed. *William Faulkner: The Contemporary Reviews*. New York: Cambridge University Press, 1995.

[135] Shackelford, Dean. "Impressionism," in Robert Hamblin & Charles Peek eds. *A William Faulkner Encyclopedia*. Connecticut: Greenwood Press, 1999.

[136] Slatoff, J. Walter. *Quest for Failure: A Study of William Faulkner*. New York: Cornell University Press, 1960.

[137] Snead, James A. "Light in August and the Rhetorics of Racial Division," in Doreen Fowler & Ann J. Abadie, ed. *Faulkner and Race*. Jackson and London: University Press of Mississippi, 1986.

[138] Stein, Jean. "Paris Review(1956)," in Leland H. Cox, ed. *William Faulkner Critical Collection*. Detroit, Michigan: Gale Research Book, 1982.

[139] Sundquist, Eric J. *The House Divided*. Baltimore and London: Johns Hopkins University Press, 1983.

[140] Sundquist, Eric J. "Faulkner, Race and the Forms of American Fiction," in Doreen Fowler & Ann J. Abadie, ed. *Faulkner and Race*. Jackson and London: UPM, 1986.

[141] Sweeney, Patricia E. *William Faulkner's Women Characters*. Santa Barbara: ABC-Clio Information Services, 1985.

[142] Taylor, Walter. *Faulkner's Search for a South*. Urbana: University of Illinois Press, 1983.

[143] Taylor, Walter. "Faulkner's *Reivers*: How to Change the Joke without Slipping the Yoke," in Doreen Fowler & Ann J. Abadie, ed. *Faulkner and Race*. Jackson and London: UPM, 1986.

[144] Tischler, Nancy M. *Black Masks: Negro Characters in Modern Southern Fiction*. University Park and London: The Pennsylvania State University

Press, 1969.

[145] Towner, Theresa M. *Faulkner on the Color Line*. Jackson: University Press of Mississippi, 2000.

[146] Tuck, Dorothy. *Crowell's Handbook of FAULKNER*. New York: Thomas Y. Crowell Company, 1964.

[147] Tucker, John. "William Faulkner's *As I Lay Dying*: Working Out the Cubistic Bugs," in *Texas Studies in Literature and Language,* 1984, 26(4): 388–404.

[148] Turner, Darwin. "Faulkner and Slavery," In *The South and Faulkner's Yoknapatawpha: The Actual and the Apocryphal*, ed. Evans Harrington and Ann J. Abadie, 62–75. Jackson: University Press of Mississippi, 1997.

[149] Tyson, Lois. *Critical Theory Today: A User-Friendly Guide*. New York & London: Garland Publishing, 1999.

[150] Urgo, Joseph R. *Faulkner's Apocrypha: A Fable, Snopes and the Spirit of Human Rebellion*. Jackson and London: University Press of Mississippi, 1989.

[151] Vickery, Olga. *The Novels of William Faulkner: A Critical Interpretation*. Baton Rouge: Louisiana State University Press, 1981.

[152] Walker, Alexander Margaret. "Faulkner and Race," in *The Maker and the Myth: Faulkner and Yoknapatawpha*, ed. Evans Harrington and Ann J. Abadie. Jackson: University Press of Mississippi, 1978.

[153] Walker, Alice. *In Search of Our Mother's Gardens*. New York: Harcourt Brace Jovanovich, 1983.

[154] Warren, Robert Penn, ed. *Faulkner: A Collection of Critical Essays*. Englewood Cliffs: Prentice-Hall, 1966.

[155] Watson, Jay, ed. *Faulkner and Whiteness*. Jackson: University Press of Mississippi, 2011.

[156] Weinstein, Philip M. "Marginalia: Faulkner's Black Lives," in Doreen Fowler & Ann J. Abadie, ed. *Faulkner and Race*. Jackson and London: UPM, 1986.

[157] Weinstein, Philip M. ed. *The Cambridge Companion to William Faulkner*. Cambridge: Cambridge UP, 1995.

[158] Werner, Craig. "Minstrel Nightmares: Black Dreams of Faulkner's Dreams of Blacks," in *Faulkner and Race: Faulkner and Yoknapatawpha*, ed. Fowler and Abadie, 35–57. Jackson and London: University Press of Mississippi, 1986.

[159] White, Ray. ed. *The Achievement of Sherwood Anderson: Essays in Criticism*. Chapel Hill: University of North Carolina Press, 1966.

[160] Wilhelm, R. S. *William Faulkner's Visual Art: Word and Image in the*

Early Graphic Work and Major Fiction. Knoxville: The University of Tennessee, 2002.

［161］Williamson, Joel. *The Crucible of Race: Black-White Relations in the American South since Emancipation*. New York and Oxford: Oxford University Press, 1984.

［162］Williamson, Joel. *William Faulkner and Southern History*. New York and Oxford: Oxford University Press, 1993.

［163］Wittenburg, Judith Bryant. "Gender and Linguistics Strategies in *Absalom, Absalom!*" In Honnighausen, ed., *Faulkner's Discourse*.

［164］Wittenburg, Judith Bryant. *Faulkner: The Transfiguration of Biography*. Lincoln: University of Nebraska Press, 1979.

［165］Wittenburg, Judith Bryant. "Race in *Light in August*: Wordsymbols and Obverse Reflections," in Philip Weinstein, ed. *The Cambridge Companion to William Faulkner*. Cambridge: Cambridge University Press, 1995.

［166］Woodward, C. Vann. *The Burden of Southern History*. Baton Rouge and London: Louisiana State University Press, 1960.

［167］Zender, Karl F. "Requiem for a Nun and the Uses of the Imagination," in Doreen Fowler & Ann J. Abadie, ed. *Faulkner and Race*. Jackson and London: UPM, 1986.

中文部分

［1］M·H·艾布拉姆斯. 欧美文学术语字典［M］. 朱金鹏，朱荔，译. 北京：北京大学出版社，1990.

［2］M·H·艾布拉姆斯. 镜与灯：浪漫主义文论及批评传统［M］. 丽稚牛，等，译. 北京：北京大学出版社，2004.

［3］埃尔斯·杜斯瓦·林德.《押沙龙，押沙龙!》的构思及意义［M］. 陆谷孙，译//李文俊. 福克纳的神话. 上海：上海译文出版社，2008.

［4］鲍忠明. 一言难尽福克纳——福克纳“黑人观”批评述评［J］. 山东外语教学，2007（5）：100—105.

［5］鲍忠明. 处于漩涡隐喻中心的艾迪——对《我弥留之际》的瑞法特尔式互文性解读［J］. 国外文学，2009（1）：72—79.

［6］鲍忠明，吴剑峰. 挥动玉米锥的凸眼［J］. 外国语文，2010（01）：41—45.

［7］鲍忠明，辛彩娜. 镜与灯：《押沙龙，押沙龙!》的新历史主义解读［J］. 外国文学，2011（01）：76—83.

［8］鲍忠明. 约克纳帕塔法世系“门槛”上的黑人——《坟墓里的旗帜》

中黑人元素解析［J］. 温州大学学报：社会科学版，2014（6）：18—26.

［9］鲍忠明. 乌托邦欲望的审美释放——论《去吧，摩西》对政治无意识的艺术生产［J］. 国外文学，2014（1）：81—89.

［10］鲍忠明. 福克纳小说创作对后/印象主义画派技巧的借鉴［J］. 国外文学，2015（3）：31—40.

［11］鲍忠明，张玉婷.《八月之光》的空间批评解读［J］. 北京工业大学学报：社会科学版，2016（6）：76—82.

［12］鲍忠明. 极辉煌之失败——福克纳黑人群体探索“抛物线”架构概述［J］. 温州大学学报：社会科学版，2016（6）：58—68.

［13］陈厚诚，王宁. 西方当代文学批评在中国［M］. 天津：百花文艺出版社，2000.

［14］陈永国. 互文性［M］//赵一凡，等. 西方文论关键词. 北京：外语教学与研究出版社，2006.

［15］陈永国. 话语［M］//赵一凡，等. 西方文论关键词. 北京：外语教学与研究出版社，2006.

［16］陈志平，吴功正. 小说美学［M］. 北京：人民出版社，1991.

［17］程锡麟. 一种新崛起的批评理论：美国黑人美学［J］. 外国文学，1993（06）：73—78.

［18］戴维·明特. 福克纳传［M］. 顾连理，译. 北京：东方出版中心，1996.

［19］蒂费纳·萨莫瓦约. 互文性研究［M］. 邵炜，译. 天津：天津人民出版社，2002.

［20］罗杰·弗莱. 弗莱艺术批评文选［M］. 沈语冰，译. 南京：江苏美术出版社，2010.

［21］罗杰·弗莱. 塞尚及其画风的发展［M］. 沈语冰，译. 桂林：广西师范大学出版社，2009.

［22］弗雷德里克·詹姆逊. 政治无意识［M］. 王逢振，陈永国，译. 北京：中国社会科学出版社，1999.

［23］斯蒂芬·格林布拉特.《英国文艺复兴时期形式的威力》介绍［M］//张中载，等. 二十世纪西方文论选读. 北京：外语教学与研究出版社，2003.

［24］海登·怀特. 后现代历史叙述学［M］. 陈永国，等，译. 北京：中国社会科学出版社，2003.

［25］康拉德·艾肯. 论威廉·福克纳小说的形式［M］. 俞石文，译//李文俊. 福克纳的神话. 上海：上海译文出版社，2008.

［26］拉曼·塞尔登. 当代文学理论导读［M］. 刘象愚，等，译. 北京：北京大学出版社，2000.

[27] 拉里夫·埃里森. 看不见的人 [M]. 任绍曾，等，译. 北京：外国文学出版社，1984.

[28] 蓝仁哲. 八月之光 [M]. 蓝仁哲，译. 上海：上海译文出版社，2004.

[29] 理查德·艾尔曼. 詹姆斯·乔伊斯 [M]. 牛津：牛津大学出版社，1983.

[30] 李文俊. 福克纳评论集 [M]. 北京：中国社会科学出版社，1980.

[31] 李文俊. 福克纳语言艺术举隅 [J]. 英美文学研究论丛. 2001（1）：132—171.

[32] 李文俊. 福克纳传 [M]. 北京：新世界出版社，2003.

[33] 威廉·福克纳. 喧哗与骚动 [M]. 李文俊，译. 上海：上海译文出版社，2004.

[34] 廖绿胜. 福克纳小说中的语言与文化标志 [M]. 福州：福建教育出版社，1999.

[35] 刘建华. 叙述与生存——福克纳的女性观 [J]. 欧美文学论丛，2002.

[36] 刘进. 弗雷德里克·詹姆逊文化诗学研究 [M]. 成都：巴蜀书社，2003.

[37] 罗杰·弗莱. 塞尚及其画风的发展 [M]. 沈语冰，译. 桂林：广西师范大学出版社，2009.

[38] 罗杰·弗莱. 弗莱艺术批评文选 [M]. 沈语冰，译. 南京：江苏美术出版社，2010.

[39] 马克思，恩格斯. 马克思恩格斯选集 [M]. 北京：人民出版社，2008.

[40] 孟登迎. “意识形态国家机器” [M] //赵一凡. 西方文论关键词. 北京：外语教学与研究出版社，2006.

[41] 米歇尔·福柯. 知识考古学 [M]. 谢强等，译. 北京：三联书店，1998.

[42] 克劳德·莫奈. 莫奈艺术书简 [M]. 张恒，译. 北京：京城出版社，2011.

[43] 娜塔利娅·布罗茨卡娅. 印象主义 后印象主义 [M]. 刘乐，张晨，译. 北京：人民美术出版社，2014.

[44] 埃兹拉·庞德. 庞德诗选比萨诗章 [M]. 黄运特，译. 桂林：漓江出版社，1998.

[45] 邱运华. 文学批评方法与案例 [M]. 北京：北京大学出版社，2009.

[46] 盛宁. 文学·文论·文化 [M]. 济南：山东友谊出版社，2006.

[47] 沈语冰. 20 世纪艺术批评 [M]. 北京：中国美术学院出版社，2016.

[48] 孙晓青. 文学印象主义 [J]. 外国文学，2015（4），107—118.

[49] 唐纳德·M. 卡提根纳尔：威廉·福克纳 [M]. 肖安溥，译//埃默

里·埃里奥特，等. 哥伦比亚美国文学史. 朱通伯，等，译. 成都：四川辞书出版社，1994.

[50] 特雷·伊格尔顿. 马克思主义与文学批评 [M]. 文宝，译. 北京：人民文学出版社，1980.

[51] 汪民安. 身体、空间与后现代性 [M]. 南京：江苏人民出版社，2005.

[52] 王德胜. 美学原理 [M]. 北京：高等教育出版社，2012.

[53] 王佐良，周珏良. 英国 20 世纪文学史 [M]. 北京：外语教学与研究出版社，2006.

[54] 威廉·福克纳. 在接受诺贝尔文学奖时的演说 [M]. 张子清，译//李文俊. 福克纳评论文集. 北京：中国社会科学出版社，1979.

[55] 威廉·福克纳. 喧哗与骚动 [M]. 李文俊，译. 上海：上海译文出版社，1996.

[56] 威廉·福克纳. 我弥留之际 [M]. 李文俊，译. 上海：上海译文出版社，2000.

[57] 威廉·福克纳. 喧哗与骚动 [M]. 李文俊，译. 上海：上海译文出版社，2000.

[58] 威廉·福克纳. 押沙龙，押沙龙！[M]. 李文俊，译. 上海：上海译文出版社，2000.

[59] 威廉·福克纳. 福克纳短篇小说集 [M]. 陶洁，编. 南京：译林出版社，2001.

[60] 威廉·福克纳. 喧哗与骚动 [M]. 李文俊，译. 上海：上海译文出版社，2004.

[61] 威廉·福克纳. 去吧，摩西 [M]. 李文俊，译. 上海：上海译文出版社，2004.

[62] 威廉·福克纳. 八月之光 [M]. 蓝哲仁，译. 上海：上海译文出版社，2004.

[63] 威廉·福克纳. 圣殿 [M]. 陶洁，译. 上海：上海译文出版社，2004.

[64] 威廉·福克纳. 坟墓的闯入者 [M]. 陶洁，译. 上海：上海译文出版社，2004.

[65] 韦汉杰. 柏格森的创造进化论 [J]. 人文，2005（135）.

[66] 肖明翰.《押沙龙，押沙龙！》的多元与小说的写作 [J]. 外国文学评论，1997（1）：52—60.

[67] 肖明翰. 威廉·福克纳研究 [M]. 北京：外语教学与研究出版社，1999.

[68] 谢少波. 抵抗的文化政治学 [M]. 陈永国，汪民安，译. 北京：中国社会科学出版社，1999.

[69] 杨彩霞.《喧哗与骚动》与圣经文学传统的相关性研究 [J]. 外国文学，2009（3）：75—80.

[70] 特雷·伊格尔顿. 审美意识形态 [M]. 王杰，等，译. 桂林：广西师范大学出版社，2001.

[71] 赵国新. 情感结构 [M] //赵一凡. 西方文论关键词. 北京：外语教学与研究出版社，2006.

[72] 赵一凡，张中载，李德恩. 西方文论关键词 [M]. 北京：外语教学与研究出版社，2006.

[73] 周启超. 复调 [M] //赵一凡. 西方文论关键词. 北京：外语教学与研究出版社，2006.

[74] 朱光潜. 西方美学史（下卷）[M]. 北京：人民出版社，1979.

[75] 朱立元，张德兴. 世纪初的新声——二十世纪西方美学经典文本（第一卷）[M]. 上海：复旦大学出版社，2000.

索　引

C

D

E

F

G

H

M

N

O

P

Q

R

S

T

W

X

Y

（王彦祥、张若舒　编制）